U0117360

满族口头遗产传统说部丛书

两世罕王传
努尔哈赤罕王传

傅英仁 讲述
王松林 整理

吉林人民出版社

图书在版编目（CIP）数据

两世罕王传；努尔哈赤罕王传 / 傅英仁讲述；王
松林整理 . -- 长春：吉林人民出版社，2019.5
（满族口头遗产传统说部丛书）
ISBN 978-7-206-16899-4

Ⅰ.①两… Ⅱ.①傅…②王… Ⅲ.①满族—民间故
事—作品集—中国 Ⅳ.① I277.3

中国版本图书馆 CIP 数据核字（2019）第 293248 号

出 品 人：常　宏
产品总监：赵　岩
统　　筹：陆　雨　李相梅
责任编辑：李文轩　张　娜
助理编辑：刘　涵
装帧设计：赵　谦

两世罕王传　努尔哈赤罕王传
LIANGSHI HANWANG ZHUAN　NU'ERHACHI HANWANG ZHUAN

讲　述：傅英仁　　　　　　整　　理：王松林
出版发行：吉林人民出版社（长春市人民大街 7548 号　邮政编码：130022）
咨询电话：0431-85378007
印　　刷：吉林省优视印务有限公司
开　　本：720mm×1000mm　　　1/16
印　　张：21.5　　　　　　字　　数：360 千字
标准书号：ISBN 978-7-206-16899-4
版　　次：2019 年 5 月第 1 版　　印　　次：2019 年 5 月第 1 次印刷
定　　价：80.00 元

如发现印装质量问题,影响阅读,请与出版社联系调换。

出 版 说 明

满族口头遗产传统说部是具有较高社会价值和文化价值的满族文化的百科全书。整理发掘满族说部的项目工作被文化部列为中国民族民间文化保护工作试点项目，并被国务院批准列入第一批国家级非物质文化遗产名录。

"满族口头遗产传统说部丛书"是千百年来满族各氏族对祖先英雄事迹和生存经验的传述，一代一代口耳相传，保留下来的珍贵的满族遗存资料。经过近三十年抢救整理，从二〇〇七年到二〇一七年的十年间，根据整理文本的先后，我社分四次陆续出版了五十部说部和三本研究专著。此套丛书无论从社会价值和文化价值来看，都是一套极具资料性、科研性和阅读性融为一体的满族文化的百科全书。

此次出版对以下两个方面做了调整：

一、在听取各方专家建议的基础上，对原丛书进行了筛选，选取最有价值、最有代表性的四十三部说部，删去原版本中与文本关系不紧密的彩插，对文本做了大幅的编辑校订，统一采用章回体表述方式，并按照内容分为讲述萨满史诗的"窝车库乌勒本"、讲述家族内英雄人物的"包衣乌勒本"、讲述英雄和历史人物的"巴图鲁乌勒本"、讲述说唱故事的"给孙乌春乌勒本"等，突出了说部的版本特色。

二、保留研究专著《满族说部乌勒本概论》，作为本丛书的引领，新增考古发掘的图片和口述整理的手稿彩色影印件。

特此说明。

吉林人民出版社

编　委　会

主　　编：谷长春

副 主 编：杨安娣　富育光　吴景春
　　　　　荆文礼　常　宏

编　　委：（以姓氏笔画为序）
　　　　　于　敏　王少君　王宏刚
　　　　　王松林　朱立春　刘国伟
　　　　　孙桂林　陈守君　苑　利
　　　　　金旭东　赵东升　赵　岩
　　　　　曹保明　傅英仁

序

任何民族的文学都包括两大部分。一是个人用文字创作的、以书面传播的文学，一是民间集体口头创作的、口口相传的文学。后一部分文学是前一部分文学的源头，是根性的文学。中国作为东方文明的古国，口头文学的历史去之遥远。就像西方文学始于古希腊罗马的神话故事，我国文学史上第一部作品是《诗经》，即民间口头文学集，这表明口头文学是一个民族文学的源头。在漫长的历史中，这两部分文学一直同根并存，相互滋育，各自发展，共同构成一个民族文化与精神的极为重要的支撑。

中华民族有着巨大文学想象力和原创力。数千年间，各族人民以口头文学作为自己精神理想和生活情感最喜爱和最擅长的表达方式，创作出海量和样式纷繁的民间文学。口头文学包括史诗、神话、故事、传说、歌谣、谚语、谜语、笑话、俗语等。数千年来，像缤纷灿烂的花覆盖山河大地；如同一种神奇的文化的空气在我们的生活中无所不在；且代代相传，口口相传，直到今天。

我们的一代代先人就用这种文学方式来传承精神，表达爱憎，教育后代，传播知识，娱悦生活，抚慰心灵；农谚指导我们生产，故事教给我们做人，神话传说是节日的精神核心，史诗记录文字诞生前民族史的源头。它最鲜明和最直接地表现中华民族的精神向往、人间追求、道德准则和价值取向。中国人的气质、智慧、审美、灵气、想象力和创造力，充分彰显在这种口头的文学创造中。

这种无形地流动在民众口头间的口头文学，本来就是生生灭灭的。在社会转型期间，很容易被忽略，从而流失。

特别是在这个现代化、城市化飞速推进的信息时代，前一个历史阶段的文明必定要瓦解。口头文学是最脆弱、最易消亡。一个传说不管多么美丽，只要没人再说，转瞬即逝，而且消失得不知不觉和无影无踪，所以联合国教科文组织把口头传统和表现形式，包括作为非物质文化遗产媒介的语言列为非物质文化遗产之一。

在中国，有史诗留存的民族并不很多，此前发现的有藏族史诗《格萨尔王传》、蒙古族史诗《江格尔》、柯尔克孜族史诗《玛纳斯》、苗族史诗《亚鲁王》。作为满族民族历史和文化传统的重要载体——"说部"，是满族及其先民世代相传的极其宝贵的精神财富。它最初用"乌勒本"（满语 ulabun，为传或传记之意）指称，后受汉文化影响，改称为"说部"或"满族书""英雄传"。说部最初用满语讲述，至清末满语渐废，改用汉语并夹杂一些满语讲述。在漫长的历史进程中，满族各氏族都凝结和积累了精彩的"乌勒本"传本，如数家珍，口耳相传，代代承袭，保有民族的、地域的、传统的、原生的形态，从未形成完整的文本，是民间的口碑文学。"满族说部迥异于其他文类，不仅涵盖了口头传统，也吸纳了民俗学中多种民间文艺样式，包容性极强。"

我以为，对于无形地保留在人们记忆与口口相传中的口头文学，抢救比研究更重要。它是当下"非遗"工作的重中之重，要清醒地认识到文化和文明于人类的意义。当社会过于功利的时候，文化良知就要成为强音，专家学者要在抢救非物质文化遗产中勇于承担责任，走进民间帮助艺人传承与弘扬民间艺术，这也是知识分子的时代担当。

让人感到欣喜的是，经过吉林省的专家学者近三十年的抢救、发掘和整理，在保持满族传统说部的原创性、科学性、真实性，保持讲述人的讲述风格、特点，保持口述史的原汁原味的基础上，将巨量的无形的动态的口头存在，转化为确定的文本。作为"人类表达文化之根"的满族说部，受东北地域与多族群文化的影响，内容庞杂，传承至今已逾千万字。此次出版的《满族口头遗产传统说部丛书》为四十三部说部和一本概论。"说部"分为讲述萨满史诗的"窝车库乌勒本"、讲述家族内英雄人物的"包衣乌勒本"、讲述英雄和历史人物的"巴图鲁乌勒本"、讲述说唱故事的"给孙乌春乌勒本"四大部分。概论作为全套丛书的引领，从学术研究的角度对乌勒本产生的历史渊源、民族文化融合对其的影响、发展和抢救历程等多方面深入思考。

多年来"非遗"的抢救、保护、研究和弘扬，已取得卓越的成就。但未来的路途依然艰辛漫长，要做的事情无穷无尽。像口头文学这样的文化遗产的整理和出版，无法立即带来什么经济利益，反而需要巨大的投资和默默无闻的付出，能在这个物质时代坚守下来，格外困难。

文化传统和传统文化不是一个概念，我们的终极目的不是保护传统文化，而是传承文化传统。传统文化是固定的、已有既定形态的东西。我们所以要保护它，是因为这些文化里的精神在新时代应以传承，让我们的文化身份不会在国际资本背景下慢慢失落。

现在常把文化自觉与文化自信并提，这两个概念密切相关同时又有各自的内涵。文化自觉是真正认识到文化的重要性和自觉地承担；文化自信的关键是确实懂得中华文化所具有的高度和在人类文明中的价值。否则自信由何而来？

对传统文化的抢救与整理，不仅是为了传承，更为了弘扬。我们的民族渴望复兴，复兴的重要精神支撑在我们的传统和文化里，让我们担负起历史使命，让传统与文化为民族的伟大复兴发挥它无穷的力量。

冯骥才
二〇一九年五月

目录

满族说部——《两世罕王传》传承概述

富育光

考察满族往昔脍炙人口的耆老口碑传说中，属于王杲罕王和努尔哈赤少年时代小罕的传奇故事，颇有声誉和影响，最受人们喜爱，流传广远。当年，在关东一带的民间，有口皆碑地传颂着这类民谚："说老罕，讲小罕，先有王杲，后有教场安"，也有"先有王杲，后有皇陵"等谚语。据考此类民谚的含义，颇有意思，都是意在渲染或追忆大明嘉靖年间曾在辽东创造了惊天勋业、最后磔死京师菜市口的一代枭雄王杲，以及在其卵翼下崛起于辽东苏子河畔的建州部首领觉昌安和其孙努尔哈赤。这些民谣皆是辽东古代风云史的缩影。由此可知，民谣中所说的"教场安"，是满汉兼词语，即努尔哈赤的祖父觉昌安谐词。民谣中的"皇陵"，系指大清立国后突起的昌瑞山清室皇陵。王杲是努尔哈赤外公，两家既是姻亲关系又是建州部政治和军事势力的承袭关系。这些民谣的含义，恰是追本溯源，在深情诉说满人的发迹皆因有早年建州左卫王杲的奋勇开拓，方有觉昌安之孙努尔哈赤的统一女真建立后金国定鼎燕京，有了大清朝的一统天下。早年在满族传统的"乌勒本"说部故事中，就以上述观念和创作构思，形成了传世名篇——《两世罕王传》。

《两世罕王传》大约形成于清初年间，最早都是用满语讲述的长篇大故事。满族话叫"朱录汗额真乌勒本"，或叫"朱录汗玛法朱奔"，其汉意就是"两世罕王传"，或叫"两世大玛发故事"。所谓"两世罕王"，即指当年在辽东苏子河崛起的女真建州部两位英雄人物，一位是指盖世枭雄——王杲；另一位就是清太祖努尔哈赤。

《两世罕王传》的故事早在明中叶乃至清初之际，就在北方民间广泛传颂，深得民众的喜欢和颂扬，津津乐道，家喻户晓，妇孺皆知。首先，它因揭示关外辽东一段重要的历史风云变幻而著称于世，受到各界的关注，多方人士都能从《两世罕王传》中，获得丰富的人生启迪和受益。再者，《两世罕王传》又因其所包容波澜壮阔、扑朔迷离的历史风云故事，而令听众沉醉和倾倒。在《两世罕王传》漫长的传播过程中，糅入了众多讲述者的厚爱和智慧，塑造出众多个性鲜明、栩栩如生的历史人物，形形色色，新颖离奇，跌宕曲折，沁人肺腑。故俗有"辽东列国传"的赞誉。

凡植生于民间沃土的口碑文化，反映着人民的喜爱和期望，历来都是社会的晴雨表，是社会生活的镜子和时代的人文映象与忠实的记录。这恰恰正是满族传统说部"乌勒本"艺术，所特有的无限生命力和时代价值的魅力所在。满族传统"乌勒本"说部是民族的记忆史，保留众多满人为了生存与恶劣环境抗争的顽强呐喊和豪迈足迹。《两世罕王传》也可以称谓民间记忆的清前史，有诸多史学的参证价值。

本说部开篇申明本书发端的来龙去脉。说书人的开篇书引子，讲得十分清楚，《两世罕王传》早年有不少传本，有些本子因传的人住的地方不同，也因为年代太久了，互有不少差异，但总的故事中心还都是讲王杲和努尔哈赤两代的英雄谱。

《两世罕王传》的传承，陈姓家族是很重要的传承人。陈姓家族，分布在北京怀柔、十渡和西山诸屯，多在庭院里种植着柿子树，每到盛秋，黄柿染林，别有一番风味。族人们便喜欢在开辟的青砖瓦房里，有的人家还外带个小院，修的扇子门也挺讲究，摆开几张小凳，专做全族的书场。清代和民国年间，族中长辈常在这小院请来满汉齐通的色夫，办着塾学，说着家常，或者请本族德高望重的叔爷爷，讲他最擅长的《两世罕王传》，消磨时光。直到咸丰、同治年以后，社会萧条，旗人家境衰落，不少院落被当了出去，到民国年间最终也没有赎回来。族里人啥玩意儿都可丢，就是祖传的《两世罕王传》没有丢，族里族外的乡亲们，都以说几段满洲书为乐，振振精神，联络感情，或者请色夫们来挑段演讲，可是终没有个像样的场地。尽管这样，叔爷爷从不烦气，老人家因受祖上传统的说唱习俗影响，不论长短，说任何一段，只要有人请他讲，都有求必应，从不要一文钱。叔爷爷的名声在北京郊区，越来越响亮。不过，大清国亡了以后，京城里的旗人可就遭殃了。俗话讲："殃及池鱼"呀，大清国皇帝退位，凡属满洲人不仅要剪辫子，而且被挨门挨户抄家搜查，吓得满洲人不得不编说自己的足迹，硬充河北的蓟县人、山西的大同人、山东的蓬莱人，家有女儿的，想方设法嫁给汉人。叔爷爷心很宽，闲来无事，为消愁解闷，图个热闹，就在巷子里聚拢旗人邻里，讲罕王传。

邻里们像汉人爱听《三国演义》《水浒传》《说岳全传》一样，爱听《两世罕王传》。不仅满族旗人爱听，更招来许许多多汉族哥们儿也听得格外入心。《两世罕王传》谁听谁都觉得很有瘾呢，最后就这样传开了。

令人难以忘怀的是，一九三七年秋末，叔爷爷夜晚让他儿子从西墙凹里，将他收藏的《两世罕王传》书匣取下，让儿媳妇烧好温水，取来白毛巾，亲自擦洗书匣，小孙儿帮着爷爷端盆倒水，儿子、儿媳不知老人家何意，老人又不让他俩插手，并让儿子、儿媳带着小孙儿到下屋入睡，说自己还要翻阅一下过去讲唱的书本，不必管他。老人家身体康健，精神矍铄，儿子、儿媳也就没有在意。谁知天亮以后，儿子、儿媳起来，进到上房，见叔爷爷坐在牛皮沙发上，怀抱《两世罕王传》书匣，已经逝去。老人无病而终，终年八十。

二十世纪八十年代初，我在中国社会科学院民族研究所贾芝先生处进修民间文学专题课期间，在实践基地采风，就是调查访问北京郊区西山、潭柘寺镇等地，满族同胞待我亲如一家，承蒙他们无微不至的关照和帮助。在民间采风期间，我有幸征集到满族陈氏家族传袭下来的《两世罕王传》。一九八三年秋回长春后，我在诸多论文中，揭示和评述《两世罕王传》的史学和民族学、民俗学的不朽价值。吉林省社会科学院历史研究所清史专家张璇如先生、清代扈伦四部乌拉部布占泰后裔赵东升先生，都曾部分或全部审读过《两世罕王传》文本手抄卡片，均认为我国清前史研究专家除有我国著名学者孟森先生外，日本圆田一龟先生对清前史研究，亦颇有开拓与贡献。《两世罕王传》的搜集，是民间记忆资料的可贵补充，对古清史研究必有裨益，给予很高评价。一九八四年秋，宁安县志编纂办公室主任傅英仁先生到长春查阅资料，见到《两世罕王传》卡片，爱不释手，对其清前史学术价值也给予充分肯定。傅老满腔热忱地表示愿意参与《两世罕王传》的整理工作。临别时傅老将《两世罕王传》中的努尔哈赤部分卡片资料带走，回宁安整理；而我因有家传的满族说部《萨大人传》《雪妃娘娘和包鲁嘎汗》《飞啸三巧传奇》《恩切布库》等需要整理，所收藏的《王杲罕王传》资料一直存放家中，由于搬家和朋友传阅，有些资料遗失。一九九七年交王慧新存藏文稿，之后她告诉我已商妥与王宏刚先生合作整理。两位先生经过近两年的精心梳理、史料核实和文字修润，终于圆满整理完毕，得以问世，深表敬佩和感激之忱。

第一章　情殷殷　乌拉特奋勇救人
　　　　　意切切　佛库伦知恩图报

　　话说在中国东北，有一座长白山。从长白山发源三条大江，从东、南、北三个方向辐射而下，图们江东流入海，鸭绿江汇入西朝鲜湾，松花江北流又与黑龙江汇合流入鄂霍次克海。

　　这长白山气势雄伟，高耸入云，山上有许多温泉和巨大的火山口，形成星罗棋布的湖泊。湖面碧波荡漾，景色迷人。特别是春夏之际，树木葱郁，百鸟争喧，风光绮丽。

　　这天，正是一个明媚的春日。柳绿花红，蜂飞蝶舞。一阵银铃般的笑声，从山间传来。只见从林间的路上，马蹄嗒嗒，三匹高大的骏马飞驰而出，每匹马上都坐着一位妙龄女郎。这三个女郎，着绿装的是大姐，名叫恩库伦；着红装的是二姐，名叫飞库伦；一袭白衣，长得最俊美的是妹妹，名叫佛库伦。她们在马上嬉笑着。

　　三位骑马女子，都是女真装束，正是布尔胡里寨寨主干木尔的三个宝贝女儿。恩库伦二十一岁，已经嫁了丈夫，飞库伦二十岁，也说定了婆家。只有佛库伦，美貌绝伦，又冰雪聪明，还是小女儿，父亲不肯轻易许人。

　　不一会儿，她们来到一处温泉。恩库伦提议："咱们下去洗澡吧"。飞库伦欢呼起来："好啊！"只有佛库伦说："你们洗吧，我要去猎几只野兔，好给父亲下酒。"说罢，打马跑向山后。这大姐和二姐也不管她，径自宽衣解带，赤条条地跳入水中，说笑嬉闹，洗浴多时。

　　单说佛库伦信马由缰，来到郊野，忽见前面出现一只兔子，飞也似的往前跑去。佛库伦不禁大喜，纵马追去。这兔子也怪，竟跑得比马还快，忽而没了踪影，忽而又现身形。佛库伦几次抬弓搭箭，都被它灵巧地躲过。追到一个山口后，兔子彻底没了踪影，却被一头黑熊拦住了去路。

　　一般情况下，黑熊是怕人的，见着人它就逃走，可这头黑熊却两眼露着凶光，向佛库伦迎了过来。佛库伦倒不害怕，可是座下马却吓得惊叫一声，直立起来，把佛库伦甩了很远，然后跑到林子里去了。

这黑熊被马吓得停了下来，两眼瞪着佛库伦。佛库伦想，我不能被它吃了。她忍着被摔的疼痛站起来，迅速地跑到一棵碗口粗的枫树前麻利地爬了上去。

黑熊立刻追过来，张口咬住了佛库伦的裤角。幸好佛库伦使劲蹬了它的鼻子一下，黑熊才负痛松了口。佛库伦乘机爬到了树的上边。凶恶又狡猾的黑熊气急了，大吼一声，便用尖利的牙齿咬起树干来了。

"完了！"眼看树干要被咬断，佛库伦绝望了。

这时，不知从哪里来了一个青年，大喝一声："那畜生，着箭！"一支雕翎箭射进黑熊的左掌。这黑熊气得拔掉箭头，转身向青年扑去。只见这青年毫无惧色，左躲右跳。黑熊几次扑咬，都没伤到他一根毫毛，黑熊气得吼叫不已，力气也渐渐地弱了下来。青年这时腾出手来，从背后掣出腰刀，一跃身跳到黑熊背上，挥刀向黑熊砍下，只见黑熊脖下血像箭一样射出。当它要翻滚扑压那青年时，那青年早已闪身躲开。几个展闪腾挪后，那黑熊的身上已是伤口淋漓，血流如注，最后轰然一声，倒地死去。

这一切，被树上的佛库伦看个真真切切，她喊了一声"乌拉特"，就跳下树去，向青年深施一礼，说："谢谢你，谢谢你救了我！"

原来这被称作"乌拉特"的青年，是邻村梨皮峪村村主的儿子。梨皮峪村跟布尔胡里寨有世仇。梨皮峪村主，名叫猛哥，年已六旬，膝下只有一子，就是乌拉特。这乌拉特是个英雄才俊，武艺高超，智勇兼备，又是一表人才。前年，布尔胡里寨抢了梨皮峪村的骆驼，去年，梨皮峪村抢了布尔胡里寨的骡子。两个村寨，抢来抢去，每抢一次就要械斗一次。前不久，布尔胡里寨人从布库里山经过，被梨皮峪村民探知。猛哥便领人去抢骡子，乌拉特自然是急先锋。两村的人各有数百，全聚集到山前，刀光剑影，杀气腾腾。那边是猛哥、乌拉特带队，这边是干木尔、三姐妹领头。几场厮杀，布尔胡里寨渐渐落败，放弃骡子，退回村里，村民死伤很多。杀红了眼的乌拉特被佛库伦的美貌吸引了。他认识她是干木尔的女儿，她也认识他是猛哥的儿子。她知道他勇猛，便打马退去。他却紧追不舍，眼看就要追上，佛库伦知道自己必死无疑，便停下马来，闭目等死。

乌拉特打马追来，见佛库伦俊目紧闭，粉面如花，肤如凝脂，朱唇皓齿，不觉呆呆出神。佛库伦睁眼一看，知是不肯杀她，便说："要杀便杀，要砍便砍！"乌拉特笑了，说："谁能舍得杀你这美人儿，好好回寨吧！"说着，掉转马头，跑回去了。佛库伦心中万分感激。就是这次，两个人心中都对彼此留下了深刻的印象，尤其是乌拉特回到村寨后，对佛库伦是日思夜想，只恨她是仇家的女儿。

今天也是机缘凑巧。乌拉特独自一人上山，想打点猎物。行在山口，见黑熊正要咬断树干，吞吃心上人。这还了得，便使出浑身力气和智慧，救了佛库伦。

见佛库伦施礼言谢，乌拉特一时很激动，忙说："不用谢，不用谢！"

佛库伦向他微微一笑，转身就想离开。

乌拉特赶紧上前拦住："我们两个村寨结了仇，这是老辈人的错误。冤家宜解不宜结。我们年轻人应该抛开仇恨，冰释前嫌。"

佛库伦一双深情的大眼望着他，点了点头。

乌拉特又说："我觉得上次不杀你和这次救你，都是应该的。其实，从打见你那时起，我心里就喜欢上你了。"

这一席话说得佛库伦心如鹿撞，已是及笄之年，又是渐懂风月，面前有个英俊美少年，岂有不动心之理。但她想了一想，说道："前次蒙你不杀，这次逢你搭救，我都感激万分。我常常思慕你，佩服你是个英雄。不过，我和你可恨是世代仇家，这段姻缘就等来世吧！"说完就哭泣起来。

乌拉特赶紧劝慰，一边给她擦泪，一边说了无数的安慰话，终于使她破涕为笑。二人温情软语，已是有些依依难舍，便相约了再会的日期、地点，才恋恋不舍地告别。

恩库伦、飞库伦洗浴多时，不见妹妹回转，便四处找了一番，没找到就骑马回家了。当夕阳西下时，妹妹佛库伦才风风火火地赶回，见她拖回一头大黑熊，父亲和两个姐姐才一块石头落了地，高高兴兴地炖起熊掌汤来。

从此，乌拉特和佛库伦便常常私下幽会。谁想青年男女，情好殷殷，几月之后，佛库伦红潮无信，已是暗结珠胎。纸里包不住火，日久天长，她跟乌拉特的事已被两个姐姐看出来了。她们连哄带劝，佛库伦只好全盘招供。佛库伦的肚子一天一天地鼓起来，腰围渐粗，她怕父亲和母亲知道，每天愁肠百结，以泪洗面。恩库伦和飞库伦也替她着急。经过一番谋划，三姐妹编出了一个流传至今的偷吞仙果的神话。

说是有一天，三姐妹在布库里湖洗浴。一只灵鹊口衔红果从天上飞来，轻轻地把红果放在她们的衣服上就飞走了。三姐妹上岸后，大姐拿起红果看了又看，把它交给二姐，这二姐看了又看，也喜爱非常，又把它交给妹妹佛库伦。佛库伦看那红果，莹光灿灿，明润圆滑，放在鼻前一闻，香馥无比，便不禁张开玉口亲它一亲，哪承想那是一只灵巧的仙果，竟会自动钻入口里，滑溜溜跑进肚中。这佛库伦却不在意，倒把两个姐姐吓了一跳："妹妹，也不知中不中吃，是甜是苦，你怎么就吃了。"佛库伦说："我没想吃它，谁知它自己会动，竟跑到我的嘴里，还没等我咬它，就跑进我的肚里去了。"说完，微微一笑，招呼两个疑疑惑惑的姐姐穿衣，骑马回家。从那以后，佛库伦就身怀有孕，腰围渐粗。

这一篇神话编得天衣无缝，竟使干木尔两口子信以为真，认为女儿腹中的孩子是天生，固然贵不可言。又过了一段时间，佛库伦怀胎十月期满，孩子即将出生。

孩子降生那天祥光普照，瑞气千条，忽然从山上飞来无数喜鹊，叽叽喳喳，聚在干木尔家。不一会儿，佛库伦腹中作痛，只听"呱呱"数声，生下一个男孩。这个男孩就是雍顺，因为是在布库里湖感孕而生，所以被称为布库里雍顺。佛库伦的父亲、母亲以为无夫而孕，又是仙果、灵鹊，又是祥光、瑞气，认为是天物出世，欢喜异常。佛库伦生下布库里雍顺一段时间后，就悄悄地离开父母，找到乌拉特，双双失踪，不知归于何处。

欲知后事如何，且听下回分解。

第二章　怜英雄　白哩许芳心
　　　　治三姓　雍顺开基业

　　布库里雍顺在外祖父干木尔的养育下渐渐长大了。八岁时，他的聪慧灵敏就超过平常儿童，他天生神力，相貌英俊，颇有其父之风。跟别的女真孩童一样，布库里雍顺跟着外祖父学习骑马射箭，使枪弄棒。到他十五六岁时，能百步穿杨，百发百中。

　　这天，布库里雍顺带着一伙经常在一起玩的小朋友练习摆兵布阵。一位白胡子老爷爷上前夸道："别看孩子小，志向倒不小。"他接着跟布库里雍顺说："在布库里的下游，有一个三姓地方，总是打打杀杀的，等着你们去治乱呢！"老人说完竟飘然离去，布库里雍顺猛然想起母亲佛库伦曾跟他说的话："你是天生，总有一天要到一个叫三姓的地方治乱兴家！"想到这里，他决定到这三姓地方，去干一番事业。

　　怎么去呢？布库里雍顺便一天天在河边折柳树，说是要编一只柳船。终日编船，人们都笑他。有志者，事竟成，编了几月后，一只大柳船竟被他编成了。他把柳船放入水中，这柳船却在水中丝毫不漏。布库里雍顺非常高兴，就把柳船划到急流里。船在水中左右摆动，缓缓漂流，两岸观看的人都拍起手来。

　　正在欢笑的时候，突然狂风大作，波涛汹涌，那柳船箭一般射入水中，向下游飞去。布库里雍顺吓得大声喊叫，岸边的人也是心急如焚，怎奈风大水急，船行迅速，人们也是无可奈何。布库里雍顺已吓得昏倒在船上，不省人事，听由柳船漂向远方。不久，风平浪静，水流迟缓，船速也慢了下来，来到一处河湾，船停下了。

　　河湾的岸边上，一位头梳高髻手提红桶的女孩正要汲水。猛抬头，见有一只船停在河内，里面还躺着一个十七八岁的青年，很是吃惊。她连忙打上一桶水，走上岸来，想快些回去告诉父亲，但刚迈了几步，又掉头走回去。她是想到，这无缆的柳船，要是再起大风，又不知会被吹向何方，常听父亲说，"救人一命，胜造七级浮屠"，我今天救这男子一命，也是我的功德一件。于是打定了主意，走到岸边，看那船离岸还有一段距离，凭她的手再长也是够不着的，忽然心生一计，就到河边一棵树上，折下一根树枝，向水里划着，那船便轻轻向身边移来。姑娘非常高兴，双手抓住船边，一纵身跳上船来。仔细一看那男子虽然两眼紧闭，但脸部轮廓俊美异常。姑娘不觉起了怜惜心肠，便抓住他的腰带，使尽平生力气，将他拖上岸来。

姑娘累得娇喘吁吁，歇了一会儿，见这男子依然未醒，便坐下身子，把他的头枕在自己的腿上，再一次观察起他来。只见他额上还有点点汗滴，姑娘掏出手帕为他擦汗。这时，他面色转红，越发英气动人，真是眉清目秀，棱角分明。姑娘见了，不觉心中一热，偷眼一看，见四面无人，忍不住在他唇边甜蜜地吻了一下。布库里雍顺只觉得鼻内一阵异香，顿时从昏睡中清醒过来。

布库里雍顺见自己躺在一个陌生的女子怀里。这女孩活脱脱的美人形貌，那真是沉鱼落雁，闭月羞花，不禁又惊又喜，只是眼神不住地上下左右地看个不停。

那姑娘被看得羞涩万分，就想站起身来逃走，却不想裙子被他身体压住，站不起来。布库里雍顺与她脸对着脸，见姑娘在自己面前羞成一朵红花，越发娇美可爱，便忍不住向姑娘唇边还了一吻。

姑娘娇嗔地挪开他的身子："你是哪里来的野小子？为啥到我们这三姓地方来？"

布库里雍顺一跃而起："这里是三姓？"

姑娘点点头，他一把抓住姑娘的手："太好了，我就是要到三姓来！"

姑娘害羞地甩开他的手："你还没回答我的话呢？"

布库里雍顺说："我是布库山布尔胡里的人，我母亲是佛库伦，她吞吃仙果后生下了我。我叫布库里雍顺，今年十八岁了。因编柳船成功后在水中玩耍，不想被一场大风浪，弄得我不省人事，漂到这里。"接着，他又说，"好姑娘，你叫什么名字？是你救的我吗？你是怎么救的我？"

"咯咯咯……"姑娘放出一串银铃般的笑声，"你是天生的吗？我叫白哩。以后我把一切都告诉你。你在这里等一会儿，我去找父母来请你！"说完，姑娘又撒下一串银铃般的笑声，跑远了。

原来这白哩姑娘，是这三姓地方百里挑一的美人。父亲名叫情多哩。三姓本是百多户人家的小镇，其中有三姓大户互相不服，经常打打杀杀，因情多哩为人厚道，处事公正，三大姓的首领就推选他做寨主。

却说白哩姑娘回家走得匆忙，脸色发白，娇喘吁吁。父亲情多哩一向宠爱她，因在她出生后，她的母亲就一直病着，再未生育。情多哩就这么一个宝贝女儿，而且长得天仙一般，虽然二十岁了，但是没遇上般配的青年，至今还没有选定婆家。情多哩一见白哩的神情，就走上前关切地问她："你的脸咋这么个神情，是被野牲口吓得吗？"白哩定了定神说："女儿在河边汲水，忽然从河上坐船来了一个男人，说他是天生，我看他像个英雄，咱们村可没有这样的奇人。阿玛，你快去河边，请他来家聚谈吧！"

情多哩连忙带人来到河边，见一位俊美青年在河边发怔。情多哩走到他身边，大声地问："小伙子，你就是那位天生的巴图鲁吗？"布库里雍顺见问话的老人仪表堂堂，赶忙恭敬地回答："我叫布库里雍顺，我没有父亲，母亲佛库伦吃下灵鹊衔来的红仙果，感孕有胎，十个月后生下了我。我在布尔胡里生活至今，我的外祖父是干木尔。我因编柳船玩耍，不幸被风浪吹刮到贵地。"情多哩听了大喜，说："小伙子，原来你是天上送来的一位英雄，这是我们三姓地方的福气呀！快请到我家里去。"布库里雍顺说："刚才我见到一位白哩姑娘，老人家，她是你女儿吗？"情多哩说："正是小女！"布库里雍顺一听，赶忙跪下行礼："侄儿拜见伯父！"情多哩说："请起请起。"拉着他的手，一行人高高兴兴地回到村里。

听说情多哩家来了异人，村民们都来到他家里一睹异人风采，一时间情多哩家人员济济，热闹非凡。布库里雍顺伶牙俐齿，只听得人们乐而不返。情多哩也万分高兴，摆酒做饭，款待乡亲。从此，布库里雍顺就在情多哩家住了下来，人们见他与白哩出双入对，砍柴打猎，情融欢洽，都暗暗称赞真是美满的一对。情多哩对布库里雍顺也是十分满意，但他不知这对青年的心思，有心把他们的婚事办了，又怕违拗了二人的心意。

这天，情多哩老人在山间闲游，停在一棵树下边抽着烟袋，边想心事。这时从树后传来了轻轻的说话声。情多哩悄悄地往前走了几步，原来是布库里雍顺和白哩姑娘依偎在一起，他搂着她的脖子，她握着他的手。他说："姐姐，我从见到你的时候，就被你的美貌吸引了，现在看你比那时更美，真叫我心里爱……"说到此，他把嘴凑近了她的耳朵，声音小得情多哩听不清，只见白哩姑娘面起红花，娇羞地说："我情愿跟你一辈子，永远不分离！"然后，两个人不约而同地亲了一个嘴。这一切被情多哩看在眼里，听到耳里，这心里一下子乐开了花，他笑得前仰后合，从树后走出，只吓得两人羞愧万分，低头不语。情多哩说："孩子们，不要害羞，你们的心思我看明白了。你们的婚事，我是最满意的了。你们以后成了亲，我就是死了也放心了。"说完哈哈大笑。白哩姑娘高兴地抱住了父亲的脖子，在他的脸上亲了一口："阿玛，你真好！"

却说情多哩高兴地回到家中，急忙换了衣服，到集市上买了些肉菜回来，又到村中请来了十多个老头子。烫上烧酒，端上肉菜，一桌子的人就吃喝起来。酒过三巡，菜过五味，情多哩老人站起身来，他高举一杯酒，开口说道："女儿白哩，年已二十，至今未说定婆家。自从布库里雍顺来到村上，我就有心把小女嫁他。我看他们郎才女貌，很是般配。今天把大家请来，一来是请大家喝杯喜酒，二来是告禀各位一声，我要选择个黄道吉日，让他们拜天地成亲，也好了却我一桩心事。"这些老人家一听，齐声道好，陪他一起干了一杯。白哩姑娘一听自己要做新娘子，又羞又喜，就往屏后跑，正与在屏后偷听的布库里雍顺撞了个满怀，两人就势搂抱在一起，高兴得又蹦又跳。

话休絮烦。过了几天，情多哩广发请柬，备办酒席。只见附近乡邻，远道客人，贺喜的人把偌大个院子挤得水泄不通，人们争相一睹一对新人的神采。不一会儿，一对新人被搀了出来。布库里雍顺头戴乌绒大帽，穿了一件黄缎长袍，天青马褂，绣着碗大团花，脸上乌眉俊目，更显得雄姿飘逸，英气逼人。白哩一身红袍，衣襟上绣满金色碎花，粉缎绣鞋，头上缀满珠翠，脸上略施脂粉，打扮得艳丽万分。他俩朝着正座一起跪下，拜过天地，父母，又夫妻对拜，喝了交杯酒。然后是开席畅饮，真是鱼肉果蔬应有尽有，众人举杯同贺，直吃到日已衔山，尽欢而散。那布库里雍顺和白哩自然是同进洞房，共入罗帷，成了百年夫妻。从此，布库里雍顺就随了岳家姓爱新觉罗。

布库里雍顺被视为天生，一来到三姓地方，就受到人们的敬重。他与白哩结婚后的第二天，三姓的三个大姓家族的族长来到情多哩家，与情多哩商议，劝他把寨主之位让与女婿布库里雍顺，改寨主称贝勒，共同议定，共推布库里雍顺为贝勒。布库里雍顺初时不肯，后来推辞不过，就被拜为贝勒。他被推为贝勒后，恩威并举，管理有力，把这个三姓地方治理得繁荣昌盛。白哩福晋也是持家有道。不几年，布库里雍顺在三姓东部发现了鄂多里城，觉得三面临山，一面临水，地势险要。便重新加以修筑，建了贝勒府，大操场，瞭望台等，然后，把三姓居民都移居到鄂多里城，一时市井繁盛，人烟稠密，成了一个偌大的城池。布库里雍顺选民练兵，威严镇守，旁边的小部落都望风来归！有不服的部落，布库里雍顺就带兵马去杀他个落花流水，不得不归顺。因而鄂多里城是越来越繁荣强大，威名远扬。

欲知后事如何，且听下回分解。

第三章　富尔察险误先祖业
　　　　　塔克世走马古埒城

　　却说布库里雍顺在明朝的长城以外，东冲西杀，疆界日益扩大，人人慑服。过了许多年，布库里雍顺贝勒、白哩福晋相继去世，由小贝勒继位，一代一代相传不绝。到了明朝中叶，明朝边境把长城以外地界胡乱划分为三卫，邵海西卫，朵颜卫，建州卫。这建州卫就是由鄂多里城发展而来，族众是女真遗族。却说雍顺之后有一代贝勒就有一番东侵西掠，致使周边地方恶感愈结愈深，同种寻仇，不相上下。

　　俗话说，富裕之家，三世而新。到了富尔察贝勒这一代，几乎把整个雍顺家业丧失殆尽。富尔察时，各族仇杀已甚，他仗着祖父的基业打打杀杀，扩充地盘，也播下了仇恨的种子。偏偏这富尔察又喜欢觅祖归宗，非要查出个天女遗迹，红果感孕的遗事。这天，富尔察便带领三百多兵马，顺河而上，来到布库里湖。那时由于各族争战，村屯间防范甚严。这支兵马刚到布尔胡里，只听呼哨一声，箭似飞蝗，把这支人马打得是人仰马翻。富尔察赶紧叫人喊话，说是雍顺的孙子来认祖归宗。这不说还好，一提雍顺，这布尔胡里村人是"野种、杂种"的骂声不绝，攻杀更甚，把个富尔察兵马杀得落花流水。富尔察带少数兵马赶紧逃走，又被布尔胡里人随后追杀。只剩富尔察单人独骑飞速逃跑，没想到又马失前蹄，陷入泥坑。富尔察眼见追兵已近，只好弃马步行，见前方有一古树，便藏在树旁。

　　富尔察刚藏到树旁，也是天不灭曹终是有救，正在这时一只灵鹊落在他头上的树枝上，就叽叽喳喳叫个不停。这后面追兵一见灵鹊在上，定然不会藏人，便一哄而过，不久就打马返回。富尔察虽然没寻到天女遗迹，没寻到红果感孕故事，但有了这灵鹊救命一节，便对天女之事更是坚信不疑。

　　却说富尔察保住性命，赶回建州，没想到是祸不单行，邻近部落早已打听到富尔察领兵远走，就借机赶到他的城池，把财产抢个精光，然后又一把火把城池烧个精光。可怜富尔察，堂堂一个贝勒一时间在建州卫的势力完全化为乌有。他幸好留得残生，躲到一个荒村僻壤，学那越王勾践的故事，韬光养晦，直到他的孙子猛哥帖木儿出世，才敢东山再起，重新出头露面。

猛哥帖木儿贝勒自幼威武有力，又蒙富尔察精心教诲，从小他就立下重振爱新觉罗神威，收复以往失地的雄心大志。他重整旗鼓，东侵西掠，祖宗的仇人皆被他擒获诱杀。只几年工夫，他的马队成为建州卫最强大的武装，真是一声呼哨，铁骑千群，声势浩大。

明朝的永乐皇帝，慑于猛哥帖木儿的声威，担心他们冒犯边界就敕封猛哥帖木儿为建州卫都督。这建州卫以后就从贝勒改为都督管辖，并世代承袭。这猛哥帖木儿是建州卫的第一代都督，也是载入清史的"肇祖原皇帝"。他死后，传位于福满；福满年老后，传位于董山，以后又传位于觉昌安。

这时，都督府已从鄂多里迁移到赫图阿拉城。这里原是一个坐落在群山之中的小山寨，发源于长白山西麓的苏子河就从山寨下流过。依山傍水的自然环境，使赫图阿拉成为女真人渔猎、耕作的宝地。在福满做都督时已把赫图阿拉建成为一座坚固的城池，后又改名新京。

话说这觉昌安英勇无敌，一共弟兄六人。这弟兄六人因崇拜佛教，造了一座七级浮屠，叫作宁古塔。这座宁古塔，起造成功，金碧辉煌，高耸云端，日光照在塔顶，金光闪闪，彩焰千条，辐射一二百里，连赫图阿拉城也全在那佛光普照之中。佛经有云，起造宝塔，功德无量。因此六兄弟是声名远扬，谁都知道宁古塔贝勒个个英雄，人人出众。附近村屯部落，都是望风归顺。只有西面的索色纳部落，因酋长有几个儿子，学得一点武艺，偏偏不服宁古塔贝勒的管辖。有一天，觉昌安的侄子纳屋齐格，领着兵马，把他打得一败涂地。从此，岭东苏克苏浒河以西的百里地方，统统归建州卫管辖。这且慢表。

觉昌安当建州卫都督时，有着强大的势力。他的五个儿子，个个勇武有力，武艺高强。他的大儿子名礼敦巴图鲁，二儿子名额尔衮，三儿子名界堪，四儿子名塔克世，五儿子名塔克篇古。五个儿子中数礼敦巴图鲁最为骁勇，在千军万马中取上将首级如探囊取物，附近的城池多为他收服。四儿子塔克世有勇有谋，善用谋略取胜于人。不久，明朝皇帝为了笼络建州女真，又封觉昌安为建州左卫都指挥使。

五位贝勒已有三位娶了福晋。大贝勒礼敦巴图鲁早生下一位格格，名叫爱金。这爱金虽然只是六七岁，却长得千娇百媚，不但她的父亲爱她，便是祖父觉昌安也视同掌上明珠，要替她攀门高亲，择个爱婿。

此时，满洲已兴起了一门望族。这望族家住古埒山。这古埒山又叫作鼓楼山。山上筑了一座城，名古埒城，又叫作鼓楼村。单讲古埒山在浑河右岸，离沈阳县（现为沈阳市）不远。这沈阳便是明朝边界，属苏辽总督管辖。历代明朝总兵都以不生事端为无上政策，所以古埒城主是前明边吏着意联系的一个对象。又因为明朝历来奉行"以夷治夷"的战略，见建州左卫都指挥使的势力渐大，就要设一个势均力敌的对手加以牵制，这古埒城主正好起这个作用。话说这城主被明朝封为都指挥，城主姓喜塔腊氏，名王杲，同那觉昌安位置相当，资格相似，年纪相仿。这王杲年将半百，膝下只有一双儿女。女儿十六岁，尚未许配婆家。儿子才十岁，他生得眉清目秀，叫作阿太章京。当时有替阿太议婚的，王杲总以不门当户对而推辞。这王杲听说觉昌安有个孙女，名叫爱金，就托媒人为儿子提亲。

媒人是翻山越岭来到赫图阿拉城，觉昌安赶紧迎进都督府。媒人一提亲事，觉昌安连忙摇手说："不行不行！"媒人问："为什么不行？"觉昌安说："那王杲与我官阶平等，年纪相仿，比如我有女儿倒可以嫁给他的儿子，他有女儿也可以嫁给我的儿子。怎能将高就低，他的儿子做了我的孙婿？不妥不妥！"没等媒人回言，四贝勒塔克世在旁说道："阿玛，有啥不妥？人家愿俯就咱们，如果不答应，人家不是太没面子了吗？何况咱们受人家庇护已是不少。记得上年苏辽总督派人到咱赫图阿拉调查长白山的物产，索取一大批人参、东珠，还要咱们年年进贡，多亏王杲一句话，不就免了吗？他既愿意俯就咱们，咱们不正好反过来把他做泰山之靠吗？"当时大贝勒礼敦巴图鲁也站立一旁，故说道："这事四弟既以为可行，咱的女儿便由四弟做主是了。"觉昌安见他俩一唱一和，也就答应。当即修书一封，意即同意婚事，过几日由塔克世到古埒城送上聘礼。媒人持书信归去，报告王杲，王杲自是高兴万分。

几日后，塔克世带着聘礼，领着两名家兵，取路径投古埒城，来见都指挥王杲。哪知红鸾照命，喜事重重，青鸟传书，好音叠叠。塔克世今年十八岁，生得一表人才，仪容出众。既晋见过王杲，当下交出庚帖，收聘回礼，算是完结正事。偏偏王杲要留塔克世盘桓两日，偏生这两日塔克世兴高采烈，要显他的武艺技能。客事稍闲，他就带了弓箭，骑了一匹黄骠骏马，趁这秋高气爽，便转过山坡。

这古垳山是奇峰突兀，树木丫杈，鹰鸟排空，獐鹿逐地，是个很好的行猎所在。塔克世精神抖擞，瞄准空中一只孔雀抬弓搭箭，在欲发未发之际，箭未离弦，却见那只孔雀已是中箭下坠。他心中暗想，这是谁跟咱争这个彩头。他便将双膝一磕，那匹座下黄骠马仿佛腾云驾雾，直穿过去。这一穿不要紧，猛地从树丛中传来一声娇叱："是谁……"塔克世赶紧勒住黄骠马，只见对面而来的一匹马走得过急，收束不稳，已是滚下山崖，从马上飞出一只花花绿绿的大蝴蝶被挂在前面的一棵树枝上。

那真是一只大蝴蝶吗？非也。书中交代，这大蝴蝶原来就是王杲的女儿哈连。这哈连十六岁了，尚未定亲。她的母亲佟氏平日很疼爱她。她长得齐鬓丰颜，明眸皓齿，很有福相。所以佟氏常对王杲说："将来儿子的婚事你做主，女儿的婚事要我做主，非得个英年俊品，不然我是不会放手的。"如今，儿子阿太章京同爱金格格做亲，巧的是王杲在客厅会见塔克世的时候，佟氏太太在屏后窥见。她见塔克世一副俊容，不由得心花怒放，恨不得把哈连立刻交与他。

妇人家倒是爱才如命，等得客厅事毕，王杲回屋后，佟氏就笑嘻嘻提及此事。还是王杲有点分寸，连连摇头说："不行不行！"佟氏转笑为怒说："放着一个俊品不要，以后上哪找去？"王杲说："我非不知，但是我们儿子聘定他的侄女为妻。我们的女儿又要嫁给他为妻，这辈分不合，岂不是胡闹吗？"佟氏说："各叙各亲，有何不可？"王杲听了，忙把袍袖一拂，不再理会，而且走开了。这佟氏暗自生气，巧的是哈连姑娘过来问安。佟氏便说："妮子，你的婚姻，额莫是做不了主了，算了算了！"哈连因自己婚事父母怄气，不能动问，心中也是闷闷不乐。

欲知后事如何，且听下回分解。

第四章 | 喜事连连　塔克世走马娶双妻
　　　　 | 祥瑞重重　努尔哈赤横空出世

　　话说第二天，哈连姑娘想出个解闷方法。原来她平日熟习弓马，武艺超群，习惯于打猎。吃过午饭，她就花花绿绿地打扮起来，然后带着金背弓和雕翎箭，骑着一匹胭脂马，随同几个仆从，就从后花园跑了出来，直奔深山。她打马如飞，几个仆从被落得不见踪影。她转过一个山弯，却见一棵树枝上有一只孔雀，便拈弓搭箭，偏偏孔雀惊觉，冲天而飞。好个哈连，边催动胭脂马紧紧追赶，边擎满弓弦，瞄了个准，一箭发出。只见孔雀一个筋斗从天上倒坠下来。这时，哈连就见对面树林中有人要争这个彩头，不禁怒从心头起，恶向胆边生，一声娇叱，打马飞驰，哪承想旁逸斜出的一根树枝挂住了她的衣服，把她凭空悬在了那里。胭脂马没收住脚，滚下了山崖。对面的塔克世一愣，收住马缰之际，就见掉下山崖去一匹马，而眼前飘起了一个花花绿绿的蝴蝶，再一细看，这大蝴蝶却是一个漂亮姑娘。那姑娘的身体飘飘悠悠，还在挣扎，看上去非常危险。这遇险的姑娘正是哈连。救人要紧，塔克世纵身跃起，抱住哈连，一个轻纵，瞬间摘下挂住的衣服，轻轻地落回马背之上。

　　塔克世俯首一看，怀中姑娘已是吓昏过去，一瞥之下，觉得怀中的姑娘美若天仙，便轻轻地跳下马，轻轻地坐在草地上，轻轻地把姑娘的头放在自己的腿上。过了一会儿，姑娘苏醒过来。这哈连姑娘苏醒过来，发现自己躺在一个俊美男孩的怀中，不由得又羞又恨。她知道自己的救命恩人就是这个小伙子，想要挣脱这怀抱，又怕救命恩人不高兴，只好娇声问道："谢谢你救了我！你是谁？"塔克世把身世说了一遍，说得哈连又惊又喜。哈连虽然昨天听见了父母为自己婚事的争吵，却未见到塔克世，今日一见，真是个俊美的英雄，不觉间心中就生出几分爱意。塔克世也是一见钟情，听了哈连的叙说，更是万分倾心，真是郎才女貌，彼此有意。直到这时，哈连的仆从才追到这里。哈连就和塔克世一起回到古埒城。

纸里包不住火，尤其是二人的行迹，被那些仆从看个一清二楚。哈连姑娘平时受父亲宠爱，这回心里装满了对塔克世的情爱。姑娘一有心事，脸上自然是娇娇羞羞，被她的母亲看出眉目。一问之下，哈连就一五一十和盘托出。再说，塔克世回到古埒城见到王杲。王杲自然是重整佳肴，再设宴席。就餐之前，塔克世与哈连在山上的事情王杲已听一个仆从报告过。但王杲不露声色，席间诱引塔克世说出一番大丈夫的宏图壮志，心中对塔克世甚是喜欢。

却说晚饭之后，佟氏见到王杲，就把哈连打猎遇险，被塔克世所救的故事，还有二人私订终身的事情，一五一十全都说给了王杲。王杲已知此事，席间又听得塔克世一番宏论，对这门亲事已是同意，只是碍于前日所谓辈分的愚昧之见，不好自打耳光。佟氏旧话重提，见丈夫不再作声反对，就又说一番各自论亲，不必拘泥于辈分的道理，这王杲便就坡下驴，欣然同意了。佟氏说："你既然同意这门亲事，咱不如就把塔克世招赘咱家，赶紧把亲事办了。"王杲说："好，待我运作。"

这王杲连夜把塔克世找来，试试他对哈连的情义。塔克世说："都指挥大人连日对在下盛情招待，已是感恩不尽。今日蒙您下问，在下更是心存感激。您家格格，金枝玉体，品貌一流，又有一身好武艺，在下心中是万分仰慕。"接着便把搭救哈连，彼此已蒙爱意，私订终身的经过叙说一遍，然后说："承蒙大人厚爱，在下愿与哈连结成连理，亲她爱她给她一生幸福，望大人成全。"这一番话说得王杲心花怒放。就马上修书一封给觉昌安，信中写了哈连招赘塔克世之意，派人快马送去。觉昌安收信大喜，满口应承，修书回送。这样，几天后择了个吉日，王杲就把哈连和塔克世的喜事，在古埒城办了。真是迷离两兔，原系同心，颠倒鸳鸯，可谓共命。蜜月以后，塔克世就携哈连回家。不消说得，觉昌安又是置办酒席，一番招待。

过了几年，大贝勒的女儿爱金长大成人，真是貌若天仙，自然是履行婚约，被阿太章京吹吹打打娶去。这且不表。

单说塔克世与喜塔腊氏——哈连，恩恩爱爱过着甜蜜幸福的生活。塔克世不仅富于谋略，长于征战，而且与附近部落的外交频繁，越加得到觉昌安的器重，威望日高，哈连性格温和，持家有方，劳碌不辍，和气待人，在家族中很有人气，颇受尊敬。

一天夜里，哈连梦见天眼大开，看见从天上飘来一朵五彩祥云，云上端坐一位披着野猪皮的仙人，到她面前。只见那仙人从彩云上飘然走到她的身边，对她说道："我乃天上北斗下凡，望你好自珍重！"说完，就化作一团白光，钻进她的腹中。不久，哈连便怀有身孕。

十月怀胎，一朝分娩。转眼到了哈连临产的日子。那天，红光满室，异香扑鼻，一道白光直冲北斗，不一会儿，一个男孩呱呱坠地。觉昌安一家是高兴万分。塔克世知道妻子梦见北斗的奇事，便对哈连说："你梦见的天神披着野猪皮，就让咱们的孩子叫野猪皮——努尔哈赤吧！"

说来也奇怪，努尔哈赤小的时候就与别的孩子不同。他长得凤眼大耳，面如冠玉，骨骼雄奇，身材高大，声音洪亮，过目不忘，博闻强识，举止威严。他跟从母亲哈连学文，哈连虽然生在满族之家，但是自幼就十分喜欢汉学，读了许多儒家书籍，这给了努尔哈赤很深的汉学影响。他跟从祖父觉昌安习武，觉昌安见他骨相奇特，知此子必成大器，便在武艺上多赐技艺。

不久，觉昌安由于年已老迈，大儿子礼敦巴图鲁，二儿子额尔衮也相继去世，便把建州左卫都指挥使的职位传给了四儿子塔克世。

话说前明在边关以外建设三卫，一为建州卫，二为海西卫，三为朵颜卫。所分设都督官制相同，职权相仿。单说这海西卫都督姓乌拉纳拉氏，名叫王台。这海西地方，位于长白山东方。这哈达部认为做的是明朝官，应该受明朝节制。不像爱新觉罗氏，雄心勃勃，大有统一中原之志。但没有大志的人，做事往往莽撞孟浪。王台由于包庇纵容部下胡作非为，引起众怒，惹火烧身。哈达部族竟勾引忽拉温的野人围攻王台的都督府。王台是毫无准备，趁着黑夜率众逃走。逃到一处，这王台喘息稍定，是叫苦不迭。真是有家难奔，有国难投，走投无路。

王台有个女儿，名叫阿那。她生得明慧多知，年龄只有十九岁，还没有说定婆家。见父亲急得无计可施，她便说："父亲，咱们要想恢复家园，不如向建州卫借兵。听说觉昌安英雄盖世，他家五个贝勒以塔克世最为有名，如果能让建州卫发一支兵来，再由塔克世出马，包管马到成功，恢复我家地界。"王台听了，连连点头说："好个妮子，能替父分忧，想出这条计策，不错，不错！"随即写封急信，派了个得力干将，星夜赶投赫图阿拉城，去见觉昌安。觉昌安拆信细看，看罢心想，这王台来求救，正好借机收服哈达，做我个左膀右臂。信中既然点名让塔克世去，不如就叫他带兵前去。想到这里，觉昌安说："快叫少都督过来！"不消一时，塔克世到了。

觉昌安就把信上言语和自己的心意跟塔克世说了，父子俩一拍即合。

塔克世转身出府，点齐兵马立刻开拔。这满洲马队来如飘风，去如骤雨。找到王台，由王台带路杀回。满洲长于战阵厮杀，塔克世又擅于用计，只杀得哈达部落尸横遍野，大败而逃。王台受塔克世帮助收回家园，真是感激涕零，大摆宴席，犒劳友军。席间高谈畅饮，甚是愉悦。

酒过三巡，菜过五味。一番畅谈，王台更觉得塔克世英雄年少，气度不凡，便意欲将爱女阿那嫁他。王台有此心又不好启齿，就悄悄安排一位部下做媒。这部下跟塔克世一说，塔克世满口应允。满族婚俗向来一夫多妻，这事也就顺理成章，无可非议。王台派人快马传书，又征得觉昌安同意，就在海西卫大摆宴席，把塔克世和阿那结成夫妻。隔了几日，塔克世还师奏凯，用桃花骏马把阿那驮回。从此，塔克世两位福晋，家庭生活倒也其乐融融。此时，哈连已生过三个孩子，除努尔哈赤，还有二弟舒尔哈赤，三弟雅尔哈赤。不下三年，这阿那福晋也生下两个儿子，一个名叫巴雅喇，一个名叫穆尔哈赤，龙生龙种，凤育凤雏，真是爱新觉罗家族的福运。

在努尔哈赤十岁的时候，他的母亲哈连因病去世了。从此，不幸降临在兄弟三人的头上。

开始是阿那恃宠独尊，常常给努尔哈赤白眼。努尔哈赤自然是龙种难驯，就更是备受虐待。日久天长，塔克世也受阿那挑唆，对前妻生的儿子看不顺眼，非打即骂。努尔哈赤兄弟三人只是偶尔到祖父觉昌安面前，才能寻回一点亲人的温暖。

或许是偏狭自私，或许是女人多妒，二福晋阿那把兄弟三人视如眼中钉、肉中刺。她开始公开地嫌弃他们，甚至无缘无故地指责他们。惑于妇言，塔克世也不明视听，把种种不睦归咎于无辜的努尔哈赤。努尔哈赤生来不苟言笑，父亲的冷漠使他更加勤奋地练武。他心中暗想，家中没有温暖，就到外面走走吧。

一天，努尔哈赤带着弓箭走进了山林。他准备打点猎物。刚进林子，他就看见许多人围在一棵大树下，努尔哈赤不知这是些什么人，在干什么，就走过去想看个究竟。

欲知后事如何，且听下回分解。

第五章 | 努尔哈赤被救　学习汉文化
　　　　努尔哈赤救人　偶得夜明珠

　　却说努尔哈赤走到树下，才知道是董鄂部的一个神箭手在表演武艺。对这个神箭手，他早有耳闻，便也要试试自己的射箭本领，与这个神箭手切磋箭技。那人站在百步开外，对柳树连发五箭，中三箭，且上下交错。努尔哈赤也连发五箭，不仅全中，且五箭环绕，形成一个圆环。围观的人掌声如雷，赞不绝口。

　　努尔哈赤谦虚地说："我这是偶然碰巧了。"说完，他走到那神箭手面前攀谈，探讨一些武艺方面的问题。那人见努尔哈赤箭技高超，又很谦虚，就问："小兄弟，你箭技过人，将来有何打算？"努尔哈赤笑了，说："我要做改天换地的大事。"那人说："要做大事，光靠射箭不行。"努尔哈赤告诉他，自己还会使枪弄刀和拳脚功夫。那人听了直摇头："你这本事做不了大事，充其量能当个将军。"努尔哈赤忙拉住那人的手，请他指教。那人说："古来做大事的人，不光是武艺超群，关键要掌握兵法和韬略，那才能一人统领天下，运筹帷幄，决胜千里。"努尔哈赤说："那么，跟谁能学到这些呢？"那人见他挚诚，就拉着他的手，指着远方说："老弟要想学本领，就到九鼎山也叫南集山，在离这儿一千里远的南方，看见大海就到了。"

　　听了那人的一番话，努尔哈赤连声感谢。他告别那人后，不想打猎了，转身就往家走，心里想着去找七星老人学艺的事。刚到家门，一眼看到塔克世气呼呼坐在椅子上，二福晋阿那寒着脸，二弟舒尔哈赤和三弟雅尔哈赤跪在屋地上。见努尔哈赤进屋，塔克世指着他的鼻子吼道："死哪去了，才回来？"阿那也跟着挖苦说："两个弟弟偷吃，哥哥又心野乱跑，是嫌家里水浅，养不下他了。"塔克世大怒，对兄弟三人说："你们全给我滚，滚得远远的，我再也不要见到你们。"阿那也是吆五喝六："你父亲话说一句，快马一鞭，你们还不收拾东西走人！"努尔哈赤一气之下，拉起两个弟弟，走回自己住处收拾东西。

觉昌安听说塔克世把三兄弟赶出了家门，知道是阿那挑拨，心里很不好受，又不好出面拦阻。转念一想，说不定他们在外面历练历练，会有大出息。觉昌安就偷偷地给了努尔哈赤一些银两，嘱咐一番，祖孙四人就分手告别了。

兄弟三人拿着各自的包裹，走出了家门。走了一天后，他们来到了一个三岔路口。三个孩子把祖父给的银两平分，大哭一场，然后各奔前程。这一年，努尔哈赤年方十五，舒尔哈赤年方十三，雅尔哈赤年方十一。

努尔哈赤沿着山路，向南行去，心想，我要去九鼎山，找七星老人学艺去！一天晚上，他在一家小店住了下来。开店的是夫妇两人，男的脸上有火烧的疤痕，女的模样有点俏，都是四十岁左右。女店主看见努尔哈赤，说："小客官，你要吃点什么？"努尔哈赤说："随便吃点就休息，明天还要赶路！"不一会儿，女人端来了饭菜，努尔哈赤大嚼大咽一番。吃饱后，他把行李往床上一放，倒下就睡。朦胧中听见夫妇发生了争执，原来男的要杀努尔哈赤，妇人在劝他不要做傻事。努尔哈赤听出这是一家黑店，就悄悄地从后窗跳出去，趁着黑夜逃跑了。

天黑乎乎的，努尔哈赤稍微辨了一下方向。就顺着南边往山顶上爬去，山高林密，他已分不清路径。爬到山顶，往下一看黑黑的，像是树林，又像水池。他想，管他呢，走吧。便往前迈步，哪知前面是个悬崖，他一脚踩空，掉了下去。幸好在崖半腰被一根树枝弹了一下，掉到崖底摔得不重，但也昏了过去。

不知过了多久，他睁眼一看，有一位老人坐在他的身边正在喂他喝参汤，他赶紧坐起，向老人致谢。原来这是一位采药老人，孤身一人住在深山里。这天夜里，他听见有一个高大的人在山顶上喊救人，便从家门走出去来到了谷底，才发现了昏过去的努尔哈赤，等老人把努尔哈赤背回家中，那个喊救人的高大身影已经无影无踪。老人对这事觉得奇怪。不过只闪过一个念头就全心全意救护努尔哈赤了。

采药老人连忙让他躺下，问："你是从什么地方来的？"努尔哈赤听了，像见到爷爷一般的亲切，禁不住大哭起来，然后把自己的遭遇向老人诉说了一遍。采药老人听了，唏嘘不已，说："好孩子，你就在我这儿住一阵子，身体养好了再去九鼎山也不迟。"努尔哈赤就这样住下了。

努尔哈赤身体渐好后，就下地四处活动了。他发觉老人有很多书籍，还有一些古玩，而且老人谈吐不俗。他觉得老人绝不是个等闲之人。他就主动和老人攀谈，并请教一些问题。时间长了，他了解到这采药老人原来是明朝的进士，曾在朝中做官，因看不惯官场的险恶和欺诈，才避居深山，不问世事。一天晚饭后，努尔哈赤一下子跪在老人面前说："老人家，我想求你教我学汉文。"老人把他扶起来，几天的相处，老人已经喜欢上他了，又想起山顶上喊救人却忽然不见了的人，觉得这个十五岁的少年身上有一种不凡的力量。老人说："只要你愿意学，老夫随时都可以教你。"以后，老人认真地教努尔哈赤识字写字，还给他讲解中华民族的历史，从先秦到西汉，从李世民到朱元璋，使他增长了见闻，扩展了知识视野，丰富了阅历，坚定了战胜困难的信心。又过了一段时间，他就辞别老人，继续往九鼎山行进。

这一天，努尔哈赤来到了镜泊湖边，他刚要坐在湖边的石上歇息，忽然看见一位白发老人跌进湖里去了。努尔哈赤自幼就熟习水性，他立即跳下水去，把老人救上岸来。老人从袖中掏出一捧豆粒，报答努尔哈赤的救命之恩。努尔哈赤很恭敬地说："老大爷，我救你并不是为了让你酬谢我，这豆粒你留着吧。"

可是老人家两手还是捧着豆粒不放，非给他不可，并一个劲儿说豆粒不值钱，就算留个纪念吧。盛情难却啊，努尔哈赤就从老人的手里捏了一小捏，放在手里一看，不多不少正好七粒，顺手就放在衣兜里。然后辞别老人继续前行。

晚上，努尔哈赤要睡觉时，豆粒从衣袋里滚了出来，一下子把周围照得亮堂堂。他这才明白，原来这是夜明珠。他喜欢得不得了，从此就一直向南行去，闲时就从怀里掏出来看一看。

这天天黑时，努尔哈赤来到珲春城南，见河边有一些人正举着灯烛在淘金。这些人见到努尔哈赤通身放光，其中的一人就说："好兄弟，把你怀里放光的东西借给我们用用行吗？"

努尔哈赤看到夜明珠在黑夜里放出光亮，心里早就知道是宝物，舍不得把夜明珠借给别人，可是他见淘金的人很辛苦，就把夜明珠掏出来，交给了他们。人们把夜明珠放在一块平展展的大石上，就像七颗明星立刻放出异彩，把这儿照得通亮，淘金的人们十分高兴，一边淘金，一边唱起歌来。努尔哈赤也非常高兴，人们劝他回淘金人的营地去休息，他就往营房走去了。

半路上，有一个人拦住努尔哈赤的去路，说："你是得到夜明珠的那个人吗？"努尔哈赤说："正是。"

那人说："我出大价钱，把珠子卖给我吧。"

"你就是给我一座金山，我也不会把别人给我的纪念品卖了！"努尔哈赤嫌那人啰唆，转身就走。

那人又拦住他说："那让我看看，开开眼还不行吗？"努尔哈赤告诉他："珠子被我借给珲春城南的淘金人了。"那人才不再拦他，转身向河边跑去。努尔哈赤走了几步，一想恐怕要有事发生，就悄悄地跟在那人后面，要看个究竟。

要买珠子的那个人赶到河边，把夜明珠抢在手里说："努尔哈赤已把珠子卖给我了。"说罢就要离开。淘金的人不相信他的话，把他围住了，不放他走。这时努尔哈赤也赶到了。

努尔哈赤挤进人群，大喊一声："你好大的胆子，竟敢来骗珠子！"那个人抬头看见他，吓得一抖，七粒珠子掉在了地上。那人弯腰去拾，努尔哈赤上去一脚把珠子踩在脚下。可是等努尔哈赤挪开脚，珠子却不见了。人们怎么找，也没找到。可惜地说："努尔哈赤，你真没福呀！谁得了那七粒珠子，谁就能当皇帝。"说完，那人就悻悻地走了。

那个人一走，淘金的人觉得很对不住努尔哈赤，就一齐动手，掘地寻起珠子来。可是挖了三天三夜，把地挖了一个大坑，也没有挖出珠子来。那坑挖得太深了，从地下冒出水来，就形成了今天的七星泡。

那么，珠子哪里去了？原来，被努尔哈赤踩进脚心里去了，他自己还没觉察到。他因为急着寻师学艺，所以就跟淘金的人们告辞了。

欲知后事如何，且听下回分解。

第六章 | 七星老人收徒传艺 努尔哈赤打虎救人

努尔哈赤饥餐渴饮、晓行夜住，行有一月有余，才来到九鼎山。这九鼎山秀丽非常，有九座高峰兀然而立，山峰皆陡峭如削，山上树木参天，山中多泉多洞，风景奇美，确是仙家所居之地。

努尔哈赤一见，心中大喜，劲头大增，紧走几日，来到山脚，前面正好是一家饭庄。四个酒幌随风轻舞，从饭庄里飘出的饭菜香气分外诱人。努尔哈赤肚中正十分饥饿，他便要走进饭店吃上一顿。

他正要走进店去，忽见店前躺着一位老乞丐，衣衫褴褛，邋里邋遢。努尔哈赤心生善意，从怀中掏出几个铜子，交到他手上，又扶起他来，说："老人家，这几个铜子不成敬意，您用它去饱饱地吃一顿吧！"那老者脸目虽脏秽，但目光锐利，一抹长寿眉微微一动，面露些许微笑，说："小伙子，难得你如此善心。我已是病入膏肓之人了。不用管我，你去吃吧！"努尔哈赤说："不行，您就跟我一起来吧！"那老乞丐就不再客气，跟他走进饭庄。

一屋子客人，见努尔哈赤与老乞丐进来，有的掩鼻，有的皱眉，有的挥手说："去去去，要饭也不找个地方！"努尔哈赤和老乞丐全不理会，径直往里走，想找个空位坐下。这时，店小二过来，他把努尔哈赤也当成要饭的了，把手一拦："两个臭要饭的，我们这里没有剩饭答对你们，快滚吧！"努尔哈赤气上眉梢，道："你做的是买卖，我们吃完饭，给钱就是！"店小二见他相貌端正，声音洪亮，气质非凡，心想："人不可貌相"，便换了一副笑脸："好好好，里面请！"

努尔哈赤把老人让到上位，让他点菜。老人似乎好久没这么荣光了，眉开眼笑，伸出右手食指，口若涌泉，声音沉厚有力滔滔不绝，一口气点了十个菜，全是珍馐美馔。这些菜不光努尔哈赤没听过，就连店小二也闹的瞠目结舌。愣了半天，店小二想，今天真是遇见高人了，明明是要饭的，怎么说出的话比财主还财主。这店小二再不敢怠慢，赔着笑脸说："老人家，小店菜蔬粗鄙，没有您要的这些名贵菜，实在对不起！"老人说："那就拣你家最上等的酒菜端来，十菜一酒，不可少了一样！"店小二唯唯离去。

努尔哈赤把这一切看到眼里，心想这老乞丐绝非一般，但也看出事态发展于己不利。心想自己身上钱财无多，这顿饭恐怕吃不起。老者无钱付账，自己的钱又不够，这可如何是好，不觉间忧上眉间。老者星眸闪烁，早把他的心事看在眼里，拍拍他肩膀："小伙子，不用担心，我自有妙计，你尽管吃喝就是了。"努尔哈赤心中犹疑，面上却不好意思地点点头。

不一会，店小二尽店里的材料，把十样菜端了上来，果然是鸡鱼肉菜一应俱全，又端来了店里唯一的竹叶青酒。老人见酒开怀，给努尔哈赤也满上一杯，然后自己手捧酒坛全当酒杯。一老一少，大口吃肉，大口喝酒。老人谈些风趣雅事，逗得努尔哈赤也是心情大悦，全然忘我。努尔哈赤起始还对老人怀有戒心，怕自己醉酒误事，再者还不明老者身份怀着小心，谁知相遇投缘，性情放开，便也与老者开怀对饮。然而他毕竟年幼，不胜酒力，几杯酒下肚便醉得人事不知了。

等努尔哈赤醒来，他发现自己睡在一个山洞里。那位老者已换了洁净的衣服，长眉善目，鹤发童颜，正坐在石桌前，就着一盏豆油灯，在研读着一本古籍。

努尔哈赤已完全清醒过来，不敢打搅老人，只是眼睛往洞内不住观看。只见洞内装饰十分简朴，自己睡的是石床，却温暖如炕。洞中，除石桌外，有三个石椅，老人坐在一个石椅上。靠洞里石床旁有一个石箱，想必是老人装衣物的。墙上挂了些木刀木剑，十八般兵器应有尽有。他正在好奇观看，只听老者说了一声："小伙子，睡好了？"

努尔哈赤赶紧起身，跪在地上："老人家，您是世外高人，我年幼无知，打扰您了！"

老者放下书，扶起努尔哈赤："孩子，你快快起来说话！"

努尔哈赤站起来，但眼中抹不去无尽的疑团，老者已看出他的心思，便道："昨天有缘聚饮，不想你醉得一塌糊涂，本老人家又大喝大嚼一气，便背你回来了！"

"那么多的饭钱？"

"无须担心，本老人家还能没钱吗？"

努尔哈赤自然相信，但他还是迟疑地问："那，您为何做乞丐打扮？"

老者先是哈哈大笑，然后收敛笑容说："那天，我掐指一算，将有能人来到。我想试试你的品行，便故意化为老丐，躺在饭庄前。一试之下，知你心地仁厚，真是令本老人家心中甚慰呀！"

努尔哈赤心想，原来昨天的一切，竟是老者布的一个局。看来这人就是七星老人无疑了。但他不想贸然相问，便委婉地说："刚才您说将有能人到来，我不明何意？这暂且不说，我想请教一事，就是这九鼎山可有一位名叫七星老人的世外高人吗？"

老者是心中雪亮，心想，这小子真是鬼精灵！他又是一阵大笑，然后说："实不相瞒，七星老人就是在下，但，并不是世外高人，都是以讹传讹罢了。其实，我说的能人就是你呀！"

努尔哈赤半信半疑，又问："您怎么知道我要来拜师学艺呢？"

老者微微一笑，说："那天我做了一个梦，见一仙人说：'北斗七星临凡，正应你们七星师徒之数，望善待之！'所以心中已知此事。你叫努尔哈赤吧？孩子！"

努尔哈赤万分惊疑，连忙二番跪地，口称："师父在上，受徒儿一拜！"

七星老人赶紧上前："徒儿请起！"接着又道："孩子，目前天下纷争，女真不可久居人下，你应天顺人，将来必有一番作为！"

努尔哈赤说："弟子谨遵师命，一定好好学艺，不负所望！"

从此，努尔哈赤就师从于七星老人三年，大到治国强兵，小到拳脚棍棒，无所不教，无所不学。

三年后，七星老人见努尔哈赤已学有所成，文武兼备，智勇双全，便想放飞爱徒，让其下山成就功业。这天，师徒二人张罗了一桌好酒好菜，畅饮一番，把话说开，然后是依依难舍，洒泪而别。

努尔哈赤下山壮返，归心似箭。一晃三年了，他的心思又飞回赫图阿拉了。父亲塔克世虽然听信阿那挑拨，但毕竟是生身父亲，努尔哈赤很想念他。更令努尔哈赤想念的是祖父觉昌安，老人该有七十岁了，每当被阿那辱骂、被父亲打骂，总是祖父保护自己。特别是兄弟三人离家的时候，老祖父送银子作盘缠，这大恩大德怎能忘怀？还有，两个弟弟也不知怎么样了？

在采云山下，努尔哈赤结识了女真大汉额亦都，家住叶赫部。额亦都的父母被仇人所杀，九岁时从师于长白山的一位老人。现在老人已去世，他要返回叶赫，报仇雪恨，额亦都性情刚毅，疾恶如仇，侠骨柔肠，努尔哈赤一见就喜欢上他了。采云山上，两人结成八拜之交，努尔哈赤十八岁为兄，额亦都十七岁为弟。二人相约，三年后再聚，同兴大业。然后洒泪而别。

努尔哈赤一路壮行。

在抚顺关铁刹山上，努尔哈赤看见一只老虎，张牙舞爪正要扑向一位老人。努尔哈赤不敢怠慢，一手托弓，一手托箭，说声"着"，一箭射去，早把老虎射翻在地。努尔哈赤便像武松似的骑在老虎身上，一顿拳脚打死了老虎。

这老人被救，赶忙上前感谢不迭。原来抚顺关有一座佟家庄园，这被救的老人正是庄园的主人。这老人名叫佟万顺，抚顺市上的人都称他"佟太爷"。

却说佟太爷走上前来，向努尔哈赤拱了拱手说："谢壮士救命之恩！"

努尔哈赤连忙客气地说："举手之劳，不算什么的。老爷爷，您是怎么来到山上的，这多危险呀！"

佟太爷说："我已年过古稀，老伴早已故去，生有两个儿子五个姑娘。我这人命苦呀，大儿子新婚不久去打猎不幸摔死了，大儿媳也自尽了，二儿子娶了妻子兀娅，生下个女儿名叫春娅娜。可我这二儿子也是短命人，被蛇咬了，不久也死了。我的五个姑娘也已出嫁。现在家里就剩下我这个糟老头子、儿媳妇和孙女了。这不，今天是清明节，我寻思上山给儿子烧点纸，就碰上老虎了，幸亏遇到你呀，要不早就没命了。"

努尔哈赤说："老人家，不须说提！"

佟太爷又问："小伙子，你不是本地人吧？为什么也来铁刹山呢？"

努尔哈赤就把自己的身世和经历一五一十全告诉了老人家。

老人说："你也是个苦命的孩子呀！这样吧，天也晚了，你先到我家里去，我要好好谢谢你！"

努尔哈赤随着佟太爷，扛着老虎走进了佟家庄园。庄园里的长工纷纷称奇："这人莫非是神人，能打死老虎，那是当今的武松呀！"

佟太爷的儿媳妇兀娅出来迎接，佟太爷说："要不是这个努尔哈赤打死老虎，恐怕你就见不到我了。"

兀娅就到努尔哈赤面前道个万福："壮士受我一拜，您救了我公公，就是我们全庄园的大恩人。"

努尔哈赤扶兀娅坐下，说："大妈，这不算什么的。"

大家正在说话，从门外走进一个十八九岁的少女，口里说着："让我看看打虎英雄！"她身着旗袍，乌发高髻，面如白玉，弯眉杏眼，瞧上去分外俊美。努尔哈赤心想，我长这么大，头回见到这般好看的姑娘。

这少女就是佟太爷的孙女春娅娜。这春娅娜一看，努尔哈赤身材高大，高鼻阔嘴，浓眉俊目，不由心生敬意，说道："努尔哈赤大哥，谢谢你救了我爷爷！"说完，深施一礼。

努尔哈赤微微一笑，不好意思地说："这不算什么。"

春娅娜看了努尔哈赤一眼，嫣然一笑，然后转头对佟太爷说："爷爷，应该摆酒设宴，对努尔哈赤大哥表示欢迎。"

佟太爷立即应允："孙女说得对！"

不一会儿，一桌酒席摆上了。

欲知后事如何，且听下回分解。

第七章 | 情投意合　春娅娜喜配英雄 "以夷治夷"　李成梁计赚王杲

却说佟太爷为报救命之恩，特意摆席致谢。努尔哈赤也不推辞，便与佟太爷一家人畅饮起来。

席间，兀娅问道："壮士，你今年多大？"

"十九岁了。"努尔哈赤说。

春娅娜说："原来大我一岁呀！"说完一伸舌头，脸一下子红了。

佟太爷说："你学了一身武艺，是想回家吗？"

努尔哈赤本来就是想回家的，如今见问，就说："我是想回家，但后母不欢迎我回去，我想到别处找点事做。"

春娅娜赶紧说："大哥不要走，我们这里就是你的家。"

佟太爷和兀娅也说："对，你就留下来吧！"

这样，努尔哈赤不再推辞，就在佟家庄园住了下来。

佟家把努尔哈赤当成高贵的客人，每天热情款待。春娅娜后来与他熟悉了，便主动去找他，两人在一起有说有笑的。

佟太爷和兀娅把这一切看在眼里，便有心把春娅娜许配给努尔哈赤。

这天，春娅娜征得爷爷和母亲的同意，跟努尔哈赤一起上山打猎，那天艳阳高照，春意盎然。他们一人骑一匹高头大马，打马如飞，直奔铁刹山而去。春娅娜穿了一身红衣，骑了一头白马；努尔哈赤一身白装，骑了一匹红马。两人走在路上是心情愉悦，边走边说笑。不觉间来到铁刹山上。

忽见前面有一只小兔，春娅娜抬弓搭箭，刚要射去，却见小兔倒地死去。春娅娜好奇地拾起兔子，没发现它中了什么器械，身上也没发现伤口，再一细看，兔子身后红了一块，知是被石块打中而死。她撒目四处观瞧，没发现其他的猎人。

这时努尔哈赤走上前来，说："你在想什么呢？"

春娅娜说："这是谁把它打死的呢？"

"不是你射死的吗?"努尔哈赤说。

"不是……原来是你用石块打的。"春娅娜忽然醒悟过来,掣出小拳头捶打着努尔哈赤宽阔的胸膛。

努尔哈赤憨厚地笑着,顺势把春娅娜搂在怀里。两人的心都扑通通一阵紧跳,接着,他们就顺势滚进了一片草丛里。一对钟情的青年成就了好事。

太阳快要落山时,努尔哈赤和春娅娜回到了山庄,佟太爷见他们猎回了许多的野兔和山鸡,高兴地说:"这回够吃许多天了!哈哈哈。"老人是捋着长须放声大笑。

兀娅高兴地问:"都是谁打的呀?"

努尔哈赤抱拳说:"都是春娅娜姑娘打的。"

春娅娜说:"哪里,都是努尔哈赤大哥打的。"

看见二人互相维护,佟太爷和兀娅相视一笑。

晚饭后,佟太爷把努尔哈赤叫到自己的卧室,努尔哈赤因白天的事已被老人知道了,心里忐忑不安。

佟太爷慈爱地望着努尔哈赤,说:"孩子,告诉爷爷,喜欢春娅娜吗?"

努尔哈赤羞红了脸,使劲地点点头。

"那好。明天,我就派人给觉昌安和塔克世两位都督捎封信去,信函的内容就是征求你祖父和父亲对这一婚事的意见。若是两位都督同意,咱们近日就把婚事办了。你正好不愿回家,就招赘在我家。我老了,也正好有个依靠。"

努尔哈赤说:"老人家放心,就是我家不同意这门亲事,我也会像您的孙子一样好好地照顾您!"

却说老少都督接到佟太爷求亲的信函,真是高兴万分。一来是分别多年的骨肉有了消息,二来是抚顺关有名的富户主动求亲,他们对这门亲事更是十二分的满意。觉昌安就亲自写了回信,交给一名手下,随同佟太爷派的人来到佟家山庄答礼。这事就算定了下来。

过了几日,佟太爷早早领人骑了牲口,到抚顺市上办些喜物,又叫人杀了牛羊猪鸡,择定了吉日,广发喜帖。到了吉日那天,锣鼓喧天,贺客盈门。佟太爷富甲一方,又乐善好施,结交甚广,如今他招孙婿,谁能不来庆贺。

吉日那天,春娅娜打扮得分外艳丽,她身披天蓝色纱巾,雪白的嫁衣掉地，脸上蛾眉浅笑，凤目含春，给人一种临凡仙女的感觉。乌黑的长发在头上挽成云鬟飞髻，面带娇羞，漾着幸福的微笑。努尔哈赤也是盛装打扮，浓眉俊目，神采飞扬。二人先在院子里拜了天地，再到屋里拜祖宗拜长辈，然后夫妻对拜，喝了合卺酒，就被送进洞房，你恩我爱，成了夫妻。努尔哈赤入赘佟家后，一心一意帮助佟太爷料理内务和外务，日子过得祥祥和和。

却说明朝总兵名叫李成梁，有些好大喜功。他有五个儿子，长子名李如松，次子名李如柏，三子名李如桢，四子名李如桂，五子名李如栋，被称为李家五虎，个个英勇出众，才略过人。五只猛虎踞守边关，想要立些功劳。父子六人一商量，要立军功，只有破坏满洲的团结了。

在万历初年，势力逐渐起来的王杲，自以为羽翼丰满了，加上又有与觉昌安家的姻亲关系，便要跟明朝对抗。他不顾明朝边疆的禁令，经常领着部下扰乱边境。李成梁多次撞见王杲，意欲劝他少生事端，息事宁人，但王杲不听，一意孤行。

李成梁知觉昌安跟王杲是亲家，就召见觉昌安，让他去做王杲的工作，但王杲傲慢自大，目空一切，对明朝边界的骚扰变本加厉，不把觉昌安的话当回事。觉昌安担心李成梁不会善罢甘休，将对王杲不利，王杲却满不在乎。觉昌安在李成梁和王杲之间左右为难，但还是姻亲为上，亲近王杲。

王杲不仅扰边，而且残暴淫乱，致使百姓怨声载道。觉昌安多次规劝他改邪归正，但王杲置若罔闻，一意孤行。

百姓们不甘屈辱，见塔克世都督管不了王杲，就找明朝抚顺总兵李成梁告状。李成梁心想，机会来了，正好让我设一妙计，用"以夷治夷"这策除去王杲。

那时女真中势力较强大的，除了觉昌安和王杲外，还有海西哈达部的王台。王台想发展自己的势力，一味巴结李成梁，三天两头到总兵府，送去贵重的东珠、皮革等礼物，因而甚得李成梁欢心。李成梁就让王台捕杀王杲。

王台甘为李成梁驱遣，就派使者去见王杲。使者见到王杲，说："李成梁恨你扰边，要派兵攻你，你虽强大，但怎么能跟更强大的明朝抗衡呢？"王杲说："我可以招兵买马。"使者说："明朝大兵就要攻到，招兵买马还来得及吗？"王杲说："那我就联合女真各部共同对付明朝。"使者说："这就对了。我家都督王台，知你跟觉昌安有亲，想来建州部一定会帮你。我们王台都督说了，在共同对付明朝方面愿意跟你联合起来，不知你意下如何呀？"王杲听了，大喜道："正合吾意！"使者说："那么说你是同意了。那好，我们王台都督正有妙计与你相商！"王杲说："好，我这就跟你去哈达府！"说罢，王杲就跟那使者一起骑马来到哈达府。

在哈达府前，王台亲自下阶相迎，一番寒暄之后，王台和王杲走进大厅。只见大厅之上，已摆了数桌酒席。二人来到前排的一个桌边坐下。这时，王台站起身来说："弟兄们，今天建州卫指挥光临寒舍，真是蓬荜生辉呀。来，为欢迎王指挥的到来喝一杯！"王杲完全沉浸在两部合作的愉悦之中，没想到三杯酒后，王台忽地变脸："王杲，你知罪吗？"王杲一听，一下子怔住了！"我何罪之有？"王台说："你罪大恶极！"说完，把一只酒杯摔得粉碎。随着酒杯碎裂的声音，几名大汉从帐后冲出，扭住王杲，把他五花大绑。王台说："王杲，我奉抚顺李总兵之命来擒你，你还有何话说？"直到此时，王杲才知上当，他是跺脚大骂："王台，你这女真的叛徒、败类！"王台哈哈大笑了一阵，说："怪你有眼无珠！"然后一挥手，说："把王杲押下去！兄弟们，继续喝酒！"

第二天，王台把王杲带到李成梁面前。李成梁拍着王台的肩膀说："好兄弟，我一定奏明皇帝，为你请功。"王台说："谢总兵大人！王杲看见"呸"了一口。李成梁说："王杲，我三番五次劝慰你，你却一意孤行，今天的事是你咎由自取！"王杲一听，说："哼，随你们便，杀了我，你们会后悔的。"李成梁说："等着瞧吧！"过了一日，李成梁就把王杲打入监车，亲自押送北京。后来，皇帝宣旨将王杲于北京菜市口斩首示众。哈达部王台因诱杀王杲有功，经李成梁写表申奏朝廷，被皇帝封为龙虎将军。

觉昌安、塔克世听说王杲被杀，十分痛心，又十分气愤，但又不敢起兵反对李成梁，心中不免怀恨。为了笼络建州，李成梁把王杲的属地全交给觉昌安、塔克世管理。见塔克世不仅勇略有为，而且效忠明朝，就表奏朝廷，由皇帝下旨正式任命他继承其父觉昌安的都督职位。

塔克世继任建州都督后，悉心治理建州，要成就一番功业。每天早出晚归，除了处理政务，还非常注重演习武艺，训练队伍。

却说努尔哈赤结婚后，小两口举案齐眉，相敬如宾，日子过得像火炭般红火。

佟太爷见春娅娜小两口恩恩爱爱，非常高兴。兀娅见女儿有个好归宿，平时笑得合不拢嘴。

佟太爷早年读过《三国演义》《水浒传》等小说，闲来无事，他就把这些故事讲给努尔哈赤和春娅娜听，努尔哈赤一下子被书中的人物吸引住了，春娅娜对这些故事更是百听不厌。这小两口一有空就缠着佟太爷讲故事。后来，佟太爷见他们真是喜欢这些英雄，就把家藏的《三国演义》和《水浒传》送给了他们。努尔哈赤和春娅娜如获至宝，他们开始是读故事，后来就变成研究谋略和战阵了。这两部书，可以说是努尔哈赤的兵书，他还把它们跟师父七星老人传授的治国布兵之道结合起来，使自己在后来成为杰出的军事指挥家。

一年后，佟太爷和兀娅先后去世，这个佟家庄园，就由努尔哈赤独自掌管。

一天，努尔哈赤对春娅娜说："好男儿应建功立业。"春娅娜听了，说："你要求前程，就放心大胆去做，我会全力支持你的。"夫妻就商量出一个计划。次日早上，努尔哈赤让管家去找来工匠，在庄园外面，他对工匠说："我想把这庄园扩大一倍。"说完，他把自己设计的图纸交给了工匠，二人一起勘察了庄园周围。

欲知后事如何，且听下回分解。

第八章 | 扩建庄园　操场试演练
庄园设擂　英雄大聚会

却说努尔哈赤跟工匠一起勘察庄园后，过了两天，庄园扩建工程就开工了，努尔哈赤天天在工地监督施工。

努尔哈赤觉得有些力不从心，需要人才，特别是助手。他想到了额亦都，就写一封信，派人前往瑚木嘉寨，嘱咐他一定要把信亲自交到额亦都手里，并一定要把额亦都带来。

一天，守门的侍卫报告说："有一个名叫洛寒的人求见。"春娅娜未待努尔哈赤开口，急着说："快请他进来。"她告诉努尔哈赤，这人的祖父和父亲都是庄园的老管家，佟太爷曾写信让洛寒来。

这时，洛寒进了屋子，流着泪对春娅娜说："我来晚了，未能见佟太爷最后一面。"春娅娜也落泪了："老人年事已高，再说生死无常呀！"洛寒又走到努尔哈赤面前，施了一礼，说道："小弟见过姑爷。"努尔哈赤说："不必拘礼，都是一家人，以后叫我大哥就行了。"春娅娜对努尔哈赤说："你不是正缺助手吗？小弟很能干，就让他跟着你吧！"努尔哈赤高兴地点点头。

原来洛寒姓陆，父亲叫陆家鼎。其父经商有道，又善于理财，被佟太爷邀来做管家。佟太爷的二儿子被蛇咬伤抬回庄园，陆家鼎用嘴吸蛇毒，不想亦中毒，两人相继不治而亡。洛寒母亲因思念故土——北京，领着洛寒离开庄园。洛寒在庄园住了十多年，与春娅娜处得很好，像亲姐弟一般。后来，佟太爷听说洛寒的母亲去世了，便捎信让洛寒来庄园居住，洛寒这次就是按信上要求来的。洛寒是认了兀娅干妈后改的名字，他的原名叫陆寒，曾教过春娅娜汉文。

洛寒成了努尔哈赤的助手后，使庄园的工程进度明显加快，并在庄园四周建了五米高的围墙，在庄园南建了能并排跑五匹马的大门。围墙四角，还建了带有瞭望孔的城垛。围墙外，挖了五丈宽两丈深的护城河，河里植荷，养有金鱼。河与墙之间的空地种有各种果树，在河外种了杨柳树，形成了一道绿色屏障。河上设了吊桥，距桥二百米外，还建了一千多平方米的练兵场。

努尔哈赤在工程即将完工时，带着洛寒查看工程完成情况。洛寒提议把铁刹山的水引入护城河，让死水变活水。努尔哈赤受到启发，又决定在城墙四角留水口，以便灌溉庄园里的农田。为防河里金鱼逃掉，在水口上装了丝网。

这些办完，努尔哈赤决定让洛寒领着操练护庄队，洛寒曾学过拳脚，就高兴地答应了。

正在这时，从广场那边走来了额亦都，努尔哈赤飞跑着迎上前去，两个久别的兄弟高兴地拥抱在一起。

洛寒和额亦都的到来，使努尔哈赤如虎添翼，他跟春娅娜说："我要接纳更多的人才，还要招兵买马，非要干出一番宏伟大业不可。"春娅娜说："我支持你，好男儿不该久居人下。"

一天，努尔哈赤跟额亦都和洛寒说："两位好兄弟，佟家庄园地处偏僻的山林地区，有利于屯兵积粮，咱们不能总受人摆布。"

洛寒和额亦都说："大哥说得对！"

努尔哈赤接着说："当今明朝的皇帝昏昧不堪，官吏腐败无能，百姓怨气冲天，就连我们女真族都如同一盘散沙。我们应该团结女真各部，像陈胜那样揭竿而起！"

额亦都说："大哥，我拥护你当我们的头领！"

洛寒也说："我也拥护大哥，不过要从长计议，谨慎从事。"

努尔哈赤说："当年刘备、宋江也是慢慢拼出来的，咱们要招揽天下贤才，搞好团结，没有办不成的大事！"

过了几天，努尔哈赤为额亦都办了婚事，娶莫愁姑娘为妻。

扩建庄园等又花去了大批银两，努尔哈赤担心今后的资金，因而回到家里也是愁眉紧锁。春娅娜见了，问："你想什么呢？"努尔哈赤说："这些天花了很多银两，这些钱你是怎么筹措的？"春娅娜说："这都是庄园以前的积蓄。"努尔哈赤说："那现在还有多少？"春娅娜说："也就剩两三千两了。"努尔哈赤说："这钱不够了。我想收购点猎物，然后到沈阳去换些银两回来。"春娅娜笑了："不用，我还有私房钱呢！"努尔哈赤忙说："不行，哪能用你的私房钱呢？"春娅娜说："我的钱有上万两银子呢，你要干什么事业尽管去做，我会全力支持你的！"努尔哈赤高兴地把她拥到怀里。

洛寒接受组建护卫队的任务后，不几天就选出了二十二名护庄队员。洛寒每天都在练兵场上练队形，教他们拳脚。后来训练得差不多了，洛寒就给他们分了工。这些队员中有两人特别出色，都长得魁梧高大，一个名叫孕拉，一个名叫希沙，都是当年佟太爷收养的孤儿。洛寒就让二人做护庄队的正副队长。他们选出管理大门、负责升降吊桥的两个人；选出暗探两人，专门探听抚顺、沈阳的消息，并及时向努尔哈赤汇报；每个城垛由两人放哨，日夜轮班；其余人员随叫随到。两个队长日夜去围墙上巡查，这样，佟家庄园壁垒森严，警戒工作做得非常严密。洛寒由于干得出色，越加得到努尔哈赤的器重，不久，努尔哈赤知道他会蒙古文，又派他到蒙古科尔沁部落去买马。

　　每年的五月五日至十日，是佟家庄园的赛会，在赛会上，要举行赛马、射箭、摔跤比赛，还要举行打擂活动。每逢这时，方圆数十里的青年男女都要聚集到佟家庄园的广场上，彩旗飘飘，锣鼓声声，是一番激烈角逐，也是一番友谊的交流。

　　今年的赛会，经努尔哈赤和额亦都商量，要通过竞赛活动，广交天下豪杰，扩大庄园的影响和声望。努尔哈赤负责并组织射箭活动，额亦都负责组织打擂的比赛活动，春娅娜、孕拉和希沙等人负责后勤，搭高台、彩棚，忙得不亦乐乎。洛寒作为管家，负责各种物品的采购，他是商人出身，自然把这一活动，当作营商的一次绝好机会。佟家庄园的盛会，已拉开了帷幕。

　　比武中，安费扬古等人表现出色，他们武艺超群，深得努尔哈赤青睐。努尔哈赤大摆酒宴，为众人夺魁庆功。在酒宴上，他们倾吐了复兴和统一女真的共同愿望。努尔哈赤说出了要举大业但又急缺人才的遗憾。安费扬古说："明天打擂，我们可以假装败阵，引出更多的英雄！"努尔哈赤连说："好好！"比武中引出的这些英雄后来都成为努尔哈赤开疆扩土、建国称帝的功臣。

　　却说努尔哈赤从十几岁离开赫图阿拉，一晃十几年过去了，非常想念自己的祖父觉昌安。据探马回报，觉昌安也是十分想念几个孙子。他让仆人送信给祖父，说过几天要回去看望他老人家。

　　这天，春光明媚，百花盛开，努尔哈赤和春娅娜一人一骑，回到了久别的故乡。这下可乐坏了满头白发的觉昌安，老人望着已经长得英俊潇洒的努尔哈赤和俊美贤惠的孙媳春娅娜，高兴地流下了泪水。塔克世毕竟是父亲，今见大儿子回来，也是万分激动，拉着努尔哈赤的手，半天舍不得放开。努尔哈赤心中早已原谅了父亲，望着他那灰白的头发，眼中已盈满了泪水。他跪在祖父和父亲面前说："孩儿不孝，让二位老人家挂心了。"觉昌安说："好孩子，起来，起来！这十来年的历练，你已成长为一个威武强悍的巴图鲁，玛发高兴还来不及呢！"塔克世也说："孩子，你小时候，阿玛待你不好，还记恨阿玛吗？"努尔哈赤放声大哭："孩儿想死你们了！"春娅娜望着这一场面，心里也是感动极了。不一会儿，后母阿那过来，她想起以前对努尔哈赤的虐待，又羞又愧地说："孩子，都怪额莫，让你离开这么些年！"努尔哈赤说："额莫，不怪你，这都是命呀！"然后赶紧招呼春娅娜："快过来，见过各位亲人！"春娅娜赶紧见过祖父、父母行礼致安。这一家人当晚是大摆宴席，洽谈欢饮，吃了一顿真正的团圆饭。

当晚，努尔哈赤安置春娅娜与后母同睡，自己便与祖父觉昌安一起睡。祖孙二人原就最为亲近，努尔哈赤便跟祖父谈了要与明朝对抗、统一女真，然后再统一中原的宏大志向，听得觉昌安满脸是笑。觉昌安说："孩子，这正是玛发的希望。"接着，觉昌安说："孩子，要想成大事，必须要有自己的兵马，你现今在佟家庄园已创下了一个基业。这很好，但兵马少一些。这样吧，李成梁手下有千军万马，你不妨听玛发给你设一个计策。"努尔哈赤赶忙说："愿听玛发赐教！"

觉昌安说："李成梁当着辽东的总兵，有千军万马，你到他的手下当个军士，然后再混个指挥使什么的，不就可以有兵了吗？"努尔哈赤高兴地说："对呀！"觉昌安说："你在佟家庄园大设赛会广招英雄的事，我想李成梁一定知晓，你就静观其变，回庄园后等着他召见你的消息吧！"努尔哈赤点点头。

在赫图阿拉盘桓了两日，努尔哈赤和春娅娜依依不舍地离开了亲人，回到了佟家庄园。

却说佟家庄园英雄大聚会的消息，很快就传到了驻在抚顺的辽东总兵李成梁耳里。李成梁想，防微杜渐，我要见见这位名叫努尔哈赤的传奇人物。次日，他就修书一封，派人送到佟家庄园。

努尔哈赤收到李成梁信函，心想，祖父果然神机妙算。便与额亦都、春娅娜、洛寒、莫愁、安费扬古等人商议，决定自己先去李成梁府，做当兵的打算，庄园的事，大家要齐心协力一定办好。额亦都说："我跟你一起去，以便彼此有个照应。"努尔哈赤说："好。"第二天，他们二人告别庄园，跟李成梁的使者上路了。

欲知后事如何，且听下回分解。

第九章 | 初相识　佟庄主艺慑李成梁
　　　　　 设奇谋　鸦儿河大败兀尔汗

　　却说努尔哈赤来到李成梁的总兵府，坐在客厅里，他和额亦都都不禁四处打量一番。这客厅是坐北朝南的三间大瓦房。一把披着虎皮的太师椅放在正中，背后是一幅猛虎啸日图。太师椅旁，胡乱地放了几十张大椅，想是与手下议事坐的。

　　正这时，门外响起了李成梁沉稳的脚步声，随即人到话到："啊，佟庄主远来，失迎，失迎！"

　　努尔哈赤和额亦都都立即站起来，向李成梁施一礼："参见总兵大人。"

　　李成梁上前一步，拉住努尔哈赤的手，从上看到下，又从下看到上，心里很喜欢，说："真是个年轻英俊的后生！你就是那打虎英雄努尔哈赤？"

　　努尔哈赤说："正是在下。"

　　李成梁随后看了一眼高大勇悍的额亦都，说："这位是……"

　　努尔哈赤说："这是我的兄弟。"

　　额亦都抱拳说："在下额亦都！"

　　李成梁显得很高兴："好好好，"然后指了指木椅，"随便坐！"

　　两人坐下了。李成梁告诉他们，听说庄园英雄聚会，很是敬慕，只是想认识一下庄主。正谈间，侍卫进来报告："总兵大人，宴席已备好！"李成梁便邀二人到餐厅赴宴。

　　桌上已摆满佳肴，还有两瓶杜康酒。三人边饮边谈，很是融洽。过了一会儿，李成梁说："听说佟庄主武艺高强，可否让本总兵开开眼界！"

　　努尔哈赤说："在下不才，都是别人虚传谬赞了。"

　　李成梁说："就在这餐厅里，把你的拳脚功夫让我见识一下吧！"

　　努尔哈赤想起祖父的计策，心想，必须让他知道自己的武艺。就向李成梁深施一礼：“请大人指教，在下献丑了。”然后走向侍卫，耳语了几句。

只见努尔哈赤随手拿起一张木椅，舞得风声呼呼，人影闪现，左冲右杀，回旋翻飞，只一会儿工夫，看不见人和椅子，只见一团白光。这时，刚才的侍卫端进来一盆水，向白光泼去，只见水花四溅，水珠向外飘飞。又过了一会儿，白光消失，又看见了人影。

努尔哈赤停下身形，放下木椅，走到李成梁面前，说：“请大人验验，看我身上可有水滴、木椅上可有水滴？”

李成梁见努尔哈赤练了半天，气不长出，面不改色，再一看他的衣上、椅上没有一点水珠，心中大奇，竖起大拇指，说：“庄主真是英雄了得，水泼不进的功夫，老夫还是第一次见到。”

然后三人继续饮酒，闲谈一番后，李成梁举起酒杯：“目下，明朝正在用人之际，你们二人有着高强的武艺，到我的总兵府帮我练兵如何？”

努尔哈赤和额亦都赶紧站起：“感谢大人对我们的信任！”

这时，李成梁说：“我这里已有一位英雄在负责训练兵马的事，以后他就做你的副手，额亦都，你也做努尔哈赤的副手。”随后，李成梁招呼侍卫道：“快去喊舒尔哈赤来！”

努尔哈赤心中一喜，难道是二弟。等来的人进屋，果然是二弟舒尔哈赤。舒尔哈赤突然看见大哥，亦是非常惊异。只见二人快步走到一起，互相拥抱而泣。

李成梁和额亦都都不知什么原因，努尔哈赤向李成梁说：“我们兄弟失散多年，没想到能在总兵府团聚，真要感谢总兵大人！”

李成梁知道兄弟重逢，也非常高兴，说道：“好，我新招的五百兵丁就交给你们仨了。”这一晚，几个人一直饮酒，直至东方吐白才散。

第二天，努尔哈赤、舒尔哈赤和额亦都就去练兵场训练兵马了。

却说努尔哈赤训练兵马，使这五百兵丁武艺大进，深得李成梁赏识。一个月后，凤凰城边婆猪江酋长兀尔汗起兵，攻占明朝边城。这酋长稳扎稳打，攻一地占一地，攻至鸦儿河岸时，立刻据山守城，安营扎寨，欲休息休息再战明朝。这事引起万历皇帝注意，命李成梁率兵镇压。李成梁就亲率大军连夜赶到鸦儿河岸，却没想到大军刚走到岸边，立即遭到兀尔汗的猛烈攻击，一时箭如飞蝗，使明军寸步难行。当晚李成梁坐在军帐里，忧心忡忡，食不甘味。他找来各路兵马推选的有谋之士，前来献策。

军帐里挤满了谋士。努尔哈赤也被推选进来，他进帐后找一个角落坐下。不一会儿，李成梁手托水烟袋站起，说："目前我明军与叛匪隔河相望，他们凭借一河之险，拒我明军于城下。如今我军既无军船，又无训练有素的水兵，很难渡河。因此，请各位共商攻敌之策。"

众多谋士，一时面面相觑，冷场了一会儿。这使得李成梁有些急躁："养兵千日，用兵一时，现如今敌匪逞强，难道你们是吃干饭的，竟然无计可施吗？"这时努尔哈赤慢慢地听着，不动声色。有几个谋士终于献策了，有的说造船，有的说训练水军，都被李成梁否了。见再无人献计，李成梁有些失望了，他疲倦地坐在垫着虎皮的太师椅上，连连打着哈欠。这时他听见有人叫他，便睁目观瞧。

只见努尔哈赤站到他面前，说："总兵大人，小人有一计，不知当讲不？"

李成梁应付着说："啊，讲讲无妨！"

努尔哈赤语气坚定地说："兵法有云'知己知彼，百战不殆'。以小人之见，此战应以我之长，攻敌之短。我明军人多势众，只要打到城下，敌人就宣告失败！"

"空谈！"李成梁不耐烦地说，可是他想了一下又说，"努尔哈赤，你说的有道理，但问题的关键是怎么过河？"

努尔哈赤见李成梁专横跋扈的样子，本不想再说下去。但转念一想，要使自己在军中树立威信机不可失，于是又慷慨陈词地说："三国时诸葛亮能草船借箭，大破曹军，我们也可以先收箭，再攻城呀！"

李成梁有了兴趣："收他们的箭？怎么收呀？"

努尔哈赤侃侃而谈："我们攻城的最大难题，并非是水深浪急，而是敌人的箭如飞蝗。如果我们能使敌人箭尽粮绝，岂不可以轻易过河，稳操胜券吗？"

李成梁高兴万分，把他请到内帐。在内帐里，李成梁为他倒了一杯热茶，努尔哈赤全面又具体地陈述了自己的计策。

于是，各路军马紧急行动，割草，扎草人，忙了一个晚上，扎了一千二百个草人，都在拂晓前送到岸边。寅时未过，金鼓齐鸣，杀声震天。

兀尔汗听到对岸的呐喊声，以为明军要过河攻城，连忙命令："快射箭，给我阻住。"霎时，万箭齐发，射向对岸。未到天明，李成梁命令手执稻草人的明军退下，然后把新鲜羊血洒到河岸和水里。清晨，兀尔汗远望对岸，见血流成河，暗自惊喜，就杀猪宰羊，犒劳弓箭手。

李成梁见眨眼工夫弄来敌人六七万支雕羽箭，万分高兴。这样，一连佯攻三天，使敌匪丧失了二十多万支箭矢。三天后，李成梁叫人找来努尔哈赤，说："佯攻何时结束为好？"努尔哈赤胸有成竹地说："据小人到宽甸马市私访，听说兀尔汗近年来到处买铁，共买了万把斤生铁。我算了笔账，每支箭照一两生铁计算，他总共不过十六七万支箭，如今他已失去二十多万支，就说明连平日积攒的箭头都用上了。大人如若把敌人射来的箭细看，今早射来的箭尾羽毛已变色，略可闻到霉味。就是说，敌人今天已是翻库倒箱，已近箭尽粮绝了。今天如果我们在晚上佯攻片刻，便可乘胜攻城。"李成梁高兴地点头，说："好，就这么办！"

当晚，月牙初上，李成梁集结十万重兵，将搭好的浮桥一一横于河面，佯攻片刻，见敌人再无箭射来，便轻而易举地渡过鸦儿河。明军云梯林立，很快将四个城门攻破，十万重兵涌入城内，把那些婆猪江部的人马砍瓜切菜一般，杀个净尽。

几个月后，李成梁召集各路将军说："皇帝找一名术士算了命，说是有一个脚踩七星落地的混江龙，要夺我大明天下。这脚踩七星，就是脚底下长有七个红瘊子的人。大家要细心查访，一旦发现，马上报告。"努尔哈赤听了，觉得明朝这昏庸皇帝也该有人推翻了。但这个混江龙会是谁呢？当晚，他洗脚的时候，特意看了看自己的脚底。这一看不要紧，他自己就先吓了一跳，原来在自己的脚心板上端端正正长了七颗红瘊子，排列得正像北斗七星。努尔哈赤赶紧擦净脚，穿上袜子。这天晚上，他睡不着了，他想起了那七颗珠子，想起了自己踩在七颗珠子上的一脚，想起了那人说"谁得了那七粒珍宝，谁就能当皇帝"的那句话。难道自己真是混江龙？接着他又想，不管咋样，我要统一女真，为女真民族造福。如有可能，我要统一天下，为天下苍生造福。

第二天早上，额亦都来找努尔哈赤。他说："庄主，李总兵发下命令，要在明天上午，统一验看脚底，看谁有七颗瘊子，你说可笑不可笑？"努尔哈赤听了，心里又是一惊。额亦都看出了努尔哈赤的担心，就说："庄主，怎么了？"努尔哈赤就把事情跟他说了。这时，舒尔哈赤也走进屋来，一听说哥哥的事情，心里又高兴又着急，他想了一下，说："大哥，有办法了。"努尔哈赤和额亦都一听，乐了："快说，什么办法。"舒尔哈赤说："我知道一种草药，只要抹到皮肤上，皮肤上的痣、瘊子等就都看不见了，皮肤显得特别的白，也特别的干净，不过，只能用一天，一天过后不仅恢复原样，而且再抹这种草药也不管用了。"额亦都说："一天就可以了，只要明天上午蒙混过去就行了。"努尔哈赤说："是呀！二弟，你能找到这种草药吗？"舒尔哈赤说："能，大哥，你就等着我的好消息吧。"

　　欲知后事如何，且听下回分解。

第十章　努尔哈赤巧得草药逃劫难
尼堪外兰背信弃义施毒计

　　却说舒尔哈赤走出去，不一会儿就拿了那种草药回来。原来他已经把药泡在一个瓶子里带来了。舒尔哈赤见到额亦都守在努尔哈赤门口等着，就一起走进屋去，把瓶子交给努尔哈赤说："大哥，这药水给你，只要明天早上起床后抹上，保你这脚，一整天都白白净净的。还有，为了让人看着一样，你要两只脚心都抹上了啊！"努尔哈赤听了，说："好弟弟，谢谢你！"舒尔哈赤说："兄弟之间不言谢。"努尔哈赤说："二弟，你怎么知道这草药的？"

　　舒尔哈赤笑着说："说来也是凑巧，自从那时咱们兄弟三人分手后，我就来到抚顺。在街头流浪时，被街头一卖艺老人收养，那老人教我武艺，还教我一些生活常识，那时因为在外面行走，长了脚气，老人就配了这种药水给我往脚上抹。因为第一次上药水后，我的双脚变得特别白，原来有的黑痦子都不见了，所以我知道这种药水的好处。后来我的脚气病好了，这种配治药水的方法我可没忘。"

　　再说次日早晨，努尔哈赤把两脚涂了药水，等到李成梁验脚时总算蒙混过去。这件事过后，努尔哈赤怕夜长梦多，脚踏七星的事若被发现，那将会前功尽弃，他找到舒尔哈赤和额亦都，三人一商量，一致决定，返回佟家庄园。

　　这样，过了几天。正赶上李成梁来看望努尔哈赤，努尔哈赤就说："李大人，我刚刚收到庄园一封信，庄园的事情需要我和弟弟，还有额亦都一起回去办理。"李成梁对这三位青年另眼相看，一时有点舍不得，但还是同意他们回庄园。临别时，李成梁还为他们摆了饯行酒宴，然后依依惜别。

　　三人打马如飞，往佟家庄园奔去。

　　却说塔克世继任建州都督之后，决心整顿军政事务，整天在都督府里操劳。这天，有探马报说，哈达部王台担心王杲的儿子阿太章京报仇，去联络李成梁，要一起攻打古埒城。塔克世便急忙回府与父亲商量对策。这时，又有探马来报："李成梁与王台合兵一处，不只攻打古埒城，还派兵攻打建州卫的宁古塔部落，还有图伦城主尼堪外兰，也派兵攻打古埒城。"觉昌安和塔克世听了，觉得这些人欺人太甚，如果再不出兵，实在是无颜见人。于是安排好守城将士，觉昌安和塔克世顶盔戴甲，在校场点齐了兵马，急奔古埒城而去。

再说这次攻打古埒城，李成梁和王台各揣心腹事。王台是怕阿太章京报杀父之仇，又怕觉昌安、塔克世找麻烦。李成梁是希望王台和建州间互相征讨，以削弱女真的力量，然后坐收渔人之利，当王台去联合他攻打古埒城时，他当然一口答应。

觉昌安父子带着队伍，星夜赶往古埒城，半路上正遇到阿太章京派来求援的使者。他们便跟着使者来到古埒城。

阿太章京的古埒城，兵员很少，而且多是老弱残兵。他父亲王杲活着时还有几千人马，他父亲死后，那些兵便四散了。阿太章京年轻，又从未上过战场，一听说李成梁和王台要来攻城，已经吓坏了。因与建州有姻亲，就求救于建州卫。

只一会儿工夫，阿太章京听见城外的枪炮和喊杀声，他站在城头一看，建州的兵马如潮水般冲来，把围城的李成梁和王台的军队冲得七零八落。

原来，王台和尼堪外兰用了奸计，他们把没有战斗力的兵丁设在外围，强兵猛将都在里面以逸待劳。塔克世大展神威、觉昌安老当益壮，救人心切，又怀着一股愤恨之气，便见人就杀，气势猛烈。建州卫的军队一路远行，已经人困马乏，一到城下又发起猛攻，不久之后便锐气大减，士气低落。

敌人一看建州卫军队攻势减弱，立即拉出二线的精兵强将，对建州的兵马反杀过去。建州再也无力抵挡，一下子败退下来，军队退下来后安营扎寨。这觉昌安、塔克世是欲救不能，欲罢不得，心中甚是急躁。这样过了两日，却忽见李成梁、王台和尼堪外兰的兵士全都撤走了，两个建州卫的老少都督被弄了个一头雾水。

却说古埒城主阿太章京见救兵被打败，知道自己无论如何也对抗不了强大的明军，就修书一封，派个使者前去求和，因王杲在世时，曾抢占图伦城东北一带庄田，这封信上就明确表示退还土地，并求尼堪外兰做个解铃人，把求和之意上达李成梁，并表示永修旧好。

尼堪外兰得信，欢喜非常，就急忙去见李成梁和王台。王台说："现在他们正是穷途末路，不如我们乘胜消灭他们。"李成梁说："此事应该从长计议，我们可以暂时依允了阿太章京。因为建州的觉昌安、塔克世英雄盖世，不可小瞧了他们。"接着李成梁眼珠一转，说道："我们可以答应他退兵，给他来个将计就计，措手不及。我们一退兵，觉昌安他们势必进城。两家相聚，势必大摆宴席，这样，他们就疏于防范了。而我们的退兵是假退，不是真退，咱们只要如此这般……"说完，三人嘿嘿嘿奸笑了一阵，就下令退兵了。

尼堪外兰得了李成梁授意，就脱下戎装，另换了一身便服，于次日早晨骑着黄骠马，带着三四名卫兵，来到古埒城。

阿太章京见尼堪外兰轻装简从，早已迎接出来。彼此握手为礼，登堂坐定。尼堪外兰笑说道："先前的事咱们误会了。李成梁经我疏通，现在已经退兵。王台和我的所有兵马也都撤退了。"阿太章京亦说："是真退吗？"尼堪外兰又笑了一下，说："怎么能假呀？"阿太章京："依着外祖和姐夫的意思倒要跟姓李的决个雌雄！"尼堪外兰又笑说道："奇怪，难道满洲人马已到。令外祖觉昌安、令姐夫塔克世已经来了吗？"阿太章京说："当然来了。"尼堪外兰又笑说："既这样，咱们还是应该去拜会拜会！"说到这里，屏风后忽的钻出个人来，剑眉朗目，广额丰颐，黄马褂子，二蓝袍子，头戴纬帽，红顶雀领，正是塔克世。原来当李成梁撤军时，塔克世早赶着进了古埒城。此时，塔克世见了尼堪外兰，忙嚷着说："你是来做说客的，还是来做奸细的？"尼堪外兰听了，不觉哈哈大笑说："是啊，是啊。送殡的人，你须埋他下土。既如此，咱可不管这事！"塔克世说："那可不行，你来得是去不得。如今咱们大营扎在后山，你有胆子尽可去见识见识！"尼堪外兰笑说："老贝勒驾临，当然禀见，不须多讲！"塔克世把手一挥，部下牵马过来，他就跨上雕鞍马，尼堪外兰也就笑嘻嘻地上马同走。不到片刻，到了满洲大营，两人先后下马，进了大帐。只见觉昌安踞坐床上，塔克世忙上前禀告说："图伦城尼堪外兰现随孩儿来。"说到这儿，尼堪外兰也赶紧跪地请安。觉昌安见了，把马蹄袖子一扬说："你好，你好，你为何引了明兵来仇杀同种同族！你不算是个败类吗？咱这里是容你不得！"尼堪外兰嗤地一笑说："咱要仇杀同种同族，还敢从中调和吗？那李成梁要耍下马威，不过借看圈地问题兴师问罪。其实王杲活着时候，同明边自结恶感，与咱无关。虽然如此，明兵也是虚张声势雷大雨小，由咱三言两语，已经云消雨灭。如今好歹给他个面子。他既退兵，这边也尽可解甲，犯不上大动干戈！"觉昌安点一点头，说："只要他不小觑咱们满洲，尽可省事无事。"尼堪外兰笑说："如今明兵已经退了，那边令孙女盼望悬悬，该去安慰安慰！"觉昌安未及答言，塔克世却摇头说："去是该去的，万一咱们起身，明兵乘机扑来，不是好玩儿的！"尼堪外兰仰面大笑不停。觉昌安忙问："你笑个啥？"尼堪外兰说："咱不笑别的，笑的是咱们见得到，姓李的见不到。"觉昌安因对塔克世说："咱们不必过虑，好歹咱们三个人是一阵同行。天色不早，就可赶去瞧瞧。只怕爱金要两眼望穿了。"尼堪外兰笑说："快莫耽搁，走吧！"觉昌安、塔克世、尼堪外兰各自跨上坐骑，一起出了大营，只见外面静悄悄的，明兵早已退的看不见踪影。尼堪外兰笑吟吟地把手一指说："咱说的话可有虚伪吗？"觉昌安也就信以为真，不再防备。不到一刻便进了古埒城。阿太章京听说外祖父到来，自然是敲锣打鼓迎接。这一欢迎不要紧，哪知道半空忽然响一声信炮，大家正在出神，忽然东一处西一处鼓角齐鸣，再找尼堪外兰早已不知去向。原说觉昌安父子前来探亲，不做准备，这时急切切慌着跨马回营。哪知满城中已是鸦飞雀乱。说时迟那时快，一座古埒城已被明军围个水泄不通。原来李成梁的计划是让尼堪外兰做个幌子，种种诓诱，只是为了骗觉昌安、塔克世来到古埒城，好用一举全歼的办法。

另外，李成梁的儿子如松、如柏带领三个兄弟分头埋伏。如桢、如桂埋伏后山，阻断满洲的救应。如栋抄出北门，如松抄出东门，如柏抄出西门。李成梁顶盔带甲，骑了一匹八尺高的枣红马，手握一根丈八蛇矛，怀中揣着信炮，预先约定，炮发兵起。因为一路上跟从着探马，对尼堪外兰进城出城至往来满洲大营，同觉昌安、塔克世来古埒城等许多行动，都被探马一起一起地飞马报告，所以等到觉昌安父子进城，城里吹打起来，李成梁就掏出信炮点着，信炮直上天空。这信炮就是命令，四面人马自然是鼓角齐鸣，一层一层地包围过来。却不料尼堪外兰已从城中逃出。你道他如何逃得出来？他趁着大吹大擂的时候，人不介意的当儿，拨马走开。原定李成梁进攻南门，他便一马闯出，恰巧碰着李成梁，不由地跳下马来，笑得前仰后合。李成梁也笑着说："你去，你去，看我收拾这几个鞑子。"李成梁就催动坐骑，挥起丈八蛇矛，见人就杀，逢人就刺，一霎时冲入城围。三个儿子如松、如柏、如栋也是猛扑进城，李成梁如虎添翼。

却说觉昌安、塔克世跃马进城，还没跟阿太章京和大孙女说上几句话，忽听得号炮连天，杀声四起，再一看，尼堪外兰已没了踪影，情知上当。众人毫无防备，不知明兵从天而降，纷纷扰扰，叫苦连天。觉昌安的兵士没带兵器，被砍瓜切菜一般杀得死的死、伤的伤。塔克世忙着指挥兵士抵抗，没想到一支箭飞过来，躲闪不及，正中胸口，坠马毙命。阿太章京背后被刺一矛，死于非命。可怜觉昌安抱着孙女，二人骑着一匹马在包围圈里左冲右杀。忽的前面伸出抓钩，把孙女硬是抓落马下，砍成肉酱。老都督气得大吼一声，抱过一把刀，朝着众兵砍去，有数十只脑袋落地。毕竟是七十多岁的老人了，久战体力不支，看看众人围上，难得脱身，就狠了心肠，举刀自尽，一代英雄的老都督与世长辞。

这一战役，只杀得尸横遍野，血流成河。觉昌安所余不足的五千名兵士全部被擒，其余一万余人全被杀死。战斗结束，尼堪外兰同着李成梁、王台一起计点战果。

李成梁是扬扬得意，把五千满洲兵和一万多匹战马划归尼堪外兰节制，算是对他行奸施骗的赏赐。那些建州卫兵士本不肯降服，只是迫于形势，不得已俯首投降。尼堪外兰吩咐清理尸首，出安民告示，盘查仓库，挑选美女，搜罗宝物。次日，明朝总兵李成梁、哈达将军王台与尼堪外兰是备酒庆贺。之后，除王台留一支兵马驻扎古埒城外，三人是各回本部。

却说尼堪外兰唱凯返城，忽听探马来报："觉昌安的孙子、塔克世的儿子努尔哈赤带领兵马，口口声声要报父、祖之仇，正向这里杀来。"

欲知后事如何，且听下回分解。

第十一章 佟家庄秣马厉兵
古埒城浴血奋战

却说努尔哈赤回到佟家庄园后，每日领着小兄弟们演练，这些兄弟本来的功夫就很了得，这样一来就更上一层楼了。

努尔哈赤还把《三国演义》和《水浒传》让兄弟们传阅。闲暇时，大家对书中故事进行评论，都非常欣赏关公的义气、诸葛的智慧、武松的神勇和吴用的谋略……

这样过了一段时光，佟家庄园是繁荣兴旺，歌舞升平。努尔哈赤也已有了女儿东果和大儿子褚英。一家人欢欢喜喜，尽享天伦之乐。

这天，探马来报："哈达部的王台，联合明朝李成梁，正在集结军队，准备攻打古埒城。"

努尔哈赤听到这一消息，不仅为古埒城担忧，而且担心建州卫的安危。古埒是建州的姻亲，若逢危难，一定会求援建州，建州又焉有不救之理。再说李成梁狼子野心，又拥有大军，建州岂不危险。我们必须要有所行动了。当前兵是练差不多了，马匹也有洛寒购回的大批良马，目前，最关键的是缺少兵器。

努尔哈赤找额亦都和洛寒商量。

额亦都说："若是到沈阳和抚顺去买来钢铁，再找个能干的铁匠就好办了。"

努尔哈赤说："我有个结拜兄弟，名叫龙敦，一家有好几十人哩，其中就有会打造兵器的铁匠。他家住在龙凤山。"

额亦都说："这样吧，我去接龙敦一家。"

努尔哈赤点了一下头，拍了一下额亦都的肩，说："跟我想到一块儿了，去行动吧！"

这时，洛寒一直在旁边笑眯眯地看着他们。额亦都一走，他就跟努尔哈赤说："大哥，把买铁的任务交给我吧！"努尔哈赤说："好！"

过了几天，龙敦一家被请来了，钢铁也买回来了。佟家庄园开起了铁匠炉，乒乒乓乓，一件件合手的兵器打造出来了。

这天，额亦都来见努尔哈赤，说："大哥，王台、李成梁和尼堪外兰已经聚集几十万人马，正奔古埒城杀来，还扬言要同时灭了建州卫。"

"欺人太甚！"努尔哈赤一拳砸在书案上。少顷，把情绪稳定下来，告诉额亦都通知舒尔哈赤、洛寒、春娅娜、莫愁、安费扬古、龙敦等人开会。

会上，努尔哈赤说："王台、李成梁和尼堪外兰狼狈为奸，合谋消灭古埒城，进而再攻打我的家乡建州卫。因为古埒城是我家姻亲，唇亡齿寒，所以最近几天，我想和弟弟舒尔哈赤回故乡一次。再有，大家要抓紧时间打造兵器，喂好马匹，以备战时急需。"

额亦都说："你们兄弟好久没回建州卫了，应该回去听听两位都督的意见，然后再决定我们这支人马的使用。"

这时，莫愁说："大哥，你就放心去吧，这庄园的后勤全由大嫂和我承担了。"

龙敦也说："放心吧，兵器的事我保证办好！"

听了大家的话，努尔哈赤非常高兴，说："好，有了大家的共同努力，我一百二十个放心。"

努尔哈赤与二弟舒尔哈赤打马如飞，驰向建州卫。

到了建州卫，进了都督府，放眼四望，努尔哈赤与二弟不禁感触万端。全家老少听说兄弟二人一起回来，慌忙迎出来。

兄弟俩拜见了伯父、伯母、叔父等，各诉别情，唏嘘不已。然后兄弟俩又去拜见后母阿那，她见兄弟俩一表人才，又学了一身武艺，想起以前的事情，心中愧喜交加。

听说祖父和父亲已经去救援古埒城，努尔哈赤心里稍稍稳定了些，并表示明天兄弟俩要去古埒城一趟，若是打起仗来，兄弟俩可以助一臂之力。大家听了，纷纷表示赞成。

刚要休息，门外传来急切的马蹄声，嗒嗒嗒，敲的人心都要跳出来了。原来是建州卫的探马，只见他跳下马来，上气不接下气地说："不好……了，尼堪外兰骗取了古埒城，老少都督以及阿太章京夫妇全都……遇难了。"

努尔哈赤一听到这个噩耗，不觉大叫一声，晕倒在地。

一时间，全府男女老少，哭声一片。过了好一会儿，努尔哈赤止住悲声，在全府悲悲切切一片混乱之时，站起身形，说："各位长辈和兄弟姐妹们，大家要节哀，人死不能复生，我们要化悲痛为力量，搭灵棚、糊纸宅，自觉守灵，寄托哀思。这血海深仇，我一定要报。大家放心，不报此仇，我誓不为人。"然后，他对二弟舒尔哈赤说："你速到校场点兵，抓紧训练，我就回佟家庄园，搬来救兵后，咱们合兵一处，找尼堪外兰报仇。"说完，他翻身上马，直奔佟家庄园。

再说佟家庄园，这几日在额亦都的主持下加紧训练兵马，同时召集众兄弟集结待命。

这天，西方大道上一片尘土飞扬，不到一刻工夫，那批人马来到面前，已准备迎战的额亦都一看，原来是安费扬古领着他们瑚济寨的五十名护寨队员前来，不觉大喜。兄弟俩就合兵一处继续训练。过了一会儿，见东边和北边大道上，同时有一百多人马开来，不一会儿到了面前。

傍晚，五人刚回到庄园里面，忽见努尔哈赤赶回来了。一见到妻子和众位兄弟，努尔哈赤放声大哭。

春娅娜见丈夫去了两天便回，知道其中必有变故，便问他何故这样痛哭，他便把祖、父等被害情形说了一遍。

春娅娜说："尼堪外兰实在欺人太甚，咱们应该想办法报仇。安费扬古等五位兄弟带了足有五百人马。"

额亦都接着说："大哥，你尽管放心，咱们兄弟之间情同手足，咱们应该先去报仇呀！"

努尔哈赤收住眼泪，跟五位兄弟和春娅娜一一点了点头，说："大家帮我，我打心眼儿里表示感谢，客气话就不说了。这次攻打古埒城，害我祖、父他们的有三支人马，尼堪外兰，李成梁和王台。我们先去找谁好呢？"

安费扬古说："自古出师有名，刘邦和项羽是反秦始皇，咱们要找准仇人才行。"额亦都说："明朝李成梁是总兵，我们不好现在就跟他打仗；王台距离远，势力比我们大；只有尼堪外兰人马少，距离我们近，势力也弱。"大家便都认定先打尼堪外兰好。有人担心攻打尼堪外兰，李成梁和王台是否会救，大家又一致认为不会。

努尔哈赤激动地说："谁救尼堪外兰，谁就是咱们的敌人，都要不惜一切打一仗。"大家一致赞成，表示一定要同仇敌忾。正在这时，龙敦一家领着六十多人马也到了。

次日，努尔哈赤留下龙敦守护庄园，跟额亦都、安费扬古一起，领着五百兵马，奔赫图阿拉而去。

到了赫图阿拉，舒尔哈赤汇报说："咱们建州卫，伯父礼敦的兵马不听咱指挥，此外，只有五百人马可用。这样，两支兵马合到一块儿，已经有上千人了。"为了确保打仗，努尔哈赤与众兄弟共同商量，不管礼敦，要带好给养。

在赫图阿拉歇了一夜，努尔哈赤彻夜难眠，他思绪万千，想起死去的祖父和父亲，还有至今杳无音讯的三弟雅尔哈赤。他想，应该先到古埒城，好好安葬祖父和父亲，再说古埒城离赫图阿拉最近，去图伦城正好路过。主意已定，他才睡去。

次日清晨，努尔哈赤被一阵笛声惊醒，他走出门去。在门口，他见到了一位俊俏的贝勒，瞧上去有些面熟。这贝勒见了努尔哈赤，赶紧上前施礼，口称："大哥，好想你呀！"说着落下泪来。努尔哈赤愣住了："你是谁？"那人说："我是雅尔哈赤呀。"努尔哈赤"呀"了一声，兄弟二人紧紧拥抱在一起。原来三弟雅尔哈赤与两个哥哥分手后，走到一处名叫白山的地方，遇见了七星老人的师弟怪岩老人，被他收为徒弟。这次听说祖父和父亲被害，怪岩老人就让雅尔哈赤下山，帮助努尔哈赤成就功业。努尔哈赤一见之下是喜出望外，二人相见罢，又领着雅尔哈赤见了舒尔哈赤以及族人的长辈。

族人中伯父礼敦年岁最大，为人胆子最小，总怕努尔哈赤闯祸，给族人带来麻烦。努尔哈赤找到这位身为族长的伯父，询问城里可还有什么武器。礼敦说："再也没有什么了。"说着领他到了库房。在库房里努尔哈赤找到了十三副盔甲。礼敦说："不过，我是坚决不同意你去报仇的。"努尔哈赤没吱声，看见祖、父留下的这十三副甲，努尔哈赤一阵伤心，随后又下了复仇的决心。

一阵钟声敲得甚急，赫图阿拉的兵马全都聚集在操场上，排成整齐的队列。努尔哈赤健步跨上土台，大声说道："各位兄弟，我努尔哈赤自幼离家学武，在佟家庄园成亲，不觉间故土相离已十余载。不想这次父、祖蒙难古埒城。大丈夫立于天地间，若不报此仇，有何颜面苟存于世。承天之幸，这几年，我得遇十几位情同手足的兄弟，为我的事揭竿而来，我努尔哈赤在这里感恩于五内，致谢于八方。今天，我找到了父、祖遗留下的十三副甲，我就把这十三副甲发给我这十三位同生死共患难的兄弟。"说罢，让二弟一一把盔甲发给额亦都、安费扬古等人，自己和二弟、三弟、四弟也都穿戴齐整，然后，努尔哈赤接着说："可恨尼堪外兰，奸诈小人，勾结王台和明军，攻打姻亲阿太章京，父、祖去援，不幸蒙难。

今天，我们要举复仇大旗，征讨尼堪外兰，不报此仇，誓不回师，一定要用尼堪外兰的人头祭奠我的父、祖！"这一番话说得正义凛然，激昂慷慨，士气被鼓舞起来了。士兵们手举刀枪，"不报此仇，誓不回师"的口号，响彻天野。随后，努尔哈赤大手一挥，说："出发。"一支千人大军浩浩荡荡开拔了。在奔往古埒城的路上，又有兄弟带了队伍投奔而来，这样共聚集了十七个小兄弟。

却说礼敦始终不同意努尔哈赤报仇，这次就更是百般阻止，见没能拦住，便组织族人准备去古埒城找王台的部下讲和，同时讨回觉昌安、塔克世的尸首。在努尔哈赤带队伍走后，礼敦便也领人奔古埒城而去。

努尔哈赤领兵，不一会儿来到古埒城。古埒城的王台守将，见努尔哈赤来势汹汹，便高悬吊桥，四门紧闭。努尔哈赤和兄弟们商量，退兵二里，麻痹敌人，待其放松防备，把几名兄弟扮成百姓混进城去，举火为号，打开城门。王台守将果然中计，被努尔哈赤一阵猛冲猛杀，被杀得屁滚尿流。但王台守军毕竟久经战阵，稍稍惊慌一会儿，便稳定下来，组织反攻。这一场好杀，双方各有损失，最终是把王台守军全歼，但努尔哈赤也损失了五百多兵马。收拾战场时，有士兵来报，发现了觉昌安、塔克世棺木。

努尔哈赤和二弟、三弟，还有四弟穆尔哈赤赶紧走了出去。四弟穆尔哈赤虽为后母阿那所生，但跟大哥努尔哈赤的感情一直很好，在大哥、二哥和三哥被额莫赶走后，曾经为此很恼恨额莫。这次大哥报父、祖之仇，穆尔哈赤便执意跟了来。

四位兄弟来到棺木前，是抚棺痛哭，决定带着棺木去攻打图伦城。图伦城乃小城，因尼堪外兰在离城五十里以外的一处所游山玩水，城里兵力空虚，被努尔哈赤一阵攻打，很容易就被攻破了。努尔哈赤杀了尼堪外兰的一家老小，然后用人头来祭奠父、祖、姐姐、姐夫。尼堪外兰的财物，也被努尔哈赤一起用车运走。图伦城的百姓久被尼堪外兰欺压，对努尔哈赤攻打尼堪外兰后都非常高兴，有的还给努尔哈赤的队伍送来烧酒、鸡蛋、毛皮等物。努尔哈赤推选出了新城主，便四处打听尼堪外兰行踪，驱兵赶去。

却说尼堪外兰正在游山玩水，糟蹋百姓，玩得分外高兴之际，忽听快马报说图伦城已被努尔哈赤袭取，并攻占了古埒城，抢去觉昌安、塔克世尸首。这尼堪外兰恨得牙直痒痒："努尔哈赤，我要杀你个有来无回！"说罢，领军直奔图伦城。

努尔哈赤队伍行了二十余里，迎面碰上尼堪外兰的队伍。两军对阵，忽然从敌军中跃出一骑，打着"尼堪外兰"的旗帜。努尔哈赤认识此人正是尼堪外兰，真是仇人相见，分外眼红。努尔哈赤恨得咬牙切齿，举枪迎面扑来。

这尼堪外兰把枪架住，笑盈盈地说道："你的祖父和父亲都被我略施小计，败在我的手下死了；你的姐姐、姐夫也死了；你的建州卫，宁古塔也快要投降我了。你这乳臭未干的小儿，我还放在眼里吗？你为何袭取古埒城，打破我的城池？快快下马受降，我饶你不死。你要再行糊涂，别怪我绝你建州卫老根了。"努尔哈赤听了此话，不觉三尸神暴跳，七窍里生烟，咬牙切齿骂道："你这负心贼，我祖、父同你往日无冤，近日无仇，你竟下此毒手？我要挖你心，吃你肉，替我祖、父报仇！你不要得意，回去看看你的城池，看看你的父母、妻子。"说着一枪刺去。尼堪外兰听得家眷不保，也大怒起来，仗着自己有数千兵马，忙令兵士们上前迎敌。他虽有近万人马，但有一半是建州卫的降兵。兵士见努尔哈赤英勇善战，皆倒戈相向。这一场好杀，双方的兵士几乎全军覆没。战场上是枪口见血，鬼哭狼嚎。十七个小伙伴已杀红了眼。尼堪外兰见自己的士兵降的降，死的死，知道大势已去，忙转马头，落荒逃走。十七名小将随后猛追，奈何尼堪外兰骑的是一匹宝马，转瞬便跑得无影无踪。这场战斗，尼堪外兰全军覆没，只剩得独自一人，亡命在外。

再说努尔哈赤，除了十七位兄弟之外，也是再无一个士兵，可见战斗的惨烈。只可惜逃了尼堪外兰，小伙伴们一个个惋惜不已。努尔哈赤说："为今之计，咱们先回赫图阿位，再从长计议。"于是，十七个少年英雄，带着觉昌安、塔克世的棺椁，往赫图阿拉回返。

欲知后事如何，且听下回分解。

第十二章 | 讨外兰聚义盟誓
惧尼堪加害罕王

却说努尔哈赤率领一群小兄弟，走在半路上，大家一合计，带着棺椁恐怕被族人抢去，就在一棵老松树下，匆匆忙忙地将二老入了葬。回到老城，立即动手立起二位老人的灵牌。他们个个身穿重孝，跪在灵牌前，努尔哈赤号啕大哭。边哭边说："玛发，阿玛，二位老人，在天有灵，保佑你们的子孙吧！这奇耻大仇，我若不报，生有什么意思，我一定豁出去这条命，也要为二老报仇。"

身边的小兄弟们也都痛不欲生，一齐跪在灵前，齐声说："从今天起，我们愿意和少贝勒同生共死，报这不共戴天之仇。"

大家哭了半天，努尔哈赤站起身来，向众伙伴二番跪倒，满脸热泪地说："众兄弟能和我同心协力，共报此仇，我努尔哈赤替死去的二老感恩莫及。这奇耻大辱，绝非一念勇气能够完成的，还得靠我们兄弟同心协力，再把全族人和邻近一些盟部，共同联合起来，才能雪此仇恨。"大家赶忙扶起少贝勒。安费扬古提议，我们十七个兄弟应该结拜，对天盟誓，才能十七人一条心共同对付敌人。大家齐声说好，就这样，十七个人在二老灵牌前，刺破左臂，十七股鲜血淌在一个酒盆里，十七位英雄一齐二番跪倒，齐声说："阿布卡恩都力在上，我们弟兄十七人，为了消灭杀二老的贼人，愿意有罪同当，有福共享，不杀死尼堪外兰，誓不偷生。皇天、神祖，多加庇佑。今后任何人如有三心二意，不得好死。"

尼堪外兰这个阴险狠毒的坏蛋，他本名不叫尼堪外兰。尼堪外兰用汉文翻译是汉奸、走狗的意思。满族还给他起了个名叫窝郎吉，意思是坏蛋。他本是苏克苏浒部的二辈奴，到塔克世那代他给塔克世当控马奴。这控马奴的差事说容易也容易，只是每天管好塔克世的马就行；说难也难，还真得有识马的能力。这小子对识马还真有点儿眼力，不管什么样的马，只要从他眼下一过，管保能看出好和坏。再骑上遛它几圈，就能断定是不是好马。因此，塔克世很喜欢他。有一次，哈达部要送给塔克世一匹马，讲明在马群中任意选一匹。尼堪外兰在马群中走了三圈，最后挑出一匹骨瘦如柴的枣红马。塔克世暗暗着急，心中想，真是穷命鬼，好马千千万，偏选出这么一匹马。哈达贝勒便满口答应。尼堪外兰说："既然贝勒同意给，请立个字据，不许反悔。"哈达贝勒哈哈大笑说："可以，可以。"忙命人在木牌上写道："我家这匹马，情愿送给塔克世贝勒，永不反悔。"尼堪外兰接过木牌，高兴地牵了回来。塔克世瞪了他一眼，心想，可恨的东西，竟选出这么一匹不中用的马。

哪承想，尼堪外兰喂养了一个多月，再一看这马，真是体壮身灵，一上鞍子鬃尾竖起，真是一匹日行三百夜行五百的好马。塔克世问他："为什么这马变得这么快？"尼堪外兰说："千里马要吃千斤粮才能施展出真实的本领，它在马群，只能和群马吃一样的草，用一样的料，怎么能吃好？吃不好，又怎么能千里飞驰！"

自从得到这匹马，尼堪外兰不由起了野心。总想偷出去换些黄金白银，就在一天夜里，借放马之机，偷出这匹马，到叶赫部换了五十两银子。这件事被觉昌安发现了，本想把事压下，心想我们力量小，得罪一些仇人没啥好处。可是塔克世是一个火星乱冒的人，越想越生气，把尼堪外兰下身衣服剥个精光，挂到大树上，用鞭子痛抽一顿。尼堪外兰一气之下抢了两个女奴，跑到李成梁那里。李成梁没收，又跑到抚顺部，当了一名游击小官。以后明朝想利用他挑起女真人内讧，才叫他当了一个图伦城主。

十七名小英雄中，安费扬古为人足智多谋，始终是努尔哈赤的谋士。

额亦都外号叫傻爷爷，还叫巴愣阿。他是一位千斤力士，为人直率，办事很粗鲁，千八百斤对他来说，能轻而易举地举起。据说他和人家打赌，曾举起过一座八百斤的大铜佛，绕殿一周又放回原地，气不长出，面不改色，真是一位力大无比的英雄。

这十七位英雄中特别一提的是巴孙小阿哥，他有眼力，善于侦察，待人和气，是努尔哈赤身边一位很好的谋士。

其他还有努尔哈赤的弟弟舒尔哈赤和雅尔哈赤，他们俩是努尔哈赤一母所生的弟弟；穆尔哈赤是努尔哈赤继母所生的儿子。另外还有常书、巴奇兰、西拉布、博虎锦，都是努尔哈赤平素结交下的生死兄弟。

他们刚盟完誓，努尔哈赤的伯父带着全族人等也从图伦城赶了回来。

原来他们走的是大路，小英雄们走的是小道，小英雄们把尸首抢到手了，他们才走到半路，结果到图伦城扑了空，才气冲冲地空手而归。当他们知道努尔哈赤等人打跑了尼堪外兰，塔克世父子已被安葬，更是气上加气。族人看到他们十七位弟兄立灵牌祭奠，在灵前歃血为盟要出兵讨伐尼堪外兰时，个个吓得面如土色，齐声说："穆昆达，你千万别再叫努尔哈赤出去惹祸了。他一个人死了倒是小事，那尼堪外兰是受明朝加封的官，一旦惹怒了他，勾结明兵杀向我们苏克苏浒城堡，岂不白白葬送全族人性命！"

努尔哈赤的伯父礼敦是全族的穆昆达，一听大家议论，想到明朝的强大和尼堪外兰的权势，气得他浑身发抖。大声喝道："该死的混账东西，你天上祸不惹，偏惹地上祸，这次得罪了尼堪外兰，他一定去找李总兵。再说大明朝李总兵在他的后面坐镇，你有多大力量削平尼堪外兰？我是一族之长，要听我的。从今天起，再不许你提杀尼堪外兰报二老之仇之事。"努尔哈赤一听伯父的一番话，不由跪倒在伯父膝下痛哭流涕地说："大阿玛，你老开开恩，答应了吧！孩儿报不了二老之仇，决不甘心。我知道尼堪外兰有势力，有靠山，可是阿布卡恩都力会帮助我们除奸的。我誓死也要报杀玛发和阿玛的仇。"

老穆昆达叹了口气说："孩子，不是伯父不让你报仇，而是咱们和人家比，好像小鸡和老鹰，山兔和老虎。你纵有天大本领，一块铁能捻几根钉呢，千万不要给全族人惹祸。小祖宗，赶快对天盟誓，永远不要提及报仇之事，叫咱族人过个平安的日子吧。"

努尔哈赤低着头，半天没有说出话来。这时，族内一些人以为努尔哈赤已经低头认错，都高兴地说："你放心，既然你先把二老的尸体安葬，这建州卫都督当然是你的。咱们忍个肚子疼吧！那尼堪外兰行动比兔子还快，黑心比天上星星还多，咱们斗不过他。最近听说明朝要封他为满洲国主，还要派大兵保护他，咱们可不能鸡蛋往石头上碰。不如归降，咱们还有生路可言。"努尔哈赤一听这些议论，猛地一抬头，两只眼睛发出愤怒的光来，那魁梧的身躯，像一座宝塔似的挺立着。他大声说道："众位爷儿们，那尼堪外兰杀死我阿玛和玛发，杀死阿太章京全家，我们若乖乖投靠他，有何脸面见先人。人活百岁也是死，如果众位不肯帮我这个忙，我们十七个弟兄愿意赴汤蹈火，誓报此仇。"说完回过头来和小兄弟们说："兄弟们，不能再等了，行动起来吧！"这时，十六位小阿哥齐声说："海枯石烂，报仇的心永远不变。"

老穆昆达一看这情形，知道用好言劝说是不行了，就沉下脸说："好你个大胆的努尔哈赤，好话说了千千万，你还是当作耳旁风，你没大没小，目无尊长，我是一族之长，看来不动家法你是不能认错了。来人！把家法鞭请出。"

建州卫是爱新觉罗家族，有两种家法：一是祖传宝剑，用它可以斩族内坏人，杀族内叛逆之人；二是神鞭，专打那些犯了族规的人。平时供在堂上神祖桌前，只有穆昆达才有权力动用。族里人立即请出神鞭，全族人拜了几拜，规规矩矩地站在一边。努尔哈赤满脸泪痕，推金山、倒玉柱拜了家法，昂首跪在神鞭前，面向全族人高声说："我努尔哈赤一没有违犯族规，二没有叛离祖宗，难道为玛发和阿玛报仇就受家法责罚？难道我们族规有这样的规定吗？如果实在要打我，我只好跪领，但这只能打我身，却打不变我报仇雪恨的心。"说完他脱去衣服，跪在地上，向穆昆达说："请伯父行刑，打这个为二老报仇的不忠不孝的阿哥吧！"这一番话说得全族人目瞪口呆，说得穆昆达举起的鞭子又放了下去。半天，穆昆达打了个唉声说："小冤家，本想狠狠教训你一顿，看在你死去的二老面上，原谅你一次。可从今以后，再不许你胡作非为、惹是生非。"说完，转过身说，"把我的卫队三百人叫来，看住这个冤家，把他关进地牢，什么时候认错就什么时候放出来。"就这样把一位报父仇雪祖恨的小英雄关了起来。

这可难坏了其他十六位兄弟。人无头不走，鸟无头不飞，关起少贝勒，咱们怎么行动？大家跑到一棵大树下，你看看我，我看看你，说不出一句话来。可干着急想不出解救的办法。额亦都一看这种情形，他气得拔出一棵小树，闷声闷气地说："我实在忍不下去了，不如咱们杀死穆昆达，反了吧！然后再去报仇。大家要不敢干，我一个人也能杀他个人仰马翻。"说完抽出腰刀抬身要走。

这条硬汉子谁也不怕，就是尊重努尔哈赤，用他的话说："天下就属我大哥是英雄，他料事如神，我不听他的话，听谁的话。"他这一发作，大家都不敢拦。这时巴奇兰赶忙说："你先别发火，我管保有办法能把大哥救出。"大家忙问用什么办法，巴奇兰说："咱们冲到地牢门口杀死守牢人，砸开牢门，抢出大哥，远走高飞成大业立大事。诸位弟兄你们看如何？"大家一想也对。

就在当天夜里，十六位兄弟，悄悄地靠近地牢，准备冲向牢门。可是，刚要动手，只见从地牢那边来了一伙人马，到跟前一看，正是老穆昆达，他骑着马，手执马鞭。老穆昆达一看这些小英雄，气呼呼地说："好你们这些小兔羔子，想来劫牢，有我在此，谁敢动手。"说完举起马鞭狠狠地抽了舒尔哈赤和雅尔哈赤几下。回头和守牢的士兵说："你们一定要好好看守，真要出个差错，通通要你们的命。"说完气呼呼地走了。额亦都早就按捺不住，抽出腰刀就要追上去，大家又拽又拉，好不容易把这位傻二爷制住。他气得砍倒几棵小树，踢平几块卧牛石，仰天长呼："阿布卡恩都力，你睁睁眼睛吧，为什么一位为二老报仇的顶天立地的巴图鲁却遭受这不白之冤啊！"说完坐在石头上眼望地牢，号啕痛哭。其他一些兄弟也个个泪流满面，只好垂头丧气地回到住处。

半夜了，月亮从云缝里露出一张肃穆而洁白的脸，窥探着这栋小屋。不一会儿，只见门"呀"的一声开了，里面悄悄出来一个人影，在月光下，那人手拿一把钢刀，闪闪发光，直向地牢方向走去。不一会儿，又见两个人影也从屋里钻了出来。又过一会儿，室内亮起了油灯。

原来这正是十六位小英雄的住处。额亦都翻来覆去睡不好觉。心想，努尔哈赤待我恩重如山，他在地牢里受罪，我却安然睡在炕上，这怎能叫我睡好。一想我额亦都生来怕过谁，我就不信救不出大哥。想到这，他悄悄爬起来，要只身探虎穴救出努尔哈赤。这件事被安费扬古和博虎锦知道了，安费扬古偷偷捅了一下博虎锦，两个人也悄悄爬了起来，跟了上去。

离地牢不远的小树下，三个人会了面。额亦都圆睁二目恨恨地说："你们俩赶紧给我回去，用我一个人的性命去拼，能成就成，不成就死我一个人。你们这一来，倒耽误了我的大事。"安费扬古小声地说："单丝不成线，孤树不成林。走，要干咱们一起干，难道你豁出性命，我们俩就舍不得这一百多斤吗？"额亦都没招，只好答应他们同往。

三个人来到地牢门口，一看，嘿，灯笼、火把、亮子油松照如白昼，五人一班，手执腰刀的哨兵，前后不断，再一看那地牢四外，木桩一个挨一个围成一圈。牢门牛头大锁，锁得结结实实。真是水泄不通，插翅难飞。三个人来到牢门前，刚要动手，忽然六支巨手狠狠地捏住三个人的脖子。回头一看，原来是舒尔哈赤、雅尔哈赤和巴奇兰三个人，他们没容分说，把三个人拽到僻静之处，狠狠地打了额亦都三个人几拳，然后说："你们也不想一想，这地牢外围都是兵丁把守，即使你们能战过他们，那牢固的牢房任凭你有多大力气也很难砸开。一旦救兵一来，不但保不住你们三个人的性命，恐怕更加重了大哥的罪状，咱们还是赶快回去，从长计议为宜。"这第二次营救也落了空。

再说老穆昆达自从撵走了十六个小兄弟之后，心里总是七上八下，不知咋办才好。他心里知道，努尔哈赤的行动是完全正确的，不应该关入地牢，可是一想到尼堪外兰的势力，明朝的总兵，真是不寒而栗。何况族内一致反对努尔哈赤，致使这位老穆昆达无计可施。就在他闷闷不乐的时候，大阿哥陆虎进来禀报："阿玛，全族都在大厅议事，请您去做个主张。"老人一听，知道又在商量努尔哈赤的事情，于是，慢慢地走出住室。

大厅内灯火通明。族人们都坐在那里，争得脸红脖子粗。老穆昆达这个人虽然心地倒也善良，可是他生来胆小怕事，耳软心活。老贝勒觉昌安在世的时候，总是说他长一身软骨头，是耗子做的王爷——见不得天日。

他刚一到屋，大家七嘴八舌地说了起来。有的说只有把努尔哈赤处死，才能全族太平；有的说处死于理不合，不如软禁他三年五载，一直到他回心转意为止；也有的干脆不言语。

老穆昆达慢慢坐下来，又听了一会儿，只见族中有两三个青年阿哥站起来向穆昆达请了安说："像努尔哈赤这种败类，只想到他二老如何，根本没想到全族安危，如果他要一时得逞，还不得杀了咱们满门家眷。再说他要活下去，再加上十六个虎兄弟发起性子来，岂不是咱们全族的心中大患。请穆昆达发话，我们马上治死他，望穆昆达以全族的安危为念。"说完抽出腰刀，跃跃欲试。

穆昆达看了这几个小阿哥一眼，忙说："大胆的东西，在老人面前亮兵刃，还不给我收起来，小心你们的屁股。"吓得那几个小伙子只好溜溜地退到一边。

这时，界堪站起身来，大声说道："努尔哈赤胆大包天，惹是生非，本应斩草除根，不留后患。怎奈他除了替二老报仇，抢尸夺位之外，再也找不到其他的毛病。依我之见，再派人劝说一番，三天内若不改悔，再杀不迟。"大家一听也有道理，同意界堪劝说一次，界堪是塔克世的三哥，努尔哈赤的三伯父。平素跟努尔哈赤感情很好，可是想到自己的身家性命，也不同意把这只老虎放出来。

三天后要杀努尔哈赤，这消息传得很快。

第二天，十六个小兄弟得到了信儿，急得像热锅上的蚂蚁，不知如何是好。事又凑巧，不知什么原因舒尔哈赤肚子疼了起来，大家都忙着给他热姜汤。穆尔哈赤却哈哈大笑起来，并拍着手说："好了，好了，大哥有救了。"大家看他这一举动，不知葫芦里卖的什么药。穆尔哈赤把如何搭救努尔哈赤脱险的妙计和大家一说，都拍手称好。这才引出，救出英雄报家仇，活捉尼堪外兰。

　　欲知后事如何，且听下回分解。

第十三章 ｜ 施巧计罕王脱险
栖鹰阁罕王斗敌

前回书说的是穆尔哈赤一看有人喊肚子疼，他就想出一条巧计，解救罕王脱牢。他和众兄弟说出这个计策之后，大家都拍手称好，一一依计行事。

穆昆达这几天被努尔哈赤的事情，弄得寝食难安。刚到掌灯时分，只见舒尔哈赤慌慌张张地跑了进来，气喘吁吁地说："大阿玛，可了不得了，我去给努尔哈赤送饭，刚到地牢小窗口，只听大阿哥在牢中嚎叫，一看在地上直打滚，手捂肚子直不起腰来。喝水吐水，吃饭吐饭，不到一袋烟的工夫，躺在地上已经昏迷不醒。在昏迷中还说："大阿玛，我本想在你面前行行孝心，可是你侄儿已经不行了，快来看看你这要死的苦命侄儿吧！"

穆昆达一听，大吃一惊，忙问："为什么不找大夫看一下？"舒尔哈赤哭丧着脸说："你老人家下了令，除了送饭外，一律不许入牢，违令者斩。这道禁令一下，谁敢带医治病。"老穆昆达立即站起身形，手拿开门钥匙，匆匆向地牢走去。

众兵丁一看大爷驾到，忙闪开一条路，这时十六位小兄弟都心急似火地站在那里，一见大爷都凑到身边，齐声说："老贝勒快快打开牢门，看看少贝勒吧！"老穆昆达急忙拿出钥匙打开牢门。这牢门里黑洞洞、湿漉漉寒气逼人。当老穆昆达刚一进牢门，就见十六个小兄弟，个个身轻如燕，抢先冲了进去，没容分说，拽起努尔哈赤就跑。

当穆昆达知道中计后，十七位兄弟早已逃得无影无踪。穆昆达气愤地说："这些混账东西，竟敢欺骗到老夫头上。"气得他命令兵丁敲起云牌，吹动牛角号，顿时，甲兵全部集合到牢门前。穆昆达立刻传令追拿十七个小英雄，可是这些兵丁谁敢真的动手擒拿，都虚张声势地喊了一阵，回去复命去了。

穆昆达正在气愤的时候，只见北山腰上，亮起了十七个火把，并且高声喊道："大阿玛，不要生气，我们决不再进城。好汉做事好汉当，我们报仇决不连累你们，请老人家放心，如果真要紧紧追捕我们，逼得我们实在没有出路，那我们将要对不起你老人家了。"

努尔哈赤高声说："我为二老报仇，老人留下的栖鹰阁暂时借我们用用。"说完，他们高举火把向栖鹰阁走去。

这栖鹰阁是当时觉昌安养鹰的地方。当年这个地方，由人工养育不少老鹰，也孵育鹰雏，为了喂鹰还用专人饲养一些山兔。这栖鹰阁还有一段有趣的历史呢。

据说觉昌安在世的时候，最喜爱山鹰，曾驯养过一二百只山鹰。这群山鹰专听觉昌安的口令。一声口哨几十只山鹰排成一队，在觉昌安头上盘旋，再吹一声口哨，群鹰立刻展开双翅向四下飞去，可不一会儿，又都纷纷飞回来，有的叼着山兔，有的嗛着山鸡，一一放在觉昌安面前，然后静静地等着主人分点。当主人把一些捕来的猎物分给他们时，这些山鹰每十几只围成圈子，吃了起来，好像胜利聚餐似的。更令人惊奇的是，这些山鹰，每夜十几只蹲在觉昌安的住宅房顶上，打更守夜，一旦来了生人，他们群起而攻，敲打着门窗报警，真可以说是一群忠诚的卫士。

日子一长，这些山鹰竟在栖鹰阁安了家，产了卵，竟孵出下一代来。渐渐地栖鹰阁从简陋的三间土房发展成鹰房，育雏室，山兔棚，育鹰人员的值班室。

因为这栖鹰阁是建在一个小土山上，所以站在这里，放眼一望，可以看到很远的地方。为了使山鹰安全生活，又在小山四周修起了高高的围墙。从外面看，围墙陡立，在里边看，却很平坦，真正是一所理想的自卫城。因为这件事，觉昌安贝勒还有个美称叫山鹰贝勒。

自从觉昌安故去以后，山鹰死的死，散的散，被偷的被偷。一个群鹰栖居的地方，很快变成了空荡荡的空阁。

栖鹰阁的后面有山有树，还有几眼甘泉，倒也是个风景优美的好地方。

他们哥几个占据栖鹰阁以后，就通知春娅娜、龙敦和洛寒把佟家庄园的几十号人悄悄带了过来。原打算不叫别人知道，可是哪有不透风的墙。日子一长，有些觉昌安这一支的族人和奴隶都暗暗投了过来。没有几天工夫，竟有五十七人投向努尔哈赤。他们一看来的人一天比一天多，心中很高兴，除了安排他们生活以外，还在一起练练弓箭和刀法。

日子一长，族里人听说努尔哈赤的队伍不断扩大，都感到害怕，尤其是界堪。他是三贝勒，论起来是努尔哈赤的三伯父，这个人虽然弓马不熟，但是嫉妒心特别大。在平辈中他倒不敢使威风，对下边一帮晚辈总是摆出老子的架子，说说这个，训训那个，总在穆昆达跟前挑动是非。

他听说努尔哈赤的人数一天比一天多了起来，偷偷地和穆昆达说："大哥，努尔哈赤这孩子，翅膀越来越硬，如果不尽快除掉，要成为全族的祸害！一旦他兴师动众，惹怒了明朝军队攻打咱们，到那时，咱们就悔之晚矣。趁他羽毛还没长齐，不如趁早斩草除根，免生后患呀！"

这一番话，说得穆昆达半天说不出话来。看了看界堪问道："依你之见怎么办？"界堪打了个唉声说："这件事，不是你我二人能做主的，还是开个全族会议，叫大伙想办法，再做定夺。"穆昆达也觉得有理，便点点头说："要是这样，你就替我通知一下，明天在大厅里议会。"界堪暗暗高兴，告退出去。

他先找平辈，把自己的想法和穆昆达的主张添油加醋地和大家又挑动一番，竟得到大家的赞同。

第二天，前大厅南北炕和外屋地上，挤满了人。穆昆达在案桌后面坐下之后，一些老辈人都坐在炕上，晚辈们在长凳上也坐了下来。下人们端上茶水，给老一辈人装了烟，便退了出去。

穆昆达看看大家说："众位爷儿们，自从老贝勒遇害之后，我是日夜盘算以后苏克苏浒这个城怎么保，全族人怎样过平安日子。大家都知道咱们要和尼堪外兰比，真是相差太远了，只有投靠他，才能保平安。可是努尔哈赤这个逆种，不听长辈人的话，不守族规，竟挑动一些人成帮结伙要去报仇。还事先抢去老人的尸首，有了继承的大权，对这个人不想办法制止住，可是咱们的心头之病啊！今天请大家来，想个办法才好。"

穆昆达说完，全厅人顿时议论起来。有的说劝劝他；有的说还是抓回来押在地牢；有的主张干脆杀掉以免后患。大家议论一阵后，界堪拦住大伙的议论，高声说："我看咱们先礼后兵，把努尔哈赤叫来，在大庭广众之下好好训斥他，他若听话，就万事罢休；要是不听劝，当场就抓起来，打入地牢；要是他抗拒不来，咱们就以讨逆的名义兵围栖鹰阁。只要把努尔哈赤掌握到手，他就得听咱们的处理，反也反不了。"大家一听，觉得很在理，就决定派人通知努尔哈赤弟兄几人，明天午时到大厅议事。

努尔哈赤他们接到信之后，额亦都大声喊道："大哥，可不能上他们的当，这是调虎离山之计。"安费扬古也是这个看法。舒尔哈赤眼盯着大哥没说一句话。

努尔哈赤看了大家一眼说："我的心是正的，我办的事是合乎天意的。凡是合乎天意的人，无论办什么事，说什么话，都能得到上天的庇佑。既然他们请我去，我当然得去，看他们摆的什么阵势。诸葛孔明曾斗倒江东群英，难道咱们就不能秉公处事，陈述大义吗？我决定明天午时按时赴会，看他们奈我何？"穆尔哈赤说："大哥，我也跟去。"努尔哈赤点点头。额亦都也吵吵着要去，努尔哈赤也表示同意。其他一些兄弟都为这件事捏着一把汗。

第二天中午，大厅里布置得很严肃。西炕供上神祖，神祖前放着有黄绫子色的家法剑和鞭。地上靠西炕沿放一张案桌，案桌两旁是两条大条桌，桌上摆着茶壶和扣碗。没到巳时，全屋就挤满了人，等着这一场文战武攻的议会。屋里气氛有些紧张，有的人暗暗说，这场戏唱不成，努尔哈赤比谁都聪明，他决不会上这个圈套；也有的人估计，他不敢不来，咱们人多力量大，上有家法，下有全族，天大胆子他也不敢不来。正在这时，只见外面家人禀报："少贝勒已经进城。"

大家一听，立刻紧张起来，乱了一阵之后，穆昆达赶忙坐在案桌中间，其他老一辈人，坐在大条桌后面，并约定好：一切看穆昆达动作行事。正在这时，家人又慌慌张张来禀报，少贝勒现在门外，手捧皇上敕书，叫全族拜见敕书。原来大明给的豹印和敕书，自从安葬父、祖之后，已经完全落在努尔哈赤的手中，他们之所以要害于他，一来怕他报仇牵连全族，二来也是要夺印信敕书。当他们一听接敕书，这可比家法大，谁敢不依，都你看看我，我看看你，只好乖乖地出去行了拜见礼。

努尔哈赤手捧一道敕书公然走在前面，进屋之后，竟在正座端然坐好，大家又做了拜见礼。因为敕书是皇上颁发的证件，所以谁也不敢坐下，只好站立两旁，听候吩咐。

努尔哈赤看看大家，然后郑重地说："咱们先论国法，再论家法。自打嘉靖皇帝对先祖敕封建州都检事以来，诸多大事，都是由先祖裁决。今天既然由我承袭，只好告个罪领先了。现在我公布栖鹰阁是都检事办事的地方，今后有关国家大事，用这道敕书调遣诸位父老。"

这一招，出乎众人意料，本想先发制人，却被这突如其来的接敕书举动打乱了他们的部署。

努尔哈赤说完之后才走下来，一一拜见长辈，并和诸平辈行了见面礼。然后恭恭敬敬地问穆昆达："伯父，不知把小侄叫来有何吩咐？"问完之后，又深深向穆昆达请安说，"伯父，我先告个罪，因职务在身，不得不在座次上领先了。"说完又向神祖拜了几拜，公然坐在正位上。

这些弄得大伙张口结舌，全厅鸦雀无声。待了半天，界堪发了言："先祖自创业以来，深以全族兴旺平安为怀。今遭不幸，被尼堪外兰暗害，是我全族人等之大不幸，本应兴师问罪，以报家仇，以壮部威。但《孙子兵法》云'知彼知己，百战不殆'。今建州兵不满千，甲不满百，战马疲惫，粮草不足，不但没可战之兵，也缺指挥将领。再看尼堪外兰有精兵数千，盔甲数百，战马个个膘肥体壮，外有明朝作援，内有金城易易守难攻，战将数十，谋士也比建州多几倍。一旦兴师动众，不但不能取胜，反会家园难保，族人遭受不必要的苦难。祖宗在天之灵，将会怪罪于我们。这种盲动行为，实在是害死全族的祸根。"这一番话，引族人共鸣，一致说："三贝勒说得对呀，多大的弓，射多大的兽。弓小打大兽，反被大兽吃，是傻人干的事情。"

努尔哈赤看看大家，转头向界堪问道："依你老之见，应该如何安排？"

界堪一听，心中暗暗高兴，以为努尔哈赤听到自己的主张大概有些动摇，便接着努尔哈赤的话说："依我看，君子报仇十年不晚。想当年祖先被一些野人撵得无立足之地，只好退居会宁。可是仅用几十年的时间，又重振家业，执掌建州，总算也有了安身之处。如果轻举妄动，恐有亡家之祸。我方才说过……"没等界堪说完，努尔哈赤接着说："尼堪外兰手中有一两千兵马，还有李总兵作为后援，又听说最近明朝还册封他为满洲国主。可是咱们兵不过三百，甲不足五十，既得不到明朝的支援，也没有盟军的同情，如果一旦战斗起来，犹如以卵击石。"

界堪一听，不由得心花怒放，连连称赞。"不愧是聪睿贝勒，真是料事如神。我看，既然贝勒看到这点，不如咱们派人和尼堪外兰讲和，投在他们部下。我想尼堪外兰也不会计较前仇，会允许咱们归服。咱们趁这时候养兵牧马，一旦强大起来，再雪杀父之仇。"

努尔哈赤看看大家。然后怒目圆睁，大声说道："你们只知其一，不知其二。我们声讨尼堪外兰，是为了报杀父、祖之仇，是为了雪这奇耻大辱，这上随天意，下合族心。另外尼堪外兰，夺我城池，杀死阿太章京全家，害死玛发、阿玛，这阴损卑鄙行为，各部贝勒共睹，我们出师问罪，各部起码不能援助尼堪外兰吧！此乃我出师必胜之一；那李总兵乃是没有奏明圣上，私自动兵，假传圣旨，一旦真相大白，他也免不了欺君之罪。我们一旦出师，他绝不敢再袒护，这是我出师必胜之二。我们虽然兵微将寡，可是只要我们同心协力，和他决一死战，即使为此而死，为此而亡，也算尽我们子孙之孝心，也安心。上次我们讨伐尼堪外兰，攻了古埒城，夺了他的城池，灭了他的队伍，他只是单身出逃，可见外强中干。我们奇耻大辱不报，反认贼作父，我努尔哈赤死不从命。至于说君子报仇，十年不晚，这是一种苟延残喘的奴才主张，请各位想想，那尼堪外兰比狐狸还狡猾，岂能容许我们养兵蓄锐，把要吃他的老虎当作看家狗。这岂不是天大的笑话。如果各位不想出师，也请不要阻拦我报仇雪恨。一旦失败，我努尔哈赤决不牵扯你们。可是话又说回来，我还是拜求爷儿们和我同心作战才好。"说完，小贝勒含着热泪向祖先神恭恭敬敬地叩了几个头，给大家深深请个安，大义凛然地步出大厅。

大家被努尔哈赤这一番言语，说得哑口无言，你瞅瞅我，我瞧瞧你，半天都没说出话来。这时，界堪走到穆昆达面前，气愤地说："老哥哥，你看见了吧，这努尔哈赤狂妄到什么程度？简直是魔鬼缠身，真要照他的马跑，不但捉不到獐狍野鹿，还要迷失方向吃了大亏。你可要拿定主意，别把大家领进火坑啊。"这一番话，把一个耳软心活，没有主见的穆昆达说得不知如何是好。这时，一些胆小怕事的人，非常赞同此主张，异口同声地说："穆昆达快拿主意吧！快领着族人讨个生路吧！"

老穆昆达打个唉声说："我也不愿意看着族人眼睁睁地被尼堪外兰吃掉。假若真的投靠尼堪外兰，如果一帆风顺，那真是神佛保佑。可是一旦有个三长两短，我可担当不起呀！"

大家一听这番言语，都异口同声地说："愿听穆昆达吩咐。我们愿意在堂子里对阿布卡恩都力和祖先神明誓。"

堂子是供奉祖先神的地方，每逢遇到为难的大事，或出兵作战，共同要做的大事，都要到堂子里面向神祖致祭或宣誓，求得神佛作证，神佛保佑。他们为了共同对付努尔哈赤，不得不举行这最高仪式了。

他们集合在堂子里，由萨满举到抛盏仪式之后，由穆昆达躬身敬香，然后率领大家跪在神前，庄严宣誓说："阿布卡恩都力，各位祖先玛发，你们把福禄送给我们，把灾难降给努尔哈赤，我们齐心协力，若有三心二意，天诛地灭。"说着，大家共同饮了血酒。就这样一个反努尔哈赤的团体形成了。

再说努尔哈赤回来之后，又听到全族人在堂子里宣了誓。他冷笑了几声，心想这些人都是胆小鬼，可是又一想，他们处在敌强我弱的情况下，产生这种思想和行动是在所难免的。不管他们如何，终究是一个祖宗留下的后代呀！想到这儿，他一个刚露锋芒的一代英雄下了最大的决心，宁死也要报仇。对族人，宁可他们不仁，我努尔哈赤不能不义，族人的行为不但没削弱他报仇之心，反而更增强了他的决心和毅力。

这几天，努尔哈赤心情很乱。他是一位马上的硬汉子，从来没被困难吓倒过，他感到目前处境棘手，便独自一人步出城外。城外正值盛夏，浓浓的树叶遮住阳光，一条细细的小河向苏子河流去。他仰天长叹一声，暗自想着尼堪外兰逃到哪儿，怎么寻找，今后如何讨伐尼堪外兰。正在这时，就觉得身后有风声，赶快回头一看，只见背后一个人影，用黑布包着头部，只露出两只眼睛，手使一把明晃晃的钢刀，直扑努尔哈赤。努尔哈赤一闪身，抬脚一踢，正好踢在那人手腕上，只听"哎哟"一声，那人将刀落在地上，吓得撒腿就跑。努尔哈赤知道这一定是族里人派来的刺客，他并不追赶还大声说："混账东西，拦路抢劫也不看看我是谁，赶快把刀捡回去。"说完大步回到城内。这件事，他进城之后，只字没向众兄弟透露。

第三天，刚吃过早饭。众英雄们正在养鹰房闲谈，忽然门军禀报："启禀贝勒，大事不好，老城发来二三百人马把咱全城团团围住。"大家一听，都气愤地抽出腰刀，一致说："贝勒爷，快发话吧！这简直是欺人太甚。"努尔哈赤看看大家严肃地说："不要乱动，我先出去看看究竟。"说完走出屋子，来到墙头一看，只见几支族人都带着家人骑马张弓，虎视眈眈。努尔哈赤立刻挺起胸膛，怒目圆睁，大喊一声，从墙内飞身跳出。这一跳犹如猛虎下山，苍龙出水，又好像一尊天神从天而降似的，没等落地，早把大家吓得倒退半里。这就是历史上有名的罕王孤身吓退群敌的故事。

其实，族内有很多人同情努尔哈赤，因碍于穆昆达之命令，不得不来，谁肯认真动刀动枪，就这样努尔哈赤没费一兵一卒，没说一句话，几百名兵溜溜地退回老城。

正义的行为是会得到一些人的支持的。努尔哈赤除了执掌豹印、敕书外，更依仗他出师正义、心胸坦荡、不记族仇、对人谦逊，没过多久，四周一些小部落先后都归附到他的身边。

又有一次，离围城这件事约有一个多月。努尔哈赤所管辖的一个小部落叫瑚济寨。这个寨子离栖鹰阁有好几十里，前有小河，背靠小山，是一个很闭塞的部落，全部落还不足百十口人，是安费扬古的家乡。忽然一天夜里，不知从何处冲进百十口兵马，把屯子抢掠一空，并把他们的葛珊达全家抓去，扬言要他们用十八头牛，二十五只羊换回。如果过了九天不去，要把葛珊达满门问斩。

原来这些歹徒，是努尔哈赤的族叔康嘉派去的。自从努尔哈赤众兄弟抢帅夺印以后，他总是时刻算计努尔哈赤，除了在界堪和穆昆达耳旁不断吹风外，还不断和外部贝勒联系，因此也花费了不少族中在他家存放的银两。日子一长，康嘉害怕一旦族里要提取这份公款，偿还不上，要受族法惩办，这件事简直成了他的心病。左思右想，猛然想起洋河部北嘉城长理岱来，他们过去曾在一起干过一些抢劫小部落财物的勾当，何不找他商量一下，再大干一场，掠些财物，不但能偿还族中债务，而且自己也能得到一些外财。想到这里，他急忙预备几样礼品，带领两个奴隶奔北嘉城走去。

北嘉城长理岱论起来在一百多年前和爱新觉罗本是一家。这个人专把打家劫舍当作收入，只要能来财，什么伤天害理的事都敢做。

康嘉这次拜访，真是屎壳郎见瞎粪杵子，臭味相投。两个人一合计，事倒是好事，可是这些年各部落势力一天比一天强大，如果单靠两家的兵力，是远远不足的。目前势力最大的共有三家，都是八马王。一是哈达万汗，二是叶赫，三是乌拉。研究来研究去，决定到八马王哈达万汗那里请些兵马，助此一臂之力。可是到万汗那里怎么说呢？康嘉有些犹豫不定，理岱笑了笑说："我有一条妙计，管保万汗出兵。"说完向康嘉耳边嘀咕一番，康嘉一听，大喜，连连点头说："妙计妙计。"

这才想出一条伤天害理，弄巧成拙，自吃苦头计，也才引出安费扬古斩群贼，众英雄起义追杀尼堪外兰的故事。

欲知后事如何，且听下回分解。

第十四章　猛英雄追杀敌寇　雪仇恨首次兴师

上文说到理岱附耳献计，康嘉一听，连说"三音、三音"（好、好）。

提起哈达部，位置近明朝边境，在东北满族各部属于大的部。万汗被明朝封为王位。有八马之疆土，左右各个小部落都附属于它。

理岱和康嘉见到万汗行了拜见之礼后，康嘉献了礼品，并送上两名能歌善舞的女奴。万汗大声地问道："不知二位来此有何要事相商？"康嘉请了个安说："启禀罕王，我族努尔哈赤竟目无长上，想要吞并各部，他的部下瑚济寨也打算偷袭汗主边城。我俩实感不平，曾出兵拦阻过，他不但不听，反而和我们为敌，我俩兵微力小，难以抵抗。特来请罕王拨给一支人马，卑职愿带兵征讨，以保汗主边界平安，并壮哈达部之声威。"理岱接着说："这瑚济寨主还说了些很不中听的话。"

万汗一听，低头想了一下说："这么一个小寨，竟敢如此猖狂。努尔哈赤贝勒理应管束才对，为何纵其胡来。不知他说了哪些不中听的言语。"

理岱急忙站起身形说："他说的话实难出口。"万汗说："只管如实讲来。"

理岱说："他说，'万汗害死其弟，霸占其弟的产业，我要集合诸部讨伐此贼'。"

这一句话正说到万汗的痛处。气得他拍案大叫，一定要踏平这个小寨不可。气冲冲地说："我可以拨给你们一些人马，替我讨伐这个逆贼。"就这样，他俩骗取了万汗的军队向瑚济寨杀去。

瑚济寨是个小寨，怎能抗得住大兵的劫掠。结果被理岱和康嘉抢掠一空。他们还掠去该寨的寨主全家作为人质，并勒令用牛羊赎回。

他们掠到大批财物以后，退到红松林里。准备分赃的时候，想到这人质没法分开，理岱又出了一个坏主意：就地审问，追究寨子里还有什么财物，然后，再杀回去二番洗劫。这两人立即问话，把寨主叫到跟前，威胁说："你老老实实说出你们寨子里还有哪些财宝，说的属实，可以收你当个偏将，如若不然，别怪我们不客气。"

这位寨主一听，气得浑身发抖，高声骂道："你们这些强盗，我瑚济寨与你们何仇何恨，竟光天化日抢劫行凶，我生不能为寨民报仇雪恨，死也要变成恶鬼勾你们的魂，叫你们不得好死。"

寨主被打得遍体鳞伤，即使这样，还是骂不绝口。正在这时，只听树林东头一声怒吼："大胆的狂徒，怎敢明火抢劫。今天非教训你们不可。"只见从林外冲过来一人，骑一匹黑色宝龙驹，身着鹿皮衣裤，头戴一顶护肩狍皮帽，往脸上一看，这人高鼻梁，大眼睛，四方海口，面部黑里透红，手使两把腰刀，来人原来是安费扬古大将。这位大将他本是瑚济寨人，这一天，他闲来没事，带着十一个随从到山里狩猎，顺便也想回瑚济寨看看。当他走到林内，就看见瑚济寨主被人鞭打，又看到康嘉、理岱正在分赃。气得他一声吼叫，冲了过去，其他十一名将士，也紧跟其后冲进贼人队伍中，这一番厮杀，只杀得敌人只有招架之功，没有还手之力。

安费扬古把寨主放了下来，一同去见努尔哈赤，努尔哈赤安慰一番，并请他们要加紧练武加强防卫。从此努尔哈赤暗暗加强了提防。

努尔哈赤把瑚济寨主安排妥当之后，立即着手准备征讨尼堪外兰的行动。

明万历十三年五月。努尔哈赤只有兵马一百人，盔甲从十三副凑足三十副。他们在出师以前，努尔哈赤和众人说："我们兵不足百，甲才三十，我打算求萨尔浒城主诺米纳出兵相助，诸位以为如何？"安费扬古说："诺米纳虽然盟过誓，可是该人耳软心活，胆小怕事，恐怕未必真心来助。"努尔哈赤点点头，说："你看得很对，不过应该知道，如果我们约请他，他不到，是他背信弃义，将要受到众人的耻笑和责备；如果我们不去约请他，他将会把责任推在我们身上。当然不能依靠别人完成报仇大事，我们要加紧操练，准备出征。我到萨尔浒城走一走。"说完只带两个随从向萨尔浒城走去。

萨尔浒城也属于建州卫管辖的一个小城。因为土地比较肥沃，水草也很丰满，所以人们还很富裕，有甲兵八十多人。

努尔哈赤到那儿见到诺米纳一说借兵，他满口答应，双方还确定了会师的日期。努尔哈赤心里很高兴，很佩服诺米纳信守盟约，立即拜辞，回去做出兵的准备。

再说诺米纳有个弟弟叫奈喀达，平素和界堪很要好，这一天，他正在和诺米纳一同准备队伍定期出发的时候，忽然兵卒来报，说界堪前来拜访。奈喀达赶快把客人让到自己屋里，仆人倒上茶水装上烟，两个人就攀谈了起来。奈喀达把和努尔哈赤定期会合攻打尼堪外兰的事和界堪讲了出来。

界堪一听，不由大吃一惊。原来他和康嘉三天以前曾到尼堪外兰那里去了一次，一再表示决不记恨前仇，甘愿投靠在他的名下，尼堪外兰说："既然你们二位能真心依附，我很高兴，可有一件事要先讲清。上次努尔哈赤破了我的城，此仇一定要报，听说努尔哈赤正在养兵蓄锐，还要和我作对。如果你们能把他制服或给我送来，我将禀报李总兵封你们二位为建州卫都检事。"二人一听更加高兴，赶快站起跪倒谢恩。并保证回去联络萨尔浒城主一起攻打努尔哈赤。

临走时尼堪外兰还给他俩几副甲和其他的一些东西。

两个人辞别尼堪外兰之后，康嘉回家做攻打努尔哈赤的准备，界堪才来到这里。

界堪听完奈喀达如何备兵准备协助努尔哈赤征讨尼堪外兰的时候，不由心中暗吃一惊，心想真要他们出兵助战，一旦获胜，岂不让努尔哈赤如虎添翼，自己都检事职务更属难成。想到这里，他假装大吃一惊，忙说："按理说，你们协助努尔哈赤，作为我是他的本家，理应高兴才是，无奈你们只知其一，不知其二。那尼堪外兰自从被努尔哈赤打得只身跑出城后，见到了李总兵，重新受到李总兵器重，并代为奏明皇上封尼堪外兰为满洲国主可以管辖珠申各部。李成梁还向他交底，一旦有人发兵伤害于他，会立即出兵援助。这样一来，别说一个努尔哈赤，就是一百个努尔哈赤能顶住大明朝和满洲国主？你们出兵，岂不自找苦吃。到时候，城破家亡，悔之晚矣，望你转告长兄三思而行。"这一番话说得奈喀达毛骨悚然，万分感激界堪的金玉良言，并急忙把界堪的一番言语转告了诺米纳。诺米纳一琢磨，觉得很对，立即命他弟弟练兵。哥俩决定一不帮助努尔哈赤，二不帮助尼堪外兰，他们坐山观虎斗。

再说尼堪外兰，自从用奸计害死觉昌安、塔克世父子，被努尔哈赤杀得落荒而逃之后，他是日夜担忧，怕努尔哈赤再来发兵报仇。为此，他再拜求李成梁派兵马驻守图伦城。他还把沙济居民、兵士尽数纳入图伦，以为这样能兵多人众壮大自己的力量。他又派人给哈达部主送信送礼，请他协助。可是事与愿违，各方都持一种谨慎态度。

明朝总兵李成梁，本以为借尼堪外兰的刀，杀掉觉昌安、塔克世能够镇住东北各族，并且通过这一行动，推行他"以夷治夷"的政策，借此可以在皇帝面前讨个好，升升官，发发财。可是明朝的意图与他恰恰相反，主张尊重各卫都检事的主权，叫他们按时进贡，安于职守，互不侵占，不能无端挑起纷争，有损明朝对他们的信任。

李成梁这次挑尼堪外兰杀二主是没有奏明皇帝私自做的主意，他又奏明皇上把尼堪外兰说得如何忠，如何勇，如何受到各部的崇敬。皇帝信以为真，竟封尼堪外兰为满洲国主。

可是纸里总是包不住火。李成梁无故挑动内乱的消息传到京师，立即引起朝臣的议论。有人说李成梁不应该背着朝廷私自动兵挑动尼堪外兰肇事，理应奉明圣上严加惩办，并派人安抚建州卫平息这次无端挑斗；也有一部分人认为，李成梁做得对，对那些夷邦野人不能讲文明讲道理，应以武力镇压，利用他们互相厮打，削弱他们的势力，然后一举全部消灭。

其实，李成梁这一举动确实成了燎原之火。他对东北女真人估计过低，认为一旦刀兵相见，他们就会乖乖听命。岂不知安抚一方单凭武力是解决不了根本问题的。只有用诚心相待方为上策。

以后李成梁竟变本加厉用皇帝敕书，还赏给他红花绿叶的官服，这更助长了尼堪外兰的野心。就在这时，朝廷下道圣旨，大意是：

"尼堪外兰不应杀害建州都督。又闻努尔哈赤兴兵报仇，事关重大，不得轻举妄动，不得偏于一方，朝中已派人安抚建州，尽快平息此事，以安圣心，钦此。"

不得偏于一方，这对李成梁来说是一个重大的责备，他预感到事关重大，不像当初想象的那样，从此他再也不敢过分的支援尼堪外兰。

尼堪外兰第二个失策是，不应把沙济城居民完全驻入图伦城内。沙济城民和他们的城主情同手足。城主在尼堪外兰的屠刀下，受着各种折磨，城民心中怎能不起仇恨之心。他实际是在自己身旁放着座遇机待发的火山。

再说哈达部主，虽然对爱新觉罗哈拉有些旧仇，一想到觉昌安为人忠正，对哈达部出过不少力，今努尔哈赤要报祖、报父之仇，本应出兵相助，但考虑到尼堪外兰求救于此，又想到李总兵的兵力，就下了一个决心，一不帮努尔哈赤，二不助尼堪外兰。决定给图伦城多少送点应急物资，并答应如有余力可以尽力协助。

放下尼堪外兰不表，单说努尔哈赤于万历十一年五月，率领小弟兄十六人和一百名士兵，个个穿白挂孝，在堂子里杀一头牛，两只羊，告祭上天和祖先，并点起三声大炮杀向图伦城，又派人通知诺米纳准时出兵。

当努尔哈赤兵临图伦城时，诺米纳派来使者说："我城兵力不足，准备不周，不能前来援助，万望聪睿贝勒海涵。"这釜底抽薪之计，气得额亦都破口大骂，并请求带二十名士卒，踏平萨尔浒，努尔哈赤急忙阻拦说："不要妄动，应该用一切力量攻破图伦城，捉住尼堪外兰为要。至于诺米纳我自有主张。"额亦都恨恨地说："有朝一日，非得生吃诺米纳的肉不可。"

努尔哈赤立刻下令说："我们不能四面围攻，可以集中力量专打南门。并命令只许放炮擂鼓，暂不搭梯攻城。"大家都感到莫名其妙，只好依计而行。顿时南门外号声震天，战鼓齐鸣，再加上兵士的喊杀声，使城内的人们吓得不知如何是好。尼堪外兰亲自到南门守卫。这时沙济城的穆昆达来到南门单腿请安说："我们自从投靠国主之后，未立寸功，实在感到于心不忍。今天努尔哈赤攻城，我们愿效犬马之劳，给国主分担一些困难。"

尼堪外兰一听，心中大喜，忙吩咐道："尔等可以领兵守住东、北二门，多带弓箭、礌石，不要放进一兵一卒，违令者斩。"穆昆达连连行礼，请安退了出来。尼堪外兰站在南门城上一看，努尔哈赤的军队，虽然不多，却阵容整齐，盔明甲亮，个个英姿飒爽，人人精神百倍，早吓得他不知如何是好。派到李总兵和哈达求援的两名使者竟毫无消息，更使他心惊胆战，坐立不安。正在这时，只见报马气喘吁吁地来报："启禀国主，大事不好，沙济城居民竟打开东、北二门，安费扬古和额亦都已经率五十甲兵侵入城中。"尼堪外兰一听，好像晴天霹雳，枪也没顾带，向甲版城逃去。

努尔哈赤进城之后，把尼堪外兰的所有亲属全部杀死。并协助沙济、城居民回到旧城，把图伦的一半财产分给沙济城。其余人马和财物全部没收。

为什么这沙济城居民事先早有准备呢？原来在出师以前，努尔哈赤派四名得力侍从，假扮沙济居民混入城内。和沙济城的穆昆达已经商量好，做了充分的准备。才有穆昆达请战开门，引入努尔哈赤的甲兵进城的计策。

这次战斗获甲一百副，掠人五百多口，牛羊不计其数。他们得胜凯旋。

本年秋八月初，努尔哈赤攻打甲版城要活捉尼堪外兰。

这尼堪外兰自从图伦城逃出之后，如同丧家之犬，夹着尾巴仓皇逃到甲版城。进城以后，立即督促城中百姓，不分昼夜地加固城池。每天心惊胆战，甚至连睡觉都大吵大喊，真是食不甘味，寝不安席。这一天，刚吃完早饭，忽然门军来报："萨尔浒城主诺米纳特来求见。"尼堪外兰知道诺米纳是夜猫子进宅，无事不来，赶紧出屋降阶相迎。到屋落座之后，尼堪外兰不住感谢诺米纳没有援助努尔哈赤之恩，并保证一定在李总兵面前多加保奏。诺米纳连连感谢尼堪外兰提拔之恩，然后小声说："小的有一件机密军情想要报给国主。"说完看了看侍候的一些仆人。尼堪外兰明白其意，赶忙斥退手下仆人，此时屋里只有他们二人。

诺米纳凑到尼堪外兰耳边悄悄说道："启禀国主，那努尔哈赤在最近几天要出兵甲版城，请国主早加准备。"

尼堪外兰一听到努尔哈赤四字，早吓得浑身发软，战战兢兢的说不出话来。诺米纳一看这种情况，也不敢久留，告辞回城。

当努尔哈赤大兵到来之前，他早就弃城出逃，直奔抚顺，想从其东的河口台地方进入明朝边界。这样，一则可以避难，二则可以请李总兵出兵援助。

努尔哈赤收了甲版城，他气得捶胸跺脚，恨恨地说："要不是诺米纳通风报信，那尼堪外兰早已被我捉住。"立即指挥全军尾随其后。

这尼堪外兰带着几名仆人金命水命不要命地向明朝边界跑去。就在这时，只见从抚顺方面过来一伙兵马，尼堪外兰一见大喜，赶忙大声喊道："快来救我，我是尼堪外兰。"

这明朝官兵一听，立即摆开阵势，大声喝道："尼堪外兰，听真，我们奉总兵之命，在此守护边界。根据圣训，双方人等不许越界。为此请你转逃他处。明朝界内不许你私自闯入。"尼堪外兰一听，早吓得魂不附体，下了马屈腿请安苦苦哀求，明兵还是不许进边。

事又凑巧，当他和明兵对话的时候，努尔哈赤带兵赶到。一看明兵在此，以为是接应尼堪外兰的军队，忙下令停止前进。只拿住一个仆人，策马带兵返回甲版。

到了甲版，立即把仆人带来审问。那个仆人愤愤地说："为什么聪睿贝勒不追赶尼堪外兰呢？那明朝兵马不是援助尼堪外兰的，而是阻止他进入明境的呀！如果那时追赶上去，一定会提住他。"

努尔哈赤一听，对诺米纳更加愤恨。他抽出腰刀恨恨地砍倒门前一棵小树，大声发誓说："不消灭诺米纳，就不能捉住尼堪外兰！"

努尔哈赤把甲版城安置一番，住了三天，班师回苏克苏浒河畔。大军正行至萨尔浒边界准备借路回师的时候，这时诺米纳及其弟奈喀达以为努尔哈赤要侵占东佳和巴尔达二路。便带兵阻于途中，高声喝道："聪睿贝勒听真，东佳和巴尔达两城是我们属地，决不容许你任意侵占。"

努尔哈赤一听，拍马冲在前面，满面带笑地说："你弟兄二人背信弃义，不出兵援助，反而阴告我出兵日期，致使尼堪外兰逃跑，本应和你们决一死战，可是我们共同盟过誓，保证互不侵犯。不管你们怎样，我还要看你们行动。如果允许我们借道回师，我决不记恨前仇，仍然和你们言归于好。"

诺米纳一听，冷笑一声说："既然你有言归于好的决心，你可以替我把对我有仇的东佳城和巴尔达城夺过来交给我，我就可以借道，还保证今后永远和好。"

努尔哈赤知道这是借故挑动他和二城的关系，这时气得众英雄眉发竖起，高声喝道："这两个不知死的兔崽子，何必和他们费话，干脆和他们拼了。"努尔哈赤瞪了他们一眼，喝道："不许乱说，我自有办法。"大家只好忍气吞声站在一边，听候吩咐。

努尔哈赤带笑说道："既然如此，我可以把兵马驻扎在此，和你们一同进城，从长计议，二位看如何？"诺米纳一想，他一个人进城，料也无妨，便点头应允。

三个人打马向城内奔去。

萨尔浒城地处东北到关内的要隘，这地方比较险要，真要把住此关，纵有千军万马也难以闯过。努尔哈赤进到城内一看，大厅两侧刀枪密布，兵士个个怒目圆睁。努尔哈赤回头对诺米纳说："诺米纳，你这是什么意思，难道这是欢迎我吗？如果是欢迎我，还应该配上海螺号角和各色军旗，再不然就是在我面前摆一摆阵势，用这种手段显示一下你们的力量，这些举动只能吓倒那些胆小鼠辈之人。凡是心地善良的人，遇见多大的危险，也决不畏惧。"说完，公然步入室内。这一番言语说得诺米纳面红耳赤，无言以对。

努尔哈赤和诺米纳兄弟在大厅内本来是各揣心腹事，尽在不言中。诺米纳首先欠了欠身说："聪睿贝勒是当今智勇双全的人，你如果稍施小计，就能取下东佳、巴尔达二城，真的夺下这两个城池，愿将东佳一城送给你，不知意下如何？"

努尔哈赤心中暗想，你不要用借刀杀人的办法坐享其成。我可以略施小计，叫你城破家亡，死无葬身之地。想到这儿微微一笑，说："你叫我帮助你攻打二城，我们共同盟过誓，我应该出点力协助你。依我看，你先率甲兵攻打，我在后面支援，你看如何？"

诺米纳哈哈大笑说道："不愧你是聪睿贝勒。不过，你这花招是欺骗不了我的，你以为我在前面攻打，你在后面兜我后路，想叫我全军覆灭，办不到。若是真心帮我，你应该打先锋才是。"

努尔哈赤笑了笑说："彼此都有这种心理，难道把我的军队放在前面，你就不能兜我的后路吗？这是你的地盘，即使你没有害我的心，能保住别的人不干这害人的勾当吗？"诺米纳手拍胸脯说："我诺米纳说话算话，并且我宣布所有我的人，都要看我的军杖行事，谁敢违反军杖指挥，小心他的脑袋。"努尔哈赤摇摇头说："军杖是明朝皇上赐给的，当然谁也不敢不服从。可是人心隔肚皮，做事两不知，你用军杖制止甲兵，不加害于我，这完全可以办到，可是，你用军杖指挥甲兵消灭我的队伍也不是不可能的，我看还是你打先锋为好。"

诺米纳一心想夺城，一心想除掉努尔哈赤。忙站起身来，打开神匣，取出虎头军杖说："你要不信，我可以把军杖交给你，这你该放心了吧。"刚要交军杖，奈喀达不由高喊一声："慢来，不要受骗。"努尔哈赤假装没有看见似的站起身来和诺米纳说："奈喀达说的也在理，这军杖不能轻易交给别人，一旦军杖到我手中，我可以用军杖指挥你的兵马，岂不军权落在我的手中，还是请你三思。既然你不借道，我可以绕道取二城，那时可别说我努尔哈赤独吞了。"说完，就要往外走。就在这时，奈喀达冷笑一声说："好一个努尔哈赤，你打算凭你三寸不烂之舌，骗取我们的军杖，你居心何在？"说完抽出腰刀直向努尔哈赤砍去。

不知努尔哈赤性命如何，且听下回分解。

第十五章　**顾大局族内斗敌**
　　　　　　说利害叶赫招亲

　　话说努尔哈赤正和诺米纳议事，奈喀达制止交军杖，没容分说举刀便砍，努尔哈赤早有提防，他站起身形，飞起一脚把奈喀达手中刀踢落，然后又笑容满面地捡起刀来。奈喀达吓得直往后退，努尔哈赤说："奈喀达，我念你是一介武夫，决不加害你，还给你刀。若要不服，可以二次进刀。"说完把刀扔了过去。这时诺米纳一看努尔哈赤武艺并非一般之人可敌，赶忙斥退弟弟，把军杖交给努尔哈赤，并约定明天由努尔哈赤兵马打头阵，攻取二城。

　　诺米纳到底是个粗心大意之人。他没想到几次失信，一再告密，已构成双方敌对形势，努尔哈赤何等精明，岂能误入他的圈套。一旦军杖到手，那诺米纳失掉兵权，就好像雄鹰折翅似的，纵有天大本领，也无法调遣兵马了。

　　结果，努尔哈赤没费一兵一卒，占了该城。努尔哈赤一气之下，把他们兄弟二人和全体士兵杀死于城外，把城内居民一一做了安抚。有一些逃跑回来的民众，也善意安抚，还分给他们财产和妻儿。

　　萨尔浒暂时平静下来。

　　努尔哈赤凯旋之后，仍然日夜整备军马。

　　却说大将安费扬古自从和努尔哈赤起兵之后，到处寻访能人，推荐给聪睿贝勒。这一天，正是夏季最热的时候，他骑着马，本想到河边走走。可是不知什么原因，这马一声嘶叫，四蹄蹬开，直奔北山跑去。安费扬古本是一位驯马能手，可是这回怎么吆喝这马根本不听，一口气跑了三个时辰，才停住脚。安费扬古抬头一看，只见有两伙人正在厮杀。带头的一名小将，骑白马，身着白鹿皮大哈，足蹬猪皮靴子，系着黄色腰带，往脸上一看，不由使安费扬古大吃一惊，黑里透亮，两只眼睛更赛铜铃，看年岁也和自己相仿。另一个人五短身材，穿着猪皮短衣，手使一条白蜡木的滴答枪，还不住喊着："你小子别不识抬举，留下你的财富和奴仆，我就放你过去，要不听良言相劝，别说我手下无情！"两个人一来一去打得难解难分。安费扬古一看就知道，那五短身材是劫道的强盗，不由怒气横生，正要拔刀相助，只见那位黑脸大汉大喊一声"看刀！"把那个劫路之徒砍于马下。那些劫路的同伙想要逃跑，黑大汉手下众人冲上前去，一顿厮杀，有五六人当场毙命，其他一些同伙跪下求饶。可是那黑大汉已经气得不知如何是好，举起腰刀一个也没留。可惜这帮想要害人的，却被人害死。

安费扬古一看，这是位英雄，赶忙下马，深深请个安，恭敬地问："敢问这位英雄尊姓大名，意欲何往？"那黑大汉看了看安费扬古，瞪了他一眼说："怎么的，你想打抱不平吗？你是谁？"安费扬古笑了笑说："我是聪睿贝勒驾下的安费扬古。"那人一听，慌忙滚鞍下马，纳头便拜。连连说："恕我冒犯之罪。"安费扬古赶忙把他扶起，两个人坐在树下交谈起来。

原来这位黑脸大汉名叫哈斯虎，是北面一个小寨寨主，常受外人欺侮。知道聪睿贝勒礼贤下士，宽宏大量，便率领全寨众人投奔努尔哈赤。没想到途中遇见这伙强盗，才气得刀斩群贼，结识安费扬古。

安费扬古一听大喜，两个人并马而行回到栖鹰阁。

努尔哈赤一听安费扬古又找到一位英雄，不由得喜出望外，亲自整衣出迎，见到哈斯虎抢先跪拜。这可把哈斯虎弄得不知如何是好，心想，一位四海扬名的贝勒爷，竟能屈膝跪拜一个白丁，感动地跪在地上，热泪盈眶。努尔哈赤把他让到上房，两个人整整谈了一天，还在校场上比试。哈斯虎纯熟的武艺，使努尔哈赤衷心高兴，决定把妹妹许他为妻。

努尔哈赤自十三副甲起兵只几个月时间，攻图伦，取甲版，歼灭萨尔浒，逐渐声威大震，再加上一些小的城寨纷纷投靠，兵力一天比一天多了起来。这一来，气坏了本族诸人，生怕努尔哈赤反过手来报族内之仇。由界堪、康嘉等人带头，把族人又召集在堂子，康嘉向大家说："努尔哈赤自起兵以来，招降纳叛，加害于四邻，使许多城寨对我们苏克苏浒部抱一种仇视态度。尤其是哈达部和明朝李总兵，扶持尼堪外兰为满洲国主，更时刻盘算要消灭我们，有努尔哈赤一天，咱们就不得安宁。再说他兵力一天比一天强大，如此下去，咱们外受人欺，内受努尔哈赤暗算，我们这块土地和诸位恐怕不能长治久安了。"

这一番话，说得大家感觉大祸就要来临，你看看我，我看看你，半天说不出话来。界堪这时按捺不住站起身说："要想平安无事，只有除掉努尔哈赤，别无他策。如果咱们同心协力，找机会把他囚禁起来或者杀掉，就可以转危为安。"族内一些不明真相的人都一致赞同。就这样，全族在堂子里杀牲祭祖，共同盟誓。这些盟誓的主要人员有努尔哈赤伯祖父刘阐、索长阿，叔祖宝实等，自此他们不断对努尔哈赤进行谋害。

就在当天夜里，他们派一名刺客，潜至栖鹰阁将要登城。正赶上努尔哈赤在城上巡查，一看有人搭梯登城，知道这一定是族人派来的刺客。有心把他捉住杀掉，又一想这刺客绝不是外人，不由得很伤心。伤心的是族人听信几位老人的挑动与自己为仇，挑起族内之争。真要把他杀死，岂不更加深了双方的敌对情绪。想到这便大喊一声："什么人胆敢深夜扒墙，小心我的箭。"说完，拿起一根秃头箭，吓得刺客出了一身冷汗，暗暗敬佩聪睿贝勒的宽宏大量，向城上拜了几拜，跑回老城。

努尔哈赤有一义犬叫唐乌哈，这个义犬能引路，能探消息，能送信，能看家，努尔哈赤爱如掌上明珠。在九月的一天深夜，努尔哈赤正在屋子里阅读兵书，唐乌哈忽然从桌子下面跳了出来，狂吠不止。努尔哈赤知道有人暗算，急忙把长女及两个儿子藏了起来，手持腰刀，在屋里大声喝道："外面什么人，如果有事，为啥不进屋里，你要再不进来，小心我的腰刀。"说完故意敲打窗户，并假装用脚踢窗，暗示要从窗户出去迎敌。那人吓得撒腿就跑，正赶上洛寒要见努尔哈赤，不幸被敌人一刀砍死。努尔哈赤并没有追赶，对洛寒的死伤心不已，好好安葬。

几天后，努尔哈赤与安费扬古、哈斯虎等人议事，一名刺客闯进努尔哈赤的家中，春娅娜为保护孩子不幸被杀，幸好额亦都赶来，杀跑了刺客，保护了东果、禧英和代善，努尔哈赤为此伤心了好多天，常常回忆春娅娜。

类似这种谋杀事件，经常发生，气得大家几次请示努尔哈赤出兵和他们决一死战。努尔哈赤严肃地说："以诚感人，方为上策。人能立心公诚，以诚感人，人必附我。何况自家伯叔，虽一时不明，加害于我，有朝一日，还都是我的得力之人，不能因小事而乱大谋。"这一番话说得大家心悦诚服。

再说众族人见努尔哈赤屡害不死更为惧怕，有的人偷偷地投奔尼堪外兰或哈达部借以避祸藏身，以保妻小。努尔哈赤听到后，捶胸大恸，说："我努尔哈赤一不能报父、祖之仇，二不能庇护族人安居乐业，实在愧对祖先。"从此，更加发奋，日夜练兵不息。

万历十二年正月。北嘉城长理岱自从瑚济寨被逐之后，虽对努尔哈赤更加愤恨，恨不得一口吃了他的肉，但又惧怕努尔哈赤兵强马壮，不敢轻易动手，只好又厚着脸皮去求哈达汗主，请他再次发兵助战。

哈达部主最近也耳闻努尔哈赤近一年多来，不但兵多将广，而且附近归附他的城寨也一天比一天多。哈达部主很觉不安，也想要找机会斩草除根免留后患。正好理岱前来求援，心中不免高兴。暗想正好利用他们同姓之争，省得自己出头露面。立刻答应他的请求，借给他五百多兵马。理岱大喜，带着兵马回到北嘉城。哪承想，这支军队一到北嘉城竟吆五喝六地胡作非为起来，抢劫奸淫，无所不干，弄得北嘉城鸡犬不宁，寝食不安。可是理岱却心安理得地看他们胡作非为，还教训着众人说："人家是支援我们的，应该体谅他们才行。"

这件事被努尔哈赤知道了，不禁大怒，命令全军整装待发，并说："理岱是我们同姓兄弟，为了加害于我，竟引进外部，这种反叛行为岂能容忍。"

他们出兵那天，正值天降大雪，征讨北嘉城必须登噶哈岭。不下雪的时候都不太好登，这一下雪，山陡路滑，攀登更加困难。一些本家兄弟劝阻暂不进攻，努尔哈赤毅然决然地说："北嘉民众正处于水深火热之中，再说，我们已经对天祈祷过，怎能违天行事。"说罢，他脱去棉甲，走在最前头，用锹镐开山通路。大家一看主帅如此，都悄悄地拿起锹镐边开路边进军。雪越下越大，铺天盖地下个没完，人还能勉强登山爬岭，可是马匹却进一步退两步，无法前行。这时，额亦都忙叫大家闪开，他脱下外衣，拿上大绳，一头绑在马身上，一头搭在自己肩上往上拽，马匹被这一拉很轻快地过了岭。额亦都就这样拉上八十匹战马，其他士兵都十几人拽一匹马，拽不到十匹就累得气喘吁吁，一个也拽不上来。就这样，总算用一天的工夫使人马全部过了岭，大家对这位力大无穷的猛英雄无不称赞。

兵到北嘉城时，一看城内早有准备，四门紧闭，城墙上站满士兵，个个手持弓箭。努尔哈赤心中纳闷，为什么他预先知道我进攻呢？原来努尔哈赤准备征讨北嘉城的消息被界堪知道了，他立刻派心腹之人给理岱送信，叫他加意防备。

努尔哈赤立即命令士兵登城，只见五架云梯向城墙搭去。

努尔哈赤自领兵以来，研究了一种登城工具"云梯"，这云梯高约十三米，用四轮推动梯脚，有轴能立能卧，三十人为一架队，这三十人身披重铠，头戴铁丝面罩。他们一听鼓声立即冲出，如果其中有人死亡，后梯队立即补上，一直到把云梯竖起为止。这种工具为努尔哈赤攻城夺寨立了很大功劳。

却说努尔哈赤一声令下，十几架云梯像猛虎似的一拥齐上。没用半个时辰，早已竖起七八架。努尔哈赤大喊一声，挥刀首先攀梯登城，各位英雄也都争先恐后抢登云梯。哈达兵本来无心恋战，何况他们从来没见过这样如狼似虎、不怕死的士兵，早吓得弓也拉不开、箭也射不出。城中民众一听，努尔哈赤已登上城头，都纷纷躲起来，理岱吓得躲在房门后一动不敢动，后来被搜房的士兵，抓了出来，交给了努尔哈赤。

北嘉城收服了。努尔哈赤立刻传令不准私入民宅，不许抢掠物品，不许奸淫妇女，并晓谕各户不要骚动，城里秩序很快恢复平静。

努尔哈赤叫人把理岱带上来。理岱早已吓得体如筛糠。瘫在地上，一动也不敢动。努尔哈赤立刻站起身，亲手解开绑绳，两眼垂泪地说："咱们本是同族兄弟，何必自残骨肉，怨我军事太忙，没有经常看望于你，还希望大哥多多包涵。"说完，深深地给理岱请了一个安，并命人给理岱看坐端茶。理岱真是又羞又愧感动得热泪盈眶，不住地用拳头狠狠地打着脑袋，连连说："为兄罪该万死，还请聪睿贝勒狠狠地教训我吧！"说罢，又站起身来，脱去上衣，二番跪在努尔哈赤面前。努尔哈赤赶忙跪倒扶起理岱，安慰说："过去彼此不知心，难免有些误会，但愿我们携手并进，光宗耀祖。"理岱被努尔哈赤拉了起来，并给诸兄弟一一做了介绍。从此，理岱归附努尔哈赤，他的后代都为清代立过不少功劳。

有一天，阿那的胞兄萨木占前来看望妹妹，界堪一看好机会到了，忙和他说："努尔哈赤现在如虎添翼，长此下去，你妹妹的性命可难以保证，最近他把妹妹许给大将哈斯虎。这哈斯虎勇猛异常，听说他要袭击我城捉拿你的妹妹，以报虐待之仇。"萨木占一听，拍案大骂道："好一个不知进退的东西，竟敢替努尔哈赤充当爪牙，我非杀死这个混种，以保证我妹妹平安无事。"说吧，愤然离去。

萨木占是个很粗心而又很残忍的人，他想要干的事，谁劝也不听，八个老牛也拉不回来。

有一天，哈斯虎正在自己屋子里修理弓箭，只见一个士兵拿来一封信交给他，他打开一看，上面写道：

听说你是一位了不起的英雄。如果你真是英雄，敢不敢明天到通往苏子河的路上，咱俩比试比试，你要是狗熊，就千万别来。下面署名萨木占。

哈斯虎是个性如烈火的人。一见此信，恨得他两眼冒火，三把两把撕毁信件，赶忙到院子里准备马匹，准备明日迎战。这件事被努尔哈赤知道以后，立即赶了过来。劝导说："哈斯虎，你千万不能去，他们是设的圈套，恐怕要加害于你。"哈斯虎气愤地说："我哈斯虎从来没受过这样的窝囊气，就是刀山火海也要挺身前去。"努尔哈赤再三劝解，他一声不响地走进屋里，努尔哈赤临走时嘱托他妹妹要加意防范，千万不许出去。哪知道天还没亮，哈斯虎偷偷地骑上马，奔苏子河方向走去。

第二天清晨他妹妹发现哈斯虎不见了，赶忙通知努尔哈赤，可是没等努尔哈赤行动，士兵探马来报哈斯虎已被埋伏的敌兵杀死。这一噩耗传来，努尔哈赤哭得昏了过去。好半天才慢慢苏醒过来，痛苦地边哭边说："哈斯虎是我害了你呀！是我的军纪不严，置你于死地。"

努尔哈赤哭了一阵，决定出师报仇，收回尸骨。可是一些族人和界堪有过密谋，谁也不肯出兵。努尔哈赤长叹一声，要亲自率他的近卫人员和十几名同时起兵的小兄弟收尸。

他有一位族叔叫棱敦阻止说："聪睿贝勒，还是听我良言相劝吧，咱们族中都仇恨于你，不然怎么能设计害死你的妹夫，如果你去收尸，一旦发生意外，那时后悔也来不及了。"努尔哈赤垂泪说："叔父的金玉良言，我感怀莫及，不过正义的行为是无所畏惧的。"说罢骑马疾奔南横岗。

努尔哈赤到哈斯虎尸前抚尸痛哭，气得他拉弓引箭，向天空连射三箭，大声喝道："有想加害我的人，不管有多少，赶快出来试试。"他连喊几声，声若巨钟，震动山谷，吓得城里的仇人战战兢兢，不敢露面。努尔哈赤把尸体安全运回驻地。

据说当时满族人有一种风俗，外姓人死了之后，不准停在屋内。努尔哈赤打破旧规，把哈斯虎尸体停在西上屋，并以昂贵衣冠装殓厚葬。

自从哈斯虎死了之后，努尔哈赤的兵马越来越多，可是军队纪律不严，将令不听，各自为政，互不服气的现象时有发生。甚至有一次战争结束，由于分战利品和奴隶不均，互相打骂起来。为这件事他想了很久，便和两个弟弟以及安费扬古等人共同拟出五条军规。这就是八旗兵以前的老五条。这五条是：

一曰　兵听将令，将听帅令，违令者斩。

二曰　一切胜利品一律交公，按功劳大小分配，私藏胜利品及奴隶者斩。

三曰　不抢不夺，不奸淫妇女，违犯者斩。

四曰　鸣角为进，鸣锣则退，如果违犯严惩不贷。

五曰　行军战斗不许饮酒。

这五条公布以后，为了端正军纪，也杀了一些目无纪律的人。从此军纪有了好转，战斗力更强了。

努尔哈赤虽然整顿了军纪，扩大了队伍，可是别的部也在不断壮大。其中发展最快的是叶赫部。叶赫部的部主是杨吉努，他的弟弟杨佳努都是当代很出名的英雄，哥俩年轻时曾和一位游僧学过武艺。这位游僧，在东北女真各部很有名望，他教了不少高徒，都是女真人，用他的话说，方今天下大乱，治世明主应该出在东北，因此他培养了许多徒弟，准备'扶持新主。他所教的徒弟个个武艺精明'，就是不留姓名，徒弟之间也互不认识。这哥俩都是手使镔铁银环刀，曾经打遍松花江两岸，成为有名的叶赫二努。就在努尔哈赤起兵的时候，哈达万汗年已七十开外，更兼屡次用兵，势力已经今非昔比了，就此机会叶赫日渐兴起，居然由四马王发展为八马王，和哈达部成了对峙之势，哈达部也越来越受到叶赫部的威胁。

尤其是最近几年，叶赫招兵买马，积草囤粮。哈达的敕书，也被叶赫夺去很多，叶赫公然自封王位，成为扈伦和海西各部首屈一指的八马之王。

努尔哈赤深深知道单靠自己的力量是不能扩疆建土，不能兴大业报家仇的。于是和安费扬古等弟兄商议之下，决定拜访叶赫部互通友好。因为觉昌安在世的时候，曾和杨吉努称兄道弟，交情很深，此番拜访即使求不到一兵一卒，也能和他们共盟互不侵扰，起码不会成为敌人。

就这样，努尔哈赤决定出访叶赫。

他们准备了一些上等好马和老山参，紫貂皮等土产，绕过哈达直奔叶赫。

到叶赫城一看，可真不像前几年阿玛塔克世来时那样了。原来是土城外面套一圈木城，可现在里外两道城，南门还用砖修一座城门楼，进外城一看，买卖铺商也比以前多了起来，著名的叶赫马鞍铺的门面也扩大了。

努尔哈赤率领家人直奔内城。一些把门的士兵都认识他，很远就迎上来，恭恭敬敬地给努尔哈赤请个安，引向正宫杨吉努住的地方。

杨吉努的住处也翻盖一新，三层大院左右配房东西月亮门。第一层瓦房七间，是会客议事大厅。努尔哈赤来到正门立即请门军通禀。不一会儿，只见从里边出来两个衣冠整齐的仆人，把努尔哈赤接到院内，他抬头一看，院子也比以前讲究了，四棵柳树几池花竹，中间甬路也用方砖铺得整整齐齐，这上屋是前出廊的房子，朱红抱柱，配上淡黄花栏更显得富丽堂皇。努尔哈赤心想，几年不见，叶赫竟发展得这么快，如果我不奋发努力，早晚也要被他吃掉。正想到这儿，忽听台阶上一声云板响，杨吉努亲迎出屋外。努尔哈赤赶忙抢上一步以晚辈礼拜见这位王爷。杨吉努赶忙命人扶起，爷俩携手进入大厅。

这大厅布置得也很讲究，南北炕上都铺着虎皮坐垫，放着四圆的小桌，西炕前放着一张雕花大条案，旁边还有两只大明皇帝所赐瓷狮子。

入座之后，仆人看上茶来。努尔哈赤谢了茶，这才细看一下这位王爷。

只见他头戴一顶球帽，一颗鲜红的珊瑚顶子格外醒目，身穿一件暗花袍，外罩宣青素花短马褂，项上挂一串玛瑙念珠，显得倒也庄严，再一看面上已不像前几年那样丰满了，两腮虽有些消瘦，但两只眼睛很有神。

杨吉努喜爱抽烟，据说他大小烟袋也有几十个，烟荷包有几百只。仆人装上烟送了过去。

杨吉努边抽烟边打量努尔哈赤。只见他二目有神，体魄魁梧，坐在那里像一口古铜大钟似的，容貌端正，心中不由暗暗夸奖，不愧名为聪睿贝勒。观他穿白挂素知道这是给他父、祖戴孝，不禁暗暗佩服。

杨吉努首先向努尔哈赤询问了二老不幸的遭遇。努尔哈赤赶忙站起来表示感谢，然后双手送上礼单，单腿点地说："小侄几年来忙于报家仇，未能前来问安，今天特地带点薄礼恭请二位老人身安。"

杨吉努赶忙接过礼单，笑吟吟地说："咱们父一辈子一辈的交往何必还这样破费，既然送来，我只好拜收了。"

杨吉努这时心想，你努尔哈赤早不来，晚不来，偏在你要扩疆建业的时候来我这儿拜访，一定是有求于我，我先试试这小伙子为人如何，能力如何再说。想到这儿，他看了努尔哈赤一眼，随便似的问道："听说聪睿贝勒最近疆土扩大了，有些城寨都归附了你，真是发迹的景象呀！"

努尔哈赤欠欠身说："哪里，哪里，不过都是些女真同族，他们有的明抢暗劫，有的被人欺侮，既然投奔过来，小侄我怎好不收，况且据为侄想，共同联合起来比互相仇视，互相残害好。因此愿意和他们合在一起共图大业。我们女真各部自金以后，犹如散沙一样，幸亏你大展宏图，振兴祖业，这是女真人的荣幸，是各小部落的幸福。"

两个人正在谈话的时候，杨佳努从外面走了进来。努尔哈赤拜见以后，杨佳努郑重其事地说："听说你最近几次为报家仇追赶尼堪外兰两迁其地，真是使人佩服。不过，依我之见，要适可而止，方为上策，事态一旦扩大，造成族内怨恨加深，对你不利，再说，尼堪外兰受到明代敕封为满洲国主，真要加害于他得罪了明朝，那更对你不利。据多年观察，谁反对明朝，谁就是自取灭亡，请聪睿贝勒慎之慎之！"

努尔哈赤喝了一口茶微微一笑说："二老的金玉良言，理当遵命，不过小侄也有粗浅见解，愿在二老面前陈述。"

努尔哈赤说道："我深受明朝皇帝封赏加功进印。我本没有反明之意，本意是恪守双方誓言，各安其守。怎奈明朝近世以来，内政不修，外事不举，几代皇帝荒于酒色，致使阉党专政，群小掌权，忠臣不能施展救国之才，勇将难伸报国之志，上下猜疑互不信任，贪官污吏，层层盘剥，使民众不安，百业俱废，盗贼蜂起，天下不宁。尤其甚者，他们采取"以夷治夷"的手段，扶一方灭一方，造成边境各族互相残杀。终无宁日，造成天下不幸，万民不幸，此情此举，怎能袖手旁观而不问。再说李总兵竟假传圣旨，支持尼堪外兰杀害忠于明朝的命官，杀害了我的玛发和阿玛，我之所以追杀尼堪外兰，一是杀尼堪外兰报家仇，二是教训李总兵不要挑动是非，自取灭亡。我努尔哈赤不是那种软弱之辈，正义在我这一方。"

二努听了这一番阐述，心中暗暗佩服，真是闻名不如见面，见面胜似闻名。

杨吉努若有所思地问道："贤侄一番言语，顿开老朽茅塞。不过，我想知道贤侄今后还有何打算？一旦势力增强，对邻部将采取什么对策？"

努尔哈赤知道他们探听是否今后加害于叶赫。他郑重地说："小侄现在报仇心切，还没有这方面的打算。不过我始终认为，失了群的孤雁终归要死亡，掉了队的野猪会成为老虎的美食。目前各部纷争，弱肉强食，终非好事，天下事都是互相尊重，互相友爱，才能兴旺发达。小侄日后若有发展，也将以此为鉴，互相帮助互相联合，不但女真人联合，还要和蒙古人、尼堪人联合，没有一个真正的联合，天下是不会安宁的，百姓也难于脱离水火。"

杨吉努叹了口气说："联合倒是好事，可是难啊！你想联合，他想吞并，这还了得。就拿我说，前些年人单势孤常受别人欺侮，多亏和游僧学艺使一口镔铁银环刀，才杀出这样一个局面。可是哈达万汗依仗明朝势力，时刻想吞掉我们，这岂不是你想联合，他却想吞并吗？"

努尔哈赤笑了笑说："这件事小侄知道一些，不过像哈达万汗依仗明朝势力，发疯似的吞并别人，依我看，他终究会失败的。我主张的联合是谁也不许欺侮谁，统一起来，共推一位能治理各部的能人作为首领，那时不但统一各部，也无敌于天下。你是八马之王，东靠辉发，西临土默特，南有哈达，北靠乌拉，沃野千里，战马千条，雄兵勇将，粮食充足。只要练好兵马，广囤粮食，何愁不成大业。你们两代受明朝的威胁和迫害，其原因是……"努尔哈赤说到这，没有往下说，杨吉努赶忙追问道："贤侄，但讲无妨。"

努尔哈赤慷慨地说："我十三副甲十六个人敢和李总兵勾结的尼堪外兰决一死斗，你身为八马之王，要重振家业立于不败之地，主要应该广施仁政，布教四方，称雄于一方，拱手而取。"

这一番议论说得杨吉努五体投地，长叹一声说："可惜我这辫子触地的老人还不如年轻阿哥。"

努尔哈赤在叶赫住了十几天，杨吉努兄弟是盛情款待，并挑选几名美女送到努尔哈赤的卧室，努尔哈赤立即婉言谢绝。并和杨吉努兄弟解释说："二老盛情，我只好心领，如今我重孝在身，大仇未报，决不贪图安逸，哪有闲心做儿女之事，小侄唯一愿望是恳求二老给以支援，此恩，此生将永记不忘。"

有一天，杨吉努请努尔哈赤到新建成的小花园饮酒助兴，就在这时，只见从内堂走出两个姑娘，大的有十四五岁，小的有十一二岁，两个姑娘长得姿色都很出众。努尔哈赤口说不接女子，一则是确实重孝在身，二则也是故意装出不爱女色的样子，取得叶赫部主的尊重。当他看到这两个美丽姑娘的时候，心里不觉一动。杨吉努笑了笑说："这是我两个爱女，如果聪睿贝勒不嫌，愿将二女儿许你为妻，不知意下如何？"努尔哈赤心想，为啥不把大女儿许配于我是何道理，不由迟迟没作答复。杨吉努看透他的心思，忙解释说："老夫不是舍不得大女儿，这孩子论才华论智慧论人品远不如她的妹妹，这二姑娘是我掌上明珠，我看你不是等闲之辈，才许配给你。"努尔哈赤这才明白，立刻倒头下拜，拜见岳父和岳叔父。

杨吉努并答应等孩子长到十四五岁时一定送亲上府。

努尔哈赤这一行不但和叶赫定了联盟之约，还做了一门亲事。这位叶赫二格格是努尔哈赤第四个妻子，是清太宗皇太极的亲生母亲。这里还有一段神话传说：

据说努尔哈赤降生的时候，有三鹰五虎护驾，努尔哈赤被遗弃到雪地的时候，有一只母鹰为他衔草作窝，用翅膀给他扫雪，之后被努尔哈赤生母看见，以为是老鹰要害孩子，飞起一锤衣棒，把老鹰活活打死，把它放在猪口袋里。母鹰的魂飞到天上，阿布卡恩都力骂它没完成保护任务，罚它二次投胎，投到叶赫王杨吉努家中，成为二格格。二格格等儿子皇太极秉承大业以后归天，总算补上为鹰时护努尔哈赤没完成的任务。

努尔哈赤临走时，叶赫二王一一答应了他的请求，给兵给马给盔给甲。努尔哈赤嘱托二王说："希望二老不可轻信谗言，挑唆西部关系，只要我们两家合起来，谁也不敢欺侮咱们，对待明朝要特别慎重，千万注意他们的离间之计。李成梁是一个枭雄，请二老千万不可轻易用兵，尽量从顺，切勿硬拼，要退而避之。"

可是当努尔哈赤走后，二努的野心更为扩展，一心想吞掉哈达，进一步夺取辽东，这才引起关帝庙二努被害，雪血恨外兰伏诛。

欲知后事如何，请听下回分解。

第十六章 关帝庙二努被害 雪血恨外兰伏诛

万历十五年秋九月,努尔哈赤怀着得胜的心情,从叶赫回来。自是兵势日强,成为一个正在兴旺发展的不可忽视的力量。他这一发展,引起哈达万汗的不安,尤其听到和叶赫联姻,更感到这两处联合,将对他产生莫大威胁。

哈达部当时在女真各部是一个势力很大、地位很高、资格最老的汗国,号称八马王。又加上历代对明朝很恭顺,因此,明朝把他当作心腹可靠的外围,也想利用他,征服其他各部,因此哈达万汗提出什么要求,明朝都是尽量满足。

自从得知叶赫和努尔哈赤联姻友好之后,哈达万汗心中不由大怒。他暗想:你叶赫经常与我为敌,今天又扶持努尔哈赤,如不尽快铲除,会妨碍我的发展。那万汗是专门会暗中害人的能手,他想了多日,终于想出一条妙计,何不用明朝之手,消除这一隐患。想到这儿,立即备了一些礼品,率领一些仆人,以报告军情为名去找李成梁,密告叶赫。

他对李总兵说:"叶赫二努早有叛心,自立为八马之王,他夺去我一些城寨,抢去我十道敕书,最近他们又联合努尔哈赤扩军练武,意在攻明,因事关重大,特来禀报。"

李总兵最近也发现女真诸部,除了哈达可以信任之外,叶赫日渐兴起,乌拉势力也很强大,尤其担心努尔哈赤要报杀父、祖之仇,更使他火上浇油。又一听哈达的禀报,更深感不安,忙问道:"依你之见该如何对待为好?"万汗一听正是机会,忙说:"叶赫兄弟自幼和一位高人学艺,手使镔铁银环刀,可以说天下难敌,如果不设法铲除二努,祸害不小。如果祸害铲除,其子纳林布禄是一个很忠顺于明朝的人,如果以他为王,我们联合起来,努尔哈赤必然孤立,然后再以重利把乌拉也拉过来,三部合一,共同对付努尔哈赤,岂不易如反掌。"其实李成梁并不主张女真各部统一起来,他认为分而治之,"以夷治夷"最为上策,不过,铲除二努，另立新王倒合乎他的心意。两个人这才暗中定下奸计，要加害二努。

有一天，杨吉努兄弟二人正在大厅议事，外边门军来报，李总兵派人下书，两个人一听心中一愣，只好整衣出迎，把下书之人请到大厅。来人把李总兵书信呈上，信中大意是："为了共同繁荣富强，特备素酒薄菜于关帝庙，邀请哈达部主及您主共聚一起，畅谈友情，并备敕书十道，奉送部主，外有彩缎百尺，官瓷百件，以表友谊之情，望乞届时光临！"

两个人一见请书，心中大喜，正要复信，忽见一人从门外闯入，大呼我主不可轻易赴宴。二努一看，原来是侍卫巴克图。这人有七十开外，是一位忠心耿耿的老臣，自幼跟随老主，东挡西杀，立过不少汗马功劳，他不但武艺超群，也颇智慧，因年纪大了，二努对他很尊敬，有事也经常听听他的见解。

二努一看巴克图闯进，心中有些不高兴，便沉下脸说："为何不可？"

巴克图怒目圆睁，气呼呼地对明朝来人说："你们的诡计只能欺骗三岁顽童，什么叙友情，分明是要加害我主。"说罢回头来对二努说："请汗主三思，勿坠奸人之计。如果他们诚心侍主，可以到叶赫部中，我们将以上宾礼待之。何必到关帝庙相聚。"

只见那下书之人冷笑一声问道："不知这位老人何许人也，竟敢在主公面前如此无礼。"这句话说得二努面红耳赤，只好说："这是我们的有功老臣巴克图。"下书人哈哈大笑说："老将军只知其一，不知其二。我家总兵本意想亲到府上，奉送礼品，无奈哈达部主也邀请总兵到他部里求他从中说合，愿结叶赫、哈达之好。我家总兵考虑到二虎相争必有一伤，为了给你们二部和好，这才设此宴，至于为什么在关帝庙设宴，这个道理也很明显。如果在总兵府招待二部，显得总兵不能礼贤下士，想到在叶赫、哈达举行，又恐怕各有猜疑，对联合不利，因此选择一处适中地点，共议大事，方为上策。没承想，我家总兵一片诚心，却被老将军看作圈套。实在辜负总兵一片热情。再说，总兵此举是有利于贵部。请想，如果和哈达暂时和好，解除后顾之忧，可以集中兵力扫清四围，使叶赫势力日增，何愁大业不成。"说完又转过身对二努说："既然臣下有此疑心，我们也不便勉强，只好上复总兵，说你们二位公事太忙，不能应时赴宴。"说罢，便要起身告退。二努一听慌忙站起，拦住送信之人，并大声喝道："你这老奴，念你对老主有功，重视于你，今天你竟敢干预政事，岂能容你！"喝令来人，把他推出斩首，巴克图涕泪交流地喊道："老臣一死是小，可惜二主的头也要落在奸细之手。"二努更加愤恨。骂道："你这个该死的奴才，竟敢在我们出行之前，说这种丧气话。"命令下边人立即行刑，可惜一位两代忠臣老将，死于刀下。

万历十五年冬，叶赫二主带着丰盛的礼品，领着几个家人到关帝庙赴约。

关公在女真人心中是很受敬仰的。据历史可查，远在金朝就已经奉为上神，到后金时各族又把这位关圣帝君作为堂祭中的一位主要神祖，称关公贝子。一些大的部还建立关帝庙，春秋举行大祭。这座关帝庙是在哈达、叶赫交界地方，庙宇虽然不大，倒也修得很有气魄，前门马殿供着关公赤兔马，正殿三间供奉身着女真人武将服饰的长髯红脸的关公圣像，左右分别塑有关平、周仓侍像，东西各有三间配房，正殿后面还有一块空地种着四季花竹，中间还按照尼堪人风格修建一座八角凉亭，这在漠北来说也算一处清幽去处。

话说叶赫二努离关帝庙不远就看李总兵的迎宾队伍，雁翅排在两旁，鼓乐齐鸣，彩旗招展，不一会儿，哈达万汗和李总兵并马前来迎接，双方见面都互相滚鞍下马，道了寒暄之后，携手步入庙内。按女真人习俗，大宴设在西配房。宾主进屋之后，李总兵让过了茶，首先发了言，他说："这次请二家部主，主要是为了和好，共扶皇上安定边陲。"哈达万汗也接着说："我万汗早就有心和二位贝勒畅谈友谊，深望你我，不念旧恶，同心协力，共保明主，不应有三心二意。"杨吉努一听，微笑了一下说："这次李总兵盛情款待，愿咱两家和好。至于我叶赫部自祖辈以来深受皇恩。我兄弟秉政以来，仍然遵循祖训，视皇上如亲父，没有半点二心。不知万汗王爷何出'不许三心二意'之言。"李总兵赶忙接过话头说："二位所言极是，都是皇上忠义之臣，这一点末将早已奉明圣上，不日要加封于你们。"杨吉努不好再往下申述，又闲谈一会，话头谈到努尔哈赤和尼堪外兰的问题上。杨吉努情不自禁地说："想那尼堪外兰竟利用奸计害死觉昌安父子，努尔哈赤为报此仇不止一次出兵追讨，这应该是名正言顺的事，万望总兵应予他的行为，以免因此事挑起更大的争执，将对大家都不利。"李成梁明知这是说他袒护尼堪外兰，心中暗暗想到，若不铲除这两个人，将来自己要受他们的害。心里虽然这么想，脸上却笑容满面，连连说："说的极是，说的极是。不过，明朝皇帝已经安慰了努尔哈赤，封发加赏，我想他应该感恩才是。"

这时万汗等的不太耐烦，连忙说："酒宴已经摆好，请赴宴。"

酒席间万汗满满斟了一杯酒，高高举起送到二努身边。高声说道：

"愿我两部同归于好，共保大明。"二努猛然想起万汗害死他弟兄一事。不由暗想，这酒可是好酒？正在犹豫的时候，闯进十名彪形大汉，没容分说，冲到二努身边，二努知道不好，赶忙要拔刀抵御。可是已经来不及了，他俩只好用赤手空拳还敌。这二位部主倒也勇猛，足足战有几袋烟的时间，这时二努已经遍体鳞伤，手足都被削掉，他俩破口大骂。厉声喊道："我们生不能报仇，死也要变成厉鬼和你算这笔血账。"万汗冷笑一声说："你们二位请放心，我万汗决不吞并叶赫，一定奏明圣上，保纳林布禄仍然做叶赫部主。"二努气得咬牙切齿，大叫道："努尔哈赤呀，努尔哈赤……"一世英雄的二位叶赫贝勒，竟没听努尔哈赤的忠实良言，死于奸计之下。后世有人评论二努的遭遇时，都感慨地说："二努所以惨遭不幸，主要是心粗胆大，遇事不善于思考，对真假分辨不清。"这些议论虽然不够全面，但也说出二努死的主要原因。

二努死后，李总兵和万汗又把纳林布禄扶持起来，从此叶赫和努尔哈赤的关系也就日渐恶化，终于酿成敌对双方。

话说努尔哈赤听说二努被害，深感惋惜，他对二努的简单头脑和误入圈套的结果，向全体官兵进行了一次分析：

"凡人虽贵财力，勇猛，可是没有查天时、地利、人之丑恶之才能，到了危难时候，只凭一时勇气，是解救不了危机的。所以说，无大智之人，是没有真正的大勇。"

从此，努尔哈赤除了日日操练兵马外，还教导下边将领遇事要多思，善于应变。这对他今后屡战不败，打下了一定基础。从此，人们对努尔哈赤更加崇敬。

万历十二年六月，罕王为报妹夫之仇，率兵四百攻取萨木占、纳申、万济汉等四城，凯旋。

自万历十二年六月至翌年七月，罕王先后征讨黄鄂部、瓮敦部，击败四国之兵，率兵五百又抗御托漠河、章甲、巴尔达、萨尔浒、界凡等五城之兵，攻克安土瓜尔佳城、洋河部、博几洋。

真是屡战屡捷，但也经历着几次智勇斗敌的生动场面。

万历十二年夏，董鄂部长阿哈巴颜召集各贝勒议事时说："在十几年前，宁古塔贝勒，借哈达万汗之兵，夺去我五寨一城，现在他们又因叶赫二努和理岱借兵等事，关系恶化成仇敌。再加上他们内部多有不和，借此机会何不攻打他们，夺回城寨以雪前仇。"大家一致认为，正是出兵索寨的好机会，他们立刻着手准备制造一些蟒毒箭，作为攻城工具。就在这时，阿哈巴颜一个远方叔叔叫果尔太，早有篡夺部主的野心。当天夜里，他找几个知心人在一起一合计，计划他们出兵之后立即动手。哪承想，在研究这件事的时候，被一个女奴听到，连夜跑到阿哈巴颜那里密告了此事。阿哈巴颜一听，不由大吃一惊，厚赏了那个女奴，叫她不动声色地回去观察动静，随时报信。

第二天，阿哈巴颜还和往常一样，准备战前的工作，并扬言明天正式出兵。并就当天夜里，那个女奴又来报信说："他们已经招集五十多人，身披暗甲，准备部主领兵一走，他们就开始夺位。"哪知道就在当天夜里，阿哈巴颜领二百名精兵包围了果尔太的住宅，双方展开了厮杀，一夜工夫把果尔太全家杀死，五十个甲兵也一个没留，阿哈巴颜也死伤三十多人。这次内乱使他们暂时停止了进攻宁古塔贝勒领地。

这件事被罕王知道以后，怒不可遏地说："董鄂竟敢这样无礼，他们认为我现在软弱无力要趁势打劫，何不将计就计，趁他们内乱之机，一举消灭他们，以除后患。

就在当年九月，罕王亲率五百大军，攻打董鄂部。可是阿哈巴颜早就听到消息，因为内乱方息，不能迎敌。他采取坚守城池的办法，以逸待劳。

当罕王兵几次围攻城池均未得手之时，天忽然降大雪，更没法作战，气得他放火烧了城门楼和城外一些村屯，抢走一些牛马，收兵返回。

当大兵行至半路时，遇到王甲部贝勒孙扎泰，抬着酒肉迎接，并把罕王请到城内赴宴。在宴席间，孙扎泰涕泪盈眶地说："南边瓮部落经常侵入我的边境，抢掠人畜财产，请聪睿贝勒借我一支兵马，夺取瓮部，以报他抢掠之仇。"

这瓮部地处王甲南部，四周都是罕王属地，罕王几次派人说服。叫他们归附过来，可是这个部落虽小，却很顽固，说啥也不同意归附。因罕王忙于诸事，没来得及解决此事。这一听孙扎泰的请求，也正合心意，立即应允并答应要亲自督兵征讨，并决定连夜行军。

哪承想墙里说话，墙外有耳。孙扎泰有一侄子叫戴度墨乐根。父亲早亡，孙扎泰抚养他成人。他游手好闲，不务正业，为这事孙扎泰没少管教他。可他却记恨在心，曾几次勾结瓮部落偷抢财物。他一听叔父借兵要攻打瓮部，偷偷地溜出来，跑到瓮部透露了这个消息。瓮部立即把兵力完全集中到城内。紧闭四门，备足了弓箭和滚木礌石。

就在子时左右，罕王大兵紧紧围住城池，并令士兵高喊："你们归附吧，聪睿贝勒是仁慈的贝勒，一定会很好地照顾你们。"

瓮部落早已下定决心，他们高喊道："我们绝不能投降，城在人在，城亡人亡。"说罢箭如雨下，打退了罕王第一次进攻，罕王兵伤亡很大。

当第二次发起攻势的时候，罕王站在屋顶，亲自指挥作战，四下云梯，一齐拥向城墙，号炮连天，喊声震耳，用火箭射中城楼，顿时浓烟四起。眼看着要攻破的时候，城内有一名神射手，叫额尔果尼，抬弓搭箭，射中罕王后颈，深有一寸多，血流不止。罕王大吼一声，拔出箭头，搭在弓上反手一箭，立即射死一名敌人，这时箭伤处流血不止。众将士劝阻罕王退回调治伤口，罕王说："行军作战主帅不能离阵，这样才能鼓起士兵勇气，这微末之伤岂能后退！"说罢仍然指挥战斗。由于城内防守甚严，再加上罕王受伤，第二次也没成功。刚要收兵休息，只见罕王重新整顿盔甲，包扎了伤口，三次带头，冲向城墙。这时四面城楼全被火箭射中起火，烟雾四起，罕王站在高处连发二十多箭，射死敌兵二十多人。敌人中间有一名城守尉叫罗科，正面对罕王。他大声喊道："聪睿贝勒，快奔这儿来，我给你开城。"罕王以为他说的是真话，竟驱奔向城门。哪知道，刚离城门不远，烟雾四起，罗科突然射出一箭，正中罕王项部。罗科射的这种箭，是带有倒钩的箭头。罕王咬紧牙关，又将箭拔出，带出核桃大的肉块，血流如注，痛得罕王几乎昏倒。众将官大惊，想要到后面扶罕王，罕王立刻严厉地说："不许扶我，一旦敌人看我中伤，将会冲杀过来，我军有全军覆灭的危险，你们可率兵后退，我在后面慢慢退出，方为万全之计。"众将官只好垂泪依计而行。罕王身负重伤又连发几箭，才一手用力堵住伤口，一手挂着弓，慢慢往后退。众将官赶忙迎了上去，扶着罕王退了出来。

依着众将的意见，应该赶紧回到栖鹰阁调治伤口。罕王立刻制止说："不能退兵，我从来没打过败仗而归，就此扎营调治，以候再战。"说罢血又流出，立刻昏倒在地，一直到第二天未时，血才止住，大家总算松了一口气。罕王这次负伤是他平生最重的一次。

调治几天之后，罕王伤势有些好转。众将士几次劝说回栖鹰阁，罕王执意不从，就在十月中旬，罕王带伤又整队再一次攻打瓮部。

由于罕王这种临阵不惧，英勇作战的毅力与气魄，大大鼓舞了全体将士的士气。他们个个奋勇争先，把生死置之度外。因此，这次攻城仅用了半天的时间，便攻下了瓮部落。

罕王兵马一哄进了城，这支猛虎般的生力军，带着无比愤恨的心情，对待城内的所有居民，他们哪管什么军纪，混杀一顿，城中大半人众被杀死。罕王领的这支部队直捣城主住处，可是到那儿一看，早被先头突城士兵，一扫而光，杀得没剩一人。正要追出，只见草堆中像有什么东西在动。安费扬古用滴答枪挑开一看，正是射伤罕王的那个神箭手额尔果尼。气得穆尔哈赤咬紧牙关，圆睁二目，举起腰刀狠狠地说："你这该死的东西，险些害了我家贝勒。"就在他举刀要砍的那一刻，猛听罕王大喝一声："住手，不许杀死。"穆尔哈赤不由一愣，看看罕王。罕王慢慢走到额尔果尼跟前，二目狠狠地盯了他几眼，额尔果尼直挺挺地站在那儿。愣了半天，他"扑腾"一下跪了下去，口称："聪睿贝勒，你杀了我吧。"罕王弯下腰来，扶起了额尔果尼，安慰他说："不要怕，快起来，我收养你。"说完告诉士兵把弓和箭交给他，罕王笑了笑说："来！咱俩比试比试！"罕王连发三箭，三箭皆中一点，相差没有一分。额尔果尼怎好和罕王比箭，可是罕王再三要求，只好深深请个安，站起身来也连发三箭，真不愧是神箭手，三箭皆中一点，相差只有三分。罕王连连点头说："好箭法。"说完给他找了一匹马，与自己并马而行。回到驻营地，一些将士埋怨罕王说："你不该留下他。"罕王语重心长地说："额尔果尼射我，是为了保他的主子，这难道不对吗？今天他归顺于我，难道就不能为我射死敌人吗？这样忠勇之士，我们应该欢迎才对。"说得大家心服口服，当他们退出时，把瓮部落全部夷平，带着俘虏的人众回到栖鹰阁。这次战斗，缴获瓮部落全部人畜和财产，可是罕王兵也死伤不少。

由于罕王这种不记私仇的大公之心，将士们深受感动。额亦都从队中走了出来，向罕王大声说："贝勒大哥，你说的对，我已经把第二次射伤你的人罗科也逮住了，听候你发落！"罕王大喜，赶忙把罗科带了进来，解去他的绑绳，赏给他衣服和马匹，立即提拔他们两人为牛录额真统辖二百人。

万历十三年春二月的一天，罕王正在大厅和诸将议事的时候，有人透露消息说："界凡城主要偷袭罕王驻地。"罕王大怒，和大家说："界凡实在无理至极，既然有意攻我，倒不如趁机夺他城寨，免除后患。"众将都一致称是。

二月中旬，罕王率领甲兵七十五人，攻取界凡寨。到寨一看，是个空寨。罕王知道他们早有戒备。正要回师，只见来路忽然冲出萨尔浒、界凡、东佳、巴尔达四城之主四百合兵向罕王杀来。罕王一看地势不利，立即将兵马撤到界凡地南太兰岗，摆开阵势。罕王回过头单人匹马向敌人队伍冲去。大声喊道:"你们的四城有何惧哉!如果你们要有胆量是真正的巴图鲁,敢不敢先出来一个和我比试比试,如果能胜我,我甘愿退兵投降于你们。"那四城主中有界凡城主纳申,他也是游僧的高徒,一拍坐骑,冲了出来,大声喝道:"努尔哈赤,少要张狂无理,我早就想要和你较量一番。"说罢,举刀就砍。罕王刀法也是高人传授,两个人像走马灯似的战了起来,真是棋逢对手,将遇良才,看得两边将士一个个目瞪口呆。战有半个时辰,罕王心想:我的兵少,不能恋战。于是,故意败了下去,拨马向回跑去。纳申贪功心切,大声喊道:"努尔哈赤,留下你的脑袋再走。"当纳申的马靠近时,罕王左手举起马鞭向纳申狠狠抽去,纳申赶忙用刀一挡,将鞭梢削掉,岂不知这招是个虚招,罕王迅速左手举刀,找个破绽一刀向纳申背上砍去,纳申再想闪开,已经来不及,只听"哎呀"一声,死于马下。就在这一刹那之间,巴尔达城主拍马赶来。罕王早有提防,只回手一箭,将巴尔达城主射于马下,毙命。

两个城主被斩,敌人阵脚立刻大乱,纷纷退了下去。

罕王领着六个人埋伏在山沟里,故意把盔上的红缨露出山岗,并把一些旗帜插在山的背处,也露出旗角,晃来晃去。

四城之兵一看,罕王的兵要撤走,立即大喊一声追了上去。刚走到岗下,一见旗角晃动,盔缨外露,吓得没敢前进。并大声喊道:"努尔哈赤,你的花招,我们识破了,妄想埋伏起来却露了马脚,我们不会上你的当,众将士给我收兵回营。"便都撤退。罕王没伤一兵一卒,巧退四百敌人,安全返回老城。

四月,罕王率五百士兵计划攻取哲陈部。军队行至途中,天忽降大雨,不能前进。罕王立即将主要兵力遣回,只和扎亲率八十甲兵,准备继续前进,探听一下哲陈部情况。哪承想,这件事被加哈城苏枯赖虎知道了,他赶忙冒雨到托漠河城,把罕王带兵向这个方向奔来的消息,告诉了该城城主。托漠城主一听,大惊。心想:我是个小城,万一罕王向我这方向攻来,岂不要被努尔哈赤吃掉。他想到这儿,立刻敲动云牌,吹动号角,好在这地不大,没两袋烟的工夫,众甲兵已经披挂整齐,站在院内听候吩咐。托漠河城主也披挂整齐,对大家说:"努尔哈赤要攻我们城池,他们兵多将勇,一个城的兵力是抵挡不住的,现在派四个快骑甲兵,拿着鸡毛令牌,赶快通知章甲、巴尔达、萨尔浒、界凡四城急速出兵御敌。"原来这五个城,自从罕王扩大,他们日夜担心被罕王吞掉,为此这五城之主在托漠河共同盟誓:"一城遇敌,四城驰救。谁要袖手旁观,天诛地灭。"并规定无论哪个城，一旦发现敌情，以鸡毛箭为令，调动各城兵马。没到天亮，五城兵马八百多人，埋伏在托漠河城西山坡。哪知道，罕王在半夜时，已经过了此地，一探听努尔哈赤兵力才八十人，立即吹起号角，指挥八百兵向前追去。

再说罕王率八十人直奔哲陈方向，刚过托漠河，罕王命令兵士停止前进，守住后路。他只带弟弟穆尔哈赤等四人，继续前进，探听哲陈部的情况。

五城之兵赶到，发现罕王兵士正在准备做早饭。这八百兵士，一声呐喊杀了过去。桑古礼本是个胆小怕事之辈，一看敌人黑压压一大片冲来，已经吓得体如筛糠，一箭没发，解下所有盔甲，扔了粮食四散逃走。桑古礼跑得如丧家之犬，不辨方向，乱跑一阵，正在走投无路的时候，后面追兵眼看要到眼前。他躺在地上，大叫道："吾命休矣。"忽听有人喝道："躺在这里做什么？你的军队哪里去了？"又听那人怒气冲冲地喊道，"你睁眼看看我是谁？"桑古礼这时才敢睁开眼睛，一看，正是努尔哈赤兄弟二人，还有两名偏将，羞得他低着头一声不吱。

罕王叹口气说："你平日对兄弟、子侄、邻里乡亲作威作福，可是遇见敌人却像个老鼠似的，真是丢咱们祖宗的脸。要不念你是同族兄弟，非杀死你这个窝囊废不可。"这时敌人已围了上来，只见罕王抽出刀来，大吼一声向敌阵冲去。舒尔哈赤、侍卫颜布禄、兀凌葛，也像三只猛虎似的随同罕王向敌人扑去。这一顿厮杀，只杀得敌人人仰马翻，没用半个时辰，杀死敌兵二十多人。这五城兵不知罕王带多少兵，再一看仅仅这四个人，就杀死二十多名，谁还敢恋战，五路兵向五路逃去。

罕王见兵退了，连气带累，浑身汗如雨下，热得他顾不上解甲带，手狠狠一撕，解开了铁甲，掏出手帕边煽边擦脸上的汗水。这时卫士颜布禄上前问道："是不是乘胜追击消灭他们？"这时一些逃散的兵，渐渐找了回来，罕王一看他们更是气上加气。立即重新整束一下盔甲，率兵渡过浑河，赶上敌军又一气力斩四五十人。敌人惊慌向南逃窜，罕王和舒尔哈赤等人又赶到吉林岗，在岗顶微风吹动盔上红缨，他怒目而视着敌人的队伍，真像是一尊古铜的英雄塑像。正在这注目而视之时，有十五名敌人偷偷向岗上袭来。罕王怕被敌人发现，摘去红缨，将身隐在草丛里。只见有一个人首先登上山岗，罕王立即发射一箭，正中来人脊背，敌人立即身亡，其余十四人，不择道路向悬崖跑去。罕王又手持腰刀在后面追了过去，结果这十四名敌人都吓得跳崖摔死。罕王未伤一兵一卒，以四人杀退八百人的进攻，这在古今战争史上也是极为罕见的。

自万历十四年九月到十五年七月，罕王先后在不安土爪尔佳城攻浑河的博尔浑寨，二次攻取哲陈部，又逢大雨收兵，以后派人招抚，终于归顺过来。

收兵以后，罕王用二十多天的时间整顿兵马，率族内兄弟子侄和众位大将，在堂子前向祖先做了告祭，择吉日整装待发，追捕尼堪外兰。

尼堪外兰自从逃出甲版，躲入鹅尔浑城之后，天天提心吊胆，白天不敢出门，晚间不敢在一个地方睡觉，尤其听到罕王一年多来连攻十几个城寨，打退两三次四五个城的联合进攻，军威大振，将士猛增，已经成为建州诸部的劲旅，他更是吓破了胆，三天两头到明朝李总兵那里求援求救。李总兵哪还敢收容他，只是给点空心的定心丸，告诉他不要害怕，鹅尔浑城是明朝边城，努尔哈赤不敢轻易来侵。尼堪外兰只好硬着头皮躲在城内，并督促满汉民众，加固城池，日夜严守。

再说罕王率兵四百，为了减少中途麻烦，绕过那些敌对的城寨，直奔鹅尔浑。

鹅尔浑城也是个小城，城内杂居百十户汉人和女真人。自从尼堪外兰逃来，这些民众偏听尼堪外兰的谎言，都对罕王之兵惧怕万分。这次来攻，没等作战，早就吓得腿肚子转了筋，怎能抗得住罕王的健儿攻打，没半天工夫，罕王便攻克了此城。

城内有四十多人逃出城外，罕王一看人群中有一个头戴毡笠身披青绵甲的人，罕王以为是尼堪外兰，真是仇人见面分外眼红。他狠打几下战马，直奔人群。哪知道这四十多人都是披甲之兵，见罕王奔来，立即众箭齐发，罕王肩、背中了三十多箭，仍然在人群中酣战不退，以敌人射来的箭，反手射出，先后八人被射死。大家从来没见过这样不怕死的勇士，都吓得纷纷散去。到城内一打听，才知道尼堪外兰昨天到总兵那里后一直没有返回。

气得罕王二番进城杀死十几个汉人，又抓住射他的兵士七人，用箭插进他们的背部，把他们放进明朝界内，叫他们转告明朝将官，立即把尼堪外兰交出，否则杀进明朝境内。

这七个被刺箭的人，只好把原话转告明朝守边军官。

其实明朝守边军官早已接到总兵军令。"如果努尔哈赤追击尼堪外兰，不准袒护，任其追捕勿阻。"

其实尼堪外兰于昨日到边防明朝军营，一来是逃避危险，二来打听一下总兵能否允许他永住明朝境内。本打算当天返回，由于明朝官员留他饮酒，因此没有回去。一听说努尔哈赤攻下鹅尔浑城，赶忙哀求将他送到关内。这些守边官员虽然和尼堪外兰平素交往很厚，可是谁也不敢放他逃跑，便假装着急的样子说："你赶快躲进柳树林内。"尼堪外兰也只好躲到林内。

罕王兵临明朝边境，大声喊道："明将听真，赶快把尼堪外兰交出！"

守边的明兵回答道："尼堪外兰既然投靠我们，我们怎忍心动手抓他，如果你们要，自己进来捉拿。"

罕王愤怒地说："你们诡计太多，我不能轻易进边。"

明兵答道："何不派几个人到里边捉拿，即使中我们之计，死亡也不算多，你可以放心，派人捉拿，我们决不阻拦和加害。"

罕王立即派斋萨率四十名甲兵进入明境，尼堪外兰一看来人捉他，他慌忙地企图逃进边界烽火台上，可是明朝将士却把登云梯子撤了去。尼堪外兰大声呼喊，明兵假装听不见，尼堪外兰一看，四十多人已经围了上来，他破口大骂明朝总兵背信弃义。就在这时，斋萨一刀砍断了尼堪外兰双足，又一刀削去他双手，立即捆绑起来，驮在马上，胜利归来。

两代人的仇恨，今朝才算得报，这才引出明朝皇帝派钦差吊孝，罕王摆祭大报血仇。

欲知后事如何，请听下回分解。

第十七章

举大祭明使吊孝
建新城大振国威

　　罕王带着尼堪外兰的首级班师回城，筹备着举行祭奠二祖亡灵的盛典。

　　再说明朝万历皇帝，由于接到边关报急，陕西、河南饥民四起，几次出兵镇压也不见效，国库银子像流水似的往外流。可是国势还是不见好转，心中很是不乐。他坐在养心殿里，案前堆放着各省奏折，他只是翻翻看看，无心细细研读。窗前挂的从外藩进贡的鹦鹉不时地说出"我主万岁"的词句，他只是看了一看。正在这时，传书太监手捧折子又来呈送，万历只是淡淡一拭目光，传书太监早已会意，但是明廷有个规定，凡属重要奏章，内府都在上面贴个黄签，提请皇帝注意。传书太监低着头双手呈上之后，退后几步，垂手立在一旁，万历只是微微摆摆手，太监赶忙退出殿内。

　　万历皇帝一看送来的奏章上贴着黄签，赶忙拿过来一看，是山海关李总兵送来的奏折。奏折大意是："努尔哈赤已将尼堪外兰拿获斩首，不日即将举行牺牲大祭。臣不敢擅自裁决，跪请皇上御批。"

　　万历气呼呼地把奏章一摔，心中暗暗恨道，李成梁私自做主，挑动尼堪外兰害死建州都督，惹出努尔哈赤兴兵动武，造成漠北局势不安。本应该严惩不贷，念他过去有功，才免去惩处。如今努尔哈赤又送来讣闻，这将如何处置？

　　心中更为烦闷不安，回想太祖朱元璋创业以来，经过几代先祖的治理，天下有了安定。可是为什么近二十年里，刀兵四起，年景荒旱，大有民不聊生之势。想到这，他轻轻叹了口气。万历有一个怪脾气，遇见难解决的大事，总是一个人坐在屋子里，冥思苦想。他认为只有一个人静坐冥思，才能感动玉帝教给自己治国安邦大策。可是最近国情日繁，他不知为国家大事冥思多少次，玉帝也没有降下御旨，指示他治国安邦大策。他和一些老臣研究吧，那些老臣多是唯唯诺诺，开口是皇上圣裁，闭口皇上洪福齐天，说一些恭维动听的废话，这份李总兵的奏章，真使他左右为难。按惯例，凡属外夷头领死亡，只是派人送去一份吊礼就算完事，可是这件事情如果处理不妥，将会引起更多的麻烦。他想了半天，也没想出一条妙计，向窗外一看，天已经到了巳时，他缓步步出养心殿，准备到御花园散散心。

盛夏的御花园正是百花盛开、群芳争艳的季节，再加上湖石假山，小桥流水，亭台楼阁，真是相映成趣，庭院生辉。他刚一进御花园，只见一个小太监匆匆向园外跑去，险些撞到万历怀中。小太监一看是万历皇帝，吓得他哆哆嗦嗦地跪在那里，不敢抬头。

"大胆的东西，竟在大内这样莽撞，成何体统？"万历皇帝瞪了他一眼，刚要斥退，一看小太监手捧一个锦盒，忙问："盒中何物，送往何宫？"小太监慌不迭的吞吞吐吐地说："这是哈达部主送给陈老公公的礼品。"万历皇帝打开锦盒一看，里面装有上好的珍珠，最少也有一百多颗。万历看到这些，心中不由大怒。心想，好个大胆奴才竟敢私受贡品，真是无法无天。本想立即传见，可又一想，也许陈太监不知此事，万一是哈达部知道他是我贴近太监要送礼通融一下，以使办事方便。想到这，他摆了摆手，命小太监离去。

这件事引起他很多猜疑，为啥哈达要送给陈太监一盒珍珠，实在使他费解。他已经再没有游园的兴趣了，又默默地步回养心殿。忽然小太监奏禀陈老太监求见。

这位陈太监是宫内两任老太监。由于受到皇帝的重视，因此在宫内他成了第二个皇上，别说宫娥太监，就是那六院贵人也惧怕他几分。在朝中他也是红极一时的风云人物，满朝文武都得拜在他的门下，因此他的干儿子一天天多了起来，至于有多少，他也不太清楚，只要谁送给他足够的厚礼就可以被收为义子，只要是陈太监的干儿子，那真是平步青云了。他们在门前挂上一块"陈公公义子府"的牌匾，真比圣旨还灵。虽然不像文官下轿武官下马那样威风，也能成为大官不敢动，小官不敢欺的赫赫之家。

有些小官没有能力接近陈太监，便在他干儿子门下送些礼物认为干爹。这些干儿子又给陈太监收了不计其数的干孙子。真是义子干孙满城皆是，这一来，陈老太监的势力更是威震京城。

陈太监拜见皇上之后，启奏道："哈达罕王，昨天派员送给奴才一盒珍珠，这盒珍珠是东宫王后求我代为购置。因宫内有禁，特此面呈皇帝，代为收下。"

万历是最相信太监言语和作为的。他认为，只有太监才能清白如洗，他没有家属、没有子孙，他把皇宫就看作他的养老之地。因此，明制里规定，征讨大员必有太监作为监军，这是明监，还有暗监之人，以某种职务派到某位大员身边作为仆人，明着是侍候大人，暗中却给皇帝通风报信。这个制度一长，派下去的人，故意露些马脚，以便从中敲些竹杠，因此，在明朝中有一句顺口溜：

> 一品官，二品官，不如宫内当太监，
>
> 太监上朝，地动山摇，
>
> 太监一路奔，凉水贵三分。

陈太监为什么把一盒子东珠交给皇上，真是东宫要的吗？其实根本没有此事。

原来东宫在皇上面前是一个得宠的娘娘，陈太监觉得这是个门路，因此经常在这位娘娘面前献一些金银财宝。东宫对陈太监就有了好感。这次小太监送东珠被万历发现之后，吓得陈太监出了一身冷汗，生怕一旦皇上追究起来，那还了得。实出无奈，他只好亲自到东宫拜见娘娘，并且说："奴才在哈达购进一盒珍珠，本想暗中孝敬娘娘，可是当小太监往宫内传送的时候，被皇帝发现。这个混账的小太监也没说清，皇帝很生气，特来求娘娘做主。"东宫听罢，忙说："依你之见，应怎样处理？"陈太监说："奴才意思是把这盒珍珠面呈皇上，转送给你，这样一来，岂不两全其美。"东宫是一个爱财如命的女人，怎能舍得一盒珍珠白白飞去。一听陈太监的一番言语，觉得很有道理，便点了点头说："全凭老公公办理。"就这样，陈太监才使出"将计就计，瞒天过海"的诡计，把这件事大事化小。

万历一听是给东宫代买的东珠，顿时疑念全无。心中暗想：还是太监办事忠诚，没有私心。万历只是轻轻申斥道："以后各宫不许私自托人购买外夷货物，你要注意。"然后问陈太监："如今建州努尔哈赤，为尊其二祖举行大祭，并给李总兵下了讣闻，你说应如何处理？"这件事正合他的心意，因为哈达送来珍珠，想要托他在皇上面前美言几句，借些兵马，扫平建州、叶赫诸部，他企图做满洲国主。如果能把吊唁的美差弄到手，一是可以发笔大财；二是可以和哈达见见面，也不负他送礼之心；

三是可以探听一下努尔哈赤虚实,以便见机行事。想到这里赶忙跪奏:"主子圣裁,奴才只能遵旨办事。我想那努尔哈赤非等闲之辈,绝不能以一般夷酋待之。"万历点点头,想了半天才说:"明日早朝再议。"

第二天早朝,文武官员朝见完毕。万历皇帝说:"朕昨天收到李总兵奏折,内禀努尔哈赤杀死尼堪外兰,为二老报仇,并决定举行大祭,特奏闻孤家。今天你们谈谈应如何对待此事?"文武官员一听都面面相觑,一语不发。就在这时,只见文官班中闪出二位官员,一位是御前大臣,一位是台御史。这两位都是六十开外的老臣,他俩跪在丹墀之下奏道:"依微臣之见,还是依祖制派人送一份吊外夷之礼,也就罢了,这样既合乎礼节,又省却诸夷的纷争。"二臣话音刚落,军机大臣和制夷大臣忙出班说道:"不可这样草率行事,依臣之见,想那努尔哈赤乃当今诸夷中的英雄人物,两年来,他以十三副甲起兵,为报仇兴义师,用软硬兼施、刚柔并用的手段,削平了邻近大小十九个城寨,大有远近皆归附之意。我们应该以厚礼重爵,把他收拢过来才是。况且李成梁私自支持尼堪外兰,杀害其父、祖,已对大明存有恨心,如果不施以皇恩,恐成为漠北大患,圣上应派特使按女真人祭贝勒之俗前往吊唁。如果这样,定能感化其心,不念旧恶,诚心共扶明主,天下幸甚,边民幸甚。"万历皇帝点了点头。

再说那御前大臣和台御史一听军机大臣的主张,气得浑身发抖,二番跪倒:"不可如此。想我大明自太祖创业以来,对番邦外夷,愚昧之邦,向来是以武制之,那些化外之邦,不懂礼仪,如果以钦差特使吊唁有失大明威严。臣闻皇帝乃万邦之尊,岂能为区区小酋,行此大礼,成何体统,望皇帝三思。"

军机大臣笑了笑说:"二位大臣,只知其一,不知其二。自古至今,帝王亲自吊唁功臣传为佳话。何况努尔哈赤乃当今一雄,或者以恩感化,或者以武削平。如果以武恐非善策,想那努尔哈赤对圣上恭顺,只是为了漠北安定才不得不施兵削之,此乃对安定边陲不为不妥,望圣上明察,不可因小事而误大局。"这一番话很合万历的心。因为他想当时国家正处多事之秋,不能轻易挑起边界争端,宁可少一事,不愿多一事,这是他最近十二年的政治主张。

最后他说:"卿等不必争议,朕意已决,为了安抚努尔哈赤,天朝对其二老无辜之死,派陈太监作为钦差特使,代朕吊唁。"

那两位大臣一听,气得大声喊道:"为臣不忍看到祖制不行,今后将要因此引起边患不休,臣不忍见夷人占据中原。"说罢两个人撞墙而死。

气得万历皇帝一拍龙案，喝道："大胆逆臣，死有余辜，给我削首示众。"就这样一场御前斗争以陈太监出使，二位忠臣殒命而结束。

罕王俘获尼堪外兰之后，依各员大将的意见，将其押回在灵前祭祖。罕王说："如果他没有削足、削手，可以带回祭灵，念他身已全残，生一日则使他难堪一日，不如就地正法，携带首级回营为上。"又说："过去削足、削手之刑实为至惨之法，不可沿用，对已削足、削手之死刑，应给以立即赐死，以减轻其痛苦。这样做，既不失国法，也不失道义。"自此，建州女真免去削足、削手之刑。

罕王说罢，命家人在郊外虚设二祖灵牌，罕王及全体将士一律穿白挂素，杀一头牛、杀一匹马，并把尼堪外兰执于灵前。这时，尼堪外兰已昏过数次，睁眼一看，桌前供奉着牛马，外有血盆一个，又见罕王手执腰刀，怒目圆睁，注视着自己，吓得他大叫一声，又昏厥过去。罕王一见大供已摆好，他咬紧牙关，面向灵牌双膝跪倒，号啕痛哭地说："玛发、阿玛，今有您不孝之孙、不孝之子努尔哈赤、舒尔哈赤、雅尔哈赤、穆尔哈赤为报二老无辜被害之仇，曾三次出兵，捉拿凶手，今天总算如愿以偿。今将害你们的人拿获灵前，献牲。"说罢，站起身来举起刀，一刀将尼堪外兰斩首。时乃万历十四年八月之事。因天气尚热，为了携带首级回宫，举行大祭，将人头装进瓦罐，注入黄蜡密封，外浸白酒，专设囚车一台护送栖鹰阁。

再说苏克苏浒部全族人等，一看努尔哈赤率领兄弟追尼堪外兰一直深入明境，明军不但不加阻挠，反而助其一臂之力，斩尼堪外兰于台下，不由大吃一惊，感到罕王并非等闲之辈，尤其是私自跑出的投靠尼堪外兰的十几户，一见罕王取胜，都偷偷地回到苏克苏浒部，躲到山沟里探听动静。

罕王押着尼堪外兰的首级，离城十里时，只见全族人等穿白挂孝迎了出来，罕王赶紧下马和族人一一见礼。大家异口同声地说："聪睿贝勒真乃神威，给全族人争光。"老穆昆达这时也觉羞愧，可是努尔哈赤却毫不介意，仍以晚辈之礼拜见，并说："如今咱们仇人首级已押回，侄儿计划举行大祭，以安二老之亡灵，不知伯父意下如何？"穆昆达赶忙应允说："可以、可以、应当、应当。我看，栖鹰阁太小，还是在老城举行才是。"说完领着罕王队伍进入老城。

女真人平民的丧事比较简单，可是一个贝勒的丧事就要有许多讲究，尤其是罕王举行这次大祭，更不比寻常。一则二老死于暗害，二则为了报仇付出了很大代价，今天终于实现。因此罕王办这次丧事，耗费了将近三分之一的财产。

首先按着二老形象做了两具木人，穿上寿衣，停放在正庭。这时全族人等大小将士，旗牌兵一律穿白戴孝，顿时全城一片白海，甚至连四个城门，前后宫殿也都用白布蒙罩。虽然盛夏，却好像三冬白雪，全城一片白色的世界。为了招待来宾，请来汉人搭棚手，每二里一架牌楼，每五里一架迎客栈，丈五红幡一直排出十里开外。

三天家祭那天，先举行堂子祭。由萨玛达率领九十个男女萨满举行抛盏仪式，请死去的列祖列宗亲临受祭。

按女真人之俗，新丧在抛盏中不受请偈礼，只有入了宗谱之后，才能享受这种大礼。可是罕王再三恳求，全族才破例立即上谱，这样就可以和列祖列宗同享请偈礼了。当萨满请到觉昌安和塔克世时，罕王和他的弟弟们个个把头叩出血，泣不成声。饮赐福酒时，一般由部主分配。罕王是亲受皇封的都督，他立刻接过酒碗，高高举起先送到长辈面前，跪请老人们享用。赐福酒有一个习惯，认为谁喝的多，谁就会多得祖神庇佑。可是罕王只是端起酒碗沾一沾唇，把酒都先后送给族人，这虽然是一种迷信，可是，在那个时候，却起了很大的团结作用。很多族人一看，罕王把福让给别人，都很受感动。就在这时，罕王向西北角一看，有一堆族人偷偷地跪在那里，连头也不敢抬，再一细看，原来是投靠尼堪外兰的那十几户。罕王立刻站起身来，走到他们跟前，双膝跪倒，把酒高高举到头上。诚恳地说："众位父老兄弟，尼堪外兰把咱们一个心分成几瓣，今天仇人被杀死，这几瓣的心又合在一起了，只要大家不责备努尔哈赤没有保护好你们，我就感恩不尽，都是同祖同宗还有什么隔阂呢？你们回来祭祖，说明你们还是心里想着野鸡岭的宝地呀！"说完一一敬了福酒。这些人才放了心，才知道罕王的宽宏大量非同一般。

三天家祭举行完了，立即筹备大祭。从长白山运来千年白松做成两座女真人的高形大棺，选择吉时入殓，安放在正棚中间，这时全族举哀，声震全城。

开吊那天，罕王弟兄守在灵旁，用一段朽木围成尼堪外兰身形跪在灵前。罕王亲自将木人放入铡刀中间，弟兄三人猛力齐压，把木人一铡两断，然后捧装人头大罐供在灵前，又举行第二次家祭。这时，只听门军禀报："叶赫部、哈达部、长白山部、辉发部、乌拉部各部主、贝勒前来吊唁。"罕王弟兄赶忙迎出大门，跪迎各部吊唁之人。他们来到灵前，一一致吊。那时致吊之俗是在灵前生起火堆，吊唁之人将携带的酒食倒入火堆，叫作烧饭之俗。各部烧饭完了还有其他一些祭礼，罕王一一跪领。正在这时，守关报马飞驰来报："启禀贝勒，今有大明皇帝亲派陈钦差率领朝中仪仗前来代皇帝吊唁。"这一报，立刻慌了全族人等，各部贝勒，却被这一突然而来的消息惊呆了，个个面面相觑。因为自古以来，贝勒部主的丧事哪有皇帝亲派钦差吊唁之理。罕王一听，立刻吩咐列队迎接，只见上至将士，下至兵丁，排成整齐队伍，形成一条雪龙似的迎接队伍。

罕王弟兄及其各位福晋、贝子，赶忙奔向前头，跪在路旁迎接。其他队伍也都一一跪倒。

陈钦差坐着蓝围子黄顶轿，车身着素服，全部人马都穿着女真孝服，前面高举一架大幡，徐徐前进。

来到城里陈钦差代表皇帝在灵前亲自祭奠，也举行了烧饭仪式，然后各部贝勒也都一一拜见钦差，并请了圣安。

未时左右，大摆宴席，有汉族的大席，有满族的宫席，有蒙古的烤羊乳酪，有野人女真的杂烩烤猪，真是满汉大菜应有尽有。

在此期间，一些汉族及其他族商人也从抚顺赶来做交易，一些杂玩的、卖艺的、说书的、摆地的都集中到这里，真比抚顺大集还热闹三分。

出灵那天，有三千多人参加葬礼，前头是御赐三十八道敕书，紧接着是九九八十一面十字大幡，在空中飘动，然后跟着焚香队、烧饭队和六十四人的大杠抬着套式高形大棺，遍插佛托，吉时安葬，大祭足足举行了七天。

陈钦差要忙着回京交旨，努尔哈赤派谢恩使带着礼品陪同赴京，并写了谢恩奏本，大意是：

建州都检事努尔哈赤，诚惶诚恐戴孝跪谢圣恩。祖父、父亲不幸被害，仰赖皇威，敌人伏法，奇耻大仇，终于得报。承蒙赐祭，家祖在九泉之下亦感圣德，努尔哈赤更为泣血。谨此奏闻。

万历皇帝派钦差致祭的盛举立即轰动了全族和各部，一个个对罕王更加尊敬和畏惧。事后罕王对各位将士和族中人说："陈公公一来，胜似助我千军万马。"

大祭以后，罕王不但不念旧恶，还比过去更加亲近族人，族内的矛盾缓和了许多。

那时女真各个城寨村屯没啥联系，都是以族或以村屯为独立单位，由穆昆达和葛珊达主事，他们之间经常发生冲突，力量大的抢掠力量小的财物、女人、牲畜。罕王势力一天天壮大起来，由于他军纪较严，也不四处抢掠，许多小的城寨纷纷来投，有的全城人口全部移来，有的编成马队加入罕王大军。真是天天有人投靠，日日有城寨归附，凡来投靠的人，罕王都亲自召见，以礼接待。日子一长，城内城外都是人群马群，真是号角震空，战鼓齐鸣，人欢马叫，旗帜鲜明，一派兴旺景象。

那时赫图阿拉全城只有一口水井，据说是仙鹤啄出来的。这口井很大，水量足，全城人也喝不败用不完。可是由于归附的人口和兵力越来越多，水就不够用了，人们经常因争水发生殴斗。罕王有意离开此地，另建新城。手下将士也十分赞成，可是选在什么地方为宜，是大家感到很难的问题。

一天，傻英雄额亦都和大将安费扬古，到后山狩猎，一直到中午什么东西也没猎到，正想往回走的时候，只听山腰一声鸡鸣，抬头一看，一只五彩锦鸡向他们飞来，在头上盘旋三圈向南飞去。两人很觉奇怪，就紧跟着锦鸡向前走。那只彩鸡飞到南边小平原处落了下来，然后叫了几声，便振翅飞去。因为女真人把这看作是一种吉祥之兆，所以在满族中间流传一句顺口溜："彩鸡不落凶险之地，彩鸡引路家财大富。"两人一看这块地方，背靠哈尔萨山，山势雄伟，三面陡坡，北面是漫岗，在赫图阿拉东南二道河和索里口河交叉的地方，西侧是呼兰哈达，东侧是鸡鸣山，在哈尔萨山北坡向北一望能看出二百多里，真是山势险要气魄雄伟，是建城的好地方。两人大喜，立即回营向罕王禀报。第二天，罕王随同大家到这个地方一看，非常高兴，决定在此建立新城。

丁亥年开始营建。建城的总监工是乌里堪。这人精明机智，姓瓜尔佳，世居珲春，以贩马为生。前几年从东海赶一群马，准备到抚顺做交易，不幸被劫，弄得他手头分文皆无，正好遇见罕王的父亲，把他收容过来。这人会做买卖，会彩绘，还会筑城技术，是罕王以后建大业的得力助手。

原来选的这块地方，是当年李满柱的旧居，以后李满柱一败，只剩下十几户人家，由葛珊达管理。

开始建城时，因大祭的耗费很大，再加上兵马增加，财力不太充足，只好修建一座木城，分内城中城外城三重。内城是罕王和两个弟弟的家属；中城是各位大将所居；外城是平民住户，买卖铺商和兵丁杂居的地方。

罕王住的是二层阁，建在一个土台子上面。前有廊后有厅，二层阁前有一长廊引向望天台。

这望天台比任何建筑都高。罕王闲时也约请一些老人在此下下棋，跳跳舞。附带说一句，罕王自幼学过萨满，擅于跳舞唱歌。望天台还有更大的作用，在军事上也是一个很好的指挥台。坐在台上可以远望二百里，东西北三面来兵尽收眼底。这建新城工程一直到初冬才全部建成。

欲知后事如何，请听下回分解。

第十八章 | 猛英雄大战恩图哈 额亦都重伤夺敌城

话说这天，罕王到门外一看，是一个衣衫褴褛的乞丐正躺在大门中间睡大觉。门军一看罕王出来，跪单腿请安说："启禀贝勒，这乞丐也真怪，来到这里给什么也不走，一定要见您。躺在这里不动，怎么拽也拽不动，再一拽他却呼呼地睡起大觉来。"罕王一听很奇怪，忙走上前，仔细一看不由得"啊"了一声，赶快双膝跪倒，口称："恩师醒来，徒儿努尔哈赤来迟一步，未曾远迎，望乞恕罪。"这可把门军吓傻了，原来这个老叫花子却是罕王的师父。罕王忙命门军把老人抬到屋里放在炕上，老人还是不醒，努尔哈赤摆了摆手，门军和仆人退了出去。他规规矩矩地侍立一旁。

这位老人原来是九鼎山褶洞洞主，道号七星老人。十年前努尔哈赤机缘巧合来到九鼎山，拜老人为师，从一开始就这样恭恭敬敬地侍候。一连待了半个多月，有一天，老人问努尔哈赤："孩子，你会射箭吗？"努尔哈赤笑了笑说："师父，射箭是女真人的特长，人人都会。"老人又问："我有把弓，你能不能拉开？"努尔哈赤说："弓有大小，不知师父弓在哪里？"老人说："明天我领你去取。"努尔哈赤好弓、好箭、好刀、好枪，一听大喜。第二天一大早，七星老人领着努尔哈赤来到呼兰哈达。说也真怪，这位老人登山技术真高，好似猿猴登高峰如走平地，把努尔哈赤甩得很远。

两个人来到一个山洞，进去一看，这山洞有半里路深，里面不知什么时候放着一张长弓，十支鸡羽宝箭。老人把弓取下来，交给努尔哈赤。努尔哈赤一看，这弓是用千年古木制成的，真是一把好弓。他接到手，用足平生之力一拉这弓，纹丝不动，不由脸一红。老人接过弓来，严肃地说："这张弓不是寻常之弓，乃是长白山压山宝弓，没有八百斤力气是拉不开的。"说完老人两脚一岔，两只眼睛立刻射出两道光芒，两手一分，只听"喀——吱"一声，这弓拉得像满月似的。努尔哈赤不由大吃一惊。

那老人笑了笑说："我自唐末以前，徒弟收下不计其数，你是第一个漠北塞外之人。我看你小伙子将有大的发迹，这才领你到这儿。可有一事，学好武艺应以救苦救难为主，不可胡作非为。"努尔哈赤一一应诺。从那以后，七星老人每天在这洞里传授武艺，一晃三年。努尔哈赤不但弓马纯熟，还学会了汉人的各种刀法剑法。

努尔哈赤下山壮返那天，老人曾对他说："你的武功满可以助你成名立业，当今明朝皇帝无能，百官贪婪，民不聊生，已经到了不可收拾的地步，你要立志多为百姓谋福，多为黎民解忧才是。另外，无论到什么地方，再不许提及我的名字，切记切记。"说完师徒二人依依惜别，努尔哈赤回到城里。打那以后，就没有见到恩师。今天突然恩师登门，真是喜出望外。可是这老人一睡就是两天一宿，努尔哈赤一动不动地站了两天一宿。第三天一早，老人醒来，努尔哈赤二次跪倒拜见恩师。这时，舒尔哈赤、雅尔哈赤和一些将领也进到屋里，参见老人。老人一一扶起，努尔哈赤知道老人脾气，因此也没有给师父更换衣服。

大家参见已毕，都退了出来。罕王把近十年来的事情和师父作了禀报。老人点了点头，然后说："为师这次下山就是为了今后大业如何稳定发展而来。"说到这里，老人拿出一部自己写的《乾坤定理》，郑重地说："这部书是我自唐末五代以来，观察各代帝王之兴衰、社会之安危、治世之成效写成，你要精心阅读，以求大进。"罕王问及今后应如何开基立业时，老人只说了以下几句金玉良言："要立城先立法，五虎下山业可发。马赶山，四方虎山不推虎，虎不推山。"又说："君贤而后有国，国治而后可安。为官者食而后民信，上悯下创下敬上，此乃治国之本。"罕王听罢，虽然有些言语不懂，但也不敢深问，老人说罢，不动声色地飘然离去。

罕王自从师父走后，每有闲暇，手不释卷地看三部书，一部是《孙子兵法》，一部是《三国演义》，还有一部就是师父送给他的《乾坤定理》。可惜《乾坤定理》这部书，罕王死时随灵火化没留下来。据说他以后治理漠北诸务和他以后的诸谕都是秉着这部书的指教进行的。

罕王深深感到，要立城先立法，是当务之急。因为近年来兵马一天天多了起来，避免不了出现各部之间、各队之间的争吵，甚至出现抢劫现象，有时因分战利品不公互相残杀不止。抢钱、抢物、抢女人现象时常发生。罕王想这主要原因是没有法度，从此他和安费扬古、乌里堪等人研究多日，订下了以下法度：

一曰　言而有信。凡允人之事必守信用，老少不欺。

二曰　凡出兵获得人畜财物，一律交公，按功劳大小评功给赏，有私分者斩首。

三曰　兵出有方，行军有素，践踏禾苗、强奸妇女、掠夺财物者斩。

四曰　凡临阵脱逃、不听号令者，依据过去功之大小或削功或削职或斩首。

经过这次整顿，境内大治，出现井然有序、公买公卖的景象。为了便于练兵习武，避人耳目，仍把军队驻扎在苏子河山谷一带。并规定没有罕王令箭，不许随便出入。罕王从此亲自率领众将夜间牧马。二十多处比武台，在新城南边山根下还建造不少铁匠炉，锻造武器盔甲，由于日夜操练，兵力一天比一天壮大起来。

罕王日夜练兵，暂且不表。再说哲陈部，这个部不大，只有三个城寨，部主阿尔泰，住在克山寨。他弟弟驻守巴尔达城。这个部因为地少人多，又缺乏狩猎和耕种能力，生活很苦。再加上阿尔泰兄弟性情残暴，贪得无厌，常常率人到临近城寨抢家夺财。偏偏在这时候，他收下一个从萨哈连乌拉来的武士，名叫恩图哈。这人身高足有六尺，两臂一晃有七八百斤力气，专门会使一口鬼头大刀。阿尔泰得到这位武士真是如获至宝，真是吃同桌，睡同炕，形影不离。自从有了恩图哈，他以为天下从此无敌，烧杀抢掠更是肆无忌惮，居然没出几个月，抢来的人畜财物多不胜举。这样一来，阿尔泰胆子一天比一天大了起来。一听罕王有几个小城，近一年来生活一天比一天富裕，便起了攻城掠夺之意。他和众人一商量，许多人都摇摇头说："使不得，使不得。想那努尔哈赤自起义以来，势力一天比一天强大，战将云集，甲兵骁勇，可不能太岁头上动土。尤其那大将额亦都力举千斤，勇力过人，远近大小城寨，以至诸部都惧怕三分，我们兵微将寡，哪是他们的对手？"这些话，激恼了恩图哈，高声喊道："众位不要长敌人威风，灭自己志气，想我恩图哈自有生以来没遇过对手，小小额亦都有何惧哉。如果众人胆小，我可以单枪匹马抢他三城五寨，和额亦都会上一会。"说罢面向阿尔泰说："请寨主发令，我当亲手宰那几个努尔哈赤手下将官，以壮我们威风。"阿尔泰一听，大喜，立刻派出一百甲兵由恩图哈率领直奔临近小城。没用一天时间，抢来牧马七匹，杀死巡营三人，还夺来许多粮食和三个奴仆，他们高高兴兴回到山寨，阿尔泰为此还杀了两头羊，请来一些比较有名望的人赴宴。被请的人之中，有一位长者叫苏达里，是哲陈部老寨主的得力助手，今年已经七十开外。在酒宴间，他端着酒泪流满面地说："寨主呀！你听我的言语罢，打猎的人常说，'只看见山兔没注意，老虎早晚是要吃它的。'今天，我们虽然占了小便宜，可要加小心，大亏还在后头呢？依我之见赶紧送还财物，向聪睿贝勒道歉，或许能免灭顶之灾。要不然，咱们的家园恐怕有毁灭的危险。"阿尔泰一听，顿时大怒，喝道："你这丧门老头，竟敢在大胜之时，说出败兴的语言，本应斩首，念你有功，免去一死，还不给我退出去。"苏达里边退边喊："可惜哲陈部，几代经营，今天却败在你手，我不忍亲眼看全城毁灭，家破人亡，我要到天上老主人那里告你败家之罪。"说罢一头撞死在石头上。阿尔泰气得大声喝道："老该死的，来人给我扔出去。"仍然饮酒作乐。正喝得得意时，忽然门军来报："主人，大事不好，努尔哈赤派大将额亦都、安费扬古率二百甲兵攻到北门。"没等阿尔泰答言，恩图哈哈哈大笑说："这有何惧，待我杀这额亦都回来，咱再饮酒。"说罢整顿一下铠甲，带领一百来人就要出城迎战，别人都劝他不要轻易出城，应该看看来势再说。恩图哈哪里肯听，大声喊道："你们都是胆小鬼！"说罢一马当先冲出北门。

这时，额亦都正想攻城，忽见城门大开，闯出一员猛将，高喊要活捉额亦都。猛英雄听说过这人力气很大也想要和他较量一番，比试比试。立即迎了上去说："来者何人，我就是额亦都。"恩图哈也没答话，举刀就砍。安费扬古想要命令箭手射箭，额亦都赶忙制止，笑了笑说："我听说你力量大，敢不敢离开队伍到前边旷地比试比试。"恩图哈冷笑一声说："别说到旷地里，就是上天入地有何惧哉。"两个人说着向前边旷地走去，交起手来。开始时，恩图哈还能抵挡一阵，可是没有半个时辰，累得就冒了汗。心中暗暗吃惊，不愧人称猛英雄，果然名不虚传。两个人像猛虎似的一连打了四十多个回合。气得额亦都怪叫如雷，二番扑了上去。这时恩图哈已经累得气喘吁吁，额亦都也冒了汗，两个人又滚打在一起。额亦都看一半时赢不了，气得拽起恩图哈往山崖上跑，心想和他一同滚崖。可是恩图哈至死不走。额亦都又使出第二个绝招，举起大石头砸向恩图哈，只听"咔嚓"一声，把恩图哈砸得脑浆崩裂。可惜恩图哈来到哲陈部没几个月，就命丧九泉之下。

额亦都又翻身上马奔向克山寨，这时天已交巳。

一看安费扬古正在关前领着云梯队登寨。他又大声喊道："待我来收拾他们！"好个额亦都，登上城头，身上中了三箭，仍然奋勇登城，吓得城上士兵，个个心惊胆战，缩着脑袋不敢再射。就在同时，安费扬古也从南面登上城头。二百多人一齐呐喊，不到午时，攻入城中，斩了阿尔泰，烧了城池，把全城居民士兵完全收到新城。

再说阿尔泰弟弟巴尔达。他住的城是经他亲手建筑起来的，因此命名为巴尔达城。以后，又抢掠一些其他小寨的居民，因此比克山寨城要大一些。他比阿尔泰会用兵，虽然也以掠夺为生，但比他哥哥还好一些，对待士兵不太苛刻，掠来的东西，士兵每人一份，没偏没向，他的兵力比克山寨强很多，有甲兵二百多人，有好马五百多匹。

听说哥哥被杀之后，气得他三天没有吃好睡好，下决心要报杀兄之仇。从此他日夜练兵准备攻打罕王。还经常派精锐骑兵侵扰罕王属下的城池，并扬言一定捉住额亦都，给大哥祭灵。

罕王曾不止一次派人和他谈判，并保证不攻占他的城池。巴尔达以为罕王惧怕，更加猖狂起来。并把七月末派去的使者杀掉，将人头高高挂在树上。罕王忍无可忍，于秋八月派猛将军额亦都，大将安费扬古和弟弟舒尔哈赤、雅尔哈赤率兵三百攻取巴尔达城。

那年八月从初一开始就下起大雨，这雨瓢泼似的，不仅下得沟满壕平，而且越下越大，到第三天，简直下得满天皆白。牧场的马都被浇得无处躲藏，有些马竟闯到牧马人的房子里，有些弱马活活被暴雨浇死。罕王提出要征服巴尔达城时，众将都不太同意，认为这样大雨易守不易攻，应以守城为上。罕王笑曰："你们只知其一，不知其二。这连阴雨正是我们进攻的好机会。在这大雨如注的时候，敌人不会提防我们进攻的。而我们的士兵是在艰苦中磨炼出来的，无论多大雨雪，岂能阻住我军前进？再说，我们兵力还不算足用，何不趁敌人不备之机进攻，如果敌人加意防范，恐难制胜于敌。"大家一听都心悦诚服地说："聪睿贝勒所言极是。"

出兵那天，罕王不带雨具，不进遮棚，站在雨中，亲自把大军送完，才回到城中。

雨越下越大。人马实在不能前进。正在这时，有人骑马冒雨而来，只见这人头戴牛皮罩，只露出双目，马头也罩上牛皮套，只露出两只眼睛，此人翻身下马，摘去皮罩，大家一看是罕王，个个惊得目瞪口呆。罕王说："我知道你们遇雨不能前进，特给你们想办法来了。雨虽然大，只要头不被雨淋，就能顶雨前进，马头不被雨浇就能驰骋。"说完只见有几十匹马驮着牛皮套头赶来，每人发一副，大家都感到罕王能把不利环境改为有利环境，更增加了进攻的勇气。罕王又叮嘱大家，如果大江没船，你们应该知道有马就有船，并把他心爱狗唐乌哈留下给兵士引路。罕王临回时，拍拍唐乌哈的头说："唐乌哈，领着他们往你老家的路上走，千万要引到正路上。"罕王目送着大队人马二次出发，才回到新城。

为什么让唐乌哈领路，原来这只狗是从鹅尔浑抓到的。据说它被抓那天，已经三天没吃东西了。罕王拿出自己的干粮给它吃，从此唐乌哈和罕王形影不离。有一次罕王出围走了一天，累得筋疲力尽，倒在草甸子上睡了起来，正赶上春天荒火铺天盖地烧来，唐乌哈急得乱咬乱叫，罕王还是不醒。这唐乌哈立刻跳进水里，沾满水，又跑到罕王睡的地方，把四处草浸湿，就这样往返多次。当罕王醒来的时候，唐乌哈累得躺在一旁，一动也不动。罕王一看荒火没烧到自己，知道是唐乌哈湿草之功，非常感谢它的救命之恩。从此罕王把唐乌哈爱得如掌上明珠，常常教诲族人，狗是忠臣孝子，不可吃其肉，穿其皮。

巴尔达城在鹅尔浑东，是去鹅尔浑必经之路，因为老狗识家，所以不管什么天气，白天黑夜，晴天阴天都能找到老家。

雨还是下个不停，多亏唐乌哈头前引路，不然在这满天阴雾的天气早就迷失方向了。

军队行到苏子河，要是往年这河最深也不超过马肚子，可是连阴大雨，上江水猛涨，这苏子河水涨得天连水，水连天。再往下江一看，连一只小船都见不到。正在这没法渡河的时候，额亦都立刻站出来说："聪睿贝勒说有马就有船，我们大家赶快动手，把马连在一起，大家也用皮绳连起来，我可以引着大家渡河。"说完，他首先用一条粗的牛皮绳绑在腰间，大家都效仿他的办法，把马连在一起，人也互相连在一起，立刻形成一条马龙、一条人龙。额亦都把两条龙的接头紧紧拴在腰上，高声喊道："大家过河。"人是听命令的，可是马一看水这么大，谁也不敢过河，这可气坏了额亦都，他抽出马鞭猛力抽打这些马匹让他们下水渡河。安费扬古笑着对额亦都说："我看怎么打也不肯下水，不如留下十几名箭手用秃头箭射马屁股，就能顺利渡过去。"额亦都一听，立刻点头称是。安费扬古马上挑出十二名箭手留在岸上。当额亦都拽着人龙和马龙跳入水中时，岸上十二名射手立刻开弓射箭，箭箭射在马屁股上。这马挨了箭射，惊恐地向河里泆去。额亦都在头前，用足平生力量，拽着人马前进。这三百人一百五十匹马，再加上登城工具，额亦都只往返两次，就把他们全部运向彼岸。

天已经黑了下来，可是雨还是下个不停。

　　自从阿尔泰的克山寨失守以后，巴尔达起初还是加意提防日夜练兵，自八月以后，连降暴雨，苏子河水暴涨，他便放下心来，认为这样大雨是易守不易攻的季节，罕王不会轻易出兵。有了这种想法，再加上暴雨如注，难以练兵，因而就松弛下来。他有一个谋士曾不止一次地提醒他说："努尔哈赤诡计多端，用兵好出奇制胜，应该雨越大越加意防范才对。"并解释说："他善知兵法，雨大一般不出兵，守城人也会松下来，他能不用此机会进行攻城？"巴尔达城主哈哈大笑说："你只知其一，不知其二，虽然努尔哈赤敢于进兵，可是苏子河水势暴涨，如果我们把所有船只统统调到我们指定的地方，他纵有天大的本领也飞不过苏子河。"那位谋士也只好诺诺称是。

　　巴尔达城主立刻命令士兵冒雨把沿河船只一律调到指定地点，可是防备方面有些放松。

　　八月上旬一天，阴云连绵，巴尔达城主正和将士们饮酒，城守卫来报："额亦都和安费扬古正引大军向我城攻来。"巴尔达一听，不由大吃一惊。心想，难道努尔哈赤大兵是从天而降吗？他来不及思考，立刻披挂整齐，命令甲兵吹响紧急牛角号，全城立刻投入守城战斗状态。可是由于没有提前设防，罕王的兵马没费多大力气就直逼城下。

　　额亦都是个心急似火的傻英雄，没等安营扎寨就率领一组云梯队抢攻西城。第一组云梯刚靠近城根，城上箭如雨下，结果全组甲兵被射死。额亦都身中五箭，他拔去箭头，又率第二组攻了上去，全组的云梯手还是被乱箭射死，额亦都又身受十处箭伤。额亦都毫不退缩，继续率云梯队担任主攻任务。他把主要敌人兵力引向自己身边。前后攻城八次，身受四十多处箭伤，仍然不下火线，终于攻上城头。他身上带着十八支箭冲向敌人队伍，巴尔达城将士从来没见过这样勇猛的英雄，个个都吓得滚下城墙。就在这时安费扬古指挥二路兵士攻开城门。

　　额亦都杀得眼睛都红了，直奔巴尔达冲去，这时他身上又中了八箭，这位猛打猛冲的武士像猛虎下山似的身带二十多支箭，杀向城中心，这时三路军马汇聚在一起。这一顿砍杀，城内人死伤大半，都四下溃逃。巴尔达城主当场被砍死，他们大获全胜。

　　这时天已放晴，众人忍痛把额亦都身上的箭拔了下来。英雄额亦都仍然咬紧牙关，率队回营。

　　罕王为额亦都接风时，竟跪拜了猛英雄，热泪盈眶地说："好兄弟，你为咱们立下了永世难忘的功绩。"

在举行堂子祭的仪式上，罕王赠给他巴图鲁的英雄称号，并把所有的战利品，全部送给他。可是额亦都却一件没留，如数地按功劳大小分给下边的将士。因为这次战斗罕王的军队死伤也有一半。额亦都身带五十多处箭伤，带着胜利品，安抚死去的家属。

这一次战斗，额亦都威名立刻在建州、哈达、叶赫、乌拉诸部传开。一提到额亦都真都惧怕三分。

再说额亦都姓钮祜禄氏，世居长白山。因玛发和阿玛治家有方，在长白山部是一个大户，堪称全部之冠。后来他父母被仇人所害，家产被仇人抢掠一空，那时额亦都还不满十岁。多亏邻寨同族营救，才免于被害。十三岁那年，他的力气就比平常人大许多。杀他父母霸他产业的仇人，听说额亦都藏在邻舍以后，便蓄意谋害。额亦都听说后，心中大愤，他每日练刀练箭，并立下决心，一定报杀父之仇。真是冤家路窄，偏偏在狩猎途中二人相遇，仇人相见分外眼红，二话没说，就交起手来，他哪是额亦都的对手，没有几个照面，那个仇人被摔倒在地，额亦都脚踩着仇人，用刀狠狠地剁了下去，顿时把那仇人砍成肉酱，他提着人头来到父母坟前，大声痛哭，说："阿玛，额莫，你们不孝的儿子给你们报仇了。"哭了一阵，他望了望自己的家园，有心回去吧，又怕仇人的党羽暗害于他。猛然想到有一位姑母嫁于瑚木嘉寨主穆通阿，何不投奔于她，也好安下心来练练武艺，干一番大事。想到这，他收拾一下随身携带的东西，告别了乡亲，投奔穆通阿。

瑚木嘉寨是一个小寨子，寨主穆通阿为人忠厚善良，练就一身好弓马，他与邻近各城寨交往很深，因此没有人欺侮寨里人，生活倒也安定。额亦都来到姑母家中和他表兄哈斯虎朝夕相处，十分融洽。哈斯虎比额亦都大两岁，可是论起力气，哈斯虎两个也不顶他一个。额亦都十四岁时就能拉开十石弓，人不能及。光阴似箭，不觉六个春秋过去，额亦都长得更加健壮威风，身高足有五尺七八，黑红脸膛，两道浓眉似两把扫帚，力气越来越大，好像永远用不完似的，就是心眼太直，不会转弯抹角。因此，有个外号叫猛英雄，傻阿哥。以后，他年龄大了，有了官职，大家又尊他为傻爷爷。这位猛英雄就在十七岁那年，进山狩猎曾打死一只老虎和两只黑熊，因此声威大震。就是那年，他与罕王在采云山结拜成兄弟。

穆通阿平素和罕王交往很密切，曾送给罕王一只白色海东青。这白色海东青是东北珍品名鹰。过后这只海东青又从罕王那里飞了回来。穆通阿又命哈斯虎、额亦都把飞回的海东青送回罕王那里。当时两个人很不满意，都认为这种白色海东青一万只里也找不到一只，既然飞回来了，就不应该再送回去。可是穆通阿坚持要还给罕王，两个人只好带上海东青，到苏克苏浒部。

罕王见兄弟二人又把海东青送了回来，他接过来看看那洁白的羽毛，弯弯的利嘴，一双圆晶晶的眼睛，又看看兄弟二人，站起身来说："这只海东青非常忠义恋旧主，我怎好辜负它一片恋主的忠心。请二位把海东青带回去吧，这盛情我领了。"说完把海东青交给兄弟二人。额亦都一看罕王这种不夺他人之爱的大公无私的行为，深受感动。就这样他们又把海东青带了回去。额亦都因为这件事逢人就讲，而他的心里也因此对罕王非常敬佩。

过了几天，罕王外出路过瑚木嘉，被穆通阿留宿。晚间，额亦都和罕王同宿一炕，他们谈了多半夜。罕王谈今论古，讲各部情况，讲明朝的腐败。最后说："山鹰在狂风暴雨中高飞，能看到远方的万里晴空。可是藏在地里的耗子只能偷人家点儿东西度它一生。"额亦都更觉罕王不是平常之辈。

隔了一段时间，额亦都收到罕王的来信，便把想要投靠罕王的心事和姑母说出。姑母说："孩子，你太小，不能离开我，等你长大以后，再去吧！"他说："姑母的心情我很理解，不过孩儿我十四岁敢报杀父母之仇。我今年已经十九岁了，我不能像耗子似的永远藏在地里，生又有什么用呢？请姑母放心，我将和聪睿贝勒一心一意干一番大的事业，才不辜负姑母养育之恩。"姑母一看，实在留不住，只好答应他的请求。额亦都拜别了姑父姑母和表兄，随同信使到佟家山庄，回到苏克苏浒部。从此他一心一意地辅佐罕王。罕王几次被族人陷害，都是额亦都护其左右，一起渡过了不少危机。

一天，额亦都骑着马带着几个家人外出狩猎。遇见一匹野狼，他张弓就是一箭，正好射在狼的脊背，这狼拼命往东北方向逃去，额亦都拍马追去。一直追了三十多里，终于射死了那只野狼。刚要往回走的时候，忽然从林子里跑出一群衣衫褴褛的人，额亦都一看，是罕王边寨的居民。忙问道："你们不在寨里，为什么这样狼狈不堪？"那群人慌忙跪倒说："启禀将军，我的寨子和临近两个城池全被一伙从北方来的野人给平了，他们还在东山根开出大小山洞三十多个，并在四周围上木栅栏，到处抢劫，请将军救命。"额亦都一听大怒，本想单枪独马踏平这帮匪类，可是一想罕王最近公布了军法，没有军令谁也不许私自出兵，只好愤愤地说："这帮该死的东西，先叫他们多活两天。"然后带着人众返回新城。

原来这伙野人是粟末江下流左岸一个部族，因在本地胡作非为，烧杀抢掠，被七个城寨人撵了出来。他们走了十天十夜来到这里，因为不会建房，所以只能住在山洞里，就在东山开了大大小小三十多个山洞，住了下来。这些人穿的都是狍皮衣裤，不管冬夏，头上总戴着皮帽子，吃些半生不熟的烤肉。因此他们住的这个城，叫洞城。

罕王听罢额亦都的报告，忙将那些被劫的人众叫到跟前，问道："那些野人的头人是不是一脸胡子？"大家同声说："正是。"罕王立刻命人敲动云牌，集合了四百甲兵，亲自率队出征。

再说那些洞城人，听说罕王出兵攻城，一个个吓得浑身乱抖，不知如何是好。罕王骑在马上，高声喊道："叫你们的头人出来答话。"不一会儿，只见一位身穿狍皮大哈满脸络腮胡子的大汉走了出来。罕王大声问道："你可是扎海穆昆达吗？"那位头人愣了一下，仔细一看，不由惊喜万分，连忙凑前几步，问道："你可是尼堪秀才吗？"罕王点头称是。那人纳头便拜。原来这位头人名叫扎海。十年前，他背着皮张到抚顺换些盐和布，不幸在半路被坏人全部劫去。扎海走投无路，便走进林子里解下腰带寻短见。正赶上罕王身着汉服从抚顺回来，将他救下，并带他找到劫路人，讨回皮张。扎海千恩万谢地说："我叫扎海，住在粟末江下流，不知恩人贵姓大名，家住哪里，以便我日后好报答大恩。"罕王半开玩笑地说："我是念书人，又练点武艺，这些微小事，不值一谢。"说完就骑马走了。

这次见面，罕王扶起扎海说："我也是女真人，上次是开个玩笑而已，我名字叫努尔哈赤。"扎海一听，"啊"了一声，说道："你可是那聪睿贝勒？"罕王点点头。扎海高兴地把大家喊了出来，一一拜见罕王。罕王善意地安抚了大家收降了扎海。

正在回去路上，只见远处尘土飞扬，前面大旗绣着"哈达"两个大字。不知哈达出兵为了何事，且听下回分解。

第十九章 董尔基弃家扶汗主 费英东义投老罕王

上文书提到哈达发兵之事。原来自从哈达万汗一死，其子虎尔干和蒙格布禄明和暗不和。虎尔干一心要夺王位，又怕蒙格布禄联络各部攻打自己，便决定先发制人。先和罕王建立好关系，防止被蒙格布禄拉去。便派他的儿子戴善拿着亲笔信和罕王定盟，并把亲生女儿许配罕王。戴善奉命带领大队人马直奔苏克苏浒，走在半路上，听说罕王攻打洞城的消息，心想，何不直奔洞城，助他一臂之力，岂不更加亲密。想到这里，便直奔洞城走去。当看见罕王兵马时，立刻停住队伍，单枪匹马地迎了上去。滚鞍下马，罕王一看是戴善，也赶紧下马迎了上去。二人见礼已毕，戴善交出父亲的书信。大意是：

近闻聪睿贝勒大展宏图，威震各部，以仁义之师平定诸乱，实为敬佩，愿结同盟，以期永好。并愿将爱女许于聪睿贝勒以表真诚之好。

罕王看完信之后，心中大喜，忙说："我努尔哈赤有何德何能，敢劳贵部并结姻亲，本应亲自赴贵部拜见，怎奈近日军务繁忙，望贝勒转致王爷见谅。"因戴善急于联盟罕王，立即令人在洞城之野，搭起誓台。双方生起幡柴，登台明誓，歃血为盟。盟罢，就在军帐中摆宴祝贺。戴善高兴地带着罕王的拜帖，返回哈达。

罕王回到新城以后，仍然日夜操练兵马。

罕王有一个习惯，就是每天太阳一冒红，总是先于士兵起来，巡营查哨；晚间，别人都睡了，他再绕着大营走一圈才睡觉。这一天晚上，他突然看见西南方向天空中升起一道白光，久久不息。第二天早晨，这道白光才熄灭下去。一连八天都是如此。其实这是长白山一种自然现象，不足为奇。可是在几百年以前科学不发达的时代，人们总是把自然现象当作吉凶的预兆。比如本书中常常提到金鸡引路，乌鸦送信，青白二光等，都是和某些事物巧合在一起，古人便把这些预兆当作神的授意，天的旨意。作者也只好根据当时的认识叙述下去。

却说罕王一连八夜和八天早晨都看到这种白光，尤其到一个乌云（九天），这道白光更加光亮，好似一条银龙在天上盘旋，又像一条怪蟒在云中翻腾。罕王立刻把一些大将和他的董鄂福晋叫来，他们看到以后也感到惊奇。董鄂福晋想了想，说："我父亲在世时常和我们说，这是乌云之光，如果连出九天，那发光地点定有奇宝，有吉兆。"罕王摇摇头笑了笑说："哪有那种说法？"可是董鄂福晋一口咬定只要按着发光的方向找到头，一定有吉兆，并要求亲自探宝。罕王也没说服住这位要强的福晋，当天她就率领两个得力的女仆向西南方向找去。

董鄂福晋本是董鄂部克辙巴颜之女（也有的书说她是克辙巴颜的孙女）名字叫董尔基。这姑娘生下来就像男孩子似的嗓门高，个头大，长到十几岁的时候，一般男阿哥都没她的力气大，是董鄂部有名的假阿哥，老克辙巴颜很喜爱她。从她七八岁时，就教她骑马射箭，这孩子也真聪明，一学就会，十二三岁就能拉开五六石弓，手使一把单刀，全部落的男女没有能敌过她的。克辙巴颜把全身武艺都传授给她了。

有一次，罕王被族人撵得无处藏身，有心回击族人吧，一想，不管咋的都是一家人，只许他们不义，自己可不能不仁，想到这就躲在大树林里过夜。就在这时，只见一位骑大红马的姑娘，后边跟着一群仆人，这姑娘身材魁梧，衣帽堂堂，一看便知非等闲之辈。罕王不愿意惹是生非，打算躲一躲，刚要站起身时，那位姑娘却直奔过来。高声喝道："什么人，胆敢到我的围场？"罕王赶忙请个安说："我是苏克苏浒部的，因迷失方向误入围场，请勿见怪。"这姑娘一打量罕王，只见他头戴一顶狍瓜小帽，身着鹿皮大哈，腰间执一条四指多宽的牛皮扣带，脚上穿一双猪皮乌拉，腰间挎一把鲨鱼鞘的单刀，往脸一看，浓眉大眼，一张海口，论身材足有六尺。姑娘看罢，不由暗暗惊讶，心想天下竟有这样的伟阿哥。她看罕王要走，赶紧上前一步将他拦住，接着问道："不知这位英雄尊姓大名，因何误入松林？"罕王一看姑娘双目紧紧盯住自己，只好大声说："这位格格，何必追根问底，我不是鸡鸣狗盗之徒，乃苏克苏浒部努尔哈赤。"这姑娘"啊"了一声，立刻深深蹲一蹲，手扶鬓角，恭恭敬敬地说："原来是聪睿贝勒。恕我冒犯，此处不是讲话之所，随我到本部住它几日，你看如何？"罕王只好俯首听命，随同姑娘走去。在路上，姑娘才介绍自己是克辙巴颜部主的姑娘董尔基格格。

两个人一进大厅，克辙巴颜认识罕王，赶忙看座让茶，准备酒菜。在谈话中，罕王谈古论今，纵谈天下，真是口若悬河，滔滔不绝，把父女二人说得如痴如醉，不由暗暗敬佩。最后罕王长叹一声说："如今我身单力孤，纵有冲天之志，也难以施展宏图。"

当天夜里，罕王被安排到西上房就寝。刚要入睡时，忽然"呀"的一声，两扇门开了，过来一个身材高大的女人，罕王罩住油灯一看，正是董尔基格格。罕王赶忙站起身形，说道："夜已入更，格格不在房中安歇，不知到我房中有何贵干，这恐怕多有不便。"董尔基笑笑说："看起来你常和尼堪人交往，他们的礼法你倒知道一些，可是你难道忘了女真人男女可以共同外出狩猎，白天一同打围，夜里一同燃起篝火过夜吗？男女之别应该是在于行动，脚正不怕影斜，难道男女就不许在一起谈今论古吗？"这一番话说得罕王哑口无言，只好让座献茶。这姑娘不但是马上英雄，还是一个懂兵法，识战略的女中英豪。两个人从今到古，从东北各部的纷争不息，谈到大明朝野日趋腐化，真是越谈越投机，不觉谈到天微亮。董尔基最后说："聪睿贝勒有治国安天下之计，我虽不才愿助你一臂之力。"罕王不知她怎个助法，刚想要问，董尔基接着说，"我可以资助你添甲买马的金银，十日内一定送到府上。可你必须答应我的婚事。如果咱俩成为夫妻，我除资助你金银外，还可以做一个帐内谋士，保你大业可成。话又说回来，你要不同意这门婚事，就别想出我城寨，你家格格可不是省油灯。"这一番软硬兼施的言语，使罕王没法招架。心想，不管如何，先应付过去，究竟她能不能携带大批金银投向我部，还是没法预测的事。想到这，罕王假装为难地说："婚姻是一件大事，我看还是放一放再说。如果你真能携金投向我部，岂有不收留之理。"董尔基点了点头说："既然这样，咱们一言为定，十日内你在家中等我。"

董尔基这个假阿哥，说到就能办到。她偷了她阿玛一簸箕金锞子，半夜时，偷偷跑出家门，足足走了四十个时辰，终于跑到苏克苏浒，找到了罕王。罕王一看真的找上门来，又捧着那么多金元宝，有心收下，一看董尔基长得好似一个小伙子，惹不起；二则又看到这么多金子，正好解招兵买马之急，正在犹豫不定的时候，董尔基看明白罕王的心思，气得她"唰"的一声抽出刀来，冷不防跳了过去，回手一刀削去罕王头缨，吓得罕王紧往后退，正好退到墙角，这回董尔基更得了手，用刀对准罕王胸膛逼问亲事。罕王赶忙点头，并连连说："这样美亲事怎有不同意之理！"董尔基要他对天发誓以后，才收了刀。就这样两个人终成一对夫妻。以后罕王招兵买马的银两大部分是董尔基这次拿来的金锞子。可是她阿玛克辙巴颜，发现姑娘盗走他全部金子，气得口吐鲜血而亡。

以后这位董鄂福晋给罕王出了不少的策略，努尔哈赤称汗之后，每回宫殿召集群臣议事，她总是参与研究国家大事。那个时候不管哪位贝勒的福晋，都可以和丈夫一同上朝商讨国策。董鄂福晋一生给罕王生了两子一女，立下很多功劳。

董鄂福晋有两个大毛病，一是嫉妒罕王讨另外福晋。用当地土话来说："好吃醋。"其实给她戴上这三个字的帽子还是不公平。据考证，努尔哈赤先后娶十五个福晋。从现在道德观点衡量，未免过分了。可是封建帝王哪一个不是三宫六院，众多嫔妃，当时各部贝勒也是几房福晋。这在当时已经是司空见惯统治者引为自豪的风习。一个董尔基怎能左右这种风习。再说当时在统治者中间常常把女人当作礼品，当作改善关系的桥梁，是相互友好的象征，总之，把女人当成交易品。这种恶习，在后金和清初的统治阶级中间很流行。

她第二个毛病就是脾气暴，火气大。她死就死在这一点上。罕王有一次又娶来一位富察福晋，那时罕王已经称汗了。董尔基哪能受得了，几次质问和申斥这件事。罕王醉醺醺地说："我今天已经是一国之汗，操纵几千甲兵，指挥大小将领一二百，谁敢不听我的号令。过去我让你三分，可你竟越来越胆大，竟敢管到我头上，你活得有什么意思！你要是一位英雄，敢不敢在我面前自刎，你敢不敢。从今以后，不许你称英雄，不许你干涉我的行动。"董尔基从来没受过这样的窝囊气，气得她紧咬牙关，恶狠狠地说："你这忘恩负义的东西，我为你抛开父女情，你练兵，我为你偷上黄金，我为你气死我的老阿玛，我为你离开了故城，你拍拍心问一问，我哪一点对不起你，和你在一起十多年，南征北战，东挡西杀，帮助你打下今天的江山，你却背信弃义，我董尔基不是等闲之辈，岂能受你摆弄，既然你无情，我活着又有什么意思。"说罢面向董鄂部故地双膝跪地，大声哭道："阿玛呀阿玛，我不该偷你老人家的黄金气死你，我这无义之徒，怎么能有脸在九泉之下见你。"她站起身，指着罕王说："无义之徒，我给你生了两子一女，从哪一点我也对得起你，你去反思吧！"说完拿起刀往颈上一按，立刻红花四溅，一位和罕王同患难、共命运，同打江山的女英雄就这样倒下了。

董鄂福晋一死把罕王吓得酒醒了，知道一时失言，抱住尸体哭得死去活来。罕王边哭边说："我为什么喝醉了酒，为什么说出这样的气话？"他拭干了眼泪，给董鄂福晋筹办丧事，并亲自举哀送葬。可是没过多久，就把这位福晋忘得一干二净，才引起董鄂福晋的长子长大以后，为了报其母之仇，曾反对罕王而被杀之的事情。

因为董鄂福晋在生前把董鄂部全部人马和财产用各种办法交给了罕王，所以罕王醉中逼死董鄂福晋是他人生中的一个大错。

董尔基一生也算得上英雄的一生，是女真人一位了不起的女中魁首。她为罕王办了很多事，收服索尔果引来费英东就是其中一件大事。

话说，有一次，董鄂福晋带领两个女仆直奔西南走去，走到半夜时，来到罕王二伯父管辖的围场。这围场是一片果松树林，长有七八十里，宽也有四五十里，觉昌安在世的时候，是他打秋围的南围场。自从罕王二伯父接管以后，因忙于处理族内的纷争，有好几年没有来过。董尔基正往前走，忽听树林中有哗哗响声，一个经常在山里行围狩猎的人，对山里各种声响一听便能分出是大动物还是小动物，是人还是牲口。董尔基一听是人行动的声音，心想：深更半夜，不会是自己族人，一定是坏人窝藏在里边。她想不能叫贼人窝藏在我们身边，便大喝一声，一拍战马，向有声的地方追去。追了一百多步，只见从树丛中慌慌张张地跑出两个人，也分不清是男是女，全身穿着猪皮衣裤，脚穿毛朝外的靴子，这两个人一看，来的是一位骑着高头大马的人，吓得他们俩撒腿就跑，嘴里喊着半懂不懂的语言："胡图哩！喜兰乌图哩！"意思是"可不好了，来了大妖魔鬼怪啦。"两个人在前面跑，董尔基在后面追。追到一个山根下面，一看在树林深处搭了几处撮罗子，四周还围上一圈木围墙。董尔基正在纳闷的时候，只见栅门大开，走出一群人来，为首的是一位老太太，这老太太一头白发披散在脑后，身着五颜六色的鹿皮衣裙，平托一把鹿角磨制的多股飞叉。虽然年岁很大，可是双目却很有神。这老太太的飞叉非常厉害，这叉上涂有毒药，刺到身上全身溃烂，如果没有她的解药，三天三夜活活烂死。董尔基一问话，他们不会说当地语言，说出话来让人半懂不懂。她心想，这一定是外来的野人。想到这便不想杀死，和颜悦色地说："老妈妈（汉语的老奶奶）不要怕，我是这里的林主，请你说一说为什么跑到我们这林子里，请放心，我不会加害于你。"说完把刀插入鞘中，摘下来挂在马鞍上。那位老太太这才看清原来骑高头大马的是一位女将。又见人家刀已入鞘，也把自己的鹿角叉交给旁边的人，迎了上去，意思是请到屋里。董尔基带着两个女仆一同进了木围墙里。到撮罗子一看，是四面搭的木炕中间挖了一个火炕，男女老少都住在一起。当董尔基一进屋时，屋里人吓得东藏西躲，老太太说了一阵以后，才安静下来。

双方落座以后，那位老太太才把自己的身世一五一十地说了出来。

原来，她是完颜部一个小城的人，姓瓜尔佳氏，从呼尔哈迁到这里才九天。他们城长就是这位白发苍苍的老妈妈，叫索尔果。这些人个个武艺高强，因和本族不合，才逃到这里。他们知道这不是自己的地方，就偷偷地在山根搭起几座小撮罗子。白天晚上都不敢出来，恐怕被别人发现。老妈妈再三嘱咐大家："这不是咱们的地方，一旦被人抓去，不是死就是给人家当奴隶。"他们还有一个迷信说法：凡是到一个人生地不熟的地方，白天要防备被人发现，晚上要防备胡图哩（鬼怪）出来吃人。只要度过九天九夜，就能免去一切灾难，平安无事了。这些年轻男女，只好忍着性子在撮罗子里藏着。好不容易过了八夜，大家才长出了一口气，认为只有一夜，总能度过灾难。

因为有些好事的年轻人，心想，只有一夜啦，大概不会有啥危险，所以才偷偷地溜出去，沿着小河，往上走看看水源在哪里，也可以顺便捕些个小动物改一改馋。没承想遇见了董鄂福晋。

董鄂福晋一听，心想，罕王正在用人之际，如果把这些人收过来，岂不更增加力量。想到这，她站起身来，恭恭敬敬地给索尔果妈妈请了一个安说："我是苏克苏浒部聪睿贝勒的董鄂福晋，我看你们生活很苦，再说这也不是久居之地，我们那地方比这里要好得多，我们贝勒是一位仁慈的人，谁要有困难他都能大力帮助。再说你们这些年轻的阿哥和格格都很英勇。如果和我们一起一定能干出一番事业来。"索尔果一听，有些动心。她站起身来说："你说的这样好，我看你这个人也很直爽，可是，不管怎么说，咱们是初次见面，如果你说的是实话，敢不敢和我共同发誓？"董鄂福晋点点头。老妈妈大喜，立刻叫人拿出祖传的鹿骨尖刀，一只桦木小盆，又请出一个用木头刻的似人非人，似动物又不像动物的神像，供在西面木炕上。老妈妈拽着董鄂福晋一齐跪在地上，老妈妈用鹿骨尖刀在左臂上扎出鲜血滴在盆里。董鄂福晋一看心里明白了，想起她老阿玛在世时说的野人部落最讲盟誓，只要盟誓便终生不改。想到这也照老妈妈那样，刚要在右臂刺血时，老妈妈赶紧拦住说："你应该在左臂上刺血才对。"董鄂福晋又用右手使刀，咬紧牙在左臂上刺出鲜血，滴在木盆里，并发誓说："我与索尔果妈妈永远结好，如果有三心二意，不得好死。"索尔果也盟了誓。这时有人又在木盆里倒上米酒，大家每人一口，喝了这盆血酒。索尔果大喜，和大家说："从今天起咱们和这位福晋是一家人啦。"她们越谈越高兴，当天夜里，全部人马随着董鄂福晋来到新城。

索尔果全族自打祖上就生活在老林里，根本没看见过这些房屋村落，看得他们眼花缭乱，乐得嘴都合不上。罕王特命家人给他们安家立业，年轻阿哥编入甲兵队伍，一些格格们也争着抢着要披甲当兵，罕王只好安置她们做一些轻便的工作，这些人就成了以后罕王的女兵的基本队伍。

三天后，索尔果找到董鄂福晋说："自从我们来到这里，真像上了天堂一样，我还有一个儿子叫费英东，自打呼尔哈出来，我们就分了手，并规定谁找到好的地方，就到乌托山西南地方奥里图玛发家留个信。我那个儿子可是个好人呀，论能力，刀马纯熟，东海诸部没有不知道他的名字的。今天我们找到这块儿好地方，我也想把他找到这里，投奔罕王，不知你意下如何？"董鄂福晋一听大喜，立刻命人备马，并备一些礼品迎接费英东。

索尔果妈妈到指定会面地点的第二天，费英东带着十几名健儿赶到了，一听母亲介绍，再加上自己也听人讲过罕王如何勇猛，如何智勇双全，愿意结交天下豪杰，心中大喜，立刻随同额莫投奔了罕王。

费英东是后金开国时三鹰五虎之一。今年才二十五岁，长得身高七尺开外，一表人才，相貌堂堂，一头黑发披在脑后，人称巴图鲁披发郎。他手上套着四个猪牙石镯，一直到肘间，身穿猪皮大哈豹皮坎肩，脚上穿一双鹿皮抓地虎的皮靴，腰系一条鹿筋织成的腰带，说话爽朗大方，力大善射。

罕王一看费英东，真是英姿飒爽，心中大喜，纳头便拜，慌了费英东，赶快跪倒连说："不敢不敢，小的有何德何能劳聪睿贝勒如此大礼。"罕王说："幸得将军投奔，真使我如虎添翼，如鱼得水。"两个人携手来到上房，落座叫茶，罕王一听费英东谈吐，虽然语言不太通顺，但也听得出胸中有一定才能。这时才发现，他身上带的弓箭是用色木做的，弦是牛筋做的。一般弓是细长的，他的弓却不一样，短而粗。罕王暗想，只听说金代使的弓箭是色木短弓，现在看来果然是这样。更加器重费英东。

罕王最爱弓马，见着一张好弓，或一位好射手，总想试试弓，比试比试弓法。前些日子接哈达之女完婚时，途中遇见一位射手，一问董鄂福晋，原来是董鄂部下一员将领，人称射箭高手钮翁金。罕王有点不服气，当场就和他比起箭来，结果钮翁金射五箭中三箭，三箭相错不远。罕王射五箭，五箭皆中，五箭距离只差五寸，钮翁金大惊，连称："神箭神箭。"罕王也高兴地把他收到部下当差。

罕王一看费英东使的弓与众不同，接过手来一看，果然是张好弓。便约请费英东和自己部下诸将在院中试试箭法。

罕王把费英东使的短弓接到手，用力一拉，只拉个半弓。不由"啊"了一声，脸上有点发红，心想，什么硬弓到我努尔哈赤之手都没有拉不开的道理，今天却败在这张弓上。额亦都觉得自己力气大很不服气，大声喊道："我来试试。"说完接过弓来使力气一拉，纹丝不动。额亦都气得青筋暴露，又咬紧牙关用尽平生之力，还是没有拉开。罕王不由暗暗吃惊，再一细想，可能拉这样的弓，单凭力气是拉不开的，一定有拉这种弓的办法。想罢环视了站在院内的诸位将领，个个都摇头不敢动手。

费英东一看大家拉不开，赶快解释说："这弓叫反手弓。我们林中人经常在森林中活动，那种长弓大箭没法在林中密集的地方施展，必须使这种短弓才能运用自如，拉这种弓的方法和长弓不同，它是利用反劲儿才能拉开。"说完只见他双手持弓，身子向右一歪，右肘角触地向斜上方连推带拉，只听"咯吱"一声，这张硬弓立刻弓开满月，"嗖"的一声，正射在院中竖立的飞虎旗红缨上，红缨被射得粉碎。罕王高兴地和费英东重新行抱见礼，向他连连说："活到老，学到老，我愿拜你为小师傅，学习新的弓法箭法。"罕王二番把弓接到手，照着费英东的姿势试了一试，果然把弓也拉个全满。额亦都心笨手拙还不服气，又接过弓，也想照样使弓，哪知道，他身体笨重，没等歪好身子就"扑通"一声跌倒在地。试了几回，照样没有拉开，气得他说："什么人使什么物，我还是使我的笨家伙吧。"说完把弓交回原主。费英东是东海诸部的人，他不但武艺高超，还对野人的作战方法颇有研究。罕王学的是汉人的兵书战法，对野人战法还是一个门外汉。后来罕王征服东海野人时，主要靠费英东出谋划策行军布阵，是罕王的得力参谋，罕王称汗时封他为扎尔固齐。罕王感到能得到这一员大将胜似几千兵甲，费英东感到遇到这样明主真好似如鱼得水。两个人越谈越投机，晚上罕王索性把费英东留在自己房中同榻促膝交谈。

费英东谈到东海诸部野人情况时说："东海诸部土地广阔，东一直到海，大小城寨不下一百五十多个，是一片物产丰饶，人口众多的区域。据他说那地方人不识字，也没有文书一类的东西，如果有什么事情，都以箭和标记为传达事物的工具。比如调兵时用箭头挑着木牌，召集人时用野鸡箭，有要紧事时用插鸡毛的箭，求婚时用鹿皮筋捆着弓箭送给女方。弓箭的用法和刀枪的招数，以及拳数都和汉人不一样，弓箭用短弓，硬弓，小梅花弓，刀和拳术都是模仿各种动物的动作研究出来的。"说完，费英东打了几套熊拳、虎拳和鹰拳，真是虎跃熊盘鹰展翅，这些招数罕王从来也没见过。费英东说："我们的刀法，枪法和拳法不像汉人讲什么派什么招式。专讲以实用为主，不等对方出手，出其不意冲杀进去。因此给敌人迅雷不及掩耳的速度刺杀过去，使对方来不及还手。行军布阵也是这样，一般好在暗处埋伏起来，敌人不到跟前不动手，当对方发现有人时，箭早已射出，这叫冷箭。一般没有大队出攻，都好分成小股，四下包抄，让敌人没法抵挡。"

费英东还郑重地说："最厉害的是毒箭、毒叉扎枪。我们自己能配三种毒药，涂在武器上，有的烂皮肤，有的昏迷不醒，有的使敌人发疯。不管这些毒药怎么厉害，我们都有解药，一般不往外传。"

谈到风俗时费英东说："我们有病，专请萨满诊治。有些萨满不但会治病，还能算出吉凶祸福。他们住的地方也不一样，有的住在山洞里，我们叫他们洞人；也有的住在河边搭的撮罗子里。他们居住不定，哪地方野牲口旺，就搬到哪。撮罗子有牛皮的猪皮的，屋里陈设不一样，贝勒，章京屋子里都用虎皮、豹皮当坐被。"

当罕王问及各部头人的情况时费英东说："东海各部总是不和气，往往因为争围场，分家财，争权位，互相争战。今天是朋友，明天或许成为仇敌，打得没完没了，甚至父子几代征战不休。我们东海各部有很多女贝勒、女穆昆达，她们最反对男人当家做主，为这件事毛杂部和富集部发生过男女争权、夫妻夺城主的惨剧。"罕王感叹地说："如果能有机会把这些同族人收服过来，使他们永息干戈，各安其所，也是我们义不容辞的责任。"

其实罕王早就知道一些东海诸部的简单情况，经费英东这一介绍，对收服那块儿地方更加重视了。这才是听了东海诸部事，打动罕王进军心，不知罕王对东海诸部做何打算。

欲知后事如何，且听下回分解。

第二十章

何和里归顺罕王
东海部远路投诚

　　上文说罕王和费英东促膝谈心，真是越谈越感到相见恨晚。一直谈到东方发白，暂且不提。

　　却说董鄂福晋自从收服索尔果引来费英东以后，一看罕王对待费英东真是礼如上宾，心里又产生一种不服气的想法。心想："难道我们董鄂部里就没有像费英东这样的人物？"她翻来覆去想，想了半天，猛然想到一个人来，是她的侄子又是师弟何和里。

　　原来董鄂部老贝勒克辙巴颜生前只教了两个徒弟，一个是董尔基格格，一个是自己孙子何和里。自从老贝勒气死后，董鄂福晋趁回去吊孝的机会，说服族人归附罕王。大家都很同意，就这样全族人收拾一下，准备迁到苏克苏浒部，唯有何和里不太同意，当天晚上带着三四十个自己的人偷偷地跑了出去。董尔基对这件事也没加可否，心想，先让他在外面逛一逛也好，万一罕王对我们族人有些慢待，也可以有个落脚之处。第二天，她骑着马追出四五十里才撵上何和里，对他说："师弟，你可以先在董鄂部住下来，董鄂部的部主你先担任起来，我率领其他人投奔我的维根贝勒（丈夫贝勒）。我想他为人宽宏大量，正在用人之际，再加上我支援了那么多的金子，供他招兵买马，这次又带领全族归顺于他，他不会亏待咱们。可是，没事也应该防备有事，万一罕王对咱们不好，也可再回来。"就这样何和里留在了原来的地方。

　　何和里这人是五短身材，浓眉大眼，身板特别结实。他使一口单刀，远近闻名，他的招式和汉人刀法一点儿也不一样，不讲什么套路。以实杀为主，出刀如飞光闪电，忽然砍敌人上路，忽然砍敌人下路，上下都不得手就砍敌人骑的战马。不恋战，能杀就杀，不能杀就跑，绕一个圈，再偷偷回来，趁敌人不提防背后来一刀，对敌也不答话，实打实杀。因此，汉人一些刀法没法破他的招数。什么泰山压顶，古树盘根，苏秦背剑等名堂，他一概不懂，就知道猛砍实杀，刀刀见效。马上打的不得手，也跳下马去，在敌人马前马后蹿蹦跳跃，砍敌人马脚腿，削敌人双足，使敌人没法招架。有人把女真人刀法总结成一套顺口溜：

女真刀法不易学，
真杀实砍没虚招，
打不过，他就跑，
绕回去砍后脑勺，
不讲路子不讲套，
你摆架势他进刀。

所以李成梁打不过女真人，吃亏就吃亏在这里。据何和里说，有一次随他玛发到抚顺卖皮张，遇见一个当地的恶霸，这人武艺很高，是峨眉派的刀法。他一看这一老一少是女真人打扮，就打算硬抢他们的皮张，一看何和里腰上挎着刀，威胁地说："你敢不敢和大爷比试比试？你要能赢我，送你一百两银子；你要输，把皮张全部给我留下。"何和里看一看玛发克辙巴颜，笑了笑说："我们是来做生意的，不是来比武的。咱们还是井水不犯河水为好。"那大汉说啥也不依，老人家一看，不能再解释了，便说："既然你要比试比试，只好让我孙子奉陪"。说时迟，那时快，何和里一个箭步跳了过去，没等对方拉开架子，就举手一刀，把大汉头上的帽子削去一半，吓得大汉直往后退，不住喊道："你不懂规矩，为啥不亮亮你的路子和派别，就动起手来。这不是君子之战。"何和里气愤地说："既然讲君子之道，你为什么硬要我的皮张。骂人没好口，打人没好手，既然论输赢，不管你使的是什么招，以战胜为根本。"那大汉干生气也讲不出道理。二番交手，那大汉一亮招式，何和里却躲在一旁不进招，大汉收了招，哈哈大笑说："量你也不敢和我交手。"没等说完，何和里突然一刀直砍右肩，大汉没来得及还手，只听"哎呀"一声要躲也躲不了，只好闭目等死。哪知何和里用刀背砍去，何和里收了刀说："你那招数只好对付会汉人武术的人，我不吃那一套。"大汉羞愧离开。

再说董鄂福晋想到何和里之后，又想到自从董鄂部归顺以后，罕王真的像自家人一样对待，还是由他们的人做部里的头目，不管分什么东西都是一律平等。尤其是他们的生活比以前也改善了许多，再说何和里论武艺论人品，不次于费英东，真要把他找回来，岂不给董鄂部增光添彩。她越想越高兴，第二天一大早，骑上大红马向董鄂部故地奔去。

到部内一看，虽然人口少，但管理得还井井有条，就是穿的衣服破旧一些，她催马来到故居，家人一看姑奶奶回来了，赶忙禀报部主何和里，不一会儿他们夫妻二人把董鄂福晋迎到屋里。提起何和里的妻子也不是平常之辈，论武艺不低于她的丈夫，连何和里都怕她三分。两个人给姑姑见礼之后，家人端上奶子茶和各种烤肉干，他们边喝茶边谈起双方的最近情况。

何和里把最近部里情况说了一遍之后，又说："最近由于咱们人单势孤，王甲城和北佳城不断前来侵扰，看起来这不是久居之地。"

董鄂福晋听完以后，心里很难受。心想，我们都有了归宿之地，单单把他留在这里，未免于心不忍。她便对何和里说："我这次来就是为了你。现在罕王势力一天比一天强大，想那王甲和北佳早晚也得被收服过来。再说罕王礼贤下士，真正有能力的人，在他手下都不能亏待。"接着把罕王如何器重费英东的事学说了一遍。然后说："师弟真要投奔罕王，凭你的能力，绝不次于披发郎之下。"何和里一听大喜，他妻子也很高兴。就这样，何和里第二天祭奠了克辙巴颜的坟，又对祖先神磕了几个头，辞别了家人去拜见罕王。从此董鄂部一百七十多人全部归顺了罕王。

罕王平素常听董鄂福晋夸何和里如何英勇，如何有智谋，很想见一面，尽可能地收归部下。这回听说何和里前来拜见，赶忙命人大开正门，亲自迎到门外，罕王抢先跪单腿请安，何和里一看罕王竟先给自己行礼，赶忙要跪地参拜，哪知道罕王一把拉住他，手携手进入上房。罕王大义，每次来投奔的将士，对年龄比他大的，他首先跪地参拜；对年龄比他小的，单腿请安。他常说："大将之才不可多得，既然能下就于咱们就应该以大礼接待。"这时仆人把何和里骑的马打算牵到槽头喂养，罕王一看这匹马不大，疙疙瘩瘩，更奇怪的是马上的鞍子，只是一张带毛的皮子。罕王忙命人拿了一套自己的镶金硒铜的新鞍套送给何和里，何和里看了看，说："谢谢贝勒，我是女真人，骑惯了这样的毛皮鞍垫，骑起来舒服，用起来方便。"罕王一听更加钦佩，并且告诉仆人："从今以后，也不许给我的马配这种名贵的马鞍。"他回过头来对何和里说："请你把你这张毛皮鞍子送给我，我要放在门旁，出入看它一眼，以免我忘掉女真人吃苦耐劳的习惯。"据说罕王从那时起一直到死，从来不用名贵的马鞍。以后皇宫传下来的那套罕王马鞍，就是这套他根本没用过的。

第二天，罕王和何和里一同到校场，别人骑马都左手拽缰绳，右手使马鞭，可是何和里却不然，他把马缰绳拴在脚腕上，用脚驾驭马的行动，这样可以腾出手来，任意使用各种武器。他的弓也和一般弓不同，既不是长弓也不是费英东使的短弓，是色木绣花弓，这弓小巧灵活，何和里用它专射人的脸部，上射双眼，中射鼻梁，下射口，左闪射右耳，右闪射左耳。可以刀里夹弓，能做到刀到箭也到，使人没法预防。

罕王的校场仍然设在山沟里，在一片密松林的中间，靠北面是点将台，台前竖立一杆大旗，南侧有各种箭靶，什么人头靶，全身靶，金锂靶，还有可以活动的游动靶，东西两侧都是搭的看棚。

每次操练兵马，不但将士甲兵参加，就连妇女也可以入场练武比试。

在这里，也常常举行各种游戏，骑马游戏有马球、赛马、马技，其他游戏还有踢行头，举掷子，压抛列，女人也可以打秋千等。

何和里到校场一看，队伍早已摆好，只见旌旗招展，盔明甲亮，号角齐鸣，军容特别整齐，甲兵分成号炮队、单刀队、弓箭手、云梯手队等，队队整齐严肃。

何和里一看，心里暗暗佩服罕王的用兵能力。他校场上一和大家见面也都非常亲热，一直到日头卡山，才收兵回营。

回来的路上，何和里、费英东和罕王并马而行，罕王问何和里对今天练兵有什么看法。何和里是心直口快的人，他说："论兵书战策和指挥大军作战，我远远不及贝勒英明过人，如果在林中作战还是以小队为妙，行动灵活，调动迅速，能使敌人摸不透抓不着。"费英东也插话说："何和里所言极是，只有小队才能出其不意，攻其不备。不过，也要注意队和队之间的互相联系，首尾呼应，才能出奇制胜。"罕王越听越高兴，回到宫中也封何和里为辖。

晚间，董鄂福晋问罕王："何和里如何？"罕王高兴地说："我又得到一位干练之才，真的感谢你替我连得二将。"忙命人摆酒给董鄂福晋庆功。酒席间董鄂福晋问罕王封何和里什么官职，罕王说："他和费英东一样都是难得的将领。对何和里也不例外，也封他为辖。"董鄂福晋一听有些不高兴，心想，怎么能和费英东封一般大的官职。罕王看出她的心思，解释说："不要因为是你亲戚，就封他的官职比别人高，应该以其才的大小论封赏，如果有职位低下的人能推举出一位将才，难道也因为推荐的人职务低下也把那位将才封成低下的官职吗？如果这样，将会堵住荐贤之门，叫人说我努尔哈赤处事不公。古代尼堪的圣人说的'任人唯贤'就是这个道理。"然后又意味深长地说，"图大业必须有大志，有大志必须有公正之心。有公正之心，天下英雄毕至，大业可成。"董鄂福晋一听，很有道理，没再往下追究。以后见到何和里时却背地和他说："你要知道罕王是论功行赏，你今后要好好干，多立功，想法压过费英东，你就能够官比他大。"何和里笑了笑也没说啥。

董鄂福晋总怕罕王对何和里不重视，就主动提出要把姑娘嫁给他，罕王也很高兴。

第二天，罕王按照亲属关系把何和里请到家中，并把许亲一事和他说了，何和里暗暗叫苦。他心想，我已经有了妻子，再说真要许下这门亲事，哪有不透风的墙，一旦被她知道那还了得。正在犹豫的时候，董鄂福晋知道何和里想的是什么，便赶忙说："既然贝勒有此美意，你还不谢恩。"何和里只好站起来参拜岳父大人。

这可把董鄂福晋高兴得了不得，赶忙差人到董鄂部报喜。哪承想，这一来却惹出很大的麻烦事。

原来何和里的妻子外号叫哦赫，她出身是个阿哈的姑娘，自幼被游僧选中，收她为女弟子，一气儿和师父学了六年武艺，真是箭马娴熟。她专门使一口柳叶双刀，无论马上十八套，还是地上七十二招都练得出神入化。十四岁那年被克辙巴颜看中收她为义孙女。这女孩子又和克辙巴颜学会了他们祖传的女真人刀法，形成她自己独特的刀法，人们都叫作哦赫刀法。十五岁和何和里结了婚，他和董鄂福晋相差不多，既是姑侄之辈，又是师妹关系，人称哦赫和董尔基为董鄂部二英，她俩和何和里三人，保卫董鄂部不受外邻的残害。人无完人，这位女将有一个毛病，就是不准何和里接近女性。一旦看到丈夫和年轻姑娘在一起走路或者在一起坐上一会儿，她会大骂三天三夜，一直到何和里承认错误为止。自己本来岁数不大，可是她一来脾气骂起人来总是说："谁敢把姑奶奶咋的。惹翻了我，把你脑袋削下来当行头踢。"因此大家送给她一个外号叫"哦赫妈妈"，翻译成汉语是"好吃醋的奶奶"。从这段介绍可以想象，她听说何和里在罕王那里许了亲，这还了得，气得她骑上马，拿起刀，向苏克苏浒部奔去，要找何和里算账。这消息很快传到董鄂福晋和何和里的耳朵里，吓得何和里不知如何是好，董鄂福晋也觉得事情不妙。就在这时，这位哦赫妈妈像一只发疯的母老虎闯入议事厅前，一眼看见何和里，大骂道："你这无义之徒吃我一刀。"何和里哪敢还手，拨马就跑，哦赫妈妈刚要追上去，只听有人喊"侄媳师妹住手。"哦赫一看是姑婆师姐，赶忙下马，带着眼泪上前见礼，边哭边说："这种喜新厌旧之徒，留他何用，望师姐给我做主。"说完又想上马追去。何和里见又追了上来，他急中生智，催战马向罕王卧室跑去。哦赫妈妈也不知这是什么地方，一直闯入院内。这时罕王正在卧室里闲卧抽烟，抬头向外一看，大吃一惊，不知从何处闯入一员女将，追杀何和里。那女将后面跟着董鄂福晋也上气不接下气边追边喊："切莫动手，有事好商量。"罕王急忙走出门来，高声喝道："来的那员女将住手！"哦赫妈妈往前一看，认得罕王，因为觉昌安在世的时候和克辙巴颜感情很好，曾带小罕王到董鄂部去，以后又听到罕王一些动人事迹，所以从内心里非常佩服。哦赫妈妈也不追何和里了，下得马来，跪到地上拜见罕王，这时董鄂福晋也赶到了，向罕王介绍说："这是何和里的妻子。"罕王一听完全明白了事情真相，赶忙让到屋里。罕王亲自装了一袋烟，双手递向哦赫妈妈。哦赫妈妈不觉大吃一惊，说："罕王礼贤下士，真是名不虚传。"她虽然不会抽烟，但仍然单腿跪地接过烟袋。罕王很诚恳地说："何和里定亲这件事，不怨他，是我的主张。"又接着说："你放心，我姑娘嫁过去以后，一定给你当好妹妹，认你为师。你多一个妹妹，又收了一个徒弟，比你一个人不是好多了吗？"哦赫妈妈这才知道何和里是和罕王姑娘订的婚。这才长出一口气说道："既然是贝勒的格格，还望贝勒爷不要怪罪我蛮横无理。"罕王大喜，赶忙说："我姑娘是你妹妹，也收下你作为我的义女吧，也好来回走动。"哦赫妈妈一听，大喜，二番跪倒认了义父。罕王为了收英雄，订婚事、认义女、大摆宴席祝贺，这一场风波才平息下来。以后罕王组成的女兵就是这位哦赫妈妈亲手操练的，立下了很多功劳，这是后话。

何和里订婚引起夫妻争吵又杀出一位女英雄，真是一件又一件的喜事。罕王对白光的兆头相信了八九分。当董鄂福晋自杀以后，罕王为了不忘董鄂福晋的功劳，把长白山之光封为董尔基光。

有一天，太阳刚下山的时候，罕王正在亭子前闲坐，只见三只乌鸦绕着亭子飞了三圈，落在亭子上向罕王叫了三声，然后向东展翅飞去。罕王觉得很奇怪，难道这又是什么预兆不成？第二天卯时议事时，把乌鸦飞鸣之事和大家一说，有的说东方要有战争，也有的说东方一定有吉祥之事，众说纷纭。这时，安费扬古站起来向大家说："坐在屋里三天三夜也争不出结果，战争也好，吉兆也罢，何不向东方探听一下，还可以巡视一下边界情况。"书中交代，那时候罕王招集众将议事，除了上文书提到的女人也可随同丈夫参议大事外，在议事厅里人们可以随便发言，争执甚至于吵闹起来。罕王的主张也可以推翻另议，可是当会议快要结束时，罕王拿出令箭，大家都得服从。当时也不是一切事务完全以罕王言行为主，因为罕王有一个同胞兄弟叫舒尔哈赤，大家尊称为二贝勒，少年时同受继母虐待，小哥俩常常外出讨饭，相依为命，舒尔哈赤的成长都是努尔哈赤一手培养起来的。努尔哈赤不但声名远扬，兵多马壮，而且家产也日益扩大，可罕王毫不自私，家中财产有啥他弟弟也有啥，所以议事的时候，舒尔哈赤决定的事情，罕王总是尽量不反对。当时流传一种说法是"大贝勒出兵打仗，二贝勒掌管财粮"。乌鸦报信的事情罕王本想叫舒尔哈赤前去探听一下，可是没等罕王开口，舒尔哈赤看出长兄意思，赶忙接着说："安费扬古说得很对，那就命他向东方走走，看看是否有吉兆？"努尔哈赤只好点头应允。

安费扬古接到令箭以后，立刻带领四个阿哈备好战马，一直向东方奔去。因为他们的马跑得很快，不到中午就跑出了一百来里，也没见有什么动静。这时马也累了，人也饿了，他们找一处水草丰盛的地方，放开了马，在一棵大树底下刚要坐下休息，只见从东面林子里跑出五匹东海马，马上端坐五人，四个大人一个小孩穿的都是猪皮大哈，耳朵上都戴有耳环。尤其那小孩长得虎头虎脑，红扑扑的小脸像苹果似的，头上戴一顶珠子串成的小帽，被太阳一照闪闪发光，腰系一条五色线织成的彩带，脚下穿一双鹿皮短靴，有马驹子那么高，脑后辫子可不短，能拖到地面，因为太长只好绕在脖子上。脖子上套着一串五色石头串成的项圈，背后背一把鲨鱼鞘的单刀，显得格外精灵洒脱。

那时女真人有个风俗，路上遇见人，先来的总是站立一旁，等行人过后再坐下休息。

那五人来到跟前时，安费扬古两手一伸，忙着说："三音，三音，辛苦了。"那五个人赶忙翻身下马还礼不迭，也坐了下来，并拿出一些鹿肉干粮嚼了起来。他们五个人边吃边谈。安费扬古一听口音，才知道他们是东海窝集人。赶忙拿出饽饽打发阿哈送了过去。那东海诸部地处东荒，哪吃过饽饽一类食品，他们赶忙站起来，接过饽饽，并一再表示感谢。

吃完了午饭，他们互相攀谈起来。五个人中间有一位老人，看样子像头人似的，看看远方若有所思地问道："请问此地离苏克苏浒部还有多远路程？"安费扬古忙问道："请问阿玛，你打听苏克苏浒部有何贵干？"那位老人打个唉声说："我们千里迢迢是投奔聪睿贝勒的。"安费扬古一听大喜，赶快站起来说："我就是聪睿贝勒部下大将安费扬古。既然各位要投奔我主，我愿头前引路。"那五人一听大喜，赶忙收拾一下，骑上马，继续前行。那位老人一看，安费扬古没有上马，却牵着自己的马步行，老人感动得不知说什么好。四个阿哈加上安费扬古五个人牵着五匹远客的马高高兴兴地按原路返回。

在路上，那位老人才把为何要投奔罕王的事说了一遍。

原来这五个人是雅尔谷寨城（现在的图们江）的，城主名字叫虎拉扈图。这个城归乌拉部贝勒布斋管辖。布斋这个人暴虐昏庸，把属于他的各城各寨的美女、财产刮分得一干二净，谁要敢反抗，便发兵镇压，轻则抢掠一空，重则屠杀全城。就在前几个月，布斋要选九九八十一个美女，充实他的宫里，便把那些玩够的美女杀的杀，送人的送人。偏偏挑选美人的使者来到雅尔谷寨城，这下可把一个小城弄得人心惶惶，不知如何是好。这些如狼似虎的家伙，按户搜查，见好的姑娘就抢，见财物就拿，谁要反抗，不是杀就是抓去当阿哈。偏偏虎拉扈图的弟弟虎拉巴图也是无恶不作的人，对布斋的暴行不但不抵抗，反而加意奉承，为虎作伥，他看到小自己十四岁的小嫂子长得俊俏无比，心想，这要送给布斋贝勒一定能使他欢心，想到这里，他立即带领布斋贝勒的甲兵，闯进他哥哥虎拉扈图的卧室，没容分说把小嫂子抢了出来。气得虎拉扈图一怒之下杀了他弟弟，带着儿子和几个家人逃了出来，想投奔聪睿贝勒，等以后找到时机一定杀回去把这个城全部归过来。当安费扬古问到当地风情时，老城主说："我们那地方专门出大马哈鱼皮子，年年给明朝进贡。还出产人参、貂皮一些山货。如果我在这儿安下家来，想法一定把全族人马统一带过来，归顺聪睿贝勒。"他们边说边走，不觉来到新城。

罕王听说是东海来的，真是喜出望外，因为直到现在这还是第一批远方投他的城主。罕王忙把五位请到亭子里，亲自跪拜迎接，让到西边正座。一看他们的装束，猛然想起一位故人，便赶忙问道："我想打听一位老人叫虎拉提图，不知您可知晓？"虎拉扈图一听，站起身形说："回贝勒话，那是我的胞兄，不幸前几年因病逝世。"罕王不听则已，一听立刻禁不住痛哭起来，边哭边说："虎拉提图是我的救命恩人，是我的义父，您老人家就是我的叔父，受侄儿一拜。可恨我这些年忙于为父、祖报仇，忙于安家立业，不能看望我的义父，真是不孝之主。"说完又痛哭起来，把虎拉扈图感动得也热泪盈眶。心想，我见过多少贝勒、章京，这样仁义热情的还是第一个。

为什么虎拉提图远在东海，成为罕王义父，这才引出罕王忆往事。

欲知后事如何，且听下回分解。

第二十一章　收义子罕王忆往事　赴浑河巧探假行情

为什么罕王千里迢迢结识东海部雅尔古寨城主虎拉提图，还认为义父呢？这里有一段罕王少年时代的不幸遭遇。

罕王亲母早丧，扔下他和弟弟舒尔哈赤、雅尔哈赤寄养在阿那膝下抚养。这继母对小哥仨是怎么也看不上，开始时，背着塔克世对哥仨不是打就是骂。有一次，小汗和五六岁的舒尔哈赤就被继母赶到山里，继母告诉他们俩每天必须抓一只狍子，才许回家。小汗只好背着弟弟一步一步地往前走。舒尔哈赤在哥哥背上哭着说："哥哥，哥哥我要吃饽饽。"小汗一听真是心如刀绞，心想这数九寒天，四野无人，野兽成群，别说吃饽饽，就是命也恐怕保不住呀？哥俩走得累了，小汗放下弟弟，拣了一些干枝叶生起了火堆，把弟弟用自己的皮衣包了一下，便拿着小弓去射狍子。就在这时，他的玛发从此路过，一看这般情景，心中很难过，就问舒尔哈赤，舒尔哈赤一看玛发来了，立刻哭了起来。连连说："爷爷，爷爷我要吃饽饽，我要找哥哥。"觉昌安不禁掉下泪来。心想，孩子没有亲娘落到这般地步，这件事我焉有不管之理，他掏出一些干粮，和他说："我找你哥哥去，和我一同回家。"

觉昌安到山里一看，小汗正在寻找狍子，觉昌安心想，我看看这孩子箭法、胆量如何？他躲在树丛里，只见小汗掏出一个牛皮口哨学起狍子的叫声。不一会儿两只大公狍子跑来，正好钻进小汗早已备好的套子里，小汗趁势拿出小刀，几下把一个大公狍子刺死。觉昌安不由暗暗惊叹，好一个小汗这么小的年龄就能想出这些点子。将来一定是我们爱新觉罗家族的一棵好苗。打那以后，觉昌安对小汗哥仨更加照顾。

虽然这样，但是喜塔拉氏还是不放心，总想害死小汗，总怕他长大以后继承家业，趁觉昌安到京城进贡之机，把小汗第二次赶出家门。那时小汗才十三岁，只好以讨要为生。为了能多要一些吃的，他尽量学汉语，没用多长时间，在讨饭中居然学一口非常流利的汉语。

133

就在那年夏天，霍乱病流行起来，小汗冷一顿、热一顿、饥一顿、饱一顿的生活，怎么禁得起瘟病的袭击，不幸得了霍乱病，上吐下泻，水米不进。开始他还能够自理，到了第二天已经吐泻得站不起来，浑身瘫痪行动不得，吐泻的脏物弄得满身都是。

他躺在路旁自知已经不行了，他仰望着天空，天空静得令人可怕。一些不知趣的苍蝇却从四面八方向小汗聚拢来，小汗已经没有气力再去轰赶，只好任他们聚餐。他想到自己从小失去母亲，这几年来领着小弟弟们风风雨雨，总算熬到今天。可是又碰上这无情瘟病弄得自己活，活不了，死，死不了，他暗自叫了声："死去的额莫等我，你的儿子将要回到你的身边。"他又暗暗叫声，"舒尔哈赤、雅尔哈赤，你们的哥哥不行了，愿你们快点长大，好好习武，光大咱们门户。"老玛发觉昌安疼养自己一回，而自己却不能尽到一点孝心。小汗越想越难受，一咬牙这样活着倒不如快点死了干净。有心上吊但身子已经站不起来。往前一看，苏子河水清清澈澈，他不由想起六岁那年领着弟弟们在河边摸鱼，老玛发觉昌安坐在河边，语重心长地说："小汗子你记住，咱们祖先东奔西逃，叫敌人撵得无处安身，五彩山鸡给咱们定居在这条河沿上，这苏子河哺育了咱们多少代。"想到这，他暗暗下了狠心，叩念着："苏子河恩都力，收下你这个后代吧！"他吃力地向苏子河爬去。没爬二十步，已经爬不动了，他闭上眼睛，躺在树下，想要休息一会儿再爬。就在这时，只听远处马串铃响，他心里明白，这是行路人到此。有心躲开，省得叫人看见作呕，可是身不由己，只好闭上眼睛，假装睡着的样子。不一会儿这帮人走到小汗身边，他偷偷一看，只见二十多匹马，其中有十几匹马驮着十几个人，他们都穿着鱼皮，猪皮长衫，头戴袍皮鹿皮风凉帽，一看就知道不是本地人。

原来这是东海雅尔谷寨城城主虎拉提图率领的人马，驮着皮张到浑河换些盐、布和一些生活用品。书中交代，东海部面积很大，南到图们江，东至东海与建州的乌拉相邻，北边和依兰哈兰搭界，他们成年以打猎为生，不事农稼，过着游猎的生活。这些居民每年一次到马市做些交易。虎拉提图城主有六十开外，虽然白发苍苍，但是精力充沛，在东海是一位很有名的城主。

话说虎拉提图停住马，一看小汗躺在树下浑身恶臭，骨瘦如柴，往脸上一看，一点血色也没有。他叹了口气，说："唉！多可怜的孩子呀，病到这种程度，躺在这里，就是病不死，晚上也躲不过狼的嘴呀，可怜呀可怜!"其他人劝虎拉提图不要管这闲事,赶集要紧,去晚了恐怕进不了市,岂不白来一次吗?虎拉提图摇摇头说:"不,女真人哪有见死不救之理,何况这孩子也是女真呀!我们不能眼睁睁地看这孩子死呀!"说得大家也动了心。

老人家从怀里掏出一个木刻的葫芦,揭开葫芦盖倒出一些药面给小汗灌了进去。小汗觉得香气很浓,不一会肚子疼了起来,老人赶紧叫众人抬到河沿,只见小汗大吐大泻一阵。大家又把他抬到河里,浑身冲洗得干干净净。这时小汗觉得轻快得多了,因为衣服脱去没法见礼,只好向老人点头道谢。又停了一会儿,老人从怀里掏出一支木葫芦,倒出一些甜水给小汗喝了下去,又抬到树荫底下,叫他躺在干草上,那位老人始终守在小汗身旁,不时地用手抚摸着小汗的身子。

过了两个时辰,小汗觉得浑身有了劲,能够站立起来。老人家忙命家人,拿出东海奶酪给他吃了,从马驮子上拿出鱼皮染色裤子,水獭皮帽子和猪皮大衫给小汗穿上。小汗非常感谢老人家救命之恩。

老人一看小汗好了,高兴得不得了,边点头边说:"真是大命之人,不然怎么能遇到我们呀!"亲切地道:"小阿哥,你家住哪里,姓啥名啥。因何孤身病在这里?"小汗心想,我要说了觉昌安贝勒的孙子,岂不叫人耻笑我的祖父和家族,有辱爱新觉罗哈拉的声望。想到这里,他和老人说:"我没有家,只是一个人到处讨要,今天多亏恩人救我,我将永生不忘。一旦有了发迹,定当登门谢恩。但不知老人家尊姓大名,家住什么地方,以便日后拜访。"老人笑了笑说:"孩子你的心意,我们领了。不过女真人是施恩不望报。你就不必问我的姓名了。"接着说,"孩子,我看你孤身一人无依无靠,不如跟着我们一同走吧,回到东海,生活会比现在好些。如果你愿意,先和我们一同到马市,咱们把皮张出了手,立刻返回东海。你看怎样?"小汗正是无路可走的时候,便答应下来和他们一同到浑河马市。

这些人有个习惯,不愿意投宿住店,晚间找个依山傍水的地方,搭起熊皮帐篷生起篝火打个小宿,他们不懂用米做饭用面做饽饽,一到吃饭时拿出鱼皮子、肉干一类食品放在火上烤,就围着火堆吃起来,有时碰见小牲口就捕上几只烤着吃。小汗是个聪明孩子,从七八岁起,就能自己做饭,缝衣服,他看这些人只知道烤肉,不懂别的吃法,就到附近小村用十张貂皮换来一个铁锅和一些稗子米以及食盐等物,给他们煮肉、做米饭。大家边吃边学,都赞不绝口地夸他聪明伶俐,更对这个孤儿有了好感。

他们晓行夜宿不止一日，这一天终于来到清河马市。

马市是明朝和它所属漠北各部卫贸易的场所，像这样的马市当时共有四处，浑河马市是最东部的一个。

在洪武年间没有马市的设置，以后关内关外交往日繁，双方都为了各自利益，才奉旨建立。

清河马市一年集会一次，一般在四月开市，八月收市，虽然名字叫马市，但实质是各种货物的交易市场。漠北女真各部和其他民族把自己的皮张、马匹、山产品等货物千里迢迢运到这里，换取尼堪人的绸缎、铁器、食盐等生活用品。

按照明朝规定，凡属开市那天不到，便不许进市交易。这一来，把门的官员就有利可图。一些山里来的人，哪知道这样规定，往往晚到一天，门官便拦住不许进入，轻则送些礼品，重则没收你的全部财产，这是第一关；第二关是检验大员可以找各种借口勒索欺诈。总之，一个山里林中人到马市没有等货物出手早被一层一层的关口夺去三分之一的财产。这还不算，那些奸商利徒更是无孔不入，用一瓶酒就可以换取一张水獭，用一口铁锅可换满满一锅貂皮。而这些纯朴女真人货物被盘剥以后，再要买东西，只好赊欠，除了要付高利息盘剥外，还要交出预购货物款，虽然这样，但他们决不失信，第二年即便自己不来，也要把欠款托人如数带去。

一提到马市真是使人伤心。可是，它也沟通着女真人和汉人的货物交流和文化交流，对东北的生产发展，兵力的强大起到了促进作用。关内的绸缎布匹、铁器、家具、瓷器、药材遍及东北各处，而东北的山产、土产、貂皮、人参也远销关内。

浑河比起抚顺、开原的马市规模要小一些。即使这样，这一年一度的交易还是很繁华的。城西门外是马市，来自东海恰克拉、费牙喀的东海名马比比皆是；城南门是汉人市场，各种商品叫卖不停；城东门便是东北特产，汉族和女真人往来穿梭，讲买讲卖，真是来自五湖四海，汇集满汉百货。除此还有打把式卖艺的、说书的、演戏的、撂摊测字的，真是三教九流，五行八作行行皆有。

话说虎拉提图率领一班人等交了门税，找了熟悉的陈家老店住下，店小二一看是东海雅尔谷寨的老城主，赶忙过来招待，把马牵到槽上，把货放到库房里，给安排了房间。洗完脸，虎拉提图忙问道："店家，今年马市出货行情怎么样？"店小二看了看外边没人，才小声说："行情倒很稳，和去年一样，就是关里荒乱，来的老客不多，看起来出货行情有下溜的可能。"虎拉提图一听，半天没说出话来。

第二天，他到市上一看，果然南货市场老客不多，反过来东北诸部山产、土产却堆积如山，心想今年货物要卖不上价。回到店房心里闷闷不乐。

果然一连十几天，货物出手不多，关里的货天天上涨。就在这时，店小二进来说："城主，外面有江苏老客马再选见你。"老城主一听是马再选，心中十分高兴，因为每年换货都是由他一手办理。赶忙让到屋里，店小二当通事（翻译），两个人交谈起来。

马再选叹了口气说："今年关内很荒乱，大客商来不了，不但货紧，而且恐怕三天后皮货行情有大跌之势。咱们是老朋友，老交往，先来和你通个信，赶快把皮货出手，抓绸缎布匹。如果你信得过我，可以代为效劳。"虎拉提图一听大喜，忙着告诉店家备酒备菜，准备招待这位老客。

马再选摆摆手说："今天我很忙，明天我可以和收买皮货的老客一同来，你们当面锣对面鼓，我只给你们介绍介绍，不知城主意下如何？"虎拉提图当然很高兴，就这样敲定了明天合计换货的事。

送走了马再选，虎拉提图手下人慌慌张张从外面跑进来说："启禀城主，皮货行情又下跌不少，南货价格累累上涨。"虎拉提图一听，更加心急如火，恨不得赶快把交易做成。因为他今年带来的珍贵皮张比历年都多，在全马市属一流客户。

老人家愁得饭吃不好，觉也睡不稳。

小汗在七八岁时，随同觉昌安来过两次马市。另外，他对汉族人情、语言都很熟悉，一看老人愁得厉害，赶忙说："老人家，不用愁，我到外边听听风声再说。"虎拉提图一想，一个小孩能办多大事，也没说啥只是点了点头。小汗又说："我想买一套汉族小孩穿的衣服，只有这样才能听到真实情况。"老人一想也对，赶忙拿出一些散碎银子，交给小汗。

小汗穿上汉族衣服直奔城里走去，很顺利地进了城。

城不大，没走多远，就来到十字路口，路北是衙门，路南是一家大的招商会馆。一般情况下大的官员来此，都住在这家客栈。小汗眼睛翻了一翻，一看路北有一家卖肉包子的小饭馆，他走进饭馆买了一笼包子，端着它走进客栈，大声吆喝说："热包子呀，谁买热包子呀！"这时只见出来一个家人打扮的男人，大声说："小孩，把包子端进来，我家大人要吃。"小汗赶忙随家人进到屋里，一看有四个官员打扮的人，坐在上首，那个马再选坐在下首。因为小汗换了衣服，再说一个十几岁女真傻孩子，所以这位马老客也没注意他。因此，一点也没想到这个卖包子的就是那个傻孩子。

这些人一看，有包子没酒，正想叫家人到外边打酒，小汗比谁都机灵，忙深打一躬说："各位老爷有饭没酒，待小人给你们打酒来。"说完拿起酒器，不一会儿打来一壶好酒，还买了几样酒菜。这些人看小孩子很机灵，赏了他几吊银，还叫他给煮茶倒水，小汗干得又快又好。

就在这煮茶的时候，他们以为小汗是个汉族卖包子小孩，对他根本没加提防，便谈起生意来。那些明朝大官员们迫不及待地问马再选："你办的那件事把握性到底有多大？"并一再叮嘱说："要记住，五天内要是不能收上皮货，将会耽误咱们发财的机会。"马再选奸笑着说："你们放心吧，那帮老山熊已经入圈套，明天全部皮货准能到手，到那时，咱们可以不费吹灰之力，获得五倍到十倍的利润。"并悄悄地说："这几天我和几个同伴人已经把行情压低了将近一半的价格，只要明天我稍加一点利头，保证他得出手，只要虎拉提图的货一到手，就是收不到别人的山货也无关紧要了。"

原来这伙明朝官员，在朝中听说大内要派大员收买一大批皮货，就事先跑到这里，准备先把皮货收到手，然后再转手卖出，从中得到几倍的利润。他们一到浑河就和江苏商人马再选拍手成交，愿意拿出总价百分之五的利润托他们在十天之内，把浑河全部皮张收上来，并订了各种皮张的收购价格。这一来，马再选先压一头，收一头，那些明朝官员再压一头，这样一来，本来值十两银子的皮货顶多能卖上三两左右就算最幸运的了。真要再过五天以后，真正收购皮货的大员一到，皮货就会立刻恢复原价。

这些家伙研究的内幕，小汗听得一清二楚。这些人吃喝完了，还赏了小汗一些散碎银子。就在天黑的时候，小汗偷偷地回到了陈家老店。

虎拉提图正在惦念小汗一天没回来的时候，小汗穿一身汉装回到店里。虎拉提图很不高兴地说："孩子，为啥一到尼堪的地方就忘了女真人之本，这可不行啊！"小汗也没顾老人申斥，便把一天的情况和老人一五一十地说了一阵。老人一听，大吃一惊，对马再选狡猾阴险的花招恨之入骨，而对小汗这种机智灵活的行为感到非常的惊喜。

小汗告诉老人一定先不着急脱手，并连夜把这消息通知了各部来的女真人。

第二天，马市和往日不大一样了，冷冷清清没有一份货摊。马再选怎么动员虎拉提图，老人家总是摆摆手说："过几天再说吧。"

第六天，果然正式收购皮货的大员们来了，皮货才算得到比较公平的行情。

虎拉提图感动地说："这孩子真够聪明的，我要是有这么一个儿子，该多好！"小汗一听，心想，老人救了我的性命，这就是我的重生父母，再养爹娘。想到这里，站起身来对虎拉提图说："老人家若不嫌弃，我愿意认您老为义父。"说完跪地上磕了三个响头，老人乐得眼睛眯成一条缝，连连说："孩子，快起来，从今以后，咱们就是一家人了。"

他们算了账，高高兴兴地离开了浑河马市。

爷俩在路上边走边唠，虎拉提图把自己的家乡住处和小汗说个明明白白，小汗也把自己的住址和身世说了一遍。当提到玛发觉昌安时，虎拉提图不知道有这位贝勒，他只知道哈达部万汗贝勒。

他们又来到小汗病的地方，小汗要拜别义父，可是虎拉提图怎能舍得呀！热泪盈眶地说："孩子，跟我走吧，我亏待不了你。"小汗也掉了泪，再三解释："义父，我不能去，小鸡不离窝，小马不离槽，家有玛发和阿玛，还有弟弟们，怎能离开老家。如果有机会一定到雅尔古寨看望您老人家。"虎拉提图一看留不下小汗，只好叹口气说："我不再留你了，不过我岁数大了，有早晨没晚上的，说不定什么时候死去。"并一再叮嘱他长大以后，要常来常往。小汗磕了头，说："谨遵义父大人教诲。"虎拉提图挑了一匹小马和五两银子送给小汗，小汗又送他们走了十几里路，才恋恋不舍地分了手。

小汗那时因为岁数小，多日子没看到玛发和弟弟们，一心想回去看看。

刚走到西林子边，就听林子里有老太太的哭声，边哭边说："阿布卡，阿布卡，救救我们吧！"小汗进林子一看，只见两位老太太坐在地上哭得像个泪人。赶忙走上前问道："老妈妈们，不知道什么原因在这里痛哭？"两位老太太抽抽泣泣地说："小阿哥呀！我们是长白山部的人，因为那地方出产狐皮，我们全家用一年工夫，积攒了三十个狐狸皮，还有两背筐其他皮张。前几天，听说抚顺皮行高，全家才起程到抚顺换点东西。哪承想，刚到这里，遇到一伙强盗把我们儿媳抢了去，把两个老头子杀死，又抢去我们的皮张、马匹，扔下我们就跑得无影无踪。我们俩有心回家可是手头分文皆无，路又远，道又不好走，小阿哥，你说我们俩活着有啥意思。"说完两人又大哭起来。

小汗看了看两位老太太，只见她俩衣衫破旧，骨瘦如柴。心想，如果不设法搭救她们，恐怕难以生活下去。想到这里，他把几两银子拿了出来，双手送到老太太面前说："老妈妈，请收下这几两银子做个盘缠吧。"并把义父送给他的那匹马也奉送给她们，这两位老太太感动得不知说啥好，不住地说："神佛会保佑你，老天爷会看到你这位懂事的好阿哥。"说完千恩万谢地辞别了小汗。

插过这段往事，咱们出接前边。话说罕王一听是虎拉提图的弟弟真是又悲又喜，赶忙命家人给老人家安排住处，并通告上下，说："从今以后，对老人家一定按照我的叔父待遇。"并把各位福晋和小辈们叫来一一拜见老人。

这时，虎拉扈图诚恳地说："聪睿贝勒，我千里迢迢投到你处，只打算有个安身之处，就感到心满意足了。可是你这样厚待，实在是过意不去呀！回想我的仇人不但要杀我，还要杀我儿子，我只有这一根独苗扈尔汉，这才投奔到此。"

扈尔汉，才十三岁，很精灵，罕王忙向虎拉扈图说："请叔父放心，我把他收为弟弟，今后一切我将好好照护他。"

虎拉扈图摇摇头说："这样做，我不放心呀！我一生只有这一个孩子，一心想叫他成人，如果认你为兄，岂不有损你的威望，只有你收他为儿子我才放心。"

罕王说啥要收为弟弟，虎拉扈图执意要扈尔汉拜罕王为父，就在互相争执的时候，小扈尔汉没等父亲吩咐，抢步来到罕王面前，双膝跪倒，口称："贝勒阿玛，收下你这个孤苦的儿子吧！"说完恭恭敬敬地叩了三个响头，并且跪在那里不起来，急得罕王不知如何是好，有心答应下来，怎能对得起死去的义父；有心不答应，可是孩子跪着不起来。董鄂福晋是个心直口快的人，忙说道："我看这孩子很好，贝勒，你就收下吧。"经过大家再三劝说，罕王二番给虎拉扈图跪倒说："既然老人家这样看中我，小侄只好从命了。"二番站起身来连连说："孩子起来，我收下你做我的儿子。"扈尔汉高兴地站了起来。

罕王领着扈尔汉一一拜见了各位福晋，并和同辈兄弟做了介绍，从此扈尔汉改姓爱新觉罗哈拉。

扈尔汉这孩子非常聪明伶俐，见啥会啥，专门会口技，什么动物叫，一听就会。他会钻到狍皮口袋里学狼叫、学狍子叫、学鹿叫，学动物的叫声，使人分不清是真是假，能引来狼群、狍群、鹿群。不但会学各种动物叫，还会学各地人的口音，老人声、小孩声、男人声、女人声也学得非常逼真。罕王征服东海诸部时，他做探子，做得非常成功，立了不少功绩。罕王以后也封他为辖一等大臣。这是后话。

罕王这时有额亦都、费英东、何和里、安费扬古再加上扈尔汉，谓之开国五勋，也称五虎大将军。再加上劳萨等一些猛将，以及罕王弟兄子侄，他们辅佐罕王南征北战，多次负伤，不畏艰险，个个效命于疆场，人人奋勇杀敌。终讨平诸部，扩疆展土，靖边安民。

以后，罕王给扈尔汉聘请一位汉族武术师傅，教他各种武艺，尤其是教他一些蹿蹦跳跃的功夫，给他做探子工作打下了很好的基础。

罕王至此心中非常高兴，立即杀牛宰羊大摆宴席，庆祝连得四员猛将。

席间罕王发话，要大家都把自己的绝技表演一番，以助酒兴，还拿出五百两纹银作为赏赐，真是群英毕至，各显所长。罕王也使出师父教的七十二路刀法，真是一片刀光，不见人影。每个人无不喝彩。

就在这时，忽听门军来报，哈达派使者前来要面见贝勒。不知哈达使者此来何意，才引出两部争亲双喜临门的情节。

欲知后事如何，请听下回分解。

第二十二章　为联合罕王娶二美
　　　　　　　收王甲勇士立奇功

上文说到罕王正在和大家欢庆喜得几员大将的时候，外面门军来报，哈达部派人送书。大家都很纳闷，罕王想了一想说："正好在咱们欢庆的时候群英都在这里，接待他们是一个很好的机会。"忙传令，请送信人到厅里。

不一会儿，只见两名哈达使者随同传令门军步入会议厅。他们看见罕王赶忙大礼参拜。罕王答礼并命人看座，这两位使者交上歹商贝勒书信。书信大意是：

书呈建州部聪睿贝勒：

自去岁盟誓一别，屡闻贝勒多有收获，不胜惊喜。但亦风传贝勒意欲统一各部，并为一体，不知可有此意。歹商礼葬父丧，刚任贝勒之职，我想小羊的额莫刚死，就要杀小羊，小马的额莫刚亡就杀小马，未免过于残忍，望贝勒三思。

人无伤虎意，虎无害人心。我继任不久，部中诸事尚待继续筹措之中，尚希贝勒见怜，不要讨伐哈达。或者晚打一些年，歹商不胜感激，愿将献之美女也是我的妹妹，送给贝勒以示友好。如蒙不弃，请示佳音，并于三月以后，待备齐嫁妆，请贝勒下降哈达迎亲。

罕王看罢书信，对来使说："请到馆驿休息，待明日写书奉告。"来使走后，罕王问众将官："哈达前来订婚不知各位意下如何？"安费扬古看了看众位，站起身说："依末将之见，这婚事应该应下才是。因为我们羽毛不全，武力不强，虽然这两年屡建战功，但比起哈达部还相差很远，如不允婚，结成怨恨，岂不有碍咱们的大事。"额亦都是个粗心人，他大声喝道："不可，不可，这哈达部求婚是不安好心的，看咱们日益强大就设美女计，想拉拢咱们，我看不如杀了来使，和他们大战一场，平了哈达，咱们疆土大了，牛羊多了，人马多了，粮草多了，何愁大事不成。"大家也其说不一。最后罕王和大家说："诸位所言极是。想哈达部虽然受到明朝几次挞伐，但元气并未丧失，尚有甲兵两万，粮草充足。而我们甲兵不如哈达多，粮草又很缺乏。需要联合诸部和睦友好，各安心本土才是上策。这次求婚正合我意，借此机会联成姻亲。我们不但有养精蓄锐之机，还能通过哈达赴开原马市换取应用物品，这对我们有益无害。"安费扬古等众人也发表了联姻的好处。

就这样，罕王写了回信，厚赏了来使，定下了这门亲事。

提起哈达部，不妨先简介一下他的具体情况。

哈达部也是纳喇氏的一支，居住在哈达河（现在的清河）一带。因为地近南部，明朝称它为南关。贝勒的住所在哈达河上游哈达城，他们很早就过着定居生活，房屋建筑除了内部结构不同于汉族以外，其外形和广顺关相似，平顶土房，贝勒府用青瓦做屋顶白灰抹墙，大部分以农为业。

万历初年，势力很强，号称八马之王。所说八马王就是用一匹马，跑八天八夜才能跑出疆域。那时候常常以几马的疆土区别部的地位高低，贝勒的大小。自从万汗死后，大权落在长子虎尔干手中，不久死去。由万汗五子孟格布禄继为贝勒、王爷和龙虎将军之职。由于他们族内兄弟子侄为夺王位，抢资财互相杀戮，使哈达势力日渐衰落下去。尤其叶赫部支持孟格布禄攻击歹商，歹商才以许亲为名想要拉拢努尔哈赤，借其势力消灭孟格布禄。因此才差人下书，并请求努尔哈赤亲自迎亲，借以壮大自己的威信。这一招努尔哈赤早已料到，但考虑到自己羽毛未丰，尽量争取和各部和睦相处。这次哈达请婚正符合他的策略，借此可以结哈达之好，方能及时掌握哈达的动态，以便见机行事。

第二天，罕王把来使请到议事大厅。这来使到大厅一看，只见罕王端然上坐，大小将官不下一百五十多员，一个个盔明甲亮，虎视眈眈，真是群英集会，武将班班。这来使哪见过这样阵势，吓得他慌忙跪倒，连头也不敢抬一抬，罕王忙命仆人扶起看座。然后说："多蒙歹商盛情，我只好拜领，并定四月前往哈达迎亲。"并写了回书，厚赏使者。

罕王这次迎亲也是想借此炫耀自己的势力，决定所有战将全部出动，每人手下各带十八对甲兵，要求甲胄要新，个头要齐，马匹一律选红色战马，并从库房取出崭新旗帜，准备迎亲。

唯有一件事情使他为难，谁充当接亲妈妈呢？要说找内行接亲人是很多，可是都不是武将。只有董尔基福晋论起弓箭、刀马，别说在女人中数一数二，就是在大将中间也能够得上巴图鲁，要是用她接亲再也没这么合适的人了。可是又一想，这位马上福晋性如烈火，怎么能说服她到哈达去呢？正在这时，忽见后院女阿哈来到大厅，禀报罕王董鄂福晋有请贝勒。罕王一听，吓了一身冷汗，只好随着阿哈来到后院。

没等进屋就听董鄂福晋在屋里刀箭乱响，他只好硬着头皮进了屋。董鄂福晋一看罕王进来，咬牙切齿地说："好你个没良心的人，我董尔基哪点对不起你，你竟敢又娶什么哈达女人。"说完举起刀来就要砍去。罕王忙说："福晋慢来，你只知其一，不知其二，你先叫我说明白，你再动怒不迟。"董尔基气势汹汹地坐在炕上一声不吱。

罕王打个唉声说："咱们自从起事以来，好容易统一了建州诸部，可是我们仍不能高枕无忧啊！听说，叶赫要请来明朝兵马平灭我们，前几天，我派人到哈达准备和他们联合起来共同对敌，可是，他们部主却提出一个很难同意的条件。他们部主说，'听说董鄂福晋武艺高强，我们不信，她不过在自己院子里玩一玩小孩弓箭，在阿哈面前显显威风而已，真要有能力，敢不敢到我部和我们女将较量较量。真要胜过我们，不但可以联盟，还愿意把我妹妹送到建州部里，一来认董鄂福晋为师，二来给她做个妹妹一同服侍贝勒。'我听了这话心里很不同意。因为哈达女将太多，真要比不过他们岂不破坏了你的名声。再说即或你胜了，他们又要把南关格格嫁过来，所以这件事我想了好几天，总是拿不定主意。"

这董鄂福晋是一位心直性耿的人，一听罕王一番话，立刻把刀往桌上一拍，高声骂道："好一个歼商，才长齐毛几天，竟敢出此浪言大话，欺负到老娘头上，真是气死我了。"罕王一看有门，又进一步说道："我们现在翅膀还不硬，兵马还不多，真要得罪哈达，他们再和叶赫一联合，岂不是两只虎对一只鹿吗？依我之见，咱们宁可站着死也不跪着生。过几天咱们排开队伍到哈达去，和那些女将比试比试，叫他们看看我建州不是没有能人，把你射箭的绝招拿出来给他们看看，他们要把南关格格嫁过来，我看也收下她，如果她对你好，你就认她当干妹妹，真要不好，就拿她当人质在你房里使用，你看如何？"

这时董鄂福晋一心要到哈达比武，又一听罕王这一番真真假假、虚虚实实的套话，早把恨罕王之心抛向九霄云外。她忙说："对哈达来说，咱们不能手软，先去接亲、比武，如果他们不服气，咱们就以刀兵相见。我可以充当接亲人，叫他们看看建州部不是好欺负的孬种。"就这样接亲的女英雄定了下来。

接亲那天，罕王为了让哈达部知道罕王建州的英雄战将，命令所有战将一律换上新盔新甲，备鞍盘，新旗新鼓新兵器，真是人欢马叫，盔明甲亮，这威武雄壮的队伍哪是什么接亲，简直是耀武示威，展示自己的实力。为了叫临近各城各寨都能看到这雄壮的队伍，迎新队伍故意绕道而行多走一些地方，足足走了两三天，才赶到哈达部。

再说哈达部自从派人订婚之后，就忙于置办各种嫁妆。并把南关那位姑娘接到歹商住宅，并加意梳洗打扮，以求得罕王的欢心。

提起这位南关姑娘，和歹商是一个玛发的后代，是贝勒虎尔干之女。这姑娘自幼生来就非常聪明伶俐，据说她出生那天，有七只彩鸡集于院中榆树上，因此起名叫纳丹姑娘。此时家家户户都站在街道上看热闹，异口同声地说："长这么大，还是头一次看到这样气派的迎亲队伍。"

罕王自从娶回哈达纳丹福晋之后，真是群芳失色。因此引起其他各福晋的嫉妒。虽然这样，谁也没说什么，只有董鄂福晋接回来之后，罕王几天没到她的房中，细细一想，才恍然大悟，知道是罕王花言巧语在欺骗她。气得她站起身来也没叫仆人，直奔纳丹新福晋房去。走到半路一想，觉得这样做太失自己身份，想到这又转回身来，回到自己房中，叫过来女阿哈昐咐道："快到东房请你家贝勒，就说我找他有事。"

不一会儿，罕王来到屋，笑盈盈地说："这几天我军务太忙，没能看你。"董鄂福晋一瞪眼睛狠狠地说："我来问你，你说叫我到哈达和他们比武，为什么从去一直到回来，一个屁大人也没有出来和我较量，你这纯属用我壮壮你的门面，你说你究竟安的什么心？"罕王忙赔着笑脸说："福晋，你消消火，你明白一世，怎么倒糊涂起来了。你骑着高头大马，威风凛凛，谁敢和你比呀，我再三叫号说：'我的福晋来了，听说你们要和她比武，如果有人要比，请不必客气。'可是我叫了半天，没一个敢出声的。半天，才有人说：'就凭我们这两下子要和福晋比武，岂不是飞蛾投火，自找死吗？'我当时一听，心里有说不出的高兴，不用说他们，就连我也暗自佩服你，你真是大将军，八面威风。"这一番话真把董鄂福晋说信了，微微一笑说："我估计不敢和我动手，真是便宜了他们。"就这样，罕王总算把这位脾气暴躁、武艺高强、心直口快的董鄂福晋哄骗好了。

罕王娶哈达之女的消息被叶赫部的探子探得明明白白，便向纳林布禄做了详细报告。纳林布禄一听大惊失色，赶忙差人到西城把布斋贝勒请来，并把一些武将、谋士全部召集一起，共同商讨对策。

纳林布禄把罕王如何娶哈达之女事一说，大家都感到吃惊。纳林布禄接着说："哈达、建州一联亲，必然要和好，当今谁能把建州争取到手，就能保住大半部平安。如今他们一联合，等于把洪水引到咱们房前，早晚必将受害。尤其是我部被李成梁几次攻击，弄得人单势孤，兵马不强，有何力量能对付他们联合，如不及早想一良策，恐怕叶赫将有灭顶之灾，众位有何良策快快说来。"

这时，大家纷纷议论起来，有人说请明兵前来保护，布斋摇摇头说："此计不行，因为明朝偏向北关，岂能助叶赫攻哈达。再说几次围攻我们，他们连抢带杀，真要把他们请来岂不自取灭亡。"

也有些武将提出："加强武装力量，高筑城墙，加强防守，他们真要攻我，咱们奋力抗击，城在人在，城亡人亡。就是真的攻进城，咱们也叫他得不到一兵一卒一粒粮食。"

纳林布禄摇摇头说："哈达与建州一旦联合起来，如果按照努尔哈赤打法，是先吃小的后拿大的，有时声东击西，使你摸不清他的战术。更兼努尔哈赤熟读汉人兵书，善于攻城，身边有两千死战之士，我等岂能是他对手。"

就在这时，一位中年谋士叫巴伦，站起身向大家说："依我之见，引明兵等于引狼入室，硬抵抗等于以卵击石。既然哈达能经订婚手段联合建州，难道我们就办不到吗？想从前二位老贝勒在世的时候，曾把孟古二格格亲口许配给努尔哈赤，今年已经十四岁。何不差人至建州，送女完婚。这样一来可以使努尔哈赤知道我叶赫做事言而有信，二来我们以优于哈达送亲嫁妆几倍让其知叶赫对建州亲密程度，借以抵过哈达，那努尔哈赤一定会亲叶赫而远哈达矣。我们可不动一兵一卒，就会边事宁息，再养兵蓄锐，以防万一，方为上策。"

这一番话说得布斋和纳林布禄不住地点头赞许。大家也拍手称快。

为了准备丰盛的超过哈达几倍的嫁妆，差出十二个人采购上等物品，甚至到中原内地购置珍贵名物，以示诚心。

就在当年九月下旬，罕王亲自到叶赫迎亲。迎亲队伍没有采取哈达迎亲那样，完全是些文官和妇女，没带一兵一卒、一枪一刀。因为叶赫就怕建州武力强大，真要像去哈达那样，会给叶赫造成紧张气氛，他们财力雄厚，虽然近些年伤了一些元气，但兵力还是很雄厚。一旦加强治理，也是罕王北面之大患，为此才采取文接的办法，这也是一种政治手段。

叶赫的嫁妆是东北诸部有史以来最大的陪送，其中有红、黄、白、黑、青五色马各一百匹，带角活鹿一百头，每头鹿驮着珍珠、玛瑙、琥珀、翡翠、玉石等各种工艺品。在送亲时，一百匹马拉着五十辆大车，车上装着驼蹄、熊掌、飞龙肉、鹿尾、熊胆等名品，除此还有三百六十抬，抬的是穿的、戴的、玩的、看的各种少见的东西，还陪送男女阿哈各一百名，其中有歌妓舞女、吹鼓手、裁缝、金银匠人，真是衣食住行样样有，吃喝穿戴处处新，好一派陪送场面。

罕王这方面也毫不逊色。彩棚搭出二十多里，牌楼建有十七八座，仅招待宾客大棚在院内院外共六处。罕王在迎亲以前，命令部下，在办喜事三天以内，新城任何人不许携带兵器，主要精锐甲兵一律不许出山，并规定三天喜事只招待外来客人，待婚事结束，再摆家宴，上下欢庆不迟。

结婚形式一律按女真旧俗举办。罕王接亲，先在叶赫住了三天，此乃古之男到女家之俗。在三天内一一拜见女方亲属，并送了礼物，还到二位老贝勒墓地祭扫一番。罕王在二位贝勒墓前，不觉凄然泪下，跪在坟前，心中暗想，如果您二老记住我当年临别之言，岂能到此地步，真是明枪易躲，暗箭难防。站起身以后，又把他当年和二位贝勒谈的一些话和布斋、纳林布禄说了一遍，两个人也很感动。最后罕王说："明朝总是采取不信任咱们的政策，多次采取离间分而治之的毒辣手段，使我们常年争战不休，力量互相抵消，应该引以为戒。"并说，"我努尔哈赤虽然不干望山看虎斗或扶一方灭一方的傻事，各部应该联合起来，壮大自己的力量，才不至于受人欺侮，才能安居乐业，但是我们也是明朝的子臣，只要他一视同仁不加害我们，还要忠于明帝，按时朝贡，以安圣心才是。"说得大家无不暗暗佩服。

在晚饭后，纳林布禄和布斋在暖亭子中摆上大小点心招待罕王。

纳林布禄在谈话中，提起当今各部情况时，说："自从李成梁总兵上任以来，几次洗劫哈达和我部，目前各部还不断互相蚕食，这种局面何时才能结束，真是天下骚乱，人无宁日，此情此景不知贝勒有何见教？"

罕王笑了笑说："目前各部确如贝勒所说，依我看来这只是自家内部之争，但从中取利之人，有些部寨并未察觉。回想明朝支持哈达以左控贵部，右控建州，更应引以为痛的就是李成梁出师威远堡，急行军六十里围攻贵部，侵入城内，迫使城内设台乞降，可是明朝故意多赐哈达一道敕书借以挑起两部争端。应提请二位贝勒，勿坠圈套以联合为贵。想那李总兵，曾出兵十几次，斩首四千多级，先后杀王杲、兀尔汉、王台、阿海以及贵部二位老贝勒，足以说明，历代皇上不能以平等子民待我们，而采取"以夷治夷"分而占之的手段，才引起各部之争。父子之战、兄弟之杀，实在是可悲可惜，如此下去，多则几十年，少则十几年，我漠北将成为鱼肉任人宰食。"

布斋和纳林布禄一听，深受感动，想起二位老人死于李成梁和哈达之手，不由痛哭失声。罕王进而言曰："请二位贝勒先不要悲伤，想二老鞍马一生，南征北战辛勤经营十几年，才把叶赫从废墟中扶起，重筑二城，忠守北关，对明可谓忠矣。因和哈达争救书才引狼入室死于关帝庙。我父、祖何尝不是，想我建州几世祖先都是忠心耿耿，视明朝皇上如亲父，按年进贡朝贺，在毫无过错的情况下，被害死。当时我才十三副甲，为报此仇而毅然起兵，终于杀尼堪外兰于灵前。明朝见于理屈才加封我的官职，并同意每年送些粮饷。至于建州各部本属同宗，也是多年混乱，到目前才大略统一。如今已非昔比，总算明朝不敢欺压民众，稍微平安。此皆仰上天之恩泽，祖宗之荫佑。"

这一番说得布斋和纳林布禄不但羞愧难当，也暗暗佩服罕王的大智大勇，但也意识到此等人，如不尽早剪除，将来是叶赫之大敌。纳林布禄是一个多疑善诈的人，又看了看罕王，长叹一声说："听贝勒一番言语，真是感佩之至。想我叶赫自二老被害之后，何尝忘记报仇，无奈身单力薄无能为力，不知贝勒有何良策？"

罕王想了想说："依我之见，应该各部联合一致，切勿互相厮杀明争暗斗。要想联合首先在于诚心和互相信任，一部有难他部支援，共谋图强之策，各部要有大公之心。人虽贵，才智与勇力应以逊让为尚。从古以来，国君与贝勒，未有以衣食竭尽而亡者，唯所行恣纵才败亡耳。断国事处各部之间的关系均应以公为本，如果各部一以公心，二以逊让，三以节俭，四以诚心，则天必佑之，何愁各部不兴，民心不悦。"

这一番议论，使叶赫二主又深受感动，也颇有戒心，一直谈到深夜才各自回房中就寝。

且说纳林布禄回到卧室刚要脱衣就寝，忽然家奴进来禀报，有哥多鲁老臣要求谒见。

这位老臣跟随二位老贝勒文治武功立了不少功劳，这人足智多谋，颇有远见。自从老贝勒被害，他几次进谏纳林布禄养兵练武积草囤粮以报此仇。尤其听到建州日渐兴起，大有吞侵之势，又观罕王非等闲之辈，野心勃勃，心中更为不安。尤其今天见罕王亲自迎亲，一看真是奇才，心想亡叶赫者努尔哈赤也，因此黉夜拜见纳林布禄。

纳林布禄一看是老臣哥多鲁，赶忙让座，亲自装烟倒茶。然后说："老人家深夜来此，不知有何事相商。"

哥多鲁长叹一声说："自二老被害，奴才我日夜担心叶赫江山如何保住。依奴才之见，明朝只要咱们忠于皇帝，按时进贡，不会有何大患。哈达虽强，只要我们加强治理，兵强马壮，它也不敢轻举妄动。唯有那建州努尔哈赤万万不可等闲视之，这人雄才大略，大有气吞山河之势。能屈己待人甚得民心，故而四海归附，万民称颂，他绝不是满足建州一地，他将远抚近争，先易后难，逐渐吞并各部。如果主公不加防范，恐怕他一旦成长壮大，实乃吾心腹大患。"

纳林布禄点了点头说："依老人家之见，当如何处理？"

哥多鲁抬头向四下扫了一遍，纳林布禄领会他的意图，把家奴叱退之后，哥多鲁进一步说："这次努尔哈赤亲自送上门来，是上天给我们除害之机，何不趁机杀死，以除后患。"

纳林布禄一听，大惊失色。赶忙阻止说："老人家言过了，想叶赫建州刚好结亲，我岂能干出这等不仁之事，何况建州兵精将谋，一旦有事，舒尔哈赤岂能罢休，将率倾部之兵取我叶赫，再加上哈达助战，我腹背受敌亡在旦夕矣。"

哥多鲁听罢仰天长叹说："天意不可违，亡叶赫者建州努尔哈赤也。"痛哭告别。据说就在罕王回去那天，这位老臣自刎在二位老贝勒的坟前，纳林布禄以长辈之礼，厚葬之。

叶赫灭亡之后，罕王知道了这件事，吓得哥多鲁后人跑到东海窝集部的宁古塔路的色木窝集中隐姓埋名藏起来，一直到乾隆初年才从林中出来，在宁古塔（现在黑龙江省宁安市）落户。

第三天，建州送来迎亲大礼，有各色马一百匹，宝弓一百张，梅花箭五百支。在那时，女真人有个风俗，男方娶亲要带去马群，多则百匹少则几匹或十几匹，请女方挑选，女方留得越多，男方感到越光荣，并且女方按留的马数要送给男方布匹，每匹马一匹布作为回赠礼。

迎亲队伍在半夜出发，因为路远，太阳出来以前，赶不到新城。所以罕王在半路上安了一处行宫作为接亲站，住了一天，又在半夜出发，在太阳出来以前赶到新城。

在离新城二十里的第一座彩棚里，张灯结彩，鼓乐喧天。罕王和孟古格格饮了三杯米酒立即启程。太阳刚冒红，大队人马进了新城，一到大门，各家兄弟都到门前迎接，这就需要新娘拿出最好的礼物献出来方准入内。孟古格格早有准备，每个弟弟各赏赐玉石扳指、玉石牌子和翡翠手镯，这在当时说来也是一套很珍贵的礼品了。

结婚的仪式开始了，先由族中穆昆达摆上供桌，上弓、箭、香斗。由奥姑妈妈引新人至桌前，对天大拜，共饮米酒，然后由奥姑妈妈引入洞房，并做了祝福祈祷仪式。坐帐以后，在巳时左右，便是新人双双拜见男女双方亲友的仪式。各大臣都力劝免了这个仪式，因为亲友太多，何况都是罕王部下的将士，所以怎能受得起罕王一拜啊。可是罕王摇头说："这拜见之礼，乃是咱们女真人的成婚大礼，岂能因我位高而废。"立刻命令摆宴，这时乐声顿起，号角齐鸣，摆上八席大宴，外带大小软质糕点，用金杯银杯向大家敬酒。在结婚那天，女方亲属不管老人、小孩、长辈、晚辈都坐在上席尊为贵宾。叶赫来的人以为罕王品位高，不会下拜女方亲属，岂知罕王全族上至伯叔，下至侄孙一律参拜，行新亲大礼。献金杯敬美酒，使叶赫来的宾客都暗暗佩服。

这一桩震动山海关以外的大婚，整整举办了三天才结束。

这孟古格格就是皇太极的母亲。史称高皇后叶赫那拉氏，她是叶赫部杨吉努之次女，比罕王小十六岁。

这孟古格格一来很受罕王宠爱，真是众妃失色，群芳逊姿。罕王虽然喜于女色，但军国大事却从来不受此影响。罕王后来曾不止一次地用妹妹、女儿、侄女和各大臣的姑娘，下嫁各部以示友好，出现了不分辈数儿，不论长幼的婚姻制度。

咱们闲话少提。话说叶赫来的客人住了三天，连一个甲兵影子都没见到，全城没有一个人佩戴兵器，真使他们莫名其妙。当回叶赫之后，把建州情况和二位贝勒一禀报，哥俩哈哈大笑说："都说努尔哈赤兵山将海，战马千匹粮草如山，为何不趁此显示一番，想必是空有其名而已。"因此侵吞建州之心油然而生，才引起九部之战，尽在后文书里。

叶赫来宾走后，罕王立即摆开大宴，上自将领下至超哈都来赴宴，并各有赏赐。还在议事厅里设特宴招待牛录以上的将官，真是群情振奋，意气昂扬，罕王特别高兴，亲自带头跳起莽式舞蹈，这莽式舞真正舞到好处时，可以说轻如云燕，重如万马奔腾，有戏水的柔，有狩猎的奔跑，有降妖的怪莽暗动，有渔猎的深情温舞，尤其那罕王乃是跳舞的名手，音咏的大师，真是引颈高亢，声震全厅。

除此而外，还有各种杂耍的、说书的、卖艺的一一表演了他们精彩的节目。

就在这推杯换盏畅饮欢庆的时候，从外面跑进两个看门小阿哈，上气不接下气地向罕王跪禀说："大事不好，今有王甲部受哈达之串通发来马队把阿济格霍通（小城）完全包围，危在旦夕，请罕王定夺。"众将一听，都立即站起身形，个个怒气冲冲，一致要求出兵围剿。罕王这时酒已喝到八九分光景，望着王甲城的方向，说："真是不知进退的小兔羔子，竟在我开四喜临门五虎宴的时候前来挑衅，他们能有多大能耐，一条小泥鳅也敢兴风作浪，真是自不量力，这些许小事，何劳众将亲讨，只用我身边一条狗，就可以踏平王甲。"说罢喊一声："博尔紧何在？"只听外面应了一声："喳，奴才在。"只见从外面走进一位年轻阿哥，这人虎背熊腰，双目有神，红黑脸膛，有五尺八九的个头，原来这位博尔紧是罕王的亲随家奴，颇有一些武功。那时罕王手下男女，上下主仆都以骑马射箭耍刀弄枪作为日常生活中主要一项，到处可以看到比武射箭，骑马比赛的人们。罕王也不例外，他每天只睡三个时辰的觉，清晨他总是骑着马在城内外跑一圈，白天议事，晚间一定抽出时间练一练武。罕王练武总是不愿意一个人使刀弄枪。用他的话说："要练就得有对手，一只老虎怎么能打得起架来。"何况练武是为了杀敌，为了找个对手，他经常和博尔紧在一起比试，博尔紧居然能够识破，转败为胜。罕王对此感到高兴、惊叹和赞赏。他常常对其他奴隶说："你们这些熊蛋包，只知道低头、猫腰'喳、喳'的奉承我，为什么不像博尔紧那样多想办法对付我弱点。"罕王和博尔紧练功是互相补益，他很受罕王赏识。罕王常对博尔紧说："等有机会时一定叫你上上阵，在实砍实杀中练练你的本领。"

话说罕王一则喝醉了一些，二则自十三副甲起义之后，屡获胜利，对小小王甲怎么能挂在齿上。他又高声重复一遍："王甲部是飞蛾投火自找灭亡，我平灭你等于捻死一只臭虫一样，不用人去，只打发一条狗，满可以胜你。"说完哈哈大笑一阵。又高喊道："博尔紧，你拿着我的令箭，带五百名骁骑手，限定在我们喝酒时间拿下王甲，不得有误。"

博尔紧立即接过令箭，在兵营中挑出五百骑兵向王甲部杀去。

这王甲部还叫完颜部，据说是金代后裔，经过几代衰落到现在已经没有多大力量了，只是一个小小的土围子，只有三百多户人家，城主叫岱都尔根。原来哈达部对罕王采取两种手段，想扼杀这支新起来的力量，一方面是以通婚方式拉拢麻痹罕王；一方面采取各种手段，比如物资、美女去挑拨建州邻近诸部和罕王的关系。

王甲部岱都尔根是一个见钱眼开，见女人没命的酒色之徒。虽然离建州很近，但是他沉浸酒色和玩乐的生活中，对罕王最近的兵力武器根本也不过问，还以为罕王不过是一个年轻人，没啥深谋良策，只不过是一勇之夫而已，成不了什么大器。因此对建州毫无戒备。

就在一个月以前，哈达部派一名使者，把岱都尔根请到哈达，并恭维说："久闻城主大名，真不愧是金主之后，我很愿和你联合。就凭你一身武功，真要亲自出马，那努尔哈赤保证投降于你，那时我可以请示皇上封你为建州都检事，你可以成为四马之王。另外我部有两名美女，不但容貌俊俏，还会弹唱歌舞，城主如不嫌弃，可以送给你做你身边人，侍候你。"说罢，命仆人把二位美女叫到宴前给城主献艺助兴。这时，只见门帘一挑，进来两个姑娘，看样子有十五六岁，真是一双玉人。她俩粉面桃腮，轻盈的身段，身穿中原购进的苏州官袖上衣，绣着丹凤朝阳的素花，闪底花鞋走起路来更显得亭亭玉立。这两个美女给岱都尔根请了一个安，轻声问哈达贝勒："不知岱都尔根城主喜欢什么歌舞？"哈达贝勒说："听说城主很爱看鹰舞，你俩先舞一段吧！"这两个美女说声"遵命"，立即在宴前舞了起来。只见浮云缥缈，碧空湛湛，两只白鹰在空中自由飞翔，忽然雷声大作，暴风狂吹，两只白鹰冲破密云，一会儿钻入云中，一会儿冲出云层，一会儿展翅长飞，一会儿低游海面，真是千姿百态妙不可言。把一个岱都尔根看得张着嘴合不起来。哈达贝勒几次问话都没有听见，半天才定了神连连说："真是有生以来初次看到这样貌美而艺绝的美女。"

哈达部主高兴地说："如今我送给你盔甲一百副，战马五十匹，你可以先占领努尔哈赤的阿济格霍通，等胜利后，我将厚礼陪送二女送到府中。"两个人就这样定了盟，岱都尔根高高兴兴地回到王甲。

听说罕王新婚正在开四喜临门五虎大庆。于是自不量力地杀向阿济格霍通部。

话说博尔紧率领五百骑兵，像五百只猛虎一样向王甲部杀来。岱都尔根一听罕王兵马杀向王甲，顾不得再攻打阿济格霍通，赶忙率军回部，离王甲不远就遇见博尔紧的队伍。这五百骑兵，一声呐喊冲进王甲队伍之中，真是如入无人之境，几个交锋杀死了岱都尔根，一个为了美女而妄自出兵攻打罕王的小小野心家，死得那么可怜又那么渺小而卑鄙。

博尔紧带着兵马一气之下，杀得王甲部片甲不存，并冲进城又把岱都尔根全家杀光，放火烧了全城，把全城人口，财物统统带回老城。

回来时，太阳刚下山，罕王正和大家生起篝火，饮酒歌舞，来回没有四个时辰。

罕王一看大喜，又哈哈大笑说："我只派去一只狗，就平灭了王甲，其他各部何足挂齿。"大家也很高兴，歌舞跳得更欢。罕王下令："今天一定玩个通宵，尽情饮酒歌舞。"诸将都兴高采烈地说："聪睿贝勒洪福齐天，大业已成。"都一一敬酒，罕王也一一领受。安费扬古始终没有言语。就在这时，安费扬古走到罕王面前说："我身体不适，不能奉陪。"说完带着家奴回家去了。大家都觉得这件事很蹊跷，也没敢说什么，罕王也感到这件事很怪。篝火晚会也没到天亮就结束了。

罕王回到宫中反复想为什么安费扬古半路退席？这里一定有原因。难道平了王甲他不高兴？一想不能。想安费扬古自我起义至今，真是忠心耿耿，像亲兄弟一样，再说统一建州各部也是他的主张。难道他看见博尔紧立了大功自己不服气？又一想也不能，安费扬古是位宽宏大量不计较个人得失的大将，岂能和博尔紧争功争赏。以后一想，一定是他多年鞍马生涯过于劳累，确实有病，一想到这不禁掉了几滴眼泪。这时天已快到巳时，外面秋风扫着落叶哗哗作响，几株菊花在院中开得正鲜艳夺目。他的爱犬唐乌哈正趴在他的身旁，不时地用舌头舔着罕王的皮靴。回想十三副甲起义那天，人马不足百人，今天战将也有百员以上，人马更是日渐雄厚。他心里自问：这难道都是我努尔哈赤一人的功劳？摇摇头，立刻想到安费扬古的病，他决定要亲自前去探病。

罕王带着跟随和大夫以及萨满骑上马向安费扬古的府中奔去。

那时罕王经常到各大将家中，并不像后来皇帝那样庄严。甚至对一些近臣都不用事先通知，就带领家人前去访问。

到安费扬古府中，看门的军卒一看是罕王，赶忙打开大门请罕王入内。他们来到后院卧室正赶上安费扬古午睡，家人要唤醒，罕王赶忙示意不让惊动，便站在炕边静静地等候其醒来。整整站有半个多时辰，安费扬古才睁开眼睛，一看罕王驾到，赶忙要站起身形迎驾，罕王忙用双手轻轻把他按在炕上说："将军患病请勿行礼。"然后家人看过座位，罕王一看安费扬古脸色是有些灰暗，亲切地问道："将军戎马多年，想是操劳过度，我未能尽早觉察，才使将军患病，实在于心有愧。今天，特请来汉医和萨满给将军从各方面诊断诊断，以便早日恢复健康，这才是努尔哈赤的幸甚，建州的幸甚。不知将军哪处感到不舒服，可以和汉医说清以便投药。"

安费扬古看了看努尔哈赤，只见罕王眼睛湿润，感情真挚。赶忙坐起来说："我就是有些心痛，想这种病并非医药求神所能治好，望贝勒可以把汉医和萨满遣回，末将愿将心病告知贝勒。"那罕王哪是不明事理之人，一听安费扬古话里有话，知道必有隐情。于是，便把来人全部遣到外厅，这时屋里只有他们俩。

安费扬古长叹一口气说："我有一事不明。王杲在世之时，前期英明盖世，黑骑军神出鬼没，人人闻风丧胆，而后期竟一败涂地。先祖布库里拥呼尔哈三城后又遭人迫害。不知贝勒可曾想过他们失败的原因吗？"

罕王心想：这些事都是他常常用来教诲大家的言语，不外乎告诉大家要重武练兵，提高战斗能力，以防敌人的进攻。为什么今天安费扬古倒问起自己来了？

没等罕王回答，安费扬古语重心长地说："我早就料到贝勒一定会来，为此我有下情告禀，万望贝勒采纳才是。"说到这里罕王接着说："将军有话请讲。"

安费扬古接着说："依末将之见，王杲以及先祖之所以失败，不是武力不强，不是战争不利，更重要原因是强而自骄，胜而自夸。总认为自己能力高、智略广、兵力强，而以强者自居，视下级为犬狗，视自己为至高无上之主宰，结果内部叛离，引来外敌，终于败北只好南逃。自从我们起兵以来，贝勒您不仅身先士卒，勇智过人，而且识才爱士，多少英雄都愿意归于贝勒。这是区别过去一些老贝勒治世的标志，也是大业发展的主要原因。可是最近这种礼贤下士，屈己待人的谦虚风尚却日渐淡薄起来。就拿昨天的情况来看，虽然您喝酒过多，有些地方显得荒唐一些，但是清楚地看到您确实出现了不能忽视的自满情绪，竟然说出一些贝勒不应说的言语，竟把您得力的家人、勇敢善战的将士比做一条狗，并且以此为荣。这将使一些死战之士们冷心，一些忠于您的文武干才离心。长此以往，您身边的人一天天少了，地盘也会一天天减少。尤其是对那些被征服的城寨，如果不善于招抚，那么各部谁敢再投靠于您啊？可是您却不理解这点。我没法在大众面前指出这个极为严重的问题，才不得已以生病的理由退席。我知道您一定会来，也知道您会理解的。"

这一番话说得罕王出了一身冷汗，赶忙站起身，双膝跪在安费扬古面前，颤抖地说："今天听你一番忠言劝告，使我头脑清醒多了，如果没有今天的谈话，使我这种恶习发展下去，将会亡家亡部亡族，将会事业难成，前功尽弃。"

回宫之后，立即招来博尔紧，军前郑重宣布解除博尔紧家奴身份，封为御前三等辖，并把其弟舒尔哈赤身边的侍女赏他为妻，还赏赐他房屋、牲畜、衣帽、布匹和奴仆，并在军前公布几项军令：

一、行军作战不许饮酒。

二、不论职务高低，均以战功为赏罚标准。

三、凡属贝勒大将每人项下挂一木牌，上写戒骄戒躁，平等待人，不奸人妻，不私分战利品等戒条，并规定每人设两名监视人，这监视人见事不告发与做坏事本人同罪。

四、每次议事每人都要提出三条以上治军治部的办法，并给以赏赐；不提办法的人要罚他们银两。

自从这四条军令公布，一时间收到不少好的主张，可是罕王兵马一天天多起来，打斗之声传四五百里，联营一个接一个摆出一百多里，每天投来的人马络绎不绝，难知其数。可是也带来一些很难解决的问题，就是粮食、布匹、造武器用的原料和匠人以及盐、医药等都显得异常紧张，粮草一天贵似一天，有些降民衣不遮体。这才迫使罕王加强贸易，充实物资。

欲知后事如何，且听下回分解。

第二十三章　修定陵罕王贡活树
　　　　　　　锻利刃抚顺置祖茔

　　上回书说到罕王兵马日众，出现了军需不足，生活用品短缺的情况。

　　当时女真人的生产和中原汉人来比，差得很远，尤其是钢铁、纺织、陶瓷行业在东北女真各部根本没有设置，有的部落甚至还处于茹毛饮血的原始生活状态。虽然建州部在东北诸部生产比较先进，但是近几年人马不断增多，战事日渐频繁，一些归附民户刚刚放弃狩猎生活，对农业生产还不熟悉，不会耕种，这样粮食也日渐缺乏，何况还要多积一些粮草和军需用品，这就需要加强女真人对明朝的贸易活动。

　　明朝也需要和女真人交易。因为统治者为了满足他们的奢侈生活，对珍贵毛皮、人参、麝香、东珠等名贵产品竞相购买，所以两方面都有同样要求。明初洪武年间就有马市的设置，开始时只是通过马市交换一些马匹和粮、铁、盐等物，经过一百来年的发展，这马市已经成为中原和东北各种货物交易的市场。一些中原商人携带着女真人、蒙古人所需要的各种生活用品，前来交易。东北各族从遥远的东海窝集，黑龙江以北的使犬、使鹿诸部用牲口驮着山产土货，换取中原的商品。

　　这马市由明朝官员统辖。每个马市设总管大人、协理税卡和士兵等官兵镇守。

　　每到集会这地方成为南北各地人们集会的场所。南北两广至库页，市上有汉、女真、蒙古各族人。有骑马的、赶车的、北拉骆驼的，赶路大罕们络绎不绝。

　　日头一冒红，开市锣声一响，人们拥进市场，顿时热闹起来。叫买叫卖，讲价的声音传出很远，中间还夹杂一些说书的、摞地的、打把式卖艺的。

　　开始时，什么货色都可以交易，到以后，明朝的铁器就成为禁止交易的商品。因为怕女真人、蒙古人打造兵器。铁市市场不但价格高，还不能明面买卖，因此出现了黑市，尤其是兵器价格更是昂贵异常，往往用三匹马才能换一把腰刀。

罕王自从兵马增多以后，便抽出一些有特长的超哈组成各种专业队伍，从事生产活动。其中有：窝尔虎达超哈（参兵）专门进山采参；布特哈超哈（猎兵）专门从事猎取牲口；他那超哈（珠子兵）专门下河破蚌采珠。并规定凡属采来的物品一不准私留私分，二不准乱用，一律运往市场换铁、换盐、换布。尤其是东珠、人参、鹿茸、貂皮更是禁品，不论品位高低，包括罕王在内，不得使用。据说罕王一生没用过东珠，没用过貂皮，可是这些珍品却越来越多，这雄厚的商品换来了大量的必需品，不但解决了急需问题，也积累了大量物资。在新城内有十三座大仓库，其中有盐房、布房、瓷器房、兵库、铁器库等。这样一来，物资有了保证。

可是，由于明朝对铁器严加控制，铁制品还是远远供不应求，尤其是打造兵器没有铁是没法制造的。再说当时明朝经济日渐萧条，贪官污吏层层压榨，铁生产量一年比一年下降。到万历十三年以后，大部分炼铁炉停了业，铁价在中原比前三十年上涨几倍。这更使漠北贸易出现铁器紧张状态，当时买一个铁锅需要貂皮十张。到万历十五年以后，市面上根本看不到大型铁器，甚至一些农业生产工具都上不得市场。

粮食也是如此，靠近建州部一些村屯或山海关以外的各州、县、屯、堡这些年来生活在重税、高利贷以及大小官吏的盘剥、勒索之下，再加上一年有三四个月给官处出苦工，使辽东居民如陷水火。而建州治内，截然不同，一没有大吏盘剥，罕王曾几次下令，不管官职大小，职务高低，凡有私分战利品，强抢他人财物，行贿受贿者按规定一斩、二监、三罚款、四没收财产充公、五给人做奴，并对告发者有赏。

凡战争结束按战时功劳大小，奖给财物和奴婢，对那些有特长的技工，搞农业生产的尼堪农民，不但不收税，还免役，对有功者封官加品。这鲜明的对比，建州界内满汉各族生活比较充裕，民众能安下心来从事生产，而辽东百姓却过着衣不遮体，食不饱腹的生活。因此，大批汉人向建州逃入，界碑也天天被老百姓移动。没出几年工夫，界碑却向山海关方向推进五十多里。

明窑蓝瓷器皿颇受女真人欢迎，一只大碗要花一张貂皮才能换到手。有些女真部落，只要给他们一点蓝花瓷器，他们会全心全意归顺，就像这样的交易，漠北每年流出大量珍贵皮张、人参、鹿茸、东珠等珍品。

铁器、粮食、蓝花大瓷成了建州三大问题，也是罕王日夜考虑的主要问题。

有了铁器可以加强武力装备，有了粮食可以扩军备战，有了蓝花大瓷可以省下珍贵物资，也可以用它加强和各部交往，用罕王话说："这是治国三大法宝。"

如何多储备铁器。罕王规定各超哈所获得的珍贵山产土特先用它们换各种铁器，再用换来的铁器打造兵器。自万历十六年以后，罕王派五支队伍，扮成商人模样到五个马市换取铁货，得来的名优铁货都归入铁库煅制武器。

就在这时，万历皇帝正大兴土木，建造定陵。他们把叶赫、哈达几次战斗的俘虏、掠过去的兵丁、百姓都驱赶到工地，做一些最苦最重的苦役。又听说长白山出产名松古桦，建州出产美玉、白石，立刻下令责成罕王派人伐树运材，开山运石，限期送至工地。

一些大将和族中人等，却气得肝胆皆裂。一致说："真是无道昏君，为了修个坟竟动用这么大干戈，不但中原人吃苦受害，而且还叫我们也不得安宁，真是岂有此理，我们绝不能像中原那样要啥给啥，就是不给，看他岂奈我何。"

罕王按大礼，接了圣旨以后，也有些犹豫不定，有心抗旨不交，又怕得罪了明朝，对统一东北诸部有害无益；有心遵旨承办，需要几百人，几百辆牛马大车，动用许多人力物力。心里总是拿不定主意。

他一个人闷闷不乐地走出议事厅向江沿走去。腊月的北风不时地呼啸着，罕王愿意在严寒或炎热的季节到野外江边走一走，练练身子骨，尤其一遇到不好解决的大事，更想到外面走走，清醒一下头脑。

正在这时，忽见家奴领着何和里走来。何和里参见罕王后，两个人都坐在江边石上。罕王忙问五处交易情况如何，何和里回禀说："一切都很顺利，唯有铁的交易很不利。明朝皇上在前一个月下一道严旨，严禁各种铁器卖给漠北诸夷，有抗旨者格杀勿赦。这一来各市场别说明市买不到，就是黑市也买不到手。"罕王一听，脑袋轰地一下，半天没说出话来。就在这时，大将扬古利和额亦都忽然来到江边，禀报说："又有三路人马投奔过来，他们中间有不少勇猛善战的年轻人，就是缺少兵器。可否打开武器库发给他们兵器？"铁器、兵器成了当前主要问题。罕王想了想说："趁着今儿个天气很好，把安费扬古也找来。咱们就在江边合计一下，今后应该如何解决这两大难题。"罕王打发扬古利去找安费扬古以后，并告诉何和里和额亦都说："今天咱们谁也不找，就咱们几个人，奴仆也不用带，把江沿的暖亭收拾一下，自己动手做饭做菜，咱们边喝边议，你们二人看如何？"额亦都高兴地说："太好了，咱们就像前几年似的，围在火堆前，尽情畅饮倒也痛快。我们俩先去亭子里收拾收拾。"罕王一个人信步向上游走去。江已经厚厚的结了一层冰，白茫茫一片，看不到边。罕王仰天长啸一声，吟道："雄鹰展翅哟，天显得太低。猛虎蹲山呀，恨山太小。滚滚的大江水呀，想流入到大海，却被高山峻岭层层阻碍。可是到后来还是流入大海。"罕王正在吟诵的时候，忽见一个渔民打扮的老人，他拉着一张爬犁，爬犁上装满了大小不等的石块，规规整整摆在江面上。罕王再一细看，只见江面已经摆出十几丈长的石墙。罕王很纳闷，便走上前问道："老人家，你在冰面上摆石头墙做什么？"老人打量一下罕王说："看样子你是一位巴图鲁，可你只知道打仗，不知道打鱼这门行道吧。这叫打鱼墙，冬天把石头运到江面，明年一开化，石头沉到河底，石头积多了，就会拦住水流，再开几处口子，放上鱼网去捕大鱼。"罕王不禁笑了笑说："你一个老人能有多大力气，再说费这么大力气抓几条鱼太不合算吧。"老人哈哈笑了一阵说："这位将军你只知其一，不知其二，单看我运石三年一条鱼也抓不到。可是一旦事成之后，就可以子孙几代都可以捕到大鱼，从长远你算一算，合适不合适。做事不能只看眼前一点损失，将来会有更大的好处，不能见小的忘大的顾眼前忘后代呀！"罕王"啊"了一声，深深地给老人请个安说："多谢老人家一番言语。"这时四位大将同时来到罕王面前，请罕王进暖亭饮酒议事。

罕王高兴地入席。大家却心里有事，买不到铁，造不了更多的武器，皇帝的封禁更加深了这个矛盾，都想听听罕王的高见。可是罕王却不提这件事。他又把修皇陵，运木材，运石料的事提出，问大家："这件事到底如何安排才好？"额亦都、扬古利抢先说："这件事早已议妥，干脆不去。他也不敢把咱们如何？"

安费扬古反问一句说："如果咱们不运，乌拉、叶赫、哈达要争先恐后包下这份运输，我们是不是处于被动？"扬古利不服气地说："他们愿意干就叫他们干好了，没什么好人，不过多费一些人力物力！"

安费扬古又问了一句："当今我们最要紧的事情应该是什么？"额亦都没等安费扬古说完，就急不可待地说："这还用问，先把建州各部收服过来，然后平定其他各部的争权夺位，大家都好好过日子，好好练兵，省得明朝欺侮咱们。把咱们叫什么'洞夷'，真是气人，要依着我，早出兵跟明朝皇帝老儿较量较量，叫咱大哥也坐坐天下，当当皇帝。"

罕王瞪了他一眼说："还不住口，不许胡说八道。"额亦都不吱声了。

罕王说："我们办事可不能只看眼前一点损失，将来会有更大的好处，不能见小忘大，顾眼前，忘后代呀！"安费扬古说："说得很对，如果我们拒绝这个差事，哈达、乌拉、叶赫为了讨好明朝，会争着抢着去干。到那时，我们得罪了明朝，远离了哈达、叶赫、乌拉，假如他们和明朝联合起来，我们岂不成了一只孤雁，别说统一诸部，就苏克苏浒也恐怕保不住。依我之见，运料，看起来是受点损失，可是这里却有很大的好处。一可以取信于明朝，让他们知道我们是忠于皇上，这样可以放手做我们的事业。二可以借机刺探一下中原各方面情况。三嘛……"他看看何和里说："你不是急于换不来铁吗，正好借此机会用金银买动他们官府，专要废钢烂铁，借运材车偷偷运回，这不是一举三得的好事吗？何乐而不为呢。"这一番话说得大家连连点头称是。江边这个会，决定由何和里、扬古利亲办这件大事，并责成他们二人常住北京城，以便完成这项计划。

这江亭会议是在万历十六年十二月进行的，历史上称之为江亭决策。这一决策，对今后罕王的一切行动都有着重要意义。

话说罕王第二天立刻写份奏折，差人送上京城。奏折大致意思是：

努尔哈赤诚惶诚恐跪领圣旨，愿我皇万寿无疆。臣处虽然人力缺乏，马匹短少，但为我主起造宫寝，愿效犬马之劳。并遣两员大将督办此事。谨此奏闻。

送本差人走了以后，罕王立即从各队选出精明兵丁五百多人，良马五百匹由何和里、扬古利率领，自万历十六年正月上山伐木凿石，源源不断地向京城运送。就在运料的一个月以后，又接到第二道旨意，说："目前修造灵寝已接近结束，急需一万株活着的红松，从即日起全部送长白山的直径六寸以上的活松，以备装点灵寝群山，并派会栽树的把式到京负责植树并保证成活一万株。"这一来比伐木还要困难，罕王也只好照办。可是会栽这么大树的人到哪里找，人们居住在大森林里只知道砍伐，从来没有植树的习惯。何况这么大的树，更是无人会植。罕王为此派出很多人到处寻求这方面能人，可是一个多月过去了，还是没有找到。眼看春暖花开，要再找不到，植树误了期，岂不是抗旨不遵。想到这，罕王猛然想起去年冬天的一个夜晚，在大雪堆里救出两名河南逃荒过来的父子两人。父亲是河南洛阳王爷府的园丁，专门管理花竹树木，儿子是一个练武的后生，专使一条大棍。父子俩不但被罕王救了出来，罕王还把这年轻人收为义子，这人姓王名勇，不但武艺很高，小伙子又很聪明伶俐，大家都叫他尼堪阿哥。想到这罕王立刻差人把他们父子请来。不一会儿，爷俩从东跨院来到罕王卧室，罕王也站了起来给他们父子让了座。

王老汉很客气地问道："不知王爷唤我父子有啥差遣？"罕王便把明陵要一万株活松树的事说了一遍。然后问道："不知你会不会这方面手艺？"没等王老汉说话，王勇抢着说："干阿玛，我父亲在王府栽了二十来年树，说起栽树那可是个老内行。"王老汉瞪了孩子一眼说："孩子家怎么在罕王面前说些大话，还不给我闭嘴。"然后对罕王说："回禀罕王，我虽然在王府栽过树，可是那是中原，天气和咱这儿不一样，不敢说能成。不过罕王如果信得过我，我将万死不辞为罕王效劳。"说完又打个唉声说："真是皇上享福民遭难呀！活着修宫修殿，死了还要修陵修墓，老百姓什么时候才能安安稳稳过上太平日子呀！"

罕王一听心里很高兴，并且安慰说："天无绝人之路，天下早晚会太平的。"

就这样，罕王立刻派他做植树色夫，并从军队中抽出一百名精明强干的小伙子和老人学艺，没出一个月时间，居然都学会了栽树的方法，就在旧历三月末，正式挖树动工。从那一天起，上京城的大道上，每辆车拉着一株或两株活松树日夜运送着。

再说何和里和扬古利不单纯运树才住在北京城里，闲着没事的时候，常到茶棚酒馆或热闹的地方察访民情，发现京城里天天有从南方逃来的大量难民。一打听南方情况，真是灾荒年年有，更使人难以抗拒的是层层苛税，层层勒索，农村破产人家年年增加。他们俩在难民中用优厚待遇招聘了二十多名熟练的铁匠，分批假扮成女真人混过山海关，投向罕王。

何和里到工地一看，更是惨不忍睹。一些抓来的苦工，个个衣不遮体，每天官家应名给一升粮食，可是层层克扣，到每人头上不仅连半升都不到，而且这半升还是糠米各半，一个个累得面黄肌瘦，一些大小工头还用皮鞭棍棒催促着。

这样的生活情况，百姓怎能好好为他们干活，一切建筑材料糟蹋得不计其数。铁器那么缺，可在工地上却扔得到处都是，何和里一见心中想，如果把这些废铁运回岂不解决了铁的问题。

那时和明朝大小官员办事，只要有银子什么事都能办妥。何和里有一次拿着东珠、黄金、白银打算给修陵总管大人送去，扬古利一看赶忙制止说："这样他绝不敢收，会把事情办坏，要想买通他，我倒有个办法。"说到这又小声说了一阵，何和里一听大喜，连连点头说："好、好，就依你的主意。"

第二天，何和里派人置办两桌酒席，请来几位歌妓，还写了几份请柬，请柬上写道：

"承蒙各位大人对植树多方帮助，深感厚德，特备薄酒素菜，略表寸心，请光临。"

果然一些大小官员都应邀参加这次宴会。这席真是山珍海味样样有，美酒佳肴样样鲜，再加上歌妓的莺声燕语，到席的官员们个个喝得心情舒畅，喜笑颜开。酒过三巡菜过五味以后，何和里郑重其事地说："自到京以来，各位对我们甚是关怀，无以为报，愿意提点我们的一些想法，这对各位大人的前程是有很大好处的。想各位奉旨督办帝灵，日夜操劳，用汉人习惯来说，'是尽了臣子之心'。这将在史册上名垂千古。不过恕我冒昧，我看有一件事如不尽快处理，恐怕于各位前程不利。不知当说否？"

这些人一听，立刻静了下来，赶忙说："不必客气，有话请当面讲。"

何和里站起身来，说道："恕小弟直言了。想修陵一事将大功告成，总管太监一定要奉旨查验，可是这工地上建筑材料到处乱扔，这岂不是最大的浪费，一旦向皇上奉禀，岂不是不但没功，恐怕各位吃罪不起呀？尤其是铜铁废料到处皆是，一旦被皇上知道，那可吃罪不浅。"

大家一听个个吓得面如土色，觉得说得在理，可一时又想不出解决的好办法。

何和里接着说："这些废铜烂铁，要想运出去，起码十辆车也得运个七天八天，话又说回来了，真要找官车拉运，一旦走漏消息更是罪上加罪。"

大家一听更觉得问题严重，如何想一个神不知，鬼不觉的办法尽快把这些废物处理出去，急得个个都抓耳挠腮，想不出好的主意来。

何和里一看大家急成那个样子，打个唉声说："我这人好管闲事，因为在一起处的时间不短，有了情谊，才提出这个问题。要想解决，我倒有个好主意。"大家一听都异口同声地说："请讲，请讲。"何和里故意想了想，斩钉截铁地说："杀人杀个死，救人救个活，既要帮忙，我就帮到底。"说完在总管耳边悄说了几句，总管连连点头说："妙计，妙计。"

第二天，总管大人在工地上召见了何和里说："如今我们车马很紧，想利用你们来回运树的车给我们清理清理场子，不知意下如何？"何和里忙说："大人只管吩咐，一定照办！"

从那时起，何和里车队卸了树木之后，趁机装上废铁，上面还装上碎石乱砖就这样一车一车的运，没花一纹银，足足运出五六十车铜铁。

总管一看，心中大喜，有一天何和里提着四个果盒去看望总管大人，一方面感谢，一方面请总管验收工程。

何和里走后，总管大人打开果盒一看：哪里是点心，都是些东珠、宝玉、金子、银子。总管暗暗高兴并称赞何和里的聪明能干。

以后何和里装废铁的时候，偷偷装了些刀、剑等武器，总管也假装看不见。

两个多月时间，一万棵松树栽完了。运回去的铁足足有六十多车。

罕王用这些铁，在东沟里建起二十多座铁匠炉，请来的二十多位汉族铁匠都安排在这里，打造各种武器。

既遵旨完成了任务，又请了铁匠师傅，既了解了民情，又运回大量的钢铁。

事后，万历皇帝对罕王大加升赏。

有一天，罕王信步来到铁匠炉院子里，见一位鬓发皆白的老铁匠正在打造一把钢刀。罕王凑上前问道："老人家，都说中原有一种斩铁钢刀，不知真有此物？"老人家看了看罕王，虽然不太认识，也知道这是一位大官，赶忙放下铁锤，把刀放进炉里说："是有这种武器，我也曾做过，不过这样的设备和这样的原料是制造不出那种上等兵器的。"罕王禁不住问道，需要什么样设备，什么样原料才能制成，老铁匠想了想说："要想打斩铁钢刀，要有硬墨碳精铁，上好石灰，吹风炉，回火十八次，一斤铁出一刃。"说完他从棚顶上拿下一个小包打开，请罕王过目。罕王一看里面有一块似炭不是炭，似石头不是石头的东西。老人掰下一点放在火里立刻燃烧起来。然后说："这就是硬墨碳。"罕王问道："不知这种东西用什么木头烧成的？"老人笑了，说道："这不是木炭，是石岩，出自地里。记得我父亲在世的时候，曾在抚顺马市郊外找到过这种东西，我家用它打造了十八把斩铁钢刀，可惜这种墨石碳，用完了也就没法打造了。"罕王拿着这块墨石碳看了又看，端详半天说："老人家，要真能找到这种东西，就能制出斩铁钢刀吗？"老人点了点头。罕王将这块墨石碳掰下一块，告辞了老人回到宫里。

罕王从这块墨石碳中想起十八年前的一件往事。

那是罕王十三岁的时候，随同虎拉提图到抚顺马市。有一天，他信步向北山根走去。因为病才好，身子骨没有恢复过来，所以走到一棵树下就走不动了，便坐在石头上歇一歇。刚一坐下，就听西沟里有小孩喊救命，他急忙站起身来，跑到沟帮，往下一看是一个小孩挂在沟的半腰树枝上，连喊救命。罕王小心翼翼地爬了下去，告诉小孩伏在他的背上，一步步地往上爬，快到沟口时，一脚踏到一块活石头上，两个人一同滚到沟里。小孩才七八岁，吓得更是哭个不止。罕王赶紧把小孩安置一下，并和他说："我能把你背出去。"

罕王顺着沟底往南走约有二百多步，往沟帮一看，不知什么人在沟帮凿出一条阶梯，不但能上去，还从沟底一块平原地通到地里。罕王是个好奇之人，他不由得顺着梯子往下走，约莫走下八九米深时，到了洞底。里面啥也没有，刚要往上爬，就看到洞西口有人在刨什么东西，到跟前一看，只见一个人从洞壁往下刨黑石头。罕王不禁问道："您老刨这玩意儿做什么用？"那人惊奇地看一看罕王，一看是小孩，才放心地说："刨它好炼铁。好孩子，千万不要和别人说。"说完还拿出两个饽饽送给罕王。罕王也没太注意赶忙跑回去领着小孩一步步爬了上来。以后回到老城，年头一多，把这件事情早忘到一边了。今天打铁老人拿出这块墨石碳他才想到这件事，因为只有他一个人知道。所以在第二天，他穿上汉人衣服，带两个小阿哈，骑着三匹马向抚顺城奔去。

到了抚顺城，找个僻静的小店住下来。第二天一大早，就领着两个小阿哈向西沟方向走去。按照他记忆的方向，一直找到当年去过的洞口。到那里一看，这条路已经荒芜了，洞口长满了杂草，阶梯隐在草丛中，很难被人发现。罕王知道这一定是这洞的主人早已没来这里了。罕王下到洞里一看，依然如故。他顺手刨下一块黑石头来，领着阿哈回到店房，算了账，悄悄地回到家里。

罕王把这黑石头交给老人，老人惊奇地说："正是它，正是它。有了这墨石碳打斩铁钢刀不成问题。"罕王大喜，下令把老人请到宫内好好招待，就在新城宫内西跨院搭起一座通风炉，并规定没有罕王的许可，谁也不准私自来到这院内。当时大家都把这个院子叫"内炉"。如何取来墨石碳，罕王终于想出一条妙计。

话说抚顺马市，有一位大地主叫贾德财，虽然地多财厚，可是为人太吝啬，真是一个大银攒出水来，抚顺马市以西的土地差不多都是他的。

有一天，这位贾德财正在正房养神，只见家人进来禀报说："京里有一位官员要见你。"贾德财一听是京官，赶忙站起身迎了出去。只见那位官人穿着四品袍，后面跟着四个家人打扮的人，还赶着一辆带篷的马车。贾德财是个土财主，从来没见到官人来访，吓得他不知如何是好。只见那位官人命人把车子赶了进来，贾德财赶忙让到上屋，落座献茶以后，那位官人命人从车上取出四大箱东西，打开一箱子一看，是白花花的银元宝和绫罗绸缎，贾德财看得眼花缭乱，嘴张得像瓢似的半天也合不上。那位官员说："实不相瞒，我是抚顺人，因年头荒乱，在十三岁那年，父亲去世埋在贵宝地西沟里，我投向叔父那里，总算多亏祖上有德，在京做了一个小官。本想迁父灵进京，可是风水先生一看，父亲葬的地方风水好，便决定不移，就地赶造坟茔。一打听知道这地是您的贵宝地，特此备置薄礼，望乞让给我二垧地以便安葬家父。"说完把两箱白银两箱绸缎献了上来。贾德财一看这财宝，心想这些东西别说二垧地，就是二百垧地也用不了，真是既发财又结识一位大官。赶忙点头行礼说："可以，可以，些许小事何必花费这么多金银，既然这位老爷从京运来这些财宝，我只好笑纳。"

于是，找一位写文书的先生，双方定了契约。就这样这位四品官用百倍高价买了这块茔地。第二天双方来到西沟划清了界线，定了界标，没几天，这地方真的动起工来。

原来这位四品官员正是罕王假扮的。土地到手之后，他派一些得力的汉人，假装修造坟地，暗地偷运走墨石碳。就这样，斩铁钢刀在漠北建州造成了。提起这斩铁钢刀是中原最著名的利刃，它可卷成小卷带在衣袋里，一旦用的时候，只要掏出一抖，银光闪闪的宝刀立即展现在眼前，更兼这刀锋利无比，虽然不像有人说的削铁如泥，但也是一种吹毛利刃，特有的宝刀。

罕王把制出的这种利刃，凡牛录以上的各位章京每人一把，并严格禁止在人前显示，不许离身，更不许丢失。

就在这时，舒尔哈赤来见罕王，禀报了粮食短缺的情况。如果再不设法解决，会众叛亲离，没法收拾。罕王笑了笑说："我早已料定到这点，请弟弟放心，不出半年，我们粮食会吃不完用不尽。"

究竟罕王又有什么妙策，且听下回分解。

第二十四章

逢灾年罕王探粮洞
取北佳罕王巧用兵

　　如何解决粮食问题，还得从头说起。

　　明朝在辽东设的文武官员和全国各地一样，已经达到腐化透顶的地步。他们从上到下，没有一个不搜刮民脂民膏的。那时，农民种的地打的粮，没等收上来，早被地方官排号入册。粮食一上场，不用往家运，早被文官要税、武官要饷分得一干二净。一年到头落场地光衣裳破，这还不算，每年还得出民工，摊官活，不是这位老爷修府，就是那位大人盖新房。

　　就拿铁岭一带来说，卖人口的市场就有三处，用一斗高粱米就可以换来一个大姑娘。

　　可是建州一带情况就大不一样了，他们没有苛捐杂税，没有贪官污吏，法制严格，谁要私分私扣，轻则游街，重则枭首示众。虽然满汉族之间出现一些不平等的现象，但总能吃饱、穿暖。明朝和建州部的交界石一天天往后移。

　　没用两年工夫，许多堡子居然自动归入建州部。明朝的官员们哪管这些闲事，只要边境不打仗，就可以上报皇帝加封领赏。

　　虽然土地增多了，但是总是赶不上罕王兵马增的快，再加上女真人论行围打猎，骑马上阵杀敌，那是没比的，一提起种地真是门外汉，常常春天种下的种子到秋天连籽实都收不回来。

　　在建州边界地方有六个大堡子，地广产粮高，土肥人殷富。虽然多年受那些贪得无厌的官吏盘剥，还是出粮多，是明代关外的有名的六大粮仓。罕王对这六堡之地早就有取下的念头。无奈，限于和明朝有君臣之别，更兼内部各城寨还没能统一，不敢轻易动兵掠取，他想了多时终于想出一条妙计。

　　趁李总兵给家母烧三周年之际，罕王身着素服，率领长子，带上成批祭礼到李总兵府上吊唁。

当李总兵迎到院内时，罕王抢行几步来到老夫人灵前，摆上三牲祭品，亲自拈香，率子恭恭敬敬地叩了三个头。

李总兵一见罕王如此虔诚，心里感到异常满意。赶忙让到上屋，款待得非常周到。

第二天，罕王又摆上祭品再祭，李总兵这才发现祭品中只有牛羊猪三牲，却没有五谷祭品，心里很不高兴。暗想，就凭你努尔哈赤连五斗米都拿不出未免太与礼不合了。罕王祭毕，二人携手入席，席间李总兵一看罕王大口大口吃着米饭和饽饽，那些鱼肉之类一口也不动，心里更觉纳闷，不禁问道："贝勒为何不动鱼肉，难道不适君口乎？"罕王避席起立，拱手长叹一声说："实不相瞒，我建州部粮食在三月以前早已用尽，这次致祭本应以五谷敬献老诰命，奈仓储一空，粒米皆无，只好献三牲以表愚意。这次席间初见粮食，不觉贪食过猛，尚希大人见谅。"

李总兵一听，才知道建州缺粮情况。又问道："不知将军麾下军民以何度日？"

"牛羊猪耳。"

"何不以牛羊猪易粮？"

罕王长叹一声说："何曾不想这样做，无奈漠北诸部以渔猎为本，对于农田诸务，不怕大人见笑，简直是一窍不通。到马市几次易米，总是空囊而归，一无所得。这次造府，一来致祭先妣，二来也是为此事想和李总兵大人商议一下，可否允我双方暂开边界之限，自由交易三月，我可用牛、羊、东珠、貂皮、人参换些粮来以拯救群生。想漠北之民也是皇上子民，岂能忍观饿死于沟渠之中。"

李总兵呻吟半天没出一语。

罕王接着说："可能大人有两个很难解决的问题，一是怕我出兵骚扰您管辖诸地，二是怕当今皇上怪罪下来。这两点请大人放心，我努尔哈赤对皇上的忠心唯天可表，在我一生中绝无反明之意。大人可以重兵防守边境，一旦发现一兵一卒携带兵器入境，请您立即正法，只准许平民往来，不许我一兵一卒越境。"

李总兵还是摇头不语。

罕王又说："至于是否怕皇上怪罪下来，我看更不必担心，一旦被皇上知道，您可以如实奏报，并说明为了安抚东夷，保边宁国，怎能见饥民不救。并奏明女真民众自交易以来得生者无不跪谢皇恩浩荡，永世忠心。这一来大人不但无过，反而有功，望大人三思。"

李总兵点了点头。

罕王又凑前一步小声说："凡是我拿来的貂皮、东珠全部送到府上，至于粮食给多少任听尊便，即或不给也些许小事，只要允许我用牲畜、人参换粮即妥。"

李总兵听了最后这番话，禁不住睁大眼睛，注视着罕王。

罕王一看知道李总兵动了心，进一步说："大人如若不放心，也可以先修一道本章奏禀皇上，得以朱批以后，再开始交往。我也可以写本驰奏京城，双管齐下，准能感动皇上，那时我们就可名正言顺交易。好在九十天，一晃就到，不会有什么大闪失。大人，机不可失呀！"

李总兵点了点头说："我这人向来以慈悲为怀，关内关外皆皇上子民，岂有见死不救之理。我看就依你之见双方上本，等候朱批再议。"

当晚，双方就在总兵府内写好两道奏折，各派专人送到北京。

没出一个月，皇上朱批示下。大意是：

念其陷于饥饿之际，皆我子民，暂放宽三月，自由往来，以示皇恩。钦此。

这道旨意救活了罕王，明皇朝却自己又套上一道枷锁。他们以后察觉到这道密旨下得不对，但木已成舟，只好吞下这颗苦果。

再说罕王接到圣旨之后，立即选出五百多名能言会道的汉族甲兵，扮成居民模样，驱赶成群的牛羊，带着大批人参、貂皮、东珠到六堡换粮。这六堡老百姓哪见到过这些好东西，真可以说一本万利。他们不但自己用粮换取，还从中倒上一把，又拿这些换来货物，四出换粮，从中又捞取一层厚利。这三个月可真热闹异常，从山海关到苏子河牛羊成群，马驮车拉日夜不绝。去的是土产，回来的是粮食。这还不算，罕王又密派人到处换废钢烂铁装在粮米口袋里。

至于李总兵那里，也大发其财。貂皮、东珠天天有人送，三个月里简直比他十年收入还多。

罕王有意把六堡居民请到建州部见识见识，他们一看，建州和明朝真是大不一样。兵丁个个精神百倍，盔明甲亮，一些长官没有敢贪赃枉法，就是看到那些掠来的民众分给甲兵为奴感到不安，恐怕一旦被俘，沦为奴隶，岂不一生不得翻身。

罕王得知这种情况后，又指派一些人向他们做解释，告诉他们凡属归顺过来的民众，一律不做奴，仍然原地安居，每年纳些军粮即可，对个人财产绝不动。

这样一来，六堡居民对建州女真有了初步了解，那种恐惧之心稍释。

另一方面给明朝带来很大混乱。因为有些人不安本分手头无粮可换，便产生盗窃之念，丢粮抢粮之风日甚一日。明朝曾多次出兵镇压，仍不见效，甚至一些士兵也参与这些活动，弄得六堡日夜不安。有人报告李总兵，李总兵不但不制止，反而严办地方官员无能，有的被抄家和降级，官员也怨声载道。

再加上罕王越派人越多，在那时纪律又不太严，也产生一些抢粮抢女人的现象。

六堡已经乱不成形了。

三个月虽然过去，但余风仍然刮着，最后李总兵又采取严厉镇压手段，弄得人心惶惶，四处逃散，简直无法收拾。有心再派兵镇压，可是兵丁一去也和他们同流合污，这种混乱局面一直闹了六七个月。

罕王借此机会又具文奏禀皇上，就边外诸大员如何无能，老百姓过着水深火热的生活，实不忍睹，敢奏天颜。皇上派人下来一查，果如罕王之言，大为震怒，又免去了许多官员。

六堡问题简直成了明辽东官员最头痛的事件。

有一天，罕王又拜访李总兵，他居然提出要他代管六堡，永保边境安宁之意。李总兵拿人家手短，吃人家嘴短，暗暗应允了这件事。

罕王没动一兵一卒又收了六堡，大大缓和了粮食紧张形势。并推动了女真人的农业发展。

罕王在六堡中选出农业知识最高的二百多人，做各城各寨的农达，也叫农师傅，专门指导女真人如何种好地。并规定牛录以上的官员，每家按人口均摊，自己动手种田补充军粮。罕王在他居室东面也亲手开了一垧多地。在老农指导下，亲自动手春耕夏锄秋收，不但收了一些粮食，还学会了种田知识，罕王还找一些老农亲自主持写过一部农书。

农业发展以后，耕牛显得不够用了，罕王又下令，今后祭祀不准用牛为牲，牛录以下只准用猪做祭，牛录以上可以用猪羊。只有国家大祭才准许杀一头牛，谁要私自杀耕牛要受重罚。

从此私人占有土地逐渐多了起来，一些贝勒、章京常常多开一些土地，利用俘来的做奴的人给他们耕种。罕王这一政策，虽然解决了粮食问题，也增添一种新的剥削形式，往往产生一些争土地、争奴隶的纠纷。

第二年夏季，气候很不正常。苏子河两岸由于连阴大雨，再加上几场雹子，两岸庄稼十之八九被水冲、雹打。再想补种已经来不及了。满汉居民、八旗甲兵个个都愁眉不展,怕秋后没粮,生活难保。罕王为这件事愁得没有办法。因为这些年人口增多了,靠渔猎是解决不了问题的,一些归附过来的部落民众也有些动摇,甚至有的偷偷地跑回林子里重操旧业,行围狩猎。

有一天,罕王正在地里查看灾情,只见一位老人正在自己田里种地,赶忙到跟前拦阻说:"老人家留下这点粮食度命罢!已经快到七月,种什么也来不及了。"老人家笑了笑说:"这位章京,您哪知道,我这种子是向恩都力讨来的,八十天就可以还家。"罕王一听"啊"了一声,赶紧凑跟前一看,深褐色的四棱种子,老人一把一把地撒着。

"老人家,这种子是从什么地方得来的,多不多?"罕王问道。

"提起这话可长了,方才不是说过吗?是恩都力赏给的。"巴克图答。

罕王又问:"能不能多赏一些,把雹子打的土地全补上?"

巴克图摇摇头说:"不太容易。"

老人坐下来装了一袋烟,把这种子怎么得来的说了一遍。

原来这老人叫巴克图,是李满柱后代。自从李满柱死后,他们这一支子人躲在深山老林之中靠打猎为生。到他这辈时,人口又多了起来,打猎已经维持不了全部生活,有时吃不饱。一天,这位老人正在林子打猎,就听北山有人唱着山歌,他顺着声音找去,可是怎么找也找不到人。一连翻过五六个山头,来到一处开阔地。只见满地白花,几行翠柳,一条小溪,几栋小屋,屋前长着五颜六色的鲜花,房西头一片庄稼,房东头满是果树,这奇异的景象真使他不敢相信这是人间。巴克图好奇地走近一栋小屋前,只见一位白发白胡子的老人坐在石凳上正吟唱一些不懂的山歌。那白发老人一看巴克图,站起身说:"贵客贵客,请到屋里喝茶。"

到屋里一看,真是窗明几净,一尘不染。这位白发老人端上一盏香茶,巴克图恭恭敬敬地接了过来,没等问,那白发老人从后屋里拿出两袋粮食说:"想当年你先人李满柱对我不错,曾救过我的性命,才得以到此地修身养性。为了报答他的恩情,才把你引来。没有别的送给你,这两袋种子,一袋是春天种子,草发芽种上它,草发黄割下来,就可以吃用;一袋是夏天种子,一旦春种不出可以种上它,八十天就可还家。"

巴克图高兴地辞别了老人,背着两袋种子回到家。打那以后,他经常和老人请教种地种花种菜的方法,居然成了种地行家。临下山之前,巴克图又拜访那位老人,可是到那一看,老人也不知去向。只在小屋里找到一块木牌，上面写一些汉字。

他也看不懂，为了不忘老人恩情把它带回来供奉着，每年春秋两季率领全家给这块木牌叩头、烧香、供饽饽、供鸡。

罕王听完老人的叙述，赶忙问："老人家，能叫我看看你供的那块木牌吗？"巴克图说："可以。"说着领着罕王回了家。

巴克图因受白发老人多年指点，不但会种地，还会种植各种花卉、果树。

到小院一看，左右是花圃，开着五颜六色的鲜花，窗前还摆着一些盆花。到屋里一看，小屋收拾得干干净净。往后院一看，十几株果树结着快要红的水果。罕王暗想，为什么我早没有发现这样能人呢？

巴克图老人把罕王领进一个小屋，只见里面真的供着一块木牌，前面放着两碗粮食一个香碟，罕王先向木牌恭恭敬敬地叩了三个头，然后再一细看木牌上的汉字。上面写道：

乌龙沟　　乌龙岩　　乌龙岩下有寒泉
寒泉边山有个寒风洞　寒风洞的粮食万万年
乌龙山主荐

罕王看罢木牌问巴克图："你以前住的地方有没有叫乌龙沟的地方？"

"有呀！离我住处不超过十里。"巴克图答道。

"那地方有没有泉眼？"罕王问。

"有，大小也有几十个。"巴克图答。

"有没有寒泉？"罕王问。

巴克图摇摇头说："那可不知道。"

罕王一听，心里有些底了，对巴克图说："老人家，请你明天领我到乌龙沟走走好吗？因为这块木牌上面写着乌龙沟有些年粮，真要得到粮食，咱们就饿不死了。"

巴克图老人半信半疑地答应下来。

第二天，天刚亮，罕王带两名贴身的侍卫，骑上青龙马，还牵一匹草黄驹一同来到老人家里。

巴克图这才知道来的这位正是罕王，吓得他赶忙跪下迎接。罕王抢上一步单腿跪地扶了起来说："老人家，请起请起，真要找到粮食真是给咱们女真人立下汗马功劳了。"

巴克图忙命家人泡上他自制菊花饮，请罕王喝。

罕王边喝边赞不绝口问道："好茶，好茶。不知这茶出自何方？"

"这是奴才自己酿制的。这叫菊花饮，完全采用盛开的菊花，外加一些年息花和少许玫瑰花以及中原毛峰，经过三阴三阳火和无根水制成此茶。不但清香可口，还能避瘟解暑，是奴才我常年的饮料。"

罕王高兴地说："等找到粮食之后，把你请到衙门专门教人养花制茶。"据说满洲人养花和土法香茶菊花饮就是这位老人留下的。

罕王喝完茶，一行四人打马向乌龙沟走去。

乌龙沟是一片两山夹一沟的地方，两边山都是陡峭石壁中间一道小溪。一到沟时，罕王命两位侍卫摆上祭品烧上年息香，躬身下拜说："佛里佛多伴里布（赐福的神）、荞老玛发：我努尔哈赤为了使百姓和我兵马度过灾年特来寻找粮食。请二位恩都力念百姓之灾苦，念我一片真情，保佑我顺利找到，以解水火。"祭奠完了罕王站起身来向四下一望，只见小河南岸有三道大沟。沟里长满老鸹眼和刺棵子一类矮生小树，小树之间流出一些细流水。罕王心想，泉是水之源，顺水往上找，准能找到泉眼。他带头钻进树丛，走了几十里路，手也刮的直出血，衣服也破了，果然在一条小河的尽头找到一眼寒泉，这泉眼在一个山根下。正是刚要到头伏的季节，太阳像火盆似的烤着，可是一到这泉边，立刻凉风习习，好像八九月天气一样。再往对面一看，果然见到一块大青石堵着一个洞口，大青石上面刻着一行字："荞家之麦送罕王"。据说也真怪，罕王一到洞口，只听"轰隆"一声那块青石立刻化为碎粉，露出洞口，四个人进洞一看，黑洞洞冷飕飕的寒气逼人。他们定了定神，才看清里面有十八个大石坛子，都满满地装着像巴克图种的那种粮食。罕王大喜，急忙把两个侍卫派了回去，组织人力往回搬运种子。

罕王把这些种子平均分给各个有地户，并下命令宁可挨饿也不许吃这种子，完全种到地里。

有些人不相信三伏天种地能收上粮食，偷偷地把这种子磨成面吃掉，被罕王发现后，还杀了三四个人。打那以后，谁也不敢私自吃掉了。

到秋初，只见遍地开白花，秋后真的收到粮食。这才解决了一年口粮问题。为了纪念这位姓荞的老人，管这种粮食叫荞麦。

巴克图老人还教给女真人养果树、养花竹的方法，可是这位养花竹的名手传来传去，巴克图这个名字讹传了，竟把他说成是一位美丽姑娘叫伊儿哈格格。甚至一些姑娘把这位伊儿哈当作神供奉着。

罕王几年经营终把粮食问题解决了。在费阿拉城和东大沟里建立了一排一排的粮仓，为他今后发展打下了坚实的基础。用罕王的话说，我有了铁和粮等于老虎添翅膀。

距新城西南约八十里的地方有一个城叫北佳。城主宁古亲，本来是塔克世在世时一位身边侍卫。因为他随军征战有功，封他为北佳城主。可是塔克世故去之后，他以为努尔哈赤是一只刚出窝的小鸟，没多大的能力，曾在两三年里占了新城的不少围场和土地。罕王以为都是自己人，占了一些土地也没加过问。可是这个人忘恩负义，他以为罕王不敢惹他，以老前辈自居，不断派人向罕王要粮要甲，罕王有时给他一些。

万历十六年，博尔紧征王甲城时，宁古亲趁战争混乱之际又抢去一些战利品。依博尔紧意见，一定要趁势攻占北佳。罕王制止说："他们城小人多也不是外人，拿去一些东西，也没有到外人手里。"就这样也没有注意。可是这位宁古亲变本加厉竟把罕王的忍让当成软弱可欺，常对人说："别看努尔哈赤跟别人打仗像老虎，一遇见我，连一条狗都不如，不信让他来较量较量。"这些话传到罕王手下一些人耳里，气得他们恨不得立即吃掉这个无义之徒。可是罕王还是拦阻没有发兵。

有一天，罕王派人抬着牛羊大祭，祭奠死去的二老亡魂。并给守墓人带去衣服、银两，到半路却被宁古亲带的二十多人全部劫了去，并扬言："既然祭奠他父亲的祭礼，我收下也一个样。"

这件事可气坏了罕王，曾派人写信追过这件无理劫祭品的案件，并要求他不但要如数交回祭品，还要亲自到坟前请罪。宁古亲哪信这个邪，接到信以后，不但不承认错误，反把派去的使者削去双耳和两根小指赶了回去。

罕王忍无可忍，就在万历十七年春召群将到议事厅，共议出兵大计。

大家认为应出四路大兵围其四门，架云梯射硬弓，一鼓作气杀他个片甲不留，以壮军威。

罕王摇摇头说："这样兴师动众攻取北佳反被其他各部笑我无能，以多取胜，以强欺弱矣，我自一个月前就料到他会变本加厉，目中无人。我打算只用一百名甲兵，用我族弟王善挂帅出征，我可以暗中扶持，一些大将不出兵，叫他们知道灭一个北佳城只用我一般将领足矣。"大家一听，都点头称是。

罕王立刻下令："王善听令，我命你率八十人埋伏在城的东门，等我在西门发出攻城号炮之后，都要隐在城壕不许动，等城内兵出来时，截其腰部一律放箭，千万点到为止，不要杀伤过重。"王善高兴地领命出兵。

再说罕王只带二十名神箭刀和炮攻手绕道来到西门。就在亥时左右，罕王命令点炮呐喊。顿时四门号炮同时响起，五支海螺号角同时吹起，一片杀声响彻西门。

再说宁古亲自以为罕王不敢惹他，因为他手下有两名武功很强的将领，一个叫纳丹珠混，一个叫依兰卡浑，这两员战将能拉八石硬弓，每人手使一口砍刀，重有五十多斤，有万夫难敌之勇，是有名的北佳二熊。罕王素知这两员战将，本想兵合一处将打一家，同心协力，统一建州以抗外敌，可是这位宁古亲却一意孤行，难以说服。他自以为有此两员大将，一定会高枕无忧，万无一失，便终日饮酒贪花日夜取乐，一切大事完全交给这两人去办。

这天，罕王在西门外燃起号炮，宁古亲急忙召见二将商议。这二将哈哈大笑道："罕王会用兵，却行军布阵不如一小儿。"宁古亲忙问道："此话从何说起？"二将说："黑夜进兵鸣炮击鼓是军中大忌，他以为我们会开西门迎敌以便乘虚闯入城中，依末将之见，我们从东门悄悄出去，绕道西门劫其后路，使其迅雷不及掩耳，努尔哈赤必当瓮中之鳖矣。"宁古亲一听大喜，便点二百甲兵，偃旗息鼓打开东门，哪承想埋伏在东门的王善早有准备，等城内敌人全部出来之后，一声呐喊百箭齐发，其中有一半是火箭，顿时烽烟四起，宁古亲忙命二将迎敌。这两员大将也确有武功，他们边战边冲，死伤八十多人，直向罕王攻城方向冲来。

罕王一看，敌人向自己队伍中冲来，便拍马冲上前去大喊一声，"哪个敢来对敌？"纳丹、依兰二将一看是罕王，由于他二人贪功心切，立即迎了上去，三匹马立刻交在一起，像走马灯似的盘旋起来，杀得难解难分，而且双方使的招数都是汉家刀法。一直战有半个时辰不分上下。罕王猛然想起费英东教他的女真刀法，叫五虎追命刀，立即换了路数，只见：猛虎下山有风声，扑食两爪像利锋，四身跳跃难躲闪，虎尾一扫定输赢。这种招法只有东海诸部才知道路数。二将一看罕王换了招法，顿时慌起来，没有五个回合，纳丹手一迟，被罕王削于马下，依兰一看不好，刚要逃跑，早被罕王反手一箭射于马下。罕王一时性起，一连杀死九名甲兵。其余这百十人吓得如丧家之犬，向四方溃散。

再说宁古亲一见二将殒命，吓得他率领三十多甲兵和一员副将向西北逃去，正赶上王善率兵堵截，双方立刻交战起来。那宁古亲怎么敌得过王善，只有招架之功，没有还手之力。就在这时，那员副将暗暗解下弓箭，正要搭弓射出，只听"嗖"的一箭，正中腕部，痛得他扔下弓箭暗暗叫苦，没等他缓过劲儿，又飞来一箭正中咽喉，立刻坠马而死。宁古亲一看副将又亡，刚要打马逃跑，早被王善拦腰一刀砍于马下。刚要收兵进城，忽听后方摇旗呐喊，亮子油松杀了上来。不知来的是哪方军队。

欲知后事如何，且听下回分解。

第二十五章

馈厚礼聘女结亲缘
降恩诏罕王受皇封

话说罕王要收兵进城，忽见东门方向杀过来一队兵马，杀声震天，罕王恐怕是别的寨乘虚而入，便命令王善暂把战利品和战俘放林中，以观动静。当那支兵马来到林子边时，才看清是自家人马，为首的是罕王侍卫巴尔太。只见他只穿着便服，没有披甲，带领一百五十名卫队，见到罕王慌忙跪倒说："奴才怕我主兵力单薄，没有通过二贝勒，临时凑集一些兵勇前来接迎我主。"罕王点点头说："你这片忠心确实难得，不过不应该私自出兵，这是军法难容的行为。念你忠贞不贰，暂时赦免你这次罪过。"

正在这时，忽听林子里刀枪响个不停，不一会儿一个牛录臂部受了伤，前来禀报说："启禀贝勒，大事不好，先后来的两支队伍为了争夺物资和俘虏交起手来，奴才没法劝解，请贝勒定夺。"

罕王一听，不由大怒，忙把侍卫纳虎叫来说："你披上我的盔甲，赶快到林中，立即制止争夺战俘的行动。如果不听命令，可以立斩勿赦。"这纳虎立即打马奔向林中。到林子里一看，被俘甲兵都是年轻力壮的阿哥，心里想我家正缺帮手，何不借此机会也分他三四个，以便使用。想到这他大喊一声说："大家不要动手乱分乱抢，罕王有令，先来的甲兵先分，后来的人等我们分完你们再分。"这一来，不但不能制止乱抢乱分，更加深了两方争执。纳虎一看不好，恐怕好的东西、强壮的俘虏被别人抢去，急得他竟忘了罕王嘱托，也冲进人群中抢了起来。

罕王等了半天不见纳虎回来，很不放心，又把巴尔太叫来说："纳虎去了半天不见回来，你披上盔甲赶快追去，务必把你带来的士兵制止住，并通知纳虎叫他原来的甲兵退出要地，一切物资和战俘决不许乱分乱抢，等我命令再说。"巴尔太也领命前去解围。哪知道他一到林内，只见他带来的一百多人都围了上来，七言八语说纳虎不公平，便把纳虎的主张说了一遍。巴尔太一听大怒，高声喝道："好你个纳虎，主子命你公平处理这件事，你却偏袒一方，岂能容你。"说完一挥手，大声喊道："给我冲。"这一声令下，可了不得了，只见双方展开肉拼，双方死有十几人。正在难解难分之际，罕王和王善赶来，一看这种场面，罕王立即冲了进去，举起马鞭一声吆喝："给我住手。"大家一看，罕王来了，才平息了下来。

纳虎和巴尔太一见罕王，才觉得大事不好，只好跪在地上不敢抬头。罕王怒气冲冲地说："你俩无视军法，挑动我军自相蹂躏，罪不能赦。"说完便命人把他们俩绑回宫中。

罕王斩了宁古亲，进了北佳城。命人挨门挨户向大家解说，只要安分生活，决不伤害，并令王善任北佳城主。

罕王回兵以后，为了整顿军威，在众军面前公布了巴尔太、纳虎罪状。立即下令斩巴尔太、削纳虎一切功名，没收家产，罚全家为奴。

命令发布以后，罕王来到巴尔太面前，痛哭失声地说："你跟我十几年如同手足一样，为了军法，我不得不斩你。你放心，你死后，你的儿子就是我的儿子，你家中老少我一定赡养如故。"巴尔太也痛哭欲绝，连连说："不杀我不足以平军心，望贝勒好好教育我的儿子，使他长大成人，永远侍候你。"

三声锣响，巴尔太人头落地。

罕王以侍卫之礼厚葬之。在皇太极时代，巴尔太的儿子曾几次想报父仇，但被皇太极多方面感化之后，终于成为国家栋梁。

罕王自从平定北佳之后，声威大震，再加上几年丰收，兵器充沛。又经常派出做生意人员到五个马市做交易，物资更是源源不断地涌入建州。罕王又写出告示命人四下张贴。大意是"凡有大量送参送铁送布送盐的人视其贡献大小，一律封官给饷免其税役。"这告示一下，许多受不了明朝大官压榨的下层官员、大户、穷苦农民，纷纷来投。

不出一年，竟组成七十二个尼堪嘎珊。他们把汉族的先进生产技术带了过来。手工业作坊，应时产生，其中有布房、茶房、酒房、豆腐房，大小铁匠炉形成一道街。更重要的是一些汉族年轻有为的人加入了罕王的父子兵内，罕王派他们深入到关内当密探，给他们的任务是探听社会动态、官府情况，并访问贤人就聘出关。

这一来，罕王的兵马一天比一天壮大起来。连营摆出几百里，真是打斗之声，传于数百里之外，地盘和人马远远超过八马之王。

这日益发展的形势使老城的宗族人等感到震惊。他们派罕王的叔辈四人、平辈八人、侄辈十二人抬着礼品请罕王回家。

罕王手下的人听到消息之后，有的主张不加理睬，各自走各自路。罕王深有所思地劝诫大家说："虽然我势力小的时候，他们想方设法陷害于我，但也是出于无奈。既然他们肯来接我回城，这也看出他们的一片诚意。我努尔哈赤如果不能和本家人和睦相处，岂不让其他各部笑我忘祖忘宗，谁还能信任我归附我。"大家对罕王这种不念旧怨的行为深受感动。

罕王立即命人大门悬灯，二门挂彩，在堂子里点上松明，把历代祖先、爱新觉罗祭祀的八位尊神悬挂起来。罕王率领全家迎出五里开外，罕王一看四位长辈慌忙抢上一步，双膝跪倒迎接叔父大人。这四位长辈没料到罕王能如此恭敬自己，不由得掉着眼泪扶起罕王和各位福晋连连说："自家人免礼、免礼。"

罕王把众人接入屋内二番参见，并说："既然同意侄儿回家，何必亲劳四位老人大驾，传个话就是了。"四位老人沉痛地说："你是我部之长，可是我们有许多对不起你的地方，还望海涵。"罕王赶忙站起身说："各位叔父说哪里话，要说亲还是一家人，没有建州哪有我努尔哈赤的今天，没有各位老人怎能有后代子孙。我因为军事太忙，没能经常问候老人实为不孝，望各位长辈见谅。"说完又深深请个安。

罕王这一番话说得四位长辈眉开眼笑，连连点头说："不愧是我们一部之长。"

罕王立刻传令杀牛宰羊祭奠堂子，然后传谕全家明天迁回老城，以示和睦，并决定所有军队和粮草仍然留在呼兰哈达一带。

迁回老城以后，罕王对待族人毫无歧视和怨恨之举。而且在议论大事的时候总是把四位长辈请来共同商议，并对一些平辈和子侄一一做了适当安置。不出一个月，全城上下没有一个不夸奖罕王的宽宏大度。

兵合一处，将为一家，以后力量更增强了。罕王彻底解决了内部之忧之后可以安心地一致对外了。

当时摆在罕王面前的是两大势力：一是明朝设重兵于辽东一带，镇压漠北诸部。辽东总兵李成梁几次出兵声讨过哈达、叶赫两部，害死叶赫二努，其他各部都不敢稍有怠慢于明。自罕王势力日增之际，李成梁注意力又集中到建州身上。用李成梁的话说："漠北诸部之势如江河日下，猪狗而已，唯建州努酋非等闲之辈，乃明朝之大敌，不可轻视。"因此，他在各部之间做了一些孤立罕王联合诸部的工作。

另一方面势力，是哈达、乌拉和叶赫三个大部，他们虽然元气稍衰，但仍然土地广阔，势力雄厚，尤其三部贝勒互相争霸贪得无厌，虽然有了联姻之好，仍然各存戒心。

罕王自从初步统一建州之后，想到漠北自相残杀延续将近二百多年，使女真各部互为仇敌，各自为政，大有鹬蚌相争之势，长此下去，将会被明朝软硬兼施的办法蚕食殆尽。

如何对付这两大势力，是罕王几年来日夜考虑的一件大事。当其势不强的时候，采取统一建州，联合诸部，臣服明朝的策略，逐步壮大自己；今天已非昔比，无论从战备、土地、物资来看，都远远超过任何一部。

摆在罕王面前只有两条道路：一是联合诸部共同对付明朝，一是臣服明朝统一漠北诸部，使东北女真形成一个整体，以御明朝蚕食之势。

可是联合诸部的战策，罕王曾多次试行终难实现，原因是各部贝勒各存己见，故步自封，以本部目前利益为念，总是互相争战，终无宁日，联合绝对不能改其漠北的面貌。他反复考虑，决定采取臣服明朝统一诸部的大略。从此他一切行动都是为这个目标奋斗着。

罕王常对族内人员、各位将领说："我们不能忘记是明朝皇帝的臣子，必须忠于明朝皇上。否则将会成为无水之鱼，一天也活不下去。只有取得朝廷的信任，才能统一诸部，平定各部之乱，振兴漠北。一旦失信于明朝，我们必将腹背受敌，亡在旦夕矣。"一些将领对罕王这一策略无不交口称赞，不愧为聪睿贝勒。从此罕王要完成两件大事，一是靠拢威震远东的李总兵，二是亲自进京朝见皇上。

自从看到罕王势力像雨后禾苗一样一天天壮大起来，朝野上下个个震惊，尤其是听到边关谍报说，大批民众纷纷逃向建州，更觉得努尔哈赤不可等闲视之。几年不临朝政的万历皇帝也不得不临朝议事。如何对待这新起之秀，当时满朝文武众议纷纭。一些不知时务，饱食终日无所用心的大员们，仍然是满口称颂天朝粉饰太平，他们认为一个没开化的番邦外夷，只不过像一条泥鳅而已，兴不起大浪，我主洪福齐天，天下一定会太平的。可是一些有见识的官僚却不这样看，感到努尔哈赤绝非一般人物，一旦得势，大有鲸吞漠北之势，必将成为心腹大患，不可不防。他们争议几天没出结果。这时万历已无心治理朝政，完全沉溺于酒色之中，哪有闲心过问这些事情。议论不到三天，万历早已厌倦，一心想着南方进贡的女伶唱腔、舞姿和西番进来的珍禽异兽，匆匆忙忙把大权交给心腹宦官，回到后宫享受去了。剩下的大员们，谁肯出谋划策担这风险，一些掌权宦官感到事态发展不比寻常，便派人星夜赶赴辽东召回李成梁共商如何对付罕王之策。

李成梁何曾忘掉这一心腹之敌。他前几年只以为努尔哈赤只要报了父、祖仇，明朝又加官进禄，每年还给不少黄金白银，不会再有什么企图。哪知道仅仅几年工夫，发展得如此迅速，不但统一建州诸部，还联姻哈达、叶赫，使这两个部都不敢轻易触动努尔哈赤。尤其是广大汉民归附日众、辽东文武大员已失民心，疆土日渐归入建州版图。这种局面必须认真对待才是。因此得到京里诏令便日夜兼程，一则听听朝里动向，二则也可以陈述策略取得朝中欢心，对自己前程有些保证。

他一进京城立即得到宦官们的迎接。李成梁也把从女真各部得来的山参、东珠、上等貂皮孝敬那些内廷大吏。

李成梁回京，万历皇帝也破格临朝要听听边关情况。就在第二天，开了一个大型的御前会议。李成梁早有准备，在皇帝面前陈述了自己的见解。他奏道："方今漠北之势，亦非昔日可比，虽然哈达、叶赫、乌拉三雄势力大减，但建州崛起大有鲸吞诸部之势。如今建州战将足有一百多员，甲士不少于万人，战马满于东山之沟，粮谷充于呼兰郊野，兵器甲胄充于八库之中，刁斗烟台声震数百里。如不尽快想出对策，恐怕后悔莫及，终成后患。依臣愚见以善抚为上策。努尔哈赤虽然雄心很大，但观其动向，对明朝还很忠顺，从来没有犯边越境的不法行为，尤其是每年贡品比其他各部进献敬谨呈送按时，对朝廷诏令也以臣子之礼迎送，如果朝廷再多加恩抚，并加强辽东军备，想努酋不会有不轨行为。"

万历听了以后，点了点头。这时陈太监一看，皇上点头，忙出班跪奏说："奴才听罢李总兵之奏禀实属治国良策，万望圣裁恩准才是。"万历一看陈太监表示同意，又环顾一下群臣，那时群臣一个个都看着陈太监的眼色行事，哪个敢提出异议，都齐声赞同李成梁之良策。万历大喜，忙说："朕因身体不适，诸事可由陈太监和李成梁处理。"说完又退回后宫，这样一件危及朝野的大事，竟草草散朝，听之行之，足以看出当时朝政如何昏昧了。

散朝以后，陈太监把李总兵请到府内，再三叮嘱，切勿轻易举兵，以安定为主。并暗示宁可牺牲点土地，也别惹起是非。李总兵想要些兵饷和武器，也被陈太监婉言谢绝，只好空手回到辽东。

虽然空手而回，却得到万历亲口许诺他便宜行事，又得到陈太监的支持，也感到宫廷有人，今后行动能够有靠山，心里也很高兴。

再说罕王自从定了大策以后，便千方百计探听李成梁的行动。对他进京情况早已打听得一清二楚，心里既高兴又担心。高兴的是明朝对建州还没有达到敌视程度，这样可以再进一步表示臣服，取得朝廷上下的信任。担心的是怕一旦辽东增兵仍然施行分而治之的手段，离间各部，或重兵支持哈达、叶赫，对统一诸部将会带来更多困难，于是他决意靠拢李成梁，取得他的信任，然后通过他进京朝见，进一步取得朝野上下的信任。罕王决定先在李成梁身上下功夫。

他得到两个消息，一个是听到李成梁从江南一带买进一个歌妓，外号叫黄莺仙子，不但歌声名闻江南一带，而且长得也驰名苏杭一带，是他用重金买到辽东，做自己小妾的。这位仙子自从到了辽东，爱上了漠北的美味。李总兵为了讨好欢喜，不遗余力地四下采集，以后这位仙子又听说人参鹿茸可以益寿，便每天都要食用。

第二个消息是听说李成梁次子今年十八岁尚未完婚。

对这两则消息，罕王认为这是打开李总兵大门的敲门砖。

罕王有个汉人师傅姓龚，外号小六子。这个人虽然对汉文是粗通的，可是在女真人中却成了大秀才，一切写汉文、教汉文都由他一个人承担，对汉族风俗也非常了解。凡是和汉人的一切交往都离不了他，有人又说他是罕王的尼堪谋士。

有一天，罕王把这位龚师傅请来，和他谈论一些古今英雄的成败和历代王室兴衰。两个人谈论一阵，渐渐引到李成梁的成败。罕王赞不绝口地说："李总兵可谓一代英雄人物，武艺绝伦，有他镇守辽东不但当今皇上幸甚，就是漠北诸部也能安于生活。近日听说他的幼子很聪明，有辽东才子之称，特此把你请来烦做大媒，愿将我弟之女，今年一十六岁，如蒙不弃，愿与李总兵之子结为良姻。不知师傅能否代我前去说媒？"这位龚师傅赶快立起身来，拱手说道："如蒙贝勒不弃，愿效犬马之劳。"罕王一听大喜，立即筹备上好礼品八套，择日起程。

这一天，努尔哈赤和弟弟舒尔哈赤写好拜见帖，派几名得力家人携带八套礼品和龚师傅一同前往总兵衙门。

当龚师傅交上礼品，说明来意之后，李总兵半天没有出声，然后对来使说："此事不但是犬子终身大事，也牵扯到国家大事，容老夫从长计议再回书告知。"这位龚师傅一听李总兵的言语，知道他不敢定下，便进一步说道："这件事情，如果成功，对明朝江山，对大人前程，对公子生活只有百利而无一害，请大人三思。"李总兵一听，便追问一句："此话怎讲？"

这位龚师傅真似苏秦之口，说出以下一番议论。他说：

"当今漠北诸部论势力唯有努尔哈赤，可以说振臂一呼，漠北响应。对待这一支劲旅，只有两种办法，一是出师因势利导，二是彻底剿平，用其势制其夷把努尔哈赤拉入大人势力之中，人非草木孰能无情。如大人联成婚姻成为主亲，再以信义待之，想努尔哈赤乃是当今忠义之士，岂能背信弃义，况且努尔哈赤素来忠于明朝，即或势力再增大十倍，也不敢叛明。只不过因粮食不足，铁器缺少，想进边越境。如果准予往来做好贸易，再加上儿女宗亲，何愁其不心悦诚服，效命于大人。况且舒尔哈赤之女，才貌绝伦，擅长汉家笔墨，是一位建州闻名的闺门秀才。如果公子见到定会倾情。这一举三得之利，望大人三思。

如果采用武力削平之策，我想恐非良策。当今巡东兵士，近年以来新兵未增，老兵也不断私逃，号称十万，实际不足其半，更兼多年粮饷奇缺，衣不遮体，食不饱腹，怎么能够抵住漠北诸雄。如今努尔哈赤足有三万个英雄，善战视死如归，即或打起仗来轻则两败俱伤，重则辽东兵马有溃散之虞，那时大人不但禄位难保，恐怕皇上怪罪下来，后果难以设想，请大人再思。"

这一番议论，李成梁听完之后，沉吟片刻。然后说："先生言语过重了。想我与努尔哈赤联姻乃私人之事，怎能和国家大事相关。老夫即或与他联亲，一旦他危及国家安危，老夫岂能以亲翁之谊，忘掉国家安危之大事。不过，这门亲事倒可以商议，容老夫和犬子以及夫人商量一下，再做奉告。"说完命人收下聘礼，把龚师傅安排在馆驿之中。

这位龚师傅真不愧是罕王忠实使者，他恐怕事情有反复，便打通总兵府得力管家拜见了二公子。对二公子介绍舒尔哈赤的女儿如何美貌、如何贤淑、如何知情达理，其实这位二公子面软心活，怎能禁得住龚师傅一番宣扬，早就动了爱慕之心，打算征得父母同意之后，亲到建州看看这位姑娘再做定夺。

儿子同意了，至于李总兵自从听取龚师傅一番言语，早已动了心，不过碍于面子，没能直接答应这件事。一听儿子也很愿意，更为高兴。第三天，便定了下来，并决定一个月后二公子要亲自到建州回拜，龚师傅高兴地带着李总兵的书信回到建州。

就在二公子来的前三天，努尔哈赤全族人等都忙于迎接活动。本来满族自古以来对未结婚的门婿有奉为上客之俗，更何况是李总兵之子，更要隆重款待一番。那时女真姑娘不像汉族小姐那样大门不出，二门不进，就连族中大事，军中要务都可以出席参与议论。俗话说："满族姑娘三不忌四不防。见人敢搭话，见事敢搭腔。"罕王弟兄听到二公子相亲之后，早把姑娘打扮得花枝招展，头上青丝挽成双如意，插上珍珠翠花和金花，两耳金环配玉坠儿，显得美丽、严肃而端庄，肩披粉底素花的荷叶披肩，系着灯笼散袖，上身穿挽金边走金丝琵琶襟对扣的月青色长马甲，内衬白色绣浅蓝花的衬衫，腰系八褶罗裙，足穿四闪底浅蓝帮绣银花的鞋，再加上天生的俊眼桃腮，匀称的身段，确实不比寻常女子。

当二公子来到老城，早有人迎出十里开外，搭上迎棚鼓乐喧天，一直迎入宫内。一进宫内，只见一对石狮四盏宫灯把大门点缀得异常富丽堂皇，一到二门只见结彩悬灯又是一番景象。当让到大厅时又见两廊吹起笙笛箫，大厅之内宫灯高悬，两排紫檀太师桌椅、古瓶古铜把大厅装点得如汉家官府大宅一样。二公子暗暗吃惊，心想，漠北之夷竟有如此气魄，真是出人意料。

二公子以晚辈之礼参见了罕王和众家弟兄。

闲谈不到一个时辰，罕王和众人陪着二公子进入后院。二公子临来之前，家父曾告诉过：如果遇到平辈送你到内宅，你千万要赏给他们一些财物，因为女真人有这样见面礼俗。因此二公子早有准备，忙命家人取出财物分别送给各人。罕王和其弟弟们一见更感到高兴。

二公子到内室一看，完全是女真人的格局。只见明亮的门窗，三面火炕。西炕上放一张小茶桌。抬头一看西墙供着一排长板，南北炕上铺着猩红炕毡，北炕梢一套描金大柜，北炕也放一张茶几。虽然是初秋季节，地中央仍然摆着一架三圆虎爪六密柴檀木的火盆架。西炕烧着满族神用的年息香，屋子里既肃穆又显得富丽文雅。二公子再一看南北炕上坐着七八位年龄不同的中青年妇女。二公子明白，这一定是罕王弟兄的各位福晋，急忙一一见礼。罕王把二公子让到西炕。二公子知道女真人西为大，哪里敢坐，可是罕王执意让座，才向西叩了三个头，然后坐下。就在这时，只见四五个女仆扶着一位丽人从外院走来，先到西上房拜见伯父和父亲。罕王赶忙介绍说："大格格，这是李总兵的二公子。"这位大格格蹲了一蹲，右手稍稍举了举，低声说："三音，三音。"二公子不见此人，早已闻名。一见这位格格，真是名不虚传，暗暗吃惊不已，心想，夷邦竟有此等绝代佳人。这大格格稍稍站了一会儿，告辞回到南隔。不一会儿，摆上酒席，席间二公子连连道谢，再三给罕王弟兄敬酒，并拿出祖传玉镯交给罕王作为相亲之物。并声称回府后，禀明父母，再做定夺。

临行时，罕王又派龚师傅陪送到府，并暗中嘱咐："事成之后再回来。"

话说二公子，辞别罕王回到府中，和父母一说，罕王全家如何盛情接待，姑娘如何美貌贤淑，举止行事赛过汉族闺门大秀，并把留下玉镯之事，说了一遍。李总兵一听，也很高兴。第二天，就通知龚师傅许下这门亲事，并亲自写了儿子生辰八字的寅帖派人专程送到老城。

定亲仪式，李总兵按照女真人礼俗，率领二公子亲自到罕王府内拜订婚之礼。罕王早已做好准备，除了杀牛、宰羊置办酒席外，还特意做了大软指、小软指的糕点，并用金杯玉盏款待来宾。李总兵坚决要求按照女真人习俗行礼见礼，罕王哪里肯依。因为当时习俗，男方订婚日，女婿父子必须给女方所有族人不分辈数，一一拜见，并跪献米酒。第二天，还得到其他族内长辈、姑辈、姨辈处分别行拜见礼，才算订婚礼成。双方争执一番，最后达成只命二公子行此大礼即妥。就这样很顺利地订下了这门婚事。

从此，罕王兄弟就派人四下置办嫁妆。东海珍珠，白山人参和鹿茸都是成双成对成串成盒，各种玉器成箱成架，翡翠首饰也是应有尽有，金银器皿更是多种多样，这只是陪送的嫁妆而已。尤其是暗中礼物更是别出新样。

原来萨哈连地方贡来一条二百多斤的黄花鱼，因为明朝有个上谕严禁行贿受贿。行贿无罪，受贿重罚。一些封疆大吏虽然不敢明面受礼，可是行贿之人采取多种办法把礼品送到受贿人手里。罕王也不例外。趁和李总兵结亲之机，总要送上一批厚礼，借以买通，以便靠近明朝。

他利用北方送来的大黄鱼，剖开腹部取出内脏，里面完全装上珍珠、玛瑙、金银、翡翠等贵重珍品，用大车拉着，明面是进一条黄鱼暗中是送去重礼。

结婚那天，罕王按着汉族礼节送走了姑娘，李总兵一看，不但娶了一位可心的儿媳，还居然收到意外的厚礼，真是喜上加喜。

结婚这天，从来没有过的欢喜，因为汉满两族人欢聚一堂，开怀畅饮，罕王还带来一些会跳各种舞蹈的姑娘，更显得婚礼异常热闹。婚礼足足举行了三天。

自从李总兵和罕王两家经常往来后，尤其是舒尔哈赤以探亲为名，经常过府，和李总兵的关系越来越密切。

有一次正值李总兵吊祭家母五周年之际，舒尔哈赤又置备各种祭品前去吊祭。因大作道场，晚间还有一些杂耍，舒尔哈赤被留下没有回去。宾客散了之后，两位亲家又在后花园暖阁之中重新摆上家宴，二人边饮边谈。

李总兵酒过半酣之后，不禁问道："令兄自十三副甲起兵之后，先后平服了许多城寨，真是佩服之至，不愧成为一代英雄。"舒尔哈赤叹了一口气说："外面风言，传说我们兄弟仗势吞并其他城寨，实质并非如此。开始为报父、祖之仇，追尼堪外兰，涉及四城，如果他们不袒护逆贼，我们怎能无故加兵于他们。以后举凡四城联攻我城堡取我土地，家兄多次派人说和，他们不但不听，反而联合起来攻打我们，实出无奈，只好背城一战。总算上天有灵，保佑我们没被吞掉。以后又聚五城之众，率甲八百追击我兄弟数人，他们想要斩尽杀绝，幸天加保佑。最后以家兄四人背水一战，幸脱险获胜。此役将平哲陈，因其屡次侵我土地掠我人质，抢我财物，才不得已命将出师。至于王甲之部乃乌合之众，竟出大言吓我们，家兄不以为然，仅派奴才一名取之，酒没过三巡，战捷而归。我们屡次腹背受敌，若不起来抗之，我们爱新觉罗家族早已死于敌手矣，为了保存残生不得已而战。"

李总兵一听不住地点头称是。又问道："如今令兄对现有职位有何想法，能否告知与我，以便有机会时奏禀皇上代为请命。"

舒尔哈赤一听，立刻站起身来，按汉礼深作一揖说："提起此事更有些难言之隐，家祖父和父亲遇害之后，只留下四代以前铜印乃是建州卫之印，虽然仁兄代为请命皇上允许，继任都督之职，但至今敕书未下圣旨不发，家兄和我视皇上如恩父，但皇上是否以我们为臣子？这确实是我兄弟等日夜挂念事情。如仁兄不弃，在皇上面前替我兄弟申述一本，把我们对皇上的忠心上奏天颜实为荣幸。"

李总兵连连说："当然，当然，只要你兄弟忠于明朝，李某可以奏禀当今圣上委你兄弟为建州都检事亲政大臣之职，以便代管漠北诸务，并表示决不出兵干涉罕王护国，保边境平漠北内乱的大事。"舒尔哈赤大喜，并再三表示谢意。

打那之后，李总兵真的上奏朝廷，说努尔哈赤如何忠于明朝，并代为请爵。没出三个月果然下来圣旨，封努尔哈赤为建州都检事并加封议政大臣之职，并降旨允其到京谢恩。

圣旨一下，乐坏了建州大小章京，并积极筹备进京事宜。这才引出罕王二次进京，朝见皇上请诰得大权，取信于明朝，给今后统一漠北诸部打下坚实的基础。

欲知后事如何，且听下回分解。

第二十六章 | 为谢恩进京朝明帝 施仁义罕王脱险情

　　罕王几年来的练武扩疆，不但使其他各部感到震惊，就连明朝也感到意外，以为一个化外之邦竟能出现这样人物，实在感到奇怪。尤其那饱食终日无所用心的一些阁员大吏，总是以为努尔哈赤乃一勇之夫怎能和天朝相比，没有把罕王放在心上。可是边疆百姓日渐投靠，建州各部先后归服赫图阿拉。在事实面前，他们又慌了手脚，京城里经常流传一些谣言：说什么努尔哈赤要打进北京，努尔哈赤长得兽面人身，吃生人，喝人血，又有人说罕王兵马刀枪不入，只知道往前冲，不懂得后退，等等，弄得京城人心惶惶。这些谣言传到宫内，万历皇帝也顾不得在后宫玩乐，赶快升殿召集群臣议事。就在这时，接到李成梁从边外上的奏章。

　　李成梁在奏章中详细地禀报了努尔哈赤对明朝如何如何忠顺，并吞一些城寨的原因是他们蓄意欺压努尔哈赤，是迫不得已才削平。自削平之后，建州部才安定下来。又说努尔哈赤将来可成为保卫边境安定的一员干将，有了他大大减少了边疆的争战，能使京城高枕无忧，并力陈应加封于他，重用于他，是难得的漠北可靠的人物，并禀明努尔哈赤要进京亲自朝见皇帝。

　　这份奏折，确实起了很大效果。朝臣们虽然不大相信，但也提不出什么可疑之点。万历皇帝也迫不及待地希望像李成梁奏报的那样。至于提到要进京朝见，万历也很高兴，虽然努尔哈赤曾来过一次，但事隔多年，已经不太知道这个人现在情况。有些近臣也主张召进京城给以优抚，争取他忠于明朝，永息边疆之争。可以封给他高官厚禄，然后再逐步削弱他的兵权。君臣主意已定，立即发出圣旨和玉牌敕书，召努尔哈赤进京陛见皇帝。圣旨大意是：

　　朕闻努尔哈赤向来忠于王朝，能安抚百姓，平息内乱，堪慰朕怀，特加封建州都检事及议政大臣之职，并准予陛见，钦此。

　　圣旨一传到漠北，不但震动了建州部上下人等，而且消息很快传到叶赫、哈达。因为直接受到明朝皇帝的陛见，是近百十年来没有过的一件大事，尤其是哈达自以为是八马之王，又是龙虎将军都没享受陛见的大礼。今天努尔哈赤竟荣受这等特殊的洪恩，实在使他们坐卧不安，一则出于嫉妒之心，更重要的是怕努尔哈赤压过自己来消灭自己，这两个部不约而同地凑到一起商议如何对付这新生的劲敌。哈达部比叶赫部来说不但地盘大，而且在资格上比叶赫老得多，在京里从宫内到各部差不多都有他的耳目。两个部一合计，决定由哈达部暗中出人，叶赫出礼品到京城暗中活动，找机会破坏建州和明朝的关系，或暗中干掉努尔哈赤。他们研究停妥以后，便立刻动身赴京，要给罕王一个秋风未动蝉先觉，暗下无常死不知。

再说罕王自接到旨意之后，立即动手筹备进京事宜。

首先是筹备贡品、礼品，他们派了人员从长白山到黑龙江置备人参、鹿茸、各色皮张以及东珠、珍禽异兽，他们准备了玉石器皿金银财宝以及牛马羊。

其次是关于服装问题，大家意见很不统一。有人主张咱们女真人到那也要表里一致，是女真人就着女真服，唯有安费扬古是一位深谋远虑很有见地的文武大将。他主张不应这样顽固，因为我们不能只看眼前光景，应该要见景生情、见机行事才对，如今我们是进京陛见，一是表示忠于明朝，二是因皇上加封进京谢恩，既然这样，我们应该着汉人的官服才是，只有这样才能使朝廷知道我们的一片诚心。

这一番话，正中努尔哈赤的心怀。决定这次进京一律按品级着官服，为此对进京人员从即日起一律蓄发。还从辽阳那里请来一些做服装能手，还派人进京购置官服。至于罕王的官服完全是从朝廷那里赏赐的。仅服装准备就花费了五个月时间。

演礼是一件大事。过去陛见要在京城花费很多礼品，聘请那些司礼的官员先学习一个月才能面君。当时，流传一句顺口溜：皇帝好见，司礼官难搪。如果不花费巨金是学不到见君礼，不会见君礼根本没有面君的机会。即或礼仪学成以后，还得过二道关，就是演礼官，经过演礼官定，才能面君。这又得花费一笔巨金。

罕王这次陛见为了在皇上面前表示臣服已久，忠于汉制，在进京前，由李成梁从京内请来演礼官在赫图阿拉就把礼仪学好。凡属进京的人，从学礼仪开始，暂时停止满族礼节，以养成汉族习惯。

谁陪罕王进京是一件大事。因为这次进京除了谢恩外，还要进一步探听京内各阶层动态，还要明察暗访一些能治国安邦的能士，最好能用厚礼请到建州。如果请不到建州也要建立往来关系，或者拜师求教。因此在安排人的问题上想得比较周密。

经过多次研究决定以下一些主要人选：

二贝勒舒尔哈赤、安费扬古、何和里、扈尔汉和大阿哥褚英、二阿哥代善。本来计划不叫额亦都进京，因他性格粗鲁，行事鲁莽，恐怕到京以后惹是生非，在天子脚下闹出事来，不好安排。可是额亦都一听没有他，可把他气坏了，问罕王为什么不叫他去，罕王只好如实地和他说了。额亦都苦苦哀求罕王带他去，和罕王说："你带我去吧，长这么大一次北京也没去过，这回去保证听话不闹事。"额亦都是罕王最心爱的一员大将，真如自己手足一样，多次出生入死，为罕王奋战。经过几次苦求，罕王才答应下来，并一再嘱托一定要听他的支配，不要多饮酒，不许到处乱跑，不许见啥问啥，不许一个人外出。额亦都一一答应了。这样此行又加上了额亦都。

经过半年多准备，在万历十八年四月二十八日罕王身着素花都检事官服，其他人员都按品级穿戴，一支五百人组成的谢恩使团由赫图阿拉出发了。

前面由四十四一色红的战马组成前导队，个个都是英俊年轻的巴图鲁。紧跟着就是一辆黄缎车篷，素金龙的轿车，在车内供奉着建州都检事谢恩表，随后是贡品车、礼品车足有一百二十多辆。扈尔汉、额亦都、褚英、代善率领一百甲兵押车保护。随后便是努尔哈赤、舒尔哈赤的队伍。他们个个精神振奋，意气风发。又正值春暖花开的季节，真是春风得意马蹄疾。

这一天，大队人马来到李总兵驻地。李总兵派人迎出十里开外，全部让到临时安排的馆驿，并把罕王和二贝勒让到总兵府下榻。罕王把献给李总兵的厚礼也一同带到府内。李总兵命次子及儿媳出来拜见伯岳父和岳父大人，又不免叙一叙家庭之乐，就在当天晚上，大摆宴席招待罕王。

席间，李总兵春风满面不住敬酒以示迎风之好。罕王在回敬酒时说："努尔哈赤承蒙皇恩浩荡赏赐官职袍带、印信、敕书并恩准进京陛见，不仅努尔哈赤幸甚，也是建州部之幸甚。这一切承蒙总兵大人大力扶持，我兄弟二人只有竭尽忠心效忠皇上，安定边疆以示忠心于万历皇帝。今次进京，除了谢恩外，还要把大人之德政面奏君王。"李总兵一听更加高兴，连连推让说："哪里，哪里，今次进京乃皇恩浩荡和二位亲家忠诚之心感动圣上，老夫只不过做一桥梁而已。"

在李总兵那里，一连住了五天。李总兵为了在皇上面前表表自己的功劳，决定亲自陪送罕王进京。

罕王这次进京震动很大，朝廷上下都感觉是一件大事，万历皇帝亲自安排陈太监负责一切招待事宜，并下诏，沿途给罕王安排馆驿，照顾食宿。

五月二十八日，罕王从建州来到北京。

北京的午朝今天比任何时候都布置得庄严肃穆，东西两旁站着手持大刀全副盔甲的武士，一个个雄赳赳气昂昂，各色彩旗迎风招展，午朝门外两座斩龙台虎视眈眈地注视着进门的外夷。原来这斩龙台是洪武年间建造，专门对那些化外各邦敢于叛逆的一些首领，把他们抓到京城押到斩龙台斩首。这种制度在嘉靖年以前执行的很严格，对那些蓄意叛国想要独立称王的边疆各部的首领抓多少斩多少。到嘉靖以后，这个制度被阉党霸占过去，凡属不能按时进贡或由于送礼不周的少数民族地区的首领往往也借故送到殿前捏一个叛变罪名就推到斩龙台斩首。因此对边疆进贡的各地区首领来说，起初是高高兴兴进京，以后却战战兢兢地朝贡，生怕哪一点弄错了，怪罪下来，要有杀头之罪。

话说李总兵率领努尔哈赤、舒尔哈赤和大阿哥、二阿哥等人来到午门外，按规定只许努尔哈赤、舒尔哈赤有见驾的资格，可额亦都说什么也要跟着进去看一看金銮大殿和皇上什么样，弄得实在没法，只有脱去武将衣服，穿上跟随的服装混进宫里。

在太和殿等候面君的时候，罕王偷偷向四下张望，这宫殿的格式和修建格局，只见：

正殿巍巍透紫光，金光烁烁，东西配宫几层层，金瓦红墙。龙飞凤舞，鹤鹿同春，香烟袅袅，钟鼓悠扬。白玉栏层层见秀，方砖铺地处处闪光，一排排太监手持香拂，一队队宫女粉面桃腮。

罕王心中暗想：真是富贵莫如帝王家。不由产生一种大丈夫应该如此的感觉。

不一会儿，只听云牌连响三遍，顿时殿门大开。只见两廊文武朝臣按等级鱼贯而行，个个花袍乌纱粉底朝靴，手持笏板，行了面君之礼。然后文东武西分站两旁。虽然几百人队伍可走起路来却鸦雀无声，罕王不由暗暗吃惊，感到皇帝的威严远非想象的那样。

罕王正在恭候宣见的时候，忽听司礼太监高声喊道："皇上有旨，宣建州卫都检事努尔哈赤进殿。"罕王赶忙手持笏板低下头来。高声应道："遵旨。"

说罢率领弟弟一步三摇甩动锦袍登上中三台，立即跪倒三叩首，口呼："我主万岁，臣努尔哈赤、舒尔哈赤祝我主万寿无疆。"然后又站起身来轻轻整理一下袍带，又前进三步二番跪倒，山呼万岁万岁，又站起身形趋身一步三次跪在丹墀之上，山呼万岁万岁万万岁。"臣建州卫都检事承蒙圣恩准予见驾，诚惶诚恐，愿我主万寿无疆。"然后跪在地下，低着头用笏板遮住面孔。

万历皇帝虽然过去见过一面，可是事隔多年，早已记不清罕王面孔。于是启口说："爱卿平身，尔能远涉千里进京陛见，这种忠心实慰朕怀。"这次朝见使万历不由心中惊叹，只见罕王鼻正口方，面孔微黑，两道英雄眉，直插两鬓，身高足有六尺，头戴一顶二品银翅纱帽，身着绛紫团龙袍，腰间束一端温玉宝珠玉带，足登粉底朝靴，真是仪表堂堂。万历不由暗暗赞叹。心想，化外之邦竟有此等英雄人物，再加上看了李总兵平时奏罕王如何忠于明朝的奏章之后，更为高兴。

一般外臣陛见，只见行完朝见礼之后，便立即退出。

由于万历皇帝心中很高兴竟多谈了一些时辰。临告退时，万历皇帝下了一道特旨，允许进贡的五品以上官员可以到紫禁城内游赏一天，并赐御宴以示皇恩。满朝文武一听，都个个惊得目瞪口呆，因为自洪武以来，像这样恩赐，虽然在明制中有过规定，但一次也没有施行过。

散朝之后，罕王回到馆驿不提。单说额亦都回来后，一些进京人等都围了上来，争先恐后地问长问短，额亦都也大讲特讲起来。他和大家说：皇上坐的那间大殿你们谁也没见过，大屋顶有咱们后边小山那么大，金龙盘玉柱有老牛腰那么粗。当人们问他："太监什么样？"他愣了一下说："长得都粉白粉白。"何和里知道的事比别人多一些。偷偷和额亦都说："你知道吗，凡是当太监的从小都割掉了生殖器，因为怕他们乱宫。"额亦都不由瞪了瞪眼睛反问道："你说的话当真吗？"何和里说："谁还能说假话，不信你抓一个剥下裤子看一看。"额亦都点了点头。

当天晚上，罕王一一嘱咐大家到紫禁城内可不比在外面，一切要小心，千万不许乱说乱动，千万不许乱摸东西或偷拿东西。谁要胆敢违犯，轻则撵回去，重则斩首。大家口口称是。然后又做一些细致的安排，一直忙到半夜才各自就寝。

第二天，太阳一冒红，大家赶紧起床漱洗完毕，草草吃了早饭，就准备出发。

辰时左右，只见两位太监骑马来到馆驿请罕王人等进紫禁城。大家又紧张又高兴。别说边外之官，就是朝内大员有的一生也得不到这个机会。他们按照品级骑着马随同太监排着队向紫禁城内走去。

那时候进紫禁城可不像现在游览故宫那样任意游玩，到处走走看看，名义上是游览，实质上一进紫禁城就得低下头来，到一处拜一处。他们从一层殿步入御花园，真是观不尽的亭台楼阁，看不完的雕梁玉柱，尤其一到御花园更使他们看得呆若木鸡。他们哪见过这样豪华的花园，真是奇山怪石，珍禽异兽，飞阁流金，群花似锦，五步一楼，十步一阁，天上神仙府，地上帝王家。何和里一边看着一边暗暗记住这些宫殿的修建，花园的布局，他边看边记边走，一遍竟把所有建筑物都记在心中。

可是额亦都却不然，他一边看看这豪华景物，一边暗想，太监真是像何和里说的那样吗？越想越感到奇怪，正好遇见一个十五六岁的小太监从他身旁走过，他忙拦住说："小太监，请问茅房在哪里？"小太监不懂女真话，这时何和里过来把额亦都问话翻译成汉话，小太监乐了乐，拽着额亦都向茅房走去。额亦都哪是找茅房，他想要找个僻静地方扒下太监裤子看看究竟。当小太监把他领到茅房时，额亦都一看没人，便一个箭步奔向小太监，那小太监像小鸡似的被提了起来。他没容分说硬把小太监裤子扒掉，看完后哈哈大笑地跑了出来。小太监吓得不知是咋回事，被放了之后，才省过腔来，提着裤子哭着去禀报老太监。

再说额亦都跑出茅房之后，偷偷和何和里说："你说太监那回事，真是那样。"何和里吃惊忙问："这你怎么知道的？"额亦都就把方才干的蠢事说了一遍。何和里一听，吓得面如土色，抱怨地说："你怎么干出这种事？这可惹了大祸，被皇上知道了，可吃罪不浅。"并嘱咐他千万不要声张出去。哪承想，那位小太监领着老太监找了上来。小太监用手一指额亦都，气愤地说："就是他！"老太监看了看额亦都，然后走到罕王面前，作了一个揖，恭敬地说："大人可是建州部都检事？"罕王赶忙还礼说："不敢，不敢。下官正是努尔哈赤，不知老公公有何见教？"老太监冷笑一声说："大人手下人竟敢无理，在天子身旁做出不轨行为。"老太监把额亦都方才的事学说了一遍。罕王不听还罢，一听，吓得他出了一身冷汗，暗恨额亦都做事太鲁莽，只好连连道歉，一再表示："化外之民不懂宫内大礼，乞望老公公和小公公包涵。"说完深施一礼。忙厉声喝道，"额亦都还不过来给二位公公赔罪。"

额亦都开始时以为这种举动只不过是闹着玩而已,以后何和里一说,才知道惹了祸。老太监这一找更觉得不妙,本想道道歉赔个礼,可是一看老太监摇摇晃晃说话阴阳怪气的,在罕王面前还指手画脚,口里喋喋不休。没由地又引起他厌恶情绪。可是罕王既然说叫他赔礼,只好上前也学汉人揖了一揖说:"老官别见怪,因为我听说你们都割去了那个,我不太相信,所以才扒了他裤子看看。"说完又揖了一揖。当着矬子别说短话才行。可是这位傻英雄不会说假话。这一番话,说的老太监面红耳赤,一甩袖子,奔养心殿找万历皇帝告状去了。

罕王一看事情不妙,也赶紧奔养心殿见君请罪。

再说老太监面奏额亦都如何无礼,请主子做主。万历没说什么,只是低着头,正在盘算时,身边太监奏禀说:"努尔哈赤殿外候旨请罪。"万历赶紧说:"宣他进殿。"

罕王进殿之后,便扑伏在地,连连叩头说:"臣教育部下不周,竟在大内做出此等越轨行为,特带额亦都前来请罪。"万历皇帝感到又可气又可笑,可气的是额亦都目无王法,竟在宫内做出这种勾当,可笑的是真是山野村夫,不懂文明大礼。有心责怪,又考虑到罕王是进京谢恩,更兼他雄踞关东,不能因小失大。便笑了笑说:"爱卿平身,孤念他一介武夫,不懂礼,这些许小事,就算了吧。"回头对老太监说:"他们都是外官司,对京内诸事不太知道,饶他这一次。"说完示意叫他出去。罕王也不住向老太监道歉,老太监只好怏怏不乐地退了下去。

这件事平息之后,罕王怕额亦都再惹是生非,便事先把额亦都打发回去。额亦都确也感到在京行动不便,也乐不得地回建州去。他和罕王说:"我正好过不惯这种生活,什么皇宫宝殿,我看都是大土牢,天天圈在里面,就是给我一万两银,我也不当那号皇帝。"他拜辞了罕王,带一些随从回建州去了。

再说哈达部和叶赫部,自从打听到罕王已经进京,便派四名得力谋士,星夜奔往北京。他们在北京最熟的是九门提督,这人姓刘名善,外号叫刘扒皮。不但对士兵非打即骂,就连京内一些中下等官员也不敢惹他。因为他是陈太监得力的干儿子,手下有一帮打手,净干些搜刮民财抢男霸女的勾当。这四位谋士偷偷溜进提督府,把哈达贝勒的书信和礼品献上。刘扒皮看了,书信中说:

努尔哈赤至京对我们合作大有妨碍,不除此贼,终无宁日。如得帝宠更如虎添翼，望找机会，就地除之，实为双方幸甚。

刘扒皮看了书信之后，点了点头。立即安排四个人的住处，并叮嘱千万不要外出，以免露出马脚。

招待外邦的馆驿总管叫洪山，外号叫洪三，是刘扒皮的义子，也是陈太监的义孙，是刘扒皮沟通外邦的得力助手。刘扒皮立刻派人把洪三找来。

洪三一见刘扒皮赶忙跪倒，不住地喊："恩父大人，唤儿子不知何事差遣，只管吩咐。"刘扒皮扶起洪三说："我有一事和你商议一下。"说完一挥手把家人打发出去，然后低声说，"努尔哈赤是我的大敌，我前几年到辽东险些被他害死，听说他这次进京带来不少打手，想要加害我，今天把你找来，你能不能替我暗中除掉这个祸根？"

想那洪三虽是专做坏事的人，但也是无利不起早的唯利之徒。听了刘扒皮一说，心里暗想，这正是我发大财的机会。想到这里，他故意摇摇头说："这事可不好办，想努尔哈赤是当今宠臣，怎敢动手。"刘扒皮也知道洪三的意思。赶忙说："孩子，你放心，这件事只有咱爷俩知道，可以用暗算的办法，叫人神不知鬼不觉的干掉他。另外，最近我早有打算，想把京郊一处庄园送给你。"说完从大柜中取出庄园文书送给洪三。这片花园仅土地就有三千多亩，至于房舍更是在京郊花园中最好的一处。洪三一看这个礼物真是心花怒放，忙改口说："恩父之敌即是儿子之仇人，宁可头断身亡，也要为恩父报仇。"然后两个人商议一番，决定趁努尔哈赤饮茶之机，放进毒药叫他死都不知哪路鬼。就这样定下伤天害理计，蓄意毒害罕王。

话说罕王从大内出来之后，准备休息一天，再拜访一些有影响的朝内要员。就在当天晚上，他散步在庭院中，忽然听到井边有人哭泣。到前一看，原来是一位女仆坐在井旁掩面痛哭。罕王忙问道："你有什么为难事在这里啼哭？"那女仆一见是罕王站了起来，躬身说："客官有所不知，我自幼卖给洪总管为仆，哪知近几年洪总管人面兽心竟想霸我为妾，我执意不肯，他竟恼羞成怒，成天对我非打即骂，前天竟公然说：'你要不答应我的要求，三天后一定把你卖给妓馆。'就在今天真的找来一个妓院的老鸨，言明三百两银子，并定下后天前来接我。我一想生有什么意思，不如投井死了好。"罕王想了半天说："先不要自寻短见，如果你相信我，我有一个办法管保你能脱离虎口。"

这女仆一听这话，赶忙跪下说："客官如能救我，真是重生父母再选爹娘。"

罕王说："你拿着我的一块玉牌到西大街吏部天官府找一位客居的李总兵。他可以救你出虎口。"说完交给她一块玉牌和五十两银子，这女仆千恩万谢地回到屋里。她刚要就寝，忽然洪三进到屋里皮笑肉不笑地说："这些日子我对你很不好，更不应该把你卖给妓馆，从现在起以前的事一笔勾销，你还是我的家人，好好照顾那些客商。因为你做事很精细，所以从明天起你就侍候从建州来的那位大人。至于妓院那件事，我把卖你的文书当你面烧掉就算了。"说完掏出那张卖身文书，真的烧掉，弄得这位女仆丈二和尚摸不着头脑，只好施礼感谢。

第二天一早，洪三把女仆叫了去，交给她一个精致的茶筒，内装上等毛峰茶，并告诉她："这茶是特等名贵茶，只许敬给建州部努尔哈赤大人用，千万记住。"说完就走了出去。

女仆烧开了水把茶放进扣碗内沏好之后，盖上盖，用茶托小心地端到努尔哈赤的房间。因为努尔哈赤有一个习惯，每天早晨总是骑上马跑一二十里才回来用茶用早点。当女仆送茶之后，他也没有在屋，只好放在屋里退了出去。

罕王遛马回到屋里，正要喝口茶，一看桌上放一盏香茶，不由端了起来，刚要喝下去的时候，忽见昨天他救的那位女仆气喘吁吁跑到屋里，一手把茶杯打到地上，立刻见茶洒的地方泛起了白花，把砖地烧了一大块黑斑。努尔哈赤大吃一惊忙问："这是怎么回事？"

原来女仆给努尔哈赤送完茶，心里总是琢磨：为什么洪三变得这么突然，莫非还有什么花招在里头？她悄悄来到洪三窗前，就听洪三正和一个生人在谈话。那位生人问洪三："你的计划真能万无一失吗？"洪三哈哈大笑说："放心吧，不出一个时辰，管保他立即服茶身亡。"那位生人忙问道："能不能露出马脚？"洪三哈哈大笑说："放心吧，一旦努尔哈赤死了之后，我把这件事往我女仆身上一推，就说她图财害命，先割掉她的舌头，不叫她说话，然后当众把她一杀，岂不万事大吉。"那生人一听，连说："妙计、妙计。"这位女仆不听还罢，一听，吓得她出了一身冷汗。心想，我死倒是一件小事，真要毒死那位恩人，那还了得。想到这，顾不得回到屋里，一口气跑到努尔哈赤房间。

罕王听了之后，赶忙说："你赶紧把茶叶给我拿来，之后我会亲自送你出去，千万要快。"不大工夫，女仆拿着茶筒进了屋。罕王把女仆藏在屋里，若无其事地故意把那支茶筒摆在桌子上，并派人请大太监前来共進早点，也把洪三请了过来。

　　洪三暗暗吃惊，根据药性来说，早应该发作，可是为什么没死，难道女仆没把毒茶给他喝。只好硬着头皮就邀赴席。到屋一看，交给女仆那个茶筒摆在眼前，不由吓得他后退一步。正在这时，大太监也进了屋，洪三刚要跑，罕王没容分说，一把抓住他。罕王若无其事似的命家人献上早点，同时罕王拿起那个茶筒倒上两碗茶，献给洪三和大太监。洪三哪敢动口，吓得他不住推让，并说："卑职有事，不能奉陪。"说完就要告退。罕王站起身，厉声喝道："请洪大人留步，我给你介绍一位女人，想你大概认识。"说完向里屋一挥手。只见家人带出那位女仆。洪三这时吓得面如土色。女仆一见洪三恨得咬牙切齿，把事情经过一五一十讲了出来。罕王微微一阵冷笑说："我努尔哈赤应天而生，奉行公正，你洪三一点诡计能奈我何？"说完把两盏茶杯摔在地下，只见茶水泛着白沫把方砖都烧成大小斑点。大太监一看，气得他咬牙切齿骂着洪三，并扬言一定面奏圣上。

　　罕王知道干这种事不只是洪三的主意，这里一定牵扯很多关系。他心里也明镜似的。即或大太监想要奏禀圣上，用不了到宫门早就被人"请"去说明原委。这件大事肯定会化小化无。真要追究起来，免不了一场麻烦。归根结底还是不了了之，同时还得罪许多人，对今后在京活动更为不利。罕王想到这，对大太监说："这人大概在辽东时和我有仇，此次想报私仇而已。听说他是刘总兵部下，交给总兵处理罢了。至于这位女仆，如果她愿意，可以随我回建州做我的家人便了。"并暗示大太监不要再追根问底。大太监一想也对，就把洪三绑到刘总兵处，大太监还写了一个便条：

　　努尔哈赤乃圣上得意的番臣，应加意保护。但你部下洪三竟为了报私仇，在茶内放毒，多亏发现，否则圣上怪罪下来，吃罪不起，望严加处罚，以除后患。

　　这"以除后患"四个字打动了刘扒皮。他想一旦露了马脚，自己不但前程难保，恐怕连性命也要保不住。想到这，立刻派人暗暗把洪三砍了头，并把头送到大太监那里，一再表示今后一定要注意此事。可惜，洪三为发财，竟白白地断送了自己的性命。而刘总兵却落个大好人的名称。

　　至于那个女仆，被罕王带到赫图阿拉之后，给罕王的第六子当了一生的奶娘。为人非常忠厚老实，死时罕王特许葬在祖坟一角。清王朝自嘉庆以前，每次谒陵时也有她一份。

　　由于哈达、叶赫仍然要陷害罕王，才出现了校场比武解箭毒，馆驿两次被刺的事情。

　　欲知后事如何，且听下回分解。

第二十七章 | 救巴图重返长白 得秘方大振国威

罕王回到馆驿，心情很不安。心想，为什么洪三蓄意加害于我，而且事情发觉以后，刘总兵又迫不及待地斩了洪三，这是不是杀人灭口？想到这，他完全失去了睡意，一个人步出屋子，在院中乘乘凉。就在这时，只见洪三的大门前有人叫门，不一会儿门开了，只见有个人鬼鬼祟祟地进到院里，门立刻关了起来。罕王觉得很奇怪，便悄悄地躲在暗处，约莫半个多时辰，那个人又急匆匆地走了出来，门关上之后，罕王一个箭步冲出去，轻轻地走到那个人的后面，掏出手巾，往那人嘴上一勒，那人刚要喊叫，被罕王顺手一拽，把他拖到树荫丛中，抽出腰刀在那人眼前晃了晃，低声喝道："不许吵，我不要你命，赶快随我进屋。"那人只好乖乖地进了罕王的卧室。

到了屋内罕王在灯下一看，来人是兵丁打扮。

那兵丁一看罕王那种庄严的气魄，知道这不是寻常之辈，吓得他两腿发软"扑腾"一声，跪在地上，低着头不出一声。罕王厉声问道："你是什么人，为何黄夜到洪三之家？"那人忙说："我是刘总兵府上兵丁，刘总兵派我给洪总管夫人送一封信。别的情况打死小人也一概不知。"罕王想了想问道："洪总管和刘总兵是什么关系？你如实招来！"那人吃惊地看了看罕王说："大人想必是外省的官吧，谁不知道洪总管是刘总兵的干儿子，刘总兵又是陈太监的干儿子。北京城哪个不知，哪个不晓。"罕王一听，心中暗想，都说陈太监势力通天，干儿子布满北京城，真是果如其言。想到这，连忙把兵丁扶了起来，连连说："真是误会，我以为是偷盗之徒，进入洪管家府内，原来是刘总兵派来的人。"就这样把那个兵丁放了回去。

从这个事件中罕王清楚地意识到茶中放毒是和刘总兵分不开的。可是，刘总兵素来和自己无冤无仇，为何要加害于自己？因为身在京城，诸多事情不好公开揭破，只好时时注意罢了。

第二天，刘总兵又派人下书邀请罕王过府做客，并说借此机会要向罕王领教箭法和刀法。这一招可难坏了罕王。有心不去，要是得罪了这位大人，在陈太监那里说些坏话，对自己事业不利；有心去吧，明明知道这是一个大圈套。

舒尔哈赤等人一致意见是：一不去，二赶快回家。不冒这个险。

罕王想了一阵之后，斩钉截铁地说："明天我一定赴会，我要亲自探探这虎穴。我只带四名亲随就行。如果我酉时不回来，你们急速面见陈太监；面见皇上说情。"说到这又转过话头说："我想，即或刘总兵有害我之心，绝不能在酒席之间暗下毒药。一定设其他圈套，加害于我，再说不入虎穴焉得虎子，也可以顺便探听一下刘总兵为何加害于我。"安费扬古是一位很有智谋的人。听了罕王的一番话，点点头说："贝勒胆识我很佩服，依我之见，宴一定要赴，但事先也要防范才是。我可打扮家人模样和贝勒一同去，可以见机行事，并把解毒药品携带一些，以防万一。同时派何和里到陈太监和李总兵处送个信，就说罕王明天被刘总兵邀请，过府比武，并把投毒的事也说一下。这样免得出事时，没人过问。"罕王一听大喜，一一按着安费扬古的安排做了准备。

刘总兵府在前门西侧，虽然府第不大，但也算得上中等宅舍。尤其在西院有一处规模很大的演武厅。提起这位刘总兵的武艺在北京城里可以说数一数二，箭法超群，手中一对双枪也可以说是神出鬼没万夫难敌。

这次请罕王过府比箭，实际是哈达派来四个奸细出的鬼主意。他们四人想借比箭之机，暗中用毒箭射死罕王，以除后患。这才布下了这次比箭的诡计。刘总兵也想会会这位漠北英雄，并请来一些说客奚落一番，叫罕王看看中原文武人才。

罕王一到府门，只见大门两旁站着两队武士，个个手持长枪、大矛，虎视眈眈地站在两侧。刘总兵早就在门外等候迎接。罕王赶紧下了坐骑，抢前一步拱手说道："努尔哈赤有何德敢劳总兵邀请，这种盛情，实在衷心感谢，深望大人多加指教才是。"刘总兵也赶忙还礼说："哪里，哪里。风闻大人在漠北叱咤风云，早想拜见，惜无机会。今次进京得以相见，实乃三生有幸。"说罢二人并肩进入府内。

到大厅一看，只见十几位文武官员坐在那里，大都是三品以上的官员。刘总兵一一做了介绍后，大家落了座。罕王心想：你们摆的什么阵，我倒要看看究竟。就在这时，一位吏部天官站起身来，拱手说道："听说将军自斩尼堪外兰之后，青云直上，横扫建州，杀了一些族人，掳得数万黎民，威震漠北，使其他各部惶惶不可终日。真有气吞山河之势，想将来统一漠北，即在眼前。可敬可佩。"

罕王笑了笑说："大人此言差矣。想我爱新觉罗氏族向来是和睦相处，何曾有自相残杀之举。不过建州诸部受外力挑动，致使兄弟之间不能和睦相处。就拿家父来说，受哈达暗中出巨金买通妄奏军情，害得我宗祖全家被杀，死于非命，还出重兵屠了全城，就连老人、小儿都没放过，我的父、祖也遭此暗害。努尔哈赤仰仗天助，终于报了父、祖之仇。我们族人，历经多次挫折幡然省悟，感到无谓的内部残害终非善举，才共聚一堂，商议大业。我只不过从中善诱，终于达到兵合一处，将打一家，使建州重归统一。至于大人所说，不知从何知晓，难道宗族和好同建祖业，使建州平安，大明边疆安静，不是皇上之福吗？愚虽不明，此理显而易见。"这一番话说得这位天官，面红耳赤，低头不语。

就在这时，一位武将打扮的愤然说道："将军不愧为漠北英雄。我来问你，既然忠于皇上，既然为了安邦，为何私自养兵马，制武器，加害哈达、叶赫，为何屠北佳侵哲陈杀人数百。难道也是宗族和好，这也是爱护黎民？"

罕王一看这位武将，不知是谁。忙笑而答道："不知将军贵姓高名，何时到过辽东，哈达、叶赫、建州、乌拉之关系可曾知晓？"

那位将领冷笑一声说："某家姓李，虽未到过辽东，但要想人不知，除非己莫为。"

罕王大笑说："将军差矣。俗云，耳听为虚，眼见为实。想将军身在京城，怎知边塞之情。今哈达、叶赫和我建州早已结成姻亲之好，难道将军不知？再说那北佳之战只不过教训他不可轻举妄动，哲陈多次挑衅，实难容忍，才迫于无奈出兵讨之。听说讨西有一位将领，此人也和将军同姓，用百姓之头当作虏首被皇上杀头。似这等人，用百姓头颅换取功名之辈，愚虽不明，不敢效仿。"只见这位李将军不由低下头来，看看大家不发一言。

就在这时又一位武官厉声说道："此乃天子脚下，今天到会诸位乃当朝命官，岂能容你奚落。再说，某家曾在辽东数载，亲见你们私越边境到处抢掠，掠我辽东诸民，侵我辽东土地。某一怒之下出兵镇之始得安宁。这当如何解释？"

罕王一看，原来是十年前在辽东总兵手下的一位偏将，此人姓孙外号大屠户，在辽东一带鱼肉黎民，是杀人不眨眼的刽子手。

罕王不看则已，一看气不打一处来，忙厉声说："这里不许你信口雌黄。我乃朝中边疆大吏，孰是孰非了如指掌，尔不过总兵下一员偏将，怎能容得放肆。既然你出口保黎民，闭口侵边疆，我来问你，你左耳下刀痕是怎么来的，还不是辽东百姓恨你入骨，打算活剥你，多亏总兵救你，才仅受一刀之伤。至于我建州人曾一再严加管教，十五年来未有越边行为。再说辽东一带十几年中，饥荒遍野，甚至易子而食，我建州虽然不定，但百姓安于农猎，四季温饱如春，怎能弃家园投灾地？不错，近年来有些难民投向建州，起初也照约送回，但回去的人死有八九。细想虽族属不同，但皆为皇上子民，怎能见死不救？只好善养之。此乃顺乎天意，合乎人情。至于你提的那次战斗，我看还是不提为好，你既然提起此事，我不得不说明之：那是在万历十一年的事，你率领一百名士兵到各堡搜刮民财，惹起民愤，群起而攻。你一怒之下，杀害无辜百姓七十八人，虏首献功，换得高官厚禄，还在人前炫耀军功，岂不使人哭笑不得。你不以为耻，反以为荣，不值一辩。"

就在这时，外面报陈太监和李总兵到。刘总兵一听，立刻拦住大家说："诸位切莫做唇舌之战，今天乃是群英盛会，理应尽兴言欢。请迎接陈太监和李总兵才是。"

原来，陈太监和李总兵先后接到努尔哈赤的密报，不由得大吃一惊，一旦努尔哈赤有危险，不但边疆不得安宁，而且皇上也不会答应。于是，火速赶来查看究竟。

大家把二位大人迎进府内。陈太监一看，满座官员，便问道："今天聚会是欢迎贵宾还是别有他情？"刘总兵赶忙鞠躬施礼说："启禀恩父，是小儿备下薄酒，请几位文武官员给都检事接风。"陈太监暗想：要害人也得分什么时候。便随声说道："既然这样，老夫也要奉陪一下。"李总兵也附和说："末将也要即兴奉陪。"

就这样，一场危及罕王生命的圈套彻底破除了，罕王安全地回到馆驿。

北京的五月已经热不可当。晚饭过后，天已经黑了下来。罕王一个人来到庭院中纳凉，只见一位女真人打扮的老人，也坐在院子里，不时地长吁短叹，自言自语地说："阿布卡呀，睁开眼吧，为什么一个无辜的阿哥要在斩龙台上送命。"说完不禁哭泣起来。

罕王再一细看，只见这位老人，是浑河一带装束，身穿鹿皮软袍，腰系一条五彩长带，项上戴一琥珀项圈，头戴一顶狍皮小帽。虽然到了夏季，但还在脖子上搭一条狐尾，穿着一双五皮脸的鹿皮靴子，腰里挂着一些女真人常用的物件。

罕王不由走到跟前，用女真话问道："老人家，是哪个部的，什么哈拉？到北京有何贵干？"

老人一听才知道这位汉族打扮的人是女真人，真是又惊又喜，赶忙站起身说："我是长白山部的世袭委贝勒，在下叫乌龙哈。"罕王一听原来是本族人，赶忙自我介绍说："我是建州部努尔哈赤。"老人一听"啊"了一声，又愣了半天，才说："聪睿贝勒，早闻大名，今天相见真是三生有幸。"他这才把为什么到京的原因，一五一十地告诉了罕王。

原来这位老人是长白山部的委贝勒。长白山部比其他各部都小，只有七八十户人家，没有城墙，四外围一圈木障子就算部落。加上一些外面城寨也不满五百户，兵也不多。因为靠长白山，全部以狩猎为主，所以部落达就是穆昆达。

去年，京里一阉党向李总兵索取貂皮三百张，熊皮五百张。李总兵不敢向大部勒索，便派三个差人到长白山部生打硬要，并扬言其要拿不出来，将要发兵，扫平部落。一个小部落上哪能交出这些皮张，只好哀求差人发发善心，高抬贵手，并备好了上等酒饭，招待三位差人。乌龙哈老人有一个儿子叫奔巴图，这小伙心直性耿，颇有几分勇力。他看这三个差人作威作福的样子就气恼，在吃饭的时候，故意对趴在屋里的三条狗大声喝道："三个鬼东西，还不给我滚开。"这在女真人风俗里是撵不受欢迎的客人的表现。这三个差人一听，勃然大怒，怒斥说："这哪是撵狗，分明是赶我们三个人。没别的，让你家阿哥跟我们走一趟。"说罢，一拍桌子，三个人齐下手硬把奔巴图绑走了。

老人几次哀告，不但不放开，反而把老人打倒在地。

老人心疼儿子，当三个上差走后，他备上马一直跟在后面，整整哀求一百多里还是不答应，没办法只好奔向朱舍里部。

朱舍里部和长白山部是同宗同支。和朱舍里部贝勒一说，他也没有办法，只好强凑二百张皮张，叫委贝勒带着小儿子到李总兵处求情。这时李总兵早把捏造奔巴图如何蓄意反明，暗练兵马的罪状奏明圣上，慢说二百张皮子，就是两千两黄金也买不回这份奏章。李总兵假惺惺地说："你儿子犯了诳上之罪，这可不是一件小事。本总管已把他解送到京城，交军机处议罪。你既然找来，也不能叫你白跑一趟，我给你一道火牌，可以进京面见当今皇帝求情去吧。"说罢给他一道火牌，收下二百张貂皮把他推出门去。

　　老人家已经七十多岁了，白发苍苍，带着小儿子一路上饥餐渴饮走了二十多天，才来到北京。一看皇宫深宅大院，一说要见皇上，哪个敢领他去。好心人劝他说：你一个番邦人怎能见得上皇上。有的人故意戏弄他，告诉他在宫门外跪拜就能惊动皇上，一定能召见。他信以为真，足足在金水桥边跪了三天三夜，把老人跪得头晕眼花，一头栽倒在地不省人事。小儿子哭得死去活来，真是叫天天不应，叫地地不语。有些好心人看这外来父子无依无靠，听到这不平之事也气得不得了。可是在那个时候，谁敢替他申冤，只好把他送到馆驿。一些好心的太监一听，也是气愤不平，先给他安排一个房间住了下来，并安慰老人不要着急，他们可以帮老人打听打听下落。

　　老人家在馆驿住了十几天，太监才听到确切消息，原来军机处接到李总兵奏章将老人的儿子奔巴图定为叛变朝廷罪，拟于秋后在斩龙台上枭首示众。

　　老人一听吓得目瞪口呆，再三求太监能不能托托人说说情。太监打个唉声说："老人家你不知道，这年月要想救出一个死囚，没有三十万两银子是办不到的。"老人一听吓得半天没说出话来，慢说三十万两，就是三万两、三千两到哪儿告借。只好听天由命了，就这样这位苦命的老人只好等行刑那天和儿子见上一面。

　　罕王听完老人这一番言语，心中不由暗暗发恨，一定要把漠北诸部统一起来，屯田练武，壮大自己势力，免得全族受此不白之冤。又一想，远水解不了近渴，这老人的儿子命在旦夕，如何把他救出来是当务之急。想到这，便把老人请到屋里悄声和他说："你老不用着急，我能面见皇上，可以替你说一说。"老人感激地说："不愧是女真人，你能这样主持正义，拔刀相助，实在使我这走投无路的老人感恩难忘。"说完跪下要行大礼。罕王赶忙单膝跪地扶起老人说："老人家不必行大礼。想当年家父在世时，曾和我玛发到过长白山，我们有过多次交往，你老人家的难处也是我的难处，我一定尽力而为。"

　　这位老人感动得掉下热泪，用颤抖的声音说："你的恩情我家祖祖辈辈忘不了，我们长白山部将永远归顺于你，我们是小部落，白天听鸟叫，晚间听狼嚎。一无强兵，二无硬甲，谁也不敢得罪。靠着大树不着霜，只有靠你这棵大树才能永保安宁。"

　　罕王刚回到自己房间，考虑如何面君呈词的时候，忽听侍卫进来禀报："穆尔哈赤贝勒从建州派人来见罕王，有要事相商。"

罕王把来人叫到屋里一看，是穆尔哈赤的贴身嘎什哈。见到罕王叩了个几个头，然后交给罕王一封穆尔哈赤的家信。信中大意是：

前些日子，你请来两位烧蓝花大瓷的人已经选好窑地，但没有配方，不能烧制。听说这个配方锁在宫内大库里，没有圣旨谁也不敢外传。能否打通宫内太监，设法抄出配方以便急用。

罕王一见书信，不由眉头紧皱。心想，既然配方存在大内，那可非同小可。为什么建州要急于烧制蓝花大瓷？这里有一段关于蓝花大瓷的事情。

据说，明朝蓝花大瓷在宣德年才烧成，是专门供给宫廷使用的器皿。这种瓷器白蓝相间，白色如玉，蓝色如孔雀蓝，因为特别，不同于其他瓷器，所以，不但供宫中使用，还以封赠方式，馈送给外夷头人。谁要得到宫内蓝花大瓷如获至宝，常常以谁的多寡论地位高低。有的为了争夺这种瓷器竟互相展开过争夺之战。

罕王为了联系各部，曾多次把它们分赠给各部。利用明朝赏赐的这种瓷器结交了很多部落。日子一长，有的部直接向罕王索取、有的用高价到建州部换取。因此罕王一心要仿照这种瓷自己设窑烧制。

可是，当时建州部哪有这种能人。罕王曾派人去山海关以里到处请人，可还是找不到。踏破铁鞋无觅处，得来全不费功夫。在一次行围时，罕王打到一只特大的野猪，心里特别高兴。刚要收围，只见一只山羊从悬崖上跑下来，随后又有两只也跳了出来。这三只羊一只向东两只向南。舒尔哈赤搭弓射中一只，罕王也射中一只，剩下那只却三纵两纵钻到树丛里。罕王追了半天也没追到，回头对舒尔哈赤说："你先带兵回去，我一定要找到这只小东西再回去。"好在围场离城不到二十里，舒尔哈赤便带着人马返回城里。

再说，罕王先是骑马，追到河边，只见那只山羊顺着河沿向西跑去。他没容分说追了上去，一箭正射在背上，这只山羊带着箭钻到草丛里。骑马追是不行了，罕王暗暗生气，心想，不论多大、多野的牲口，只要我搭上眼都不用两箭，为什么这只小玩意儿却如此难打。越想越生气，便跳下马去在草丛中寻找。他一手牵着马，一手拨着草，找到一块大石旁。只见那只山羊又跳了出来，带着箭向西南沟跑去。

罕王立刻骑上马追。这时天已黑了下来，罕王肚子也有点饿了，本想往回走，可是那只奇怪的羊又出现在罕王马前。气得他一催坐骑追了上去。又追了一程，这时天已大黑，那只羊已经跑得无影无踪。罕王无精打采想往回走，抬头往山根一看，却见有一处灯光在闪动。心想，这地方向来没有人烟，怎么会有灯光？不管是谁，到屋找点水喝也好。到跟前一看，只见一间临时搭起的小屋，里面灯光闪动，他轻轻叩了叩门，用女真语叫了一声门。只见里面立刻熄了灯，怎么叫也不开门。心里很纳闷，按女真人的规矩黑天有人来，一定要接进去，供饭供茶，然后留宿。为什么……想到这，猛大悟，这一定是汉人的小屋。便用汉语说道："请开门，我是过路人，找点水喝就走。"只见屋里灯光又燃了起来。不一会儿门开了。

罕王到屋一看，虽然是新搭的小屋，却收拾得很整齐。屋里只有两个中年男女。这两个人一看是女真人武士打扮，吓得两个人哆哆嗦嗦跪在那里口口哀告饶命。罕王赶忙扶起来说："二位请起，有话慢慢讲来。"两个人站起来。罕王这才看清这两个人衣衫褴褛，浑身伤疤。那位女人看岁数有三十几岁，长得倒有几分姿色；那男人浓眉大眼，身板粗壮。罕王不由问道："你们二位从什么地方来到这里？为什么见到我口称饶命？"那个男人看了罕王一眼，狠狠地说："你们害了我，还要强占我老婆，要我传家宝，我们逃了出来，你们还苦苦追赶，今天我豁出这条命和你拼了！"说完，一头向罕王撞来。他哪是罕王的对手，罕王轻轻一抓，把那个男人双手抓住。喝道："有话慢慢说，不许动武。"然后把他按到炕上，那个男人长叹一声，坐在那里掉了几滴眼泪。

罕王觉得这里有隐情，忙安慰地说："你有什么冤屈事，可以和我讲。实不相瞒，我是努尔哈赤。"这两个人一听，都睁大了眼睛，看了半天，"扑腾"一声，二番跪倒叩头，像鸡啄米似的不住说："罕王青天大老爷，给小民做主吧。"

罕王更是莫名其妙。忙说："你们有什么冤情，只管讲来，我给你们做主。"

两个人你看看我，我看看你。那个男人才咬咬牙说："事已到此，反正说也得死，不说也得死。就说了吧，出出这口冤气。"

"我们俩是辽阳人，原籍是关内，祖祖辈辈给官家烧瓷窑，以后迁到辽阳，因为在那地方生活不了，又听说这一带汉人不少，日子很好过，就投了过来。哪承想，被一位章京抓了去，不但不给安家，反而叫我们给他当奴隶。他见我家蓝花大瓷瓶和蓝花大碗好，硬要我们交出。这是我们祖传的几件东西，宁可饿死，也不能失掉它呀！我父亲至死不交，被他们活活打死，这还不算，他看我老婆长得好，天天逼着我交出来，不然就要我的命。我一想，反正活不了啦，不如杀一个赚一个。我一气之下杀了那个章京，跑了出来。本打算住几天回到辽阳，没承想，遇到您。"说完，双膝跪倒说："我们活着也没什么意思，今天请罕王老爷处置吧！"那位女人也跪了下来，泣不成声。

罕王一听，立即把这夫妻二人扶了起来说："你们不要害怕，无故抓人当奴隶在我规定的新政里是不允许的。何况杀人夺宝，国法难容。你们做得很好，不过再遇到这事时，应该告诉我一声。一来我可以为你们做主，二来可以用王法制裁，比这样处理更好些。"一问这二人的姓名时，才知道他们是烧蓝花大瓷的窑头和做细工的女工。男的叫张家信，女的王氏。罕王一听更加高兴，对他们说："你们二人可以随我回去，给你们拨几名工人建窑烧瓷。"就这样收了两名烧瓷能手。

罕王进京那天，这两人禀报说：在浑河岸上可以找到瓷土。因为罕王进京很忙，也没细问，就进京陛见。这次接到穆尔哈赤的来信，才感到这件事很难办。只好暂时再多留几天，设法抄到蓝花大瓷的秘方。

经过几天探听，才知道管秘方大库的是陈太监的一个干儿子叫程万财。这个人见到银子就像蜜蜂见到蜜一样死叮住不放。罕王派人拿着一份官样请帖，请他晚间到十方斋饮酒。送请帖同时，又送去东珠十颗，黄金十两，上等貂皮二十张。这位程万财早就想结识一些漠北的头脑人物，好从他们手里来点外快。一看这份重礼和请帖，乐得眼睛合成了一条缝。忙点头哈腰地说："多蒙你家大人厚情，一定如期赴约。"

罕王在十方斋备了一桌上等酒席。果然这位程管家带着两个仆从，大摇大摆地前来赴宴。一见罕王赶忙一拱手连连说："小的有何德何能敢劳大人破费？"罕王也拱手说："哪里，哪里，早闻大人盛名，这次进京，原想早日登府拜见，怎奈陛见太忙，尚请大人海涵。"双方谦让一番，然后就席。席间免不了互相说一些恭维的言语。酒过三巡，菜过五味。罕王忙命跟随取出一个红漆拜盒，双手送给这位程管家，然后说："卑职有一事相托，请大人帮忙才是。"程万财一边接过拜盒一边说："好说，好说，只要卑职能办到的万死不辞，万死不辞。"

罕王自从结识了程万财之后，又以各种方式买通了皇上贴身太监，求他们在皇上面前多多美言。就这样，罕王花了大量金银买通了上下人等。

这一天，他穿上女真服装，领取封号，满以为能面见君王。可是这位万历皇帝，只顾在后宫玩乐，哪有闲心处理这些事务。一听罕王要朝见忙吩咐贴身太监传旨说皇上身体欠安，不便临朝，可由太师代朕加封，并传口旨："努尔哈赤忠于明朝，堪为国家栋梁，他需求什么，就满足他什么。"这贴身太监早被罕王买通，乐不得在罕王面前卖好，便捎了口旨到前殿。高声喊道："太师、努尔哈赤接旨。"二人慌忙跪倒，那位太监把万历皇帝口旨传达一遍。太师只好照办，按仪式给予加封。那位贴身太监赶忙说："请大人和太师讲一下，需要什么东西，尽快说吧，杂家好回旨。"

太监说完还暗暗给罕王使眼色，叫他大胆要东西。把这位太师弄得糊里糊涂，也不知说啥是好。这时罕王向龙案行了九拜九叩之礼后，便深深给太师叩了一个头。然后说："现在大牢里有一位年轻的女真人，他本是一位普通的猎人，因冒犯了差官，被抓到京，定于秋后问斩，请皇上开恩，赦他无知之罪，他一定永念皇恩，岁岁来朝。"太师一听有心不答应，怎奈有了圣旨，忙说准奏。

罕王又说："为了永远不忘皇恩，小邦已经决定一切饮食器皿都用天朝的蓝花大瓷。因用量太大，不忍心动用国库，想要制瓷配方，请恩准，以便烧制成功之后，可以代圣上转赠其他部落。一来使各部代代不忘皇恩，二来也省得花费大量库银，望乞恩准。"这件事可难坏了这位老太师。因为蓝瓷秘方不许外传，是先主留下的遗诏。正在犹豫之时，那位太监接着说："太师爷赶快决定，奴才好交旨。"这可吓坏了这位太师，急忙说："遵旨，遵旨。"忙命人把程总管叫来，命他取出秘方。

就这样，罕王没费多大力量，便救出了奔巴图，又得到了蓝瓷秘方。

第二天，罕王身着明朝官服进宫陛辞圣上，当然也没见到皇上。

罕王出京时，一些文武百官送出很远，罕王胜利地回到建州。

罕王自从得到蓝花大瓷秘方之后，按照配方，又花费了许多金银从江西运来一些瓷土，做引子，居然烧成了和明朝官宦一样的上等蓝花瓷器，以后用这些瓷器和蒙古、黑龙江一带的兄弟民族建立了非常密切的关系，比出几万大军要有效得多。部落经济、军事实力大增。

在四部之战九姓之争的斗争中，逐渐征服了漠北，称雄于东北各部。

欲知后事如何，请听下回分解。

第二十八章　访长白巧得指路图
探鸭绿身受水牢灾

罕王自万历十八年四月二十八日赴京陛见以来，在京里足足待了七八个月。于万历十九年正月才从北京回来。

老城诸贝勒和将士一听罕王回来了，个个欢腾，人人高兴，迎出十几里。只见罕王队伍远远而来。最前面有四个巴图鲁高举皇上赐给的大旗，后面抬着御赐的各种物品，随着是罕王骑着高头大马，身着二品武将服装，真是叱咤风云人物，远非昔日可比。

众将官把罕王迎入老城，都一一前来见礼，个个向罕王问长问短。额亦都禁不住向罕王问道："贝勒爷大哥，那皇帝老儿没有难为你吧，我扒裤子那件事怎样安排好的？"罕王只是笑了笑，说："皇上不会计较那些小事。"额亦都又说："都说皇帝是龙变的。我在宫中一看那些铜龙，也就跟大蛇似的，只不过多了四条腿，有什么了不起，既然龙是皇帝，我看咱们也弄它几条摆在你宫里，难道他们能成龙，大哥还比不上他们？咱们也成个龙叫他们看看？"罕王瞪了他一眼说："不要胡说。"这一番话引得大家都乐了。

罕王问走后的情况，费英东禀报说："别处倒也无事，去年年景丰收，山货下来的很多，几个马市的生意也很顺手，兵士练武大有长进。只是叶赫部越来越嚣张，去年冬底，我曾派大路探子探听叶赫的消息，曾抓住两名叶赫探子，当场讯问下，知道他们正在派人和长白山部联系，也派人到鸭绿江部送过礼品。据叶赫探子供认，鸭绿江部答应叶赫借道出兵，并和长白山部订下盟誓，如用人力、物力可以支援。根据探子口供分析，大有三面包抄我们的形势。"罕王一听忙吩咐把抓住的两个探子带上来要亲自审问。费英东没说什么，额亦都抢着说："那两个探子是我过的堂，他们就说这些，以后再问啥，他们都说不知道，我一气之下全杀了。"

罕王不由皱了皱眉，打个唉声道："什么时候能改掉你这鲁莽的脾气，要口供也不是一天的事，应该放长线钓大鱼才是。一天问不出可以两天、三天、一个月，只要用好言安慰，会讲出很重要的情报来。今后再遇到这些事，一定要沉着一些，多想想办法才是。"

罕王和众将士说："根据刚才说的情况分析，叶赫要待机吃掉我们。我早就料到狼迟早要冲进牛群，叶赫真要得到长白山部，等于在我们身旁放一支暗箭，一遇机会这支暗箭就会射伤我们。再说长白山部一旦归附他们，不但叶赫在我附近有了落脚之地，更要紧的是他们有了更多的兵源和雄厚的山产品，岂不是如虎添翼？我们当务之急是先发制人，趁叶赫脚跟没扎稳的时候，出其不意，把鸭绿江、长白山各部收服过来，才能保证建州平安。"

大家一听，罕王这番见解，个个佩服得五体投地。额亦都却是直性子人，不由大声喊道："大风大浪都不怕，长白、鸭绿算个啥？贝勒爷大哥，给我一千兵士，我要踏平这两个部落。"

罕王摇摇头说："服人单凭武力不行，想那长白、鸭绿等处，我们地理不熟，人情不知，他们的实力不明，不能贸然兴师。只有探听明白才能定策。"说完一摆手让大家散去。

大家要在第二天摆迎风庆功宴。罕王摆摆手说："这不是庆功的时候，我要细细想一想，如何对付叶赫这只狼。"

他回到后宫，一些福晋争相要见，却被罕王挡了回去。一个人独宿在望天楼里。

罕王有个脾气，凡遇到为难大事，总好一个人苦思冥想几天，然后把想到的结果再和大家共同商议，最后定下来，立刻行动。

罕王在望天楼里足足想了三天三夜。他先分析叶赫的国情。

自从万历十一年十二月，明朝设计杀害了二位老贝勒之后，李成梁率兵对叶赫进行一次残酷的屠杀。一千八百多人无辜被害，国势大减。万历十六年三月李成梁又率兵从威远堡以突然袭击方式，阵斩甲兵千人，抢去鞍马兵器近千件，叶赫遭受重大损失。城中父老，丧子亡夫，哭声震天，一直到现在元气未复。本应吸取前车之鉴，和我同心协力壮大国威，以保祖业。可是，他却把自己弟兄姻亲视为仇敌，企图灭我建州壮大自己，这怎么容忍。罕王考虑再三，决定还是先收下鸭绿、长白等处，断其侵建州的跳板，争取和叶赫和睦相处，不做更大的兵事冲突。

如何收服鸭绿、长白等部。这两处不比哲陈、北佳。彼处路远人生，情况不明，对出兵非常不利，当务之急是探得该部真实情况之后，再做定策。

谁去探听，罕王反复琢磨，感到只有自己去才妥。因为京城结识了长白山部委贝勒乌龙哈，他可以说出实情。再说行兵布阵最好亲自看看地形山势风土人情，以及对方兵力布置情况，才能指挥有力，百战不殆。

他想到这里，心里好像透了一点亮。这时，晨鸡已经报晓，外面不时传来习刀练箭的声音。叫卖早食的小贩子那种有节奏而又单调的吆喝声，不时地送到屋里，他推开小窗，一股凉风吹了进来，一夜没合眼的疲倦身躯顿时精神起来。

罕王从小就养成了一种吃苦耐劳的精神。他和弟弟们要饭的时候，经常短食缺衣，再加上多年戎马生涯，练成钢筋铁骨似的一条硬汉子。

侍候他的嘎什哈赶快送来洗脸水，还带来一份早点和一杯浓茶。浓茶是罕王最喜欢的饮料，用他的话来说：喝上一杯茶，神清气爽力量大。他不爱饮酒，每逢大捷总是以茶代酒。罕王不由想起一件事，在京时长白山委贝勒回家时，曾说过多年没喝到浙江香茶了，可惜在北京也没买到。

罕王想到这，回头问嘎什哈："我的浙江香茶还有多少？"

"有十几斤。"

"好，全都给我包好。"

嘎什哈很为难，因为这种茶几年进一回，更重要的是罕王专门喝这种茶。一旦断了，他会吃不饱、睡不好。浙江香茶成了他日常生活中不可缺少的东西。

嘎什哈问："罕王爷，包这茶做什么？"

罕王说："我暂时不喝了。"

嘎什哈瞪着大眼睛半天说不出话来。

罕王笑了，问嘎什哈："你说用十斤茶换十万垧土地和珠参，哪个合适？"

小嘎什哈上哪懂得这个道理，只好照着罕王的主意把十斤好茶包了起来。

罕王吃完早餐，骑上菊花青马绕城跑了一圈。这时天已到卯时。外面云牌响了三下，一些贝勒章京以上的大员纷纷来到望天楼议事，听听罕王如何对付叶赫三面包抄之险。

罕王说："我要亲自刺探长白、鸭绿实情。至于今后如何行动，等我回来再议。家中一切事务可由舒尔哈赤料理，我先到长白，后探鸭绿。请大家放心。"

大家一听个个面面相觑，没发一言。费英东对长白、鸭绿一带知道一些，不由地站了起来说："罕王单身入虎穴，我看去不得，那长白山部倒可以对付，可是鸭绿江部却非同小可，人们野蛮无知，不懂道理，再加上山水险恶，树深林密，万一有些差错，岂不因小失大。"

罕王一听，斩钉截铁地说："这些情况，我已料到，我是按照天意办事的，只要我做的事情上随天意下合民心，会逢凶化吉遇难呈祥，请不必担心。"又补充说："我这次出探是秘密行动，千万不要大吵大送。如果半月不归或者没有信息，你们不要等我，再派人侦察，一直到摸清底细方可用兵。切记，切记。"

就在由京回来的第五天，罕王只带着会各方语言的扈尔汉和随机应变的穆尔哈赤，三人悄悄离开了赫图阿拉，直奔长白山部。

有一天，走到纳殷地方，天已经黑了，有心投城找宿，路不太远。正好在树林深处好像有六个人在生火烤肉。见此，罕王三人停了下来，到火堆旁边。罕王看看这六人一身鹿皮做的穿着打扮，火堆旁边放着弓、箭、刀、枪等打猎工具，知道这是一些巴拉人。罕王三个人坐下后和他们一起拨火烤肉。就在这时，只听很远一声鹿哨声，那六个人赶忙站起来和罕王说："我家穆昆达来了。"

在山里有个规矩，见到一个地方的头人时先请安问好，然后由那位头人用刀叉一块肉直接送到对方的嘴里。如果敢吃，那就是朋友，如果不敢吃，休想活命。

不一会儿，那位穆昆达出现在眼前。只见这位身材足有六尺，穿一身皮衣裤，腰扎一条白玉扣的牛皮大带，脚蹬一双三皮脸薄底短靴，头上戴一顶三耳狍皮帽，脖子围着一领狐皮围领。尤其那白玉扣牛皮大带一般人是没有的，只有受过皇封的人才能得到这种贵重物品。这位头人到火堆旁哈哈大笑说："来了客人，为啥不欢迎呀！"这句话音刚落只见这六条汉子霍地一下站了起来，没容分说把罕王三人摩肩头捞二臂绑了起来，又一个个拴到树上。这突如其来的行动，使他们感到很意外。

那位穆昆达看了看罕王之后，厉声问道："你们从哪里来？如实说来。"

罕王看看他沉着地问道："你是不是女真人，难道这是女真人待客的方法吗？哈达恩都力不会答应你这种不礼貌违犯山规的人。"

那人哼哼一声说："少说废话，上次已经宽待了你们，可是你们却派人抢了我们的貂皮，抢去了我的老婆，这回又想要花招欺骗我，决不宽恕你们。"

罕王一听心里明白了，更安定一些。忙说："误会误会，我们是建州部人，从来没来过这里，至于说抢貂皮、抢女人更没有此事。"

那人问："报报你的哈拉格属于哪位大臣管辖，原先是哪个部，何时建州？"

罕王说："祖辈建州人爱新觉罗哈拉。我是阿布卡章京的属下。"

那人冷笑一声说："建州将领数一数，哪有叫阿布卡章京的人。"

"不！你不知道，阿布卡章京不在建州在天上。"

"你越说越不像话。既然不说实情别怨我不客气。来人，用箭把他们三人活活射死，以解我心头之恨。"扈尔汉一看不好，忙喊道："住手，他是我家聪睿贝勒，建州都检事努尔哈赤。"

只见那位穆昆达"啊"了一声，又上下打量罕王一会儿，劈头问道："你可认识乌龙哈玛发？"罕王点点头，说："在北京有过交往。"扈尔汉接着说："我家贝勒在北京救过他的儿子。按理说，还是救命恩人呢。"这位穆昆达听了这话，急忙放下鞭子，跪在地上连连说："原来是聪睿贝勒，有失远迎，当面恕罪。"扈尔汉喝道："哪有绑着拜见的道理。"这时穆昆达才想起还没有松绑，急忙命人解开绑绳，又重新见礼。一问原来是长白山部委贝勒手下的偏将，奉命假扮巴拉人到叶赫附近刺探消息，打算把情况送给罕王，没承想在这巧遇。

罕王一听大喜，又重新坐在火堆旁谈起叶赫情况。据他们说：罕王进京时，叶赫、哈达如何派人暗害，目前叶赫从明朝那里托人买进一些铁器，准备熔化制造刀、枪和箭，并日夜操练兵马。还经常向各个部落送些名贵礼物，来往走动的很密切。罕王听罢，心中暗想，这分明是加强力量，联合诸部来对付我，但又不知这些人究竟是做什么的。便笑了笑说："叶赫贝勒加强自防，各部和睦倒是很好，希望他们日益强大起来，以免被明朝欺侮。"说到这里只见那位自称偏将的人对罕王说："贝勒爷，昨天我们回来时遇到一个很奇怪的地方，在两山夹一沟的地方，发现一个大山洞。进去一看，山洞不但有进口，还有上口直通山顶，洞里显得很亮，里边啥也没有，只有在墙上用红色画些什么东西，我们不太明白。在山洞里还捡到一把生了锈的腰刀。"说完把那把刀拿了出来。罕王一看这刀已经锈得不能用了。一看刀把是牛角制成的，上面刻着几个汉字，一细看，是"御赐检事李满柱"几个字。罕王不由"啊"了一声，说道："这洞离这里多远？"

"有半天工夫就能到。"那位偏将答道。

"能不能带我去一次？"罕王着急地问。

"只要您老要看，小的可以带路。"偏将立即答道。

天刚蒙蒙亮，这几个人向山洞出发了。果然天到辰时来到这个洞口。罕王一看地形，是两山夹一沟，这条沟北通叶赫南至乌拉。再一细看，好像有如群马从这路过似的。一行人到洞里一看，有一堆新燃尽的火堆。罕王问道："你们来时可曾见过？"他们摇摇头。

罕王往石壁上一看，只见在一堵光溜溜的石壁上用红色画一些好像图画似的东西。又仔细一看，原来是一张山水图，旁边标着一些蒙文。从蒙文中看出这是一幅鸭绿江部和长白山部的详细图。他猛想起一件事，原来这地方叫葫芦口，想当年李满柱曾两次想要攻打鸭绿、长白两部，结果未成而失败，这一定是当时李满柱亲自画的一张图。罕王细细地看了一遍又一遍。那出入口山川水势画得清清楚楚，唯有一个地方只画了一个大红点，旁边注明一行字"可能是水牢。"罕王也不太懂。他便掏出纸笔照样画了一幅，然后命大家把这张壁画除掉。出了洞，直奔长白山部。

长白山部正像上回书介绍的那样。没有土围子，四外用柞树条子夹的围墙，只有南北两个大门，那位委贝勒住在大东头，三间草正房东西有厢房，大门旁有一间小屋，大概是听差人住的地方。院子里收拾得倒也干净，放着两块练习举重的石锁，东西两排架子上面插着刀、枪、弓、箭一类东西。门房听差的一禀报，只见乌龙哈领着两个儿子迎了出来。一见罕王，立即跪在地，不住地说："不知恩公驾到有失远迎。"赶忙让到屋里，献上茶。罕王把带来的香茶、蓝花瓷瓶和十只银杯，四只金杯，两匹库缎一一献给老人。老人推之再三，怎奈罕王执意奉送，只好流着眼泪收了起来。立刻命令手下人杀猪宰羊款待这位救命恩人。乌龙哈和罕王说："我大儿仔奔巴图多蒙贝勒才保存了性命，如果贝勒不嫌弃，愿意拜你为义父。"罕王连连摆摆手说："使不得，使不得，我和贝子岁数相仿怎能收为义子。"没等罕王说完，奔巴图早已跪倒在地，口尊："义父在上，受孩儿一拜。"罕王无奈，只好收了这个义子。书中交代，罕王的满汉义子收了不少，可是收外部义子这还是第一次。乌龙哈一见罕王收下，特别高兴，不一会儿摆上酒席。吃喝已毕，已经有二更时分。客人一一散去，乌龙哈把罕王请到西上屋。晚间人静以后，老人把回来的经过和长白、鸭绿两部的详细情况做了一番介绍。

原来乌龙哈从北京回来以后，总想找机会好好报答罕王救子之恩。

有心送点礼物，一想罕王家大业大，一点点东西太拿不出手，再说这么大恩情不是金钱和财物报答的。又一想长白山部人少势力弱，早晚要被大部落吞掉，不如早一些投靠建州部，以便守着大树不着霜。想到这，他多次和本部大贝勒商议如何投奔罕王问题。开始时大贝勒也有点意思，以后叶赫派人拿着很多东西找大贝勒，并答应长白部一旦归附他们，一定奏明皇上，加官进禄，用一些花言巧语打动了大贝勒的心，决定投奔叶赫，因此，这两人说不到一起，想不到一起，乌龙哈有心自己投奔，又感到空手去又给罕王添一些麻烦，只好先派人打听一下叶赫的情况，再做定夺。

罕王听了之后，也没说什么。问到鸭绿江部的情况时老人说："鸭绿江部的人可不好收服。他们善识水性，每人鼻子上都安有一条用狍、鹿尿泡的肠子做的细管，能在水底行走，相当厉害，一到春秋两季，他们到处抢东西，大家都叫他们是'哈根尼马哈'（野狗鱼）。你要坐船在水面走，他们暗暗在水底下冷不防把你拽下江，把东西全部抢去，叫你死无葬身之地。"

"他们城寨在哪个山口？"罕王问。

"哪有什么城寨，都散居在江两边，有事则聚无事则散。一遇到外敌，一射响箭都钻到水里，你在明处，他在暗处，冷不防射你，使你没法防备。"老人说。

"能不能说服他们，给他们房子、衣食、牛马，叫他们在岸上安下家立上业。"罕王进一步问了一下。"难啊！"老人摇摇头继续说，"这些人也没有家，不分老幼、不分大小。每到夜静更深时，男男女女上了岸，在林子里跳了一阵，就男女各找对象进行野合，生了孩子往山洞一藏，他们只知有母不知有父。再说这些人相当野，抓住外来人，活活把人吃掉，就是本族人打架抓住对方也烤熟吃掉。据说他们每天要吃两三个人。"

"不知这些人说的是什么语言？"乌龙哈接着说，"语言很杂，有高丽话、女真话，还有人会说汉话。"

"这么说他们不完全是女真人？"穆尔哈赤也插话问。

"不！这一支人都是女真人。大金国灭亡后，鸭绿江两岸成了无人管的地方。他们渐渐变得野性，辈辈不敢离开水，吃鱼长大的。"老人说。

罕王听到这打个唉声说："都是自己人，可以说服他们归顺过来，一来可以改改那种野性；二来也是一支力量。"然后意味深长地说："自大金国灭亡之后，女真人成了一盘散沙各自为政，互相残杀。明朝又采取分而治之的手段，更引起彼此的不和。这种痛心的教训，应该结束了。再照这样下去，不用外敌，女真人自己也会互相杀尽。"说到这，又问老人："不知他们武功怎样？"

"没啥武功"，老人装了一袋烟接着说，"他们没有统一兵，不会什么战法。河两岸巨石横马蹄，马队进不得，步兵使不上劲儿。要想收服他们只能智取，我倒有个办法收服他们。"罕王赶忙问："什么办法？"

老人说："用毒药撒在河里，叫他们不敢下水，就能活抓住。"罕王点点头说："我们不能夺他们窝，应该拆旧窝，给他们盖新窝、盖好窝才行。"

老人打个唉声说："您倒是一片好心，可是那些人野性难改呀！我没有别的力量，可以事先给你们采些毒草，焙干磨成粉末，以备急用。"

这时天已四更。罕王明天还要亲探鸭绿江部，停止了谈话。

第二天，吃完早饭，罕王对穆尔哈赤说："你拿着我画的这张地图，回赫图阿拉，叫安费扬古看看并做好出兵准备。"又拜别了乌龙哈，带领扈尔汉直奔鸭绿江部。

根据地图指的方向一直奔向西南鸭绿江口。

罕王对鸭绿江部的女真人也想要用说服劝归顺的办法，把他们收过来，也预料取鸭绿江部不能在夏天，只有水冻冰封的季节才能征服。虽然想到这点，可是罕王过于相信自己，艺高人胆大，总想深入虎穴才能得到虎子。他率领扈尔汉这天来到鸭绿江口，天已经黑了下来，正赶上是十五月圆的时候。天已渐暖，罕王不敢找山洞住宿，只好在林中打个小宿。两个人正要生火烤肉时，只见一群男女举着火把向林中跑来。罕王赶紧躲了起来。只见这些男女高举火把围着大树又跳又唱。歌越唱越淫，到最高潮时竟扔下火把一对一对在林中进行野合，说也怪都是女人主动找男人。再一细看那些女人一个个长得都很美。

野合结束以后，只见人群中走出一位中年妇女，大声说："告诉大家一个好消息，叶赫前几天来人说，建州部要把我们全部杀了，因此叶赫给我们送来一些刀枪，还有布匹、衣服、铁锅、蓝花大瓷，并保证和我们友好。再说那地方男人长得很好，管保你们能看得上。"然后又说些难听的话。大家齐声说："吃尽建州人，亲亲叶赫人。"

罕王暗暗恨道：叶赫部这只狼是想吃掉我们，这样到处煽风点火，若不尽快取下鸭绿江部，一旦落到叶赫手中，岂不使我腹背受敌，罕王决定找他们头人，说服他们归顺建州。

实际这一招罕王想得太简单了。想那鸭绿江部人，本来就很野，又加上叶赫挑动。罕王用几句话哪能说服过来。

第二天，罕王和扈尔汉按照图形找到一个洞口，一问洞内人的穆昆达在什么地方，那人一见是生人就抢起刀要砍。扈尔汉一个箭步冲上去夺下刀，用力一反手把那人擒住，大声喝道："你老实点，不然就要你命，快领我们见你头人去。"那个人只好乖乖地领到部落穆昆达那里。原来这地方人确实没有家。除野合时男女能到一起，平时男女分开各不相扰。

这个人把罕王领到一个大洞，一指说："这就是我们的穆昆达家，你们自己进去吧。"说完一溜烟跑了。

罕王按照女真礼节站在外面一打招呼，只见里面出来一位中年妇女，这女人正是昨天夜里讲话的那位。她上下打量一下罕王，很警惕地后退一步，从洞壁上把刀往后一拿，没容分说，就是一刀。扈尔汉早料到这点，赶忙迎了上去，右手一抬，擎住拿刀的手，大声喝道："请不要动手，我们是过路人，听说你是穆昆达，特来拜访。"那女人只好放下刀问道："你们是当天走，还是睡在我这洞里。"罕王不解其意，扈尔汉忙说："任听尊便。"那女人好像消了点气，就说："你，我给找一个女人，这位就住我这里。"罕王这才明白话里的意思。

女人问："你们是从哪里来的，来此何干，是不是想会会我这儿的女人。"

罕王理直气壮地说："不是，我是建州卫努尔哈赤，特来和您商谈两部的大事。"没等罕王说完，那位女穆昆达立刻变脸色说："恕我不能和你谈这些事。既然你来了，也好让你看看我部的力量如何？你敢不敢和我走一趟，看一看。"罕王笑了，郑重地说："可以。"这个穆昆达立即找来七八个男女青壮年，领着罕王出了洞。

只见此山有的挖成洞，有的依山搭个撮罗子。人们都很少穿衣服，仅仅用些兽皮遮遮身体，保保暖，也不懂什么礼节。走有两个时辰，来到一处靠河的大砬子跟前，抬头一看陡峭的石壁光秃秃的不长一棵草，靠砬子根水面上有一个山洞，石门紧闭，女穆昆达说："这是我的兵库，你可以进去看看。"说完用脚一踏青方石，石门大开，那女人冷不防用力一推，把罕王推到洞里，一踏青石，石门立即合上。扈尔汉刚反应过来，几个女人不容分说，把扈尔汉绑了起来。

这位女穆昆达把扈尔汉领回住处，暂时不提。再说罕王被推入洞里之后，两眼发黑啥也看不见。齐腰的冷水坐不下蹲不下。用手一摸，四处都是湿漉漉，冷冰冰的石壁，再一摸，摸到一个人头骨，紧接着摸到第二、第三……一直摸到了十五六个人的头骨。罕王"啊"的一声，暗想，这大概是水牢。心想这真是上天无路，入地无门了。好在自己随身带了点肉干，只好站在水里查看动静。冰冷的河水浸透了全身，开始还能忍受，时间一长，浑身冻得麻木不灵。心想，没承想我努尔哈赤南征北战没死到疆场上，却在水牢里丧生。又想到不知安费扬古看了图形，有没有按我的话发兵攻打。他脱下长袍挣扎着把自己腰牌包好放在石头上。浑浊的空气又臭，江水又凉，再加上吃不好喝不好，罕王渐渐地倒了下去。可是他不甘心这样死，又挣扎起来把随身带的小铁刀拿了出来，摸到石洞门口用力挖了起来。一抠下来一点石粉，他不灰心，一刀一刀地刮着。

洞里不知时间，罕王已经筋疲力尽了。最后连刀都拿不住，退了几步，心想，我死也不能死在洞口，要死在洞中央。他终于昏倒在水里一块巨石上。开始还有些知觉，渐渐地好像飞到天空似的，飘飘然神清气爽，正在天空飞动时，只见地下有人喊："贝勒大哥，快出来，我找的好苦。"他往下一看，是额亦都在喊。心里高兴，竟什么也不知道了。但他又感到好像被一位武力大神挟了起来，腾云驾雾似的把他带到一个去处，他一细看，原来是自己的家乡赫图阿拉。他又恍恍惚惚看到自己的一些福晋和儿女围了上来，众大将也围了上来，然后又昏了过去。又听到有人呼喊。他睁开眼再一看，自己却躺在自己房里，他用力想要挣扎起来，又被大家按住。他又静一静神，才感到这不是梦。只见福晋们和大将们都围在身旁齐声说："不要紧啦，醒过来啦！"这时，有人端来参汤、热粥，有人端上奶茶。这时罕王才完全清醒过来，他慢慢地又合上眼睛休息了。

自从扈尔汉被那个女人带回去之后，被关在后洞里，女人准备晚间同他快乐。到掌灯时，她打扮一番，开开后洞门放出扈尔汉，没容分说，按在炕上强令他脱去衣服，自己也解开鱼皮衣服，正上炕时，扈尔汉笑了笑说："我要和你生活在一起行吗？"女人说："不行，你是大家的，我不能占为私有。"扈尔汉没想到她说出这样话。又说："今天晚上我一定睡在这里，可是我有一事不明，想问一问。"

女人问："什么事？你说。"

扈尔汉说："我有个毛病，每天晚间总要到外面走一趟，才能睡。不然的话，一夜不安宁。你要不相信，可以陪我走一趟。"女人只好答应和他一同外出走走。

走在小路上，扈尔汉故意引那个女人使她安下心来。他俩来到小林子里，扈尔汉说："你们鸭绿江部人不是会唱会跳吗？咱俩比比看。"那女人摇摇头说："回洞里再玩。"

"我会摸瞎虎，不信你把我眼睛蒙上，把手绑上管保能碰到你。"女人真的把他蒙上眼睛，绑上手。扈尔汉是个精明人，没出三次居然把女人摸到。扈尔汉说，"你们鸭绿人都笨，没人能赶上我。"女人不服气说："你可以把我蒙上，也一样摸到你。"果然她照样被蒙上眼睛，绑上手乱摸起来。开始她招呼一声，扈尔汉答应一声。可是后来却听不到扈尔汉的声音，她到处乱摸乱闯，扈尔汉却早已溜之大吉了。

扈尔汉不分昼夜跑回赫图阿拉和大家一说，急得大家都要前去搭救。安费扬古说："人多不顶事，我和额亦都再加上扈尔汉三个人就可以了。"

事不宜迟，他们星夜赶到鸭绿江部，按照扈尔汉记的路，悄悄向水牢的方向走去。可是看守人太多，没法靠近。安费扬古一看地势，立刻带他们两个退了出来，向砬子顶上走去。来到砬子顶，安费扬古从背筐里拿出一条鹿筋大绳，说："咱们只好从这里救出罕王。"他把一头拴在大树上，另一头拴在额亦都身上，在绳子根上拴一个铜铃，单等铃一响就往上拽。

额亦都渐渐落到砬子底下，他解开绳子，走不远，果然发现一个用大石板堵住的大洞口。他知道这大概是水牢，他顺手一推石门一点没动，猛然想起扈尔汉告诉他开门的方法，额亦都找到方青石用脚怎么踩石门也不开。这可气坏了这位傻二爷，他一时性起瞪起双眼，大喝一声，用尽平生气力一推，只听轰隆一声，石门倒了，他不顾一切才把罕王救了出来。

十天后，罕王完全好了，这才智取鸭绿江部，大破九部之围。

欲知后事如何，且听下回分解。

第二十九章 | 罕王用计收二部 叶赫密谋攻建州

罕王自从亲探鸭绿江部以后，又反复研究了李满柱留下的鸭绿江部路线图。深深地感到：如果被叶赫收买过去，将是腹背之患。真要在自己身后放起这把火，将危害不小。想到这，开始筹划如何可收服鸭绿江部的策略。

他又想到长白山部、朱舍里部和白山部，虽然该部委贝勒乌龙哈可以作为内应之人，但大贝勒却倾向于叶赫。朱舍里居高山之上，具体情况又不太知道，如果只顾收服鸭绿江部，忽视这两方面，一定会两败俱伤。这三方都是女真人，绝不能用大杀大抢的办法，只能以德感之才为上策。但是，鸭绿、朱舍里又是野蛮的部落，绝非三言两语就能招抚过来。为这件事，罕王想了多次，考虑一个办法感到不行，推翻了，又考虑一个还是不行。

正月十五日，建州部虽受汉人影响，家家过元宵节，但是女真人的放偷的风俗还没改掉。这一天夜里，不分长幼尊卑，可以互相说笑、打闹，甚至抹黑脸。这天晚上只要到别处串门，一进门，冷不防被人就抹一脸黑，这叫正月十五没大小，官民同乐。

罕王在这天晚上，兴致勃勃地到大街看灯，家家门前都挂着门灯、树灯。走到一个僻静胡同，只见一家门口挂的是大蟒蛇灯，而且会上下翻腾，为此他多站了一会儿。刚要走，只见门忽然开了，走出一位骨瘦如柴的老人，罕王不看则罢，可一看大吃一惊，赶忙过去双膝跪倒，口尊："恩师，何时到此，为何不到家中？"原来出来的这老人正是罕王的师父。自打修新城见一面之后，老人家云游天下，四海为家，颇也清闲。这日来到长白山顶，举目四望烟云四合，群山时隐时现，苍松翠柏，百鸟此唱彼和，一池天水不亚于明珠嵌于山谷。几处峻峰好似仙女舞于云间，真是天生美景，神州仙境。老人正在观景之际，忽见日出的地方，有九股乌云遮住太阳，三颗小星白日出现。不由"啊"了一声。他运用自己的智慧感到徒儿努尔哈赤目前有几件大事，如果处理不当，对他立大业扶国威有所不利。便下了仙山，直奔建州而来。七星老人有心直到罕王住处，又不愿接触更多人，便趁正月十五这天，找一家小屋扎了一个别出心裁的大蟒蛇灯。

老人说："徒儿你起来，随我进屋。"师徒进到屋里，来到西间，罕王二番参拜师父。老人家说出下面几句似诗不是诗，似词不是词的话：

要人不如要土，要钱不如要山。

强硬不如德化。

应快要快，应忍要忍，刚柔相间，才成大器。雪堆的高山，抵不住太阳一照，纸扎的魔鬼怎禁得火烧。

老人又说今后要面临多次大敌，千万记住打蛇要打头。大火不是一滴水能救灭，洪水不能用一筐土堵住。少而集中成大器，多而分散软无力，切记，切记。

罕王问道："请问师父，徒儿今后能否完成大业？"师父说："诚则感天。高山是一块一块石头堆成的，大业是一步一步建成的。过于急则慢，过于紧则松。见机不用，终成遗憾。横冲直撞非善事，切记，切记。"又说："清身、防守、打狼、养狗。"罕王也不敢深问。虽然这一番教导对罕王大展宏图奠基立业起到了很大作用，但罕王对清身、防守、打狼、养狗这八字还是不太明白。

老人家说完竟飘然无踪。罕王在小屋里站了半天，只见嘎什哈进来请罕王回宫。他这才有所省悟，回到宫中。心中好像又开了一扇窗户似的。

正月十六，他把各贝勒、大将齐集到大衙门，布置了以下战略。

罕王叫道："扬古利、扈尔汉。"二人应声报到，"我给你们五百人马，今天立即动身。加速前往朱舍里和长白山部之间，安营扎寨，不要轻举妄动，要控住叶赫沟通二部的一切行为。"二人领命立即点兵出发。罕王又和大家说："我们先收服鸭绿江部，然后再取长白山部。鸭绿人，生性野，水性强，取这个部，应该多加注意。"立即命令安费扬古、费英东、额亦都点齐兵马两千，明日出发。

罕王安排完了之后，又领着家族亲人到堂子，杀牲告祭。把家里诸事安排给舒尔哈赤，于正月十八日直取鸭绿江部。

因为鸭绿江部与别的部不同。生在水中，性格风习也不一样。

鸭绿江部因为没有一户挨一户的风习，只能知道有五百多人。据说，鸭绿江部的头人叫毛古尔。这人不但水性好，还是鸭绿江部的萨玛达，有鸭绿恩都力做保护神，真要遇见敌人，她可以请这位神喷出水柱，高有百丈，哪怕铜墙铁壁也能穿透。这毛古尔手下有两个弟子，大弟子叫特里，二弟子叫穆里。这两个人也是水中行走如平地，两个人都是女性，虽然三十多岁，还像十七八岁姑娘那样，是毛古尔的左膀右臂。听说特里有龟神保护，穆里有水獭神保护。这龟神一遇敌能推波逐浪，无论多少人也能淹得全军覆没。水獭神更厉害，冬天能领着穆里钻七十二个冰眼。有三个头人做保护，谁也不敢轻易接近这个部，即或想要交往，只能到马市。部人往往在马市也勾去一些小阿哥，捉弄完了就杀掉扒心。

这些事罕王知道一二，他虽然也是萨满，但没有这些妖术。很难对付。

罕王领着大军日夜兼程，离鸭绿江部十里便安营扎寨。这时乌龙哈领着大儿子也带领二十多名甲兵，马上驮着毒草粉赶来。罕王大喜，请到大帐。乌龙哈说："自聪睿贝勒走后，我家大贝勒更对我不满，如今什么事也不和我商议，暗中勾结叶赫，也想要先收鸭绿江部后平朱舍里部。我几番劝说，他总是不听，并威胁说：'你要是私通努尔哈赤，别怪我不客气。'实出无奈，我早把家小送到东小城隐居起来，才带领仅有的这些甲兵前来投你。"罕王安慰一番说："把鸭绿江部收过来之后，立即到长白山部，铲除这只狼。"

乌龙哈说："我领着这二十多名甲兵今天夜里在江的上流放上毒草粉，他们一定出水上岸，你们可以围而攻之，即可一举成功。千万记住先不要靠近他们，以防中他们的妖术。"说罢，率领二十多名甲兵，悄悄地到上游埋伏起来。

罕王把所有人马布成口袋形的阵容，预备好强弓硬箭，准备人一上岸立刻封住江沿围而歼之。

据说这些鸭绿江人。因鸭绿江口有上游温泉暖流，一到正月初十以后，就开了江。这些人一冬没有见水，一开河就迫不及待地跑到河里尽情欢乐。正在这时，忽见报马来报，启禀部主，建州贝勒率大军向我处杀来。毛古尔一听，冷笑一声说："来得正好，我正要消灭他。今天送上门来，真是天赐给我的良机。"正在这时，只见从上流冰下漂来毒药粉，每个人被薰得头昏脑涨。毛尔古赶忙命令大家上岸，以免死在水里。又命令两个徒弟，赶快请来护法神破罕王大军。这些人刚一上岸，罕王立刻鸣鼓如雷，顿时万箭齐发。哪承想从河里飞出冲天水柱直射罕王，罕王一躲，正好击中身边一个侍卫，立刻倒地身亡。就在这时，又见河水像一面墙似的涌来，吓得兵马直往后退。结果罕王损失一百来人马，躲到山后，总算过了这一灾。

罕王很苦闷。心想，如果说枪对枪，刀对刀，自己无所畏惧，唯有这些妖术真是没法对付。他在星星出全的时候，摆上香案，系上腰铃。手执皮鼓向天做了很长时间的祷告。

第二天，吃完早饭，忽见门军来报，说有一位中年妇女前来求见。罕王赶忙请到屋。只见这位女人身穿一身鹿皮裙，头戴一顶双叉神帽。她见到罕王一不下跪，二不请安，公然坐在凳子上，掏出大烟袋竟抽起烟来。罕王觉得这位女人不是一般人，忙命嘎什哈献上一杯茶。恭敬地问道："不知这位大嫂，找我有什么事，您是哪部人，哪个哈拉？"那个女人看了看罕王说："我说一个人，不知贝勒认识不？"没等罕王回答她的话，她又接着说："呼兰哈达，乌拉恩都玛发。"罕王一听，立刻"啊"了一声说："认识，认识。那是我学萨满时的开山师父，不过他老人家头七年就已过世了。"那女人郑重其事地说："我是他老人家掌堂大弟子何赫里大萨满。"罕王一听心中像打开一扇窗户似的，赶忙跪倒，口尊师姐，"小弟早知师姐大名，惜未相见，今天能够认识您，真是三生有幸。"

原来这位女人是何赫里小部落人，五岁那年父母出天花双双死去。被乌拉恩都力大萨满收留过去。这位大萨满用二十年时间把全部神功都教给这位姑娘。她二十五岁那年就在海西、东海诸部出了名。没出十年工夫，漠北一带都知道这位神通广大的大萨满。何赫里妈妈的名声已经被女真人推崇为救人苦难的恩都力。她正在这一带给人治病的时候，听说罕王发兵取鸭绿江部，心中不由替他捏了一把汗。心想要说出兵打仗罕王是一位常胜将军，要想破妖除邪恐怕难以胜任，又一想，师父临终时再三嘱咐自己有机会找师弟，因为他在漠北要建大业安天下，在危难时还得需要自己助他一臂之力才是。

因此，她才贸然求见，也试探一下，罕王为人如何。这次见面使这位大萨满对罕王产生一种姐弟情。

这位何赫里妈妈告诉罕王："明天一早把兵马按方位布置好，等我制住三个妖头之后，你们就可以动手，不过要爱惜生命，少伤人。"罕王一一答应。

第二天，鸡一叫，立刻埋锅做饭，按东北西三面做好埋伏。又命乌龙哈到上游撒药。布置完了，刚要行动，只见门军禀报说外面有八个人求见。何赫里妈妈点点头和罕王说："外边是我南边的八个弟子，可以让他们进来，我有用处。"

这八个人是四男四女，岁数都在三十岁左右。一到屋里先给师父见礼，又给罕王叩头，口尊："师叔在上，受徒儿一拜。"

何赫里妈妈和她的八个弟子一共九位萨满立刻在院子里摆上香斗，跪在地上，口里叨念一番，只听空中呼呼作响，不一会儿，飞来二十七面托力，一个个光芒四射。九个人每人接过三面，随大军出发。

再说鸭绿江部毛古尔自以为神通广大，拿下罕王是不费吹灰之力，并且吩咐两个徒弟随时准备发最大的水，淹死全部罕王人马。正在这扬扬得意的时候，又闻到毒草味，赶忙命大家上岸，并喷出水柱，发出大水，杀上岸来。刚一到岸，只见二十七个像太阳似的东西直射水面，顿时把大水推回江中，岸上滴水没存。这可吓坏了毛古尔师徒，有心逃回水里，毒草又没法抵抗。这时四面埋伏的甲兵一声呐喊，杀了上来。毛古尔师徒被托力罩住一动也不能动，活活地被乱箭射死，其余人只好乖乖投降了。

这次出兵，罕王损失一百多人，是几次战斗中伤亡较大的一次。

何赫里妈妈制住了三个妖头后，又辞别了罕王，带领八个徒弟到各处云游去了。据说这位大萨满一生没结过婚，不知所终。

鸭绿江部被收服以后，因为他们野性很大，没有编在一起，都分散在各个牛录手下，他们到军队之后，仍然习惯群婚，有不少甲兵和将官受他们引逗犯过法令。这部人都没有留下姓氏，八旗通谱也没有他们先人的名字。据说还有一部分人逃到朝鲜，在朝鲜也没改群婚之俗。

鸭绿江部自金朝灭亡后，就远离人群，过着野人般的生活。社会不但不能前进，反而逐渐退化，经二百多年的孤陋生活，养成一种无法无天，群婚乱淫之风，但因武力不强，为了防御外敌，也练就惊人的水性。再加上有五十多名萨满依仗动物神、水中神才一直维持到现在。

这五十多位萨满中，多半是信奉水中神。据说他们死后，在很长时间被人们传颂着，甚至有些氏族把其中名声最大的萨满当作蛮民恩都力，供奉着，统称为水神。以后越传越奇，说这些水神奉阿布卡恩都力的天命，把守各个河口，说得更是神乎其神。

也有另一种传说，这五十多位萨满在战斗中全被罕王阵斩。鸭绿江部人总是不服，一定要为这五十多人报仇，曾闹过许多事，罕王只好把死去的有名望的萨满，一一封他们为把水口的水神，并每年祭祀一次，这才平息了内部骚动。

总之收鸭绿江部在史书中记载不多，可是传的很奇，至今仍是个谜。

罕王收鸭绿江部以后，长白山部委贝勒和众将一致请求罕王进兵长白山部。罕王说："长白山乃小部，何必用大网捕小鱼，如果全军围之恐怕惊动百姓，岂不劳民伤财。"便亲自率领一百多人取长白山部，其余军队完全撤回赫图阿拉。

罕王只派十二股小队，每队十人分头到各小部落，嘱托他们，到各部落不许枉杀一人，不许抢掠女人，不许拿人财物。并责令把各部落穆昆达一同请来，以便商讨归附大事。又把随军带来的一些绸缎、布匹、衣帽等物分为十二份分别送给各个小的部落。

原来长白山部委贝勒乌龙哈早在年前曾多次向各小部落讲罕王如何仁慈如何强大，从目前形势来看，罕王是大有前程的人物，他们应该宜早不宜迟归附罕王才是。经他到处游说之后，小部落达都对罕王有些好感。这次派出的十二支小队又带着礼品，分头请客。果然来了十一个部落达。罕王立即杀羊杀猪摆宴招待，在席间，罕王和大家说："咱们都是女真人，说一样话，生活也一样。为什么不能合在一起呢？尼堪人有一个故事我讲给你们听听。从前一个老人有七个儿子，很不和气，老人拿出一捆箭，抢先拿出一支叫儿子们折，没费力量就折断了，又拿出一捆，叫大家折，结果一根没断。这个故事很好地说明：大家合起来力量就大。"又问大家，"你们见过大海吗？一望无垠的大海都是一条条小河汇成的，别看你们部落小，真要合在一起，有事大家商量，遇敌共同对付。一人有难大家同助，就能所向无敌。我决不夺你们窝，也不迁移你们，不动用你们的财产。如果有谁敢欺侮你们，我一定发兵来助。"说完，罕王举起酒杯向地上一倒，又拿出刀来，向旁边早已准备好的一只小羊砍去。和大家说："阿布卡恩都力在上，我努尔哈赤今后如有和这些部落三心二意，愿意像这只羊似的。"

这一番话和这一番行动，深深感动了各部落达，他们来的时候，总是放心不下，以为罕王一定像杀人不眨眼的凶手似的，今天一听和一看，决不像想象的那样。不由问道："如果我们归顺于你，是不是都变成你的阿哈（奴隶）？"罕王笑道："不，决不。我要把你们看成亲兄弟，亲父老一样，这一点请放心。"大家一听这才安下心来。一个个离席，纷纷给罕王叩头，情愿归顺罕王。

罕王行军打仗是不许喝酒的，今天例外。他不住给大家满酒夹菜，自己也喝了不少。就这样没费一兵一卒，收服了长白山部的四围小部落。这件事被长白山部大贝勒知道以后，急忙暗中派人给叶赫送信，求他发兵保护。事又凑巧，这送信人被罕王的游动哨抓住，送到罕王帐下。罕王一看书信，和扬古利说："真是天助我也。"便在扬古利耳边小声说了阵话。扬古利连连点头称是，悄悄地离开了军帐。

再说长白山部大贝勒自从派去送信人之后，天天盼叶赫兵马。这一天中午时分，忽听门军来报："启禀贝勒，西门上有叶赫兵马二百多人，在门外等候。"大贝勒一听心中大喜，赶快率人亲自迎接到府。只见这二百兵马，个个身强体壮，气势汹汹，没等大贝勒请，却一拥而入，首先围了兵营，紧接着围了贝勒府。大贝勒被弄得莫名其妙，赶忙问带队人这是何意。那位带队人说："努尔哈赤大兵压境，叶赫贝勒派我们来一再嘱托我们，一定要保卫好兵营和贝勒府。大贝勒一想也对，便吩咐所有士兵一律听叶赫兵调遣，并杀猪宰牛款待叶赫士兵。

第二天，门军来报说，叶赫贝勒亲自率兵到城西五里禁寨。大贝勒一听更加高兴，心想：你努尔哈赤再想吞我长白山部，就凭叶赫这些兵马也一定杀你个片甲不留。便赶快率领几名嘎什哈亲自去会见叶赫贝勒，并商议如何击退建州兵马的大事。

大贝勒刚到军门，只见旗帜有些不对，再一细看，都是建州部旗帜。刚要扭头往回走，只见城内叶赫兵赶来。大贝勒大喜，忙喊道："赶快回城，那来的不是叶赫贝勒，是建州兵马。"话音未落，只见叶赫领兵大将哈哈大笑说："既然来了，怕他何来。"回头命令兵丁说："给我冲。"一声令下，只见兵丁像猛虎似的挟着大贝勒冲向营中。

一到大帐前，那位领兵的大将说："咱们进去跟努尔哈赤讲讲理。"大贝勒连连摇头说："不行，不行。这不是可以讲理的事。"那位大将说别害怕，说完推推拥拥把大贝勒推到大帐里，大贝勒抬头一看，只见罕王端然正坐，委贝勒乌龙哈和扬古利在旁边陪坐。

罕王一见大贝勒，赶忙起身，首先向大贝勒行大礼跪拜。连连说："我略施小计把贝勒请来，还望海涵。"大贝勒这才明白，原来那些叶赫兵都是罕王手下人马。想到这长叹一声说："没想到中了你们的圈套。"罕王好言相劝，再三表示："不吞掉你们，并且派兵保卫你们。"最后说："漠北诸部长期以来，互相掠夺，互相杀害，使本族同宗，不能和睦相处。对内不能安居乐业，对外不能抵御强敌。我努尔哈赤虽然才疏学浅，但不愿各部永远争杀不休，如果我们把十个指头拢到一起，形成一个拳头，什么力量也破不了我们的阵营，何乐而不为之。"这一番话，说得大贝勒哑口无言。这时委贝勒又进一步规劝并指出叶赫的野心。经过反复说明，大贝勒才勉强同意归顺罕王。

以后这位大贝勒总是不太甘心，多次想联络叶赫。罕王无奈，把他全家三十多人，强令搬出长白山部，撤到呼兰哈达南部深山中，据说这支人到康熙年间才真正归顺过来。

长白山部归附，消息传到叶赫贝勒纳林布禄耳朵里，不觉大惊失色。心想，如果不尽快除掉努尔哈赤，将成大患。我想取鸭绿江部他却先行占领，我想收服长白山部他又捷足先登。长此发展下去，不但能砍断我的双手，还要攻入我的心脏。为此，他召集手下诸将欲商议如何能对付这支劲敌。他和诸将说："建州贝勒越来越大，像天花似的威胁着我们，用联姻办法也没把他控制住，努尔哈赤是我部之大敌，不知大家有何良策对付他！"

纳林布禄手下有两名偏将，一个叫宜尔当阿，一个叫百思汉。这两人有一张利口，外号人称刀子嘴。他俩一听纳林布禄一番话之后，不由大声说道："区区建州有何惧哉，某愿凭三寸不烂之舌，说服他退出所占土地。"纳林布禄一听大喜，对他们二人说："努尔哈赤能说善辩，不可轻视，你们二位可要多加小心才是。"这两个人领命走了。

罕王收服鸭绿江部和长白山部之后，清楚地知道叶赫、哈达绝不能善罢甘休。眼看两块肥肉被别人吃掉，岂能忍让？他打算一要充实粮饷，二要整训军备力量，以防万一。

有一天，罕王和众将正在亭子里议论练兵大事。忽然门军来报，叶赫遣使求见，大家不由愣住。努尔哈赤一听，沉思了一会儿和大家说："叶赫此次遣使无非想试探我的虚实，或者讹诈土地。"忙命门军请他们进来。

宜尔当阿两位使者，昂首挺胸步入亭子，向罕王请了一个安，对别人连看也不看一眼，真有一种大国使者的派头。罕王暗暗发笑，连忙命人看座。

罕王稍一欠身子说："不知二位驾到，有失远迎。我近日忙于政务，未能去贵部探望岳母和内兄实感抱歉，乞望二位回去之后，代我问好。"两个人只好连连说一定照办。罕王又说："二位来得正好，有一事想求二位代我求求贵部贝勒。"这两个人一听，罕王有求于我们，心中不由高兴起来：只要你一说出口，我先满口答应，然后我再索地，看你有何答对。

连忙笑嘻嘻地说："贝勒有事小的一定效劳，准能办到。"

罕王打个唉声说："这件事本应早提，无奈考虑到两家是亲戚，总是碍于面子没提。想当年老贝勒许亲时曾说过：'一旦小女下嫁，愿用五城作为陪嫁。'今已完婚数年，未见音信，你们来得正好，请把这件事向你们家贝勒禀报，定个日子我好接收五城。"

两个人一听，心想：好厉害的努尔哈赤，没等我们要地，他却索五城，这是想封住我们的口。想到这，宜尔当阿赔着笑说："贝勒这个信儿，小的能够带回去。不过陪送五城之事，小的一概不知。况且贝勒过府那年，小的是朝夕侍候，从来没听过老贝勒说过这样的话。再说没有文书作凭证，怎能……"刚说到这里，罕王接着说："二位说得很对，没有文书作凭证，是不能讹诈他人土地，不知你们二位来此有何公干？"

这两个家伙自己给自己套上枷锁，有心提出要地，可是没有文书，岂不自讨苦吃，宜尔当阿说："我们可以禀报我家贝勒。不过，自你掌政以来，肆意扩疆拓土，占领各部，说句不好听的话，大丈夫不要像猪的嘴巴到处拱。想当年你祖、父一再和各部说过'我们决不占领别人土地，我们决不到处伸手'。今天你却违背祖、父遗风，并吞诸部，先后占领我额尔敏扎库木二地。再说，乌拉、哈达、叶赫，满洲言语相通，视同一部，岂有五主分建之理。现在从土地面积来看，你多我寡，请将上述二地，以一分我，不知尊意如何？"

罕王一听不由暗暗生气，心想好个说客，我在阵前不是败将，在口战中岂能饶你。便厉声说："二位说些什么言语，竟敢挑拨我们之间关系。国之大小此乃天之所命，岂能是尔等所知。五部分占乃几百年成立，尔等有何德何能敢出狂言归为一家。不知归到何家请讲当面。"

两个人你看看我，我看看你，没敢言语。

罕王接着说："土地不是牛马牲畜，怎能任意分割。听说你们二位是叶赫贝勒最得意的将领，本应该规劝你们家贝勒息兵和好，永不相争才是，你们不但没做到这点，反而在我们两部之间挑动是非，破坏我姻亲之好，践踏老贝勒遗训，你们有何德何能竟敢操纵我们两部的大事？成何体统。要不是看在纳林布禄面子上，你们休想完整回去。"说完命人给二位备酒备菜好好招待，还赏给每人一套衣裤，三两白银，两人灰溜溜地回到叶赫。

叶赫贝勒碰了钉子，更是咽不下这口气，有心为此出兵，又怕寡不敌众，心中闷闷不乐。宜尔当阿一看这种情形，又向纳林布禄献策说：

"努尔哈赤的势力咱们一个部恐怕对付不了,想要制住建州努尔哈赤,依奴才之见,应该联合诸部共同对敌,才为上策。"

纳林布禄忙问道:"如何联合请道其详。"宜尔当阿说:"努尔哈赤到处伸手,已经引起哈达、乌拉、辉发等各个部不满,生怕被他吞掉。如果把三部贝勒请来共商讨建州,盟誓联合,以四部之兵攻其建州,何愁不能取胜。如果贝勒同意,我愿往三部,请三部贝勒前来共议大事。"纳林布禄一听,心中大喜,忙备好三份厚礼命宜尔当阿游说三部。

宜尔当阿到哈达说:"当今建州如狼似虎,今日吃掉哲陈,明日拿去王甲,鲸吞鸭绿,巧取长白,如此下去,哈达虽大,也有被吞之势,何不诸部联合共图大业,击败建州,永保疆土。我家贝勒有鉴于斯,特命小的邀请贝勒至叶赫共议对敌大策。"哈达贝勒已经得知罕王收服二部的消息,也好像热锅上的蚂蚁,不知如何是好。一听来使请他,正合他意,心想一定要先打败建州,然后再图乌拉、叶赫,恢复祖业,再展宏图。想到这便满口答应准时到会。

宜尔当阿又远涉重山来到乌拉说于乌拉贝勒:"方今建州好似猛虎到处捕捉小羊,并对乌拉视如肥肉,早已算在他的版图之内,如不想出良策,一旦被击,再牵你后部,使你腹背受敌。不知贝勒有何良策?"又接着说:"我家贝勒秉大公之心,不愿看到兄弟各部相继沦为建州奴仆,特命小的前来邀请贝勒到叶赫共议对敌之策。"

乌拉贝勒本打算出兵东海诸部并从中扩大兵源和物资,以便兴师于建州,但又害怕哈达、叶赫从中作梗。这次宜尔当阿来说,正合心意,便满口应允定期赴会。

回来途中,路过辉发也做了邀请。

聚会这天,叶赫部杀牛宰猪准备丰盛酒宴。哈达贝勒率戴穆布,辉发贝勒拜音答理率阿拉敏出席这次议会。乌拉贝勒因故没有参加。

这次会议决定出一整套对付建州的战略,其战略是:

先遣使者据理力争。如果说理不行,四部联合攻取建州外围诸城。如果顺手,直捣建州。

四部之战不利时,再多方联合共讨之。

这真是布下层层网,单等捉大鱼。不知罕王如何对付诸部联合的应敌之策。

欲知后事如何,且听下回分解。

第三十章 | 派遣说客强词夺理 纠合九姓盟誓兴师

话说宜尔当阿走后，努尔哈赤和诸将说："老狼出洞，绝不能就此了之，我们应该加强防备以防万一。我料纳林布禄这次要地，只是试探而已，他感到孤掌难鸣，一定会联合哈达、乌拉、辉发等部，共同对付我们。我们一方面注意他们软刀子，一方面应对他们进攻才是。"安费扬古表示赞同罕王意见。额亦都一听简直气炸了肺，一拍桌子大声骂道："趁早，咱们先发制人，把叶赫先踏平，灭了叶赫就能镇住哈达、乌拉。那些小部，何足挂齿。"

罕王说："我们不能兴无名之师，攻占非为好事，还是防御为好。他们像有病似的，因胡作乱闹终归自取灭亡，天不会保佑他们这样做。"为了加强防御能力，他命令安费扬古和费英东加强练兵，多备弓箭以防万一。又命乌里堪多训练一些侦察人员，注意叶赫动向，罕王这方，加强防备。

叶赫这次邀请各部都是各揣心腹事，尽在不言中。表面异口同声一定联合共同对敌。可哈达、辉发各有主意。哈达想借叶赫之力，攻占一些地盘，然后把叶赫挑动蓄谋说与建州，挑起他们不和，自己渔翁得利。辉发是处于中间四大部都不敢得罪，一看两部联合，以为势力一定比建州强，便加入了这个集团，想占些小便宜。

三方一研究，决定先礼后兵。叶赫贝勒派尼喀里和图尔德，哈达贝勒派戴穆布，辉发贝勒派阿喇敏一同前往建州说服罕王归顺于三部，永息兵戈之争。

尼喀里本来是哈达部一个谋士，当年哈达贝勒王台死后，四子因争家产闹起内部纷争，四子被迫投奔叶赫时，尼喀里也随主投靠叶赫。这人足智多谋，能言善辩，被叶赫贝勒看中了，作为议事偏将。

他们四个领了主子之命，直奔建州而来。一到新城立即要面见罕王，门军只好通禀进去，不一会儿议门大开，费英东迎出来，让到东暖房，命人献茶。费英东说："我家贝勒正在会客，命我先接待四位。"尼喀里迫不及待地问道："哪来的贵客可否一知？"费英东说："是东海窝集派人专程来访。我听了几句，说什么要和谁联合起来打南北二关，想要邀请我们入伙。为此，贝勒很不满意。和来人说：'大丈夫办事要光明磊落，不能看风使舵，随帮唱影。'还说'我努尔哈赤历来不做别人的陪葬。决不因小利伤害邻国，况且南北二关和我已有姻亲之好，怎能助你攻他们，这样做不合天意，不顺民心'。"

四个来使一听，心中暗想，人家建州贝勒说的真够义气，这怎么能联合对付他。想到这，说服罕王的劲头小了许多。

不一会儿，只见从东大厅中过来四个嘎什哈和费英东说："罕王不便叫四位见到东海来人，请东大厅赴宴。"费英东站起身来，和四位说："真有些慢待。"正在这时，只见上屋走出两位东海窝集装束的人，罕王送出大门之后，直奔东暖房。一进屋就和四个来使说："真对不起，因为来客人，耽误一会儿。你们来得正好，我正要给你们家贝勒送个信，你们就来了，请回去时候给我带个口信，希望叶赫和哈达二部，多加小心，防备边境小的城寨被人掠夺。实不相瞒，方才来的二位远客想联合五部之兵，攻取二关，想要和我联合。我和他们解释说：'叶赫、哈达乃仁义之邦，从来不勒取别人财物土地，你们万不可出师兴众，我决不和你们联合。联合攻打别人那是狼崽子干的事，决不做这种伤天害理的事。'"哈达使者和叶赫使者，不由低下头来，不发一言。

罕王接着说："经我规劝一番，这两个使者明白了，决心回东海时，一定说服他们的贝勒，以友情为重，不兴师抢掠。"罕王说完，把四位使者让到东大厅赴宴。

四个使者到桌上一看，金杯银盏，蓝瓷餐具摆满一桌，满汉全席十分丰盛，还有尼堪烧酒建州米酒。再一看屋里站着八名美女，个个长得如花似玉，手提玉壶美酒。把四个人看得眼花缭乱，真有点飘飘然。

席间，罕王不住命人敬酒布菜。一再说，都是姻亲之帮，好好畅谈友谊，今日四位来此请代我向你们家贝勒问好。

酒过三巡，菜过五味之后，罕王擎杯问道："不知四位来我建州有何贵干？"

尼喀里刚要发言。罕王看了看说："你大概叫尼喀里吧，听说你是哈达部一位忠心耿耿的谋士，又听说你为哈达部办了很多好事，真是令人钦佩可敬。不知你家贝勒最近可好，听说四贝勒因为兄弟不和投靠叶赫，还有一些无耻之徒，也随四贝勒投靠叶赫，纳林布禄真是大量之人，要是有人背主投我，早就……"罕王说到这，故意没说什么，把一杯酒一饮而尽。这一下弄得尼喀里没话答对，只好不发一言。图尔德一看不妙，心想，这罕王没等我们发言，他先把尼喀里的嘴活活堵住。还影射哈达、辉发，真不愧为聪睿贝勒。有心不说啥，又怕回去交不了差。只好硬着头皮站起身来说："我们四人奉主子之命，来见贝勒，有些言语命我等转告。有心如实照说，唯恐贝勒见责，不知当说否？"

罕王笑道："这有何妨，你们是奉主之命和我商量事情，当然要如实传达你们家主子原话。如果说得对双方有利，为了友谊之言，我努尔哈赤一定洗耳恭听，从命照办；如果是一些有伤两方和气不善的话，我也能派人到你们贝勒面前，以同样语言回敬之。你们是陈述主人之言，我决不怪罪你们，有话请讲当面。"图尔德这才吞吞吐吐地说："我家贝勒叫我们俩和您说：'我们三部研究已定，要把您的土地合理地分给我们三部，如果您不应允，别说我们不讲理，就要吞掉你们。'如果三部合起来兴兵讨建州，如入无人之境，您是没法抵抗的。三部之兵对您一部之众显而易见，您是无能反抗，那时城陷人亡，家国难保，识时务者为俊杰，不如您早日献地归于我，免受刀兵之苦，望贝勒三思。"

罕王一听勃然大怒，拔出佩刀往桌角一砍，只听"咔嚓"一声，将桌角砍掉。冷笑一声，义正词严地说："叶赫贝勒自不量力，竟出此狂言，请问纳林布禄以及他们弟兄，领过什么兵，打过多少仗，他们知道出阵杀敌的知识吗？请问纳林布禄什么时候在战场上和敌人马首相交，破胄裂甲经一大战？只不过是一位荒于酒色，无所作为的酒囊饭袋而已。竟敢出此狂言其不值一击。我念二位老贝勒在世之情，我念两部姻亲之好，不愿出兵攻他，反而他自不量力得寸进尺。再说哈达，想当年益格布禄与亲手足戴善自相残杀。叶赫趁此机会掩袭哈达，这怎能称得起巴图鲁呢？要知道我建州上下一心坚如磐石，绝不能像哈达那样引狼入室。

战争终非善事，一旦真的打起来，你叶赫也不是铜墙铁壁。我几万大军披甲攻之，竖云梯取之，置火炮毁之，合力而攻，可以无坚不克。入尔部中如入无人之境，取尔城如探囊取物，入尔境可以昼夜自如。

我努尔哈赤只有十三副甲敢向明朝问罪，结果明朝归我父、祖之丧，赔礼道歉，赠我敕书、马匹，又授我建州都督敕书，封为建州都检事，岁输金银，难道纳林布禄没有见到？

反过来请问纳林布禄：二位老贝勒关帝庙被害，两千士卒同归于尽。

似此奇耻大辱不报，忘在脑后，纳林布禄反而认贼作父，问罪于姻亲，是什么英雄？不能为父报仇，不能为两千卒兵雪恨，算什么女真人，父仇不报之徒竟敢恬不知耻拿大言恐吓于我，真替他可耻。"

听罢这一番慷慨陈词，四个人连饭都没吃好，灰溜溜地回到叶赫。

罕王怒气未消，立即把巴克什阿林叫来当面写信给纳林布禄。并吩咐他说："你把我的书信一定要当面交给纳林布禄。"并警告说，"如果你不敢当纳林布禄面诵读我的书信，你就不用回来，留在那里好了，再不要回来见我。"

巴克什阿林持书信来到叶赫，有心直去见纳林布禄，可又不太知道他的脾气，便去见布斋贝勒，并在布斋前，宣读了书信。

信中大意是：

努尔哈赤拜见布斋、纳林布禄二位仁兄，获闻邻里和睦外力不敢欺。祸起兄弟，将会引入外狼。前天派人竟传不逊之言实难忍之。今我建州人多地少，特下书索尔地五城以便安我民众。如能允诺，请将割地文书交与去人，如果你们感到用地困难，可向杀二位老贝勒的仇人明朝索取。使我有些不明白的地方请教你们，我们建州哪一点对不起你们，你们却像野狼似的，像猎人似的伸向兄弟邻部，我不忍伤了兄弟和气，才去信提醒你们，我十几年人不离马，身不离甲，手不离弓，脚不离蹬，大战小战不下几十，我的子弟兵也都是坚兵利甲，以一当十。可你们只不过花天酒地，玩鸟驾鹰，自关帝庙一战，你们就萎靡不振，何足一击，请信我言，罢革息兵永为和好。

布斋听完这封信感到确是这样，又感到这信说的过于刺耳，一旦被那个鲁莽而不讲道理的纳林布禄听到，会对来使不利。想到这，对巴克什阿林说："我家纳林布禄贝勒说话粗莽，应对你主说些不礼貌的言语。你家主人信上说的我已经知道。你就不必再见我家纳林布禄贝勒了。"说完命人准备了一些酒饭，派人把巴克什阿林送回建州。

罕王给叶赫那封信，只不过是为了来而不往非礼也。他知道对付叶赫不是单用一封信能解决的问题。巴克什阿林回来后，罕王并没有过多地问这件事，仍然集中精力训练士卒，以防御入侵之敌。

这一天，罕王正在议事亭子和安费扬古议事，忽然阅边官员来报："朱舍里部、纳殷部引叶赫兵马抢劫我东界叶臣所居的洞寨后而逃，请令定夺。"

罕王想了一会儿问："叶臣的人马损失如何？"

"没有损伤，只是抢走很多物品。"罕王点点头说："抢就抢点吧，想朱舍里和纳殷二部本是我建州之部，因为离我太远才归附叶赫。水不能越山而过，火不能越河而烧。朱舍里、纳殷隔着叶赫，怎么归附于我。但是总有一天，他们能回到我的手中，不要因小事，坏了咱们的大谋。"

叶赫贝勒布斋和纳林布禄本打算以抢劫叶臣洞寨为名试探一下，以便看看建州的兵力，偏偏罕王没有出兵，以为罕王徒有其名而已。所以胆子越来越大，他们又行贿哈达、乌拉、辉发，四部联合起来，不断侵扰建州所属各个城寨。这一天，有人来报，四部兵马四百多又侵扰我户布察寨。各大将都纷纷请战。罕王说："别看他们四部联军，只不过是乌合之众，对付他们不必出动大军，我只带五十人马，足以破他四部之兵。"众将只好照办。

罕王挑选五十名甲兵，用二十人埋伏在户布察寨东山，用二十名甲兵故意攻打离户布察寨临近的哈达所属的富儿家齐寨。哈达兵闻听大惊，忙引兵援救。然后，又以十名甲兵引走辉发五十名士兵。

罕王只带十人便冲向叶赫阵中。叶赫贝勒一看罕王好似下山猛虎飞奔而来，忙命三员大将迎敌。并嘱托他们："努尔哈赤武艺高强，你们三个人绕在他的身后，趁其不备斩之。"又命一员大将在前引诱，使罕王前后不能兼顾。

罕王骑马正冲向敌阵时，只见前面来一员战将，罕王一看这员战将，眼不住往罕王身后看，又感到背后有敌人马蹄声。心想，你们想采取夹攻之势，岂能让你们得逞，立即引弓搭箭向对面来将猛然射去，正中该将咽喉，该将翻身落马。正在这时，忽然从右面射来一支冷箭，罕王将身一伏，闪了过去，又从左边连射三箭，罕王立即将身一伏，右足紧紧套住马镫将全身完全藏在马肚之下。叶赫兵以为罕王受伤坠马，便各举刀枪杀来。哈达贝勒益格布禄一心要抢罕王坐骑，便一马当先抢了上去。刚到罕王马后，只见罕王大喝一声，跃然马上，没等益格布禄进招早就回手一箭，将其坐骑射伤，"扑腾"一声益格布禄摔到地上。罕王厉声说："本应斩你，念两部姻亲之情，饶你一死。识时务者应火速收兵才是。"哈达兵一看主帅打败，便乱了阵脚，益格布禄又羞又愧又气愤，只好换一匹马带着自己队伍来个不辞而别。

只剩下叶赫之兵。罕王把五十甲兵立刻集中一起，真如五十只猛虎似的杀了过来。叶赫兵从来没打过大仗，怎能顶住五十铁骑，立即乱了阵脚，大败而回。

罕王只用五十骑兵破了四部之敌，凯旋。

话说叶赫自败阵以后，更加深了对建州的仇恨。布斋和纳林布禄一合计，感到四部之兵没胜过五十之骑，建州兵力绝不可轻视。布斋说："当今努尔哈赤兵势日强如不尽快消灭，乃我叶赫心腹之患。"决意再多邀请一些部落联合起来，共同对付建州。想到这，便写一封长书邀请哈达、乌拉、辉发、蒙古科尔沁贝勒、席北、卦尔察、朱舍里、纳殷等八部贝勒到叶赫共议声讨建州大事。其书云：

叶赫贝勒布斋、纳林布禄致书于各大贝勒，当今建州犹如贪得无厌之饿虎，十几年来，鲸吞满洲诸部，虎视眈眈、磨刀霍霍，指向扈伦海西兼及蒙古。如此下去，都将分而取之。如不尽早铲除，将来虎生双翼，雏鸟羽全，岂不悔之晚矣。况今努尔哈赤上面仰仗明朝信任不断给以封赏，部下战将云集，谋士万千，仓廪实，武器精。如此发展下去，你我不但家园难保，恐死无葬身之地矣。仅此具函，奉请我部共盟同心协力，共破建州之兵，以保各部永固。专此奉书。

万历十九年七月，叶赫贝勒布斋、纳林布禄、哈达贝勒益格布禄、乌拉贝勒满太之弟布占泰、辉发贝勒拜音达里、蒙古科尔沁贝勒瓮阿代莽古思以及席北、卦尔察、朱舍里、纳殷等九姓贝勒齐集叶赫，共议讨伐建州之事。

叶赫立即杀牛宰羊招待各部。并派人筑好一丈八尺高的土台，作为祭天盟誓之所。台上高搭席棚，台下备好三堆篝火。

盟誓那天，九姓贝勒同时上台，由叶赫贝勒主祭。摆上三牲大祭之后，守台士卒立刻将大幡升起，顿时，鸣放九声土炮，台下三堆篝火立即点燃，是为盟誓之祭。

叶赫贝勒先刺破左臂，将血滴入酒盆。其他八部也先后刺血。

叶赫贝勒率大家向天跪倒。共同发誓说："吾等九部，同心协力共讨逆贼，不胜不休，战则同心，行则一致，同舟共济，永无二心，如有异议，天诛地灭，愿我天神永保我昌。"

读毕，将告天文焚在神座前，然后九姓贝勒共饮血酒。

祭天完了，又请来朱舍里、纳殷两部的大萨满和蒙古大喇嘛。先后请神拜佛，祈求神佛保佑。夜间朱舍里萨满又做一次抛盏之祭，意思把列祖列宗请回，协助作战。

第二天，九姓贝勒公推叶赫贝勒布斋、纳林布禄为九部领兵大都讨。

会上叶赫二位贝勒公布了战略计划，他们二人说：

"今天九部共盟还是几百年以来未曾有过的盛举，只要九部之兵准时行动，听候统一调令，消灭建州易如反掌。何况我等已告天盟誓，天必佑吾，天既佑之何愁大事不成。今次之战是面对一支硬敌，如果大家不齐心协力，恐难取胜。"

大家共同站起，齐声说："愿受二位贝勒调遣，誓死不辞。"

叶赫贝勒一听大喜，接着宣布了作战计划。纳林布禄说："兵贵集中，后贵统一行动。努尔哈赤贯以精兵破我，我们大军应始终形成一支龙铁军，叫他无从下手，为了攻取建州，必须先占据扎喀城和黑济格城。因为这两个城池是建州的大门，又是粮多的地方，然后沿山谷直奔古埒山，如果古埒山攻克，努尔哈赤之新城即在我手矣。"

大家齐声说："军贵速，兵贵精，力量贵集中，我等且加紧准备，快速出兵。"

在研究各部出兵数目时，布斋首先说："我部可以出兵一万，誓将这次战斗取胜。"

其他八部一听叶赫出兵一万，心中暗暗佩服，他们也一一报了数。九部共计出兵三万，其中仅偏将大员不下五百之众。

叶赫贝勒决定九月初一各路大兵齐集浑河北岸深山峡谷之中。一再嘱托行军时要偃旗息鼓勿使建州知晓。为了保密，可把行军分成小股，分批出军。

大家议罢纷纷回部准备出发。

九月初一那天，果然各部由叶赫贝勒亲自率领三万大军齐集济岭以北的浑河岸边。这时，浑河岸边灯火如繁星，帐篷像水浪，人是人山，将是将海。个个急待攻克建州，以期获得大批财宝大批俘虏。

自从叶赫两次派人游说罕王未得成功。罕王知道，叶赫决不会罢休，必然口战不胜加之以兵，但何时出兵，出兵多少却无从知晓。为这事，经常派人到各部侦探。

九部联盟的消息传到罕王耳边之后，他出了一口长气，心中不由高兴起来。因为九部没有联合之前，罕王早有一种信念，他认为几百年来漠北之所以互相残杀，战争不息，主要原因是各行其是，不相统一，才便于明朝分而治之。如果漠北一统，诸部形成一个拳头，不但能抵住外敌，而且各部有精兵护于外，民众则安居乐业，何愁国不富，民不强。

无奈不能以大部压小部，以强欺弱，出师无名将殃及本身，因此，他一贯以联合为统一诸部第一步。这次，九部联合正合罕王本意，他可以借此拿下扈伦、海西。

但何时出师尚不知道。从八月开始，罕王就派人侦察敌情，由于九部兵秘密行军，始终得不到确切的消息。罕王心里焦急不安。

罕王手下有一名侦察大将叫乌里堪，他为罕王建功立业立下了汗马之劳。

在八月二十日以后，据罕王分析：九部之兵必将出发，来路只有两条，一条是从哈达发兵的东路，一条是从叶赫来的北路。

八月二十五日，罕王派乌里堪再次出探敌情。

他率领两名助手向东山一带侦察。正在东山口，只见千百只乌鸦阻住去路。群鸦喧噪飞上天，乌里堪每进一步，乌鸦在前面阻拦一步。乌里堪暗想，这是什么兆头，为何拦住去路，定有道理。他向天和群鸦叩了三个头，说道："如果神鸦不叫，我往东侦探，请神鸦再拦我三步。"果然群鸦拦了三步。他立刻转回新城和罕王一报，罕王点了点头，又派扎喀路随乌里堪同去侦察。

他们俩走到浑河，天已经黑了下来，真是伸手不见五指，对面难分面容。走了很长一段路，也没见动静。乌里堪心中纳闷，难道敌人没从这条路进兵。他俩走的也很累了，便在浑河南岸山坡上坐下休息。乌里堪举目往河北一看，黑乎乎的两架大山纵立岸边，往河里一看，不知什么东西时隐时现，发出光亮，一会儿多一会儿少。心里很纳闷，便站起身，向河边走去。到河边一看，那点点亮光更显得真切，看到这种情况，不由心里一动，立刻站起，领着扎喀路从僻静之处，窥视对岸。他们俩轻轻地爬上高山，往北一看，可把二人吓得面如土色。只见两山背后是一片小平原，平原上灯火如群星，帐篷如浪花，密密麻麻布满山谷。根据乌里堪判断，敌兵不下三万。真是前营连后营，营营密布，甲士前帐连后帐，帐帐灯火通明。虽然没有鼓声号角，却显得一派杀气。再一细看士兵正连夜造饭，根据乌里堪经验，肯定是准备明天作战。

他立即洇水回来连夜跑回新城，到新城已天交戌时，立即来到罕王卧室细说了敌情。又问罕王是不是立即召集群臣，连夜出师。罕王笑了笑说："大可不必，我自有办法，你回去休息吧。"

罕王像无事似的，回到富察氏福晋卧室脱衣睡觉，睡得那样香甜，那样安逸。富察氏一看罕王像无事一样，便急得叫醒问道："如今敌人大军压境，你却想睡大觉，难道你轻敌不成？"罕王说："你哪里知道，人要是有所恐怖，叫他睡也睡不安宁。如果我怕他们，岂能酣睡乎。前几天不知九部之兵的来期心里很着急，今没出我所料，果然如期而来，我已经安了心，焉有睡不着之理。我曾几次扪心自问，有没有对不起叶赫的地方。想当年二位老贝勒，在我困难的时候，赠甲许亲，给我支援。我努尔哈赤绝不是忘恩之人。自布斋、纳林布禄秉政以来，对内暴虐，对外欺压，即或这样，我仍以姻亲为重，没有半点亏待于他们。他们几次兴师动众，掠我边民抢我财产，叶赫所有无道天必厌之。"说罢仍酣然入睡。

第二天清晨，罕王命人敲云牌，击战鼓，吹号角，生起百里狼烟。

其实九部进攻的消息各大将已经知晓，有的连夜备好鞍马，准备出征。一听云牌战鼓，立即云集议事亭子前面。罕王命令安费扬古和诸将先商议一下退敌之策，自己率领各贝勒齐集堂子祭坛内，焚香、用牲，由老萨玛达举行抛盏仪式。请来列祖列宗亡灵，然后向天先拜三拜，又向列祖列宗叩拜，祝曰：

"皇天后土，列祖列宗在上，我努尔哈赤与叶赫素无仇恨。恪守东土治国安民。今日叶赫竟行九部之兵，兴三万之众，戕害于我，我本无意挑起争端，彼却对我视如寇敌，陈兵布阵，努尔哈赤只好忍痛发兵。"

说完不觉热泪盈眶再拜神曰："愿皇天后土，列祖列宗保佑努尔哈赤出兵胜利，使敌人垂首。我将人不离鞭，马不离鞍奋起抗敌，望祈暗中保佑，助我成功。"于是率贝勒来到亭子前，端坐在虎皮交椅上，视众将曰，"今叶赫兴不义之师，伐我无辜之部，天必厌之，我们应上下一心，将士一体。"罕王说罢拿出一支令牌，说道，"费英东听令：你率领五百人马至紫河之南。"并告其如此如此，这般这般。费英东领命而去。罕王又抽出第二支令牌，命令穆尔哈赤率五百人截断其粮道，烧其粮草，在北谷多插军旗。穆尔哈赤领命而去。罕王又抽出第三支令牌，叫上扈尔汉说："你率五十人到拖克索东沟浑河湾处有五十只大船，火速顺流送到拖克索待用。"罕王和自己兄弟舒尔哈赤说："你率老弱士兵看好城池，杀牛宰羊做好宴席，准备凯旋的全军大宴三天。"

布置完毕，诸将各带本队人马，罕王亲率侍卫五百精兵，共计三千子弟兵像猛虎出山似的杀出来。

大军行至拖克索时，只见五十只大船一字排开。军队刚要登船，罕王抽出腰刀一指，全军立刻停止登船。

只见罕王卸掉护项护臂的一些铁甲后，和众将说："我们这次出兵是决一死战。如果事先惧敌左护甲、右护身，不但行动不便，也壮不了自已胆。胆不壮，决心便不大，决心不大，怎能战胜敌人。今天敌人已经欺侮到家门口，难道我们建州子孙就眼看着疆土失掉，妻儿老小沦为人家之奴，难道叫那些野狼闯进家园横冲直撞？凡是不怕死的去掉护颈护臂铁甲随我上船。"说完，他身先登舟，各大将各牛录果真也都个个弃甲争先登舟。那三千子弟兵也都齐声喊道："建州在，我们在；建州亡，我们亡。"都把颈上铁甲，臂上护甲纷纷卸掉，轻装登舟。

行至扎喀城。城守尉鼐护和山坦二人率队接出城外。大军在城外扎下营帐不提。

罕王进城，二位城守尉告罕王说："今天辰时敌兵才退，足足围了一天一夜。他们一看攻不进来，又退，攻黑济格城。"罕王对二位奋勇御敌保住城池深为高兴。又问："敌兵究竟有多少？"

二位城守说："我们虽然没点过，但确是满山遍野，九部旗帜布满全军。所过之处把荒原踏出一条大道。"

当天夜里，营中传来一些消息说，九部之军有二十位会法术的大萨满呼风唤雨撒豆成兵，有飞刀飞石三里外可以取项上人头。又说大兵足有十万，不用说打仗，就凭人压也把建州夷为平地。军心特别慌乱，三人一伙，五人一堆，都泪流满面，商议后事，有的甚至要投奔叶赫。

安费扬古正在扎营，听到这个消息后，知道这是敌人玩的鬼把戏，立即把乌里堪率领的侦察超哈找来，令他们在两个时辰内抓住敌人派来的奸细。

乌里堪是何等精明的人，就在东北角的一个士兵帐中揪出两个穿着建州军服的叶赫人。审问之下，两个人说了实情。原来纳林布禄集合九部之兵之后，探子来报，罕王出动三千人马，奔向浑河。纳林布禄心想，看来他们已经知道我兵的集合点。立即把兵分成三路，分散在三个沟里，并派出原来是建州部的士兵混入罕王的营中，散布以上谣言。

安费扬古当夜集合所有牛录以上的官员，拿他们俩示众，说明被叶赫如何派来，如何串通他们俩的旧友蓄意投靠叶赫，并散布出一些神奇的谣言以涣散军心。气得大家立即举起腰刀把两个人剁成肉酱。虽然谣言止住了，但是一听叶赫发来大兵足有自己队伍十倍，军心又有些慌乱。

第二天清晨，罕王召集牛录以上诸将共议退兵之计。一看大家面有难色，没等罕王说话，扎喀城有位将领郎塔里也看出大家有畏难情绪，对罕王说道："大家对敌兵不太了解，何不登山望其虚实再做商议。"罕王一听，便率领群将登上北山之顶。大家一看敌人队伍，确属很多，满山遍野尽是帐篷，郎塔里问："罕王贝勒看敌兵势力如何？"罕王说："乌合之众不堪一击。"郎塔里接着大声说："兵贵精不贵多。我们和明朝作战时以二百破其八千。能战胜敌人主要因为我们建州兵马个个骁勇善战，一个顶十个。请问哪部兵马能比过，我们团结一致上下一心，这次战争我们必胜。如不胜，某家甘受军法制裁。"众人一听立刻安定下来。

罕王把诸将领下山来，在议事厅中作出下列作战布置。

由额亦都率领一百精兵打头阵，令何和里引兵五百阻击西山口截住至建州的通路，令郎塔里率兵五十埋伏于东山，防止敌人包抄。多设帐篷，多生篝火，其余是罕王亲自率领正面迎敌。

正是：布下天罗地网，准备擒蛟龙。

正在这时，乌里堪抓住叶赫派来侦察情况的探子，名叫玛古。叶赫贝勒纳林布禄昨天曾派他侦察过，由于罕王出兵以前派出四路斥候兵，他没法侦察，结果被纳林布禄抽了一顿鞭子，又命他二次侦察，并说如不探得实情，休来见他。玛古心中暗想：这回出探如有机会，一定逃出叶赫虎口，投奔罕王。他故意向罕王兵营闯去，见到乌里堪如实说了来意。

罕王一看这个人，面带忠厚不是诈降样子，问九部之兵能有多少？

玛古回禀道："叶赫兵一万，计划攻正路，哈达、辉发等部一万从左路杀来，科尔沁和席北、卦尔察部率兵一万从右路包抄。他们兵分三路。"罕王点头不语。

正在这时，有人来报，黑济格城被围，危在旦夕。

上下人等一听，玛古禀报敌情和黑济格被围时，心中又有些不安。这才引出罕王二次动员全体战士，以智能之谋，古埒山大战九部兵。

欲知后事如何，且听下回分解。

第三十一章 | 展军威大破九部军 讲大义说服朱舍里

话说罕王听说叶赫九部兵分三路向自己围攻，又听黑济格城被困，心里有了底。因为自从得知九部联军消息之后，所以早已料到必然分三路取边城攻建州。可是众将士哪里知道罕王的全部战术，还是不太有底。

吃完晚饭，罕王又召集牛录以上将官研究第二天军事行动。罕王见诸将面有难色。向大家说："叶赫九部九条心，三万之众不如三千之兵。我建州兵士一心向战，个个奋勇争先，以一当十，何愁不克。我们可以略施小计引他们自己入瓮，因为他们出师无名，军士必然畏缩不前，督战者各部贝勒，必须杀在前面，擒兵先擒王，消灭他们一两个领兵贝勒，其队伍不打自溃。至于左右两路我早有安排，阻击他们退路已做了布置。我们可以不费多大力气，不出一天，就能退他们九部之兵，杀他个人仰马翻溃不成军。"

再说纳林布禄不见探子回来，知道有变，立即召开九部贝勒会议。把早已计划好的布置和大家读一遍。各部贝勒一一领了军令。哈达贝勒率兵向左路进军，科尔沁贝勒向右路包抄过去。就在这时忽见探子来报："启禀各位贝勒，大事不好，不知从哪里窜来一股建州兵，竟烧毁了我们的粮草。"纳林布禄大吃一惊，众贝勒个个惊慌失措，没等纳林布禄布置便急忙派自己部下查看本部粮草情况。下面一些将士一听粮草被劫，哪有心情恋战，都怕饿死困死，互相产生了怨恨。各部人马只顾自己粮草，发生互相争夺现象，在营中此起彼伏。本打算连夜进攻，只好先整顿内部再议出兵大事。

纳林布禄为了不使兵心涣散，抓住五十多个闹事的兵卒当众砍了头，总算镇住一场骚乱。可是人心都有些颓丧，各有思归之心。

第二天清晨，按着布置分三路大军向罕王兵马杀去。

哈达贝勒率领大军刚到东山口，只见山坡平地上都是帐篷，一个挨着一个。炊烟四起，号角连天，时而听到炮声。益格布禄心想，好你个叶赫贝勒，你把我派到建州主力地方，叫我打硬仗，你坐享其成，我益格布禄决不上你的当。便命令士兵堵住山口和各个要道，不叫建州主力兵出山。就这样罕王以五十人牵制住一万人按兵不动。

再说纳林布禄率领一万人马直奔黑济格城，把城池围得水泄不通。正要登城突击时，只见来的路上古埒山头高高竖起旗帜。纳林布禄大惊，恐怕老营受敌，便立即命令撤兵，一万人马返回原路杀向古埒山来。正往前走，只见一员大将率领一百甲兵如狼似虎地向这边杀来。他们身不披甲，头不顶盔，个个像山鹰似的闯进阵内，纳林布禄没料到会有这样勇将和勇兵，竟敢闯入万人队伍之中。原来这来将正是额亦都。

他带领这一百精兵，个个都是身经百战的能手，专会擒拿滚打。尤其是滚趟刀法，谁能防御。他们一进敌阵个个下马抢起大刀，就地十八滚。每个人成了一堆刀山，任什么兵器也近不了他们的身，他们在地面滚来滚去专砍马腿，使敌人没法招架。这一百猛虎如入无人之境，杀得敌人心惊胆战，溃不成军。就在这时，只听三面山上响起火炮，专打纳林布禄营中大旗。

纳林布禄本来不会指挥大战，也不知罕王来多少兵马。正在这时，只听杀声震野，罕王大兵像飞虎一样杀了进来，顿时一场恶战开始了。

果然不出罕王所料，带头的都是各部的贝勒。罕王不看则罢，一看到他们真是气从肝间起，怨从胆上生。再一看正中央是叶赫贝勒纳林布禄和布斋。打雁先打头。罕王一声怒吼，催马迎了上来。连斩敌人九员大将。吓得敌队瞠目结舌，不敢前进。就在这时科尔沁贝勒也率兵赶过来，叶赫纳林布禄贝勒一看，罕王直奔布斋，赶忙迎上前来助战。罕王力敌三位贝勒，真是越杀越勇，一刀将科尔沁贝勒左肩砍伤，落于马下，又手起一刀把所骑的战马砍死。罕王用蒙语大喊道："来人，把你家贝勒救回。"并告诉他尽快撤兵，保持两家和好，今后自己一定拜访问安。蒙古兵一听，赶忙找一匹没鞍的马，把贝勒驮出阵外。这时，建州一员牛录额真名叫吴谈也赶来助战，布斋本来武力不强，一看蒙古贝勒受伤退出，吴谈又来助战，不由心慌意乱。就在这时，马碰到树墩子上，立即跌倒。好一个吴谈眼疾手快，翻身下马，箭步冲到布斋身前，一跃骑到布斋身上狠狠地说："你们自己找死，别说我心狠。"说完举起腰刀杀了布斋。可惜画虎不成反类犬，未从伤人身先亡。

敌兵一看，主将身死，队伍无主，都乱成一团。其他贝勒一看，罕王来势太勇，个个都心惊胆战，斗志早已烟消云散了。一个个连自己队伍都不顾纷纷逃散，敌营顿时乱作一团，哭爹喊娘齐向柴河方向逃散。哈达兵一见，全军失败，早就率领兵马，逃之夭夭了。

叶赫兵马逃到柴河口又被罕王早已埋伏好的兵士挖陷阱，高兔网（绊马索）阻住退路，使叶赫兵没法前进。又一场恶战杀得叶赫人马尸横遍野，血流成河。正在这时，乌拉兵也败退下来。罕王大队人马也随后掩杀过来。又一场恶战，乌拉兵也望风而溃。九部联军就这样被罕王士兵杀得土崩瓦解。罕王带领队伍凯旋黑济格城。这次战役据史书记载是斩级四千，其实何止四千，仅柴河一次就杀死五千多人。

就在查点战利品时，忽有一个甲兵绑着一个人来见，罕王一看，原来是乌拉二贝勒布占泰。

乌拉部在扈伦四部中，距建州较远，因此和他没有多大联系。罕王统一建州之后，心腹之敌是哈达、辉发和叶赫，为了不造成腹背受敌的局面，对乌拉极力争取，表示友好。

布占泰一看到罕王，赶忙双膝跪倒，低头不语。罕王故意问道："你是哪部，叫什么名字，如实说来。"

布占泰跪禀说："我本是乌拉部贝勒布占泰，在阵上怕你们杀害于我，没敢说出真名实姓，今已被俘，或死或杀愿听聪睿贝勒之便，我布占泰死而无怨。"说罢，叩头如捣米似的。

罕王说："你们九部联合起来，围攻我建州，究竟是何道理。我敢对天发誓，建州部从来没占过你们一城一寨，没俘过一兵一卒，没抢过一草一木。你们却大兴不义之师，正义的人天会保佑，作恶之辈天必厌之。我以三千子弟破尔等三万大军易如反掌，此岂人力可为？如果在阵上知道是乌拉贝勒一定阵斩汝命，今天既被生俘怎能忍心再杀。俗话说，赦免一个人比杀一个人好得多，扶持一个人比抓来为奴好得多。你既然是贝勒也不能把你当作奴隶看待，如果你能诚心与我和好，暂时在我部养育你一个时期以观后效。"说罢，令人解开他的绑绳，看他衣着单薄又送给他一件皮大哈，命人把他送到豢养房里豢养起来。

书中交代，听说豢养绝不像一般人那样自由自在，而是成年人手脚绑在一起，使人不能站起行动，必须爬才能移动。吃饭时，只能用嘴拱着或用手拿着吃，每日三餐由专人送来，出入严加看守。

罕王战胜九部兵之后，在黑济格城休整了三天，也没回新城。立即领兵直逼辉发部，没等辉发部喘息过来，大兵早已拿下边城小寨挥师回城。等辉发知道时，罕王兵马早已班师。

罕王自九月初出兵至九月中旬，全胜而归。不但打败了九部之兵，还走马收服了辉发部的一个小城，因此军威大振，远近慑服。

书中交代，前文书提过当罕王听到九部合兵攻打建州的消息以后，不但毫无惧色，更加高兴起来。原来罕王一直考虑一个长治久安之策，那就是如何统一东北诸部，免于自相残杀之苦。可是除了建州诸部可以收过来之外，如扈伦四部，东海诸部根本就不是一个部，再说统一建州各部过程中，也没有力量涉及扈伦。因此没有出师。

这次九部联合同攻建州，给罕王打开通往扈伦的大门。可以随时出兵问罪。

罕王收兵回到费阿拉城，首先祭天还愿，然后感谢列祖列宗，大宴三天，上下人等各有赏赐不等。

自此罕王视野从建州射向扈伦诸部。如果先取哈达，恐怕力不能支，俗话说："狗急跳墙"，哈达、叶赫一旦逼之过急，合力攻之，也不是好惹的。然后他想到朱舍里、纳殷二部，心中不由暗暗发恨。心想朱舍里和纳殷二部曾多次求援于我，他们曾几次到我边城抢掠，念他们同宗同族，没有加害于他们，今日却参与战争，出兵助叶赫，再不能坐失良机。如果我动手晚，二部必将落在叶赫之手，如果收服了这两部，可以解决吃肉和皮毛的问题，以免每年花销很多布匹到科尔沁换取。

想到这里，他只休息几天，带兵收服朱舍里部。

朱舍里部住在长白山上，据说他们的祖先是随固童山过来的。固童山西走时他们祖先就在长白山里和当地女真人的一个女人结了婚，住在一个山洞里，生下布乎守赤。孩子长大之后，一个人在山中游荡，成天和野兽为伍。一晃过了几十年，这一天又回到原来的洞口，可是母子已经不认识了。布乎守赤那时人和兽分不清楚，用箭射死了亲生母亲（那时父亲已死）以后，留下朱舍里这帮后人。

因为长年生活在长白山顶，所以始终是人兽不分，认为除了他们本族人外，一律是野兽。见人就抓来吃，见着女人则不杀留下来分给族人享用。他们全都住在山顶上，这山顶是一片平地，方圆能有一二百里，四面都是悬崖峭壁，往上去都攀登云梯，下山用滑车。据说有一条通往山上的小路只有山上人知道。

这地方的婚俗和外地根本不同，虽然不是群婚，但也不是一夫一妻制。

男青年要找对象必须经得起女人武斗。比如一个青年看中一个姑娘，便约好在月圆的时候，一群身强力壮的姑娘摆好阵势，男青年赤手空拳闯入阵中，与诸女人开打。如果胜过女方，订婚就算完成。在林中野合一次，立即在林中举行结婚典礼。

选族长制度更是耸人听闻。当老穆昆达不行时，所有年轻人都可以报名比武，谁的能力大谁就继任穆昆达的职务。比武项目有跳高山、探虎穴、入水府、敌众兵、举巨石。

跳高山是一声号角身子从山峡往下跳，人不许被碰坏，也不许碰着树枝。

探虎穴最危险。凡报名的年轻人找到老虎洞把虎赶出去，比武青年立即进入虎穴，然后由众人把虎赶进洞里，堵上洞口，比武青年待到日头五出五落，青蛙五鸣五停才能出洞。如果平安走出来便算胜利者。

入水府是比武年轻人口含肠管散于水中，不许露出头来，看谁最后出水，谁就是胜利者。

就这样百里挑一，千里拔魁，最后选出勇力过人的穆昆达。他被选之后，就要过女人关，就像上文说的那样。因此不但争得了穆昆达职位，同时也能得到一位可心爱人。

朱舍里是一个神秘的传奇地方，不但如此，还流传许多动人的神话。

据说他们最早的先人是三仙女的一个侍女，当布库里雍顺出生后，三仙女回天了，扔下这位侍女把孩子抚养成人。布库里雍顺顺流而下到鄂多哩城，侍女在空中始终保护着。在鄂多哩，这位侍女和一个巴图鲁结了婚，留下后代回天池去了。

侍女的后人始终和布库里雍顺后代生活在一起，战斗在一起。当敌人烧了鄂多哩城时，他们随同布库里雍顺后代到宁古塔以后，转到匡满江南李朝地方。从李朝回建州路上这族人留到长白山上，一直到努尔哈赤出兵这一天为止，已经传了十七八代了。

话说罕王决定出征以后，重新组织了一下队伍，因为路途遥远，不像征服临近各部那样容易，所以必须考虑到军需供给问题。他组成马队哈坚甲赶哈，步队赶哈，云梯赶哈（赶哈是兵的意思），除此而外，有五六百头牛队、两千只羊队专供行军肉食之用。炒米队、供水队、两个修理队、医务队，最后还有几十辆勒勒车以备拉那些病号、伤号之用。

一般的大将都随军出征，这是罕王自十三副甲起义以来第一次远征，军容不但整严，情绪也非常高涨。

罕王为什么出动这么多的队伍，他知道取朱舍里这些兵马肯定用不上，但他打算除了征服朱舍里外，还要同时拿下纳殷部。

纳殷部，居住非常分散。长白山西面八道山沟，他们占据三个。尤其是佛多赫山城坚固无比。三面是水，一面是大沟，有一人把关万夫难进的地势。另外纳殷部贝勒搜稳塞克什有五子一女，个个精强悍勇力量过人，手下精兵不下两千，取纳殷部不是轻而易举的事。

话说罕王大队兵马离朱舍里部十里地安营扎寨。罕王立即下令："任何人不准靠近朱舍里城，如果遇到朱舍里人也不许乱杀乱抢。"

第二天，罕王在朱舍里四周看了一下，刚要回营，只见一只金黄色野兔从马前跑过去。罕王随手一箭射了过去，只见那只野兔前爪一抱接住箭杆用嘴叼起就跑。罕王很奇怪，拍马就追，马跑多快，小兔也跑多快。马停小兔也停，还叼着箭不时向后看看。罕王一直追了二十多里，一拐弯，小兔不见了。罕王拨开棘丛找了半天也没找到。正在这时，只听树林里有人走动，他赶紧躲在一旁。不一会儿出来一男一女，两个人边说边走。那个男的说："让咱们俩接朝鲜来的使官也没说长得什么样，这不是叫人着急吗？"那个女的说："着啥急，来了咱就领他上山，不来咱们俩就在这儿一住。"两个人边说边走过去了。

罕王一听心中暗暗琢磨。朝鲜为什么派人来此，里面必有文章。想到这赶忙催马回营。立刻派出五十多人分头到各个路口假扮朱舍里人，见到生人一律想办法弄到营里。

果然在第二天早晨，在东南路上抓住四个人，那四人正是朝鲜派来的官员。一听是朱舍里人便信以为真。走到营门一看，都是建州旗帜，不由一愣。把门兵丁也没容分说边搜边说："我家贝勒请你。"

四个人想要走，已经来不及了，只好硬着头皮来到中军大帐，罕王赶忙起身迎接，并让到桌子前献上奶茶，然后问道："不知贵使来朱舍里有何贵干？"那四个人看了看罕王问道："你把我们抓来有何贵干？"

罕王说："实不相瞒，叶赫要吞掉朱舍里。因为朱舍里和我部都是同族，不忍他们被吞掉，才出兵保卫于他们。"四个人信以为真，听完之后，便说："我家李王奉天朝之命，收服朱舍里并封他们为朱舍里都检事之职。"

朝鲜使者说完，掏出明朝办理外藩事务衙门的书信。信中说：

奉旨寄朱舍里，尔部居于深山之中，不知外境情况，今建州兴起，叶赫、哈达屡次兴兵伐之未胜。常用尔部之兵为虎作伥，结果，大部得利，尔部遭殃。长此以往危在旦夕。皇上有好生之德，特遣朝鲜使者持书前往，望尔部从今以后，由朝鲜代明朝保护尔等。一切听从李王指挥，切勿抗拒。特送敕书五道，以示圣上对尔等关怀。

罕王看罢，心想，多亏我发兵及时，否则落到朱舍里之手，又有明朝文书，岂不等于在我家门口添一个岗哨，我的一举一动将受到他们的监视。

正在此时，又一路探子回来，抓来了叶赫部派来的四个使官。

罕王命人把四人带上来。不一会儿，四个叶赫人被带到大帐。罕王喝道："尔等来此何事，如实说来。"那四个人一看是罕王，是吓得骨酥肉麻了。"扑腾"一声跪了下来，连连叩头说："小的奉纳林布禄贝勒之命特来下书。"

"小心紫禁城的斩龙台。"罕王说。

叶赫四个人被这话吓得连连说："叶赫不敢违抗明朝，既然如此，我们四个一定回禀我家贝勒。"

罕王招待他们吃完饭，两方都急着告辞。罕王说："既然把你们请来也别忙着走，等我把朱舍里穆昆达请来，咱们几方面在一起，把过去一切说清楚，是谁有意吞掉朱舍里。"说完向外一招手，进来八个身材魁梧全副武装的牛录额真。罕王说："把他们八位请到后帐好好招待，等我请来朱舍里穆昆达再说。"又对两方使者说："请把敕书和书信交给我，我派人去山上代你们请他下山。"

两方使者你看看我，我看看你，乖乖地交出敕书和信件。

罕王率领四个人沿着昨天的路走去，果然又遇见那一男一女。

罕王赶忙上前说："朝鲜使臣因路途很累在我家安营休息，我特来代他们面见你家穆昆达。"说完，拿出敕书给他们俩看看。

两个朱舍里人信以为真，便从小道引罕王几人进山。约莫走有一个时辰，才到城门，说是城，其实都是用木材堆积起来的木城。里面有六七十户人家，也看不到兵马，原来朱舍里部不养兵，住在长白山腰，共有九个这样的山城，总共有七八百户人家。这些人专以打猎维持生活。皮张、人参、兽肉是他们的特产，当时在抚顺马市享有盛名。

话说罕王和四个随从随着那两个人进到城里，来到一所三合院里，两个人先进屋禀报，只见从正房出来一个人，看样子有三十多岁，身穿一套鹿皮镶蓝色库缎宽边的大哈，红彤彤的面孔。努尔哈赤认识，正是穆昆达获纤楞格，忙自我介绍说："我是努尔哈赤。"获纤楞格一听不由出了一身冷汗，他以为是叶赫使者，没想到建州罕王却突然来到，使他不知怎样对待才好。也忘了请到屋里，站在那里像木鸡似的。努尔哈赤微微一笑说："咱们族里有一个规矩，哪怕是仇人来见也要当客人接待。"

穆昆达只好把努尔哈赤让到西上屋。朱舍里风俗招待客人，先献叶子烟卷，盛放在色木包的烟筒上，单腿跪倒献给客人，客人也必须单腿跪倒接过烟袋。接这个烟袋可不容易，如果力量小，从献烟人手中抽不出来，别说抽烟，连茶饭都不给，轻则赶出山，重则活活吃掉。努尔哈赤知道这个规矩，他单腿一着地，只用两个指头轻轻一抽把烟袋接到手中。然后献茶，第一盅是用石碗泡茶，要想喝，必须用手掰开护碗两半石盖，要想掰开这护碗的两半石盖，没有五六百斤握力是没法分开的。只见罕王把石盖茶接在手里，双手一分，石盖"咔嚓"一声分成两半，轻轻地把清茶取了出来。穆昆达一看暗暗吃了一惊，心想，都说努尔哈赤是文武全才，英名盖世，单看这把力气也是一条硬汉子。

穆昆达这才开口说话："不知贝勒驾到，未曾远迎，当面恕罪，山村僻寨，礼数粗鲁，还望海涵。"

努尔哈赤边抽着烟边说："朱舍里和建州本是同种同族，言语一致，不过自贵先祖从会宁和我先祖出来之后，定居在这深山老林之中，与世隔绝，竟忘了林外同族人。我自从为父、祖报仇之后，忙于军务，没前来探望，实属不周。"

"既然是探望，为什么带兵意欲平我山寨。"穆昆达怒气冲冲地问道。

"也有这个意思。不过那是在万不得已时才用，如果真想要动用武力，就不必我只带四个随从入山拜访了。"罕王说。

穆昆达半天没说话。突然站起身说："既然这样有话请讲当面。"

罕王从怀里掏出朝鲜使者带来的明朝文书，并给他念了一遍。然后说："我们虽然多年没有多大交往，可是追根溯源，我们还是同种同族。叶赫、哈达也不算不忠于明朝，可是叶赫二位老贝勒关帝庙被害，前后明朝五次出兵，难道你朱舍里比叶赫、哈达力量大，能抵住明朝的侵害？我并不是有意反明，但我始终不在强力下低头，结果是明朝每年给银给物。原因是建州部能亲密无间，团结一心。我并不是吃掉你们，主要是共同携手使你我两部都能安居乐业。"

获纤楞格冷笑一声说："承蒙你的关心，我没有投靠朝鲜的心，难道只有你才能对我有保护吗？哲陈、王甲以及其他城寨都被你吃掉，你想吃掉我，恐怕没那么容易。我可以和叶赫立盟互不相扰，他们也会像兄弟一样帮助我。"

罕王微微一笑说："恐怕不像你说的那样吧，请看叶赫给你来的信。"说完又掏出叶赫的书信念了一遍以后，说："'兵合一处，将打一家'是什么意思？你好好分析一下再说。"

获纡楞格一听来信，低下头来半天没有说话。最后说："容我好好想想。"

说完把罕王让到客屋。

晚间罕王觉得进展不大，难以说服，有心连夜回去发兵攻山，一想朱舍里一没兵二没动武，不能妄动干戈。

他信步走到院外，只见巍峨长白山，在夜幕中更显得庄严肃穆。正在苦思冥想的时候，忽见长白山顶飞下一道白光，直奔山下，半天才消失，来回返了三次。他不由想起董尔基福晋暗暗掉了几滴眼泪。暗暗想，我能从十三副甲到今天兵多将广，如果没有董尔基的帮助是不会成功的。可恨我一时气愤，惹得她一气自刎，才化成长白山之光。想到这，他深深地向白光拜了三拜。

回到屋里，油灯半明半暗，刚入睡，半睡半醒之际只见冷风一吹，他不由睁眼一看，只见董尔基福晋手执单刀站在他的眼前，吓得罕王不由倒身下拜，连说："福晋呀，我把你想的好苦，快随我回家吧！"董尔基打个唉声说："我已经在这里住惯了，还有好多事情要做，你赶快随我来，有一样东西给你看看。"罕王就觉得被她一拽，从卧室里飞了出来，再一回头，董尔基一道白光飞走了。迷迷糊糊之中，罕王睁开眼，发现自己已离开了屋子。只见住的屋子突然起了火，转眼间把房子烧得一干二净。又见从火堆后溜出四个人，自言自语地说："我家穆昆达这条妙计不错，一把火除了一个大患。"罕王一听打了一个冷战。心想这一定是董尔基福晋托梦救了我的性命。可惜随来的四名随从死在火海之中。有心借此下山，又想既然有董尔基白光保佑怕他何来。

天已交四更，他丝毫没有睡意，信步走到城西北角。只见一群人生起篝火，中间树桩子上绑着五个人，这五个人都是东海窝集的打扮。其中一位中年人不住哀求说："放开我们吧，我们是认祖归宗的，你家穆昆达是我的族侄，这四个人也是同宗兄弟。"

那群人哈哈大笑说："我们不懂你的话，你们是会说人话的动物，多日没吃到人脑子啦，先吃他一两个，然后把余下的送交穆昆达享用。"说过话，只一刀，一个年轻人惨叫一声，人头落地。

罕王实在看不下去，便大喝一声："给我住手。"抽出腰刀杀了过去。这群人哪是罕王对手，吓得四散逃去。

罕王解开四个人绑绳一问，才知道他们这五个人是朱舍里本族人。

在前三世的时候，现在穆昆达的祖父乌龙哈到东海做交易，结果被劫，给人家当了阿哈。年头一多主人给他一个妻子生了一个孩子叫获纡乌里。乌龙哈临死时告诉儿子，想法回朱舍里。

获纡乌里生了四个儿子。好容易抚养大了，可是老伴却离开人间。他领着四个儿子走了两个月才到山下，却被他们活活抓住。

第二天早晨，获纡楞格亲自出来查点尸体，一看只有四具，怎么找也找不到罕王的尸体。一问放火人，他们说："放火前我们从窗户往里看得清清楚楚，睡在炕上，怎么就不见了呢？"

又一个人说："火着起来之后，我看到从屋内嗖的一声出来一道白光，是不是努尔哈赤会法术化白光逃出。"

大家正在猜疑的时候，只见罕王领着四个陌生人从西边走了出来。

获纡楞格吓得哆哆嗦嗦。心想，努尔哈赤神通广大，一定是阿布卡恩都力派来的神人，不然怎能化白光逃出呢？不由跪了下来，连说："不知贝勒有这样大的法术，实在冒犯。"

罕王说："我走得正，行得正，上天是保佑我的。"获纡楞格没听懂罕王的这句话，以为说的是，我是上天命我下来的。更加恭敬起来，赶忙让到西客房。罕王救出的四个人也被领了进来，罕王和获纡楞格一介绍，获纡乌里气地用手一指，说："混账东西，咱们朱舍里人，只知道自己部是人，对外边兄弟都当成牲口看待。结果害到咱家头上来了。你有什么脸面再见死去的先人。"

获纡楞格忙说："请您息怒，我祖父确实外出未归。可是您来这里没有什么凭证我怎敢相信。"获纡乌里从怀里掏出色木包烟筒，往穆昆达脸上一摔说："你自己看看这是何物。"

获纡楞格不看便罢，一看烟筒正是家传的遗物，不由放声大哭说："叔父在上，受孩儿一拜。"获纡乌里举手一巴掌打了过去，恨恨地说："要不是这位恩人救我，我们爷儿四个也像你死去的哥哥那样惨遭杀害，成了你的早餐。还不起来感谢恩人。"

依着跟来的三个弟弟非要按朱舍里家法治罪，活活吊死获纡楞格不可。经罕王百般劝说这才罢休，又经罕王讲了一些道理，爷儿四个才息了怒，三个弟弟重新认了这位哥哥。获纡楞格二番跪倒，认了叔父，全家团圆了。获纡楞格立刻吩咐杀猪宰羊大摆酒席，欢庆家人团聚，感谢罕王救命之恩，还请来全部二十五个头人。在席上穆昆达正式宣布一项规定："从今以后，再不许有捉住外来人吃脑子、烤肉干的野蛮行为。"

在席上罕王给大家详细讲了一下女真人的规矩礼法。

穆昆达又拿出朝鲜带来的文书和叶赫的书信当场烧了，和大家说："建州贝勒是阿布卡恩都力派下来的治理天下的人，我们又是同族，今天正式宣布，朱舍里永远归顺建州。"说完用刀往左臂一划，流出鲜血滴在酒里。

大家也齐声欢呼"愿听穆昆达吩咐"，个个伸出左臂划出血来滴入酒盆。

罕王也照样滴血入盆。

血酒，女真人的血又重新流在了一起。获纤楞格请求和罕王行抱见礼，认罕王为义父。

朝鲜使者和叶赫使者，只好灰溜溜地走了。

罕王没费一兵一卒，历尽几次危险收服了朱舍里部。罕王每次回想起这件事时常对人说："治国家者，尚宽大，秉公诚乃能传世久远，基业巩固。若自恃智力，肆行侵夺，存心不善，所行非道，必身罹忧辱，运祚衰微。"

朱舍里部自归服以后，全部迁到山下。罕王告诉他们，今后不要再远离人群住在山上了。

打那以后，长白山上再没人在那里长居久住。

下一步是收服纳殷部，才引出五大将勇胜十二飞虎将军，火烧头道沟伏尸遍野的惊险战斗。

欲知后事如何，且听下回分解。

第三十二章 | 攻佛赫计取外城
取三河勇胜群雄

根据太祖实录记载：闰十一月辛巳朔，上命巴图鲁额亦都、扎尔固齐、噶盖、硕翁科罗、巴图鲁安费扬古督兵千人，攻围纳殷佛多赫山寨，三月乃下。斩搜稳塞克什班师。

收服纳殷部的过程是罕王继九姓之战以来最大的一次战斗，也是时间最长的包围战。实际足足用了将近半年的时间，才平定结束。不妨把这次战斗具体情况做一详细叙述。

话说罕王自从收服朱舍里之后，因为忙于内政治理，所以委派额亦都、安费扬古、扎尔固齐、噶盖、硕翁科罗五员大将率领精兵一千五百和上文说的牛队、羊队以及全体车马和军需物资，收服纳殷诸城诸寨。临行时嘱托安费扬古和额亦都要见机行事，可攻则攻，可围则围，切忌生拼硬拼。并再三嘱托："一旦战事吃紧，要火速报知于我。"说完只带四五名随身卫士回到赫图阿拉。

纳殷部位于松花江最上游纳殷河之滨，全部都是高山峻岭，激流险滩，大小河流有八条，号称八河八沟之地。

纳殷贝勒搜稳塞克什，居住在佛多赫山寨。这山寨比朱舍里山寨更为险恶，三面山涧一面大河。自打这位贝勒掌政以来，用了五六年工夫把这座佛多赫城修得如铁桶一般。内外两道石城，足有六尺，城外还挖一条深九尺的护城河，城头密布弓箭，遍插鹿角。为了怕围城，城里挖四眼深井，在城西北角广存军粮，即或半年没有外援，城内粮草足以够用。

纳殷城有三个小寨子，每个寨子也有一员大将防守，各率精兵二三百人。这地方草深林密，如果道路不熟，一定会迷失方向。

头道河口有一个大寨，纳殷著名大将在此镇守。

因为这个部瓜尔佳哈拉居多，当时也叫瓜尔佳部，全部人马加到一起也不下两千之众。

这部贝勒自打九部联兵战败之后，虽然损失不算太大，可是士气大减，一提到建州兵都有些心惊胆战。虽然还不到谈虎色变，也是有些闻风丧胆。

自打朱舍里归附建州之后，纳殷部日夜加强防御，人不敢卸甲，马不敢离鞍，搜稳塞克什亲自巡视全城，凡属十五岁以上至五十岁以下的男丁一律编入军队，这一来兵士足有三千五百多名。

咱们先按下纳殷部加强备战不提，再说建州军队。

罕王临行时委派额亦都为领兵大将，安费扬古和其他三人为副将。

额亦都经过十几年的战斗，对行军布阵也有了些经验，再加上安费扬古遇事考虑得比较周密，罕王是很放心的。他们把牛队、羊队和车马军需安排在朱舍里境内的深山之中，由硕翁科罗看守此地。

他们率精兵八百多名，云梯四十多架，杀向佛多赫山寨。因为探马早已报知该城情况，探子报称纳殷兵丁一夜之间把全部护城河冰凿开，早已备好浮桥。哪承想刚搭上浮桥，只见外城冲出人马，一顿乱杀乱砍，将所有浮桥尽行砍断，连攻了两次，仍然过不了河，没办法只好收兵。

晚间四员大将一商量，研究出声东击西的战术，也就是明攻西面暗渡东城。

第二天拂晓，建州兵火炮齐鸣，震动山谷。旗幡招展，遮天蔽日，从西面猛攻上来。这次猛攻真是迅猛异常，四十道浮桥同时搭起，利箭像蜜蜂似的纷纷射向纳殷。搜稳塞克什一看不好，以为建州兵采取密集火力抢西濠的战术，便把其他三面兵力调到城西，立刻展开一阵激战。正打得难解难分的时候，只见纳殷军队后面一阵大乱，额亦都带领二百多人杀到敌人阵内。原来建州兵攻西城时，额亦都率二百多人悄悄渡过东城，神不知鬼不觉从敌后杀了过来。这一下可乱了敌军的阵营，个个抱头鼠窜，逃回城里，建州兵占领了护城河里外城以外的地方，立刻安营扎寨严加防守。

额亦都与几员大将一合计，感到护城河好渡，两道石城难攻，他们连夜筹划攻城之术。最后决定只有一个办法，硬攻猛打。

可是一连攻打了三天三夜，城墙纹丝没破。建州兵死伤五十多人。

大家正在无计可施的时候，只见看守军粮的硕翁科罗带着一位老人来到军中。额亦都心里很不高兴，瞪了硕翁科罗一眼说："军粮重地你怎么私自离开？"安费扬古一想，一定有重大问题，不然他绝不能离开军需重地。赶忙问道:"不知有何要事,亲自来到前营?"硕翁科罗说道:"昨天,这位老汉在路旁,将要冻死,我救回军营。才知道这位老人是朱舍里制火药炮工,曾因罕王几次招聘,无奈朱舍里贝勒不见。这次被收服之后,老人去东海搜集一些硫黄等物,回来之后,一听罕王兵已经退出,便星夜赶赴建州,无奈年老力衰行至中途险些丧命。到军粮营一听攻城不下,他主动要求到前营协助大家攻城破寨。因此,我才亲自将他领来。"

安费扬古一听大喜,赶忙给老人深深地请了个安,恭敬地让以上座。然后问道:"不知老人家有何妙计,真能攻下城池,一定在我家罕王面前给您老请功。"老人笑了笑,说道:"罕王曾多次光临草舍,请我到建州,这知遇之恩老儿我怎能忘记,为了报效罕王,我亲自到东海采来硫黄硝石,可以制成比火药强百倍的炸药,用它可以攻石城,如此不费吹灰之力。这种药,我已经制出一石多,现在藏在山里,可以派人随我去取,然后挑出五十名得力炮手随我一起攻城。"

安费扬古大喜,立即挑选出五十名精明炮手,跟这位老人家去取火药。

不到一天工夫,扛回来足有一石炮药,他一一装在陶罐内,分成五十罐。第二天老人告诉准备兵马进城,说罢率领五十人抱着陶罐向城根冲去。后面七八百人一齐发箭,像雨点似的射向城头。城上人只顾防备弓箭,哪注意有人暗中炸城。这五十罐炮药集中五处,老人家一摆手势,立刻点燃芯子,霎时间一声震天巨响,一处石墙倒塌下来。一连炸开四处城墙。第五处刚要点燃,被城内发现了,一顿箭,射死了点炮人。第二个又上,又被射死。五十个炮手先后冲上去都被射死。这时后面大军急待攻城,老人家一看这种光景,一咬牙圆睁二目,冲了上去,刚跑到城根,一箭射中肩部,他不顾一切地跑到城根,放下炮药,这时他身上连中五箭,已经昏了过去。在昏迷中他摸到炮药罐,用颤抖的双手,终于燃着了,只听一声巨响,第五处城墙炸开了,可是这位老人也壮烈牺牲了。

建州兵像潮水似的冲进外城,纳殷兵慌忙退入内城。

据说这位老人牺牲的消息传到罕王那里时,罕王亲自穿上孝服奠祭一番,并封他为蒙斋恩都力。一直到现在纳殷部瓜尔佳哈拉部一直供着这位神。

老人死后,这个制烈性炸药的方子,没有留下来。一石炮药也全用光了。建州大军只好驻扎行营加意防范。

城攻不下来，急得额亦都饭也吃不好，觉也睡不香。依着他的性子就是硬攻，死也死个痛快，这么围城简直是要命一样。就在这时，罕王派人送来一封文书。大意是："佛多赫城坚，不能硬攻，应严密围住，防止外逃。可分出主力兵马攻取头道河口、二道河口、三音纳殷河口，扫其外围，再取佛多赫。"

安费扬古按照罕王的指令与额亦都一研究，决定围城留上五百人，多设旗鼓、帐篷、炉灶，迷惑城内守兵，其余一千来人由额亦都率领攻取各个河口。

咱们放下安费扬古围城不提，再说大将额亦都率大军先杀向三音纳殷河口。

三音纳殷河口的小寨有三员大将把守，这三员大将是亲兄弟，一个叫苏楞，一个叫万胡里，一个叫丹初克尔什。这三员大将勇力过人，他们善使飞石，百发百中，这些兵丁也学会一些飞石之法。因为除了弓箭之外，每人都有一袋石子，所以这支军队外号叫飞石军。

额亦都刚到三音纳殷。苏楞弟兄三人早已迎出城外，在离城十里的地方展开了激战，双方箭如雨下，相持约一个时辰。额亦都一时性起，大喊一声："给我冲"，一千士兵像猛虎下山一样，冲向敌阵。可是冲进去之后，被一顿飞石击了回来，大部分士兵被砸得鼻青脸肿，人马伤亡一百多人。

额亦都回到营里一琢磨，这飞石如此厉害，想什么办法破它。他一个人也照样捡一些碎石头，左看右看，反复掷出，不觉天已渐黑，分不清山石树木，他猛然想起，何不夜攻。趁黑夜什么飞石也起不了作用。他越想越对，立刻命令连夜造饭，一到戌时，他亲率五百精兵悄悄地冲入敌营。正像额亦都预料的那样，在伸手不见五指，对面不见人的黑夜，飞石完全失去了作用。飞石一无效，建州兵真好像如鱼得水，个个精神百倍，这一仗杀得敌军望风而逃。额亦都一看敌兵大溃，立刻将腰刀一举，大喊一声，奔向三员大将马前，高声喝道："你们尽快投降建州，不然叫你们死无葬身之地。"这三个人一看额亦都单枪匹马追来，心中暗想，不怪说他是傻二爷，竟敢一人横冲直撞。这哥仨转过马头和他厮杀起来，四匹马混到一起，杀得难解难分。额亦都心想，如果这样打法时间一长，于我不利。想到这，他舍下两个人直冲苏楞，一刀正中苏楞头部，苏楞翻身死于马下。额亦都腰部也着了一刀。

再说那哥俩一看大哥死了，二番催马杀来。额亦都把马退后一步说：

"你们二位如果识时务，赶紧归服建州，才能有你们出路。"这两个人哪里听得进言，没容分说，两支扎枪齐奔额亦都胸前刺来。额亦都稍一歪身，正好刺到马背，这马一纵，把额亦都摔下马来。两个人一见大喜，正要猛刺过来，额亦都赶快就地一滚，立刻站起身来，迅速转到二人马后，一刀将丹初克尔什马后腿砍掉一条，又迅即跑到万胡里马后，说时迟那时快，又一刀砍断马腿，两员大将也纷纷落马。额亦都一时性起，没等万胡里还手，两只大手紧紧抓住他的腰部，高高举在空中对丹初克尔什喊道："你再进枪，我就用你二哥当枪靶子。"丹初克尔什举枪就刺，额亦都用万胡里身子一挡正好扎在万胡里大腿上，痛得他直喊："兄弟且莫胡来，这家伙力量太大，再来就把我刺成筛子了。"丹初克尔什气得直搓双手，刺也刺不了，救也救不成，有心逃跑又舍不得二哥。丹初克尔什愤愤地说："你额亦都果真是一条汉子，敢不敢咱们真打实斗。"额亦都哈哈大笑说："我额亦都在千军万马中也不甘示弱，岂能被你们二人吓倒。既然这样送还你的二哥。"他用力一扔，正好砸到丹初克尔什身上，两个人同时翻倒在地。这时，只听林外杀声震耳，额亦都怕二人被敌兵救出，一咬牙说："对不起，你们哥仨团圆去吧。"一刀一个，把两员大将斩了首。这时纳殷兵被建州兵赶了过来，一看三位主将已死，只好乖乖地投了降。

太阳一冒红，建州兵胜利地进入三音纳殷城寨，这一仗额亦都身受三处伤。大军休整了几天，就在过完年的第五天，他们又向二道河口进兵了。

二道河口城寨是三面临江一面靠山，出入都得用船摆渡，自从鸭绿江部收服之后，一部分水性高的也投到这里。他们一到，真给二道河口城寨这只老虎添了两只翅膀。镇守这道山寨的也有三员大将，主将京古图是一位力大的人，手使一口大扇刀，两员副将也是纳殷部有名的水鬼，善于水上作战。三员大将率精兵几百镇守在这里，更是个难攻难破的地方。

话说额亦都率领大军开到二道河的岸边，扎下营盘派人探听敌方动静。回来报告：敌人把所有船只一律收到对岸，又在沿河布置五十多只巡逻船，一有动静便万箭齐发，使敌人没法近身。靠山那面都是悬崖陡壁，没法攀登。额亦都一想，从水路攻取是不行，因为一则没船，二则水性不佳，所以只有在山那边打主意了。他左想右想也想不出很好的办法。第二天他带领两名精细小头目，偷偷地出了营，绕向北山。到山顶一看，临城那面悬崖峭壁像刀切的一样，跟随的两个人一看也感到无法进攻。额亦都猛然想起自己在姑母家的时候，邻居的一个小孩专会爬石砬子掏鸟蛋。日子一长，额亦都也学会一点爬山之法，使他立刻想起一个念头。他看了半天，又看看城内，只见敌人城头布满兵丁甲士，城外密插鹿角，这城紧靠山崖。

回到营里以后，还是想不周到。因为会爬石砬子的兵并不多，即或爬上去，十个八个也无济于事。

第二天，额亦都骑着马又站在河岸查看地形。刚一出营，这马不知什么原因，撒开四蹄向北跑去。要是平时，只要稍一吆喝，它会立即停止。可今天却不然，怎么吆喝怎么勒缰绳也不顶事，跑有一个多时辰，才停下来。额亦都举目一看，是一片大松林，参天老树一望无际。在林子中间有一条弯弯曲曲的小路。正在发愣的时候，就听远处有刀枪声音，不时传来一阵笑声。他牵着马向笑声寻去。拐了一个山头，只见小山下，有一所山墙开门的小屋，小屋前一片小广场，广场上一老一少正在那里比武。老人有六十开外，小阿哥有十七八岁，这老人手使一把刀，小阿哥手使大枪，两人对打得很协调。额亦都不由叫了一声"好"，这一老一少停下手，赶忙来到额亦都马前说："深山来客，真是十几年没有的事，快快请到屋内。"

额亦都也只好随着主人进到屋里。那位老人赶忙命小阿哥装烟献茶。然后问道："不知这位将官从何处而来，有何贵干？"

额亦都从来不会说假话，便一五一十地说了一遍。老人一听是建州大将额亦都，不由肃然起敬。二番站起身来说："久闻盛名，今日得见实属荣幸。"额亦都不禁问道："不知您老是哪部人氏，因何独居于此？"老人打个唉声说："我本是哲陈部人氏，前二十年因和贝勒不合，一气之下率领全家来到这里。在下名叫得古利。"额亦都不听还罢，一听不由"啊"了一声，忙站起身来，恭恭敬敬请个安说："您老人家就是闻名建州的得古利老巴图鲁？"老人点了点头。

提起这位得古利，虽然在史书上，八旗通谱上没有他的名字，可是当时确有此人。想当年罕王祖、父在世时就闻名建州，专会做火筒工具，他做的火筒能喷出一丈多高的火苗子，可以装到箭头上射出去。因为多年没见，都以为这位老人已经不在人世。火筒的技术也没传下来。

得古利问一下哲陈部情况，额亦都又把如何收服的事说了一遍。老人点点头说："天下必须一统，百姓才能安宁。女真人近百年来总是互相残杀，失掉了祖传美德。罕王出世以来，我也听到一些情况，心里很高兴，咱们女真人就应该有这样的英雄治理江山，不过我已年迈，不能直接报效了。"

当提到攻取二道河口城时，老人献出一条攻城的妙计。他说："居高临下射火筒，里应外合攻取水城。"

额亦都问："可是这外攻一没有船，二又不会水怎么攻法？"得古利笑了笑说："你放心，你家罕王会料到这点，他会有办法的。我可以送给你一百支火筒，足够使用。"说完，命那位小阿哥到第二个小屋抱出一捆火筒。

这火筒长有五寸，顶端有一条很长芯捻，把它安在箭杆上，点燃射出以后，会立刻喷出强烈火焰，能燃起很大火圈，是攻城的利器。

额亦都再三请老人出山。老人摇摇头说："还不是我出山的时候，请向罕王问好，后会有期。"

额亦都只好告辞回营。以后罕王被困东海得古利老人单人救主，小阿哥一枪夺三寨，此是后话。额亦都只好恋恋不舍地告别了老人，回到了营中。

第二天，额亦都刚用过早饭，只见门军来报，罕王派来二百水兵在门外候令，额亦都大喜，真没出老人所料。罕王真的派来了水兵。

原来这二百水兵都是从鸭绿江部收过来的。他们都能在水底行走，每人都有水衣水靠、鹿肠水管，能在水底潜伏一两天。

额亦都手下有位偏将叫土门扬古。这人很精明能干，常给额亦都出谋划策。额亦都常跟别人说："我是出大力打硬仗的手，论出主意我外行，因为这个脑袋长到了土门扬古脖子上。我额亦都有两个脑袋，一个长在土门扬古脖子上，一个长在自己的脖子上，两个脑袋一凑，什么事都能办。"

额亦都把见到老人，老人说些什么和土门扬古一说。土门扬古高兴地说："取二道河口城，今天是易如反掌。"额亦都却说："你可以替我安排，冲锋陷阵我打头，出道道是你的事情。"

土门扬古和额亦都又研究了如何攻城的具体措施。

当天夜里，土门扬古派二百甲兵绕道北山埋伏起来，单等号炮一响，立刻向城内射火筒。这二百甲兵领命而去。

他又派水兵连夜想办法盗来五十只大船以备乘船突击。这二百水兵个个穿好水衣水靠口含水管，不一会儿就潜入水底。他们游到对岸，在水中砍断船绳，两个人拖一只小船在水里向大营驶去。管船的纳殷兵一看，怎么空船自动向罕王兵营驶去，个个吓得面如土色。一想这是神人助建州，不然为啥没人摆渡，船自己走了呢？这些人一合计，咱们赶快投降，不然连命也恐怕保不住。于是"呼拉"一下子把十只大船缆绳解开也驶向罕王营去。

他们投到额亦都军营后，才知道是水底有人，事已如此，只好真心实意投降了。

话说额亦都看到大小船只都已到手，立刻三更造饭五更点兵，立即出战。他乘坐第一只船，五十只船像箭一样驶向对岸，一上岸，额亦都立即让炮手鸣炮三声。

只见后山一个个火筒向城里射去，城里顿时火起。那一百支火筒亚赛一百个火团似的落哪哪着，全城顿时陷入一片火海。额亦都又命令云梯队攻城。他大喊一声："给我冲"，二十架云梯一齐推到城根。

这时，城内哪有心思守城，都忙着救火，所以这次攻城，没费多大力气，五百多人完全攻入城内。

刀枪声，火焰声，人喊马叫声，混成一片，全城浓烟烈火，烟雾弥漫，可惜一座石头城五百多人口同归于尽。这在罕王战争史上是最惨痛的一页。

头道河口城虽然不大，可是两员大将很出名，一个叫恩克图，一个叫博克图。这两个人和一位尼堪游僧学了一身汉家功夫。恩克图惯用一条镔铁大棍，博克图善使长枪。

他们二人听说安费扬古围困佛多赫、额亦都连夺三音纳殷河口城寨和二道河口城寨，恨得他们俩咬牙切齿，有心出兵援助，又怕失掉自己城寨。

当听到报马来报，额亦都率兵向头道河口攻来，立即做了迎战准备。可是下面兵丁一听建州猛将额亦都来攻，个个吓得魂飞魄散，暗暗商议投降之计，哪有心思作战。

恩克图几次聚兵派将，大家都拖拖拉拉，畏缩不前，气得他杀了几名私议投降的兵丁，军心这才稳定一些，可是额亦都大军一到，五百兵丁早已跑掉一半，剩下二百多人没等攻进城早就乱哄起来。额亦都没费多大力量，只用两个时辰攻入城中。

到城里再找恩克图和博克图踪迹皆无，额亦都一打听才知道他们俩溜出北门向北松岭逃去。原来北松岭有一个小寨，住有二十几户猎人。

这二十多个猎人不仅有翻、滚、跳等功夫，任何人也不敢近他们身边，而且都是这两员大将的心腹之人。

额亦都问明白之后，没和土门扬古商量，一个人只带十几名甲兵追了上去。刚一进松树林，看见一个瘦得皮包骨的老人躺在路中间一动不动。额亦都大声喊道："喂，老人家赶快闪开，不要被马踏死。"

老人还是一动不动，额亦都只好下马绕道走了。没走半里，看见那个瘦老头又躺在道中央，额亦都气坏了。他傻气来了，心想，我这回让你知道我的厉害。他下马来到老人面前说："你睡觉也得找个安全地方才是。"说完双手伸向老人，打算提起来送到草丛里。可是他一提，真怪，老人纹丝没动。他吃了一惊，又用力一提，仍然没动，用最大力量一提，仍然不见效。额亦都不由大吃一惊。心想，就凭我这力气，别说一个瘦老头，就是一条大熊也能扔它多远。额亦都很不服气，想要再试试。刚一伸手，老人伸了伸懒腰睁开眼睛说："我睡我的觉，你走你的路，为啥惊动于我，真不懂规矩。"额亦都只好赔笑说："老人家，睡在这里很危险，我打算把你挪到安全地方去睡。"老人笑了笑，坐起来说："好心人，你担心我的危险，可你想没想到，杀身之祸就要降临到你的头上。"额亦都大吃一惊，刚要追问，那位老人站起身来抖抖身上的尘土又说："你知道吗，前面有四处陷坑，十道暗卡，除非你不去，一旦入山岭，哪有你活命之理！"额亦都这才恍然大悟。赶忙双膝跪倒，连说："我额亦都有眼不识真人，我这厢赔罪了。"说罢，连磕几个响头。老人笑了，扶起额亦都说："实不相瞒，恩克图弟兄俩是我的徒儿，我这次下山就是告诉他们俩识大局弃暗投明，归顺罕王麾下，统一漠北，匡扶社稷以安万民。我可以带你入山，叫他们早日归顺才是。"额亦都一听，真是高兴万分，感激之心没法言表。

老人又说："你要听我的话，一不许骑马，二不许带人，咱俩步行入山。"额亦都连连应承，就这样两人向山里走去。

刚转入山弯，老人喊了一声："给我下来。"说罢解开腰间带子往树上一扔，套下一个人来，老人说："快去通禀你家二位大将军，就说他们的师父叫他们前来迎接。"

被套住的人赶忙跑了回去，没过一个时辰，果然二位城主骑马来到。一见这位瘦老头，赶快跳下马，双双跪倒在地，涕泪交流地说："师父为我们报仇，现在弄得我们有家难回，有国难投，师父给我们做主。"说罢，不住叩头。

这两个人给师父叩头以后，抬头一看，认识，是额亦都。两个人都愣住了。刚要拿起兵器，瘦老头喝了一声："徒儿给我住手，我就是为这件事而来，快领我进山。"

两员大将只好把两人领到小寨。

瘦老头坐下之后，又让额亦都坐在一旁，弄得这两个人丈二和尚摸不着头脑，半天没说出话来。

老人语重心长地说："徒儿，你们俩和我学徒的时候，我说的话还记得吗？"

"识大局，顾大体，为漠北和平尽到一切力量。拯救万民，保家卫国，为正义而战。"两个徒弟一字不差地回答。

瘦老头点点头说："对！可是你们却忘了这些言语，你们清楚知道，近二百多年女真以强欺弱，以大压小，父子相争，兄弟厮杀，你争我夺毫无休止，使万民不得安生，再看中原，贪官污吏比比皆是，黎民百姓生于水深火热之中，有些地方旱涝连年，那些朱门贵客，仍然沉于酒色之中，在他们的小天地里真是太平世界，这样怎能容忍。漠北统一是当务之急，可你们贝勒却逆大势而行，你们却为虎作伥，怎能不使我担心啊。如果你们是我的徒儿就应该猛醒，归顺建州。因为从目前形势来看，全漠北只有努尔哈赤才是一代英杰，胸有大志气魄万千，非等闲之辈，不出十几年，终成大器。"

额亦都接着说："我不会说什么，总觉得我家聪睿贝勒就是好，真是一心为了统一各部。立过功的人，他都敬如上宾。有一次，我出征哲陈，身中五十多处箭伤，我家贝勒陪我三天三夜，眼睛连合都没合，他亲自喂饭喂水，当我伤好之后，他像小孩似的乐得直蹦高。你知道吗？他也杀人，有时攻不下城，你真要畏缩不前，他敢当场砍死你。二位好好想想，上哪儿找这样的贝勒，至于行军布阵那更不用提了。"

两位大将低头不语，半天长叹一声说："听师父安排。"

老人家严肃地说："立刻归顺建州，同心协力，统一漠北是当务之急。"二人只好答应下来。

额亦都大喜，深深地给二人请个安，趴在地上给老人叩了头，不住地说："感谢您老人家为我们收了两员大将。"

老人又嘱托一阵，又和额亦都说："见到你家贝勒，就说有一个瘦和尚问他好，希望他奋力战斗，早日统一漠北。能饶人就饶人，不能单凭武力。"

额亦都连连称是。老人说完飘然而去。

三位英雄率领二十多名猎手奔向额亦都大营。这才引出罕王识英雄，英雄敬罕王。

欲知后事如何，且听下回分解。

第三十三章

佛多城阵斩塞克什
四部震惊蒙古求和

上文说到这位瘦和尚给额亦都收服了两员大将之后，对额亦都说："我这两个徒弟心地很善良，但有一股犟劲，你应该耐心地开导他们，真要回心转意，可是国家栋梁。"说罢飘然而去。

有人问这位和尚是谁，为啥和建州这么亲近？原来他是努尔哈赤师父的师弟，自打出家以来，看到中原一带官逼民反，民不聊生，便和游僧一道来到漠北，到各部一看，各部头人互相残杀，无休无止，心中很不平静。自从努尔哈赤起义之后，老高僧好像看到一线光明，经过多年观察发现，将来治天下者乃努尔哈赤也。

有一次，瘦和尚见到师兄说："努尔哈赤非等闲之辈，你我应大力协助才是。"就这样，他们师兄弟二人从南到北，从东到西广收徒弟，教给各种武功，并计划在适当时期劝他们辅佐罕王。这两员大将是这位瘦和尚最后收的两个徒弟。

话说恩克图兄弟二人自从归顺之后，心里总是感到对不起纳殷贝勒。但师父之命不能反抗，只是默默地听从额亦都的摆布。

额亦都虽然粗鲁，也看出兄弟二人心思。按额亦都想法是，人家弃主投新，本来就是一件不容易的事，哪有不怀念旧主的道理。

晚间，他把恩克图兄弟两人请到帐内，摆上酒席后招待二位英雄。喝酒时，额亦都看了看恩克图兄弟二人说："我看你们二位不是诚心诚意投到建州，这也不奇怪。人哪有不恋旧主的感情。你们哥俩也别吞吞吐吐，有话照直讲来，是不是还想回纳殷佛多赫城？"两个人一听立刻跪倒在地，说："实不相瞒，想纳殷贝勒待我们不薄，怎能背叛于他，但师父严命又不敢违背。"

额亦都哈哈大笑说："君子有成人之美！既然你们有恋主之心，我额亦都决不强留，可以放你们出去，送你们进城。我们两军阵前再见。可是话又说回来，我看你们二位是个英雄，今后你们什么时候愿意回来，我额亦都一定恭迎。"

　　说罢，忙命军卒牵来二人的坐骑，又给二人一道令牌，以免遇到建州兵受阻。这两个人起初以为额亦都试探他们二人心，以后一看不但牵来坐骑，还给了路引令牌，心中暗暗佩服。立即俯身下拜，连忙说："将军如此仗义，我们二人一定说服我们家贝勒出城降服。如果办不到，再出兵见仗，任凭将军杀戮。"

　　两人千恩万谢地辞别了额亦都向佛多赫城驰去。

　　果然一路上遇到建州兵都顺利地通行。

　　他们二人来到城下高声喊道："快去通禀贝勒，就说我们进城，扶保贝勒誓守山城。"

　　小卒赶忙回禀纳殷贝勒。贝勒搜稳塞克什沉思一会儿问道："他们二人后面可有追兵。"

　　小卒说："没有，建州兵离他们很远。"

　　这一定是诈降计，前来破城。想到这立刻吩咐上吊筐，把二人给提了上来。兵卒赶忙来到城头，高喊道："二位听真，因敌人攻城太急，不能开门，请坐吊筐进城。"说完放下吊筐把两个人提进城内。

　　这两位来到贝勒衙门，搜稳塞克什冷笑一声问道："丢了城池，为啥还能闯过敌人层层包围，难道你们是诈降不成？"两人慌忙回禀了真实情况，并拿出额亦都的令牌。搜稳塞克什贝勒大怒道："好你们两个叛徒，竟敢花言巧语欺骗于我，来人，把这两个叛徒押起来。"博克图是性如烈火的人，哪能受这个不白之冤，便高声骂道："我们弟兄瞎了眼，没信恩师的话，没听额亦都的忠言，我们忠心回来，却落得这般下场，真乃气死我也。"搜稳塞克什是容不得别人指他坏处，气得他举起腰刀拦腰向博克图砍去。博克图一闪，往前一探身，抓住搜稳塞克什手腕，随手一带，把这位贝勒提了起来。和他哥哥说："大哥，咱们何必自投死路，不如捉住这不懂人味的东西，开门投降。"恩克图一看，到了这种程度，也只好答应。

　　哥俩把搜稳塞克什立即捆绑起来，和手下人大声喊道："众位听真，搜稳塞克什不分好坏，他不辨真伪，现在孤城一座，守也没用，今天我们兄弟二人做主，投向建州。"

　　大家一看，两员大将这样主张，再加上搜稳塞克什平素对手下人残酷刻薄，又久闻建州贝勒对人宽厚仁慈，真是两人振臂一呼，手下都纷纷响应。

两个人押着搜稳塞克什出了城外，刚要投奔安费扬古大营。搜稳塞克什掉着眼泪说：“你们既然投靠建州，事到如今，我只好照办，这样绑着我去见人家，哪有我的性命。念你我共事一场，又是世代宗族，何不放开我，名正言顺投降，我也能落个好结果。”两人一听，感到也是个道理，便解开绑绳，给了他一匹坐骑，三人并马直奔大营。走没有百步，搜稳塞克什趁二人不注意时，回手一刀正砍中博克图肩头，他撒马就往东跑。就在这时，只见从建州兵营飞来一员大将，正是额亦都。

原来安费扬古和额亦都自从恩克图兄弟进城之后，便整顿兵马严阵以待。他们绑俘搜稳塞克什，出城解绑，早已被额亦都看得清清楚楚。满以为能很好解决战斗，哪知道突然发现搜稳塞克什施诡计砍伤博克图，企图逃跑的情况，气得额亦都没容分说拍马追了上去，那搜稳塞克什乃是酒色之徒，哪是额亦都的对手？于是，额亦都挥手一刀，斩了搜稳塞克什。

建州军急忙抢救博克图。纳殷部至此全部归附建州。

纳殷部原属建州卫管辖，自正德年间便脱离建州，自行独立成部。因为山川较险，河流纵横，倒也是个易守难攻之地，再加上自建部之后，始终坚持不攻取他人土地，和邻部尽量结好的政策，才维持一百多年安定生活。自搜稳塞克什当了贝勒之后，总想扩张疆土，和八马之王比高低，一心想早日成为八马之王。有了这个野心，他便勾结叶赫联合哈达，打算借两个强部势力吞并建州领地，夺取都检事的官爵以便称雄于漠北。实际是自不量力，看不清发展趋势，结果画虎不成反类犬，偷人未遂反遭擒。

话说额亦都、安费扬古花费半年之久的时间，围佛多赫三个多月，终于征服了纳殷部，迁出居民两千多口充实赫图阿拉一带，又将赫图阿拉的居民充实纳殷诸城寨。

努尔哈赤对额亦都、安费扬古大加封赏，并委派恩克图兄弟仍镇守纳殷，防止哈达、叶赫的侵扰。

从癸巳年六月至甲午年六月的一年时间中，是罕王立业中最关键的一年。这一年里，击退四部之攻，战胜九姓联合，取朱舍里、长白山、纳殷诸部。至此军威大振，远近慑服。蒙古科尔沁贝勒，喀尔喀五部贝勒遣使通好，一些弱小的城寨纷纷投靠，真是兵强马壮，粮草如山，英雄云集，国势日增。

罕王自从几次大捷之后，虽然国势日盛，但他清楚地知道叶赫、哈达绝不能就此罢休，便加紧练兵，加强边防的通讯联系。在通往明朝边界地方设立五道哨所和通递消息的网络，凡属叶赫、哈达边界均设重兵把守，每隔五里设通报一处，上悬巨大云牌一面，设构木一堆，凡属紧急边情或传递罕王特急军令，只要议事亭中云牌按规定信号一敲，不出半个时辰，消息立即传于四方，边陲告急也是如此。在科技不发达的以前这种接力式的通讯方式是当时最先进的了。

这一天，罕王正用早膳，有司云牌头目来报："科尔沁部贝勒明安、喀尔喀五部之长老萨备厚礼正向新城进发。"

原来这两处都是九部联合的参加者。他们自从败回本部之后，定则思痛。尤其是科尔沁部贝勒明安，他感到建州努尔哈赤非等闲之辈，将必成大器。再说九姓之兵都胜不过他，何况他一部之力，决心备些贡品主动到建州和罕王言归于好。想到这置备一些牛马骆驼等贡品，还挑选一些上等皮张亲自赴新城拜见罕王。

明安贝勒走到途中，又遇上喀尔喀贝勒老萨。原来老萨也是备礼去建州和罕王建交，两部人马一同向建州进发。

话说罕王闻报，立即命人沿途扎上迎客棚，亲自到边界迎接。一看两部贝勒已来，罕王赶忙下马跪在路旁迎接。

这两位贝勒满以为罕王一定是气势汹汹、高不可攀，却出乎他们所料，一位威震漠北的大汗，竟亲自迎出百里之外，更感人的是跪在路旁迎接，感动得二位贝勒真是涕泪纵横，长跪不起，双方人马看到这动人的场面，也激动得热泪盈眶。

明安贝勒说："上次多有得罪，望乞聪睿贝勒包涵。"

罕王说："哪里，哪里。即或一奶同胞还有口角之时，况我努尔哈赤办事不周，未能和兄弟之邦经常来往，致使互不了解，才造成刀兵之举。"

三位贝勒上马并排向新城走去。一路上是五里一棚，一里一队，号角齐鸣，人欢马叫。

来到新城之后，努尔哈赤把二位贝勒安排到第二卧室。

第二天，大摆宴席，席间还演出一些杂耍、舞蹈、骑马、射柳丫等活动，那种热闹场面真是：

席上鱼肉丰满，庭间鼓乐悠扬；十样杂耍，出神入化；莽式舞姿，亚赛天女散花；英雄巴图鲁，个个像蛟龙出水；驰骋马场，箭不虚发，个个命中柳丫，好一派热闹情景。

酒过三巡菜过五味之后，只见十二位阿哥十二位格格身着蒙古服装，唱起草原之歌，舞起草原蒙古舞。罕王也舞情大发，披上英雄衣和二十多名舞手同时舞了起来。明安、老萨以及一些将领都情不自禁地舞了起来。大厅顿时出现了欢乐的高潮。

就在这兴高采烈的时候，只听几声云牌夹小鼓的拍节声。

罕王的小福晋和诸贝勒福晋们像一朵朵鲜花似的飘入大厅。顿时给大厅增添了春花似锦的感觉，个个翩翩起舞，人人引吭高歌。谁说漠北诸夷，尽是野性、粗鲁，且看这动人的场面，任谁也得感叹这妙姿婆娑起舞，莺声百啭非人间可比。

这次宴会一直到深夜才罢席。明安和老萨本想登门请罪求得罕王宽恕，哪承想竟被以上等贵宾接待，这二位贝勒久久不能入睡。

大宴一连持续三天，临走时罕王备了以下丰厚礼品：

一、上等人参各五十斤，

二、上等鹿茸各百斤，

三、黄金各百两，

四、东珠各半升，

五、蓝花大瓷各二百件，

六、彩缎宫袖各百匹，

七、各式男女官服各六十套。

走的前一天，三位贝勒当天饮血酒盟誓，愿结永世之好，永息干戈之争，谁如背盟天厌之。

罕王亲送百里以外，洒泪而别。正是：

从此撒下友谊籽，日后开出团结花。

自此蒙古诸部纷纷到建州与罕王立盟修好。

再说九姓战争结束时，阵前俘获乌拉贝勒布占泰，这人身在建州朝夕思报复之事。他知道罕王的文韬武略比自己高出几头，硬拼硬打是绝不能成功，他便采取攻心之术，对付罕王。

自被俘之后，他坚持每日一次亲自拜见，每天临睡前，先向罕王叩拜之后，才入寝。有时罕王吩咐他家礼不可常叙，可是布占泰仍然坚持朝叩首晚问安天天不绝。没有半年工夫，罕王命人去掉他的枷锁。

当罕王每次领兵出征时，由于布占泰对各部情况比较熟悉，多次出谋献策，有些策略果然收效，更引起罕王对他的信任。有时罕王出兵前还主动问他作战的一些战术，布占泰更是对答如流。

有一次，罕王偶感风寒，不知什么原因，布占泰没来问候，派人到他居处一看，只见布占泰面色苍白卧床不起。一问看护人才知道，布占泰自听罕王有病消息后，按乌拉部的风俗，为阿玛求寿用自己鲜血祭天求天保佑。他每天中午用刀划破右臂鲜血洒在庭院，虽然出血过多，体力大伤，但仍坚持刺血祭天，祝罕王早日恢复健康。

罕王病好之后，听到这个消息，感到得亲自到布占泰住处问候，还在诸子面前说："布占泰虽然不是我的亲生子，却胜似亲生。我想放回乌拉扶他为部主。"这件事被安费扬古知道了，立刻来见罕王说："听说您要放回布占泰，我看不可。想布占泰胸怀莫测，咱们对他只是一般豢养并没有什么特殊待遇，为什么竟舍身救主，早叩晚拜，其中定有野心，不可不防。"

罕王一听，也感到有理，因此打消了放布占泰回乌拉的念头。这件事又被布占泰知道了，但丝毫没露出不满的情绪，反而更加殷勤，并且目光又扩大一些。

有一次，是罕王弟弟舒尔哈赤的生日。满城文武官员都献礼庆贺。布占泰请示罕王也想参加拜寿仪式，罕王点头允许。在舒尔哈赤面前，布占泰献随身戴的一颗祖传的大东珠，这颗东珠不但闻名于乌拉，而且漠北、中原也都知道这颗明珠。盛传着这样一个民谣：

乌拉部，出珍宝，
谁要得到永不老。
乌拉部，一颗珠，
光照十里色彩足。
宁舍五沟十八寨，
不舍珍宝夜明珠。

为了避开罕王，布占泰在晚间人散的时候，以奴辈之礼进见舒尔哈赤。

舒尔哈赤对这位被俘的贝勒以前没太注意，一听也来祝寿，只好勉强接见。布占泰从二门就跪下，一步步爬到大厅，涕泪交流地说："承蒙二位贝勒不杀之恩，我布占泰将永远忠于二位主子。"舒尔哈赤冷笑一声说："你过去身为乌拉贝勒，论身份应在我上，竟能如此忠诚，可敬可佩，有机会我在兄长面前保举你回乌拉，不知意下如何？"

布占泰诚惶诚恐地说："主子好意奴才拜领，只是二位主子待我如儿女，怎能舍得离开膝下，我愿永生侍候二老。尤其是您老文韬武略的才华，不但奴才敬佩，就是大明皇帝以及漠北诸部谁人不知，哪个不晓。建州如此壮大，是和您汗马功劳分不开的。奴才无恩可报，愿将祖传的明珠献与主子，聊表寸心。"说完从怀中掏出一个锦盒双手奉上。舒尔哈赤听了布占泰的奉承以后，早已有些飘飘然，又见到稀世珍宝，更是喜形于色，赶忙接了过来，打开一看，只见这颗珍珠：光闪闪，亮晶晶亚赛明月，蓝微微白莹莹有如群星，万盏灯火逊色，室内四壁增辉。

舒尔哈赤不看则罢，一看不由心花怒放，暗暗想，这明珠不愧稀世珍宝，若得此宝，可谓三生有幸矣！接过明珠之后，立刻将布占泰扶起，命人看坐。布占泰再三推辞，舒尔哈赤执意命坐，只好谢坐。

布占泰一看舒尔哈赤眉飞色舞，进一步说："这颗明珠是我祖父年轻时在叶赫部当差，一天晚间，陪着贝勒在河边漫步，只见小河里发出光芒，经久不断。到河边一看，什么也没看见。叶赫贝勒很纳闷等了半天，啥也没见到，一连三天都是这样，叶赫贝勒派一百个打鱼能手下河捕捞，终于得到。就在第九天头，我祖父刚要睡觉，只见房门'呼'的一声开了，进来一位如花似玉的美女，手捧这颗珍珠，笑吟吟地说：'此珠并非常珠，谁要得到它有开疆土建大业的造化，愿将此珠献给您。'"

"我祖父得到此珠之后，果然占据乌拉，成为六马之王。今日奉上，愿我主事事吉祥。"说罢布占泰又站起身来恭恭敬敬地叩了三个响头。

舒尔哈赤连连说："三音，三音，愿上天保佑你。"

布占泰又进一步说："我有一件心事，不知当讲不当讲。"舒尔哈赤忙说："有话请讲。"布占泰打个唉声说："我有一个妹妹，叫古利格格，我这个妹妹不但容颜超人，更有一身好的武功，专会飞箭，百发百中，乌拉部不知多少巴图鲁向她求婚，她执意不肯，并发誓说：'非王不嫁。'像这样才貌双全的女英雄只有主子您才能配得起，如不嫌弃，奴才愿意奉上，侍奉您老人家。"

舒尔哈赤是一个好色的人物，何况古利格格早已在他的脑海中挂了号，不听则已，一听此言真是有些飘飘若仙了。主动说："你在这待的年头不少了，也该回去了，这件事包在我的身上。"就这样一种肮脏的交易拍板成交。

第二天，努尔哈赤和舒尔哈赤哥俩在议事厅中闲谈，舒尔哈赤借此机会和长兄说："大哥早有取乌拉之心，如果内部没有和咱一心的人物，纵有十万大军也难取乌拉，何况扈伦四部互相照应，一部有事，三部来帮，更难取胜。"

罕王点点头说："我也有这种想法，不过何人可做我们内线之人？"

舒尔哈赤说："依小弟之见可以放布占泰回部，因为现在乌拉部主荒淫酒色，不得民心，如果放他回去，一可以感激大哥恩释之情，二可以做我们的忠诚可靠之士，大哥何乐而不为。"

罕王沉思一会儿说："布占泰虽然改悔心很大，但这人巧言令色难以置信。"

舒尔哈赤进一步说："依小弟之见，何不再宽容一些，看他表现如何？"罕王见弟弟如此坚持要宽释布占泰，也只好答应。

当天，罕王找来何和里把舒尔哈赤的主张告诉一遍，并决定在西沟处，选出一处面向乌拉的住宅，并派两名阿哈朝夕侍奉。就这样，布占泰从一个阶下囚变为堂上客了。

用罕王的话说，之所以把他安置在这里，是为了朝夕都能看到乌拉，能看到乌拉的山山水水，云往乌拉游，鸟往乌拉飞，叫他知道云彩可以漂回乌拉，鸟可以自由飞回乌拉，你布占泰如果真能回心转意，也可以像云和鸟一样，回到自己的家乡。

布占泰早已料到罕王的用意，打那以后，表面上对罕王更加忠诚更加尊敬。

事有凑巧，罕王手下一位阿哈，因为偷拿衙门里明朝给的双龙银笔筒被罕王发现，痛打一番还插耳游街。事后，布占泰偷偷地找到他，拿出乌拉祖传的红伤药，给他治好了，叹息地说："当阿哈就是主子牛马，你不要以为就此了事，说不定何时罕王一怒把你杀掉。"那个阿哈以为布占泰也是被豢养之辈，一定对努尔哈赤有不满情绪，便说了实话："我何尝不想这点，像咱们做人家的罪人、下人终究没啥好下场。我也想了，人生早晚也得死，你我这号人活着又有什么用，死了倒也干净。"

布占泰看看外边没人，一边给他敷药，一边说："我给你讲个咱们古时候的一个故事。据说有个鞑鞨国，国主是阿布卡恩都力的九儿子，叫乌云贝子，他依仗阿布卡的名声，一天天自高自大起来，目中无人，天天除了饮酒玩女人之外，专以杀人为乐。他一高兴拽出几个阿哈叫他们拼命跑，然后用箭把他们射死。其中有一个阿哈武艺超群，当主子命令他往前跑时，他大喊一声回过头来，一拳打死了乌云贝子，大家公推他当了国主。"阿哈看了看布占泰，没说什么。布占泰又接着说，"我从小和别人学会相面之术，我看你五天之内必有大灾。如果能闯过五天，你要有一个意想不到的幸运，不但能脱掉阿哈这张皮，还有当章京的机会。"阿哈笑了笑说："说我有大灾，我相信，说我能当章京做梦也不敢想。"布占泰进一步说："事在人为，只要你愿意当章京，我能帮你大忙。你可以拿我一封手书到乌拉部找我叔父，他能立即给你一个大官当。不过，你应该带点礼物去。"这个阿哈忙问道："带什么礼物？"布占泰又看看门外，依然没人。布占泰说："人头。"阿哈吓得半天没说出话来。

布占泰恶狠狠地说："你背后抱怨你的主子，我禀报罕王，岂能有你活命。为了交你这个朋友，为了提拔你，我不能干这损人不利己的勾当。你只要和我一心，不但仇恨可报，还能大富大贵。"说完从怀中掏出一个五十两重的银元宝，往桌上一摆，说："你发誓只要和我一心，先把这五十两银子送给你。"阿哈忙说："反正我早晚也得被努酋害死，不如乐一天是一天。"他用身上小刀刺破左臂，跪在地上对天盟誓说："我一定和布占泰一心一意，若有三心二意，不得好死。"

布占泰说："努尔哈赤每天清晨总是一个人到西门外走走，如果你有大志，要报仇正是好机会。"阿哈咬咬牙说："我早有此意，不过没有机会。经你一说，我意已决。"布占泰当场给乌拉部叔父写了一封信。然后说："事成之后，你把努尔哈赤的人头装到皮口袋里，赶快来找我，拿着这封信投奔乌拉，说不定建州都督这个大官，就是你的了。"

阿哈说："请你放心，听我的好消息，你先替我把信保存好。"说完拿出一把钢刀，看了看，把穿戴收拾一下，就要在明天一大早动手。

再说布占泰一看事已成功，赶忙溜到罕王住处。这时罕王正在灯下读书。他轻轻敲一下门，守卫人员立刻迎了上去，喝问道："黉夜至此有什么事？"布占泰忙说："请军爷速速回禀，就说布占泰有要事要见罕王。"不一会儿，罕王传话叫他进屋。布占泰一见罕王立刻跪倒说："奴才发现一件大事，不知可讲否？"罕王说："尽管说来。"

布占泰跪爬半步，并看了看侍候人员。罕王会意忙叫家人退下。

布占泰说："偷取衙门东西的那个阿哈，方才溜进我的住处，把你老送给我的大元宝偷了去，我听到动静，跟踪追了出去。只见他来到小树林内和一个蒙面人说，'我前天约定，用五十两银子买你那把刀，不知带来没有？'只听那蒙面人说，'要你五十两银，是笑话，只要能把努尔哈赤的头拿来，我可以赏你两千两银，还保你到哈达做官。'我又想再听一听，他们俩却一溜烟走了。奴才有心动手杀他，可没有真赃实据不敢动手，特来禀报。"

罕王看了看布占泰说："我知道了，你丢的五十两银子，可以由我这再支给一百两。"

布占泰只好告辞回到自己住处。

东方将出现鱼肚白时，罕王一个人像往常一样到西树林漫步，刚一进林子，只见一个黑影直扑过来，这人头上蒙着黑布，只露两个眼睛，手执一把明晃晃的钢刀，直奔罕王。罕王刚要动手，又见从林子里跳出一个人影，说时迟，那时快，几步冲到刺客面前。大喊一声："大胆狂徒，竟敢刺杀我家主子。"说罢赶了过去，没容分说，一刀将那个人砍倒，又一刀砍掉了人头。赶忙跪到罕王面前说："主子受惊了。"罕王一看是布占泰，高兴地说："你能如此诚心，实慰我意。"罕王揭去刺客的蒙头布，一看正是偷双龙银笔筒的阿哈，从他怀中还搜出一个五十两的大元宝。

布占泰这一阴险的花招取得了罕王进一步的信任。

万历二十三年七月，罕王决定让布占泰归乌拉。罕王在议事厅内召见布占泰，赏给他十匹好马，蟒服一身。还送给他四名超哈，千两白银。命图尔坤、蜚扬古两员副将护送回乌拉部，至此布占泰在建州四年之久的豢养生活才告结束。

原来布占泰是乌拉第二贝勒，第一贝勒是他哥哥满太。这人正像前文说的那样，是个酒色之徒，性格又很残暴。他手下有两位副将，这两位副将名声倒不太大，可是他们的妻子在乌拉一带是两位绝顶美人。当时流传这样一段歌谣：

> 苏禄格，纳禄格，
> 天下美女属他喀。
> 他俩眼前站一站，
> 面花都得色木勒。

这两个美女自从嫁了这两员副将之后，总是嫌他们俩长得丑，因此，偷偷摸摸地干了一些见不得人的事。因此，不但她们俩长得出名，而且丑名声也传得很远。

满太是个闻腥就上的馋猫，有其父就有其子。有一次，借着巡察修筑边壕的机会，把两员偏将骗了出去。这父子俩每人霸上一个，尽情地欢乐着。哪知道这两员偏将觉察到满太父子不怀好意，就在半夜的时候，偷偷回到家一看，这父子俩正和两个妖妇睡得香甜。两个人气得咬牙切齿，一气之下杀死了满太父子。

其实，这两员偏将开始并不知道满太父子做出这样告不得人的事，偏偏遇到满太的叔父典尼亚，很早就想篡夺贝勒职位，害死满太父子。这次巡视也随同满太来到这里，他知道满太的用意，故意找到那两名偏将，笑着说："真是两个傻瓜，把自己的窝让给别人，你们要不相信，半夜回去看看，便知分晓。大丈夫难免妻不贤子不孝啊！"说完扬长而去。典尼亚这一番话，不费吹灰之力，断送了满太父子的性命。

典尼亚害了满太父子之后，自立为大贝勒。可是没过几天，听说建州贝勒把布占泰放回乌拉，这可吓坏了典尼亚，他暗下决心，一不做二不休，干脆把他干掉，岂不一劳永逸。想到这，他找到心腹人和他们秘密商议对策。

第二天，图尔坤、蜚扬古护送布占泰来到乌拉城。布占泰对这阔别四年之久的故乡，深深地吸了一口气，看看天空，看看四周，就在这时，他叔父典尼亚假惺惺地赶来。布占泰赶忙前来参拜叔父。典尼亚扶起布占泰掉着眼泪说："孩子，你回来的正好，快替你哥哥和侄子报仇吧。就在这十天前，他们父子修筑边壕，被两个没良心的偏将杀害了。"

布占泰一听，大哥被害死，立刻暴跳如雷，恨不得立刻杀掉两名凶手，蜚扬古赶忙上前劝道："请你先不要发火，为什么满太父子被害，还得详细了解一下才是。"忙命人把两员偏将叫来。

这两员偏将自从杀了满太父子后，本想逃跑。又一想，大丈夫敢作敢当，怕他何来，我们倒要看看他们如何处置我们。一听布占泰叫他们，立刻带着两位妻子来到贝勒府。一进屋，没等布占泰审问，典尼亚一个箭步冲了过去，手起刀落砍死一名。布占泰一看情况有些不妥，立刻制止他叔父的鲁莽行为。典尼亚瞪着大眼睛说："你杀了我的侄子和孙子，与你势不两立。"那员偏将冷笑一声说："请老贝勒放心，杀人必须偿命，我要怕死，也早就远走高飞了。"说完，他把事情的经过详详细细地说了一遍。布占泰又问两个女人，她俩假意痛哭说满太父子如何强制奸污了她们，蜚扬古和图尔坤一见是这种情形，便对布占泰说："依我们二人之见，这桩事情不如顺水推舟就此结束，一可以免得丑闻传出，二更重要的是长兄一死，这部主宝座岂不落到你手。"布占泰一听也对，又把这员偏将安慰一番，把死去那员偏将厚葬一番，把其中一位禄格美人自己却留在身边。以后一些事情都坏在这个女人身上，这是后话。

再说典尼亚一见杀满太真相大白，更恨不得立刻除掉布占泰。

在当天夜晚，他的两员心腹偏将早已准备就绪，就在半夜时，越墙而过，刚一闯进布占泰卧室，就觉得后面有两只巨手死死地拽住后领子，刚一回头，又见从暗处杀出十几名士兵，没容分说，将他们俩捆倒在地，押到堂屋。顿时灯光大亮，图尔坤、蜚扬古、布占泰端然上坐。吓得两个家伙"扑通"一声跪倒在地，连连哀求饶命。

经过讯问，两个人只好说了实话。布占泰哪容分说，一刀一个斩了刺客。

典尼亚听到消息后，连夜逃向叶赫。布占泰当上了乌拉部主，正是放虎归山去，反口要伤人。这才引起布占泰三反老罕王的生动情节。

欲知后事如何，且听下回分解。

第三十四章 明王朝晋封龙虎爵 五贝勒立坛誓联盟

收服纳殷部以后，疆土增多，声威更震。努尔哈赤的势力日益壮大，明朝君臣极为不安。立即把李成梁调回北京，询问努尔哈赤的情况。李成梁虽然受了努尔哈赤的各种贿赂，但也感到时局不妙。可是已经在万历皇帝面前夸下海口，说努尔哈赤如何忠顺于明朝，有自己在，努尔哈赤是不会反明的。可是纳殷部被努尔哈赤收服过去，这一事实没法掩饰，只好向皇帝奏禀一些虚伪现象。说什么纳殷部仍然存在，努尔哈赤只不过出兵替他们平服了内乱，虽然这么说，也消除不了朝野对努尔哈赤的怀疑。有些朝臣主张立刻兴师问罪，讨伐建州；有的人反对出兵，仍以赐官爵名利为上，使其忠于明朝。真是众说纷纭，议个不休。其实朝中这种议论，是明代末期一种通病，遇到重大问题，吵吵一顿到最后拿主意时，谁又不敢做主。正在这没法解决的时候，忽然皇门官启奏："努尔哈赤派人送贡品和奏章。"这突如其来的举动，使满朝文武官员目瞪口呆，半天说不出如何对付之策。一位大臣说："既然努尔哈赤以礼朝上，我们也应以礼接待。"就这样把来使接到议事殿内，按朝礼收下奏章，奏章中写道："臣努尔哈赤为了边陲安泰，于甲午前出兵镇服了纳殷叛逆，剪除了叛明逆臣。在战斗中，将士奋勇杀敌，为皇上分忧，请给予赏恤以利军心，并按制进贡如下物品。"

这封奏禀，弄得大家没法答复，只好把使者安抚在馆驿中，散朝回府。

其实朝中议论努尔哈赤的事，早被努尔哈赤料到，和诸贝勒一商量，争取主动一些好。便想出报功请赏的办法，使明朝没法问罪于建州。

第二天，努尔哈赤使者用厚礼拜访陈太监和李成梁等人，详陈建州贝勒如何忠顺于明，如何为明朝镇服建州诸部，一再表示建州永远忠于王朝。尤其是这次出兵纳殷实属为明朝镇服叛逆之徒，请朝廷应该论功行赏。

陈太监是当时在朝廷中举足轻重的人物，这些厚礼打动了他同情建州之心。再加上李成梁有意推崇努尔哈赤，便欣然应允，愿意在皇上面前奏明努尔哈赤的报国忠心。

次日，群臣又聚在偏殿议论如何对付建州来使的策略，正在争议未休的时候，忽然陈太监手捧后宫传来的圣旨，大意是：

努尔哈赤为国分忧，堪为忠君爱国之才，加封龙虎大将军封号，并对伐逆有功的将士赏赐有加。钦此。

面对突如其来的圣旨，大家只好谢恩遵行。

陈太监笑嘻嘻地和大家说："列位公卿圣明，皇上为了安抚边夷永息干戈之争，才加封龙虎将军之职，切望众位大人勿负皇上的隆恩才是。"说罢转身回到内宫。这一场争论至此又使努尔哈赤获胜。

万历二十三年春末。明朝决定派钦差到费阿拉城传送晋封龙虎将军称号，费阿拉城焕然一新。罕王从沈阳那里用重金聘来吹鼓手，在议事厅前大场子上高搭彩棚，彩棚中间供着当今皇帝万岁万岁万万岁的龙牌，从费阿拉城到沈阳五里一牌十里一馆，准备迎接明朝来封赠的钦差大臣。

据说钦差大臣仍是陈太监，这次到漠北气魄更大，只干儿子干孙子带有五百多人。努尔哈赤明明知道这些人是为财而来的，为了多笼络一些朝内诸官，早已备好各种珍贵礼品和金银财宝。仅金银一项就花费十几万两，貂皮几十车，珍珠成斗，上好鹿茸两千多架。

受封那天，努尔哈赤和他弟弟舒尔哈赤，以及大小将领一律身着明朝官服，迎出十里以外。当陈太监大轿到来时，努尔哈赤跪接圣旨。

大队人马来到彩棚，陈太监宣读了封爵圣旨，努尔哈赤率众臣呼万岁谢恩毕，努尔哈赤请钦差到后衙门入席。

席上陈太监一看屋里屋外上下人等挎木刀、木剑、木头滴答枪，心里觉得纳闷，忙问道："想建州人强马壮，远近诚服，为何武器皆为木制？"努尔哈赤叹一口气说："实不相瞒，这几年平叛乱安定边陲，有点铁器都使光了，不但武器用光，每家吃饭的锅都不够用，十几家才用一口锅。到马市买锅，得花费一锅貂皮才能换到一口锅，怎么买得起呀？库房剩点武器，前些日子都化铁做锅了。没办法才下一道命令，'一律不许携带铁武器。'人们也会想办法，就用木头做出各种刀枪挎起来也挺好看。"

陈太监点了点头，心中暗想，缺铁缺到这种程度，怎么敢和明朝对抗，心里更觉放心，顺口说："等回去之后，一定奏明皇上，发下点铁锅，以解万民之苦。"

陈太监回去后，没出半年，果然发下一千多口锅，解决老百姓"做饭问题"。

努尔哈赤加封龙虎大将军之后，对漠北各部震动很大，纷纷派使者携带礼品祝贺。尤其是乌拉贝勒布占泰更是倍加殷勤，亲自偕同福晋前来祝贺，并提出今年秋愿将古利格格送来与舒尔哈赤完婚。

布占泰在舒尔哈赤面前曾许过婚事，提起这位格格还要详细介绍一下。她是布占泰胞妹，姑娘从小就聪明过人，不但容貌出众，更和游僧学得一手好枪法，更厉害的是手中九支飞箭，真是百发百中。人们常说谁要娶上这位格格，管保能协助他安邦定国。常言道：高人傲。一点不假。乌拉部和哈达部有多少年轻阿哥托人说媒，她丝毫没有动心。他长兄生前几次问她，她斩钉截铁地说："平庸之辈我不嫁，只有王公贝勒年貌相当，才能嫁给。"

这次她二兄布占泰回来之后，虽然表面恭维顺从努尔哈赤，但总想有朝一日能真正自主为王，扩张疆土，把建州也据为乌拉所有。尤其看到舒尔哈赤和长兄争名争利，心中暗暗打了主意，一定在舒尔哈赤身上下功夫，挑拨他们兄弟之间不和睦，以造成内乱，然后再趁机吞建州。有了这番打算，才在舒尔哈赤面前许下妹妹婚事。因此常在妹妹面前讲舒尔哈赤如何英雄，在明朝那里比他哥哥都出名，一旦嫁过去，好好扶持他，何愁建州宝座得不到手。

古利格格也略知一些建州情况，心中早已想妥夺取大权的主意。

丙申年夏季以来，布占泰就忙于给妹妹筹办嫁妆。从东海购进良马五十匹，全是白色的，又从蒙古草原购进二十头白骆驼，上等茸角二十副，狐貉、貂皮各备一百张，又派人到关里购进各种绸缎二十匹，珍珠、玛瑙、金银首饰应有尽有。

冬十二月，乌拉部组成三百名送亲队伍，送古利格格出嫁。

舒尔哈赤早已有了两房福晋，古利格格是第三个福晋。

这次舒尔哈赤的婚事，努尔哈赤早有安排。努尔哈赤心想：二弟自小和自己受继母之气，四处讨要为生。娶前两个福晋时，因忙于平定诸部，再加上还不太富裕，婚事办得并不理想，这次要好好办办。为这，他特意请来木瓦石工，在议事厅东三里按照自己的住宅样式、规划给二弟起造一幢二王府，凡自己有的用品和奴仆都照样分给二弟。除此又差人到哈达、叶赫、蒙古三部，甚至远至东海诸部送信。

舒尔哈赤结婚那天，高搭彩棚，广备酒席，前来祝贺的外宾，有七大部落贝勒、台吉还有李总兵差人祝贺，明朝也派专使致礼，送来宫灯、彩扇等礼品，喜事连办七天，真是客如流水，车马如龙。

凡属接的各种礼品，努尔哈赤一律派人送到二王府，为此还腾出三座大房做礼品库。

这位古利格格更是贪得无厌，凡属接到礼物，完全归为己有。舒尔哈赤自从娶了这位新人，终日陪伴于二王府内。

有一天，古利格格忽然问舒尔哈赤："建州是不是你的父亲和祖父一手创兴的？"这突如其来的问话，把舒尔哈赤弄得莫名其妙，笑了笑说："当然喽！"古利接着说："令兄将来要建国称汗这可是真的吗？"舒尔哈赤吃惊地看了看古利，慢慢地说："你不要无事生非，乱说乱讲，我大哥从来没有这种想法。今后你不要讲一些流言蜚语有碍建州大事。"古利微微一笑说："要想人不知，除非己莫为。你不要替你大哥掩护，他日夜练兵，用各种计谋骗取明朝钢铁，笼络大批人员到明朝探听消息。我看一旦翅膀硬了，不但漠北称汗，说不定对大明江山还要取而代之。"舒尔哈赤一听这话，吓得出了一身冷汗，刚要制止，古利又接着说，"请二王爷不要替你哥哥隐瞒真相。我再问你，建州既然是你父亲和祖父一手创办的，为什么一切行动都得听他的调遣，你就不能替他分担一些吗？再说一个好巴图鲁决不仗着别人的弓箭猎取牲口，应该有骨气，自己创业才能名留万代，才能不愧先祖之灵。再说，令兄一旦成熟，当了大汗，要知道，天无二日，人无二主，到那时你这位二王爷的处境，你料到了吗？董尔基之死，董鄂部之亡，王甲部哪一点对不起建州部，竟在半天之内踏平，说穿了还不是为了统统纳入他的范围之内，壮大他的力量！"

这一番话，说到舒尔哈赤心里。自打建州日益发展的时候，他总是处处和大哥比，吃的、穿的、用的都要求和大哥一样。常在众将面前夸耀自己和大哥是一样大小。因此，努尔哈赤处理财产和奖惩众将士他总是争取多分一些，对自己部下多袒护一些。虽然如此，努尔哈赤并没有放在心上，认为弟弟年轻，从小和自己受苦受罪，多分点也没啥。每当努尔哈赤得胜还朝受到贝勒大将拥戴时，他总感觉不是滋味，心想，我跟大哥是一奶同胞，他立多大功也是我的功劳，往往因为这个，心情不太痛快。这次又听古利一番言语，也勾起他一些想法。叹口气说："这些事，你不要过问，我们兄弟间自会安置好的。"古利冷笑着说："水不来先打坝，黑熊不来先挖窖才是正理。我再斗胆问你一句，今后你打算怎么活下去？是这样吃人家饭过一辈子，还是光宗耀祖干一番事业呢？我古利别看是女流之辈，叫我成天混饭吃等死可不行。我早有决心，非王不嫁，宁可顶风死，不愿顺风活。"

两个人正在谈话时，忽然门军来报说："努尔哈赤请二王爷过府，有要事相商。"舒尔哈赤这才想起昨天晚间有人传话，请二王爷明天过府有要事相商，他只好同来人到议事厅去。虽然这次谈话没有结果，但对舒尔哈赤来说，不能不起一定作用，给他今后养私兵，扩大自己势力，意欲取而代之的阴谋起了一个极为关键的启示。

舒尔哈赤来到努尔哈赤府上时，已到巳时，进屋一看，安费扬古和一些主要将官都在这里。大家一见舒尔哈赤进屋，都纷纷起身来，向二王爷请安让座。努尔哈赤劈头问道："二弟，为什么迟迟不来？大家等得很着急？"舒尔哈赤心里不由动了一下，心想，我和古利谈话莫非兄长知道了，又一想，不能，便扯个谎说："因古利格格身体不适，才晚来一会儿。"努尔哈赤也没介意，当舒尔哈赤坐下之后，努尔哈赤命仆人给二弟倒了一碗茶水。然后说："昨天有叶赫、哈达、乌拉、辉发四部来使愿与咱们复归前好，永远和睦相处，为了表明他们的诚意，叶赫贝勒布扬古愿以妹结亲，金台石愿以女嫁给代善为妻，并请于下月在费阿拉城对天立盟，不知大家有什么看法？"

大家想了一会儿，有的说，他们多次背盟弃义已失信于我们，决不和他们立盟，反而束缚我们手脚，不如一鼓作气，把他们收服过来；有的意见则不然，认为尽量和他们和好，免得自残骨肉，不能叫明朝坐山观虎斗。

争论半天，努尔哈赤拦住了大家的争议。他说："想漠北诸部言语相同，本为同族同戚，近百十年来互相争战不休，四分五裂，造成骨肉相残，父子如仇。如此下去，岂不鹬蚌相争。我自十三副甲报父、祖仇以来，绝不能重蹈前辙，依仗势力凌弱争战。再说，这几个部也不是轻易惹得了的，他们真要联合起来，岂不又征战不息了吗？今天若不与他们立盟，罪在我们，他们若背信弃盟，则自找绝路。依我之见，还是与他们立盟为上。"

这一番言语说得大家点头称是。

万历二十五年春，费阿拉城搭起一丈二尺盟台。盟台左侧，堆成五尺的构木，台上陈放着大条桌三座，中间摆着五个香碟，达子香升起缕缕青烟散发着使人神往的草香味，香碟后面陈放着清水银盆和三只大银碗，一斗五色土，东条桌上陈列着三坛米酒，金盅五盏，西条桌上陈放着利刃一把，木锥一柄，空碗一只，血盆一只。再看盟台四角插着四杆红白蓝黑四色旗，象征东西南北四方，中间高竖一面黄色大旗象征中央。

天到巳时，四位萨满手执单锣手鼓，系着腰铃步上盟台，开始抛请天神。正中午时，牵来青牛一头，白马一匹，羔羊三只，黑猪九只，只听萨满高唱上天神降临的降神调后，台下十八手鼓和四面台鼓雨点似的响了起来，号角、云排也相继吹打起来，左侧构木，立刻燃烧起来，浓烟烈火直冲天幕。在这一片鼓声中，建州贝勒、叶赫贝勒、哈达贝勒、乌拉贝勒和辉发贝勒相继登上盟台，排成一行一齐跪倒。努尔哈赤首先接过阿哈从东条桌上递过的那把利刃和那只空碗。努尔哈赤斟酒一碗，高高举起，这时司牲十四个萨满每人拿起一柄木椎立即插进祭祀心脏，接过三牲鲜血摆在正桌上。努尔哈赤手执木勺，舀一勺牲口血混在酒内，又在左臂上划破一口，滴出自己鲜血也混在酒内，然后向天祈祷说："建州女真努尔哈赤对天盟誓，永和兄弟各部友好，决不背盟，决不弃婚，如若背盟弃婚，愿如此土如此骨，如此血。"说着，抓出一把土踏在脚下，拿起三块兽骨抛于水中，将盆中鲜血盛出一盅酒抛于台下。又接着说，"如背盟弃婚，永坠厥命，若真诚立盟，愿饮此血酒，食其祭肉，福禄永昌。"说罢，喝了一大口血酒，吃了一大块祭肉。

其他四部贝勒也是一一盟誓致祭。

盟罢，立即大摆宴席，分赠祭肉。

席间，努尔哈赤和四部贝勒说："我们五部已对天盟誓，愿意永远和睦相处。如果哪个背盟弃婚，劝诫不改，我将亲统大军征服之，到那时可别说我努尔哈赤无情。"大家连连称是，这次立盟历史上称之为五部联盟。

事隔不久，叶赫首先背叛了五部之盟。他们夺取了从蒙古运来的五十匹阵获之马。更令人气愤的是，金台石在立盟时许给代善的姑娘又出尔反尔，又许给喀尔喀部贝勒介赛。乌拉贝勒布占泰在立盟会上许给努尔哈赤一对古钢锤转赠给叶赫贝勒纳林布禄。这些反盟不能不引起努尔哈赤的深思。经过深入了解之后，才明白了其中的真相。

原来他们四部在没到费阿拉城之前，早就有了攻守同盟，发起立盟的是叶赫部，自九部之战战败后，知道努尔哈赤绝非一个部两个部能抵挡得住的，便想出一个暂时保存自己的绝招，和努尔哈赤修好立盟，等有机会再图大计，因此他联合其他三部，才举行了盟誓大会。事也凑巧，当努尔哈赤派兵问罪于蒙古得胜回来的时候，驱赶着阵上得到的四五十匹战马，路过叶赫部，正赶上纳林布禄郊外行围，一看这些战马，个个体大膘肥，羡慕得不得了，忙命手下甲兵抢夺。一些将士忙禀报说："贝勒爷这马夺不得，是建州部的战利品。"纳林布禄一听吓了一身冷汗，有心放行，又舍不得这块肥肉，有心夺取又碍于立盟关系，便暗暗派出五十名精勇甲兵，假扮强盗模样，在南山口埋伏起来，冷不防把四五十匹战马全部夺了过来。巧的是抢掠牲口的甲兵之中，有一位叫费雅古的，和建州赶牲口的杜崑阿认识，两个人论起来还是姑表亲，杜崑阿一看是表弟，不由愣住了，忙问道："你不是纳林布禄手下的甲兵吗？怎么当起了强盗。"费雅古看看四下没人，偷偷说道："大哥不要声张，这是我家贝勒派我们假扮强盗，你千万不要对人乱说，赶紧逃命去吧？"杜崑阿一听，心想，叶赫部竟干得出这种见不得人的事，有心逃跑，但又怕回去报告没有证据，便假意说："这地方我很生疏，不知逃路，表弟能否送我一程。"费雅古没容分说，引着杜崑阿向南逃去。哪知这位杜崑阿力大无比，动作敏捷，当跑到没人地方时，冷不防冲了上去，把费雅古按倒在地，解下腰带放在马上，骑马飞速跑回。努尔哈赤听到情况后，不但没加罪杜崑阿还赏了他的机智行为。

再说金台石之女年已十八岁，是一位百依百顺的姑娘，听说阿玛把自己许配给代善之后，心中暗喜，因为她听说代善为人勇敢、正直、年轻有为，又是努尔哈赤次子，过门以后，比现在要好得多。有时问及额莫，额莫也很满意。就在这时，喀尔喀贝勒介赛愿意用马群作为订婚礼物要娶金台石之女，另外表示，一旦叶赫被欺，愿意出兵援助。这些条件深深打动了金台石之心，就这样出尔反尔地把姑娘轻轻地转许了喀尔喀贝勒。就在他们订婚之后，真的成了联盟，一起干了坏事。

在这期间，有一件值得提及的事，虽然没记载在史料里，却在满族人中广泛流传着。这就是老罕王只身探古洞的故事。

据说哈达部益格布禄自从和罕王定了盟之后，回到哈达没出几个月，忽然叶赫遣人来请他到叶赫赴宴，他便带几名随从赴约。纳林布禄在席间说出一桩神话般的事来。

他说："在五天前，我到郊外行围，正赶上天下大雨，想到回城又没带遮雨的衣，只好连人带马躲到山洞里，还没等雨停就听洞里隆隆作响，往洞的深处一看，不觉毛骨悚然。只见一个怪物从洞内爬了出来，这怪物，浑身长毛，两腿站立，直奔我来，我刚要往外逃时，那只怪物大叫一声，一巴掌把我坐骑活活打死，吓得我只身跑了出来。听说，益格布禄手有一把镇妖宝剑，特请你来商议一下，可否借我一用。"

益格布禄一听笑了笑说："哪里有什么镇妖宝剑，不过，自我祖父当王之后，受过明朝加封，为龙虎将军，纯钢宝剑。我等逢祭祀时都把它请出来供在神案上。前五年秋，家祭的时候，我一位婶娘得了伤寒病症，水口不打牙，还直说胡话，大家都认为是邪魔缠身。有的主张活活烧死；有的主张送到深山老林；最后有人说，尚方宝剑能避邪驱鬼，何不请出来试试。这话被病人听到了，她以为要用尚方宝剑杀死她，急得她出了一身大汗，当宝剑拿来时，她大喊一声，汗完全出来了，真的起了床。打那以后，真好了。"

纳林布禄说："咱俩何不如此如此、这般这般骗努尔哈赤入套，活活置他死于不明不白之中。"益格布禄一听，大喜。于是两人便依计而行。

有一天，努尔哈赤正在操练场练习兵马，忽然报信官禀报哈达派来使有要事要面见贝勒。努尔哈赤一听，立刻随同来使回到衙门议事厅。只见哈达来的二位使者迎上门外，躬身请安，努尔哈赤赶忙把二位让到室内问道："你们家贝勒何事差你们到此？"这两个使者慌忙跪倒，口尊："聪睿贝勒，我们家贝勒有件大事，必须请您做主。"说完拿出益格布禄一封手书：

拜见建州都督龙虎大将军，兹于前三日于西山行围，因天雨未能返程，避雨于山洞之内，在洞内遇一石匣上刻"若要石匣开，单等努尔哈赤来"，特此亲迎请大驾光临实为至盼。

努尔哈赤又问二使，他们俩又学说一遍。并说："前三年我家贝勒祖传龙虎将军尚方宝剑不翼而飞，我家贝勒叹口气说，'真是没福享受皇上封号。'听说明朝皇帝也封贝勒罕为龙虎将军，我家贝勒感叹地说，'如果宝剑不遗，一定恭送给贝勒罕。'"

这一番言语说得努尔哈赤半信半疑，问清了山洞的方向。马上说："回禀你们家贝勒，三天后我要亲到洞口看看。"

第三天，努尔哈赤带五名跟随刚要走，安费扬古拦住说："哈达、叶赫灭我之心未死，这次来信肯定有什么阴谋，万望贝勒提防才是，我愿跟随前往。"另外派额亦都率一百甲兵伏于山口，以防万一。努尔哈赤也点头称是。

努尔哈赤按照说的方向来到西山，一进山口，只见哈达、叶赫两部贝勒早已在这等候，并事先搭好行军帐篷，备好一些丰盛食物。三位贝勒携手进入，仆人立刻摆上迎风酒，大家入席之后，益格布禄又把发现石匣之事说了一遍，并绘声绘色地说："前些日子，我们俩又进去一次，可是没等到石匣前，就遇见一个怪物，浑身是毛直扑过来，趴在石匣上不动，用箭射又射不到，特此请贝勒罕来，以便除怪得宝。"

这时天已黑了下来，大家吃喝完毕，准备就寝时，只见从山洞方向跑来一个怪物，努尔哈赤一看，大叫一声"不好，那怪物出来了。"这时随行人员立刻刀出套弓上弦，只见那怪物直奔帐篷，两掌把帐篷掏个大窟窿，吓得叶赫、哈达两位贝勒躲在桌下慌作一团。努尔哈赤仔细一看，真是浑身是毛，两只前肢不知拿着什么东西，他向怪物大喝一声说："何处怪物，胆敢在此作怪？"说罢抽出刀，劈了过去，安费扬古也抽出腰刀迎了上去。只见那个怪物两手一伸，抓住双刀一折两段，那怪物扑来三次，后退三次。最后那怪物像鹿叫似的向山洞跑去。努尔哈赤大喝一声追了过去，他跑得那么快，那么敏捷，一眨眼就不见了。当大家跑到洞内时，那只石匣早已敞开，宝剑不见了，再一找努尔哈赤踪影皆无。这可吓坏了安费扬古，乐坏了叶赫、哈达两位贝勒。不知罕王到底怎样？

欲知后事如何，且听下回分解。

第三十五章

二贝勒设计害罕王虎口脱险
老皇姑招亲选褚英比试武艺

话说安费扬古一看罕王不见了，吓得面如土色，立刻把额亦都等人调来。气得这位傻二爷怒目圆睁，指着叶赫、哈达两位贝勒问道："你们设的什么圈套，如果找到我家贝勒便罢，要是找不到我家贝勒，一定要拿你们二人是问。"就这样一百多名兵士搜查了三天三夜，叶赫、哈达两位贝勒早溜了回去。

第四天清晨，安费扬古、额亦都两员大将正在苦心寻找之时，忽然从费阿拉方向跑来一匹马，上面端坐一员小将，到近前一看，原来是罕王长子褚英。到跟前翻身下马说："我父有令，请二位速回。"安费扬古、额亦都一听怔了，半天没说出话来。褚英笑了笑说："他们弄巧成拙，详细情况回去便知分晓。"安费扬古和额亦都只好率众回城。到议事厅一看，果然看到罕王端坐在龙交椅之上，旁边站着一位黑脸膛的彪形大汉。这是怎么回事？

书中交代。罕王发现怪物之后，开始也有些心惊，他一细看，只见那怪物由于仓皇逃跑，竟丢下一顶帽子似的东西，当他忙于拾起的时候，罕王发现这怪物头部和人一样，更增加了罕王的好奇心。他毫不思索地追了上去，到了山洞，那怪物不见了，果然在洞内发现一个石匣，罕王看也不看石匣上面的文字，用力一掀，看见一把御赐尚方宝剑。他高兴地佩戴在身边，四下望了一下，只见山洞深处仍有山洞，他顺着山洞向深层走去。没走半里路，却出现七八个洞口，再想找归路已经分不清了。就在这时，只听第六个洞有人瓮声瓮气地问道："你是哪个部落人，为啥苦苦追我，不能使我报仇。"罕王再一细看，正是方才逃跑的那个怪物，只不过头部已露出人形。罕王不解其意，忙把宝剑拿到手中，说道："我是建州部努尔哈赤。"然后厉声说道，"你是何人，为谁报仇，你仇人是谁？"那人一听，立刻飞奔过去，脱去外套，双膝跪下，悲痛地说："我早知聪睿贝勒的英名，本想早日投靠，无奈大仇未报，安不下心来。"说罢一个劲儿地叩头，痛哭不止。努尔哈赤赶忙扶起。细看，这是一位彪形大汉，往脸上一看，黑油油的脸膛，两只大手像簸箕似的。两个人坐在石上，那位大汉长叹一口气，说出他的悲惨遭遇。

原来这位大汉属于叶赫那拉哈拉，从十五岁那年，就跟游僧学一手好武艺，尤其是练就一手虎头抓功夫，这功夫能两只手抓透一寸生铁。他名字叫哲罗瑚。对额莫非常孝顺，因为阿玛死得早，全靠打猎养活额莫。他有一个妹妹叫格古姑娘，不但为人善良，而且长得非常美丽。天遂人愿，哲罗瑚在十九岁那年娶了一位如花似玉的妻子，一家四口过得倒也美满。有一天纳林布禄带着犬，驾着鹰和哈达贝勒益格布禄并马出围，路过哲罗瑚门口，正赶上姑嫂二人到河边洗衣服。二位贝勒一看，真是神魂颠倒，呆呆地站在那里，动也不动。当姑嫂二人回去之后，他们俩还像木鸡似的望着这俩人背影，长叹一声说道："天下竟有这等美人。"两个人围也不出了，回到府里，一打听才知道是哲罗瑚家中的二美姑嫂。两个人琢磨一阵，居然想出一条妙计，决定给哲罗瑚封个官给些银两，然后委派远处去，这两个美人岂不落到手中。

当他们把哲罗瑚支走以后。第二天派人硬把两个美人抢到衙门里，老太太由于思念姑娘和儿媳妇，一气之下，死于深夜。这两个美人被抢去之后，也坚强不屈自刎而亡，一家三口就这样死去。哲罗瑚听到这惨痛消息，真是痛不欲生，最后一咬牙，一定要报仇雪恨。几次想要冲进衙门，可是由于防范过严，没法下手，才想出一个装妖作怪的办法，天天在纳林布禄围场转悠。偏偏冤家路窄就在那天下雨时在洞口相遇，可惜只拍死他一匹战马。

哪知道这两个贝勒想要用怪物害死罕王，才以尚方宝剑为铒引罕王进洞，满以为罕王会被怪物活活制死。这样不费吹灰之力去掉他们俩的眼中钉。

罕王听完之后，用安慰的言语说："报仇不是一朝一夕的事，如不嫌弃，可以和我同回费阿拉，会使你有英雄用武之地。"就这样，哲罗瑚才把罕王从后洞引出。原来这后洞口离费阿拉很近，两个人不知不觉地回到了费阿拉，以后这位勇士成了罕王左右的一位卫士，可惜史书上没有留下他的名字。

罕王是操心费力，战斗一生。有人说：罕王是一顺百顺天命人。其实不然，他之所以能够统一漠北，敢和黑暗明朝对抗，能够给清代打下有力基础，绝不是天之命，是他有着雄心壮志，有着过人胆识，有着惊人的才智，才在那战争不休、尔虞我诈的岁月里成了大器。自从叶赫劫马、金台毁婚、乌拉赠锤、山洞陷害等事屡屡发生后，罕王早已明白了这些部落的内心，更加坚定了他统一漠北诸部的决心。偏偏各部又反对统一，各自为政，为了反对持统一志向的努尔哈赤，他们不惜余力，尽量联合，共同对付。可是他们又都有各自的小算盘，真是又想联合，又怕联合，想反努尔哈赤，又怕努尔哈赤。这些微妙的复杂矛盾，构成明末东北的局势。在这动荡的社会里，努尔哈赤凭着智勇双全，成了当时的轴心，甚至连明朝也都把重心移向建州，以发展看努尔哈赤屡屡取胜，从阻力看努尔哈赤天天壮大，这不得不使他们日夜筹措如何对付这些敌对力量的策略。

咱们闲言少叙。万历二十六年，刚过完年，罕王在后府看几个小儿子和师父练习骑马弓箭之术。忽然六官启禀，安楚拉库和内河两城送来告急木简。罕王一看，那木简用蒙文写道：

叶赫贝勒亲统两千大军先后侵占我安楚拉库和内河两城，请速发大军。

努尔哈赤看罢，不由吃了一惊，虽然他料到叶赫必然要取这两城，有过一些初步打算，但没想到动手这么快。急忙传令，敲云牌聚将议事。

执勤章京立即敲动云牌，大街门四外云牌响声连成一片。没过一个时辰，大小将官云集在议事厅内，个个盔明甲亮，伫立两侧。罕王从后府出来，步入大厅，众将官纷纷请安。

努尔哈赤坐在中间虎皮交椅往下面一看：只见二弟舒尔哈赤，四弟穆尔哈赤，长子褚英，次子代善分班站好。努尔哈赤忙命人给二弟看座，弟兄俩并肩坐好后，众将士又重新见礼，额亦都、安费扬古、费英东、何和里、扈尔汉五员大将也先后到齐，下面还有领队大小将官不下百员，济济一堂。

罕王看了看众位，然后说："今有叶赫贝勒不顾立盟，竟背盟弃信，率两千兵马侵我安楚拉库和内河两城，似这等无义之徒，必须给以严厉惩罚，也是我练兵的好机会。我意派大阿哥褚英、二阿哥代善替我出征，众位意下如何？"又接着说："是虎羔子是狗崽子要在战场上试试才能知道，再说成年关在家里娇生惯养，出不了好种。这次出征就是叫他哥俩在真刀真枪里练一练。为了确保胜利，命扈尔汉随军当通事，命费英东、安费扬古为军中军师。"众将官一听罕王让两个爱子挂帅出征，都有些放心不下。额亦都是个直性人，首先说道："既然两个阿哥挂帅出征，我情愿陪同前往。"这时，大小将官都替褚英、代善担心。因此都纷纷要求出征。这一来，不但五大将军全部出马，其他一些著名将领都一窝蜂似的报名出征。

正在大家争先恐后报名出征之时，听到外面门官喊道："幼王巴雅喇到。"

原来巴雅喇奉大哥罕王之命在城南监工修建仓库。听说诸位将领在议事厅研究出兵讨伐叶赫兵一事，立刻把工作交给领工，一口气跑了回来见到罕王说："大哥，你平素待人公正，为什么这次出兵耍起偏心来了，为什么不派我去？"

努尔哈赤笑着说："小弟你先归班站好，我自有安排。"接着和大家说："大家都要出征，这是为了保护我的两个阿哥。但如果全走了，这城岂不成了空城。我又细细考虑一番，我看代善可以留下来，帮我守城，小弟巴雅喇可以挂副帅出征，安费扬古也可以留下，另外派噶盖随军以便书写文书。"决定以后，计划三天后发兵。刚要散时，罕王严厉地对褚英说："你初次挂帅，一切行动要多听诸位将领的见解，不许自以为帅，胡乱发号施令。帅在智，不在勇。这次出征，我要看你智谋如何评功论赏，遇事要沉着，不可轻举妄动。"褚英请个安说："谨遵父命。"巴雅喇和褚英告退准备去了。

罕王对众将说："这次命褚英挂帅是为了叫小虎羔子在真刀真枪真杀真砍的战争中练练他的本领，试试他的能力。你们不要以为他是帅，一切都听他的。这次战争，你们必须管。如果小褚英不行，你们可以夺他的帅，不能叫初生牛犊子乱跑乱闯。"这一番话，说得大家都感到心里热乎乎的。齐声说："请罕王放心，我们一定尽力作战。"

罕王回到后院，又把褚英、巴雅喇叫到跟前，再三嘱咐他们要听大家的话，不要任性。

褚英是罕王的大儿子。生于万历八年，七岁开始学习拉弓射箭、骑马舞刀，九岁时罕王给他请了一位尼堪人武术师父，教他尼堪人刀法和枪。这阿哥生性特别聪明，什么武艺一学就会，学了三年。他爱穿白色服装，回家那年，师父语重心长地和他说："孩子，你是罕王长子，将来江山是你的，你可要勤学多练，壮大你的队伍。你继母很多，应该恭顺谨慎，万不可像在我跟前似的，动不动要起性子，对兄弟应该和睦，千万不要以为你是兄长，就为所欲为。再说，你父王手下的一些将领都是和你父王一同起家的功臣，对他们更应该尊敬才是。"褚英点头称是。

师父给他专门做了一身白色战袍，选了一匹一等白马，又托人花一百两银子买进一条亮银枪，就这样把他送回费阿拉城。努尔哈赤一见褚英不但长得出众，而且武艺又非常惊人，如得一颗夜明珠似的倍加疼爱。

小褚英正因为自小就受到宠爱，养成了一种孤僻高傲，谁也看不起的性格。这种性格，造成了他一系列的悲剧，最后导致他负罪身死。

褚英回来的第二年，正赶上九部之战。罕王对这个新回来的长子真是爱如掌上明珠。当罕王领兵征讨九部之兵时，生怕褚英出马上阵，曾派四名老管家对褚英和幼弟巴雅喇严加防守，把他们俩锁在后院，以为万无一失。

晚间，两人急得像热锅上的蚂蚁。巴雅喇看看四外高墙，对褚英说："这次战斗看样子咱们是参加不上了。"褚英愣了一会儿，笑了笑说："我有办法出去。"巴雅喇忙问："有什么办法？"褚英附在他的耳边说了一阵，巴雅喇高兴地直拍手。

大约戌时左右，四个老管家一看两位小阿哥躺在炕上睡着了，也回到厢房打算去睡，忽然听褚英大喊一声："可了不得了，后院失火了。"老管家一看，果然后院一个木垛着了火。他们忙着找水，可是一看所有水缸都是干的，只好开开大门到外边找水，好容易把火救灭了，可是一看两位小阿哥，踪影皆无，到马棚一看，两个人的坐骑也不见了，管家们急得直跺脚没办法。

这两位小阿哥，好似出笼的鸟儿，脱缰的烈马直奔战场跑去。正赶上辉发兵向罕王主力部队杀去，这两员小将大喊一声，杀进敌人队伍中去，辉发兵没有料到突然出现两员小将，正在惊魂未定的时候，褚英和巴雅喇如入无人之地，前后左右乱杀一阵，弄得辉发兵没法前进。就在这时，罕王兵马赶到，齐心协力，杀败了辉发兵。

罕王正在远处酣战时，看到前面飞来两员小将杀向敌阵。其中一位白盔白甲英姿飒爽，心中纳闷，哪来的这员小将，到跟前一看是自己的爱子褚英，真是又惊又喜。惊的是褚英如果出个一差二错，岂不悔之已晚；喜的是褚英年小武力高强，将来是一员很有出息的阿哥。

打那之后，罕王宴请几位名师专门给几位小阿哥教授武功弓马之艺。十八岁这年，小褚英不但武艺高超，而且长得更是百里挑一。安楚拉库一带的老百姓都称他为"罗成达子"。

第二天，刚要准备出征，忽然传令官急匆匆进来禀报说："启禀贝勒，李总兵派人前来下书，有要事相见。"罕王赶忙吩咐有请。只见有两位官差背后背着一个黄包，一见罕王严肃地说："请接老皇姑钧旨。"罕王一听，慌忙跪倒，口尊："臣努尔哈赤恭迎钧旨。"这两位差人走到桌案前边，打开黄绫包，展开钧旨宣读道："召建州都检事龙虎将军努尔哈赤率长子褚英随旨到李总兵府有事面谕。"

努尔哈赤赶忙口呼："臣遵旨。"然后站起身形，将钧旨接过。两位差人向罕王拱手说："恭喜将军，贺喜将军，老皇姑看中令子，意欲将其女儿下嫁，望将军父子火速前往才是。"

努尔哈赤一听，不由一愣，心想：老皇姑怎么要和我联族婚，其中何人从中介绍？提起这位老皇姑，罕王有些耳闻，她是当今万历皇帝的姐姐。此人忠厚老实，做事比较稳重。至于她姑娘如何，心里还没底，不管怎样只好赴约了。征讨安楚拉库的事，只好延期。

第二天，小褚英又重新打扮一番，更显得少年英姿，再加上白衣白马真如罗成再世。

褚英已经成过婚，去年妻子因得山谷哈病（天花）不幸身亡。抛下一个刚满周岁的儿子，名叫杜度，被岳父接去抚养。

话说罕王准备了两份厚礼，身着明朝官服，带几个随从与小褚英一同奔赴李总兵府。

李总兵早就派人在东门外恭候。当罕王父子一到东门，迎接人员赶忙抢先一步，跪迎罕王，一直迎到总兵府。到府门一看，两扇朱砂大门中间镶着一对大铜吞兽门，两旁一对石雕狮子，往门里一看，五间前出廊，大厅东西配房，院子中央一座太湖石方砖铺地，显得格外庄严整洁。

当罕王步入大厅时，李总兵早在台阶前恭候。努尔哈赤向前见礼已毕，二人携手进入大厅。

这大厅布置得更为讲究，中间安放着一张大案，大案后面墙上悬挂着当今新科状元写的"威镇边陲"四个大字，两旁衬一副对联。

上联写：沐皇恩戎马驰骋边关要塞。

下联是：体万民患难与共辽东众梓。

罕王看罢，不觉心中暗叹，真是一副得民心的妙对。可惜明朝上下哪一个能真正的沐皇恩体万民，都是一些损公肥私，恨不得把万民财富完全归入己有之人，才造成天下饥民四起，形成大厦将倾的局面。

再往四下一看，八把铁梨镶银花的太师椅，靠东西两墙，放着两张金龙抱腿的条几，条几上陈列着珊瑚摆件、古铜炉、唐三彩、宋白瓷，墙上挂着名人字画，真是堂上一件物，千家一年餐。

罕王赶忙命褚英拜见李总兵。李总兵赶忙扶起，哈哈大笑说："贵公子几年不见，边疆有你们父子，国家幸甚，皇上幸甚。"

罕王赶忙说："哪里，哪里。我努尔哈赤能有今朝，是托皇上的洪福，多亏总兵大人另眼相待，今天造访，特带一点土特产，聊表寸心。"说罢命来人把礼单献上。李总兵故意推辞一番，最后说："恭敬不如从命，某家只好遵命，拜领了。"宾主正在谈话时，忽听后面传话，老皇姑在后花园宣努尔哈赤父子觐见。李总兵赶忙领着罕王父子起身奔后花园。罕王等人绕过二堂，一道红墙拦住去路，中间是一个月亮门，往月亮门里一看，一道雕刻海潮吐日的大影壁上，爬满常青藤。到园里一看，另有一番景色，真是假山滴翠，回廊亭台，花鸟成趣，垂柳成荫，曲径流溪，宛如世外桃源。罕王看罢这豪华别致的花园，不由联想到辽东，以至中原官吏抢掠压榨，灾害连年，真是饥民四起，家家赤贫如洗，这些高官贵戚却如此豪华，金成山，银成垛，长此下去，明朝江山怎能巩固得了，大明江山今后恐怕就亡到这里！

书中交代，罕王曾多次进京朝见，经常接触明代达官贵人，给他一个治国的根本经验就是："廉洁奉公，俭朴治国。"明代一些有远见的人，给努尔哈赤下个结论是："不爱美女和金银，其志向不小，恐为明朝之大患。"

书归正传，罕王父子由李总兵带领来到花园中心，这中心更有一番景色，只见四角有四座玲珑的六角花亭，花亭中间一塘清水满池荷花，池塘中心又有一片绿草坪，草坪四边遍植牡丹等名花异草，草坪后面是一座七间大厅，这大厅真是雕梁画栋，金碧辉煌。和罕王议事厅真是没法相比。

他们在阶下站好，门官进去回禀，只见两位太监出来，笑容可掬地喊道："请李总兵、龙虎将军及少将军觐见。"

罕王、李总兵、褚英整理一下衣冠，低头入内，到老皇姑面前行了君臣大礼，跪在地上口称"皇姑千岁千岁"。只听上面老太太声音说："免礼，平身，赐座。"三个人站起身形，小心地坐在两旁。罕王这才抬起头来，一看，正座的老皇姑，有五十岁上下，斑白两鬓，头戴凤冠，身着凤袍，往脸上一看，老太太倒也慈眉善目，和蔼可亲。这位老诰命说话也很爽朗。

她询问一些漠北的风土人情，山川物产，然后感叹地说："你们女真人也出了一些英雄人物。人家说王杲有野心，明争暗抢，我看不完全对，他也很有智谋有胆识，如果使用得当，也是一位栋梁之材。"然后她看了看李总兵，又风趣地说："当总兵是万兵之军，你可不单纯是这一点。还要对漠北诸部加意联系，你是一位大总兵，可是漠北诸部智勇人才不在少数，应该加意发现，给大明多找一些忠君爱国之士，像努尔哈赤父子这样的人物。"李总兵和努尔哈赤都站起身来拱手说："多蒙千岁抬爱，下官当为国报效，尽到犬马之劳。"皇姑点了点头，然后看了看褚英，问他多大岁数，可曾识字，会什么武艺。她满意地说："我看了不少年轻人，说实在的，像这样人品出众，文武双全，少年有为的人还不多见。话又说回来，我有个幼女，今年她十八岁，这孩子自小随她父亲玩枪骑马，放着宫内生活不过，经常和她父亲到关外来。关外的山山岭岭、花鸟树木她都爱得要命，有年她父亲在山上弄到一只小虎崽，这丫头胆子真大，竟抱回府里，打个笼子，天天喂养起来。小虎张牙舞爪，不许别人靠前，可这丫头一到跟前，你说怪不，小老虎就服服帖帖摇头摇尾。这个丫头还喜爱海东青，我们府后院可热闹了，满院野牲口笼子。她十五岁那年，随她父亲到关外巡察，认识了不少女真姑娘，还拜了干姐妹。用她的话说，女真人性格直爽、忠厚、言而有信。打那以后，她发誓要在漠北生活一辈子，找一位有勇有谋的女真年轻人为夫。几年来，有不少说媒的，她都不同意，非要嫁女真人不可。我也没大勉强，反正关里关外都是大明的臣，哪个族都有出类拔萃的人物。"说完，看着罕王说："去年你到北京朝上，带着这位大公子，我一眼就看中了，这回，专门为了这件事。"说完笑着对李总兵说："没别的，你就给我们两家做个大媒吧。"

李总兵忙站起身来说："既然千岁不弃下官，愿做此媒人。"努尔哈赤慌忙说："承蒙千岁垂爱，努尔哈赤不胜感戴，怎奈犬子生于山村僻地，再加之缺少教养，性格不似中原之人，恐难使千岁满意。"努尔哈赤这句半真半假说山村僻地之人不如中原人，这是自谦。想褚英生性聪明，智勇之才高于一般，可是后一句自少缺乏教养这是实话，想褚英年幼丧母，寄养在外祖父家，爱如明珠，什么事都依着他的性子，让褚英养成了一种高傲孤僻，目中无人的性格。

老诰命听完二人话然后说："本郡主已完全同意，如没他说就这样定了罢。"

努尔哈赤这才命褚英拜见岳母，小褚英立即向诰命行了大礼。老诰命乐得眉开眼笑，赶忙命人扶起，命人捧出一套宫中绣的官服和珍珠串成的武将冠送给褚英。努尔哈赤忙命人把自己备好的厚礼单呈上。

这位老诰命是一位很开朗的人，她高兴地说："都说小褚英武艺可观，明天可在这和辽东诸将比试比试，以饱老妇的眼福。"李总兵一听暗吃一惊，心想，就凭辽东现有一些将官，都是一些饱食终日无所用心的人物，怎能比得过褚英。如果比试失败，一则在老诰命面前丢丑，二则怕努尔哈赤看出他手下兵力。又想何不火速派人到尚上堡调回三大金刚，以便对付这位小英雄。想到这，便躬身说道："既然千岁有此盛意，下官愿意找人奉陪。"就这样定下第三天在花园草坪上比武。

李总兵把罕王父子安排好后，立即派人到尚上堡调请三大金刚。提起这三大金刚在辽东一带是有名的三只虎，他们是结义弟兄。老大孟通孟天雷，手使一口青龙大刀，擅长步战之术；老二李刚李万龙，使双鞭，此人擅长拳脚之术；老三张发张占山，使一杆亮银枪，马上功夫比较出众。

话说到了第三天一大早，李总兵早令人在草坪四周布置一番，四个角亭是罕王父子一个，辽东三虎一个，李总兵一个，一些其他武官司一个，诰命老皇姑仍然在北大厅廊下。这位老夫人自打提出比武之后，有些后悔，生怕她的女婿褚英人小力单，受点伤，可怎么办？但已说出，只好照办。

比武开始之前，众文武官员一一拜见皇姑，老诰命看看大家说："哀家一时高兴，请你们来比试比试，咱们有言在先，可是玩一玩，谁胜谁负，没啥问题，哀家都有赏。我爱婿岁数小，身单力薄，你们可要包涵一些呀！"说着站起身来把褚英拉到自己座旁和大家又介绍一番，这些武将又向褚英见礼。老诰命这是使一种花招，这样做特意在众人面前给大家先做一个警告，意思是提醒大家，不许暗下毒手。其实这是老太太一片好心，可是这位女真小英雄哪里把这些人放在眼里。罕王心里也有数，因为在辽东一带，他的耳目到处都是，哪个将领如何，他都了如指掌。这三只虎说起来也算是辽东三雄，可是比起小褚英，恐怕不是对手。

这三只虎来时决心很大，可是老诰命这一番吓唬，心早凉了半截，一旦失手，岂不惹下大祸。李总兵实在忍不住了便接着说："依下官之见，应该把他们绝技施展出来，以开大家眼界才是。"老诰命只是点点头，没啥表示。

这时，战鼓击了三通。小褚英一身短小打扮，恰似出水蛟龙，当众刚要请安，一想这是汉人官府不能使用满人礼节，赶忙双手一抱拳说："在下褚英愿在各位师父面前领教。"话音没落，老大孟通几步蹿出花亭，高喊一声："咱孟通愿意陪招。"说罢两人交起手来，真是棋逢对手，将遇良才，两个人一来一往犹如走马灯似的。小褚英知道，和他比试一长，恐怕影响精力，孟通开始不敢施展绝招，可是一看，褚英拳路高明不由暗吃一惊，心想，没承想番邦僻地会有这样高明人物。因此，他不敢忽视，终于使出了他这招拿手的杀手拳。进似猛虎下山，退时古树盘根，腾时如龙戏水，卧时如怪磐石，真是风雨不透，褚英一看，孟通换了招式，心中暗暗喝彩。他立刻使了师父教的第一套绝招，青龙掌，这掌插花盖顶，细雨恶风，有时像蜻蜓点水，有时似泰山飞来之势，弄得孟通只有招架之功，没有还手之力。这时褚英故意卖个破绽，准备跳出圈外，孟通一看，有了进招机会，趁势来个顺手牵羊，打算用老虎掏心绝招把褚英打倒。褚英一看，孟通进招了，心中暗喜，只见他轻如云燕平地蹿起一丈多高，落在孟通身后，没等孟通回头一掌将他打翻在地，孟通灰溜溜地败下阵去。老诰命乐得连连叫好。

老二李刚一看孟通败下阵来，没等褚英喘息，一纵身跳进草坪向褚英拱了拱手说："小英雄拳术果然高超，末将不才，愿奉陪。"褚英是艺高人胆大，只是稍一抱手，笑了笑说："请将军进招。"两个人又交起手来。褚英一看李刚打的是八封拳，这拳，门分八路乾坎艮震巽离坤兑，前进时如洪水齐泻，后退时如万点流星。真是拳拳出如闪电，抬腿似钢鞭，真是一路好拳。褚英也改换了门路，打起女真的铁八锤拳术。这种拳术不称门路不称架势，得哪打哪，没机会不打，不打则已，打出叫人没法防备。李刚从来没见过这种拳术，没法找它规律。没打到第八回合，早已乱了门路，可是褚英却越打越活，上下左右都是拳脚。双方只战有二十几个回合，最后被褚英一个猛虎下山之势，把李刚推出一丈多远，老二也灰溜溜地败下阵脚。没等张发入场，李总兵一见势头不妙，赶忙上前一拦说，今天是大喜之日，点到为止。又向罕王说："令公子果然武艺超群，可喜可贺，依老夫之见，不如就此收兵，你看如何？"罕王看了看老皇姑，老皇姑这时已经高兴得忘乎所以，经李总兵这么一说，也怕累坏褚英。赶忙说："总兵说得有理，大家休息吧！"忙命太监，取出赏品，凡属前来文武官员，每人一份。正在这时，忽听外面一员名叫常茂的大将闯入花园，见到老皇姑双膝跪倒："千岁，这婚事万万做不得。努尔哈赤早有吞我之心，千万不能上他圈套，应该赶出花园，撤销龙虎将军之职，发兵讨伐，免除后患。"这才引出一场新的风波。

　　欲知后事如何，且听下回分解。

第三十六章 古利福晋密谋兄弟内讧 褚英阿哥收服安楚拉库

话说常茂将军说完那番话，老皇姑便道："常将军，何出此言？"

常茂道："努尔哈赤立业建州，几年来东拼西杀，其志非小，我看他有并吞大明之心，不可不防呀！"

老皇姑说："努尔哈赤尽忠大明，从无背叛之心，常将军，说话可要有凭据呀？"

罕王义正词严地说："我努尔哈赤自十三副甲为父、祖报仇起，始终忠于皇上，这一点满朝官员皆知。请问将军，你对大明一片忠心，我是万分钦佩，既然忠于朝廷，应该保卫大明繁荣昌盛万民康乐，永息干戈之争。如果当今皇上圣裁安抚四边，使万国来朝有何不好。漠北出一位忠于皇上为明朝统一东北免去终年干戈不休之臣，难道这是一件坏事。想将军是识大体之人，应该三思。忠君爱国，必须分清是非，否则终有爱国之心，恐怕费力难讨好。至于婚事成否请皇姑自裁。我赞佩将军之忠，但我也感到将军之偏；我赞佩将军之耿，但我也感到将军之窄，请将军三思。"

这一番软硬兼施的话，说得常茂将军哑口无言。这时，老皇姑开口说："常将军，此来是为大明还是为自家私事。如果为大明，可把建州反上之事一一陈述，哀家绝不能因私忘公，我们可以兴师问罪。如果找不到努尔哈赤越轨之举，不知老将军为何拦阻。再说，我家姑娘早已立下决心，非女真人不嫁，要在关外生活一辈子，难道儿女之情也妨碍国运吗？

褚英是长子，有继承的可能，难道朱家女婿还能反朱家？订婚有何不可？不过常老将军一派忠心，哀家是知道的。请老将军三思。"

这些问话常老将军没法答复，只好交了白卷。

就这样这个小风波被罕王据理化解了。

老常茂虽然无言可对，可仍是愤愤不平地离开了花园。老皇姑叹口气说："这人，生性就是这样，但赤诚报国之心还是可贵，请不要介意。"
罕王连忙起身说："像这等忠臣刚直不阿，我只有佩服，别无他念，像这样人物，应该越多越好。"

老皇姑最后说："婚已订了，容我回去准备一下，选择一个良辰吉日就给他们二人完婚。"就这样罕王父子辞别了老皇姑和李总兵，回费阿拉城。

在路上褚英气愤地说："像常茂这样人物早晚必须杀之，方能解心头之恨。"罕王语重心长地说："万万不可，治国安邦有一大忌，就是杀敌国之忠臣会激起彼国万民反对，更兼常茂已失去实权。明朝大小官吏哪一个是干净的，很明显，像常茂这号人物早晚会被他们内部吃掉，何必我们操心。"褚英这才明白罕王的心意。

父子二人回到费阿拉立即着手收回安楚拉库和内河西城的战斗工作。众将领都积极给这次战斗出谋划策。最后决定挑一千名精兵，他们必须是弓马纯熟，敢于拼搏的勇士，每人备双马双甲，以便迅速取胜。除军队的粮食用品外还准备了一些多余粮食衣物以便救济那些被叶赫部抢掠一空的饥民。

出兵那天打破以往摇旗呐喊的出兵方式。在半夜里马摘铃，旗子也收起来，分五路悄悄出去，只有罕王带几名亲随送出城门。这是为了速战速决。也是神不知鬼不觉，突然出击的战术。

就在刚出兵没有一个月，乌拉贝勒布占泰之妹进见罕王，请求回乌拉探亲。罕王立即同意，并准备一些礼品，就在七月，古利福晋第一次回乌拉。这里有着极为重要的原因。

自从褚英征安楚拉库出兵之后，这消息被布占泰知道，不由大吃一惊，叶赫之所以敢于攻取安楚拉库，这和布占泰有着微妙关系。因为安楚拉库和内河两城是直接通往东海窝集的大门。在前几年这两个城主，主动脱离东海部的管束，毅然决然地投靠建州部。这对建州部是一件重大喜事，有了这两个城，通往东海部将会畅通无阻。叶赫、哈达、乌拉都立即对两城归建州感到危险，却都想不出如何对付的办法。就在这时，布占泰约定叶赫贝勒纳林布禄在东山猎场以狩猎为名共同研究对策。

布占泰和叶赫贝勒说："只有抓几个安楚拉库和内河人质，威胁他们交出安楚拉库和内河。并保证愿意引出三个人交给叶赫，以便收取二城。"布占泰用这种诡计，为叶赫夺取二城。对他来说是保护自己不受建州的控制，以便强大之后再图大业。

两个贝勒订好计策之后，布占泰立即到安楚拉库和内河两城，找到罗屯、噶不屯、汪吉怒三位城主说："自从你们归顺建州部之后，叶赫贝勒极为不满，意欲攻取安楚拉库和内河，你们好好想想，距叶赫近，离建州远，一旦叶赫出兵，恐怕建州没等知道，你们二城早已化为灰烬了。"三个人一听感到也有道理，忙问道："依贝勒之见，不知如何对待才好？"布占泰打个唉声说："我是建州贝勒恩放出来的，又结了姻亲，我当然要保住建州的安全。可是你们又是我的近邻，也不能眼看着你们遭殃。依我之见，既不得罪叶赫也不背弃建州，应该灵活一些才为上策。"

罗屯一听，紧接着问道："究竟怎么灵活才好？"布占泰有意地提醒说："人怕见面树怕扒皮，重礼之下，必能见效。至于怎么办，你们自己决定好了，不过你们要当心叶赫贝勒是翻脸不认人的。"说罢拜辞了三位。临上马时还叮嘱说："我是随便谈谈而已，家有千口，主事一人，还得你们做主。"

这一番话，不真不假，不软不硬。这三个人想了几天，总感到布占泰真是好人。便备了一份厚礼，三个人同往叶赫拜见纳林布禄贝勒。

纳林布禄一看，果然来了三个人质，心中特别高兴，先是安排吃住，每天奉陪三人吃喝玩乐。一连待了一个月，三个人一致要回去，纳林希禄笑了笑说："三位放心好了，为了保护你们城的安全，我早就派甲兵替你们守城，三位不必操心，永远和我在一起，请放心，我纳林布禄吃什么、穿什么、住什么、有什么待遇你们也同样有。"三人知道上当受骗了，厉言厉色地说："好你个纳林布禄人面兽心，竟敢软禁我们，希望你火速放我们回城，把你的兵马撤出，不伤两家和气，不然的话，你可要知道努尔哈赤是决不宽容你的，到那时后悔晚矣。"说罢，破口大骂。

纳林布禄冷笑一声说道："既然把你们请来，我自有办法处置你们，好言不听，别说我纳林布禄手狠。"说罢向外面招呼一声"来人"，只见进来几个彪形大汉，纳林布禄说："把他们三人请到新居，好好招待。""喳。"没容分说，几个大汉连扯带拽地把三人拉到四面大墙的囚房里。第二天，纳林布禄以三个城主的口气给二城军民写了一封劝归顺书，并说在叶赫生活如何安好。就这样两个城在布占泰授意下，白白地骗到手中。

当古利福晋听说布占泰为叶赫出谋划策夺取两城时，不由大吃一惊，心想这人做事太鲁莽，这件事如果被努尔哈赤知道，岂能饶过。羽毛未丰，敢老虎嘴上拔牙，真是自找灭亡。为此，她才以探亲为名，回去给布占泰出谋划策。

兄妹二人见面以后，稍事寒暄便转入正题。古利福晋问到安楚拉库和内河被叶赫占领时，布占泰得意地说："他纳林布禄哪有这样本领，都是我一手策划才弄到手的。"古利问道："这样做，你有什么好处？"布占泰笑着说："妹妹你哪里知道这里的奥秘。安楚拉库和内河是建州、叶赫和哈达通往东海各部的要道，一旦落于建州手内，努尔哈赤如虎添翼，东海一带肯定要落在建州之手，那时，对我乌拉就形成包围之势。如果我替叶赫出谋划策，叫他得去两城，不但保证了咱们的安全，也增加了建州与叶赫矛盾，这是一举两得的大事。"

古利沉思一会儿说："二哥，你只知其一，不知其二，只见利没见害。你想到没有，努尔哈赤能善罢甘休吗？论实力来说，九部之战，你该记得吧。九部都被努尔哈赤战败，何况叶赫一部，如今建州已发兵一千，攻往安楚拉库和内河，建州主要将领都随同作战，每个甲兵都是双马双甲，锐不可当，一旦建州大胜，真相大白，你乌拉贝勒将是什么下场，那时，不但二城仍回努尔哈赤之手，恐怕你乌拉部也很难保全了。"

布占泰一听出了一身冷汗，心想，我怎么没料到这点。

古利福晋接着说："图大业的人，不计较眼前得失，应该放长线钓大鱼。目前你兵力不足，粮草不丰，就贸然从中挑拨是非，真是不聪明的办法。要想图大业吞建州，应该具备两个条件，一是在建州内部找出咱们的代理人，夺取努尔哈赤一切大权，最后置努尔哈赤于死地，这一点可以包在我的身上，因为在建州内部已经出现这个苗头；二是你加倍奉承努尔哈赤，使他完全相信你。然后你用一切力量招兵买马，积草囤粮，一旦时机成熟，咱们内外呼应，何愁建州不落到你我手中。至于哈达、辉发、叶赫各部贝勒根本不能和努尔哈赤比拟，努尔哈赤乃是有大志之人，财宝不爱，美女不求，礼贤下士，广搜人才，他的目的是统一各部。可是其他诸部都是一些名利之徒，心无大志，鼠目寸光，只看到平时心中一点，没有宏见抱负，像这等人只要给他们一点好处，就能见效。"

这一番话，说得布占泰如呆如痴，半天说不出话来。停了一会儿，才问道："依贤妹之见，今后当如何对付努尔哈赤？"

古利笑了笑说："自从委身于舒尔哈赤之后，看到他们兄弟之间有了分歧。再说褚英的母亲被努尔哈赤族人杀死，还有一些可以利用之处，我可以大显身手，把他们拢到一起，形成一支反努大军，可以不用外力管保叫他们内战不息，一旦舒尔哈赤夺了汗位，大权岂不落到我手！目前，你要竭尽全力奉迎努尔哈赤，像你被豢养时那样，处处体贴、无微不至，以便麻痹他。不过话又说回来，褚英有继承汗位的可能，恐怕难以离间他们，如有机会也应该除掉才妥。"

两个人正在密谈的时候，忽然探子来报："启禀贝勒，褚英率领大军连破二十多个城堡，所向无敌，正在安楚拉库和叶赫兵展开激战。第一次接战叶赫伤亡惨重。"布占泰一听，不由吃了一惊，古利笑了笑说："怎么样？不出我之所料！你赶快置厚礼，在年内向努尔哈赤献礼以减轻他怀疑你之心。"古利福晋只住了三四天，便回到建州去了。暂且放下他们兄妹二人不提，再说褚英征安楚拉库。

褚英、巴雅喇率领一千精兵几十员大将，像猛虎下山似的，一路所向披靡，小城收服十八处，俘人畜七八千。大家一商议，这些人畜随军行走多有不便，决定额亦都，安费扬古押运人畜回费阿拉。当大军快到安楚拉库时，褚英往前一看，叶赫外围兵士猖狂向城内逃去。小褚英忘掉了自己是一员主帅，不顾一切地大喊一声冲杀过去，真像虎入羊群似的，横杀直闯，吓得众将领面如土色，都不加思索地追上去，虽然伤了一些士兵，但总算保住了褚英的安全。敌人一看，建州兵这样勇猛，也吓得都跑入城内了。战斗结束后，大家都聚集在松林里面，吃罢晚饭，坐在草地上你看看我，我看看你，费英东看了看褚英先发了言，他说："少贝勒，今天咱们这仗虽然打胜了，可你是主帅哪能不顾安危，自己冒险冲入阵内，应知道帅在智不在勇，一人冲过去顶什么用，只有指挥好千军万马，才能战胜敌人。"褚英也知道做得不对，可是总是不认输，气哼哼地说："我是主帅，你竟敢放肆，不看你是老将，一定重打一百皮鞭不可。"大家一看褚英发了火，谁也没敢再深说，只好入睡。

第二天，大军直逼安楚拉库。

安楚拉库自从被叶赫占领后，也知道建州是不会善罢甘休的，把城墙加厚、加高、还修了外城墙，两千人马除了五百人保护内河城外，其余一千五百人完全集聚在城里。褚英的一千人马一到，立即派五十人驾云梯蜂拥而上，可是没等靠近城墙，城内木棒一响，雨点似的箭，向队伍射来，连攻了三次都没攻上去。这时天色已晚，只好收兵，有心夜袭，可是敌人早已料到这点，不但派重兵巡逻，还点上亮子油松，把城下照得通亮。第二天又攻了一天，还是没攻进去。

气得褚英两眼发红，恨恨地说："你们都是贪生怕死的，白吃饱。"当天晚上，众将商议第二天对策，费英东想出一个办法和大家一说，都感到高明可取，当夜就做了周密部署。

　　话说城内叶赫兵主帅布鲁，虽然守住城池，但心里还是没底，又听说内河也被包围，急得像热锅上的蚂蚁。就在这时，忽然探子来报说："建州兵不知什么原因一夜之间全部撤走。"布鲁一听，不由一愣，慌忙到城头一看，城外果然鸦雀无声一个兵卒都不见。只有一处处残灶剩饭。他赶紧派六名士兵坐着草筐到城外探个虚实，去了两个时辰，回来报告说："附近一个敌人也没有，只看见远处旗幡招展往建州方向走去。"布鲁心想，敌人诡计多端，不得不防，仍然坚守不懈。

　　三四天过去了，还是一点动静没有。到了第四天，忽然城上探马来报，说是叶赫贝勒派人下书，布鲁赶忙派人用草筐把使者吊了上来。布鲁端详使者，不认识。当使者把木牌交给布鲁一看，只见上面用蒙文写道："建州用兵出没无常，防其奸计。为了安全起见，明天再派二百重甲兵，协助作战。"布鲁有心不信来使，可是这木牌却是纳林布禄衙门之信物，有心认，又不认识来使，只好把两位使者软监起来以观动静。第二天夜间，果然从叶赫方向来一支人马。布鲁到城头一看，果然是叶赫兵，为首一员战将是偏将拉法库，布鲁心中大喜，在城上说："夜间进城多有不便，请在城外暂住一夜，明天请入城共议军事。"拉法库也同意这个主张，可是二百甲兵却大为不满，抱怨布鲁连自己人都不相信，到半夜时，只见建州兵铺天盖地杀来，二百甲兵哪是对手。城里有士兵慌忙报告布鲁。布鲁哈哈大笑说："我知道其中有诈，原来拉法库投降了建州，想要攻取我城。命令士兵坚守阵地，不准开城。"可惜二百甲兵死伤大半，其余全被俘虏。从此城池把守得更加森严。又围攻了一天一夜，褚英兵马又撤得一干二净，弄得布鲁丈二和尚摸不着头。就在建州撤兵三四天后。只见叶赫部发来将近五百甲兵，纳林布禄亲自带队，来到安楚拉库，布鲁一看，贝勒亲自带队，赶忙打开城门。纳林布禄一进城，喝令把布鲁绑上，立即斩首，可惜这位替叶赫立下汗马功劳的功臣，不明不白地死于自己主子之手。纳林布禄宣布：立即把一千人马缴械。这一千甲兵不知是哪个葫芦，个个气炸胸肺，不但没交刀枪，反而抱成一个团体，向纳林布禄反攻过去。自家人厮杀起来，一直杀到天黑，饭也没顾吃，城也顾不得守。就在这时，只见从城的东南北三面，建州兵像虎似的杀了过来。这一场恶战，不单纯是两方对敌，而是三角轮战，布鲁兵对纳林布禄，还得和建州兵厮杀。纳林兵不但防御布鲁兵还得和建州兵交手，建州兵只用一半力量对付敌人，就绰绰有余，没用一个时辰，几百甲兵，全部杀尽，只跑出纳林布禄等五六个人。战斗结束，褚英怒气未消，又杀了七八百本城老百姓，真是杀得血流成河，尸骨成山，连流向哈达部的小河都变成红色了。太祖实录一书中记载："那年，哈达勒所居城北溪中流血。"没写什么原因，就是这场战斗死的人太多，河水变赤。

安楚拉库战斗结束了，除了押送战俘回去一些士兵，褚英带着士兵马不停蹄地杀向内河城。也是褚英求功心切，恨不得一下子拿下内河，及早回城报捷，好到铁岭李总兵处完婚，可他又犯了老毛病，没等大队靠城，他只带四五员战将，率领十几名云梯手，架起云梯，冲了进去。刚要登上城头，城内嗖嗖射出十几支箭。可惜，努尔哈赤身边的两员大将一个叫图扬古，一个叫克伦太中箭身亡。褚英更气得两眼冒火，大喊一声："给我冲。"就在这时，费英东率队赶到，褚英已经登上城头，虽然腿部中了两箭，可他并没有倒下来，拔出箭头，继续战斗，吓得内河的叶赫将士，不知如何是好，只得跪下求饶。

欲知后事如何，且听下回分解。

第三十七章 | 精心设立八旗制度 努尔哈赤登基称"汗"

却说褚英领兵打下内河城，鞭敲金镫响，齐唱凯歌还。回去向罕王汇报攻打安楚拉库的趣事，原来是安费扬古化装成纳林布禄，骗得布鲁开了城门。等真纳林布禄来时，安费扬古早已抽身撤走，纳林布禄以为布鲁的兵马已投降了建州，便下令缴械，这些人本就对假扮的有气，这回一听这话，正好报布鲁被杀之仇，结果双方打了起来，正好被建州的褚英坐收渔人之利。谈到内河城之战时，都为图扬古和克伦太的牺牲而伤感。

不过，罕王对收服这两处的胜利还是非常高兴的。尤其是长子褚英十八岁初次出征就立奇功，罕王心里非常欣慰，赐褚英号洪巴图鲁。从此，建州与叶赫的矛盾加深了。

再说舒尔哈赤，听信古利福晋挑拨，对努尔哈赤越发忌妒，兄弟之间的矛盾已经产生了。努尔哈赤念及幼小时一块儿受苦的情分，一味迁就退让，但在古利福晋的枕边风下，舒尔哈赤竟然要杀死努尔哈赤，想取而代之。努尔哈赤不得不大义灭亲，除掉了舒尔哈赤和古利福晋。古利福晋的死，使乌拉部深恨建州部。

这样建州夺取乌拉部的战争一触即发，而叶赫部也把乌拉部当成了一块肥肉，势在必得。夺取乌拉之战，成了建州与叶赫的一场争夺战。

这时发生了一件事，使部落之战暂时停了下来。李成梁传来老皇姑旨意，让褚英与格格到沈阳总兵府完婚。努尔哈赤当然不敢违反老皇姑钧旨，便放下战事，领着长子褚英赶赴沈阳。彩棚高搭，吹吹打打，宾客如云，婚礼是极隆重气派的，连明朝万历皇帝都派了专使，送来了上好贺礼。这褚英得了这般恩宠，又心知自己是长子，将来还要接罕王之位，未免狂傲之心萌生，越发把一些老臣、大将和兄弟们不放在眼里。在攻打乌拉，收服布占泰不久，便被罕王削了兵权。但他不知收敛，大骂罕王，又被努尔哈赤给入了监。在监狱里，他也不思悔改，还剪了写有"努尔哈赤"名字的纸人，刺上重针，然后烧掉，诅咒父王。努尔哈赤不得不大义灭亲，斩了褚英。这是后话了。

却说努尔哈赤为褚英完婚后，回到费阿拉。想起叶赫这几天之内，与哈达勾结一气，便很生气，在收服了辉发部后，又收服了叶赫的一些城池全放起火来，烧得净光，并发誓要削平叶赫部。叶赫部见自己的势力敌不过努尔哈赤，只得申奏明朝告急。明朝派游击马时枏、周大岐，带了一千炮兵来，帮着守叶赫城。建州见炮火厉害，无法对付，只得退兵回去。

却说努尔哈赤秣马厉兵，准备二攻叶赫。

这时，辽东总兵已换了张承荫。这张承荫因忌妒李成梁把皇姑之女介绍给褚英而官升一品，便一味打探建州情况，得知建州已吞并女真很多部落，只剩叶赫一部时，对建州图谋已一清二楚，只可惜明万历皇帝还蒙在鼓里，便赶紧上本启奏，使万历皇帝冷落了李成梁，命张承荫加意提防建州，一有风吹草动，立刻报告。从此，万历对建州有了戒心。但因有褚英皇亲的事，碍于面子，一时也无可奈何，只是暗地里耿耿于怀。

这日，努尔哈赤忙完军务，正在内室休息。忽的外面走进一个侍卫，说："贝勒，明朝总兵差人在大堂候贝勒，听来人说还有圣旨到呢！"罕王听了，忙整衣冠，踏进大堂去见差官。那差官是张承荫的通事官董国荫，一见罕王就说："今到贵府特有一事相告，明天圣旨要来，请你做好接旨准备。还有，建州的百姓为啥越界耕种？下次再有这类刁民，我们总兵就要加以惩治了。"说完是扬长而去。努尔哈赤听了，心中气愤，却又不好发作。第二天，圣旨下来，说他不仅对叶赫太不友好，收服部落应该奏明皇上，而且近几年进贡也没有以前丰富，并说如果再像以前那样作威作福，就撤销官职，追回皇上赐物等。罕王看罢圣旨，大怒道："明朝常常帮助叶赫，拿兵力来压我，我因他是天朝大国便忍气吞声。现在却来威胁我，又是免官撤职，威胁这个那个的，我怕他啥？他免我官，我照样做我的贝勒，省得受他的节制。明年也不上贡了，看他能把我怎么样？他若发兵见仗，我就跟他决个雌雄！"

第二天，努尔哈赤传令开会，各处兵马首领统统到齐。努尔哈赤与他们商议改变战略部署。商量了许多日子，便定出八旗制度来。满洲兵原有黄色、白色、蓝色、红色四旗，如今又用别的颜色镶在旗边上，就又有了镶黄旗、镶白旗、镶蓝旗、镶红旗，共是八旗，分作左右两翼。编出了兵制，分给各大将天天操练兵马。满洲八旗，后来又增设蒙古八旗和汉军八旗，统称八旗，实际是二十四旗。八旗制度，以旗统军，以旗统民，平时耕田打猎，战时披甲上阵。八旗制度是一个以八旗为纽带，将全社会的军事、政治、经济、行政、司法和宗族联结成为一个组织严密、生气蓬勃的社会机体。八旗制度是努尔哈赤的一个创造，是清朝的一个核心社会制度，也是清朝定鼎中原、稳定政权的一个关键。

金灭亡后，通晓女真文字的人越来越少，到明朝中叶已经逐渐失传。满语属于阿尔泰语系，满洲没有文字。以前，努尔哈赤与朝鲜、明朝的来往书信，都是用汉文书写的，向女真人发布军令和政令就用蒙古文。这次开会，努尔哈赤提出要创制满族文字。他命令巴克什额尔德尼和扎尔固齐噶盖，用蒙古字母拼写满语，创制满文，这就是无圈点满文，被称作老满文。后来，皇太极时改进成为有圈点满文，被称为新满文。满文是拼音文字，有六个元音字母、二十二个辅音字母和十个特定字母。满文成为清朝官方语言和文字，记录下东北亚地区文化人类学的珍贵资料，并成为满汉、中西文化交流的重要桥梁。努尔哈赤主持创制满文，是满族发展史上的一块里程碑，是中华文化史和东北亚文明史上的一件大事。

这时，满洲占据的城池，除去开原附近以南，辽河内边，由内山关附近通凤凰城一带外，广阔的南北满洲都在努尔哈赤掌握之中。他的兵力已达到十万以上，他有十多个儿子，可谓各个智谋勇武。兵多将广，努尔哈赤已经羽翼丰满。

明朝的皇帝和大臣对努尔哈赤所作所为知之甚少，加之又有姻亲，便不闻不问，蒙在鼓里。只是那宰相叶向高觉得建州的举动不大对劲，便上了一本，让神宗皇帝准备作战。神宗皇帝起初有些吃惊，后来就又忽视了。

万历四十四年正月，五十八岁的努尔哈赤在赫图阿拉举行开国登基大典。这天，各旗人家都贴上本旗的彩色挂旗，红蓝黄白，鲜艳夺目，特别是每面旗上的金龙、焰火，更增添了吉祥、喜庆气氛。人们都早早涌到"前号台"前，等待努尔哈赤正式登殿称汗。"前号台"，就是金銮殿，殿顶黄瓦闪烁，殿内雕梁画栋，极其富丽堂皇。

"喤！喤！"钟声响了，随后鼓乐大作，八面彩旗在"前号台"两侧缓缓升起。随着节奏鲜明的鼓乐，努尔哈赤的儿孙们，及八旗贝勒率领群臣，按照八旗顺序，站立"前号台"两侧。乐曲结束，努尔哈赤神色自若地登上大殿，面向群臣，坐在豹皮高椅上。这时，八大臣手捧劝进表，率群臣跪下。

立在努尔哈赤右侧的侍卫阿敦和左侧的额尔德尼，急忙上前接过八大臣的表章，放到努尔哈赤面前。然后额尔德尼跪在前面，高声诵读表文，上前号为："承奉天命覆育列国英明汗"。

不一会儿，大臣们站起。努尔哈赤也站起来，离开宝座，亲自向天祷告，道："上天任命朕为汗，为百姓造福。帝王与民如同鱼水。朕，愿对天发誓，生为庶民，死为庶民，为民而战。愿满洲民族永远昌盛，百姓安康。"然后重归宝座，当殿传下圣旨，定国号为后金，建元天命，大赦满洲本部，立四贝勒皇太极为太子。

万历四十四年，满洲天命元年正月，罕王努尔哈赤择日誓师，命太子皇太极监国，拣选两万精兵，亲自披挂整齐，骑马挎刀，领着文武百官到天坛祭天，由司礼官点蜡燃金，行三跪九叩大礼。这时，罕王也跪在下面。额尔德尼站在台上，捧出那"七大恨"的檄文。这文章是罕王写的，说出一番大道理来。

欲知后事如何，且听下回分解。

第三十八章　助罕王　范文程施巧计
　　　　　　　　浑河边　大贝勒立奇功

　　却说额尔德尼宣读的"七大恨"，是指责明朝政府欺凌汉民和广大女真的七条大罪。第一恨为明军"无故生衅于边外"，杀其祖父觉昌安与父亲塔克世。第二恨是指明朝违背誓言，"遣兵出边，护卫叶赫"。第三恨系明朝背弃誓言，指责建州擅杀出边采参挖矿的汉民，逼建州送献十人转于边上。第四恨是明朝"遣兵出边，为叶赫防御"，使叶赫将其许给努尔哈赤儿子代善的姑娘"转嫁他部"。第五恨是明朝遣兵驱逐居住柴河、齐拉、法纳哈三路耕田种谷的女真，"不容收获"。第六恨是明朝皇帝听信叶赫谗言，派人持函，"备书恶言"，侮辱建州。第七恨是明朝逼迫努尔哈赤退出已经吞并的哈达地区。因为上述七个缘故，后金国要举兵征讨明朝。

　　读后，各大臣都欢呼万岁。这时，鼓角齐鸣，催促队伍出发。罕王离了天坛，上了骏马，挥鞭一指，那大队人马一齐往前奔去。一时间，旌旗招展，枪戟如林，浩浩荡荡杀往抚顺关。

　　队伍行了几天，距明朝边境抚顺关只有二十里了，罕王命令安营扎寨，准备攻城。这时有一名书生求见，罕王就让侍卫宣他进来。侍卫把他周身搜查一遍，怕是奸细，然后带进帐去。罕王见他生得白白净净，相貌清秀，就问道："你是汉人还是满人？到我这里做什么？"那书生说："下臣姓范，名文程，沈阳人士，是范仲淹的后人，自幼博览群书，天文地理，三教九流，兵书韬略，都略知一二，十八岁被举为秀才，后多次上书皇上，却不得重用，只得落拓浮生。现在因罕王您崛起满洲，有取天下而代之的志向，所以毛遂自荐来见您，我听说罕王爱惜人才，我定当竭尽全力，辅助明主。"罕王听了这番言语，正中下怀，就说："贤士远来，朕的福气，朕处正好缺少一位汉文老师，就麻烦你担当此职，并拜为军师，参与军机谋划。"范文程叩首谢恩。罕王称他为"范先生"，各贝勒、大臣都称他为先生，满朝文武对他十分敬重。

第二天，罕王问范文程："抚顺关守将李永芳的本领如何？"文程说："无能之辈"。罕王说："这么说抚顺可以一举拿下了。"文程说："陛下可不必用兵，先写一封书信，劝他投降。这样免了战争，百姓也感谢陛下的恩德。"罕王说："先生说得对！"当下就让范文程写了劝降书信，让兵士射进城去。

这时抚顺关守将李永芳，正在衙门内想心事，城池已被围得水泄不通，虽然奏章已到了京城，可是皇上神宗认为安排皮廷相做辽阳副将、蒲世芳做海州参将，而抚顺有一万守军，也够独当一面了。因此，李永芳奏章上去，神宗根本没当回事。李永芳接到兵士送上来的满洲书信，就召集将士商议，有的主降，有的主战，因京中对抚顺不重视，李永芳也是主降。费了一夜工夫，副将、千总一致主降。早晨，城门大开，李永芳带着十几个官员跪在城下，手里举着降册。

罕王听探马报告说抚顺关已降，还有点不信，他同范文程骑马来到抚顺关，果然看见李永芳领着众人求降，罕王就领着人马进城，安抚百姓。

罕王未费一兵一卒得了抚顺关，又得了一万多兵马，对范文程佩服不已，给记了首功。仍让李永芳做抚顺总兵，并招为驸马。那李永芳感激万分，死心塌地做了满洲的官员。

休息三天后，罕王发令，左翼兵马由贝勒管带，去抚安、花豹、三岔各处攻打；右翼兵马攻打鸦鹘关、清和城。派遣完毕，罕王和范文程仍住在抚顺，终日谈论军事。范文程口若悬河，越加赢得罕王信任，事无巨细，全听范先生的主张。一天，右翼先回，报告鸦鹘关、清河城已攻下。又过了两天，左翼兵也报捷。罕王犒赏三军，并让军士四处张贴"七大恨"讨明檄文，然后传令班师回建州。兵过谢里甸，辽阳副将皮廷相、海州参将蒲世芳领一万兵马追来。罕王吃了一惊，忙令三军驻扎。

罕王见后有追兵吃惊不小，忙问计于范文程。范文程说："明朝张承荫等三人骁勇异常，不可大意轻敌。陛下可传令三军，前队做后队，后队做前队，再派一位贝勒……"然后向罕王耳语几句。罕王大喜，连连称妙。这时，后面喊声渐近，隐约可见明朝旗帜，看去相距八九里左右。罕王忙传令兵马准备，又对代善耳语了几句，代善就领着一支兵走了。

不一会儿，明朝兵马漫山遍野杀来，前面一杆大旗上写着斗大的"张"字。罕王一见，挥鞭一指，满洲兵马直杀上去。张承荫见满洲兵蜂拥一般杀来，就靠山扎营。两阵对圆，张承荫指挥兵士开炮，一时炮火齐发，烟尘四起，满洲兵伤亡不少，被迫退回。当时天色已晚，忽然西南角上起了一阵狂风，飞沙走石，直向明朝兵营刮去，那些兵士被吹得立不住脚。张承荫也乱了阵脚，炮也不放了。满洲兵占了上风，都回身冲杀，这张承荫忙领兵士撤退。忽然一支兵马拦住去路，当先一员大将大喝道："满洲贝勒代善在此！"原来这就是范文程向罕王耳语的几句话，就是让贝勒绕到敌人后面夹攻。张承荫见腹背受敌，无心恋战，只得杀条血路，领兵退去。但天色已暮，不辨方向，后面满洲兵如潮般追来，气得张承荫怒目圆睁，跟皮、蒲二人说："我用兵以来，从未失败，今日退亦死，战亦死，不如拼了吧，也不失为忠臣。你们看怎样？"二将也说："大丈夫死得其所。"便一齐转身杀去。满洲兵未能防备，伤了数十人。只听一声梆子响，满洲军里万箭齐发，可怜张承荫，皮廷相、蒲世芳和游击梁议贵等五十员战将一齐死在乱箭之下，余下的二三百人四下逃去，这一万兵马就这样全部覆灭。天明时，罕王和范文程来到战场，见满地死伤，无限感慨。罕王对范文程说："这次多亏先生的妙计。"范文程说："这是天意，臣祝陛下早定中原。"罕王哈哈大笑。这次战斗，满洲获得战马五千余匹、盔甲四十余副，兵杖器械不计其数。罕王是犒赏将士，大摆宴席。

却说神宗皇帝，忽然接到奏折，建州入寇，抚顺失守，李永芳降敌，张承荫全军覆没，这一惊非同小可，立刻殿见群臣，商议对策。大学士与从哲奏道："要痛剿努尔哈赤，非杨镐不可，此人深明关外地形，任过辽东巡抚，曾做过朝鲜经略，请陛下委以重任，带兵剿夷。"神宗准奏，加封杨镐辽东经略使，赐尚方宝剑，行先斩后奏之权。哪知杨镐是庸碌无能之辈。日本犯边朝鲜时，他奉命救援，连吃败仗，却到民间抢掠，谎报军功。调抚辽东时，也是民怨沸腾，被御使参奏才调回京都。这次复任边防，志得意满，退朝回家势利之人皆来拜望。杨镐点人马，备粮饷，拖延了几个月，命刘铤为先锋官，才领军出城。

杨镐领兵出关外，到了沈阳驻扎，探马报："清河堡被满洲占去，守将邹储贤、张师殉国。"不久，清河堡副将高炫、陈大逃回沈阳，杨镐见败将逃回，大怒，依着声威，把二人斩首示众。他却让将士按兵不动，每天近色纵酒，毫无作战之意。因大学士与从哲发出紧急文书，催他作战，才略做准备。这时探马报说满洲罕王领六万大军已逼近沈阳。杨镐才拔了令箭，分派兵马，令马林带一万五千人从开原入苏子河；令山海关总兵杜松从浑河出抚顺；令辽东总兵李如柏领两万五千人自太子河出清河城，直捣兴京；令先锋刘铤会合朝鲜兵，从辽阳出宽甸口。各将领四路兵马，共十多万人，杨镐虚说大军四十万。下战书给罕王，又派游击史安仁督运粮草。然后，他就日日盼望捷报。

时当二月，朔风怒吼，大雪飘飞，明朝兵士不耐寒冷，行军缓慢。到了浑河，水已结冻，上面堆着积雪，杜松立功心切，催动兵马渡河。渡了一半，忽听一声响，冰开河解，兵将溺死多人，渡过河去的兵将，个个冻得瑟缩不已。杜松忙令引火取暖，自己便和副将刘遇节在营帐里饮酒。忽然探马报："敌军来了。"杜松忙丢了酒杯，传令应战。

原来罕王听说明朝起兵征伐，便起了六万大军，任大将扈尔汉为先锋，范文程为军师，各贝勒统领兵马。满洲八旗兵到了界凡山，罕王命安营，探马报："前面有明军，各营烽烟四起。"罕王便命四个小队前往侦探。再说杜松听说敌军来了，忙令应战，满洲兵四个小队仅二百余人，怎禁得万余人的冲杀？顿时纷纷退回，杜军随后追赶，赶了三四里路，那些满洲兵退进山谷，杜松怕有埋伏，止了追兵。这时天色已晚，明朝兵得此小胜满心欢喜，杜松让兵士和甲而睡，自己与刘遇节又坐在帐内饮酒，商议着天寒难以取胜，莫如渡回浑河，以逸待劳。正这时，忽听帐外一声喊："敌军来了。"杜松吓了一身冷汗，忙命吹响鹿角，各营士兵从梦中惊醒，已见满洲兵铺天盖地杀来。杜松、刘遇节骑马挺枪，领兵迎敌，无奈满洲兵越聚越多，杀退一批，又上一批。满洲兵八路进攻，锐不可当，明军不及调遣，怎能迎敌？又不识路径，明知身后是条大河，也只得退入河去。满洲兵仗着火把，三面包围，只留临河一面，意欲淹死明军。杜松杀得性起，左冲右突，想杀出重围，却不得突破。这时天已破晓，杜军已死伤过半，刘遇节率一万兵马趁乱渡过河去，在萨尔浒山脚下驻扎。杜军被满洲军围住，大将扈尔汉跟杜松捉对拼杀，二人虽旗鼓相当，但杜松军被围困，死伤众多，心下着急，总算他瞧着扈尔汉破绽，虚晃一枪，冲出重围，向山上跑去，扈尔汉随后紧追不放。杜松打马上山，却见山上黄旗宝盖，马上端坐着满洲罕王，左有军师范文程，右有代善、皇太极。吓得杜松掉头左拐，只听得一声响，"嗖"地飞来一箭，直穿杜松心窝，落马而亡。

原来罕王的四队探子，被杜松一阵杀，剩得几十人回来，报说："杜军依河安营，正在怕冷烘火。"罕王就与范文程商议，于三更时分敌军安睡前去劫营，杜松正好中计。杜松突围来到界凡山上，被四贝勒皇太极一箭射死，扈尔汉上前取了首级。扈尔汉向罕王报告："杜松副将刘遇节已渡过浑河去了。"罕王便命代善领兵两千抄近路渡过浑河，来到萨尔浒山下，见刘军皆倒在地上，满洲兵一声呐喊，把刘军围住。刘遇节挺枪与代善战在一起，哪是代善的对手，转身逃走，不慎被绊马索绊住，可怜他被摔下马来，满洲兵一呼而上，把他生擒活捉。刘军见主将被捉，只得投降。这一场战斗，刘军一万人马，一半被杀，一半投降，损失旗帜马匹不计其数。

大贝勒代善押解刘遇节回营，罕王大喜，命把刘遇节带上。刘遇节见了罕王立而不跪，破口大骂。罕王喜欢他忠诚，有心收降他，就让捧杜松的首级来，以断他的念头。刘遇节抱住杜松首级号啕大哭，埋怨杜松不听他言，致有此败。说罢，把杜松首级向罕王掷去。幸亏太子皇太极眼疾手快，将首级打落。罕王大怒，命人把刘遇节斩首。不一会儿，兵士将刘遇节首级捧上，罕王不住点头，说："明朝的忠臣，令朕可敬！"当下，罕王赏了大贝勒代善，并把战利品赏赐给他。

欲知后事如何，且听下回分解。

第三十九章 | 马雀山　明军败北遭覆没
天叶赫　罕王大振除隐患

　　话说开原总兵马林得知杜松全军覆没时，正行军到马雀山，他令潘宗颜监军并到西面斐芬山驻扎，自己统军一万五千在马雀山驻守，形成掎角之势，以便迎敌。这时，刚分派完毕，罕王大军已攻到。马林出阵，正遇大贝勒代善领军前来，两阵捉对厮杀，从中午杀到黄昏，不分胜负。忽然，明朝队伍后面大乱，原来是三贝勒莽古尔泰领军冲杀过来。马林前后受敌，仗着人多，边战边退。这时，罕王也领兵到来，满洲兵士气大增。罕王站在高处，不住地挥动红旗，满洲兵随旗而行，个个争先，可怜明军大半死在刀枪之下，副将李希泌、龚念遂做了刀下之鬼，只有马林金命水命逃了命。大贝勒代善和三贝勒莽古尔泰又追杀一阵，见明军已被杀尽，就合兵一处，进攻斐芬山。

　　这山地势险恶，罕王命扈尔汉早已前往攻打。扈尔汉的五千兵马被潘宗颜炮火打死三千多人。危急时刻，大贝勒领一千弓箭手，三贝勒领一千校刀手从近路赶来，偷上山去，下面四贝勒又领着七八千满洲兵，把这山围得如铁桶一般。大贝勒和三贝勒领兵占住山顶，兵士刀箭并施，把那些明兵杀尽，可怜潘宗颜，也被砍成肉酱。这一仗，满洲兵伤亡七千人，马林人马是全军覆没。

　　再说叶赫部贝勒金台石和布扬古听从杨镐号令，领兵一万救援马林，部队开到开原，迎面碰见只身逃回的马林，便吓得赶紧退回本部。

　　这时，罕王已破了明朝两路兵马，声势更大。罕王虽然损失了一万人马，但收降了两万兵马，获得兵械马匹盔甲无数，并抢来明朝美女十余名。罕王便命满军在斐芬山休整几天。

　　一天，范文程向罕王奏道："我军虽破了二路明军，只怕三四路人马要攻我都城兴京，还是回军防护要紧。"罕王准奏。第二天就集结八旗军队回师，正要起行，忽听探马报说："先锋将领刘铤会合朝鲜军队，还有辽东总兵李如柏领军向这里行进，这两路军由辽阳出宽甸，已离此很近。"罕王忙命扈尔汉、二贝勒阿敏、三贝勒莽古尔泰、四贝勒皇太极各领兵一千，昼夜兼程回师保护兴京。罕王带着大贝勒、文武官员及掳来的美女来到界凡山又开庆宴，祭了天地，然后回銮。

话说二贝勒、三贝勒、四贝勒同扈尔汉急行军回到兴京。做好防备后，三位贝勒回到后宫。大妃叶赫那拉氏领着罕王的众多妃子围着三位贝勒问长问短，并设酒席为他们接风。这顿酒整整闹到五更，三位贝勒才回房安睡。第三天刚吃过午饭，听得城外炮火连天，鼓角齐鸣，知是罕王驾到。三位贝勒同城里大小官员把罕王接回宫内，罕王到了宫里，大妃叶赫那拉氏领着头行了跪拜礼，罕王笑吟吟地受礼。当下宫中备了接风酒，叶赫那拉氏双手捧了一杯酒，祝贺罕王凯旋，罕王接过一饮而尽。罕王饮罢，让侍卫宣明朝美女传酒。

不一刻明女进宫，见宫中富丽堂皇，气势磅礴，都吓得低下了头去。侍卫让她们给罕王行了跪拜礼，喜得罕王不住观看，觉得明朝美女跟北国女子确是不同，各具风采。谁知这些明女站了半晌，都有些站立不住，而且眉头紧皱，面露痛苦神色。罕王问她们："为何这般举止？"明女奏道："脚疼。"罕王命赐座。这时，妃子、公主见了她们裙下露出的三寸金莲小脚，都惊讶万分。

散了酒席，罕王命宫女领明女沐浴梳洗，留下几名传寝，还选了两名给范文程。二贝勒阿敏，把父王选剩的明女，统统带回自己房中。

第二天，范文程和二贝勒来宫内谢恩，罕王就与范文程议事。范文程提醒罕王闲暇时勤修内政，罕王一面答应，一面说："不消灭叶赫，难消我心中之恨。只是叶赫与朕的儿子是甥舅之亲，不知咋办？"范文程道："古话说大义灭亲，陛下要成大事，就不应该顾及这点名分。"这时，大贝勒进来，正好听到，就说："叶赫跟我们为仇，不光帮助明朝，父王还记得几年前叶赫赖婚的事吗？"罕王听了，说："等打退了明朝的两路兵马，再乘机收叶赫。"后来又说了一些文修武备，吞灭明朝的事情。

罕王次日升殿，大将扈尔汉出班上奏："明朝两路兵马已进董鄂路，离兴京有数十里。"罕王下旨，令大贝勒、三贝勒、四贝勒各带五千人马迎敌，又令扈尔汉领军随后策应。

再说先锋刘𫓴，是个有万夫不当之勇的战将，奉杨镐调遣，定要立功，而且因与杨镐友好，所带兵马全是精锐。这天，大军行到董鄂路，稍事休息，有探马报："前面满军拦住去路。"他急领一支兵马迎敌，因天色已晚，令点起火把，如狼似虎般向满洲兵杀去。满洲兵抵挡不住，刘铤舞起镔铁大刀，上下翻飞，很是凶猛，大贝勒、三贝勒、四贝勒轮流战刘铤。刘铤越杀越勇，整整杀了几个时辰，把满兵追出很远，却不见后军接战上来，心中很是疑惑。正这时，西北起了一彪兵马，杀声震天，从火光中望去，大旗上有一个"杜"字，兵士盔甲皆是明朝装备。刘铤惊喜万分，有杜松将军相助，一定取得兴京，自己正是对付敌人车轮战有些力怯的时候，便撇开三位贝勒，迎上前去，大叫道："来将是杜松将军吗？"话未说完，一员大将飞马来到，金盔铁甲，面目黝黑，却不认识。刘铤刚要按刀动问，来将已手起刀落，把他斩于马下，兵士要救，已是不及。这后来明军逢人就砍，专杀刘军，弄得刘军不辨敌我，自相残杀。只一刻工夫，刘军被杀净尽。原来这杀人的明军，是满洲军假扮，那假杜松——黑脸将军正是大将扈尔汉。原来扈尔汉在刘铤同几个贝勒交战时，悄悄用从杜松、刘遇节兵败所获的旗帜盔甲换了装束，绕道把刘铤后路的军队包围，使其亡的亡、降的降，因此，刘铤盼不到后面援军。这正是四贝勒皇太极的妙计，把刘铤的全部兵马灭掉了。忽报朝鲜援军来了，大贝勒等满洲兵将便不等他们兵马驻定，就乘胜攻打，这一场战斗，当场活捉朝兵元帅姜宏立，杀死游击乔一琦，把朝鲜大军两万人马杀得干干净净。这一场战斗，满洲兵又获得无数盔甲、马匹器械。随后，三个贝勒和扈尔汉押着姜宏立凯旋。

再说第四路兵李如柏，领军两万五千人，开拔到虎栏关，得知杜松全军覆没，刘遇节殉国、马林败逃、潘宗颜战死，就畏缩不前，在虎栏关扎营。不几天，又听说刘铤被杀，朝兵又败，吓得魂不附体，想退兵又怕杨镐的尚方宝剑，真是左右为难，茶饭难咽。这天，满洲的二十名哨兵，到虎栏关放哨，吹响螺号，从容回应，仿佛临阵对敌。李如柏一听，吓得真魂出窍，赶忙命令退兵，一口气跑回沈阳，交了令箭。杨镐的十几万大军，四路兵马，最终弄得是马林只身逃回，李如柏全军而退。

却说姜宏立被押到罕王面前，吓得如鸡啄米般地一劲磕头，罕王问道："为何巴结明朝，与我为敌？"姜宏立战战兢兢地说："几年前，日本倭寇犯我朝鲜边境，向明朝求救，得明朝兵来，把日本兵打退。这次，明朝叫我们出兵两万，我们受过恩典，义不容辞。我们出兵也不知同谁对仗，却不想与贵国兵马相遇，被贵军全歼。到现在才知道得罪了陛下，开罪了贵国，后悔不已。我们愿捐弃前嫌，两国重修旧好。"罕王听了这番话，觉得朝鲜不曾得罪，姜宏立言之有理，就改了笑容，说："朕初立国，看上天有好生之德，饶恕你们，回去对国主说，要好自为之，不可多事。"姜宏立听罕王赦免了他，连连称是。

罕王退朝，传下圣旨，置办庆功宴，所有从征官员尽聚于御花园，杯觥交错，开怀畅饮。罕王宫内，也召集各妃子、阿哥、格格等开了一席家宴。当时，妃子们有叶赫那拉氏、乌拉氏、觉罗氏和庶妃等，阿哥和贝勒有次子代善、三子家拜、四子汤古贷、五子莽古尔泰、六子塔拜、七子阿巴泰、八子皇太极、九子巴布泰、十子德格类、十一子巴布海、十二子阿济格、十三子赖幕布、十四子多尔衮、十五子多铎、十六子费扬果，都团团陪着罕王坐在一桌。这时罕王龙心大悦，胸襟开阔。十六子当中，最喜爱的是十四子多尔衮，众妃之中，最宠爱乌拉氏。这顿宴席，欢歌畅饮，直到月上三竿。

却说沈阳城的杨镐，自从派走四路兵马，就等着消灭小小满洲的胜利消息，天天沉溺于酒色，早已忘了自己的重要职责。可是过了半个月，一点也没有战事的消息，又过了几天，才得知杜松全军覆没，不久又获得了其他三路兵马大败的消息，吓得他如坐针毡，屁滚尿流。眼见隐瞒不住，只得上奏明朝。马林逃回，没加责罚；李如柏带兵撤回，却说灵活机动保护沈阳；又把刘铤装殓好。这时，神宗下了圣旨，说杨镐渎职，丧师误国，速回北京等待查办。杨镐胆战心惊回朝，被削职为民。

再说罕王这时想起叶赫部的仇恨，就派四贝勒皇太极做元帅，掌先锋部，领一万兵马攻打叶赫。罕王随后进击。

这时，叶赫部主是金台石兄弟。自从明朝大败后，弟兄二人逃回本部，知道满洲要来攻打，便积极准备防范。这一天，听说四贝勒领兵前来，罕王也带兵马到了东城，两兄弟是加意防守。金台石守东城，罕王传令攻打，半天的时间攻不上去，满洲兵死伤众多。正在相持不下时，城西北角"轰"的一声坍塌了，原来是罕王偷偷令兵士掘开的。满洲兵蜂拥而进，金台石爬上高台，让自己福晋带着儿子下台去，自己却不下去。罕王从下面对他说："你下来，好好顺服，朕照旧封你做贝勒。看在我们两家姻亲的情分上，决不怪罪你。你城池已被攻破，你自己守住这高台有啥用呢？"金台石气愤地说："我和你都是部主，为何要降你呢？我堂堂部主，今日被你灭了，也是天命。我自己不能灭你，死后倒要看你有啥好下场！"说完，自己在台上放火自焚，不想，高台倒塌，金台石摔下来，被满兵抓住，罕王命兵士勒死了他割下首级。这时，西城也正被皇太极攻打得危在旦夕，罕王派人把金台石首级送给贝勒布扬古，他见了哥哥的首级，吓得连声投降，开了城门。这样，西城也破了。罕王下令把城中金银财宝收掠一空。当天晚上，罕王把布扬古秘密处死，彻底灭了叶赫，消了心头之恨。

　　欲知后事如何，且听下回分解。

第四十章 | 结蒙古联盟共敌明朝
对辽沈作战连奏凯歌

　　却说罕王灭了叶赫，军心大振，士气大增，就把队伍开到明朝边境驻扎下来。稍做休息，罕王就向明朝发动了进攻。明朝的边吏，怕再像杨镐一样，就不再反攻，任凭罕王取了开原、铁岭等城。一个月后，罕王觉得劳师在外不宜过久，就班师回国。走到半路，探马报："前方有一支人马，是蒙古罕王的来使。"罕王想，蒙古立足西北，很强盛，目前拥有四十万大军，此来何意，还是先接见为好。他传令安营扎寨，接见使臣。当下，正中设了罕王的大帐，帐前站两排御林军，架起刀枪，让使臣从下边进到帐内。罕王在龙椅上坐定，左右站着大贝勒和四贝勒，侍卫在旁保护，文武大臣皆站在殿前。那使臣身躯高大，看上去颇有勇力，他见到罕王急忙行礼，口称："蒙古使臣拜虎参见满洲罕王。"说着递上国书。大贝勒将国书接过，递给父王。罕王看罢，是要与满洲结盟，同抗明朝，但依仗是大国，语气高傲不逊，因而罕王脸上有些不悦，半晌不发一言。大贝勒和四贝勒见父王模样，便上前来看国书，大贝勒代善就要拔剑去杀拜虎，被罕王止住。罕王命人把拜虎领出大帐，招待他酒肉，然后就与各贝勒和各大臣商议此事。有的说把拜虎放回，然后攻打；有的说杀了拜虎，割去其他兵士的耳朵，再放回去，让蒙古知道我们满洲的厉害。罕王听了，连连摇头。这时，十四子多尔衮就向罕王说："父汗，蒙古国共有五部，拥兵四十万，声势强大，遣使到我国，是探我国的口风，我们如今正要夺明朝天下，为何不跟蒙古结盟一齐攻打明朝呢？等灭了明朝，蒙古若再与我们争天下，那时攻他不迟。要是我国不同他联合，他反去联合明朝来进攻我国，我们就危险了，望父汗三思。"多尔衮说完，罕王高兴地摸着他的头说："你小小年纪，主意倒不错。"然后宣进使臣，说："我们满洲兵力也不弱，不过同你们蒙古是邻邦，一向友好，这次我国仍然跟你们好好结盟，望你回去奏明国主，共同攻打明朝。"拜虎连声答应，便回国复命去了。

再说明朝神宗皇帝撤了杨镐，听闻满洲占了开原和铁岭，就在殿上议事，有人保举熊廷弼代任经略使。熊廷弼时任兵部侍郎，是湖北江夏人，正直忠诚，具有胆略。神宗便准奏，命他为辽东经略使，赐尚方宝剑。熊廷弼深知萨尔浒大战惨败的原因，为了吸取教训，不蹈杨镐覆辙，他领了皇旨，不敢怠慢，第二天就点齐兵马，校阅了一遍。见兵马是兵无强兵、马无战马，心中叹息，恨满朝大臣，不知满洲好歹，也不知自己兵马毫无战斗力，任意主战，以致弄得如此糟糕。自己这一番出兵，总要为国立功。便领了兵马，一路辛辛苦苦，催马急进，到了辽阳，他看到驻守的兵队腐败得不成样子，就把总兵训斥了一顿，并请出尚方宝剑，杀了两个从前线跑回的逃兵，总算整顿好了军纪。又督促兵士，日日到校场演练，准备火炮战车，修筑城墙堞壕。

罕王已调集大军，准备一举攻破明朝，一统天下。他命军驻扎在奉集堡，离沈阳四十五里路，得知熊廷弼认真防守，无懈可击，佩服熊廷弼是好汉，大将良材，便传令退回兴京。谁想，这事传到朝廷却变了味儿，说是熊廷弼不思报国，按兵不动，致使满兵逃离。神宗一道圣旨，把熊廷弼革职，派袁应泰作辽东经略使。这袁应泰乃文官出身，对兵法武备全然不懂。罕王听说此事，便领八旗兵攻打沈阳。

总兵官贺世贤，见满洲来攻，忙关闭城门，领兵守城，同时快马飞报袁应泰。过了几天，只听一声呐喊，满洲兵铺天盖地而来，在城外架起云梯，猛攻城上。贺世贤命兵士放滚木礌石，正这时，城内火起，他知城内有了奸细，就向自己衙门口跑去，哪承想被扮成蒙民的满洲士兵杀死，满洲兵乘势进城。原来这都是罕王和范文程的妙计，满兵占领沈阳，出告示安民，不在话下。

消息被袁应泰得知不觉大惊，便将火炮排列于城垛上，自己率领总兵侯世禄、姜弼、梁仲善等，出城五里迎战罕王。这时罕王已犒军完毕，士气大振，领兵杀去。梁仲善不知好歹，讨一支令箭，领五千兵杀向满兵，罕王见来，用范文程计策，放他深入，然后包围厮杀，并阻住侯世禄援兵。梁仲善兵马成了瓮中之鳖，尽被斩杀，全军覆没。袁应泰领兵退回城中。

第二天，罕王领兵将城郭紧紧围住，一连几日攻不进去。罕王与范文程商议，范文程说："该城外有大闸，可入水淹其城门。"这真是妙计，罕王准令。只见闸水汹涌，霎时淹没城门，守城明兵都逃进城去，惊慌失措。罕王领兵分两路攻城，东城一路渡水而上，西城一路援梯而上。

袁应泰见大势已去,便悬梁自缢,张铨也自缢而死。罕王占领辽阳,命搜查主将,二人才被发现。罕王连声感叹:"好两个忠臣,可敬,可敬!"命军士好好埋葬。辽阳既下,辽东附近五十寨及河东大小七十余城,皆望风而降。

消息传到明朝,众大臣慌乱起来,这时明朝皇帝已换了熹宗,想起错怪熊廷弼,便下旨仍任他为辽东经略使。这熊廷弼上了如何镇守广宁、天津、登莱的奏折,皇帝一一准奏,并赐宴钱行。他谢了皇帝,当日起兵,到了广宁。辽东巡抚王化贞也在广宁,但与他意见不合,主张分兵防守,而他主张固守广宁。王化贞便自作主张,领六万余兵向辽河而去,只留五千亲兵,让熊廷弼守广宁城。熊廷弼徒有经略之名,心中却也无奈。

罕王本忌惮明朝复用熊廷弼,探得广宁守情,知王、熊不合,心中大喜,便领大军迎战王化贞。

且说王化贞进兵,正遇着满兵,两声炮响,大战起来。正在战得难解难分之时,明军阵中大乱、自相残杀,原来是明朝游击孙得功要投满军,倒戈相向,刘渠、祁秉忠阻拦不住死在阵前。四贝勒正在阵前往来驰奔,招降兵士,见孙得功领一彪军马,正要放箭,孙得功连忙挥手止住,扔掉兵器,下马走到四贝勒面前说:"我是明将孙得功,今阵中大乱,是我欲投贵国,倒戈相向所为。请稍候,待我把王化贞擒来,再随你归国。"说罢,上马领兵回去。四贝勒心疑,见他獐头鼠脑不像好人,哪能容他逃去,便拈弓搭箭,把他射死,大军随后掩杀,孙军所剩兵士尽皆投降。王化贞只带几十人逃去,恰如丧家之犬。正在逃跑,迎面遇到一支兵马,疑是满兵,吓得浑身发抖,再一细看,是熊廷弼前来接应。王化贞见到熊廷弼,放声大哭。熊廷弼道:"不听我言,致使六万大军一朝覆没,如今满军士气正盛,若要追来,我等命休矣!"话没说完,探马报:"广宁已被满军攻下,锦州、大小凌河、松山、杏山等城,均已失陷。"熊廷弼顿足说:"完了,完了。"这时,山中鼓角声声,杀出一彪军马,当中一员大将,正是满洲大贝勒代善。这一万铁军,熊廷弼的五千疲弱之兵如何能够抵挡,一时被杀净尽,可怜熊、王二人只身逃回明朝。熹宗大怒,将二人斩首。

却说罕王依范文程之计,以精锐之兵对付王化贞、熊廷弼,并分出兵马乘广宁空虚而取之,并连攻下锦州等城。这是自萨尔浒大败明军以来的又一大捷。罕王让各路兵马唱凯回师,休整后再战。

　　罕王把八旗兵全部驻扎沈阳，招募良工巧匠，把城池重加修筑，建造宫殿，并开造了四门：中置大殿，名笃恭殿；前殿名崇政殿；后殿名清宁宫；东有翔凤楼，西有飞龙阁，楼台掩映，金碧辉煌，不亚于明朝都城。罕王便依着范文程计策择日迁都沈阳，改沈阳为盛京。迁都大典极尽人君之礼。八旗诸王、大臣、总兵、将官应邀来到殿前，他们分左、右两翼两厢站好，罕王坐在殿内金交椅上，一时宫廷上下、鼓乐喧天，载歌载舞，热闹异常。这时罕王文有额尔德尼、范文程等，武有安费扬古、李永芳等，加之四大贝勒智勇兼备，可谓盛极一时。庆典中，自然是大宴群臣，极尽欢洽。

　　却说明朝斩了王化贞、熊廷弼，改任孙承宗为辽东经略使，谁想这孙承宗虽有守边之才，却不会交结朝中权贵，得罪了阉党魏忠贤，被参免职。熹宗又命高第为辽东经略使，袁崇焕为监军。但不久高第告退还乡，皇帝就提拔袁崇焕做了辽东经略使，镇守宁远。袁崇焕是山东人，天生一身的智谋和武艺，曾在熊廷弼、孙承宗手下做过武官，官至游击之职，高第手下做监军。他做经略使后，日夜操练人马，养精蓄锐，所部兵马以炮兵和铁骑兵最精，专等满洲兵来厮杀。

　　欲知后事如何，且听下回分解。

第四十一章　攻打宁远城遭惨败 一代英明汗竟归天

却说罕王与范文程在宫廷后花园中闲谈，讨论一些治理收服之地的事，特别是满洲大军占领辽东后，出现了一些新的问题，必须采取相应的政策，以巩固政权和赢得民心。

罕王占领辽东后，曾遭到辽东人民的反抗，反对后金的起义风起云涌。起初罕王命兵镇压，这不但不起作用，而且更加激化了矛盾。面对复杂、尖锐、动荡的危险局势，罕王果断地确定了承认辽东汉民原有的封建制，陆续缩小满族奴隶制并促进其向封建制过渡的方针，及时推行了"各守旧业"和"让丁授田"等过渡性的政策。在满洲兵攻下辽阳的第八天，他下达汗谕：对经过"死战而得获之辽东城民，尚皆不杀而养之，各守旧业"，使"辽民皆各业其力，经商行贾，美好水果，各种良物，随其所产，此乃长远之利矣！"辽民应快归顺，则"各守其宅，各耕其田"。

按照这一政策，辽东兵民可以各自保有自己原来的祖业，各自从事先前从事的行业，因此，地主的田地房宅依然归其所有，经商的照样采购销售，富家大户仍然可以雇工，佃农照旧租田，雇农依旧打工，使汉人封建制得到保障。因此，汉人，特别是辽东的兵民称努尔哈赤为金国英明汗。罕王还推行"计丁授田"的政策，把无主田授予满汉人丁，安定了辽东。因而，罕王在征伐明朝的过程中，曾谕令汉人归顺，辽河以东的镇江、威远、海州、长宁、鞍山等七十余城官民"俱削发降"。

罕王还推行大量任用汉官的政策，并特别注意收罗和起用明朝的罪臣、废官及中下武将和官吏，凡"归向我等""谄谀于我等""出其力，致其力"。范文程、李永芳、佟养性、刘兴祚等皆成罕王重臣就是很好的榜样，这一政策也确实起到了招降纳叛、离间明朝的重要作用。

征伐明朝以来，虽然这些政策都体现了罕王的英明之处，但在迁都沈阳前后，罕王滋长了轻敌骄傲情绪，忽视了以前抚民等开明政策，从"恩养尼堪"转变为不论贫富，均皆杀戮，引起民恨，激起反抗。而且内部纷争迭起，四大贝勒到八旗高管皆遭罕王训斥和处罚，甚至降职、斩杀，这样一来，汗威无比，群臣畏惧，三缄其口。还有，青少年时一起南征北战的"五大臣"额亦都、安费扬古、费英东、扈尔汉、何和里相继亡故，使罕王时常感伤。诸此等等，使罕王成为一个真正的孤家寡人，不知下情，难辨是非，这为他以后的军事失利埋下了种子。

这天，承启官上殿奏称："今有探马探得明朝消息，在殿外候旨。"罕王说："宣他进来。"那探马走上金殿，跪倒于地，罕王命他："快快奏来。"探马便说："臣奉旨进关，探得明朝如今魏忠贤当国，高第退职，辽东经略使换了袁崇焕，陛下若攻伐明朝正是时机。"罕王说："再探！"

罕王是善于闻风而动的人，熊廷弼下台，借机攻占了辽沈，这次听说高第去职，袁崇焕宁远城孤守的消息，岂能错过这良好机会。

经过充分的准备，后金国天命汗努尔哈赤便急不可待地从沈阳出发，亲自统帅十三万大军，号称二十万，攻打宁远城。大军过辽河、东昌堡皆无阻碍。在西平堡，前哨部队抓住几名明军探马，得知宁远城以外的城堡，均无大部队防守。大军一到，毫无抵抗，于是罕王兵马如入无人之境，长驱直入。

满洲兵马从沈阳出兵，袁崇焕就得知了消息，他与总兵满桂、参将姚抚民、胡一宁、金冠，游击季善、张国清等，各有任务，对守城作了周密部署。尽管守城兵将不足三万人，袁崇焕却临战不惊，指挥有方，以等来敌。他把大炮布置在城头，还命令同知陈维模负责稽查城内奸细，及时查清，并安排好了粮草供应，准备打持久战。

罕王深谋远虑，许多事皆未雨绸缪，他曾向李永芳、李小芳父子安排了在宁远城布置谍报人员的事。李永芳便把李小芳和柯海洲化装成商人混进城去，一见十一门西洋大炮，不禁大惊失色。这炮据说是英国造，是密集骑兵的死对头。二人一见这些"庞然大物"，立刻绘出大炮所在的位置。谁知他们的行踪被守城兵卒发现，被逮到袁崇焕和满桂面前，幸好李小芳带有马如龙写给满桂的信，经满桂解释，袁崇焕一再表示歉意，并为二人摆酒压惊。其实，袁、满早已识破二人身份，只是先施稳兵之计，两天后，罕王一起兵，二人便被满桂抓了起来。

罕王兵马在几天后来到宁远城，他把御鞭一指："八旗健儿们！立刻包围宁远城。"训练有素的八旗兵霎时把宁远城围得铁桶一般。范文程献招降之计，想不战而胜。罕王就让他起草了一封劝降书，送到城上，袁崇焕看罢书信，默然拒绝。罕王知袁崇焕是疑兵之计，本想到城下用激将法，诱引袁崇焕出城应战，以消灭有生力量。但看到众兵将摩拳擦掌，纷纷请战攻城，只得打消引蛇出洞念头，发出攻城命令。

平时满洲军临阵，都是采取战车和步骑相结合的阵法。阵前排列战车，车前挡上五六寸厚的木板，裹上生牛皮，既可藏身，还可防止滚木、礌石的砸打。战车后是弓箭手、小车，填堑平壕，铺平道路。最后面是八旗铁骑，厉害无比。这种战术每战必胜，面对智勇兼备的袁崇焕再用这种战法，却失去了往日的效果。

宁远城城墙坚固，不怕满军的车骑战法。当八旗兵进入射程之内，十一门大炮齐发，炮弹在骑兵中爆炸，烟尘过后，尸横满地。由于罕王亲自督战，八旗兵奋不顾身，许多战车冲到城下，已把城墙撞破了几个窟窿。正要攻破城墙时，却见城上撒下带火药的被褥，大火一下子烧起来，八旗兵正在凿墙时，由于火药溅到身上，火苗无法扑灭，加之火借风力，越烧越旺，就这样一个个被活活烧死。罕王攻城一天也未奏效，八旗兵马死伤惨重。第二天，罕王命大贝勒和二贝勒重点进攻西南城，也被火烧得退了回来。罕王见久攻不下，命令退兵。

第三天早晨，罕王重新布置兵力时，见宁远城外吊着两个冻得梆硬的尸首，原来是李小芳和柯海洲，已被袁崇焕缢死示众。八旗兵一见，气愤万分。罕王更是气涌胸膛，便分派李永芳攻打东门，佟养性攻打西门，众贝勒从南北两门强攻。这场战斗，从上午打到下午，仍然毫无进展，下午明军猛烈发炮，罕王急令后退，忽然一颗炮弹在罕王附近爆炸了，罕王的额角被弹皮炸伤，昏倒在地。大贝勒忙背起罕王，领兵撤退。

大贝勒代善一路小跑把罕王背回营地，经过这番折腾，罕王已从昏迷中醒来，只是觉得头痛难忍。随军太医诊视后，说是皮肉伤，实属万幸，并让罕王静心休养。罕王却挂念着攻城大事，昼夜思考破敌之计。他想到《三国演义》上火烧乌巢断敌粮草的故事，便想：当前冰天雪地，明军粮草储存在觉华岛，正宜趁海湾结冰之机，派支兵马攻到岛上，火烧其粮草，好出我一口胸中恶气。

罕王命侍卫传来大贝勒和武纳格，指着墙上的军用地图，下令说："觉华岛离这里二十多里地，代善带一千骑兵，武纳格领三千骑兵（蒙古），从冰上过去，袭击岛上守军。把守军消灭后，再烧毁岛上的明军粮草，不得有误！"二人连夜带兵直扑觉华岛。

觉华岛位于辽西海湾，西距宁远二里许，形似葫芦，为历来辽东兵马屯粮之地，驻军七千余人。此时正值隆冬，海水结冰，人马可行。驻岛明军多驻于冰上，营房外围用战车圈起，犹如一座城郭。袁崇焕派参将姚抚民镇守，为防范满军偷袭，并命兵把靠近海岸的冰凿开，可是天气寒冷，冰被凿开，随后便冻上，不断加厚，兵士便不再凿冰，只好移营冰上，以利防范。

却说大贝勒和武纳格领军来到海边，一见结的厚冰，万分高兴，便兵分两路，进入岛上。明朝守军猝不及防，又因多是水手，不善战阵，尽管拼力阻挡，但被后金铁骑往来冲杀，皆死于战刀之下。岛上守军被查清后，代善命火烧明军粮草。袁崇焕得信后已无力去救，只好眼看着粮草被后金焚毁。

罕王总算出了口恶气，才令撤兵，回师沈阳。

袁崇焕派人到京师报捷奏凯，熹宗皇帝龙颜大悦，下旨调拨金条十万两，犒赏宁远守军，并赏袁崇焕白银两千，仍然镇守宁远，对满桂、祖大寿等亦皆有赏赐。朝廷上下交口称赞袁崇焕功绩，只有魏忠贤妒火中烧，闷闷不乐。

罕王在宁远的兵败，是他有生以来失败最惨重的一次。

罕王一生戎马驰骋四十四年，几乎没有打过败仗，可谓历史上的常胜统帅。但他占领广宁后，年事已高，体力衰弱，深居简出，怠于理政。他对宁远守将袁崇焕没有仔细研究，对宁远守城炮械也没有侦知实情，他只看到明朝辽东经略使换人等因素，而没有全面分析敌我，便贸然进攻，吞下了骄帅必败的苦果。

回师沈阳后，罕王一直忙于宫内之事，由于年事已高，他不能不考虑后金政权的命运问题。此前，在立太子问题上，先后有太子褚英被斩，立代善为太子，又因代善与大妃乌拉氏有染而废掉，后来才立四贝勒皇太极为太子。在代善为太子期间，罕王还搞了一个四王执政的试验，让他的四大贝勒按月执政，结果被罕王否决了，同时也证明了代善继承汗位是不当的。这是在与大臣议事中决定立皇太极为太子的另一个原因。

罕王在立储问题上考虑很多，经过缜密思考，他决定由四大贝勒执政再升一级，以八大贝勒共治国政，来维护后金政权的长治久安。

罕王把自己的想法告诉了军师范文程。罕王说："对国家治理问题，朕决心进行改革，实行八王共治，这八王就是四大贝勒和四小贝勒（德格类、济尔哈朗、阿济格、岳托）。范先生以为如何？"范文程说："八王共治，各执一词，各据一方，群龙无首，没有中心，不好办！"罕王说："有，中心就是新罕王。"范文程道："这新罕王不就是太子吗？"罕王说："是太子继承汗位，成为新罕王，但他不能独揽大权，军国大事必经八王裁定。"范文程听懂了，说："这招太好了，可以防止新罕王独断专行。"罕王道："正是，这新罕王若不接受八王的规劝，一意孤行，八王就可对其定罪。若还是屡教不改，就可监禁，直至撤去他罕王的职位。财物上也按'八分'分法，以免财富分配不均。审理诉讼要分三级，先是办事官初审，然后大臣复审，最后八王定案。"范文程拍手叫好。

随后，罕王召集八大贝勒开会，施行八王共治政策，诏令全国，确定八王共治有罕王立废，军政议决、司法诉讼、官吏任免等重大权力。八王会议就因此成了后金国的最高权力机关，也成为约束新罕王的监督机构。

处置好内政后，罕王决定出兵征服蒙古。他不顾贝勒和大臣的劝阻，亲率两万八旗精锐兵，精神抖擞地踏上了征程。经过半个月的征讨，所向披靡，大获全胜，终于把蒙古各部族完全征服。回师沈阳后，罕王龙心大悦，对部将分封发赏，大宴群臣，犒赏八旗军。这次胜利挽回了宁远兵败的名声，军威大振。

由于劳师远征，加之连日的酒宴，罕王的体力有所不支。还有辽东又逢罕见的大旱，粮食歉收，皮革也销路不畅、生活用品缺乏，人心不稳，这些令罕王心力交瘁。六十八岁的罕王不幸地得了一种病，背上长了名叫"痈疽"的毒疮。不久，因疮痛难忍，由二贝勒护送，离开沈阳，去清河疗养。在清河疗养了一些时日，这天觉得身上清爽许多，便要回沈阳，阿敏便护送而回。知罕王回宫，贝勒、大臣俱来迎接，罕王很是高兴，问了许多宫内之事，没想到毒疮发作，突然昏厥。太医赶紧诊治，不久罕王悠悠转醒。醒来，他觉得自己大限已到，就对众贝勒和大臣说："朕年近七十，死不足惜，务望众大臣，帮助贝勒夺取明朝天下。"众贝勒和大臣一齐跪下，说："遵旨！"罕王又对众贝勒和大臣道："朕登基之时，已立四贝勒为太子，朕死后，尔等立四贝勒皇太极为罕王。"众贝勒、大臣又齐声说："遵旨！"这时，罕王气色已变，环视众贝勒、大臣微微一笑，然后气绝身亡。逝世这年，天命罕王努尔哈赤是六十八岁。天聪三年，清太宗皇太极葬罕王努尔哈赤于沈阳福陵，初前谥武皇帝，庙号太祖，后改谥为高皇帝。

罕王是中国历史和世界历史上的一位杰出人物。他统一了女真各部，实现了社会改革，并为大清国建立和清军入关统一中原奠定了基础。

后　记

　　白驹过隙，恍若隔世。傅老已逝十载，斯人已去，情景依旧……每到冬季大雪纷飞时，我总能感受到一双大手的温度！那双能文能武，留下无数满族传说故事和民间舞蹈、绘画的大手，捂住我冻红的耳朵……让我真切地感受到父爱般的暖流。

　　记得那是二〇〇一年冬季也是我第十一次来到傅老家，开始与傅英仁老先生合作整理满族说部《罕王传》，《罕王传》全名《两世罕王传》，上部是《王杲罕王传》，下部是《努尔哈赤罕王传》，因上部《王杲罕王传》已在富育光先生手中，我按照傅英仁先生的意见接手了下部《努尔哈赤罕王传》的整理工作。

　　《努尔哈赤罕王传》更多地依照民间传说、故事来解释努尔哈赤一生中的主要事件，人物性格的刻画、语言描写都有很鲜明的满族民间故事特色。在东北广大民间关于罕王的传说很多，最让人记忆难忘的莫过于：《努尔哈赤吃包儿饭的传说》《乌鸦救主》《义犬救罕王》等。满族是女真族的后裔，他们很早以前就生活在我国东北地区，逐渐形成了本民族的风俗习惯。传说努尔哈赤当上"大汗"之后，为了不忘前言，就给满族子孙立下了几条规矩，其中有三条基本成了一种传统风俗。在这三条之中，"杆子祭天"不仅满族人家中常设，而且清政府也设有固定的"杆子祭天"场所，在清宫门前"竖神竿，长丈余，顶冠锡盘"用来祭天，一般春秋两季举行祭祖。这种古老的祭祀，到后来逐渐形成了满族萨满教信仰的一部分。这也正是民间传说的魅力和影响力所在。

　　傅英仁先生所生活的宁安市史称"宁古塔"，是满族的发祥地之一。这片神奇的土地，流传着数不尽的神话和故事，养育了富察氏的后代、祖居宁古塔的满族说部传承人傅英仁所讲述的民间故事，口头性强、流传范围广，具有浓厚的乡土气息。

　　笔者在整理《努尔哈赤罕王传》的过程中，摆脱了一般民间文艺学者的世俗观念和偏见，既忠实于传承人的讲述，保持民间口头文学的原生态，又秉承思想解放、勇于创新的精神，把满族说部及其艺人们的文化创造，从几近被湮没的历史和社会的边缘，带入到一种学理探讨的主流话语之中。《努尔哈赤罕王传》借用汉族对长篇叙事文学的界定，是散韵结合的综合性口头艺术。从满族说部传承人、传承方式到满族说部文本情况的演绎，伴随着满族在历史、社会乃至文化上的巨大变迁，满族说部传承衍生出独特的演化模式：由口传到书写的利用，从氏族秘传到共同地域的广泛传递，由满语演唱到满汉混合语的演述，从而实现多族群的共享。

考古发掘证明，东北这片富饶美丽的沃土，人类文明开发史极其悠远丰富。亘古以来，曾经生息着古肃慎人，如挹娄、勿吉、靺鞨、女真……满族传统说部，属于在我国北方满族及其女真先民中传袭的古老的民间口承艺术遗产，满语俗称"乌勒本"，译成汉意就是"传记"之意。满族传统说部的传承，源远流长，为后世保留下一笔重要的口头或书面的历史回忆。

其中，有的说部不论史学价值或者艺术塑造都达到一定造诣，生活气息浓烈，千载流传不衰。如在吉林省珲春地区收集到日伪时期日本人采录的传颂红罗女忠贞爱情的《银鬃白马》和中华人民共和国成立以来陆续录记和征集的《红罗女》《红罗女三打契丹》《红罗与绿罗》等，均属同一主题。

进入明代特别是明中叶以后，中国北方满族说部的产生和传播则进入空前繁荣期，题材广泛，形式活泼，内容丰富，讲述与传承者亦不单纯拘泥于某个氏族哈拉(姓氏)，甚至有高官显贵亦加入说部的创作、讲述与传播中。

满族说部因其讲唱内容迥然，在漫长的社会演进中已逐渐形成一些严格的不同传播形态，构成满族说部现实特有的传承与保护特征：凡讲唱本家族族源历史或家族英雄传奇类的说部，原传袭家族视为祖传遗产，至今多由有直系血亲关系的后裔承继和保护，父传子，子传孙，嫡系无传传庶出，有清晰的传承谱系。这类说部始终保持单传性质。如，黑龙江省宁安市满族傅氏家族传讲说部《萨布素将军传》《两世罕王传》等，均流传百余年。

著名的满族说部传承人傅英仁先生自小受过一定文化教育，有着惊人的记忆力。他从小生活在满族聚居区，本氏族或生活的村庄中都有浓厚的"讲古"氛围，而他又对本民族的文化有着深厚的情感。因此，使满族说部能够传承下来。

如今，经过岁月的沧桑，《努尔哈赤罕王传》最终能够面世，是一大幸事。谨以此书献祭傅英仁老先生，愿他在天堂依然开心、快乐！

王松林